Felicia Otten
DIE LANDÄRZTIN
Der Weg ins Ungewisse

Autorin

Felicia Otten ist das Pseudonym der erfolgreichen Autorin Beate Sauer. Geboren in Aschaffenburg, studierte sie zunächst Philosophie und katholische Theologie in Würzburg und Frankfurt am Main. Nach ihrem Diplom absolvierte sie eine journalistische Ausbildung. Doch dann erkannte sie, dass sie viel lieber Geschichten erzählen wollte. 1999 erschien ihr erster Kriminalroman, diesem folgten zahlreiche weitere Krimis und historische Romane. Die Autorin lebt mit ihrem Mann in Bonn, und zahlreiche Ausflüge in die malerische Eifel haben sie zu ihrer Geschichte um die junge Landärztin Thea Graven inspiriert.

Von Felicia Otten erschienen

Die Landärztin – Aufbruch in ein neues Leben
Die Landärztin – Der Weg ins Ungewisse

Besuchen Sie uns auch auf www.instagram.com/blanvalet.verlag und www.facebook.com/blanvalet.

FELICIA OTTEN
Die Landärztin
Der Weg ins Ungewisse

ROMAN

blanvalet

Sollte diese Publikation Links auf Webseiten Dritter enthalten, so übernehmen wir für deren Inhalte keine Haftung, da wir uns diese nicht zu eigen machen, sondern lediglich auf deren Stand zum Zeitpunkt der Erstveröffentlichung verweisen.

Wir danken dem Verlag dotbooks für die Genehmigung der Titelnutzung »Die Landärztin« (Martina Bick, erschienen 2014 bei dotbooks).

Das Zitat auf S. 273 f. stammt aus »Pippi Langstrumpf«, zitiert nach Astrid Lindgren, »Pipi Langstrumpf«, Friedrich Oetinger Verlag, Hamburg 2007.

Penguin Random House Verlagsgruppe FSC® N001967

1. Auflage 2022
Copyright © 2022 by Blanvalet in der
Penguin Random House Verlagsgruppe GmbH,
Neumarkter Straße 28, 81673 München
Redaktion: Gisela Klemt
Umschlaggestaltung: www.buerosued.de
Umschlagmotive: Rekha Arcangel/Arcangel Images; www.buerosued.de
Karte: www.buerosued.de
WR · Herstellung: sam
Satz: KCFG – Medienagentur Neuss
Druck und Bindung: GGP Media GmbH, Pößneck
Printed in Germany
ISBN 978-3-7341-1042-9

www.blanvalet.de

Kapitel 1

Der VW-Käfer kämpfte sich die verschneite Straße hinauf, ehe sich das Dorf Eichenborn unterhalb von Dr. Thea Graven ausbreitete. Sie lenkte den Wagen an den Straßenrand und sog den Anblick in sich ein. Vier Wochen war sie nicht mehr hier gewesen, und es war so schön zurückzukommen! Ja, hier war sie zu Hause. Da, am Ortsrand, standen die ausrangierten Eisenbahnwaggons, in denen Flüchtlingsfamilien provisorisch wohnten. Dort hatte sie im Frühjahr ihrer ersten Patientin, einer jungen Mutter, unter schwierigen Umständen geholfen, ein gesundes Töchterchen zur Welt zu bringen. Diese Geburt würde immer einen besonderen Platz in ihrem Herzen haben.

Etwa in der Mitte des Dorfes lag die Kirche mit dem im Krieg zerstörten Turm. Dahinter erstreckte sich der Friedhof, wo uralte, riesige Eiben zwischen den Gräbern wuchsen. Theas Blick folgte der langen Hauptstraße, gesäumt von Fachwerkhäusern und Bauernhöfen. Am anderen Ende des Ortes, etwas außerhalb am Rand einer großen Wiese, leuchtete das barocke Schlösschen mit seiner ochsenblutroten Fassade inmitten des Schnees hervor. Die benachbarte ehemalige Remise mit dem weit heruntergezogenen Dach beherbergte die Praxis von Dr. Georg Berger, ihrem früheren Chef.

Georg. Theas Gesicht erstrahlte. *Georg, Georg…* Geliebtter, Freund, Gefährte und in wenigen Monaten ihr Ehemann. Während der vergangenen Wochen hatte sie ihn so vermisst!

Sie startete den Wagen wieder und fuhr langsam die Hauptstraße entlang. Einige Dörfler, dick vermummt in Mäntel und Jacken, erkannten den VW-Käfer und winkten ihr zu, und Thea erwiderte lächelnd den Gruß. Als sie im vergangenen Jahr, kurz nach Ostern, die Stelle in Georgs Praxis angetreten hatte, hatten sich die Eichenborner ihr, der protestantischen Ärztin aus der Großstadt Hamburg, gegenüber alles andere als freundlich verhalten. Aber schließlich hatte sie es geschafft, sich ihren Respekt und ja, auch ihre Zuneigung zu erringen, und darüber war sie sehr froh und dankbar.

Am Ende des Ortes bog Thea von der Hauptstraße ab und passierte einige Bauernhöfe. Hühner, die trotz der Kälte draußen herumliefen, stoben hastig davon. Dann hatte sie das Gelände des Schlösschens erreicht. Ein Bach und ein Wassergraben umgaben das barocke Gebäude und seinen verwilderten Garten von allen Seiten. Wie immer strahlte das Schlösschen eine ganz eigene Anmut aus. Vier Türmchen flankierten die Fassade, ein weiteres krönte das Dach. Der Schnee lag wie eine dicke, wärmende Haube darauf. Auch das etwas entfernt gelegene kleine Fachwerkhaus, das während Theas Zeit als Georgs Mitarbeiterin ihr Heim gewesen war, schien an diesem Tag Ende Februar 1951 fast im Schnee zu versinken.

Thea stellte den VW-Käfer in der alten Wellblechgarage ab. Wie schön, dass einige ungestörte Stunden vor ihr und Georg lagen, denn ihr Nachfolger in der Praxis, ein junger Arzt, der vor Kurzem erst das Studium abgeschlossen hatte, würde die Sprechstunde und die Patientenbesuche bis zum späten Abend allein übernehmen.

Voller Vorfreude überquerte sie die Brücke über den Bach und ging die Stufen zum Portal hinauf. Der große Kronleuchter in der Halle war wie immer von einer Staubschicht bedeckt. Aber da und dort brachte die Sonne, die durch die Fenstertüren fiel, die geschliffenen Kristalle zum Funkeln.

»Georg!«, rief Thea. Als keine Reaktion erfolgte, lief sie in die riesige ehemalige Küche. Auf dem wuchtigen Eichentisch hatten Georg und sie einmal mitten in der Nacht eine Operation durchgeführt. In der angrenzenden Spülküche, die nun als Küche diente, stand ein dickwandiger Topf auf der elektrischen Kochplatte. Ihm entstieg ein wunderbarer Duft. Aber Georg war nicht da. Und auch nicht im Wohnzimmer, wo ein behagliches Feuer im Kamin brannte. Nun, sie war etwa eine Stunde früher angekommen als erwartet. Und sie ahnte, wo sie den geliebten Mann finden würde.

Wieder draußen stapfte Thea durch den Schnee in Richtung der Felder und Wiesen. Dahinter erstreckte sich das riesige Moorgebiet des Hohen Venn. Ein Raubvogel schraubte sich hoch in den klaren Himmel. Auf Anhieb hatte sie sich damals in die wilde, urtümliche Landschaft verliebt. Ganz im Gegensatz zu Georg. Ihn hatte sie am Anfang überhaupt nicht leiden können.

Wieder breitete sich ein Lächeln auf Theas Gesicht aus. Sie hatte die Stelle in der Praxis von Dr. Georg Berger aus purer Verzweiflung angetreten und nicht, weil sie ihren Chef irgendwie sympathisch gefunden hätte. Kurz vorher hatte sie ihre Stelle als Assistenzärztin an der Hamburger Universitätsklinik verloren, da sie ihren Chefarzt wegen eines Kunstfehlers mit tödlichem Ausgang angezeigt hatte. Alle ihre Bewerbungen waren vergeblich gewesen. Nicht nur ihr Traum, Fachärztin für Gynäkologie zu werden, schien beendet zu sein. Mit dreißig Jahren hatte sie auch befürchten müssen, niemals mehr Arbeit als Ärztin zu finden. Zu Besuch bei ihren beiden Schwestern in Monschau hatte sie ganz zufällig Georgs Stellenanzeige in der Zeitung gelesen, mit der er einen Mitarbeiter suchte.

Anfangs hatte sie ihren neuen Chef für einen arroganten Rüpel gehalten, der sie und die Patienten gleichermaßen unfreundlich behandelte. Erst allmählich hatte sie entdeckt, dass sich hinter seiner schroffen und zynischen Schale ein sehr großherziger, mutiger und empfindsamer Mann verbarg.

Und schließlich, fast unmerklich, war es geschehen, und sie hatte sich tief in Georg verliebt – und er sich in sie. Der Krieg hatte sie beide gelehrt, wie schnell ein Leben enden konnte. Deshalb hatten sie sich sehr rasch verlobt. Anfang August würden sie heiraten, nach Theas bestandener Prüfung zur Fachärztin für Gynäkologie – denn durch eine glückliche Wendung des Schicksals konnte sie ihre Ausbildung an der Marburger Universitätsklinik doch noch abschließen.

Thea berührte ihren Finger, wo sie unter dem dicken Wollhandschuh ihren Verlobungsring trug. Sie und Georg würden zusammen leben und zusammen arbeiten, Kinder miteinander haben... Manchmal erschien es ihr immer noch wie ein Wunder, wie sich dies alles gefügt hatte. Und hin und wieder erfasste sie auch eine jähe Angst, dass alles einfach zu schön war und es unmöglich ewig andauern konnte.

Sie hatte jetzt ihr ehemaliges kleines Häuschen erreicht, wo der Schnee an der Wetterseite fast bis an die Dachrinne hinaufreichte und eine dicke Schicht von Eiskristallen die Rosenranken an den Fachwerkwänden überzog, und folgte weiter dem Weg. Jenseits der Felder und Wiesen sah sie das Moor, eine schimmernde, weiße Fläche, und hinter einigen Büschen tauchte jetzt die Koppel auf. Ja, sie hatte richtig vermutet. Georg war dort. Er führte gerade die beiden Pferde aus dem Stall. Ihr Fell war sehr dick und zottelig, und ihr Atem bildete weiße Wolken in der Luft. Die Stute wieherte jetzt laut, irgendetwas hatte sie erschreckt, und Georg strich ihr über den Hals und redete beruhigend auf sie ein.

Thea trat an das Gatter. Ihr Herz klopfte schneller. Jedes Detail nahm sie in sich auf. Georgs dunkles Haar, das ihm in die Stirn fiel, sein kräftiges Kinn, die markanten Wangenknochen, den ausdrucksvollen Mund und die leuchtend blauen Augen. Seine Miene war ganz entspannt, wie immer, wenn er bei den Pferden war. Tatsächlich hatte sie seine weiche, empfindsame Seite zum ersten Mal im Umgang mit Kindern und den Pferden entdeckt.

Mein Geliebter…

Als hätte er ihren Gedanken gehört, sah Georg nun auf und zu ihr. Sein Gesicht spiegelte Überraschung, nur um sogleich aufzuleuchten. Einige Momente blickten sie sich lächelnd an. Dann öffnete Thea das Gatter, und sie liefen aufeinander zu, fielen sich in die Arme und küssten sich innig. Erst nach einer ganzen Weile lösten sie sich voneinander.

»Es tut mir leid, dass ich nicht im Schlösschen war, als du angekommen bist«, murmelte Georg. »Ich habe erst später mit dir gerechnet.«

»Ausnahmsweise konnte ich meinen Dienst auf der Station einmal pünktlich beenden. Und die Straßen waren frei, ich kam gut durch.«

Georg streichelte ihre Wange. Sein Blick war sehr zärtlich. »Manchmal denke ich, es war ein Fehler, dich darin zu unterstützen, deine Ausbildung als Fachärztin abzuschließen, weil wir uns deshalb ja meistens nur alle vier Wochen einmal sehen.«

»Denk immer daran, dass keine Landarztpraxis hier in der Gegend eine Gynäkologin vorweisen kann.« Thea boxte ihn spielerisch in die Seite.

»Ja, so gesehen ist das ein Vorteil. Aber hast du mich denn gar nicht vermisst?«

»Was denkst du denn? Natürlich kein bisschen …« Aber Theas weiche Stimme und ihre strahlenden Augen straften ihre Worte Lügen. Ach, es war so schön, wieder bei Georg zu sein!

Eine Weile später fuhr sich Thea im Badezimmer des Schlösschens mit einer Bürste durch ihr modisch kurz geschnittenes, lockiges Haar. Vor dem Essen hatte sie den dicken Wollpullover und die Hose gegen einen weiten Rock, eine Bluse und eine kurze Strickjacke ausgetauscht. Früher hatte sie ihre Weiblichkeit so gut es ging versteckt – nicht wenige männliche Kollegen standen Ärztinnen immer noch ablehnend gegenüber. Deshalb hatte sie stets eine dicke schwarze Hornbrille getragen und ihre Haare zu einem strengen Knoten zurückgebunden.

Doch wie so vieles in ihrem Leben hatte sich auch das seit ihrer Ankunft in Eichenborn verändert, und sie hatte keine Scheu mehr, sich als Frau zu zeigen. Die Hornbrille war einer mit schmetterlingsförmigen Gläsern und einer gold-braun gesprenkelten Fassung gewichen. Was, wie Thea zufrieden fand, ihre Augen zum Leuchten brachte. Im Allgemeinen war sie nicht eitel. Aber an diesem besonderen Nachmittag, nach der vierwöchigen Trennung von Georg, wollte sie einfach hübsch aussehen.

In der Spülküche war der kleine Tisch inzwischen gedeckt. Teller und Gläser und Besteck waren bunt zusammengewürfelt und stammten aus dem Inventar des Schlösschens. Belustigt und gerührt sah Thea, dass Georg an ein Tischtuch gedacht und sogar zwei Kerzen aufgestellt hatte.

»Du magst doch Eintopf?« Er sah sie ein bisschen besorgt an. »Ich wollte eigentlich etwas Aufwändigeres kochen, aber in den letzten Tagen war in der Praxis so viel los. Wie immer im Winter ist die Hälfte des Dorfes krank. Grippe, irgendwelche Katarrhe, Knochenbrüche, das ganze Programm …«

»Du weißt doch, dass ich deine Eintöpfe liebe.« Georg konnte, wie Thea inzwischen wusste, tage- wenn nicht wochenlang von belegten Broten und aus Konservendosen leben. Aber wenn er einmal kochte, war das Ergebnis immer vorzüglich.

Sie setzten sich an den Tisch. Georg zündete die Kerzen mit seinem Feuerzeug an und schöpfte den Eintopf in die tiefen Teller. Einige Momente aßen sie schweigend, denn Thea war sehr hungrig. Ihre letzte Mahlzeit war das Frühstück vor ihrem Dienst um sechs Uhr gewesen. Schließlich hielt sie inne. »Ach, es schmeckt wundervoll! Aber jetzt erzähl mal, wie läuft es denn in der Praxis? Und wie ergeht es Dr. Kramer?« Thea mochte ihren Nachfolger, einen etwas schüchternen jungen Mann, wirklich gern.

»Er schlägt sich ganz wacker, und er hat einen guten Draht zu den Leuten.«

»Wahrscheinlich hilft es, dass er von einem Bauernhof stammt.«

»Ja, kürzlich hat er einer Sau beim Ferkeln geholfen, das hat ihm allgemeinen Respekt eingetragen.« Georg grinste.

»Das freut mich.« Thea meinte es ehrlich.

»Seine Zimmerwirtin mästet ihn, er hat mindestens schon zwei Kilo zugenommen, und ein paar junge Frauen aus dem Dorf haben ein Auge auf ihn geworfen.«

Dr. Kramer hatte es vorgezogen, sich ein Zimmer im Ort zu mieten und sich nicht mit dem unberechenbaren Herd, der zudem die einzige Heizquelle in Theas ehemaligem Häuschen war, herumzuplagen. Im Moment stand es leer. Vielleicht würden Georg und sie es später einmal für Gäste nutzen.

»Interessiert Dr. Kramer sich denn für eine der jungen Frauen?«

»Falls ja, dann zeigt er es nicht. Er ist einfach sehr schüchtern. Mal sehen, ob sich das im Lauf der Zeit noch ändert.« Georg erzählte weiter von den Dorfbewohnern und der Praxis. Sein Tonfall war wie üblich trocken, manchmal sarkastisch. Aber Thea wusste inzwischen ja, dass ihm die Menschen wirklich am Herzen lagen. Als er geendet hatte, berichtete sie ihm von ihrem Dienst im Universitätskrankenhaus. Sie liebte diesen Austausch. Wie immer fragte Georg präzise nach, und sie wusste sich in ihrer Freude und ihren Zweifeln und Ängsten von ihm verstanden.

Nach dem Essen gingen sie mit den Weingläsern ins Wohnzimmer. Der Widerschein des Feuers spiegelte sich auf dem glatten Leder des Punchingballs, der von der Decke hing, und auf den Covern von Georgs Schallplattensammlung.

»Da ist etwas, das ich gern mit dir besprechen würde.« Georg war neben dem Kamin stehen geblieben.

»Ja, was denn?« Irgendwie hörte er sich auf einmal ziemlich ernst an.

Er nahm ein zusammengerolltes Blatt Papier von einem Bücherregal und breitete es neben Thea auf dem Sofa aus. Es sah aus wie der Plan eines Architekten. Und das kleine Häuschen aus Pappe mit dem weit heruntergezogenen Dach und dem aufgemalten Fachwerkgebälk, das er jetzt dazustellte, war ...

»Das ist doch die Praxis«, sagte Thea überrascht, »aber sie hat einen Anbau.« Fragend sah sie Georg an, der sich nun zu ihr setzte.

»Ich habe letzte Woche einen Freund getroffen, der Architekt ist. Wir kamen im Gespräch von einem aufs andere. Wie das manchmal so geht. Und, nun ja, ich habe ihm erzählt, dass du im Spätsommer anfangen wirst, als Gynäkologin hier in der Praxis zu arbeiten. Und dass das alles ziemlich improvisiert und beengt sein wird. Mit deinem Sprechzimmer in meinem jetzigen Arbeitszimmer. Da hat er vorgeschlagen, sich einmal die Praxis und das Schlösschen anzusehen. Und der Plan und das Modell sind das Ergebnis seines Besuchs.«

Georg nahm das Dach des Anbaus ab. Darunter kamen

ein großer Raum mit hohen Fenstern und zwei kleinere zum Vorschein. »Das wäre dein Sprechzimmer«, er deutete auf den großen Raum, »und das dein Wartezimmer, und hier wäre Platz für ein Labor.« Er wies auf die beiden kleineren Räume.

»Aber Georg, wir haben das doch ausführlich besprochen. Ich muss mir die gynäkologische Praxis erst langsam aufbauen. Wahrscheinlich werde ich mir in den ersten Jahren auch Räume in Monschau mieten und dort Patientinnen privat behandeln müssen, bis ich eine Zulassung als selbstständige Kassenärztin erhalte. Dieser Anbau ist viel zu groß und zu teuer. Das Dach des Schlösschens muss ja neu gedeckt werden und ...«

»Das weiß ich, das Geld dafür bringe ich auch noch auf.«

»Trotzdem, der Anbau ist zu kostspielig«, beharrte Thea.

»Aber er gefällt dir?«

»Ja, schon ... Er wirkt so großzügig und licht.« Es wäre wunderbar, darin praktizieren zu können, dachte sie.

»Dann sollst du dort deine Praxis haben.«

»Georg ...«

»Ich möchte, dass du gute Bedingungen als Ärztin hast, wenn du dich schon hier mit mir altem Kerl in der Einöde vergräbst, anstatt irgendwo eine große Karriere zu machen.«

Thea verdrehte die Augen. »Du bist gerade mal zwölf Jahre älter als ich. Und für mich ist das keine Einöde, das weißt du genau. Außerdem lege ich keinen Wert auf eine große Karriere. Ich möchte einfach eine gute Gynäkologin sein.«

»Bitte, betrachte es als mein Hochzeitsgeschenk.«

Thea sah die Liebe und die Sorge in Georgs Augen. Sie

wusste, dass er sie glücklich machen wollte. »Ein ziemlich überdimensioniertes Hochzeitsgeschenk.«

»Dann akzeptierst du den Anbau?«

»Nein, ja ...«, gab Thea nach.

»Also, ja.« Georg lächelte sie an. »Und da ist noch etwas ...«

»Was denn? Willst du vielleicht das ganze Schlösschen umbauen lassen?«

»Das nicht, aber bevor du hier einziehst, also vor unserer Hochzeit, würde ich gern die Spülküche neu einrichten lassen. Einen Elektroherd anschaffen statt der Kochplatte und einen neuen Tisch und Stühle kaufen und vielleicht auch ein paar Schränke. Was hältst du davon?«

»Ach, du meine Güte ...« Thea begann zu lachen.

»Was ist denn an meinem Vorschlag so lustig?« Georg war irritiert.

»Gar nichts. Ein Elektroherd und ein paar neue Möbel wären wunderbar.« Der Herd in Theas Häuschen hatte mit Holz und Kohle befeuert werden müssen, was eine ziemliche Herausforderung gewesen war. Und der riesige, gusseiserne Herd in der ehemaligen Küche des Schlösschens war einfach nur Furcht einflößend.

»Wenn du in zwei Wochen wieder hier bist, können wir nach Monschau oder Aachen fahren und die Möbel aussuchen.«

Mit Georg Küchenmöbel kaufen ... Was für eine seltsame, aber irgendwie auch schöne Vorstellung. Und wie gut, dass sie wegen ihrer vielen Überstunden dann frei hatte und sie sich ausnahmsweise nicht erst wieder in vier Wochen sehen würden.

»Weshalb lächelst du?« Georg sah sie fragend an.

»Ich freue mich einfach auf unser gemeinsames Leben. Und ich wünschte, dass ich mich nicht mit meinen Schwestern für morgen verabredet hätte und wir beide zusammen sein könnten.«

»Wenn du erst einmal mit Marlene und Katja durch die Düsseldorfer Geschäfte streifst, um ein Brautkleid auszusuchen, wirst du dir das nicht mehr wünschen.« Georg grinste. »Davon bin ich fest überzeugt.«

»Das stimmt nicht!«

»Doch, ganz sicher. Und jetzt erzähl mal ... Was hast du privat so getrieben, seit wir das letzte Mal miteinander telefoniert haben? Hat es mit dem Kinobesuch geklappt?« Er legte den Arm um sie. Kinofilme waren eine Leidenschaft, die sie beide teilten.

»An dem Abend, an dem ich eigentlich ins Kino wollte, kam ich nicht von der Station weg. Aber zwei Tage später war ich dann in ...«, Thea unterbrach sich. »Ich weiß, du wirst jetzt lachen.«

»Jetzt sag schon!«

»In ›Frauenarzt Dr. Prätorius‹ mit Curt Goetz. Ein anderer Film lief um die Uhrzeit nicht. Aber er war witzig und nicht kitschig. Das hätte ich gar nicht erwartet.«

»Ich habe Curt Goetz mal vor Jahren in Berlin am Theater in einer Komödie gesehen, und ich mochte ihn sehr.« Georg lächelte.

»Und wie hast du so deine Abende verbracht, wenn du nicht gerade bei Patienten warst und dich um die Pferde gekümmert hast?«

»Ach, ich habe Musik gehört und gelesen und versucht, mich am Punchingball in Form zu halten.« Irgendwie schwang ein gewisses Zögern in seiner Stimme mit.

»Das hört sich doch schön an.«

Georg strich über Theas Haar. »Ja, früher hätte mir das gereicht, und ich wäre damit völlig zufrieden gewesen. Aber seit wir zusammen sind nicht mehr. Irgendwie war das alles ... Nicht öde, das wäre zu viel gesagt. Aber irgendwie unbefriedigend; mir hat etwas gefehlt. *Du* hast mir gefehlt.«

Thea wusste, dass Georg jahrelang ein einsiedlerisches und sehr selbstgenügsames Leben geführt hatte. »War das jetzt eine Liebeserklärung?«, neckte sie ihn.

»Ja, ich glaube schon.« Sein Blick war sehr innig und zärtlich.

»Eine wunderschöne Liebeserklärung.« Thea richtete sich auf und küsste ihn.

Wie so oft genügte ein Kuss oder eine Berührung, um ihre gegenseitige Leidenschaft zu entfachen. Sie wollten sich, ganz und gar. Ihr Liebesspiel war vertraut und doch auch zutiefst erregend und beglückend.

Später, während das Licht des Kaminfeuers über die Wände huschte, lag Thea in Georgs Armen, noch ganz erfüllt von seiner Liebe, und sie wünschte sich, diesen Moment für immer festhalten zu können.

»Was denkst du gerade? Ich sehe dir doch an, dass dich irgendetwas beschäftigt?« Georg streichelte sie liebevoll.

»Dass ich so glücklich mit dir bin und dass ich Angst habe, das zu verlieren. Dass ich Angst habe, *dich* zu verlieren.«

»Thea, der Krieg ist zu Ende.« Georgs Stimme war sehr sanft. »Ich werde nicht in einem Gefecht fallen.«

»Ja, ich weiß, aber ...«

»Schsch ...« Georgs Kuss vertrieb Theas unbestimmte Furcht.

Kapitel 2

Ein berstendes Holzscheit im Kamin weckte Thea. Sie blinzelte, sie war tatsächlich in Georgs Armen eingeschlafen. In dem Wohnzimmer war es fast dunkel und das Feuer schon ganz heruntergebrannt. Hastig beugte sie sich vor und suchte auf dem Boden neben dem Sofa zwischen ihren Kleidungsstücken nach ihrer Armbanduhr.

»Was ist denn?«, murmelte Georg neben ihr und gähnte.

»Hast du eine Ahnung, wie spät es ist? Bestimmt ist es längst schon Abend.«

»Wie sollte ich? Aber ich schätze mal, so gegen acht.«

Thea hatte die Armbanduhr jetzt gefunden und hob sie hoch. »Nein, es ist schon nach neun. Ich sollte schleunigst los. Und du musst in einer knappen Stunde Dr. Kramer zum Bereitschaftsdienst ablösen.«

Georg, der sich aufgesetzt hatte, ließ sich wieder auf das Sofa zurücksinken und stöhnte. »Mein Gott, bin ich froh, wenn wir endlich verheiratet sind, du offiziell hier übernachten kannst und dieses alberne Theater ein Ende hat.«

Eichenborn war ein sehr katholisches Dorf. Wenn Thea, ohne Georg angetraut zu sein, über Nacht im Schlösschen geblieben wäre, hätte das einen großen Skandal verursacht. Deshalb hatten sie beschlossen, dass sie, wann immer sie Georg besuchte, am späten Abend nach Monschau fuhr und dort in der Villa ihres Vaters übernachtete.

»Es ist ja nur noch für ein paar Monate«, sagte Thea begütigend und schlüpfte in ihre Unterwäsche.

»Ach, das ist noch lange genug.«

»Pst, nicht schimpfen.« Thea legte Georg einen Finger auf den Mund und lächelte. Es fiel ihr schwer, sich von ihm zu trennen, und sie wäre liebend gern am Morgen in seinen Armen aufgewacht. Aber eine gewisse Anpassung an Sitte und Moral war der Preis, den sie zahlen mussten, um von den Dörflern akzeptiert zu werden.

»Wenn die Leute deinen VW vor dem Schlösschen sehen und folglich wissen, dass du hier bist, gehen sie höchstwahrscheinlich sowieso davon aus, dass wir nicht nur platonisch zusammen sind.«

»Möglicherweise ja, aber indem wir den Schein wahren, fühlen sie sich mit ihrer Lebensweise wertgeschätzt«, erwiderte Thea vernünftig. Sie mochte die Eichenborner und wollte sie nicht unnötig brüskieren. Für das Dorf war es ja ohnehin schon eine große Herausforderung gewesen, sie als Ärztin zu akzeptieren.

Nachdem sie sich angekleidet hatten, begleitete Georg Thea nach draußen zu ihrem Wagen. Die Nacht war klar und eisig kalt, und der Schnee knirschte bei jedem Schritt unter ihren Füßen. Vor der Wellblechgarage blieben sie stehen.

»Viel Spaß mit deinen Schwestern. Das Ergebnis eures Einkaufsbummels werde ich ja dann Anfang August sehen.« Georg lächelte sie an.

»Ach, ich bin so gespannt, ob ich ein schönes Brautkleid finde!« Thea war ganz aufgeregt.

»Du weißt doch, ich heirate dich auch, wenn du irgendeinen alten Fetzen trägst.«

»Ja, aber *ich* möchte keinen alten Fetzen.« Thea schlang die Arme um Georgs Hals. Sie umarmten sich, küssten sich noch einmal innig.

»Fahr vorsichtig nach Monschau, ja?« Georg berührte zärtlich ihre Wange.

»Pass du auch auf dich auf, wenn du später bei Schnee und Eis zu den Patienten unterwegs bist.«

»Bis in zwei Wochen.«

»Ja, bis dahin.«

Ein letzter Kuss, dann stieg Thea in den Wagen. Sie kurbelte das Fenster herunter, damit die Scheiben nicht beschlugen. Im Rückspiegel sah sie Georg ihr nachwinken. Ach, es wäre so schön gewesen, bei ihm bleiben zu können!

Auf der Hochebene hatte der Wind an manchen Stellen den Schnee wieder über die geräumte Straße geweht. Allein anhand der Stangen am Fahrbahnrand war ihr Verlauf noch zu erkennen. Im nächsten Winter würde Thea solche Wege wahrscheinlich oft zu ihren Patientinnen bewältigen müssen. Aber so war es nun einmal hier, am Rand des Hohen Venn, und um mit Georg in Eichenborn leben zu können, nahm sie das gern in Kauf. Thea fuhr langsam und konzentriert, und nach einer guten halben Stunde erreichte sie die Villa des Vaters in Monschau.

Jetzt, kurz vor zehn, schliefen ihre Nichte und der Neffe sicher schon. Deshalb benutzte Thea ihren Schlüssel und verzichtete darauf zu klingeln. »Vater, Marlene!«, rief sie leise in der geräumigen Diele.

Nach einigen Momenten öffnete sich die Tür des Wohnzimmers, und die ältere Schwester trat heraus.

»Marlene...« Thea wollte auf sie zueilen. Aber sie blieb erschrocken stehen. Die Schwester trug ein schwarzes Kleid und eine schwarze Strickjacke, und sie war totenbleich. Ganz offensichtlich war dies Trauerkleidung. Aber, wie war das möglich? Und warum hatte sie – Thea – nichts davon erfahren? Ihre Gedanken rasten. »Ist es... ist es Bernhard?«, flüsterte sie schließlich.

»Ja.« Marlene nickte.

O Gott... »Das tut mir so leid.« Thea umarmte die Schwester und hielt sie fest. Erst nach einer Weile führte sie Marlene ins Wohnzimmer und ließ sich neben ihr auf dem Sofa nieder.

»Seit wann weißt du denn, dass Bernhard nicht mehr am Leben ist?«, fragte sie sanft. Marlenes Ehemann war seit dem Ende des Krieges in Russland vermisst.

»Heute Morgen rief eine Frau vom Roten Kreuz an und hat es mir mitgeteilt. Bernhard... Er ist schon vor ungefähr drei Jahren in einem Gefangenenlager gestorben. Die Frau hat mir erklärt, wie es dazu kam, dass sie mich erst jetzt informieren konnten. Aber ich habe gar nicht richtig zugehört.«

»Ach, wie furchtbar...« Thea zog die Schwester wieder an sich. Drei Jahre lang hatte Marlene gehofft, dass Bernhard doch noch zu ihr und den Kindern heimkehren würde. Dabei waren diese Hoffnungen längst vergeblich gewesen. Thea hatte Bernhard Helmholz gemocht. Er war Rechtsanwalt gewesen und auf den ersten Blick ziemlich spröde und sehr korrekt. Aber während Marlenes Verlobungszeit und dann später, als sie die frisch verheiratete Schwester in Frankfurt besuchte, hatte sie ihn näher kennengelernt. Dabei hatte er sich als ein warmherziger, fürsorglicher Mensch entpuppt. »Warum hast du denn nicht bei Georg angerufen?«, erkundigte sie sich schließlich behutsam. »Ich wäre doch sofort zu dir gekommen.«

»Du und Georg habt euch jetzt vier Wochen lang nicht gesehen.« Die Schwester schüttelte den Kopf.

»Ach, Marlene...« Thea seufzte. Das war so typisch für die ältere Schwester – immer zuerst an andere zu denken.

»Und... ich hatte so viel zu tun. Ich musste meine Schwiegereltern anrufen und es ihnen berichten. Dann habe ich Liesel und Arthur aus der Schule geholt und ihnen gesagt, dass ihr Vater nicht mehr am Leben ist. Und ich musste Trauerkleidung für uns alle kaufen...« Marlenes Stimme wurde ganz brüchig.

»Kommen deine Schwiegereltern denn nach Monschau?«

»Nein, ich fahre morgen mit den Kindern zu ihnen. In Frankfurt war ja Bernhards Zuhause. Ich bleibe mit Liesel und Arthur ein paar Tage, sie haben schulfrei bekommen.«

»Soll ich mit euch fahren? Ich mache das gern.«

»Das ist lieb von dir.« Marlene drückte Theas Hand und schenkte ihr ein schwaches Lächeln. »Aber Vater wird uns hinbringen. Er und Bernhards Eltern kennen sich ja ganz gut; sie waren schon einige Male in Monschau, und vor dem Krieg hat er mich und Bernhard gelegentlich in Frankfurt besucht. Nein, du triffst dich morgen mit Katja in Düsseldorf, und dort geht ihr dein Brautkleid kaufen. So, wie es ausgemacht war.«

»Marlene, das meinst du doch wohl nicht im Ernst! Ich werde auf gar keinen Fall mein Hochzeitskleid kaufen, während du um deinen Mann trauerst!« Thea schwankte zwischen Zärtlichkeit und Sorge um die Schwester und Fassungslosigkeit über ihren Vorschlag.

»Ich habe schon mit Katja gesprochen. Sie ist auch der Meinung, dass ihr euch morgen treffen sollt.«

»Also ...« Thea verkniff sich die Antwort, dass das auch nicht anders zu erwarten war. Katja liebte Marlene aufrichtig, davon war Thea fest überzeugt. Aber die jüngere Schwester war auch sehr egozentrisch und lebenshungrig, und mit Trauer und Kummer hatte sie nicht viel im Sinn.

»Wenn du morgen auf einen schönen Tag verzichtest, wird Bernhard davon auch nicht wieder lebendig. Und aus Pietät mir gegenüber musst du es nicht tun. Im Gegenteil, für mich wäre es ein Zeichen, dass das Leben weitergeht. Bernhard hätte das auch so gesehen.«

»Aber ...« Thea wollte sich nicht umstimmen lassen.

»Du hast häufig an den Wochenenden Dienst, und Katja ist oft gerade an den Samstagen und Sonntagen als Fotografin unterwegs. Es war so schwer, einen gemeinsamen Termin zu finden. Bitte, lass ihn nicht einfach verstreichen.« Marlenes Stimme wurde ganz hoch und dünn.

Thea erkannte, dass es der Schwester wirklich wichtig war, dass sie und Katja das Brautkleid kaufen gingen. Anscheinend hatte Marlene es ernst damit gemeint, dass es für sie ein Zeichen war, dass das Leben voranging und nicht bei der Trauer stehenblieb.

»Wenn dir so viel daran liegt, belasse ich es dabei«, gab sie nach.

»Das ist gut.« Marlene entspannte sich. Die Finger ihrer linken Hand strichen über ihren Ehering. »Ich müsste Schmerz fühlen und todtraurig sein«, flüsterte sie mit gesenktem Kopf. »Aber irgendwie fühle ich gar nichts. Da ist nur eine große Leere. Wie ging dir das denn, nachdem du von Hans' Tod erfahren hast? Hast du auch erst einmal gar nichts gefühlt?«

Ach, Hans... Thea empfand tiefe Wehmut. Sie war schon einmal verheiratet gewesen, und gegen Ende des Krieges war Hans in Italien gefallen. Noch nicht einmal dreißig Jahre alt war er geworden, und sein großes Talent als Maler war unvollendet geblieben. Sie hatte ihn sehr geliebt und wegen ihm damals mit dem Vater gebrochen, der Hans' Herkunft aus einer Arbeiterfamilie nicht akzeptiert hatte. Lange hatte Thea geglaubt, nie mehr so viel für einen Mann empfinden zu können – bis sie sich schließlich in Georg verliebte. »Der Schmerz war sofort da, so schlimm, dass ich dachte, ich überlebe das nicht. Das ist das Einzige, woran ich mich aus den Tagen nach der Todesnachricht richtig erinnere. Aber Bernhard wurde ja so lange vermisst, und du musstest immer damit rechnen, dass er tot ist. Außerdem trauert wahrscheinlich jeder Mensch anders«, sagte sie leise. Eine Weile schwiegen sie, während Thea die Schwester weiter im Arm hielt. »Wie haben es denn Liesel und Arthur aufgenommen, dass ihr Vater nicht mehr am Leben ist?«, fragte sie dann.

»Sie sind verstört und niedergeschlagen. Aber Arthur war ja noch ein Säugling, als Bernhard zum letzten Mal Heimaturlaub hatte, und Liesel war auch noch sehr klein. Sie hat nicht mehr viele Erinnerungen an ihn. Ich denke, die beiden werden das ganz gut verkraften.«

»Ja, wahrscheinlich.« Dennoch war es traurig, dass die Kinder ihren Vater nie richtig hatten kennenlernen können. »Ich stehe morgen auf jeden Fall so früh auf, dass ich die beiden vor eurer Abfahrt noch sehe.«

»Das wird sie bestimmt sehr freuen.« Marlene nickte.

Die Haustür klappte zu. Gleich darauf erklangen Schritte in der Diele, und der Vater, Professor Wilhelm Kampen, trat ins Wohnzimmer. Er war ein großer, weißhaariger Mann mit einem scharf geschnittenen, Respekt einflößenden Gesicht. Selbst in seinem Zuhause umwehte ihn die Aura des langjährigen, erfolgreichen Chefarztes. Doch wie immer in der letzten Zeit bemerkte Thea, dass auch an ihm der Krieg und der Verlust seiner Heimatstadt Dresden nicht spurlos vorbeigegangen waren. Inzwischen sah man ihm an, dass er über siebzig Jahre alt war.

»Vater, wie schön, dich zu sehen.« Sie stand auf und reichte ihm die Hand, und er drückte sie fest. »Ich freue mich auch.« Dann wandte er sich Marlene zu und strich ihr über den Rücken. »Liebes, willst du nicht zu Bett gehen? Der Tag morgen wird sicher anstrengend.« Die zärtliche Geste und das Kosewort waren sehr ungewöhnlich für ihn und zeigten, dass er mit seiner ältesten Tochter litt.

Marlene erhob sich. »Ja, ich bin wirklich müde.« Thea umarmte die Schwester wieder. »Hoffentlich kannst du einigermaßen gut schlafen.« Sie sah Marlene besorgt nach, als diese das Wohnzimmer verließ, und setzte sich dann zu ihrem Vater.

»Tja, nun ist es also klar, dass Bernhard den Krieg nicht überlebt hat. Wahrscheinlich ist es – auf längere Sicht – eine Erleichterung für Marlene, dass sie endlich Gewissheit hat.« Der Vater seufzte. »Aber so schade um Bernhard, er war ein vorbildlicher Ehemann und Vater. Ich kann mich noch gut an die Hochzeit in der Dresdener Frauenkirche im September '37 erinnern. Marlene war so jung und glücklich! Wer hätte damals gedacht, dass das alles einmal so enden würde? Die schrecklichen Verbrechen der Nationalsozialisten und der Krieg...«

Nun, viel hatte darauf auch 1937 schon hingedeutet. Die jüdische Bevölkerung war ausgegrenzt, verleumdet und verfolgt worden, und in den Reden der Nationalsozialisten war oft genug Rache für die »Schmach von Versailles« gefordert worden. Aber Thea stand an diesem Abend nicht der Sinn danach, mit dem Vater über Politik zu diskutieren. »Ja, ich glaube, Marlene ist, bei all der Trauer, auch froh, Bernhard nun in gewisser Weise begraben zu können. Sie ist erst Mitte dreißig, und es liegt noch so viel Leben vor ihr. Vielleicht verliebt sie sich ja noch einmal.«

»Oh, denkst du?« Der Vater wirkte von der Vorstellung etwas schockiert.

»Ich habe mich auch wieder verliebt.«

»Nun, du hast keine Kinder und wegen Hans' Dienst als Soldat auch kaum ein Leben als Ehefrau geführt.« Er räusperte sich. »Wie geht es übrigens Georg Berger?« Seine Stimme klang etwas zu beiläufig. Aber Thea nahm es ihm nicht übel. Sie war einfach froh, dass er Interesse zeigte. Lange hatte der Vater es Thea ja nicht verziehen, dass sie Hans, der in seinen Augen nur ein Mitgiftjäger gewesen war, gegen seinen erklärten Willen geheiratet hatte. Und ihr Zerwürfnis war noch schlimmer geworden, als Thea im vergangenen Frühjahr die Stelle in Georgs Praxis antrat. Der Vater war es gewohnt, dass alle Mediziner – sofern sie nicht auch Chefärzte waren und einen Professorentitel trugen – ehrfürchtig zu ihm aufblickten. Von »einfachen« Landärzten erwartete er dies ganz besonders. Doch Georg verachtete Hierarchien, er war in seinen Ansichten und Behandlungsmethoden unkonventionell, und er dachte nicht daran, einen Professor als unfehlbare medizinische Kapazität zu akzeptieren. An Theas erstem Arbeitstag, als sie ein krankes Kind in das Monschauer Krankenhaus gebracht hatten, hatte der Vater sogar angedroht, Georg aus dem Gebäude werfen zu lassen.

Er hatte auch überhaupt kein Verständnis dafür gezeigt, dass seine Tochter ihren Chefarzt am Hamburger Universitätsklinikum wegen eines ärztlichen Kunstfehlers angezeigt hatte, und ihr dies als puren Hochmut ausgelegt. Doch dann hatte jener Chefarzt noch einen, zum Glück nur *beinahe* tödlich verlaufenen Fehler begangen. Die Klinikleitung konnte davor nicht länger die Augen verschließen und hatte schließlich den Vater darüber informiert, dass Thea rehabilitiert war. Als er nach der Explosion eines Blindgängers um ihr Leben fürchten musste, hatte dies seine letzten Schranken eingerissen. Völlig aufgewühlt konnte er ihr endlich gestehen, dass er sie trotz ihres Streits immer geliebt hatte. Das Zerwürfnis hatte all die Jahre auf Thea gelastet, und nur zu gern war sie bereit gewesen, sich mit ihm zu versöhnen. Der Vater hatte auch eingesehen, dass er Hans völlig falsch beurteilt hatte, und er war wirklich bestrebt, seinen Fehler wieder auszumerzen und Georg als zukünftigen Schwiegersohn wohlwollend zu akzeptieren. Aber dass Georg, wie der Vater inzwischen wusste, eigentlich Chirurg war und sich in einer dunklen Zeit seines Lebens in die Eifel zurückgezogen hatte, machte ihr Verhältnis nicht unkomplizierter. Denn einerseits stieg Georg dadurch beträchtlich in seiner beruflichen Achtung, andererseits verstand der Vater gar nicht, warum er diese Karriere aufgegeben hatte. Thea wusste es jedoch zu schätzen, dass der Vater sich aufrichtig bemühte.

»Thea...?«, hörte sie ihn jetzt fragen.

Sie war völlig in Gedanken versunken gewesen. »Ich hab dich sehr lieb, Vater«, sagte sie impulsiv.

»Oh, tatsächlich? Nun, das ist schön.« Der Vater räusperte sich verlegen. »Und, noch mal, wie geht es Georg?«

»Georg hat viel Arbeit wie immer, und bei diesen Wetterverhältnissen ist es kein Vergnügen, sich zu einsam gelegenen Höfen durchzukämpfen. Aber sein Mitarbeiter entlastet ihn schon, und ja, es geht ihm wirklich gut.«

»Das freut mich zu hören. Es bleibt also bei eurem Hochzeitstermin Anfang August?«

»Ja, wir werden standesamtlich im Rathaus von Eichenborn heiraten. Eine kirchliche Trauung wird es nicht geben. Ich bin ja protestantisch, und Georg ist, zumindest auf dem Papier, katholisch, was alles sehr schwierig machen würde. Ganz abgesehen davon, dass Georg sowieso nicht gläubig ist.« Darüber würde es im Dorf ganz sicher Gerede geben, aber das mussten die Eichenborner akzeptieren.

»Oh, keine kirchliche Hochzeit also.« Der Vater war ein überzeugter Protestant und besuchte nach Möglichkeit jeden Sonntag den Gottesdienst. »Und wo werdet ihr feiern?«

»Im Schlösschen, dort ist ja ausreichend Platz, und es gibt den großen Garten.«

»Nun, das Anwesen ist durchaus...«, der Vater suchte nach Worten, »...pittoresk.« Thea und Georg hatten ihn, die Schwestern und Liesel und Arthur einmal im Sommer zu einem Abendessen dorthin eingeladen. »Falls ihr Hilfe für den Garten benötigen solltet, kann ich euch jemanden empfehlen.«

»Danke für das Angebot, Vater, ich werde es mit Georg

besprechen.« Thea liebte das Schlösschen, obwohl es dringend hätte renoviert werden müssen, und auch den verwilderten Garten. Für sie besaß beides einen ganz eigenen Charme. Aber der Vater war nun einmal sehr auf Ordnung bedacht.

»Du wolltest dir doch morgen in Düsseldorf zusammen mit deinen Schwestern ein Brautkleid aussuchen?«

»Marlene hat darauf bestanden, dass ich fahre und mich mit Katja danach umsehe.« Thea nickte.

»Such dir aus, was dir wirklich gefällt. Egal, wie teuer es ist, ich bezahle dafür.«

»Aber Vater...«

»Keine Diskussion, ich möchte das wirklich.« Sein Tonfall war barsch, wie oft, wenn er seine Gefühle verbergen wollte. Thea verstand, dass er versuchte, ihr und Georg gegenüber wiedergutzumachen, was er bei Hans versäumt hatte. Sie war berührt.

»Danke, Vater.« Sie beugte sich vor und küsste ihn auf die Wange.

»Schon gut...« Er wehrte sie fast ärgerlich ab, aber für einen Moment wurde seine Miene ganz weich. »Und, wie waren die vergangenen Wochen in Marburg?«, fragte er dann knapp.

Der Vater hatte ihren Berufswunsch, Ärztin zu werden, immer unterstützt und vor ihrem Zerwürfnis gehofft, dass sie einmal seine Privatklinik in Dresden weiterführen würde. Wegen des Krieges und weil er in der sowjetischen Besatzungszone keine Zukunft mehr für sich gesehen hatte und nach Monschau gezogen war und hier die Stelle als Chefarzt am Krankenhaus angetreten hatte, war dann ohnehin alles anders gekommen. Aber er war wieder stolz, dass sie als Ärztin ihren Weg machte. Das hatte er Thea in den letzten Monaten oft gezeigt.

Sie erzählte ihm von ihrer Arbeit im Universitätskrankenhaus. Sachlicher, als Georg gegenüber, und mit Anekdoten über die vorgesetzten Ärzte hielt sie sich auch lieber zurück. Aber es war schön, dies mit dem Vater teilen zu können. Es war schon nach zwölf, als Thea ihm schließlich »Gute Nacht« wünschte und zu Bett ging.

In dem Gästezimmer im oberen Stockwerk der Villa zog sie sich rasch aus und schlüpfte in ihren Schlafanzug. Nachdem sie ihr Gesicht gewaschen und eingecremt hatte, blieb sie vor der Frisierkommode sitzen und berührte versonnen ihren Verlobungsring. Er war ungewöhnlich, wie auch Georg. Aus einem Klümpchen Eifelgold gefertigt, das ihm einmal ein langjähriger Patient geschenkt hatte, und mit einem Granat besetzt statt mit einem Diamant. Das dunkle Rot des Edelsteins passte wunderschön zum warmen Schimmer des Goldes.

Theas Gedanken wanderten weiter, zum Gespräch mit ihrem Vater und dazu, wie Georg und sie ihre Hochzeit geplant hatten. Im vergangenen Sommer hatten sie kurz überlegt, im ganz kleinen Kreis standesamtlich zu heiraten und das große Fest dann nachzuholen, wenn sie – Thea – ihre Assistenzzeit in Marburg beendet und ihre Prüfung zur Fachärztin abgelegt haben würde. Aber sie hatte sich dagegen entschieden.

Wie bei so vielen Paaren während des Krieges war ihre Hochzeit mit Hans eine Nottrauung gewesen, mit zwei zufälligen Passanten von der Straße als Trauzeugen und einzigen Gästen. Katja war damals noch ein Kind gewesen und hatte ohne den Vater nicht von Dresden nach Hamburg reisen können. Und für die hochschwangere Marlene wäre die Fahrt viel zu beschwerlich gewesen.

Bei der Trauung zählte nur Hans für Thea, und in ihrer Erinnerung war die kurze Zeremonie kostbar und schön. Aber jetzt, mit Georg, wollte sie das anders – mit vielen Gästen, die dem Ja-Wort beiwohnten und es gleich darauf mit ihnen feierten. Georg hatte sie verstanden und nicht versucht, sie umzustimmen. Aber es gab noch einen weiteren, tieferen Grund, weshalb sie sich ein großes Fest wünschte. Er war ihr ein bisschen peinlich, und sie hatte ihn Georg nicht offenbart. Sie konnte sich nur zu gut vorstellen, wie er sie ansehen würde, amüsiert und gleichzeitig bemüht, ihre Gefühle nicht zu verletzen.

Hans war viel zu früh gestorben, und irgendwie hatte sie die – zugegeben völlig irrationale und abergläubische – Angst, dass eine improvisierte Hochzeitsfeier auch Georg und ihr Unglück bringen würde.

Ob er noch wach war, im Wohnzimmer saß, Musik hörte und an sie dachte? Aber vielleicht schaufelte er sich auch gerade den Weg zu einem abgelegenen Hof frei, wo ein Patient auf ihn wartete. Morgen würde sie mit ihm telefonieren und ihm von Bernhards Tod erzählen.

Mit der Sehnsucht, in Georgs Armen zu liegen, kuschelte Thea sich ins Bett.

Kapitel 3

Hier wohnte Katja also. Am nächsten Vormittag stieg Thea vor einem weißen Gebäude im schlichten Stil des Bauhauses aus ihrem VW-Käfer. Im vergangenen Herbst hatte ihre jüngere Schwester die väterliche Villa verlassen und war nach Düsseldorf gezogen, um sich hier einen Namen als Fotografin zu machen. Seitdem hatte Thea noch nie die Zeit gefunden, sie zu besuchen. Unter dem Schnee am Weg zur Eingangstür waren Blumenrabatten zu erahnen. Laut den Klingelschildern wohnten vier Parteien in dem Haus.

Thea hatte noch gar nicht geläutet, als die Haustür aufgerissen wurde und Katja sie anstrahlte und umarmte. »Ich hab dich aus dem Käfer steigen sehen. Komm rein, wie schön, dass du da bist!«

»Ich freue mich auch!« Thea erwiderte die Umarmung. Mit ihren rotbraunen Locken, den rauchblauen Augen und den Grübchen in den Wangen sah die Schwester wie immer sehr hübsch aus – und wie einem Modemagazin entsprungen. Zu einer Art kurzem Poncho trug sie eine der gerade sehr angesagten Hosen mit Bundsteg.

Thea folgte Katja eine Treppe mit offenen Stufen hinauf in die zweite Etage. Dort gab es zwei rot lackierte Türen. Eine davon öffnete die Schwester nun. »Tata, das ist mein Reich!«, sagte sie.

Eine kleine Diele führte in eine Art Studio mit einem Wohn- und Essbereich und einer Küchenzeile. Durch die großen Fenster blickte man auf den Rhein. Die wenigen Möbel waren elegant und geschmackvoll. Das galt auch für das Schlafzimmer.

»Den Abstellraum habe ich zu meiner Dunkelkammer umfunktioniert.« Katja wies auf eine weitere Tür. »Du kannst übrigens gern mein Bett haben, und ich nächtige auf dem Sofa, man kann es ausziehen. Ich mache uns noch einen Kaffee, bevor wir uns ins samstägliche Gewimmel in der Innenstadt stürzen, ja?« Und schon füllte sie gemahlenen Kaffee in einen Einsatz und Wasser in eine Art Glaskolben und stellte den Gasherd an.

»Ja, ich trinke gern eine Tasse mit dir.« Thea hatte ein bisschen Mühe, mit der quecksilbrigen Schwester Schritt zu halten. Katja holte noch Geschirr aus einem Schrank, auch dieses war modern, und setzte sich dann zu Thea an den Tisch.

»Wie geht es Marlene und den Kindern denn?«, fragte sie. Schwang da ein Anflug von schlechtem Gewissen in ihrer Stimme mit, weil sie so sehr auf dem unbeschwerten Samstag bestanden hatte? Nun, bei Katja wusste man nie.

»Marlene ist, zumindest noch, sehr gefasst. Und Liesel und Arthur haben beim Frühstück eigentlich ganz munter gewirkt. Liesel hatte die Idee, dass sie ja für den Papa einen Baum im Garten pflanzen könnte, weil sein Grab so weit weg sei. Vielleicht hat sie so etwas mal in der Schule gehört. Also, dass man Bäume auch zur Erinnerung an Menschen pflanzt. Und Vater hat gesagt, dass er, wenn sie wieder aus Frankfurt zurück sind, mit ihr und Arthur einen kaufen wird.«

Katja stand auf und goss den fertigen Kaffee in die Tassen. »Zu den beiden kann er sehr liebevoll sein.«

»Das war er uns gegenüber auch.« Thea hatte den Impuls, den Vater zu verteidigen.

»Na ja, ich habe ihn eigentlich immer als ziemlich streng erlebt – wenn er einmal zu Hause war und nicht in der Klinik.«

»Vielleicht hast du ihn am meisten von uns aufgebracht«, erwiderte Thea lächelnd. Die neun Jahre jüngere Schwester war schon als Kind nur schwer zu bändigen gewesen.

»Du warst immer sein Liebling.« Katja trank einen Schluck Kaffee. »Aber, um noch einmal auf Marlene zurückzukommen ... Vielleicht ist es ja für sie und die Kinder am besten, dass Bernhard die Kriegsgefangenschaft nicht überlebt hat.«

»Katja, wie kannst du so etwas sagen!« Thea war schockiert.

»Na ja, bei dem, was man hinter vorgehaltener Hand so über die Heimkehrer aus russischer Kriegsgefangenschaft hört ...« Katja zuckte mit den Schultern. »Nicht wenige trinken und verprügeln Frau und Kinder.«

»Ich weiß, dass das leider nicht gerade selten geschieht. Aber deshalb zu konstatieren, dass jemand vielleicht besser tot sei ... Du hast Bernhard doch auch gekannt! Er war ein warmherziger Mensch, und Marlene hat ihn geliebt.«

Katja erkannte, wie fassungslos Thea war und dass sie zu weit gegangen war, und sie errötete ein bisschen. »Es tut mir leid. Du weißt doch, dass ich manchmal Unsinn rede.«

»Ja, allerdings. Gelegentlich solltest du erst einmal nachdenken, bevor du den Mund aufmachst. Du bist einundzwanzig und kein Backfisch mehr!« Vielleicht hatte Georg ja doch recht damit, dass Katja trotz ihrer neuen Selbstständigkeit immer noch verwöhnt und unreif war. Im Gegensatz zu Marlene, die er sehr mochte, fand er die jüngere Schwester meistens anstrengend.

»Ach, Thea, es tut mir wirklich sehr leid. Bitte, sei mir wieder gut.« Katja ergriff ihre Hand und sah sie flehentlich an.

Thea seufzte. Irgendwie konnte sie der kleinen Schwester nie lange böse sein. »Schon gut, ich bin nicht mehr ärgerlich«, lenkte sie ein.

»Das ist schön.« Katjas Anflug von Zerknirschtheit verflog. »Dann sollten wir allmählich aufbrechen. Ich habe schon einmal eine erste Auswahl unter den Brautmoden-Geschäften getroffen.«

Am Nachmittag schlenderte Thea mit Katja die Kö entlang, die elegante Einkaufsstraße im Herzen von Düsseldorf. Die Bäume am Eis bedeckten Stadtgraben inmitten des Boulevards waren noch jung; wahrscheinlich hatte man sie nach dem Krieg gepflanzt, als Ersatz für frühere, die den Bombardierungen zum Opfer gefallen waren.

Thea fühlte sich ganz beschwingt. Es war so aufregend gewesen, mit der Schwester nach einem Brautkleid zu suchen! Und tatsächlich hatte sie schon in dem zweiten Laden ein wunderschönes gefunden – A-förmig geschnitten, mit einem kurzen Oberteil und Ärmeln bis knapp unter die Ellbogen. Der weite Rock umspielte die Knöchel und war mit kleinen Blumen bestickt. Der zarte Schleier hatte dasselbe Muster und reichte bis zu ihrer Hüfte. Das Kleid war festlich und elegant und hatte doch auch etwas von einem Nachmittagskleid. So passte es perfekt zu der standesamtlichen Trauung und dem Fest im Schlösschen. Und Georg würde es bestimmt auch gefallen. Thea lächelte vor sich hin. Nur um die Taille musste es ein bisschen enger genäht werden, ansonsten saß es wie angegossen. In ein paar Wochen würde sie es abholen.

»Hier gibt es eine wunderbare Schwarzwälder-Kirschtorte, die magst du doch so gern.« Katja hatte die Tür eines Cafés aufgezogen, und Thea folgte ihr nach drinnen. Die Gläser ihrer Brille beschlugen, halb blind ging sie hinter der Schwester her, die auf einen gerade frei gewordenen Tisch zusteuerte.

Er lag, wie Thea feststellte, nachdem sie die Brillengläser geputzt hatte, in einer Nische und doch so, dass der ganze, fast bis auf den letzten Platz besetzte Innenraum gut zu überblicken war. Katja hatte bei derlei Dingen oft Glück. Sie selbst und Marlene hätten wahrscheinlich keinen freien Tisch gefunden.

Ein Kellner erschien, nahm ihnen die Mäntel ab, und Katja orderte zwei Kännchen Kaffee und ein Stück Schwarzwälder-Kirsch für Thea und für sich ein Stück Obsttorte.

»Ach, es ist schön, hier zu sitzen.« Thea lehnte sich auf der gepolsterten Bank zurück und atmete die Düfte von Kaffee, Gebäck und Kuchen tief ein. War es wirklich erst vier Jahre her, dass sie froh gewesen war, ihren Hunger, wenn überhaupt, mit wässrigen Kartoffeln stillen zu können?

»Du hast so hübsch in dem Brautkleid ausgesehen!« Katjas Augen leuchteten warm. »Ach, ich kann deine Hochzeit kaum erwarten. Marlene und ich werden natürlich deine Brautjungfern sein, und Liesel und Arthur werden Blumen streuen.« Sie stützte den Kopf in die Hände und blickte träumerisch in die Ferne. »Und Vater wird dich in dem mit Blumen geschmückten Mercedes zum Rathaus von Eichenborn fahren.«

»Brautjungfern bei einer standesamtlichen Trauung dürften ein bisschen übertrieben sein.« Thea lachte. »Aber ich freue mich auch sehr auf das Fest. Ich habe nur ein etwas schlechtes Gewissen gegenüber Vater. So sehr ich das Kleid auch liebe, preiswert ist es ja nicht gerade.«

»Thea!« Katja verdrehte die Augen und sah sie empört an. »Denk doch nicht so etwas. Es ist sein Geschenk an dich. Und arm ist er ja nun wirklich nicht. Und ... Oh ...« Die Schwester brach ab, griff nach einem Modemagazin, das auf einem Stuhl lag – vielleicht hatte es jemand vergessen oder das Café stellte es den Gästen zur Verfügung –, und schlug es auf. »Schau mal, diese Modestrecke habe ich fotografiert.« Stolz schob sie Thea das Magazin zu.

Die Fotos zeigten die neueste Frühjahrsmode, Kostüme und Mäntel in hellen Farben. Die Marken waren so bekannt, dass sie sogar Thea etwas sagten. »Das war ein richtig großer Auftrag, nicht wahr?«, fragte sie lächelnd.

»Ja, ich habe tagelang gebangt, ob ich ihn bekomme. Ich habe dafür extra meine Mappe noch mal aufpoliert, also neue Modefotografien gemacht, und das Schönste ist, dieser Auftrag hat weitere nach sich gezogen. Ich bin jetzt wirklich gut im Geschäft.«

»Ich freue mich so für dich.« Thea drückte Katjas Hand. Die jüngere Schwester ging also wirklich ihren Weg.

»Tja, wer weiß, vielleicht darf ich ja sogar irgendwann für die *Vogue* fotografieren. Das wäre mein Traum. Die

Vogue ist ein berühmtes amerikanisches Modemagazin«, fügte sie hinzu, als sie Theas verständnislosen Blick sah. Katja grinste und spähte gleich darauf in Richtung der Kuchentheke. »So beschäftigt, wie die dort sind, dürfte es mit unserer Bestellung noch etwas dauern. Ich verschwinde mal schnell auf die Toilette.«

»Tu das.« Thea nickte. Lächelnd betrachtete sie wieder die Modefotografien der Schwester. War Katja wirklich erst vor wenigen Monaten nach Düsseldorf gezogen? Aber wenn sie etwas wirklich wollte, dann zog sie das auch durch. Langsam blätterte Thea weiter. Ein Interview mit der Gattin eines Politikers. Dann der Artikel über eine Filmpremiere in Düsseldorf... Thea hielt abrupt inne, und das Lächeln verschwand von ihrem Gesicht. Die elegante, wunderschöne Frau im Gespräch mit einem bekannten Schauspieler auf einem der Bilder war Melanie Winter – jene Frau, mit der Georg eine lange, schwierige und oft unglückliche Liebe verbunden hatte! Als sie ihn kurz nach Beginn des Krieges für einen anderen Mann verließ, hatte er seine Karriere als Chirurg in Berlin aufgegeben und sich in die Eifel zurückgezogen. Losgekommen war er dennoch nicht von ihr – und sie, trotz zwei Ehen, nicht von ihm. Erst im vergangenen Sommer hatte er sich wegen ihr, Thea, endgültig von Melanie Winter getrennt.

Katja war an den Tisch zurückgekommen. Ihr Blick fiel auf das Bild, und sie verzog den Mund. »Oh, die Frau Winter...«

Thea hatte den Schwestern von Georg und ihr erzählt. »Bist du ihr denn mal bei deiner Arbeit begegnet?«

»Einmal? Bei den Düsseldorfer gesellschaftlichen Großereignissen läuft man ihr unweigerlich über den Weg. Das letzte Mal habe ich sie, glaube ich, bei einem Wohltätigkeitskonzert vor Weihnachten gesehen. Sie war übrigens schwanger.«

»Oh, tatsächlich…?«

»Ja, und ich muss es ihr lassen, sie sah trotzdem toll aus.«

Der Kellner kam und brachte endlich den Kaffee und den Kuchen. Thea gab Milch in ihre Tasse. Wenn Melanie Winter schwanger war, dann hatten sie und ihr zweiter Mann anscheinend doch wieder zueinandergefunden.

»Du und Georg wünscht euch bestimmt auch Kinder, oder?«

Thea blickte auf, sie war mit ihren Gedanken ganz weit weg gewesen. »Was? Ja, das tun wir…«

»Verhütet ihr eigentlich?«

»Wie bitte? Katja!« Thea war so entgeistert, dass ihr eine Kirsche von der Kuchengabel und auf den Boden kullerte.

»Meine Güte«, die Schwester verdrehte die Augen, »ich dachte immer, die Prüde in der Familie sei Marlene. Du bist eine angehende Fachärztin für Gynäkologie! Wenn man noch nicht mal mit dir offen über diese Themen reden kann…«

»Das kann man schon, aber nicht in einem vollbesetzten Café. Die Dame an dem Tisch vor der Nische hat sich zu uns umgedreht.«

»Und wenn schon…« Katja zuckte mit den Schultern. »Übrigens hast du meine Frage noch immer nicht beantwortet.«

»Nein.«

»Und das heißt…?«

»Wir schützen uns nicht. Bist du jetzt zufrieden?«

»Und das trotz dieses katholischen Dorfes? Würdest du etwa tatsächlich schwanger mit Georg vor den Standesbeamten treten?« Katja legte gespielt entsetzt die Hand auf die Brust.

»Nun ja, es kommt dort öfter vor, dass Kinder schon fünf oder sechs Monate nach der Eheschließung zur Welt kommen. Das Risiko gehen wir ein.«

»Du wirkst aber irgendwie traurig.« Katja betrachtete sie forschend. Manchmal war die Schwester überraschend sensibel.

»Es ist nichts.« Thea schüttelte den Kopf, doch dies entsprach nicht der Wahrheit. Sie hatte sich schon mit Hans sehnlich ein Kind gewünscht und war, obwohl sie bewusst ungeschützt miteinander geschlafen hatten, nicht schwanger geworden. Deshalb hatte sie keine Zeit verlieren wollen, und sie und Georg verzichteten ebenfalls auf Verhütung. Doch allmählich machte sie sich Sorgen, ob bei ihr nicht vielleicht ein körperliches Problem vorlag. Sie musste sich demnächst einmal gründlich von einem Kollegen untersuchen lassen.

Nun rang sie sich ein Lächeln ab. »Wie sind denn deine weiteren Pläne für den Nachmittag?«, fragte sie.

Katja hatte schon Karten für ein kleines Jazz-Konzert am Spätnachmittag besorgt, und danach gingen sie in eine Bar in der Düsseldorfer Innenstadt und tranken einen Aperitif. Das Essen in einem Restaurant in der Altstadt rundete den Abend ab. Gegen halb zehn kamen sie schließlich wieder in Katjas Wohnung an. Thea ließ sich erschöpft in einen Sessel sinken. Die anstrengenden Dienste in der Marburger Universitätsklinik machten sich nun doch bemerkbar. Ihre Schwester dagegen wirkte noch völlig frisch und ausgeruht.

»Soll ich uns einen Drink mixen? Ich bin, was den Alkohol und die anderen Zutaten betrifft, ganz gut ausgestattet.« Katja wandte sich einem Rollwagen zu, auf dem eine ganze Batterie von Flaschen stand.

Thea wollte erwidern, dass ihr nach dem Aperitif und dem Wein zum Abendessen ein Saft völlig reichte. Aber in diesem Moment klingelte das Telefon, und Katja nahm den Hörer ab. »Kampen! Wirklich…? O ja, natürlich komme ich! Und ich bringe meine Schwester mit«, hörte Thea sie sagen.

»Das war Bernd, er ist ein Freund und auch Fotograf.« Strahlend wandte sie sich zu Thea um. »Er hat schon den ganzen Abend lang versucht, mich zu erreichen. Bei ihm findet eine spontane Feier statt, und er möchte mich unbedingt dabeihaben. Da müssen wir hin! Es sind ganz viele Leute von Zeitungen und Magazinen und aus der Düsseldorfer Kunstszene dort.«

»Katja, geh du allein, ich bin zu müde.« Thea schüttelte den Kopf. Außerdem war es eine Sache, ein Brautkleid zu kaufen, während Marlene um ihren Mann trauerte. Und noch einmal eine andere, sich auf einer Feier zu vergnügen.

»Ach, Thea, sei doch nicht so miesepetrig! Das sind interessante Leute, und ich hätte es so gern, dass du sie kennenlernst. Das ist jetzt meine Welt.« Katja seufzte enttäuscht.

Thea wollte durchaus Anteil an ihrem Leben nehmen, aber da war auch ihre große Müdigkeit … Sie kämpfte mit sich.

»Wir nehmen auf meine Kosten ein Taxi und bleiben auch nur eine Stunde, das verspreche ich dir.« Katja ergriff bittend ihre Hand.

»Na gut, eine Stunde...« Wie so oft gab Thea ihrem Drängen nach.

Schon im Treppenhaus des Gründerzeitgebäudes scholl Thea und Katja Jazz-Musik und Stimmengewirr entgegen. Der lange Flur war voller Menschen, Zigarettenrauch waberte durch die Luft. Katja, die sich hier auszukennen schien, fasste Thea an die Hand und zog sie in ein Schlafzimmer, wo sie ihre Mäntel zu anderen unordentlich hingeworfenen Mänteln und Jacken auf ein Bett legten.

»Komm mit.« Katja hakte sich bei Thea unter und führte sie in einen großen Raum, anscheinend das Wohnzimmer. Sofas, Sessel und Stühle waren an die Wand gerückt. In einem Bücherregal lief ein Plattenspieler in vollster Lautstärke. Auf einem Tisch standen Teller mit belegten Broten, jede Menge Flaschen und Gläser.

Ein schlanker, braunhaariger junger Mann bahnte sich den Weg zu Thea und Katja. Seine Hose und sein Rollkragenpullover waren schwarz. Überhaupt schienen viele der anwesenden Männer diese Kluft zu bevorzugen, wie Thea feststellte. Die Frauen waren dagegen eher konventionell gekleidet.

»Thea, das ist mein Freund Bernd!«, rief Katja gegen die Musik an.

»Sehr erfreut.« Ein bisschen wie ein Tanzstundenschüler reichte er ihr die Hand. »Machen Sie auch was mit Fotografie oder Kunst?«

»Nein, ich bin Ärztin.«

Er verstand sie nicht. »Sie sind Tänzerin? Wie interessant.«

O Gott... »Nein, Ärztin«, wiederholte Thea laut. »Ich bin ein Doktor. Der Medizin.«

»Und das da ist Manfred, er ist Maler. Und Andrea, sie studiert Kunst an der Akademie.« Katja deutete jetzt auf ein Pärchen, das eng umschlungen an ihnen vorbeitanzte. »Und das ist...« Namen und Berufe schwirrten um Theas Ohren, sofern sie sie überhaupt verstand. Jemand drückte ihnen Gläser mit Rotwein in die Hände. Thea nippte daran, er schmeckte sauer und billig.

Kurz wurde es leiser, als die Schallplatte zu Ende war. Dann schallte Rumba-Musik durch den Raum. Lachend legte Katja den Arm um Theas Hüfte und wirbelte sie herum. Als das Lied vorbei war, tauchte ein blonder Mann mit Schnurrbart vor Thea auf und fasste nach ihrer Hand. Obwohl sie nicht viel Wein getrunken hatte, fühlte sie sich ein bisschen beschwipst, und nach dem Tanz hatte sie genug. Sie drängte sich zwischen den Paaren durch und ließ sich auf ein Sofa sinken.

Was Georg wohl gerade machte? Ach, es wäre so schön, jetzt bei ihm in Eichenborn zu sein, in seinem Wohnzimmer zu sitzen, mit ihm zu reden und Musik in einer normalen Lautstärke zu hören! Oder wurde sie allmählich alt?

Der blonde Jüngling, mit dem Thea eben getanzt hatte, ließ sich etwas zu nah neben ihr nieder. Thea verdrehte innerlich die Augen. »Ich bin übrigens Walter. Und Sie sind Katjas Schwester?«

»Ja«, erwiderte sie knapp und rückte ein Stück von ihm weg.

»Katja interessiert sich sehr für Philosophie.«

»Ach ja?« Falls das stimmte, was Thea bezweifelte, war das eine ganz neue Seite an der Schwester.

»Sie ist ein sehr tiefgründiger Mensch. Haben Sie vielleicht auch Sartres ›Das Sein und das Nichts‹ gelesen? Ich ziehe seinen existenzialistischen Ansatz ja dem absurden von Camus vor.«

»Hören Sie ... die einzigen Bücher, in die ich mich in den letzten Monaten vertieft habe, waren medizinische Fachliteratur. Zu mehr hatte ich keine Zeit. Und Philosophie hat mich außerdem noch nie interessiert.«

Das war deutlich genug gewesen, denn mit etwas bedröppelter Miene stand der junge Mann auf und verschwand wieder unter den Tanzenden. Thea wehrte noch einige Gesprächsversuche von anderen Männern und Aufforderungen zum Tanz ab. Dann reichte es ihr endgültig, und sie blickte auf ihre Armbanduhr. Es war schon fast zwölf. Sie erhob sich und machte sich auf die Suche nach der Schwester.

Sie fand Katja im Flur, wo sie rauchend an der Wand lehnte und anscheinend ein *tiefgründiges* Gespräch mit einem der in existentialistisches Schwarz gekleideten jungen Männer führte. Jedenfalls war Katjas Miene ausnahmsweise einmal sehr ernst und konzentriert – vielleicht gefiel ihr aber auch einfach ihr Gegenüber. Der junge Mann war unbestreitbar attraktiv.

»Katja ...« Thea berührte die Schwester an der Schulter. »Du kannst gern noch bleiben, aber ich gehe jetzt.«

»Ach, Thea, wir sind doch gerade erst gekommen!«

»Nein, wir sind über eine Stunde hier, und ich nehme mir ein Taxi.« Dieses Mal blieb sie fest.

Katja zog einen Schmollmund und seufzte. »Na gut, wenn du wirklich unbedingt nach Hause willst.«

»Ja, das möchte ich.«

Die Schwester tauschte noch die Adressen mit ihrem Gesprächspartner. Und Thea atmete auf, als sie endlich das Fest verließen. Sie war wirklich todmüde.

Todmüde fühlte sie sich auch zwei Tage später, als sie nach dem Dienst am Abend in ihr Zimmer in der Nähe der Marburger Universitätsklinik zurückkehrte. Sie schlüpfte in ihren Schlafanzug und zog den Morgenmantel an. Es war erst neun Uhr, aber nach ihrem Empfinden hätte es auch schon nach Mitternacht sein können. Ihr Hals und ihre Glieder schmerzten, und nun wurde sie auch wieder von einem heftigen Husten heimgesucht. Seit dem Nachmittag ging das schon so. Anscheinend hatte sie sich in den letzten Tagen eine Erkältung eingefangen.

Thea füllte am Waschbecken Wasser in einen Kessel und stellte ihn auf die elektrische Kochplatte, um sich einen Tee zuzubereiten, als es an der Zimmertür klopfte. Ihre Vermieterin, eine Professorenwitwe, stand davor. »Frau Doktor, Ihr Verlobter ist am Telefon«, verkündete sie.

Ihr Verlobter... In Theas Ohren klang das immer seltsam würdevoll. Georg war ihr Geliebter, ihr bester Freund, der Mann, dem sie bedingungslos vertraute. Aber die ältere Dame war sehr erleichtert gewesen, dass Theas Beziehung respektabel war.

Das Telefon stand unten, im ehemaligen Arbeitszimmer des Professors. Thea schloss die Tür, froh darüber, ungestört mit Georg sprechen zu können, und setzte sich auf den Schreibtischstuhl. Einige Büsten von antiken Philosophen blickten von den Bücherregalen auf sie herab. Der Professor war ein Altertumswissenschaftler gewesen.

»Georg ...«

»Hallo, mein Liebling.« Dieses Wort klang wunderschön, und das Lächeln in seiner Stimme ließ Theas Herz schneller schlagen.

»Ich habe gestern Nachmittag gegen vier Uhr versucht, dich anzurufen, gleich nachdem ich in Marburg angekommen bin – Katja und ich hatten lange geschlafen und spät gefrühstückt –, aber leider habe ich dich nicht erreicht.«

»Da war ich gerade bei einem Patienten«, Georg nannte Thea den ihr wohl bekannten Namen, »eine akute Gallenkolik. Mal wieder verursacht von zu viel und zu fettem Essen, der verdammte Dummkopf, und ...« Er unterbrach sich. »Sag mal, du hörst dich erkältet an, oder täusche ich mich?«

»Ich habe ein bisschen erhöhte Temperatur«, gab Thea zu. »Nichts Schlimmes.«

»Lass dich krankschreiben.«

»Das geht nicht, wegen einer Grippewelle sind wir auf der Station sowieso schon unterbesetzt. Und als ob du dich wegen einer Erkältung ins Bett legen würdest!«

Georg seufzte. »Versprich mir, dass du zu Hause bleibst, wenn es schlimmer wird.«

»Ja, versprochen.«

»Wirklich?«

»Großes Ehrenwort.«

»Gut. Wie war's denn mit Katja in Düsseldorf? Und vor allem, hast du ein Brautkleid gefunden?«

»Ja, ein wunderschönes, es wird dir bestimmt gefallen.

Und, das habe ich dir noch gar nicht erzählt, Vater schenkt es mir.«

»Das ist nett von ihm.« Georgs Stimme klang sehr neutral. Er und ihr Vater würden wahrscheinlich niemals eine wirklich herzliche, unkomplizierte Beziehung entwickeln. Aber auch er bemühte sich ihr zuliebe um ein entspanntes Verhältnis. Und dafür war Thea dankbar.

»Abgesehen von dem Kauf des Brautkleides war die Zeit mit Katja schön, aber auch wie immer ein bisschen anstrengend.« Thea erzählte Georg von all ihren Aktivitäten und dem Fest mit den existentialistisch angehauchten jungen Männern in der Gründerzeitwohnung, und sie musste ihn nicht sehen, um zu wissen, dass er darüber lächelte.

Dann sprachen sie auch noch über Georgs Wochenende in der Praxis, das, obwohl ihn sein Mitarbeiter unterstützt hatte, arbeitsreich gewesen war. Schließlich verabredeten sie, in den nächsten Tagen wieder miteinander zu telefonieren, und nach einem letzten »Lebewohl« legte Thea bedauernd den Hörer auf.

Gegen Ende des Gesprächs hatte sie ihre Erkältung gar nicht mehr richtig wahrgenommen. Doch schon auf dem Weg in ihr Zimmer wurde sie wieder von einem Husten geschüttelt. Sie nahm eine Tablette gegen die Halsschmerzen und legte sich ins Bett. Ja, als ob Georg wegen einer Erkältung zu Hause bliebe! Unter dem Siegel der strikten Verschwiegenheit hatte ihr sein Mitarbeiter Dr. Kramer anvertraut, dass er vor Weihnachten mit 39 Grad Fieber die Patienten besucht hatte. Gerade Ärzte neigten dazu, die Ratschläge, die sie ihren Patienten erteilten, bei sich selbst zu missachten.

Nun, wenn sie erst zusammenlebten, würde sie Georg

dann ganz sicher ins Bett stecken! Die Tablette begann zu wirken, und die Halsschmerzen ließen nach. Ach, wie schön würde es sein, endlich mit Georg verheiratet zu sein und alles mit ihm zu teilen! Mit diesem Gedanken schlief Thea kurz darauf ein.

Kapitel 4

Der Schnee knirschte unter Georgs Füßen, als er von der Praxis zum Schlösschen ging. Das Wartezimmer war wieder einmal voll gewesen, und es war schon dunkel. In der klaren Nacht funkelten die Sterne am Himmel, wirkten groß und sehr nah. Trotz des langen Arbeitstages fühlte er sich ganz beschwingt – und glücklich. Morgen würde er Thea wiedersehen! Bei ihrem letzten Telefonat vor zwei Tagen hatte sie ihm gesagt, dass ihre Erkältung überstanden sei. Am frühen Nachmittag würde sie in Eichenborn ankommen, neuer Schneefall war, Gott sei Dank, nicht angekündigt, und die Straßen sollten frei sein – und dann lagen zwei gemeinsame Tage vor ihnen!

Am Samstag wollten sie nach Aachen fahren und dort einen Herd und Küchenmöbel kaufen. Georg schüttelte amüsiert über sich selbst den Kopf. Er hätte nicht gedacht, dass er sich einmal auf so etwas freuen würde. Früher wäre das für ihn nur ein lästiges Übel gewesen. Für das Mittagessen hatte er schon einen Tisch in einem guten Restaurant reserviert, und dann stand auch noch ein Kinobesuch auf dem Programm. Irgendein Film, der sie beide interessierte, wurde bestimmt gezeigt. Laut einem Patienten, einem alten Bauern, dem Georg in Bezug auf präzise Wettervorhersagen mehr vertraute als den offiziellen Stellen, sollte es am Sonntag schön werden. Und das bedeutete, dass Thea und er im Hohen Venn würden wandern können. Sie beide liebten das Moor, und bei Schnee und Sonnenschein war es dort einfach wunderschön.

Behaglich und einladend lag das Schlösschen vor ihm. Früher war es für Georg nur ein Ort gewesen, an dem er wohnte. Aber dank Thea war es auch jetzt schon zu einem Heim geworden. Wie sich durch sie überhaupt so vieles in seinem Leben zum Guten gewendet hatte! Und das Schönste und Bereicherndste war, dass sie ihn gelehrt hatte, wie ganz selbstverständlich und leicht die Liebe sein konnte, erfüllend und heilsam – und nicht schmerzhaft und zerstörerisch.

Georg hatte eben den Schnee von seinen Schuhen gestreift und den Mantel aufgehängt, als er aus der einen Spalt breit offen stehenden Wohnzimmertür Licht in die Halle fallen sah. Wahrscheinlich hatte er es am Vorabend versehentlich brennen lassen und das vorher nicht bemerkt. Oder... Eine jähe Freude stieg in ihm auf. Vielleicht hatte Thea sich ja aus irgendeinem Grund einen Tag früher frei nehmen können und war jetzt schon hier.

»Thea?« Georg zog die Tür ganz auf und blieb abrupt auf der Schwelle stehen. Das konnte doch nicht sein...

Die Frau, die sich von dem Sofa erhob und ihm mit einem leichten Lächeln auf den Lippen entgegenkam, war nicht Thea. Es war Melanie. Jene Frau, die er so lange und oft so unglücklich geliebt hatte. Seit ihrer endgültigen Trennung im vergangenen Sommer hatte er sie nicht mehr gesehen.

Gefühle stürzten auf ihn ein. Die stärksten waren Überraschung und Ärger, aber er empfand zugleich auch ein Bedauern über all die Jahre, die er an dieser aussichtslosen

Liebe festgehalten hatte, er erinnerte sich an vergangenen Schmerz. Und obwohl er so überrumpelt und aufgewühlt war, wusste er eines ganz deutlich: Früher hätte ihn diese Begegnung in einen Taumel aus Sehnsucht und Verlangen gestürzt. Doch jetzt war da außer Unwillen – nichts. Er liebte Melanie nicht mehr. Er hasste sie nicht einmal, obwohl sie auch dieses Gefühl manchmal in ihm erregt hatte.

»Melanie, was soll das? Was machst du hier?«, fuhr er sie an und ignorierte die Hand, die sie ihm entgegenstreckte. »Und was, zum Teufel, gibt dir das Recht, einfach hier einzudringen?«

»Na ja, ich wusste, wo du deinen Schlüssel versteckst, und ich hatte keine Lust, bei der Kälte im Wagen auf dich zu warten.« Sie zuckte mit den Schultern. »Und ich bin hier, weil ich dir dringend etwas sagen muss.«

»Zwischen uns gibt es nichts mehr zu besprechen. Tu uns beiden den Gefallen und geh. Sonst werde ich dich hinauswerfen.« Georg war es völlig ernst damit.

»Es tut mir leid, dass ich dich mit meinem Erscheinen so wütend mache. Das wollte ich nicht. Es geht um etwas wirklich Wichtiges. Bitte, gib mir ein paar Minuten und hör mich an.« Ein ganz ungewohnter, ja fast flehender Unterton schwang in Melanies Stimme mit. Zum ersten Mal, seit er geschockt auf der Türschwelle stehen geblieben war, sah Georg sie genauer an. Sie war attraktiv wie immer. Das Licht ließ ihr honigblondes, perfekt frisiertes Haar golden aufleuchten. Aber ihr klassisch schönes Gesicht war ungewohnt blass, was ganz sicher nicht an ihrer Auseinandersetzung lag – so etwas ließ Melanie nicht erbleichen –, und unter ihren großen blauen Augen lagen

Schatten. Auch war sie fülliger geworden, dabei hatte sie doch immer viel Wert auf ihre gertenschlanke Figur gelegt.

»Georg«, Melanie trat einen Schritt zurück und hob die Hände, ein irgendwie wehmütiges, aber auch selbstironisches Lächeln spielte um ihren Mund, »ich schwöre dir, ich bin nicht hier, um dir meine Liebe zu gestehen und dich anzuflehen, *mich* zu heiraten und nicht Thea. Ich habe begriffen, dass du nichts mehr für mich empfindest, dass du Thea liebst, und ich akzeptiere es. Außerdem solltest du mich gut genug kennen, um zu wissen, dass ich nicht der Typ bin, der um etwas bettelt. Schon gar nicht um Liebe.«

Sie war anders, als er sie kannte. Unverändert selbstsicher, ja. Aber irgendwie auch nachdenklicher. Und – Georg fiel es schwer, es in Worte zu fassen – *verwundbarer*. Ob sie krank war und deshalb zu ihm, dem Arzt, gekommen war? Manchmal deutete eine Gewichtszunahme ja auf eine Krankheit hin.

»Gut, dann sag mir, was du unbedingt loswerden willst«, erwiderte er barsch.

»Danke.« Melanie ließ sich wieder auf dem Sofa nieder, und Georg blieb neben dem Kamin stehen. Sie senkte den Blick und betrachtete einen Moment lang ihre ebenmäßigen, mit teuren Ringen geschmückten Hände. Dann hob sie den Kopf und sah ihn an. »Georg, ich habe vor vier Wochen ein Kind geboren, einen Jungen…«

»Was?« Damit hatte er nicht gerechnet. Melanie hatte eigentlich nie Kinder haben wollen. Sie habe keine Lust, sich im Laufe von neun Monaten in eine hässliche, unförmige Kugel zu verwandeln, das war ihre Meinung zu Schwangerschaften gewesen. »Nun, ich freue mich für dich und deinen Mann«, sagte er vorsichtig. War das Kind etwa krank, und sie wollte einen Rat von ihm?

»Georg!« Melanie legte die Hand auf die Brust und holte tief Atem. »Der Junge, Frieder, er ist ... er ist *unser* Kind. Du bist der Vater.«

Georg starrte sie an. Machte sie sich über ihn lustig, oder wollte sie ihn quälen? Aber ihre Miene war ganz ernst, und ihre Augen hatten einen seltsamen Glanz.

»Melanie ...« Er wollte ihr sagen, dass dies nicht sein konnte. Doch sie schüttelte den Kopf.

»Ich lüg dich nicht an, es ist die Wahrheit. Du bist der Vater. Der Junge kam fast auf den Tag genau neun Monate nach unserer gemeinsamen Nacht in Bad Neuenahr auf die Welt. Ein paar Wochen vorher und auch nachher habe ich mit keinem anderen Mann geschlafen. Auch nicht mit meinem *geliebten* Gatten.« Melanie verzog kurz spöttisch den Mund. »Und wenn du Frieder sehen würdest, würdest du mir glauben. Er sieht dir ähnlich.«

Georgs Gedanken überschlugen sich. Ohne recht zu wissen, was er tat, ließ er sich in einen Sessel sinken und vergrub das Gesicht in den Händen. An jenem Tag im Mai hatten sie sich zum ersten Mal seit fast zwei Jahren wiedergesehen. Er hatte sich geschworen, sich nur auf ein Gespräch mit Melanie zu treffen. Aber schon als sich ihre Blicke in der Lounge des Kurhotels getroffen hatten, wo sie auf ihn wartete, kühl und elegant und mit einer Ausstrahlung, dass sich die Aufmerksamkeit aller auf sie richtete, waren all seine Gefühle für sie wieder entflammt. Eines war zum anderen gekommen, und in der Nacht hatten sie sich lange und leidenschaftlich geliebt.

Sie hatten sich nicht geschützt. Auch früher war das hin

und wieder geschehen und immer ohne Folgen. Deshalb hatte er sich keine Sorgen gemacht. Kurz danach hatte er sich von ganzem Herzen in Thea verliebt, und alles andere hatte ohnehin keine Bedeutung mehr gehabt.

So absurd das auch alles schien und so schwer es ihm fiel zu akzeptieren, dass er Vater war – es sprach leider einiges dafür, dass Melanie die Wahrheit sagte.

Georg fuhr sich benommen über das Gesicht. »War das Kind, der Junge, der Grund, weshalb du im letzten Sommer plötzlich nachts hier in Eichenborn aufgetaucht bist und beteuert hast, du würdest mich immer noch lieben und dich scheiden lassen, um mich zu heiraten? Nachdem du mich einmal wegen einem elenden Nazi verlassen und dich dann nach dem Krieg schleunigst mit einem reichen Industriellen eingelassen hast?« Melanie konnte keine Liebe in ihm mehr wecken, aber doch immer noch Bitterkeit.

Jenes Eingeständnis ihrer Liebe hatte ihn erschüttert, und er war noch in derselben Nacht weggefahren, immer weiter, bis in einen Ort an der Schweizer Grenze, um sich über sich und seine Gefühle klar zu werden.

»Nein, ich wusste damals noch gar nicht, dass ich schwanger bin.« Sie schüttelte den Kopf. »Ich hatte einfach all die Lügen in meinem Leben satt und wollte endlich zu meiner Liebe zu dir stehen.«

Ob das der Wahrheit entsprach? Aber letztlich war das gleichgültig. Die Erinnerung blitzte in Georg auf, wie Melanie blass geworden war, als er ihr wenig später, bei ihrem allerletzten Treffen, offenbarte, dass er sich endgültig von ihr trennen würde, da er Thea über alles liebte. Sie hatte nicht versucht, ihn umzustimmen; nein, sie war wirklich niemand, der um Liebe flehte. Sie hatte nur spöttisch gelächelt und den Kopf in den Nacken geworfen und bemerkt, dass sie es schade fände, dass er sich ausgerechnet an so eine wie Thea verschwenden würde. Farblos, bieder und langweilig – als ob irgendetwas davon auf Thea zuträfe! Dann war sie ohne ein weiteres Wort gegangen.

»Melanie …« Wieder hatte Georg Mühe, seine Gedanken zu ordnen. »Ich werde für das Kind da sein. Und auch für dich, falls du Hilfe brauchst. Aber ich werde Thea nicht wegen des Jungen verlassen und dich heiraten, falls es das ist, worauf du aus bist.«

»Nein, das bin ich nicht.«

»Weshalb bist du dann gekommen?«

Melanie blickte wieder einen Moment lang vor sich hin. Dann zuckte sie mit den Schultern. »Ich glaube, ich muss ein bisschen weiter ausholen. Als ich im Sommer festgestellt habe, dass ich von dir schwanger bin, und du mir ja deutlich gesagt hattest, dass du mich nicht mehr liebst, dachte ich, es wäre am einfachsten, das Kind als das von Magnus auszugeben, und ich habe wieder mit ihm geschlafen. Na ja, schwer war es nicht, ihn in mein Bett zu bekommen.«

Magnus war ihr Ehemann. Georg konnte sich gut vorstellen, dass er, auch wenn die Ehe eigentlich schon lange am Ende war, immer noch Melanies erotischem Zauber erlegen war.

»Er hatte sich ja schon lange einen *Stammhalter* gewünscht«, sie betonte das Wort ironisch, »und er war folglich ganz angetan von meiner Schwangerschaft. Falls er seine Zweifel hatte, ob das Kind tatsächlich von ihm war, hat er es mich nicht merken lassen. Alles lief bestens.«

Georg schwieg, er kannte Melanies Pragmatismus. Geld und ein luxuriöses Leben waren ihr sehr wichtig, weshalb sie sich auch mehrmals von ihm getrennt hatte. Denn für ihn zählten andere Dinge, und so sehr er sie auch geliebt hatte, war er nicht bereit gewesen, sich deswegen zu verbiegen.

»Du weißt, ich bin nicht der mütterliche Typ.«

»Ja, allerdings...«

»Ich habe auch einmal ein Kind abgetrieben. Es war nicht von dir«, fügte Melanie schnell hinzu, als sie die unausgesprochene Frage in Georgs Augen sah. »Und ich dachte... ich dachte wirklich, es würde ganz einfach sein, bei der Lüge zu bleiben und das Kind als das von Magnus auszugeben. Aber dann, nach der Geburt, als ich den Kleinen das erste Mal in den Armen hielt, da, ich weiß auch nicht... Da war so eine große Liebe in mir! Ich verstehe es selbst nicht. Ich hätte niemals gedacht, dass ich einmal einen Menschen so sehr und so bedingungslos lieben könnte, wie ich diesen kleinen Jungen liebe. Aber so ist es.« Ihre Augen schimmerten feucht, und fast zornig wischte sie die Tränen weg. »Und als Magnus und seine furchtbar spießige Familie plötzlich anfingen, Pläne für mein Kind zu machen... Es fing schon mit der Taufe an, die natürlich von dem Stadtdechanten zelebriert werden sollte, und sie legten schon die Schulen für Frieder fest und dass er *natürlich* in die Fußstapfen seines Vaters treten sollte. Was bedeutete, dass er später auch Putz- und Waschmittel und diesen Kram herstellen würde. Da wurde mir klar, ich konnte nicht bei meiner Lüge bleiben.«

Georg glaubte Melanie, sie wirkte so tief bewegt, wie er sie kaum einmal erlebt hatte, und doch konnte er sich den sarkastischen Gedanken nicht verkneifen, dass sie von den Putzmitteln und diesem *Kram* ein ziemlich komfortables Leben geführt und Magnus genau deswegen geheiratet hatte.

»Heißt das, du hast Magnus gesagt, dass ich der Vater bin und nicht er?«

»Ja, das heißt es.« Melanie nickte.

»Und wie hat er reagiert?«

»Er war ziemlich wütend, was ich ihm natürlich nicht verübeln kann, und er hat die Scheidung eingereicht.« Sie zuckte nonchalant mit den Schultern.

»Du wirst also schuldig geschieden?« Was bedeutete, dass sie keinerlei finanzielle Ansprüche haben würde.

»Nein, wir werden uns in gegenseitigem Einvernehmen trennen.« Melanie lächelte schwach. »Ich habe Magnus angedroht, dass ich andernfalls seine Affären publik machen würde. Es gibt da einige, aber die mit der Frau eines konservativen Politikers ist die pikanteste.«

Georg kannte Melanie seit vielen Jahren, trotzdem machte sie ihn sprachlos.

»Um nun auf deine Frage vorhin zurückzukommen, was ich von dir will...« Melanie blickte ihn unverwandt an. »Ich habe meine Liebe zu dir vermasselt, und ich möchte nicht, dass mir das auch bei Frieder passiert. Er ist dein Sohn, und ich möchte dich bitten, ihm ein Vater zu sein. Auch wenn du wahrscheinlich ziemlich bald mit Thea eigene Kinder haben wirst. Deshalb bin ich gekommen.«

Sie saß ganz ruhig da und streckte ihm die Hände bittend entgegen, nur um gleich darauf, als ihr die Geste bewusst wurde, rasch und fast peinlich berührt die Arme zu verschränken.

»Wo ... Wo ist der Junge denn jetzt?« Wieder hatte Georg Mühe, seine Gedanken zu ordnen.

»In Düsseldorf, bei seinem Kindermädchen.«

»Natürlich werde ich ihm ein Vater sein. Ich muss es Thea erzählen, und wir müssen gemeinsam überlegen, wie wir das regeln. Aber ich werde für das Kind da sein, das verspreche ich dir.«

»Danke, das bedeutet mir sehr viel.« Melanies Stimme klang sehr weich.

Irgendwo in der Ferne schlug eine Kirchturmglocke neun Uhr. In der kalten Nacht klangen die Töne sehr hell und klar.

Er war der Vater eines vier Wochen alten Säuglings. Es fiel Georg immer noch schwer, das zu glauben. Auch wenn er Melanie eben versichert hatte, für das Kind da zu sein, und dieses Versprechen unbedingt halten würde. Er wandte sich ihr wieder zu. »Melanie, das war alles sehr überraschend und ein bisschen viel. Ich muss das erst mal verdauen. Deshalb würde ich jetzt gern allein sein. Ich rufe dich an, sobald ich mit Thea gesprochen habe, sie kommt morgen nach Eichenborn. Danach können wir beide alles Weitere bereden. Wann ich den Jungen das erste Mal sehen werde und wie oft und wie wir das Finanzielle regeln.«

»Schön, also warte ich auf deinen Anruf. Und, ja, natürlich, ich kann verstehen, dass das ein ziemlicher Schock war. Ich hatte immerhin neun Monate Zeit, mich an den Gedanken, dass ich Mutter werde, zu gewöhnen.« Sie stand lässig auf, schlüpfte in den Mantel, der neben ihr auf dem Sofa lag, und griff nach ihrer Handtasche.

»Ich bringe dich noch zu deinem Wagen.«

In der Halle zog auch Georg seinen Mantel an und

begleitete Melanie dann nach draußen. Der Mond war inzwischen untergegangen, nur noch die Sterne standen am Himmel.

»Wo hast du eigentlich geparkt? Als ich gekommen bin, habe ich dein Auto gar nicht gesehen.«

»Neben der Wellblechgarage, aus alter Gewohnheit.«

Sie gingen nebeneinanderher. In der Dunkelheit zeichnete sich Theas ehemaliges Häuschen unter dem Schnee ab. So unkompliziert hatte ihre und Georgs gemeinsame Zukunft vor ihnen gelegen! Doch jetzt gab es diesen kleinen Jungen, dessen Vater er war. Und der nun zu seinem damit unweigerlich auch zu Theas Leben gehören würde.

»Wie, denkst du, wird Thea es aufnehmen, dass du ein Kind mit mir hast?«, sagte Melanie unvermittelt, als hätte sie seine Gedanken erraten.

»Sehr erfreut wird sie wahrscheinlich nicht sein. Aber ich hoffe, sie wird verstehen, dass ich für den Jungen da sein will.«

»So großzügig wäre ich vermutlich nicht. Aber ich schätze, Thea ist ein besserer Mensch als ich.« Sie hatten jetzt die Wellblechgarage erreicht, und daneben schimmerte Melanies Mercedes in der Dunkelheit.

»Noch mal, danke.« Melanie legte Georg kurz die Hand auf die Brust. Dann stieg sie in den Wagen.

Er sah ihr nach, wie sie davonfuhr, und kehrte schließlich in das Schlösschen zurück. Ja, wie würde Thea es wohl aufnehmen, dass er Vater war? Er hoffte inständig, dass sein Kind mit Melanie nicht zwischen ihnen stehen würde.

Kapitel 5

Sonnenschein lag über Monschau. Oben, vom Berg aus, wirkte die kleine Stadt mit ihren schneebedeckten Fachwerkhäusern wie der Inbegriff einer Winteridylle. Thea war erleichtert, endlich hier zu sein. Und das nicht nur, weil sie sich gleich mit Marlene treffen würde. Schon seit dem Aufstehen fühlte sie sich müde und erschöpft, und während der Fahrt war das eher noch schlimmer geworden. Hoffentlich lag die Müdigkeit nur an dem Spätdienst und den beiden anstrengenden Wochen im Marburger Universitätskrankenhaus, und sie hatte sich nicht doch eine Grippe eingefangen! Sie war so froh gewesen, die Erkältung überstanden zu haben.

Thea manövrierte den VW-Käfer vorsichtig durch die engen Straßen der Stadt, vorbei an hohen Schneehaufen, und parkte ihn dann vor der Villa. Sie hatte einmal kurz von Marburg aus mit Marlene telefoniert, und sie würde ja am späten Abend zum Übernachten wieder hier sein. Aber sie wollte gern ungestört mit der Schwester sprechen. Ohne die Kinder, die noch in der Schule waren, und ohne den Vater. Deshalb war sie extra eine Stunde früher in Marburg aufgebrochen. Georg würde sowieso bis zum frühen Nachmittag mit der Praxis beschäftigt sein.

Marlene kam ihr schon an der Haustür entgegen – anscheinend hatte sie den Käfer gehört. Zu Theas Erleichterung wirkte sie gefasst, und ihr Gesicht hatte eine gesunde Farbe.

»Wie geht es dir?«, fragte Thea zärtlich, als sie im Wohnzimmer Platz genommen hatten.

»Ach, wirklich ganz gut. Nachdem die Kinder und ich aus Frankfurt zurückgekommen sind, war auf einmal der Schmerz da, und ich habe ein paar Tage lang geweint. Und seitdem bin ich zwar noch traurig, aber irgendwie auch erleichtert.« Marlene hob die Schultern.

»Das freut mich. Und Liesel und Arthur?«

»Die Großeltern so ernst und mitgenommen zu erleben, hat sie natürlich arg bedrückt. Und sie haben auch bemerkt, dass ich traurig war. So ganz vor ihnen verbergen konnte ich das leider nicht...«

»Nein, natürlich nicht.«

»Aber seit es mir wieder besser geht, sind sie ganz fröhlich. Du weißt ja, Bernhard hat leider nie eine wichtige Rolle in ihrem Leben gespielt.«

So war es ja bei vielen Kindern, deren Väter zur Wehrmacht eingezogen worden und dann in Gefangenschaft gekommen waren. Wie gut, dass jetzt Frieden herrschte. Georg würde keiner dieser abwesenden Väter sein. Gemeinsam würden sie ihre Kinder großziehen. Ach, hoffentlich wurde sie bald schwanger! Die schmerzliche Sehnsucht nach einem Kind mit ihm erfüllte Thea, und erneut streifte sie die Angst, vielleicht unfruchtbar zu sein.

»Thea, es gibt etwas, das ich dich fragen möchte...« Marlene blickte sie nun ein bisschen unsicher an.

»Ja, was denn?« Sie konzentrierte sich wieder auf die Schwester. Marlene hatte ihre ungeteilte Aufmerksamkeit verdient.

»Vor ein paar Tagen habe ich erfahren, dass in Monschau in den nächsten Monaten ein Reisebüro eröffnen wird und dass der Inhaber Personal sucht. Ich hätte große Lust, mich dafür zu bewerben. Irgendwie ist es mir auf Dauer zu wenig, nur Vaters Hausdame zu sein. Und ich bin doch vor dem Krieg mit Bernhard viel gereist. In die Schweiz und nach Frankreich, und in Rom und Florenz waren wir auch. Und ich kann Französisch und Englisch, auch wenn das natürlich eingerostet ist. Da müsste ich mich doch schnell einarbeiten können?«

»Das ist eine wunderbare Idee!«

»Du meinst nicht, dass das zu früh ist? Ich habe ein schlechtes Gewissen Bernhard gegenüber, denn ich weiß ja erst seit zwei Wochen von seinem Tod.«

»Nein, überhaupt nicht. Außerdem hast doch gerade *du* mir gesagt, dass das Leben weitergehen muss.« Aufmunternd drückte sie die Hand der Schwester. »Du wirst die Kunden bestimmt sehr kompetent beraten und aufregende Telefonate mit luxuriösen Hotels führen.«

»Jetzt klingst du ein bisschen wie Katja.« Marlene lächelte. Sie plauderten noch eine Weile, ehe sich Thea bis zum Abend verabschiedete.

Nach dem Gespräch mit Marlene hatte Thea sich ausgeruhter und nicht mehr so müde gefühlt. Doch als sie Monschau hinter sich ließ, machte sich die Erschöpfung wieder bemerkbar.

Thea konzentrierte sich auf die verschneite Straße. Nach einer guten halben Stunde erblickte sie endlich den zerstörten Kirchturm von Eichenborn in der Ferne. Sie hatte den Rand des Dorfes fast erreicht, als ihr ein alter Ford entgegenkam. Ihr Herz machte einen freudigen Sprung. Dieser von Schneematsch bespritzte, zerbeulte Wagen war eindeutig Georgs! Sie hupte und lenkte den Käfer an den Straßenrand. Auch Georg stoppte und stieg aus.

»Da bist du ja.« Rasch umarmte und küsste er sie. »Tut mir leid, ich bin auf dem Weg zu einem Patienten.«

»Das habe ich mir schon gedacht ...«

»Ich komme so schnell wie möglich wieder zurück. Ach, da fällt mir ein, ich hab vergessen, Milch zu kaufen. Es war in den letzten Tagen so viel zu tun. Und es ist auch nur noch ein Kanten Brot da. Könntest du die beiden Sachen schnell im Laden besorgen?«

»Natürlich.«

Noch einmal küsste er sie. Dann lief er wieder zu dem Ford. Ein Winken, und der Wagen brauste davon.

Thea sah ihm nach. Für die Wetterverhältnisse fuhr Georg wie immer viel zu schnell. Hatte er nicht irgendwie ein bisschen bedrückt gewirkt? Nun, vielleicht ging ihm der schlechte Krankheitsverlauf eines Patienten nahe. Sie würde ihn später danach fragen.

Das Schlösschen fühlte sich ohne Georg seltsam leer an. Thea holte eine saubere Milchflasche aus der Spülküche und fuhr zurück zu dem Laden, der in der Dorfmitte bei der Kirche lag. Etliche Frauen standen davor und schwatzten. Es war schön, freundlich begrüßt zu werden und ein paar Worte mit ihnen zu wechseln.

Thea tätigte ihren Einkauf, und während die Ladenbesitzerin ihr Milch in die Flasche füllte, hielt sie einen kurzen Plausch mit ihr, erzählte von Marburg und hörte sich eine Anekdote über Georgs Mitarbeiter an.

Thea hatte ihre Einkäufe eben in dem Käfer verstaut, als eine gedrungene Frau auf sie zusteuerte. Runde braune Augen leuchteten neugierig aus dem stark geröteten Gesicht.

»Guten Tag, Frau Doktor, na sind Sie mal wieder hier …«

»Oh, guten Tag! Ja ich bin vorhin in Eichenborn angekommen …« Thea unterdrückte einen Seufzer. Sie war so froh gewesen, sich im Schlösschen ausruhen zu können. Und jetzt wurde sie noch mal aufgehalten. Außerdem war Frau Korbach die größte Klatschbase des Dorfes. »Wenn Sie mich bitte entschuldigen würden, ich habe es leider eilig.«

»Natürlich.« Frau Korbach machte jedoch keine Anstalten weiterzugehen. »Na, der Herr Doktor hat ja jetzt sogar Patienten von weit her«, sagte sie stattdessen.

»Was meinen Sie damit?« Irritiert blieb Thea neben dem Käfer stehen.

»Ach, gestern Abend ist ein Wagen mit Düsseldorfer Kennzeichen zur Praxis abgebogen. Ich kam gerade aus dem Haus und hab es gesehen.«

Thea reichte es jetzt, und sie setzte sich in den Käfer. »Es ist mir neu, dass Dr. Berger Patienten aus dem Rheinland hat«, erwiderte sie leichthin. »Wahrscheinlich verwechseln Sie da etwas. Ich wünsche Ihnen noch einen schönen Tag.« Sie schlug die Tür zu.

»Nein, nein, es war ein Düsseldorfer Kennzeichen, da bin ich mir ganz sicher. Und der Wagen hat sehr teuer gewirkt!«, rief Frau Korbach ihr nach.

Diese Frau ließ aber auch nicht locker. Thea drehte den Zündschlüssel und gab Gas. Sie hatte schon die Seitenstraße zum Schlösschen erreicht, als es sie plötzlich durchfuhr: Melanie Winter wohnte in Düsseldorf, und sie besaß einen Mercedes. Aber nein, auf keinen Fall war sie in Eichenborn gewesen. Georg hatte die Beziehung beendet und seitdem keinen Kontakt mehr zu ihr. Entweder hatte sich Frau Korbach doch geirrt, oder vielleicht hatte ein Freund oder ein Bekannter Georg überraschend besucht. Ja, ganz sicher war es so gewesen.

Zurück im Schlösschen brühte sich Thea einen extra starken Kaffee gegen ihre Müdigkeit auf.

Sie hatte die Tasse gerade ausgetrunken und in die Spüle gestellt, als sie das röhrende Motorengeräusch des Fords auf dem Weg zu den Wellblechgaragen hörte. Rasch lief sie durch die Halle und wartete vor der Eingangstür auf Georg. Er blickte zu Boden, als er den verschneiten Weg entlangkam und jetzt die Brücke über den Bach überquerte. Natürlich, es empfahl sich, auf vereiste Stellen zu achten. Und doch ... War seine Haltung nicht merkwürdig in sich gekehrt? Und vorhin hatte er ja auch schon irgendwie bedrückt auf sie gewirkt.

Jetzt sah er auf und bemerkte Thea. »He, du solltest wirklich nicht hier in der Kälte stehen. Noch dazu ohne Mantel.« Sein Lächeln und seine zärtliche Stimme waren wie immer.

»Es war ja nur für eine Minute. Ich hatte gar nicht so bald wieder mit dir gerechnet.«

»Der Patient leidet an einer bisher noch nicht diagnostizierten Diabetes, und die Verwirrtheit und die anschließende Ohnmacht resultierten aus einer Unterzuckerung. Dem ließ sich recht schnell abhelfen.«

»Ach, das ist ja wunderbar. Sag mal, ist in den letzten

Tagen irgendetwas Besonderes in der Praxis vorgefallen? Machst du dir Sorgen um einen Patienten?«

»Nein, es ist nur das Übliche. Weshalb fragst du?«

»Ach, einfach so.« Dann sah sie sicher Gespenster. Thea war beruhigt.

In der Halle zog Georg seinen Mantel aus, und sie schlenderten Hand in Hand ins Wohnzimmer. Georg kniete sich vor den Kamin und zündete das schon vorbereitete Feuerholz an. »Hast du Hunger? An Käse und Wurst habe ich immerhin gedacht. Zum Kochen hatte ich leider keine Zeit. Für heute Abend habe ich im Dorfgasthof einen Braten bestellt. Die Wirtin bringt ihn später vorbei. Ich hoffe, das ist dir recht?«

»Danke, aber im Moment habe ich keinen Hunger.« Thea schüttelte den Kopf. Tatsächlich war ihr plötzlich ein bisschen übel. Das lag bestimmt an dem starken Kaffee, ebenso wie an den Kopfschmerzen, die sie seit der Fahrt nach Eichenborn verspürte. »Und ja, das mit dem Braten ist mir natürlich recht.«

Die Wirtin war auch Georgs Zugehfrau, und sie kochte wunderbar.

Die Flammen züngelten jetzt an dem Holz auf, und Georg setzte sich zu Thea auf das Sofa. Er legte den Arm um sie, schob sie dann jedoch wieder von sich weg und betrachtete sie prüfend. »Ist mit dir alles in Ordnung? Du bist ziemlich blass.«

»Ich bin einfach müde, das ist alles.« Die Übelkeit und die Kopfschmerzen würden sich bestimmt bald legen. Es war nicht nötig, sie zu erwähnen.

»Dann ruhst du dich gleich eine Weile aus.«

»Ja, das mache ich.« Thea schmiegte sich an ihn.

»Warst du vorhin bei Marlene, wie du's am Telefon angekündigt hattest? Wie geht es ihr denn?«

»Oh, ganz gut...« Thea erzählte Georg, dass die Schwester beabsichtigte, sich in einem Reisebüro zu bewerben. Anschließend tauschten sie sich darüber aus, was sich seit ihrem letzten Telefonat auf der gynäkologischen Station des Marburger Universitätsklinikums und in der Praxis zugetragen hatte. Alles war wie immer, ganz nah und vertraut.

»Vorhin, beim Laden, bin ich übrigens Frau Korbach begegnet.« Thea streckte sich auf dem Sofa aus und bettete ihren Kopf in Georgs Schoß.

Georg seufzte und lächelte auf sie hinab. »Ach, du meine Güte, dann bist du jetzt bestimmt über den neuesten Dorfklatsch informiert.«

»Stell dir vor, sie hat gesagt, dass du jetzt ja sogar Patienten von weit her hättest, denn sie war überzeugt, einen Wagen mit Düsseldorfer Kennzeichen gesehen zu haben. Hast du mir etwas verschwiegen und die Kunde von deinem hervorragenden Ruf als Arzt hat sich bis in Rheinland verbreitet?« Sie erwartete, dass Georg amüsiert reagieren würde. Aber sein Gesicht war plötzlich ernst geworden. Warum das denn? Verwirrt runzelte sie die Stirn.

»Thea...« Und nun klang seine Stimme auch noch so merkwürdig gepresst.

Unwillkürlich richtete sie sich auf. »Hattest du Besuch aus Düsseldorf? Von einem Freund?« Ihr Herz klopfte wie wild.

»Thea...« Er holte tief Atem. »Ich hatte Besuch, aber es war kein Freund. Melanie war gestern Abend hier.«

Sie starrte ihn an, konnte nicht fassen, was er gerade

gesagt hatte. »Was meinst du mit *hier*?«, brachte sie schließlich hervor. »In der Praxis oder im Schlösschen?« Ihre Gedanken rasten. War Melanie vielleicht als Patientin zu ihm gekommen? Nicht dass sie das gutgeheißen hätte, aber es wäre nicht so schlimm gewesen, wie …

Georgs nächste Worte machten Theas Hoffnung zunichte. »Hier, im Wohnzimmer. Sie hat auf mich gewartet, als ich aus der Praxis kam. Sie weiß, wo ich den Ersatzschlüssel aufbewahre.«

Melanie war hier, in diesem Raum gewesen, wo Fotos von ihr – Thea – und Georg auf dem Kaminsims standen. Wo sie sich ganz heimisch fühlte und wo sie sich geliebt hatten …

»Du hast sie hinausgeworfen?«

Georgs Miene war traurig und bedrückt. »Das wollte ich. Aber, Thea, da ist etwas, das ich dir sagen muss …« Er brach ab.

»Was?« Thea hatte das Gefühl, dass ihre Stimme sehr hoch und dünn klang. Es konnte doch nicht sein, dass Georg noch Gefühle für Melanie hatte … dass sie sich so sehr in ihm getäuscht hatte. Sie wollte, dass er endlich weitersprach, und hatte gleichzeitig große Angst davor.

»Ich … Melanie hat ein Kind bekommen. Es ist ein Junge. Er ist einen Monat alt. Und ich … Ich bin der Vater. Aber bis gestern wusste ich nichts von ihm.«

»Du … du hast ein Kind mit ihr?« Erlaubte sich Georg etwa einen grausamen Scherz?

»Es tut mir leid, ich hätte es dir gleich sagen sollen. Aber ich wollte dich nicht damit überfallen.« Georg fuhr sich mit den Händen über das Gesicht. »Und … es wurde wohl in jener Nacht in Bad Neuenahr gezeugt.«

Stille senkte sich über den Raum. Diese Nacht war Thea noch allzu präsent. Katja hatte ihren einundzwanzigsten Geburtstag mit Marlene und ihr im Kurhotel von Bad Neuenahr gefeiert. Und als Thea Katjas Geburtstagsgeschenk kurz vor Mitternacht aus ihrem Hotelzimmer geholt hatte, hatte sie Georg, der damals noch *nur* ihr Chef war, und Melanie im Flur gesehen, wo sie sich leidenschaftlich küssten. Sein Gesicht war gequält und doch so glücklich gewesen. Und dann, für einen Moment, hatten sich sein und Theas Blick getroffen. Was ihr entsetzlich peinlich gewesen war.

»Thea ...« Georgs Stimme schreckte sie auf. »Thea, ich möchte dem Jungen natürlich ein Vater sein. Aber das ändert nichts zwischen uns, bitte! Du bist die Frau, die ich liebe und die ich heiraten will. Das musst du mir glauben.« Er fasste nach ihrer Hand, doch sie entzog sie ihm. Seine Augen waren dunkel und flehend.

»Weiß Melanies Mann, dass sie ein Kind mit dir hat?«, flüsterte Thea.

»Ja, sie hat es ihm gesagt, sie werden sich scheiden lassen.«

Melanie würde sich scheiden lassen ... Frei sein ... »Du bist immer wieder zu ihr zurückgekehrt ...«

»Das ist vorbei! Wie oft soll ich es dir noch sagen – ich empfinde nichts mehr für sie.«

Thea hörte ihm nicht zu. »Und jetzt weißt du, dass du der Vater ihres Sohnes bist.« Sie hatte das Gefühl, dass sich ein schweres Gewicht auf ihre Brust legte und ihr die Luft abdrückte. Hinter ihren Schläfen pochte es quälend, und ihr war so übel. Georg würde nie von Melanie Winter loskommen. Niemals. Denn nun gab es auch noch diese besondere Verbindung zwischen ihnen. Irgendwie schaffte Thea es, auf die Füße zu kommen.

Auch Georg stand auf, wollte sie an sich ziehen. »Thea, bitte ...«

»Lass mich!« Sie stieß ihn zurück. Der Schmerz gab ihr neue Kraft. Sie rannte in die Halle, griff blindlings nach ihrem Mantel und ihrer Tasche.

»Thea!« Georg war ihr nachgekommen.

»Rühr mich nicht an.«

»Ja, es ist gut. Ich fasse dich nicht an.« Er ließ die Hände sinken.

Sie stürzte nach draußen und zu ihrem Wagen. Als sie halb blind von Tränen davonfuhr, sah sie Georg im Eingang des Schlösschens stehen und ihr nachblicken. Sein Gesicht war vor Kummer verzerrt.

Die Burg von Monschau tauchte vor Thea auf, dann die Straße, an der die Villa des Vaters lag. Die ganze Fahrt von Eichenborn hierher war wie unter einem Nebel verborgen. Ihr war so furchtbar schlecht, und ein Hustenanfall schüttelte sie. Zitternd stieg sie aus dem Wagen. Am Handlauf neben der Treppe zog sie sich die Stufen zum Gebäude hoch.

Nun ging die Eingangstür auf. Hatte sie geklingelt? Sie konnte sich gar nicht mehr erinnern. Marlene stand vor ihr. »Thea, ich habe noch gar nicht mit dir gerechnet.« Das erstaunte Lächeln der Schwester wich Bestürzung. »Was ist denn mit dir? Du siehst schrecklich aus! Habt du und Georg euch etwa gestritten?«

Thea schluchzte auf.

»Ist ja gut, komm rein.« Die Schwester führte sie ins

Wohnzimmer und drückte sie sanft, aber bestimmt in einen Sessel. »So, und jetzt erzählst du mir, was geschehen ist«, sagte sie dann.

»Georg ... er hat ... er hat ein Kind. Mit Melanie Winter.« Es auszusprechen ließ es furchtbar real werden.

»Was?« Marlenes Miene spiegelte Fassungslosigkeit.

Thea schluchzte wieder auf und wurde gleichzeitig von einem erneuten Hustenanfall geschüttelt. Hinter ihren Schläfen pochte es schmerzhaft.

»Lass dir Zeit«, sagte Marlene sanft.

Immer wieder von Schluchzen und heftigem Husten unterbrochen, berichtete ihr Thea alles. Nachdem sie geendet hatte, schwieg die Schwester eine Weile. »Thea, ich kann verstehen, dass das ein Schock für dich ist«, sagte sie schließlich behutsam. »Aber Melanie Winter wurde doch von Georg schwanger, bevor ihr euch ineinander verliebt habt. Georg hat dich nicht mit ihr betrogen. Er liebt dich. Jedes Mal, wenn ich euch beide zusammen erlebt habe, war das ganz offensichtlich. Wie er dich anschaut, und wie seine Stimme klingt, wenn er deinen Namen sagt ... Auch Katja findet das. Und sie hat einen viel kritischeren Blick auf die Menschen als ich.«

»Ich glaube ja, dass Georg mich liebt.« Ach, warum liefen ihr schon wieder die Tränen über die Wangen?

»Und weshalb vertraust du ihm dann nicht? Denn darauf läuft es doch hinaus – dass du ihm nicht vertraust. Ich schätze Georg als wirklich ehrlich und verlässlich ein. Er hat dich gebeten, seine Frau zu werden, und er ist jemand, der zu seinem Wort steht.«

»Ich vertraue ihm. Ich weiß, wenn ich in Gefahr wäre, würde Georg mich nie im Stich lassen. Aber ... jemand hat einmal zu mir über Melanie Winter gesagt, dass sie einem Mann die Seele rauben könne. Und ich glaube, sie hat Georg die Seele geraubt. Und jetzt noch das gemeinsame Kind ... Er wird nie von ihr loskommen.«

»Thea, jetzt wirst du aber ein bisschen melodramatisch.« Marlene seufzte und legte den Arm um sie. »So erkältet, wie du bist, gehörst du ins Bett. Du schläfst dich aus. Und morgen erscheint dir bestimmt schon alles nicht mehr so düster.«

Thea presste die Hände an die Schläfen. Vielleicht hatte Marlene ja recht, und diese Kopfschmerzen ließen sie nicht mehr klar denken. Und ihr war so heiß.

Die Schwester begleitete sie nach oben ins Gästezimmer und half ihr, einen Schlafanzug anzuziehen. Dann, nachdem Thea im Bad ein Fieber senkendes Mittel genommen hatte, breitete Marlene die Bettdecke über sie. »Vater ist bei einer Konferenz in Aachen und kommt wahrscheinlich erst spät nach Hause. Soll ich einen seiner Ärzte im Krankenhaus bitten, dass er nach dir sieht?«, fragte sie besorgt.

»Nein, das ist nicht nötig, bestimmt wirkt das Medikament gleich.«

»Wenn du etwas brauchst, rufst du nach mir, ja?« Marlene strich ihr über die Wange. Dann löschte sie das Licht und schlüpfte aus dem Zimmer. Nach kurzer Zeit schlief Thea ein.

Hand in Hand schlendert sie mit Georg einen Feldweg entlang. Sie ist so glücklich, bei ihm zu sein! Da steht Melanie plötzlich vor ihnen, ein Baby im Arm. Sie lächelt Georg an. Er zögert, dann wendet er sich Thea zu. »Es tut mir sehr leid«, sagt er leise und von Kummer erfüllt. »Aber ich kann nicht anders...« Rasch geht er zu Melanie und seinem Sohn. Und da ist nur noch eine entsetzliche Leere und Schmerz... Ein grauenvoller Schmerz.

Thea erwachte und öffnete mühsam die Augen. Sie benötigte einige Momente, bis sie begriff, dass sie im Gästezimmer der Villa lag. Es war dunkel, bis auf die Lichtstreifen einer Straßenlaterne, die durch die Ritzen in den Fensterläden fielen. Wie spät es wohl war? Sie versuchte, den Kopf zu drehen, um den Wecker auf dem Nachttisch zu sehen. Aber sie schaffte es nicht. Der Schmerz war immer noch gegenwärtig, füllte ihren Körper ganz aus. Unerträglich. Ihren Kopf, jedes Glied, den Rücken. Und... Sie bekam kaum Luft.

»Hilfe...« Nur ein Wimmern kam über ihre Lippen. Die Todesangst verlieh ihr Kraft, war stärker als die Pein. Sie schaffte es, sich aus dem Bett zu schleppen und zur Tür zu taumeln. Nun war sie im Flur.

»Hilfe...« Wieder war ihre Stimme nur ein Röcheln. Sie torkelte gegen eine Kommode. Irgendetwas krachte scheppernd zu Boden, auch sie fiel. Licht flammte auf. Marlene beugte sich über sie.

»Vater, Vater!« Wie aus weiter Ferne hörte sie die Schwester schreien. Thea hatte das Gefühl, dass eine unsichtbare Kraft ihren Körper packte und verdrehte. Ihr Rückgrat schmerzte so entsetzlich, als ob es gleich entzweibrechen würde. Und sie konnte nicht mehr atmen. Sie erstickte.

Georg, Georg, jammerte sie tief in ihrem Innern. Wenn er doch nur bei ihr wäre...

Verschwommen sah sie, dass der Vater nun neben ihr kniete. Im Schlafanzug, das Haar zerzaust. Seine Lippen bewegten sich. Sie konnte nicht verstehen, was er sagte. Sie erkannte die Sorge in seinen Augen. Aber war da noch mehr? Ein tiefes Erschrecken?

Dunkelheit senkte sich über sie. Ein scharfer Schmerz in ihrem Hals, unterhalb des Kehlkopfs, ließ sie zu sich kommen. Plötzlich strömte wieder Luft in ihre Lunge. Der Vater kniete noch immer neben ihr, er hielt ein Skalpell in der Hand. Blut war daran – etwa ihr Blut? Jetzt legte er es weg und schob etwas in die Wunde in ihrem Hals. Einen Schlauch?

»Thea, Thea... Du darfst uns nicht verlassen...« Die Augen des Vaters waren feucht. Er behielt doch eigentlich immer die Fassung. Was geschah nur mit ihr? Was für eine Krankheit hatte sie überfallen? Sie versuchte, den Vater zu fragen. Aber wieder drang nur ein Röcheln aus ihrem Mund.

»Ruhig, ganz ruhig, mein Liebes.« Er berührte zärtlich ihre Wange. »Gleich kommt Hilfe. Du überstehst das.«

Das... Was war *das* nur? Erneut senkte sich Dunkelheit über sie. Irgendwann nahm Thea undeutlich wahr, dass sie auf eine Trage gehoben wurde. Dann ein Gefühl, als ob sie in einem schnell fahrenden Wagen läge. Das Geräusch einer Sirene und blaue Lichtblitze. Eine Ambulanz...

Das nächste Mal kam Thea zu sich, als der Wagen zum Halten kam. Kurz strich kalte Luft über ihr Gesicht, und der Nachthimmel schien über ihr auf. Erneut lag sie auf einer Trage. Ein langer Flur, durch den sie eilig geschoben wurde. Neonlicht stach in ihre Augen.

Dann ein Raum mit einem riesigen, tonnenförmigen Etwas aus Metall. Jemand machte sich daran zu schaffen. Sie wurde hochgehoben und vorsichtig hineingelegt. Das monströse Ding schloss sich um ihren Körper, bis zum Hals.

Eine Eiserne Lunge… War das Ding etwa eine Eiserne Lunge? Entsetzen erfasste Thea. Dann sank sie zurück in die Ohnmacht.

Kapitel 6

Gegen Morgen kehrte Georg in das Schlösschen zurück. In der Spülküche ließ er Wasser in ein Glas laufen, stellte es jedoch geistesabwesend auf dem Tisch ab, ohne zu trinken. Zweimal war er in der Nacht zu Patienten gerufen worden. Irgendwie hatte er es geschafft, sich auf die beiden Kranken zu konzentrieren und Diagnosen zu stellen. Aber jetzt begannen die Gedanken wieder in seinem Kopf zu kreisen.

Wenn Thea nur nicht dieser Klatschbase im Dorf begegnet wäre. Wenn er nur die Gelegenheit gehabt hätte, ihr als Erster von seinem Treffen mit Melanie zu erzählen. Wenn, wenn, wenn ... Unwillkürlich ballte er die Hände zu Fäusten. Das Klingeln des Telefons im Arbeitszimmer riss ihn aus seinem Brüten. Er eilte dorthin und nahm den Hörer ab.

»Praxis Dr. Berger, Georg Berger am Apparat ...«

Am anderen Ende herrschte Stille. Ob das vielleicht Thea war? Hatte sie vielleicht wachgelegen und rief ihn an, weil sie sich mit ihm aussprechen wollte? Er hoffte es so sehr.

»Thea?«, fragte er nach einigen Momenten des Schweigens.

»Georg ...« Eine Frau schluchzte seinen Namen. Marlene. Ihm schnürte es die Brust zu. Um Gottes willen, die eisglatten Straßen.

»Hat Thea einen Unfall gehabt?«, zwang er sich zu fragen.

»Nein, das nicht … Vater wollte dich anrufen, aber er hat dich nicht erreicht. Thea … Sie ist an Kinderlähmung erkrankt. Vater musste sie mit einem Luftröhrenschnitt retten, sonst wäre sie erstickt. Sie liegt in einer Eisernen Lunge, in Köln im Universitätskrankenhaus. Und … Und …« Marlenes Stimme brach. »Sie ist bewusstlos. Es ist ungewiss, ob sie die nächsten Tage überleben wird.«

Georg stockte der Atem. Nein, das konnte nicht wahr sein! Und doch … Ihm war ja Theas Blässe aufgefallen! Warum nur hatte er sich mit der Ausrede abspeisen lassen, dass sie müde war, und hatte nicht nachgefragt? Warum hatte er sie wegfahren lassen und sie nicht aufgehalten? Warum, warum, warum … Dann hätte er ihr beistehen können.

»Ist dein Vater bei ihr?«

»Er ist der Ambulanz in seinem Wagen nach Köln gefolgt. Aber jetzt ist er schon wieder auf dem Rückweg. Er will sich in Quarantäne begeben, und ich und Arthur und Liesel müssen das auch. Kinderlähmung ist ja so ansteckend.«

»Ich fahre nach Köln zu Thea.« Er würde sie nicht allein lassen.

»Aber, Georg, du hattest doch auch Kontakt zu Thea und musst dich isolieren.« Marlene begann wieder zu weinen.

Endlich konnte er wieder klar denken. Heftig schüttelte er den Kopf, obwohl Marlene das nicht sehen konnte. »Nein, nein! Als junger Mann hatte ich die Kinderlähmung in einer leichten Form. Ich bin also immun!«

77

Er musste zu Thea. Auch wenn sie ohne Bewusstsein war, spürte sie vielleicht ja seine Liebe. Und das würde ihr hoffentlich Kraft geben.

Georgs Reflexe als Arzt griffen. Er funktionierte wie immer, wenn er es musste. Er verständigte seinen Mitarbeiter Dr. Kramer, teilte ihm knapp mit, dass Thea an Kinderlähmung erkrankt sei und dass er für unbestimmte Zeit nach Köln fahre. Bevor Dr. Kramer erschrocken Fragen stellen konnte, beendete er das Gespräch. Er hatte keine Zeit dafür und durfte sich nicht aus dem Gleichgewicht bringen lassen. Niemandem war damit gedient, wenn er die Fassung verlor – am wenigsten Thea.

Die Fahrt durch die tief verschneite, nächtliche Eifel erforderte seine ganze Konzentration. Im Rheinland lag weniger Schnee, aber da und dort glitzerten die Straßen von Eis. Er fuhr so schnell, wie er es gerade noch riskieren konnte, und verbannte die Angst um Thea und die Selbstvorwürfe in einen Winkel seines Bewusstseins, wo er sie zwar spürte, sie ihn aber nicht ablenkten.

Erst als Georg den Ford vor dem Universitätskrankenhaus abstellte, überfiel die Angst ihn wieder mit aller Macht. Nein, es war unvorstellbar, dass Thea vielleicht nicht mehr am Leben war! Er eilte zum Haupteingang und durch die Flure des Krankenhauses, wo Schwestern jetzt das benutzte Frühstücksgeschirr einsammelten. Der süßliche Geruch von Kräutertee und Malzkaffee verursachte ihm Übelkeit.

Im vergangenen Jahr hatte er einmal mit Kollegen an einer Exkursion zu der Universitätsklinik teilgenommen. Normalerweise lag ihm nicht viel an Zusammenkünften mit anderen Ärzten. Aber damals hatte ihn – welch bittere Ironie – die neue Isolierstation mit den erst seit Kurzem in Deutschland verfügbaren Eisernen Lungen interessiert.

Er fand den Weg zu der Station ohne Schwierigkeiten und ignorierte den Hinweis an der Tür, dass der Zutritt nur mit Erlaubnis des Personals gestattet war und die Besuchszeit von zwei Stunden am Nachmittag einzuhalten sei, und öffnete sie.

Ein weiterer langer Flur erstreckte sich vor ihm, und er blickte sich suchend um. Neben den Zimmertüren befanden sich Fenster, die Vorhänge dahinter waren zugezogen. Hier irgendwo lag Thea. Nur wo? Georg hatte viele Jahre in Krankenhäusern verbracht, erst als Student, dann als Assistenzarzt und schließlich während seiner Facharztausbildung zum Chirurgen. Auch Patient war er schon gewesen, denn wegen einer Brandwunde am Rücken hatte er im Krieg einige Wochen im Lazarett gelegen. Aber noch nie war er im Krankenhaus gewesen, weil er verzweifelt um einen geliebten Menschen fürchtete, und er fühlte sich ohnmächtig und hilflos.

Er wollte sich gerade auf die Suche nach dem Arztzimmer machen, als eine Krankenschwester aus einem Zimmer trat und ihn erschrocken ansah. »Aber ... Was tun Sie denn hier? Sie ... Sie dürfen nicht auf die Station«, stammelte sie. Georg registrierte, dass sie ein schmales Gesicht hatte und sich ein kleiner Leberfleck am Mundwinkel sehr deutlich von ihrer hellen Haut abhob. »Mein Name ist Dr. Berger, meine Verlobte, Frau Dr. Graven wurde vor wenigen Stunden mit Kinderlähmung hier eingeliefert. Meine zukünftige Schwägerin sagte mir, dass es ihr sehr schlecht geht und ...« Georg versagte die Stimme.

»Ja, Frau Dr. Graven wird in der Eisernen Lunge beatmet.« Die junge Krankenschwester nickte ernst.

Also war Thea noch am Leben. Vor Erleichterung wurde Georg ganz schwindelig. Doch bevor er der Krankenschwester weitere Fragen stellen konnte, herrschte eine Männerstimme ihn an: »Was fällt Ihnen ein, hier einzudringen? Verschwinden Sie auf der Stelle!«

Georg drehte sich um. Ein Mann um die sechzig stand vor ihm, das graue Haar akkurat aus der Stirn zurückgekämmt. Ein Stethoskop baumelte über dem gestärkten weißen Kittel um seinen Hals. Die grauen Augen hinter der Brille mit dem schmalen, goldenen Rahmen funkelten Georg aufgebracht an. Wahrscheinlich der Chefarzt.

»Hören Sie, es tut mir leid, ich weiß, dass ich nicht so ohne Weiteres hätte herkommen dürfen. Aber meine Verlobte, Frau Dr. Graven ...«

»Hatten Sie mit Frau Dr. Graven vor Kurzem Kontakt?«, unterbrach ihn der Chefarzt brüsk.

»Ja, gestern ...«

»Sind Sie denn komplett übergeschnappt? Sie müssen sich in Quarantäne begeben! Raus hier! Und Sie, Schwester Susanne, gehen Sie wieder an die Arbeit.«

»Ja, Herr Professor Michelsen.« Die Schwester senkte den Kopf und eilte davon.

Georg ballte die Hände zu Fäusten und versuchte, sich zu sagen, dass der Kollege nur seine Pflicht tat, auch wenn er ihn für einen verdammten Widerling hielt. »Lassen Sie mich doch bitte mal zu Wort kommen. Ich bin selbst Arzt und mir darüber bewusst, wie infektiös Kinderlähmung ist. Ich wäre auch nicht gekommen, wenn ich nicht als Medizinstudent an der Charité selbst an der nichtparalytischen Form der Krankheit gelitten hätte und deshalb immun bin.«

»Sie haben also in Berlin an der Charité studiert. Und wo sind Sie jetzt Arzt?«

Mein Gott, das tat doch überhaupt nichts zur Sache! »In Eichenborn, in der Eifel.«

»Soso, in der Eifel ...« Das Interesse, das in der Miene des Chefarztes aufgeflackert war, als Georg die Charité erwähnt hatte, verschwand, als ihm klar wurde, dass er nur ein einfacher Landarzt war.

»Bitte, würden Sie mir sagen, wie es meiner Verlobten geht?«

»Da Sie mit Frau Dr. Graven nur verlobt sind, zählen Sie, streng genommen, nicht zu den Angehörigen, und ich darf Ihnen eigentlich nichts über ihren Zustand sagen. Frau Dr. Gravens Vater, Professor Kampen, wird Ihnen doch sicher Auskunft geben.«

Was für ein aufgeblasener Idiot! Georg unterdrückte den Impuls, den Mann anzuschreien und ihn an den Schultern zu packen und zu schütteln. Er würde ihn nur auf der Stelle hinauswerfen lassen. »Professor Kampen hat versucht, mich telefonisch zu erreichen, mich aber verfehlt, da ich bei einem Patienten war. Meine zukünftige Schwägerin hat mich stattdessen informiert. Bitte, wir sind doch Kollegen!«

Der Chefarzt zögerte einen Moment, dann zuckte er mit den Schultern. »Nun gut, ich schätze, Professor Kampen hat nichts dagegen, dass ich Sie einbeziehe.«

»Nein, ganz sicher nicht«, behauptete Georg. Thea schien für den Chefarzt nicht zu zählen. Weil sie Patientin war – oder weil es ihr so schlecht ging, dass er sie schon aufgegeben hatte? Wieder erfasste ihn eine verzweifelte Angst.

»Die Atemmuskulatur Ihrer Verlobten hat versagt ...«

»Ich weiß, dass sie in der Eisernen Lunge beatmet wird.«

»Zusätzlich leidet Frau Dr. Graven an sehr hohem Fieber. Wir tun alles, um das in den Griff zu bekommen. Aber es ist noch unklar, ob die Entzündungen auch das Gehirn angegriffen haben. In diesem Fall kann es, wie Ihnen bekannt sein dürfte, zu einem Ausfall des Atemzentrums kommen, der nicht durch die künstliche Beatmung ausgeglichen werden kann, und – oder – zu einem Kreislaufversagen. Ich will Ihnen gegenüber offen sein: Ich schätze die Überlebenschancen von Frau Dr. Graven nur auf fünfzig zu fünfzig ein.«

Solche Prognosen hatte Georg in seiner Laufbahn als Arzt auch schon stellen müssen, und es war ihm nicht leichtgefallen. Doch dies über Thea zu hören war niederschmetternd. Georg zwang sich, professionell zu denken. Das war er der Geliebten schuldig. »Wie sieht Ihre Behandlung aus?«

Professor Michelsen zögerte, als ob er es für überflüssig hielt, dies einem Landarzt zu erläutern. Aber dann ließ er sich doch dazu herab. Und so unsympathisch er Georg auch war, er musste zugeben, dass die Medikation angemessen war.

»Und was geben Sie ihr gegen die Schmerzen?« Georg wusste noch, wie grauenvoll die Schmerzen gewesen waren, als er selbst an der Kinderlähmung erkrankt war, und er hätte alles getan, um Thea diese Qualen zu ersparen.

»Ihre Verlobte kam, nachdem Sie hier eingeliefert wurde,

kurz zu sich. Seitdem ist sie ohne Bewusstsein. Aber sie erhält Morphium gegen die Schmerzen.«

»Das ist gut. Vielen Dank, dass Sie mir das gesagt haben. Bitte, kann ich zu ihr?«

»Auch wenn Sie gegen die Krankheit immun sind, darf ich dies aus Gründen des Infektionsschutzes nicht gestatten.« Professor Michelsen schüttelte den Kopf.

Was für ein Blödsinn! Georg schluckte eine scharfe Antwort hinunter. Es hatte keinen Sinn, sich mit dem Chefarzt zu streiten. Kerle wie der liebten es, andere ihre Macht spüren zu lassen, und er würde ihn nicht umstimmen können. »Kann ich meine Verlobte wenigstens vom Flur aus sehen?«, fragte er nur.

»Nun, da spricht nichts dagegen. Frau Dr. Graven liegt in dem Zimmer am Ende des Gangs.«

Georg ließ den Chefarzt ohne ein weiteres Wort stehen und eilte dorthin. Natürlich kannte er Bilder von Menschen, die in Eisernen Lungen beatmet wurden. Aber es war ein Schock, Thea so durch das Fenster zu sehen, bis zum Hals eingeschlossen in das tonnenförmige Monstrum aus Metall, und es zerriss ihm das Herz, während er die Hände hilflos an die Scheibe legte. Ihre geschlossenen Augen waren eingefallen. Und ihr Gesicht wirkte ganz leblos.

Er musste zu ihr ... Mit ihr sprechen, sie berühren. Und wenn es nur für ein paar Momente war. Georg blickte sich um. Auf dem Flur war niemand zu sehen. »Schwesternzimmer« stand auf einer Tür auf der gegenüberliegenden Seite, auf einer anderen »Arztzimmer«. Dort klopfte er, und als keine Reaktion erfolgte, trat er ein.

Schutzkittel hingen an Haken an den Wänden, er schlüpfte in einen hinein. In einem Metallschrank fand er einen Mundschutz und frische Handschuhe. Er zog beides über und lief dann zu Theas Isolierzimmer. Dort trat er neben ihren Kopf. Sonst waren der Arztkittel und die Handschuhe und der Mundschutz wie eine stärkende Rüstung. Jetzt aber hasste er sie, da sie ihn von Thea trennten. Behutsam berührte er ihre Wange. Selbst durch die Handschuhe fühlte sich ihre Haut sehr heiß an.

»Ich bin bei dir, mein Liebling«, flüsterte er gegen das Dröhnen der Eisernen Lunge an. Theas Gesicht war gar nicht leblos, wie er jetzt begriff. Es wirkte gepeinigt. Ob sie trotz des Morphiums doch Schmerzen litt? Aber vielleicht war es auch qualvoll, im Rhythmus der Maschine statt im eigenen atmen zu müssen. Die Kehle schnürte sich ihm zu. »Thea, ich liebe dich so sehr, mehr als mein Leben. Ich würde alles dafür geben, an deiner Stelle sein zu können. Damit ich und nicht du das hier durchmachen müsste. Aber so sehr ich mir das auch wünsche, es ist unmöglich. Du bist stark, du wirst diese Krankheit überstehen. Wir werden heiraten und zusammen Kinder haben und …«

Jemand berührte ihn an der Schulter, und er fuhr herum. Die junge Krankenschwester stand hinter ihm. »Bitte, Sie müssen gehen«, raunte sie ihm zu, »der Herr Professor kommt gleich wieder.«

Noch einmal strich Georg über Theas Kopf. Dann folgte er der Schwester nach draußen.

»Gehen Sie hier hinein.« Rasch öffnete sie die Tür zu einem kleinen Raum. Desinfektionsmittel stand auf einem Tisch, und es gab Metallbehälter für die benutzte Schutzkleidung. Georg zog hastig den Kittel aus und warf ihn in einen davon. Auch die Handschuhe und den Mundschutz entsorgte er in dem dafür vorgeschriebenen Behälter.

Dann desinfizierte er seine Hände. »Danke, dass Sie mich nicht verraten!«

»Es muss schlimm sein, um einen Menschen zu fürchten, den man sehr liebt.« Die Pflegerin schenkte ihm ein scheues Lächeln und verschwand im Schwesternzimmer. Gleich darauf erschien Professor Michelsen wieder auf der Station. Georg trat ihm entgegen. »Ich werde hier auf dem Flur warten, bis es meiner Verlobten besser geht«, sagte er fest.

»Sie können doch gar nichts tun!«

»Das weiß ich, aber ich werde die Frau, die ich liebe, nicht allein lassen. Und wenn Sie das nicht akzeptieren wollen, müssen Sie mich mit Gewalt von der Station entfernen lassen, denn freiwillig gehe ich nicht.« Sie maßen sich mit Blicken. Etwas in Georgs zu allem entschlossener Miene schien dem Chefarzt klarzumachen, dass es ihm völlig ernst damit war.

»Gut, ich erlaube es Ihnen. Aber wenn Sie den Ablauf auf dieser Station auf irgendeine Weise stören sollten, lasse ich Sie hinauswerfen«, knurrte er.

»Das mache ich nicht.« Georg ließ sich auf einer Bank im Flur nieder, von wo aus er durch das Fenster in Theas Isolierzimmer blicken konnte. *Ich bin hier, mein Liebling, wie ich es dir versprochen habe,* sagte er in Gedanken.

Er hatte einmal über Forschungen gelesen, die besagten, dass es Patienten, die im Koma lagen oder bewusstlos waren, helfen konnte, wieder in einen wachen Zustand zu finden, wenn man mit ihnen sprach. Viele Kollegen hielten das für Unsinn, aber Georg erschien die These plausibel. Warum sollte nicht eine Stimme eine Art Rettungsleine sein, an der sich ein Kranker oder eine Kranke festhielt?

Da er nicht bei Thea sein konnte, sprach er in Gedanken zu ihr, erzählte ihr von den gemeinsamen Wochen im vergangenen Frühjahr in der Praxis. *Weißt du noch, wie du mich wütend geweckt hast, weil ich betrunken war und den wichtigen Termin mit dem Beamten vom Gesundheitsamt verschlafen hatte? Und dann, als wir die Operation auf dem Küchentisch im Schlösschen durchgeführt haben ...* Er sprach auch davon, wie ihre gemeinsame Zukunft aussehen würde, malte sie detailliert aus, ihr Leben im Schlösschen und wie Thea in ihren neuen Räumen praktizierte, *dein Wartezimmer wird bestimmt bald bis auf den letzten Platz besetzt sein,* und er hoffte inständig, dass seine Gedanken Thea erreichten.

Hin und wieder kamen die junge Schwester oder eine andere Pflegerin zu ihm und brachten ihm einen Kaffee oder Tee oder ein belegtes Brot. Sie sagten ihm mitfühlende Worte, und er antwortete mechanisch darauf. Aber eigentlich mochte er das nicht, da es seine Konzentration kurz von Thea ablenkte. Angehörige erschienen zur Besuchszeit in dem Flur und standen wie er vor den Glasscheiben, um ihre kranken Lieben zu sehen. Wie aus weiter Ferne nahm er das wahr. Wann immer er den Chefarzt nach Theas Befinden fragte, erhielt er die knappe Auskunft, es sei unverändert.

Manchmal döste er ein. Der Tag ging in den Abend über. Georg stand wieder einmal vor dem Fenster zu Theas Isolierzimmer, als er glaubte, ihre Augenlider flackern zu sehen. Kam sie etwa zu sich? Doch nein, er hatte sich das wohl nur eingebildet. Denn nun war ihr Gesicht wieder ganz leblos.

Verzweifelt lehnte er seine Stirn an die Scheibe.

Kapitel 7

Ganz langsam legte Katja den Hörer auf die Gabel. Dann blieb sie wie betäubt neben dem Telefon sitzen. Eben hatte Marlene angerufen und ihr mit tränenerstickter Stimme mitgeteilt, dass Thea sich mit Kinderlähmung infiziert hatte. Sie müsse in einer Eisernen Lunge künstlich beatmet werden, und es sei ungewiss, ob sie die Krankheit überleben werde.

Thea, ihre resolute große Schwester, die immer ihren Weg gegangen war und sich von Widerständen nicht hatte unterkriegen lassen. Es war einfach undenkbar, dass sie sterben würde! Nur wenig mehr als zwei Wochen waren vergangen, seit sie gemeinsam ihr Brautkleid gekauft hatten. In ein paar Monaten wollte sie heiraten, ihr ganzes Leben lag noch vor ihr.

»Nein, nein, nein...« Beschwörend sagte Katja die Worte vor sich hin. Das Klingeln des Telefons ließ sie zusammenzucken. Es konnte doch nicht sein, dass...?

Fast wäre ihr der Hörer aus der Hand gefallen, und ihre Stimme kippte, als sie panisch fragte: »Marlene?«

»Ich bin's, Bernd. Ist bei dir alles in Ordnung? Du hörst dich ziemlich verstört an.«

Katja atmete tief durch. Ihre Freundschaft mit Bernd war nicht so innig, dass sie ihm von dem Schicksalsschlag erzählt hätte, der Thea getroffen hatte. »Bei mir ist nur gerade was umgefallen«, schwindelte sie, »das hat mich erschreckt.«

»Gut, dass es nichts Schlimmeres ist. Hör mal, weshalb ich eigentlich anrufe ...« Bernd lachte ein bisschen nervös. »Weißt du schon das Neueste von Walter?«

»Nein, was ist denn mit ihm?« Katja fragte aus Höflichkeit. Walter war nicht ihr Typ, und auch sonst interessierte er sie nicht besonders.

»Stell dir vor, Walter ist an Polio erkrankt! Ich weiß es auch erst seit heute. Angeblich hat er sich die Kinderlähmung bei einer Veranstaltung an der Universität geholt. Da gab es wohl auch ein paar Fälle. Und er war doch bei meiner Feier. Ich sage deshalb gerade allen Bescheid, die da waren.«

»O nein ...« Tiefes Erschrecken erfasste Katja.

»Man ist wohl sofort ansteckend, auch wenn die Krankheit erst nach zwei bis drei Wochen so richtig ausbricht. Grippe- und Erkältungssymptome können die ersten Anzeichen sein. Glücklicherweise«, Bernd lachte nervös, »werden nur etwa fünf Prozent aller Menschen, die das Virus in sich haben, wirklich krank. Ich habe mich sicherheitshalber genau informiert.« Er sprach weiter, erzählte, wie schlecht es Walter ging.

Dem Himmel sei Dank, sie hatte, bislang zumindest, keine Symptome. Aber ... Plötzlich erstarrte Katja. Wie hatte sie nur so begriffsstutzig sein können? Sie ließ den Hörer auf die Gabel fallen und schlug die Hände vor das Gesicht. Thea war ja mit ihr bei der Feier gewesen, obwohl sie eigentlich gar keine Lust dazu gehabt hatte. Sie, Katja, hatte sie dazu überredet. Und der blonde, junge Mann, mit dem die Schwester bei der Feier getanzt hatte – war Walter.

Sehr wahrscheinlich hatte Thea sich bei ihm angesteckt. Und daran war sie schuld.

»Dr. Berger ...«

Georg schreckte hoch, er war wohl wieder einmal eingenickt. Professor Michelsen stand vor ihm. Seit er seine Wache vor Theas Zimmer angetreten hatte, war es das erste Mal, dass der Chefarzt ihn unaufgefordert ansprach. Die Vorhänge hinter der Scheibe waren zugezogen, wie immer, wenn Thea untersucht oder pflegerisch versorgt wurde. Hatte der Mann etwa schlechte Nachrichten für ihn und deshalb seine Aversion überwunden und war auf ihn zugekommen?

Georg stemmte sich von der Bank hoch. »Ja?«, fragte er bang. »Was ist mit meiner Verlobten?«

»Die Schwester hatte nach mir gerufen.«

Ging es Thea schlechter und er hatte in diesem Moment geschlafen? Oder war sie gar ...? Georg weigerte sich, dies zu Ende zu denken.

»Frau Dr. Graven ist ganz kurz zu sich gekommen. Ansprechbar war sie nicht, aber das Fieber ist gesunken. Und da es bei ihr in den letzten beiden Tagen weder zu einem Kreislaufversagen kam noch zu Problemen bei der künstlichen Beatmung, scheinen keine Nervenzellen in ihrem Gehirn geschädigt zu sein. Ich habe eben auch schon Professor Kampen telefonisch darüber informiert. Wir sind beide der Ansicht, dass es natürlich immer noch zu Komplikationen kommen kann, aber dass die erste, entscheidende Krise überstanden ist. Und deshalb ...«

Theas Zustand hatte sich gebessert. Georg fehlten die Worte, um seine Erleichterung auszudrücken.

»… möchte ich, dass Sie endlich von dieser Station verschwinden. Und ich will Sie auch in den nächsten Tagen nicht wiedersehen.« Der Chefarzt nickte Georg knapp zu. Dann wandte er sich um und ging mit wehenden Schößen seines Arztkittels davon.

In dem Isolierzimmer zog nun eine Schwester die Vorhänge auf. Georg trat wieder an das Fenster und legte seine Hände an die Scheibe. Und da – sein Herzschlag setzte für einen Moment aus – öffnete Thea die Lider und bewegte den Kopf. Für eine Sekunde trafen sich ihre Blicke. Leuchtete ein Erkennen in ihren Augen auf? Im nächsten Moment hatten sich ihre Lider schon wieder gesenkt.

Du schaffst das, mein Liebling! Georg schnürte es die Kehle zu. *Den ersten Kampf hast du gewonnen!*

Da sind Schmerzen und Angst. Eine so große Angst! Eine gigantische, bleischwere Hand legt sich auf ihre Brust und presst die Luft heraus. Und dann, im nächsten Moment, sie ist noch gar nicht wieder bereit einzuatmen, wird schon Luft zurück in ihre Lunge gedrückt. Aber da ist auch Georg, ganz deutlich spürt sie seine Nähe. Und er spricht zu ihr. Seine Stimme ist in ihrem Kopf. Zärtlich, besorgt und voller Liebe. Hilft ihr, gegen den furchtbaren, aber auch verlockenden Sog der Dunkelheit anzukämpfen. Um seinetwillen will sie leben.

Das Geräusch einer Maschine. Laut und zugleich seltsam rasselnd. Wie der Atem eines asthmatischen Riesen. Mühsam öffnet sie die Augen. Menschen in medizinischer Kleidung stehen um sie. Gummihandschuhe und Schutzkittel, die Gesichter bis zu den Augen hinter einem Mundschutz verborgen. Jemand sagt etwas zu ihr, das sie nicht versteht. Sie versucht, sich zu bewegen. Aber das geht nicht, denn sie … sie steckt in einem unförmigen Ding aus Metall. Wie ein Sarg umgibt es sie. Panik erfasst sie, ihr Herz rast, und sie sinkt zurück in die Dunkelheit.

Doch nur kurz. Voller Angst reißt sie die Augen auf. Ihr Blick irrt hin und her. Über ihr ist ein Spiegel an der Maschine befestigt. Das bemerkt sie jetzt. Ein Fenster spiegelt sich darin. Und dahinter ... Georg? Es gelingt ihr, den Hals ein bisschen zu drehen. Georg. Er hat die Hände gegen die Scheibe gelegt, als wolle er sie berühren.

Ich liebe dich, sagen seine Augen. Ich liebe dich ...

Ihre Panik lässt nach. Und umfangen von seiner Liebe gleitet sie zurück in die Bewusstlosigkeit.

Thea hatte den ersten Kampf gewonnen. Auf der Fahrt nach Eichenborn hielt Georg sich an dieser Hoffnung fest. Knapp drei Tage hatte er bei Thea auf der Quarantänestation verbracht. Doch ihm schien viel mehr Zeit vergangen zu sein, seit er Marlenes Anruf erhalten und von ihrer schrecklichen Erkrankung erfahren hatte.

Das Schlösschen lag verlassen da. Ebenso die Praxis, denn im Sprechzimmer, das im vergangenen Frühjahr Theas gewesen war und das inzwischen Dr. Kramer benutzte und wo er jetzt am späten Abend wegen des Bereitschaftsdienstes hätte sein sollen, brannte kein Licht. Also war sein Mitarbeiter wohl zu einem Kranken gerufen worden.

Georg beschloss, als Erstes in die Praxis zu gehen und zu sehen, was in den letzten Tagen angefallen war. Der Kollege hatte ihm bestimmt Notizen auf dem Schreibtisch hinterlassen. Bei aller Sorge um Thea, er war nun einmal der verantwortliche Arzt in diesem Dorf.

Er hatte den Ford in der Wellblechgarage abgestellt und

ging den verschneiten Weg entlang, als er das vertraute Tuckern eines Motors hörte. Gleich darauf holperte eine große, massige Gestalt auf einem Moped auf ihn zu und bremste ab – Schwester Fidelis, die Hebamme von Eichenborn und Krankenschwester der Gemeinde. Seit Georg die Praxis Ende der Dreißigerjahre übernommen hatte, arbeiteten sie zusammen, unterbrochen nur von seiner Zeit als Soldat und der anschließenden amerikanischen Kriegsgefangenschaft. Ein tiefer, gegenseitiger Respekt verband ihn, den Agnostiker, und die bärbeißige fromme Ordensfrau, und er schätzte ihren Mut und ihre Loyalität.

»Herr Doktor!« Sie stieg von dem Moped und machte eine Bewegung auf ihn zu, als ob sie ihn in den Arm nehmen wollte, trat dann jedoch hastig zurück. »Ich bin gerade die Hauptstraße entlanggefahren, da hab ich Ihren Wagen gesehen. Der Herr Doktor Kramer hat mir erzählt, dass die Frau Doktor …« Ihre Stimme bebte verdächtig.

»Es geht ihr besser«, erwiderte Georg rasch. Zu erleben, dass Schwester Fidelis in Tränen ausbrach, war mehr, als er ertragen hätte, und er fürchtete, dann selbst die Fassung zu verlieren. »Sie muss in einer Eisernen Lunge beatmet werden. Aber vorhin ist sie zum ersten Mal kurz wieder zu Bewusstsein gekommen.«

»Sie wird das schaffen, sie ist ein Mensch, der kämpft.«

»Ja, das ist sie.« Georg war sehr dankbar für die Anteilnahme der Schwester, und er wusste es zu schätzen, dass sie ihm gegenüber darauf verzichtete, Theas Krankheit als Gottes Willen zu deuten, und auch nicht erklärte, für sie beten zu wollen. Selbst wenn sie das ganz sicher tat.

»Viele Leute fragen nach der Frau Doktor. Aber ich hab nichts von ihrer Krankheit erzählt.« Schwester Fidelis hob die Hände. »Einer der Ambulanzfahrer aus Monschau hat es verbreitet. Doch dann werde ich jetzt sagen, dass es mit ihr aufwärts geht?« Sie sah ihn fragend an.

»Ich habe nichts dagegen.« Georg wusste, dass es sinnlos war zu versuchen, den Tratsch zu unterbinden. Und es rührte ihn, dass die Patienten Thea offensichtlich ins Herz geschlossen hatten. Auch wenn es ihm sicher schwerfallen würde, deren mitleidige Blicke und Fragen zu ertragen.

Und jetzt wischte sich die Schwester tatsächlich mit einem Taschentuch über die Augen.

»Ich war gerade auf dem Weg in die Praxis«, sagte er hastig. »Ist in den letzten Tagen etwas Besonderes vorgefallen?«

»Sie wollen doch jetzt wohl nicht allen Ernstes arbeiten?«

»Natürlich!«

»Selbst im Licht von der Straßenlaterne bemerk ich doch, dass Sie furchtbar aussehen, Herr Doktor. Wie viel haben Sie denn in den letzten Tagen geschlafen?«

»Immer mal wieder ein bisschen.«

Schwester Fidelis schnaubte nur. »Sie gehen jetzt ins Bett und schlafen sich aus. Das mit der Praxis kriegen Dr. Kramer und ich noch solange allein hin.«

Georg registrierte plötzlich, wie erschöpft er war. Seine Müdigkeit und sein Pflichtgefühl kämpften miteinander.

»Hörn Sie, Herr Doktor«, Schwester Fidelis legte ihm die Hand auf den Arm, »es ist niemandem damit gedient, wenn Sie auf dem Weg zu einem Patienten einschlafen und gegen einen Baum fahren. Den Leuten hier nicht und auch nicht der Frau Doktor, die braucht sie noch.«

Sie hatte ja recht. »Gut, ich lege mich hin«, gab er nach. »Und, danke ...«

»Ach, das ist doch selbstverständlich.« Die Schwester schüttelte abwehrend den Kopf.

Es war beruhigend zu wissen, dass er sich auf sie verlassen konnte, und irgendwie erleichternd, dass auch sie sich um Thea sorgte.

»Danke«, sagte er noch einmal leise und voller Wärme, ehe er sich von ihr verabschiedete.

Kurz darauf, in seinem Schlafzimmer im Schlösschen, nahm Georg Theas Foto in die Hände, das dort auf dem Nachttisch stand. Es war ein Schnappschuss, aufgenommen bei einem Spaziergang im Hohen Venn. Der Wind hatte Thea eine Haarsträhne ins Gesicht geweht. Sie hob die Hand, um sie wegzuschieben, und lächelte überrascht in die plötzlich auf sie gerichtete Kamera.

Georg hatte sich nie für einen guten Fotografen gehalten. Aber er fand doch, dass dieser Schnappschuss perfekt Theas Wesen wiedergab. Ihre Lebensfreude und Energie und auch ihre sehr zarte, mitfühlende Seite, die sie sich für Schwächere einsetzen ließ.

Im nächsten Moment übermannte ihn die Müdigkeit endgültig, und mit Theas Bild in der Hand schlief er ein.

Georg erwachte davon, dass ihm die Sonne ins Gesicht stach. Der Blick auf den Wecker ergab, dass es nach zwölf war. Verdammt, er hatte die Vormittagssprechstunde komplett verschlafen! Er stand rasch auf, duschte und ging dann in die Spülküche im Erdgeschoss. Das Brot im Kasten war hart. Es war der Laib, den Thea noch besorgt hatte – nicht daran denken, dass sie vielleicht nie mehr ein Brot kaufen würde –, doch Georg hatte ohnehin keinen

Hunger. Er gab gemahlenen Kaffee in eine Tasse und schüttete kochendes Wasser darüber, wie er es manchmal machte, wenn er in Eile war.

Während er den heißen Kaffee in kleinen Schlucken im Stehen trank, beschloss er, Theas Vater anzurufen, bevor er in die Praxis ging. Bei all den Vorbehalten, die er gegen den Professor hatte, wusste er, dass er Thea aufrichtig liebte, und ganz sicher waren die vergangenen Tage auch für ihn sehr hart gewesen.

Georg hatte eben sein Arbeitszimmer aufgesucht und wollte den Hörer in die Hand nehmen, als das Telefon klingelte. Ein Patient? Oder ein Arzt der Universitätsklinik mit Nachrichten über Thea?

»Berger...« Beklommen nahm er das Gespräch entgegen.

»Georg« – Melanies Stimme, spröde und angespannt – »da du dich nicht bei mir gemeldet hast wie versprochen, dachte ich, ich versuche es mal bei dir.«

Der Junge, Frieder... Bei all der Angst um Thea war es für ihn völlig in den Hintergrund getreten, dass er Vater war. »Melanie, ich...«

»Hast du es dir etwa anders überlegt und willst Frieder doch kein Vater sein?«

»Bitte, hör mir zu.«

»Oder möchte Thea nicht, dass du Kontakt zu ihm hast?« Sie lachte trocken auf. »Na ja, es hätte mich auch gewundert, wenn sie so großzügig gewesen wäre.«

»Melanie, am Tag, nachdem du bei mir warst, ist Thea an Kinderlähmung erkrankt.«

»Was? Das meinst du doch nicht im Ernst!«

»Doch, sie muss in der Kölner Universitätsklinik in einer Eisernen Lunge künstlich beatmet werden.«

Schweigen am anderen Ende der Leitung. Dann: »O Gott!« Melanie atmete scharf aus. »Georg, bitte verzeih, es tut mir so leid.«

»Ich werde dich und den Jungen besuchen. Darauf hast du mein Wort. Ich muss mich nur in den nächsten Tagen um die Praxis kümmern. Mein Mitarbeiter und Schwester Fidelis haben die Arbeit ganz allein gestemmt, während ich bei Thea war.« Georg zögerte. Doch er wollte Melanie gegenüber ehrlich sein. »Und... Ich brauche noch Zeit. Bevor Theas Zustand nicht wirklich stabil ist, schaffe ich es nicht, das Kind zu sehen. Dafür habe ich einfach nicht die Kraft.«

»Das verstehe ich.« Melanie klang überraschend sanft. Anscheinend hatte die Geburt des Jungen sie wirklich verändert.

Kapitel 8

Die junge Schwester mit dem Muttermal am Mundwinkel trat in Theas Blickfeld in dem Spiegel an der Eisernen Lunge und lächelte sie an. Sie gehörte zu den Pflegerinnen, die Thea mochte, da sie sie wie eine Erwachsene und nicht wie ein Kleinkind behandelte. »Ich habe eine gute Nachricht für Sie, Frau Dr. Graven! Da Sie wieder selbstständig atmen können, dürfen Sie heute die Eiserne Lunge verlassen. Das hat der Herr Professor eben den Ärzten und den Schwestern gesagt. Gleich wird es so weit sein. Da freuen Sie sich bestimmt?«

»Ja, na ... natürlich.« Theas Stimme war immer noch wie eingerostet, wenn sie eine Weile nicht gesprochen hatte. Ja, es würde wunderbar sein, diesem Sarg aus Metall entkommen zu können und nicht mehr zur Reglosigkeit verdammt zu sein. Die junge Schwester lächelte ihr noch einmal zu. Sie verschwand aus Theas Blickfeld und machte sich an etwas im Hintergrund des Raums zu schaffen.

Sehr bleich und schmal, mit dunklen Ringen unter den Augen blickte Thea das eigene Gesicht aus dem Spiegel entgegen. Ein stoppeliger Flaum wuchs auf ihrem Kopf, denn aus pflegerischen Gründen hatte man ihr die Haare abgeschnitten.

Die vergangenen Tage und Wochen waren größtenteils wie hinter einem Schleier verborgen, was an den starken

Medikamenten lag, die man ihr verabreicht hatte, und Thea war froh, vieles gar nicht richtig bewusst erlebt zu haben. Lediglich Bilder und einzelne Szenen tauchten in ihrem Gedächtnis auf.

Sie erinnerte sich daran, wie man ihr gesagt hatte, dass man jetzt die Eiserne Lunge abstellen würde, um zu überprüfen, ob sie allein atmen könne. Sie müsse keine Angst haben, wenn sie dazu noch nicht imstande sei, würde man das sofort bemerken, und die Maschine würde dann wieder die Arbeit ihrer Lunge übernehmen. Anschließend war das rasselnde Geräusch, das Thea Tag und Nacht begleitet hatte, verstummt. Keine gigantische Hand hatte sich mehr auf ihr Zwerchfell gelegt und ihre Lunge dazu gebracht, sich auszudehnen. Wie ein Fisch auf dem Trockenen hatte sie panisch nach Luft geschnappt. Und dann, nach einigen quälenden Sekunden, war tatsächlich Atem durch ihre Nase und in ihren Brustkorb geströmt.

Man hatte sie gelobt und ihr versichert, wie wunderbar sie das doch mache. Danach hatte der Chefarzt das immer öfter veranlasst, und die Intervalle, in denen sie ohne die Eiserne Lunge atmete, waren stets länger geworden.

Thea erinnerte sich auch daran, dass man ziemlich häufig so ein gewölbtes, durchsichtiges Ding – Dom aus Plexiglas, fiel ihr ein, hatte das Personal es genannt – an das obere Ende der Maschine geschraubt hatte, so dass es ihren Kopf wie eine Art Taucherglocke umschloss. Dann hatte man Klappen an der Eisernen Lunge geöffnet und sich an ihrem Körper zu schaffen gemacht. Ihr die Windeln gewechselt oder sie gewaschen oder irgendwelche Untersuchungen durchgeführt. Auch am Vortag hatte man sie lange untersucht, während die Haube ihren Kopf abschirmte. Sie war zu müde gewesen, um den Chefarzt später zu fragen, was er da eigentlich genau abgeklärt hatte.

Und es gab noch andere Erinnerungen, wohltuende. Es war so schön gewesen, Georg auf dem Flur vor dem Fenster zu ihrem Zimmer zu sehen. Sehr hager war er geworden. Das war ihr sogar in ihrem benommenen Zustand aufgefallen. Aber sein Lächeln hatte sein Gesicht zum Leuchten gebracht und ihr Mut zugesprochen und Kraft gegeben. Wenn sie aus der Eisernen Lunge befreit war, würde man ihn hoffentlich endlich zu ihr lassen.

Der Vater war auch öfter vor der Scheibe erschienen, gelegentlich hatte sie ihn mit Professor Michelsen sprechen sehen. Marlene war da gewesen, besorgt, aber um Fassung bemüht. Und Thea erinnerte sich, zumindest einmal auch Katja vor dem Fenster erblickt zu haben, das Gesicht ganz verweint.

Thea hörte, wie sich die Tür ihres Zimmers öffnete. Der Spiegel an der Eisernen Lunge erfasste den Chefarzt, seine Entourage aus Assistenzärzten und Schwestern und zwei Krankenhausdiener. Der Chefarzt stellte sich neben Theas Kopf.

»Na, Frau Dr. Graven, dann wollen wir Sie mal aus diesem Ding befreien«, sagte er leutselig. Ein Assistenzarzt entfernte die Sonde aus Theas Nase, über die sie ernährt worden war. Dann, auf einen Wink des Professors, wurde die Maschine abgestellt. Wieder empfand Thea in den ersten Momenten Panik, als die Eiserne Lunge nicht mehr für sie atmete. Doch wieder nahm ihre eigene Lunge die Arbeit auf, und sie entspannte sich.

Ein weiterer Wink des Chefarztes, und die Krankenhausdiener öffneten die Verschlüsse an der Maschine und stemmten den Deckel hoch. Thea fühlte sich nackt und ausgesetzt, wie sie da auf einmal vor den Augen aller in ihrem Nachthemd auf der Matratze lag. Die Krankenhausdiener hoben sie hoch, legten sie auf eine bereitstehende, fahrbare Trage, und eine Schwester breitete eine Decke über sie.

»Sehr schön haben Sie das gemacht.« Der Chefarzt tätschelte ihre Hand, dann sagte er etwas zu dem Personal, Thea bekam nicht mit, was, denn sie war ganz auf ihren Atem konzentriert. Es war tatsächlich schön, aber irgendwie auch noch beängstigend, dass die Luft ohne Hilfe in ihre Lunge strömte. Das Personal und die Assistenzärzte verließen das Zimmer. Nur der Professor war geblieben. Wollte er unter vier Augen mit ihr sprechen?

»Professor Michelsen!« Jemand rief ihn vom Flur aus.

»Ja, was ist denn?« Unwillig trat er an die Tür.

Von der fahrbaren Trage aus konnte Thea zum ersten Mal das Fenster nach draußen sehen. Ein Baum stand davor. Kleine, noch zartgrüne Blätter sprossen an den Zweigen. An dem Tag, an dem sie von Marburg nach Eichenborn zu Georg gefahren war, hatte noch eine dicke Schneedecke über allem gelegen. Sonst konnte sie sich, abgesehen von den furchtbaren Minuten, als sie in der Villa ihres Vaters erwacht war, mit den entsetzlichen Schmerzen und der Atemnot, an nichts mehr erinnern. Außer... Jetzt fiel ihr plötzlich ein, dass Georgs Gesicht, als sie von Eichenborn aufgebrochen war, so voll Kummer gewesen war. Aber warum? Sie musste da etwas verwechseln. Er hatte doch keinen Grund gehabt, traurig zu sein?

Ehe Thea noch länger darüber nachsinnen konnte, spürte sie nun unangenehm eine Falte unter ihrem Rücken. Ihr

Nachthemd hatte sich wohl verschoben. Sie versuchte, sich zu bewegen und es zurechtzuziehen. Aber... Sie konnte ihren Rücken nicht anheben, und ihr rechter Arm gehorchte ihr nicht! Und ihre Beine... Sie fühlte ganz deutlich das Laken unter ihnen. Aber auch sie gehorchten ihr nicht. Schlaff und leblos lagen sie da, wie abgeschnitten von den Befehlen, die ihr Gehirn ihnen gab. Eine eisige Furcht stieg in Thea auf. Es konnte doch nicht sein, dass...?

»Herr... Professor«, brachte sie mühsam über die Lippen.

Der Chefarzt trat in ihr Blickfeld.

»Herr Professor, ich kann mich nicht bewegen! Das... das liegt... doch sicher daran, dass ich so... so lange regungslos in der Eisernen Lunge gelegen habe?« Angstvoll starrte sie ihn an. »Und dass... dass meine Muskeln sich zurückgebildet haben?«

Professor Michelsen zog einen Stuhl neben die fahrbare Trage und setzte sich. Seine Miene war ernst und bekümmert, was Theas Angst noch steigerte. »Frau Dr. Graven, ich wollte damit warten, bis Sie die Eiserne Lunge verlassen konnten, und Sie eigentlich schonend darauf vorbereiten. Es tut mir sehr leid. Natürlich haben sich Ihre Muskeln zurückgebildet. Aber das, was Sie gerade beschrieben haben, dass Sie sich nicht bewegen können...« Er zögerte kurz. »Nun, es liegt nicht an den Muskeln. Denn die durch die Poliomyelitis hervorgerufenen Entzündungen haben Ihre motorischen Nervenzellen zumindest geschädigt.«

Zumindest geschädigt, das bedeutete, dass sie auch ganz zerstört sein konnten, und dies wiederum implizierte... Nein, nein! Thea weigerte sich, den Gedanken zu Ende zu denken.

»... die Hoffnung nicht aufgeben, möglicherweise sind Ihre Lähmungen reversibel«, drang wieder die Stimme des Professors zu ihr durch.

Thea wollte instinktiv von ihm wegrücken. Aber wieder gehorchte ihr Körper ihr nicht. Sie war gelähmt, gelähmt, gelähmt... Das Entsetzen schlug wie eine riesige, sie verschlingende Woge über ihr zusammen, und sie begann zu schreien.

Licht fiel durch Theas geschlossene Lider, und sie blinzelte mühsam. Sie fühlte sich völlig benommen. Aber die schreckliche Wahrheit war ihr nur zu präsent. Sie hatte die Eiserne Lunge verlassen können, nur um zu erfahren, dass sie gelähmt war. Da sie immer weiter geschrien hatte und sich nicht hatte beruhigen lassen, hatte ihr der Professor schließlich ein Sedativum gespritzt.

»Thea, Liebes...« Die Stimme des Vaters.

Sie wandte den Kopf auf dem Kissen. Immerhin das war ihr möglich, dachte sie bitter. Er saß neben ihrem Bett. Sein Lächeln sollte wohl aufmunternd sein, aber es war einfach nur traurig. Unwillkürlich wollte sie die Arme nach ihm ausstrecken und wie ein Kind von ihm gehalten werden. Jedoch natürlich vergebens. Der Vater ergriff ihre Hand und streichelte sie. Schlaff lagen ihre Finger in seinen. Nicht einmal ein Glied konnte sie rühren.

»Hat... hat man dich verständigt, nachdem ich...?«

Er nickte. »Ja, ich bin sofort losgefahren.«

Thea, die Kranke, wollte nicht wissen, wie es wirklich um sie stand. Aber die Ärztin in ihr konnte nicht die Augen vor der Wahrheit verschließen. »Wie... wie schlimm ist es?«, flüsterte sie.

Der Vater zögerte.

»Bitte, sag es mir.« Vielleicht gab es ja doch noch einen Funken Hoffnung.

»Nun, deine Rumpfmuskulatur ist wohl nur durch das wochenlange Liegen geschwächt und nicht gelähmt.«

Seine Stimme zitterte leicht, und Thea begriff, dass dies anscheinend die einzige gute Nachricht war. Stumm sah sie ihn an.

»Und sonst ... Deinen linken Arm kannst du wohl eingeschränkt bewegen. Aber ... deine Beine sind gelähmt und dein rechter Arm ebenfalls. Was jedoch nicht heißt, dass dies unabänderlich ist. Mit guten Therapien können sich die Lähmungen zurückbilden. Und ich verspreche dir, Liebes, du wirst die besten erhalten.«

»Wie lange ... habe ich in der Eisernen Lunge gelegen?«

Wieder zögerte der Vater. »Es waren über sechs Wochen«, sagte er schließlich leise.

Natürlich, nach sechs Wochen war sie nicht mehr ansteckend, deshalb hatte man ihn zu ihr gelassen. Also ein langer und schwerer Verlauf. Thea wünschte sich, sie würde sich nicht daran erinnern, dass bei achtzig Prozent der schweren Verläufen von Polio sich Lähmungen als irreversibel erwiesen. Aber die Zahl war ihr sehr gegenwärtig. Und sie sah ihrem Vater an, dass sie auch ihm präsent war.

»Liebes ...« Der Vater beugte sich vor und strich ihr über den Kopf. »Möchtest du, dass Dr. Berger, ich meine, Georg, zu dir kommt? Soll ich ihn verständigen?«

Georg ... Es wäre so tröstend gewesen, wenn er bei ihr wäre! Eine brennende Sehnsucht erfüllte Thea und trieb ihr die Tränen in die Augen. Mit ihm würde sie sich nicht mehr so entsetzlich verloren und dem Schicksal ausgeliefert fühlen. Sie öffnete die Lippen, um dem Vater zu sagen, dass sie ihn sehr gern bei sich hätte. Aber dann erinnerte sie sich plötzlich wieder an sein vor Kummer verzerrtes Gesicht bei ihrem Aufbruch. Und nun, als hätte sich eine Tür in ihrem Innern geöffnet, wusste sie auch mit schrecklicher Klarheit, was vorgefallen war.

Melanie Winter. Er hatte einen kleinen Sohn mit der wunderschönen Melanie Winter. Der Junge war erst wenige Monate alt. Thea stieß einen klagenden Laut aus.

»Liebes, was ist denn?«, fragte der Vater erschrocken. »Hast du Schmerzen, soll ich Professor Michelsen holen?«

Ja, sie fühlte sich, als würde ihr ein Messer in die Brust gebohrt.

»Georg«, flüsterte Thea.

»Ja?«

»Sag ihm ... Sag ihm ...« Ihre Stimme brach. »Er soll nicht mehr zu mir kommen. Ich will ihn nicht sehen.«

»Aber, warum denn nicht, Thea?« Der Vater blickte sie überrascht an. »Ich weiß von Professor Michelsen, dass Georg so oft er konnte hier war. Alle zwei oder drei Tage. Und ich bin ihm auch selbst vor deinem Zimmer begegnet. Es ist ja kein Geheimnis, dass ich meine Vorbehalte gegen ihn hatte. Aber er hat sich große Sorgen um dich gemacht und wird sehr froh sein zu erfahren, dass du die Eiserne Lunge endlich verlassen konntest.«

»Ich will nicht, dass er mich ... *so* sieht ...«

Der Vater seufzte. »Liebes, wie auch ich hat er mit der Möglichkeit gerechnet, dass bei dir Lähmungen zurückbleiben können. Das wird kein Schock für ihn sein.«

»Ich will nicht, dass er kommt«, wiederholte Thea. Sie brachte es dem Vater gegenüber nicht über die Lippen, dass Georg einen Sohn mit einer anderen Frau hatte. Es tat einfach zu weh.

Ausnahmsweise standen nach der Vormittagssprechstunde keine Hausbesuche bei Patienten an. Deshalb gönnte sich Georg den seltenen Luxus und setzte sich nach einem improvisierten Mittagessen auf die Terrasse des Schlösschens. Tulpen und Hyazinthen, deren Zwiebeln jemand vor langer Zeit in die Erde gesteckt hatte, behaupteten sich tapfer gegen das Unkraut, und die alten Obstbäume standen in voller Blüte. Die Kronen weiß und zartrosa überhaucht, waren sie einfach wunderschön. Zum ersten Mal seit Langem hatte Georg das Gefühl, innerlich zur Ruhe zu kommen.

Thea würde die Eiserne Lunge bald verlassen können! Das hatte ihm Professor Michelsen bei seinem letzten Besuch in der Universitätsklinik vor zwei Tagen gesagt. Und, da sie nun auch nicht mehr ansteckend war, würde man ihn zu ihr lassen. Endlich, endlich konnte er ihr wieder in die Augen blicken und sie anlächeln, ohne dass die lästige Glasscheibe sie trennte. Sie wieder in die Arme schließen. Sie an sich ziehen und zärtlich küssen.

Die abschließenden Untersuchungen standen noch aus. Es war leider nicht auszuschließen, dass Thea nach ihrem schweren Krankheitsverlauf Lähmungen zurückbehalten würde. Dessen war er sich bewusst. Aber das würde sich zeigen. Jetzt war er einfach nur zutiefst dankbar, dass Thea am Leben war, und was auch immer die Zukunft bringen sollte, sie würden es zusammen meistern. Davon war er fest überzeugt.

Es gab noch etwas in seinem Leben, wofür er dankbar

war. Auch wenn er gar nicht damit gerechnet hatte, dass er dies einmal so empfinden würde. Georgs Gedanken wanderten zurück zu jenem Tag vor ungefähr zwei Wochen, als er seinen Ford durch die Straßen des Düsseldorfer Stadtteils Oberkassel gesteuert hatte. Jenem Tag, als er zum ersten Mal seinen kleinen Sohn gesehen hatte.

Er hatte das Schild der Straße registriert, in der Melanie wohnte, und war sie langsam entlanggefahren. Der alte, Lehm verschmierte Wagen wirkte inmitten der schicken Mercedes und anderen hochpreisigen Autos, die unter den Bäumen und in den Einfahrten der Villen standen, wie ein räudiger Pinscher unter Rassehunden. In der Nummer acht, einem cremefarbenen Gebäude hinter einem schmiedeeisernen Gartenzaun und mit einer von zwei steinernen Löwen flankierten Treppe, lebte Melanie jetzt mit ihrem, *seinem* Sohn, seit sie sich von ihrem Mann getrennt hatte. Georg parkte den Ford am Straßenrand.

Nachdem er den Motor ausgestellt hatte, blieb er noch einige Momente sitzen und versuchte, sich auf die Begegnung mit dem Kind einzustellen. Es erschien ihm immer noch merkwürdig irreal, dass er Vater war. Das alles bestimmende Gefühl in den letzten Wochen war ohnehin seine Angst um Thea gewesen, für andere Empfindungen, wie etwa Freude, hatte es einfach keinen Raum gegeben. Und wenn er ehrlich sich selbst gegenüber war, musste er sich eingestehen, dass er nur aus Pflichtgefühl hier war.

Georg gab sich einen Ruck und stieg aus dem Wagen. Auf sein Klingeln hin öffnete ihm ein Dienstmädchen in schwarzem Kleid und weißem Häubchen – darunter tat es Melanie wohl nicht – und führte ihn in ein großes Wohnzimmer.

Das Dienstmädchen sagte ihm, dass die »gnädige Frau« gleich kommen würde, und verschwand. Georg blickte sich um. Die Möbel im Stil des Art déco waren geschmackvoll und kostspielig. Melanie ließ sich ihr Stillschweigen über die Affären ihres Noch-Ehemanns wirklich teuer bezahlen. Ihr Faible für Luxus war offensichtlich unverändert, und manchmal war sie, wie Georg zur Genüge wusste, einfach atemberaubend rücksichtslos.

Die Tür schwang auf. Er nahm Melanies Lieblingsparfüm wahr und drehte sich zu ihr um.

»Georg!« Sie reichte ihm die Hand. »Schön, dass du gekommen bist. Trotz allem …« Sie war attraktiv wie immer, die honigblonden Haare hatte sie hochgesteckt, das türkisfarbene Nachmittagskleid war sehr elegant. Wie meistens trug sie nur sehr dezenten Schmuck, als wollte sie ihre Schönheit für sich sprechen lassen.

»Ja, natürlich, ich hatte es ja versprochen.«

»Möchtest du einen Kaffee?«

»Nein danke, das ist nicht nötig. Wir müssen hier keinen gesellschaftlichen Konventionen genügen.«

»Entschuldige, ich fühle mich einfach ein bisschen befangen.« Melanie seufzte und hob die Schultern. »Wie geht es Thea denn?«, fragte sie dann beinahe scheu.

»Sie ist über den Berg, sie wird überleben.« Mehr wollte er Melanie nicht von ihr erzählen. Irgendwie hatte er immer noch das Gefühl, seine Liebe zu Thea vor Melanie schützen zu müssen.

»Wie ich dir ja schon am Telefon sagte, es tut mir sehr leid, dass sie sich mit dieser schrecklichen Krankheit angesteckt hat.« Melanies Blick wirkte aufrichtig, und ihre Stimme klang mitfühlend.

»Danke, ich weiß das zu schätzen.« Georg war nun doch berührt. Es kam ziemlich selten vor, dass Melanie sich um andere Menschen Gedanken machte. Aus einem weiteren Zimmer war jetzt das Weinen eines Säuglings zu hören, und Georg wandte unwillkürlich den Kopf.

»Anscheinend ist Frieder gerade aufgewacht, ich hole ihn, einverstanden?«

»Ja, sicher.« Georg nickte.

Melanie verließ das Wohnzimmer. Georg wartete, jetzt doch aufgeregt. Sein Sohn! Gleich würde er seinen kleinen Sohn zum ersten Mal sehen. Das Weinen wurde lauter. Nun kam Melanie wieder herein, auf dem Arm einen Säugling in einem hellblauen Strampelanzug. Blonde, feine Haare wuchsen auf seinem Köpfchen. Das Gesichtchen war vom Weinen verzerrt.

»Ist ja gut, ist ja gut …« Melanie wiegte ihn sanft und sah Georg an. »Tut mir leid, dass ihr beiden keine bessere erste Begegnung habt.«

»Hat er Hunger?« Als Arzt hatte Georg schon viele Säuglinge zur Welt gebracht, trotzdem fühlte er sich nun unsicher.

»Ja, das Kindermädchen wird ihm gleich das Fläschchen geben.«

»Du … du stillst also nicht?« Lieber Himmel, was redete er denn da? Er befragte doch keine Patientin.

»Nein, bei aller Liebe zu ihm habe ich keine Lust, mich in eine Art Milchkuh zu verwandeln.«

»Darf ich …« Georg räusperte sich. Ihm wurde auf einmal die Kehle eng. »Darf ich ihn mal nehmen?«

»Ja, natürlich, er ist ja dein Sohn.« Behutsam ließ Melanie ihn in seine Arme gleiten.

Ganz leicht fühlte sich der Kleine an, und seine Finger waren noch so zart, und seine blauen Augen mit den langen Wimpern – das waren Melanies Augen, und sie waren so groß.

»Hallo, Frieder«, flüsterte Georg und strich ihm über das Köpfchen. Das kleine Gesichtchen entspannte sich auf einmal, und eine winzige Hand schloss sich um Georgs Zeigefinger. Er wusste, dass das der Greifreflex war, nichts weiter. Der Junge hatte seinen Finger wahrgenommen und umklammerte ihn, wie er etwa auch den Stil eines Löffels umklammert hätte. Und doch erschien es ihm, als ob plötzlich eine Verbindung zwischen ihnen bestünde, und der Kleine, ihn, seinen Vater, erkannt habe.

»Georg«, hörte er Melanie sagen. Er hatte gar nicht bemerkt, dass eine Frau Mitte dreißig ins Zimmer gekommen war. Sie trug ein graues Kleid, hatte die Haare zu einem Knoten zusammengefasst und strahlte Effizienz und Tüchtigkeit, aber auch Warmherzigkeit aus. In der Hand hielt sie ein Tuch und ein Fläschchen.

»Kann ich Frieder nicht das Fläschchen geben?«, fragte Georg impulsiv. Das Kindermädchen sah ihn perplex an, und Melanie hob belustigt die Augenbrauen. »Für einen Mann ist so etwas aber ziemlich ungewöhnlich.«

»Ich habe zusammen mit Schwester Fidelis Kurse in Säuglingspflege gehalten und auch schon mal einem Säugling das Fläschchen gegeben, wenn die Mutter krank und sonst niemand da war. Ich weiß, wie man das macht«, erwiderte Georg ungeduldig.

»Wenn du unbedingt möchtest ...« Melanie bedeutete dem Kindermädchen, ihm das Fläschchen zu reichen.

»So, dann wollen wir das mal versuchen ...« Vorsichtig

rückte Georg den Kleinen in seiner Armbeuge zurecht und stützte sein Köpfchen. Frieder schloss die Augen, als der Sauger seine Lippen berührte, und nuckelte zufrieden.

Einige Momente betrachtete Georg ihn, abermals erfüllt von einer großen Zärtlichkeit. *Sein Sohn...* Ein überwältigendes Gefühl der Liebe stieg in ihm auf. Ja, er wollte aus ganzem Herzen Frieders Vater sein, nicht nur aus Pflichtgefühl.

Plötzlich wünschte er sich schmerzlich, dass er und nicht Melanies Noch-Ehemann als Vater im Geburtsregister eingetragen wäre. Da sie zum Zeitpunkt der Geburt verheiratet waren, war dies ja automatisch geschehen. Vielleicht ließe sich das ja irgendwann ändern. Aber solch eine Vaterschaftsanerkennung würde rechtliche Schritte erfordern, und ohne Theas Zustimmung wollte Georg dies nicht gegenüber Melanie ansprechen. Aber es gab noch etwas, das er tun konnte, und das war er sich als Vater schuldig.

»Melanie« – er wandte sich ihr zu, darauf bedacht, Frieders Position in seinen Armen nicht zu verändern – »ich will nicht, dass Magnus für den Kleinen finanziell aufkommt. Das möchte ich als sein Vater übernehmen. Ich hätte das schon längst mit dir klären sollen. Aber wegen Theas Krankheit habe ich nicht mehr daran gedacht, es tut mir leid.«

»Magnus kann es sich problemlos leisten. Du musst nichts für Frieder zahlen.«

»Ich will es aber!«

Melanie seufzte. Ihre Miene spiegelte Zuneigung und ein bisschen Spott. »Deine Absicht in allen Ehren, aber ich glaube nicht, dass du in der Lage bist, das Kindermädchen zu finanzieren oder einen Anteil an der Miete für dieses

Haus zu übernehmen. Das dürfte deine finanziellen Möglichkeiten bei weitem übersteigen.«

»Stimmt, das kann ich mir nicht leisten, aber dann lass mich für Frieders Kleidung und seine Spielsachen aufkommen und was er sonst noch jeden Tag braucht. Und ich möchte Geld anlegen, damit er später eine gute Ausbildung erhält.«

Melanie betrachtete ihn forschend. »Meinetwegen, wenn du darauf bestehst«, sagte sie schließlich.

»Ja, das tue ich.«

»Aber was wird Thea dazu sagen? Dieses Geld habt ihr als Ehepaar dann ja weniger.«

»Sie wird es verstehen.« Georg hoffte es zumindest. Aber er wollte einfach unbedingt für seinen Sohn sorgen. Und das bedeutete nun einmal auch eine finanzielle Unterstützung.

»Bedauerst du es eigentlich, dass ich dir gesagt habe, dass Frieder dein Sohn ist?«, fragte Melanie unvermittelt. »Jetzt, mit Theas Krankheit, ist das ja alles sehr viel für dich.«

Georg betrachtete wieder den Säugling, der seinen kleinen Kopf von der Flasche weggedreht hatte, der blinzelte und dem jetzt die Augen zufielen. »Thea hat es sehr verletzt zu erfahren, dass ich ein Kind mit dir habe«, sagte er schließlich leise. »Und das bedaure ich zutiefst. Aber das ändert nichts daran, dass ich froh bin, Frieders Vater zu sein.«

Und vielleicht würde Thea mit ihrem großen Herzen den Kleinen ja auch irgendwann liebgewinnen. Das wäre wunderschön.

Ein Vogel flatterte nun auf der Terrasse des Schlösschens

vor Georgs Füße und riss ihn aus der Erinnerung. Er blickte auf seine Armbanduhr. Noch zwei Stunden bis zum Beginn der Nachmittagssprechstunde. Er sollte die Zeit nutzen, um sich wieder einmal in eine neue medizinische Publikation zu vertiefen. Dazu kam er viel zu selten. Und doch blieb er noch einige Minuten auf der Terrasse sitzen, schaute auf den frühlingshaften Garten und war einfach nur glücklich, Thea bald in die Arme schließen zu können und seinen kleinen Sohn kennengelernt zu haben.

Kapitel 9

Thea starrte vor sich hin. Man hatte sie in einen Sessel verfrachtet und ihr vorher ein Korsett aus Metallstangen angelegt, weil ihr Oberkörper sonst nach vorn gesunken wäre; die Muskeln waren viel zu schwach, um ihn aufrecht zu halten. Die Hände hatte man ihr in den Schoß gelegt, damit die Arme nicht schlaff rechts und links herabhingen. Vorhin hatte sie sich kurz im Spiegel über dem Waschbecken gesehen. Sie hatte rasch weggeblickt. Natürlich hatte sie ihr bleiches, mageres Gesicht und den grotesken Haarflaum auch im Spiegel an der Eisernen Lunge wahrgenommen. Aber da hatte sie noch gehofft, dass sich ihr Zustand bessern würde. Das war ein Trugschluss gewesen.

Warum hängte man diesen verdammten Spiegel nicht ab? Ein lebender Leichnam – so sah sie aus. Und im Grunde war sie das ja auch. Hilflos, bei jeder noch so kleinen Verrichtung auf andere angewiesen.

Eine großbusige Krankenschwester kam in das Zimmer, auf dem Gesicht jenes professionell aufmunternde Lächeln, das Thea schon nicht gemocht hatte, als sie noch gesund gewesen war. Jetzt hasste sie es. Die Schwester trug ein Tablett mit einer Schnabeltasse und einem Teller Brei in den Händen. »So, dann wollen wir doch heute hoffentlich mal was essen«, flötete sie.

»Nehmen Sie ... den ... Spiegel ab.« Es fiel ihr schwer,

die Worte zu formen, und ihre Stimme klang rau und heiser. Aber sie brachte sie über die Lippen.

»Das kann ich leider nicht. Er ist mit der Wand verschraubt.« Die Schwester machte Anstalten, sich neben Thea zu setzen.

»Dann ... hängen Sie ... was darüber.« Irgendetwas in Theas zornigem Blick und ihrem Tonfall veranlasste die Pflegerin, nach einem Handtuch zu greifen und damit den Spiegel zu verdecken.

Thea ließ es zu, dass die Frau ihr die Schnabeltasse an den Mund setzte, und sie trank ein paar Schlucke, denn ihr Hals war wie ausgedörrt. Als die Krankenschwester einen Löffel in den Brei tauchte, schüttelte sie jedoch den Kopf. »Nein.«

»Aber Sie haben doch schon gestern nichts gegessen. Das geht so nicht. Sie müssen zu Kräften kommen!«

Zu Kräften kommen ... Wofür? Um jahrzehntelang in diesem nutzlosen Körper weiter zu existieren?

»Nein.« Thea wandte den Kopf ab und presste die Lippen zusammen.

Die Krankenschwester stieß einen besorgten und zugleich unwilligen Laut aus und verließ das Zimmer. Und Thea versank wieder in ein dumpfes Brüten. Im ersten Schock, nachdem sie von ihrer Lähmung erfahren hatte, war es ganz selbstverständlich für sie gewesen, so bald wie möglich bei Georg Trost und Unterstützung suchen zu wollen. Aber die Erinnerung daran, dass er ein Kind mit Melanie Winter hatte, hatte alles verändert. Seither kreisten ihre Gedanken ständig um das *Nie mehr*.

Thea schluckte hart und würgte das Schluchzen hinunter, das in ihrer Kehle aufstieg. Sie würde Georg nie mehr zärtlich berühren können, ihn nie mehr umarmen, nie mehr mit ihm schlafen und sich leidenschaftlich mit ihm lieben. Sie würde niemals von ihm schwanger werden und ein Kind mit ihm haben ...

Und dann gab es auch noch die anderen *Nie mehr*, kleine und große. Sie würde nie mehr mit Georg die Wege im Moor entlanglaufen und dort die Narzissen blühen sehen. Nie mehr ihren Beruf ausüben. Nie mehr ein Neugeborenes der Mutter in die Arme legen. Nie mehr so etwas Einfaches tun wie ein Brot schneiden oder Kaffee aufbrühen. Nie mehr sich selbst waschen und ohne Hilfe essen ...

Schritte erklangen jetzt auf dem Flur, und die Tür öffnete sich. Warum ließ man sie nur nicht in Ruhe? Hatte diese verwünschte Krankenschwester etwa Unterstützung mitgebracht, um sie zum Essen zu zwingen?

»Thea ...«

Georgs Stimme traf sie wie ein Schlag und raubte ihr den Atem. Jetzt trat er in ihr Blickfeld. Wie sie schon durch die Glasscheibe gesehen hatte, war er dünner geworden seit ihrer letzten Begegnung im Schlösschen. Sie erkannte es an seinem Gesicht, zwei Falten hatten sich um seinen Mund eingegraben, die es vorher nicht gegeben hatte, und sein Jackett war ihm zu weit. Seine Miene spiegelte Freude und Sorge und eine überwältigende, peinigende Zärtlichkeit.

»Thea!« Er beugte sich zu ihr und nahm ihr Gesicht sanft in seine Hände. Ganz offensichtlich wollte er sie küssen.

Das würde sie nicht ertragen! Hastig wandte Thea den Kopf ab. »Warum ... bist du gekommen? Hat dir mein

Vater nicht gesagt, dass ich dich nicht ... sehen will?«, brachte sie mühsam hervor.

»Doch, das hat er.« Georg trat von ihr zurück. Falls sie ihn mit ihren Worten verletzt hatte, ließ er es sich nicht anmerken. Nun setzte er sich auf einen Stuhl ihr gegenüber. Nur zu schmerzlich war sie sich seiner Nähe bewusst. Ach, sie hätte wissen müssen, dass er zu ihr kommen würde!

»Warum willst du mich denn nicht sehen? Ich kann verstehen, dass es ein Schock für dich war zu erfahren, dass du gelähmt bist, und dieser Idiot von Chefarzt hätte dir das in der Gegenwart deines Vaters oder in meiner sagen sollen. Aber das ändert doch nichts an meiner Liebe zu dir!«

Sie hätte Georg nur zu gern geglaubt. Aber er machte sich Illusionen. »Natürlich ändert das was!«, stieß sie hervor. »Ich bin nun mal ein ... ein Krüppel. Mit allem, was das mit sich bringt.«

»Thea, zum einen ist es überhaupt nicht sicher, dass du dauerhaft gelähmt bleiben wirst ...«

»Mach dir doch nichts vor.« Sie holte mühsam Luft. »Du weißt so gut wie ich, dass bei dieser schweren Form von Polio die Chancen, dass sich die Lähmungen zurückbilden, nur bei etwa zwanzig Prozent liegen. Und zurückbilden ist ... ja nicht gleichbedeutend mit ...« Thea hatte »Heilung« sagen wollen, aber ihre so lange nicht beanspruchte Stimme verweigerte ihr den Dienst. Verzweifelt und zornig starrte sie Georg an.

»Schsch ... Ja, ich weiß, was du sagen wolltest. Und ich bin mir all dessen bewusst. Aber ich finde es sinnvoll, dass wir uns erst mal auf die positiven Fälle konzentrieren. Ich versuche so sehr zu verstehen, was in dir vorgeht! Und ich begreife, dass du dich elend und traurig und verloren fühlst. Aber ich bin doch an deiner Seite! Zusammen stehen wir das durch. Wir werden alle Therapien versuchen, die es gibt. Und für den Fall, dass die Lähmungen bleiben, werde ich alles dafür tun, dass dein Leben lebenswert ist. Wir werden miteinander glücklich sein, das weiß ich genau.« Georg blickte sie eindringlich an und legte ihr die Hand auf den Arm.

Ach, warum war es nicht so wie bei einer Querschnittslähmung, wenn das Rückenmark beschädigt und die Haut gefühllos war? Seine Berührung wühlte Thea auf. Sie wollte ihm sagen, dass er die Hand wegnehmen sollte, und brachte es doch nicht über sich.

»Die Schwestern haben mir gesagt, dass du gestern und heute nichts gegessen hast. Du musst essen! Du bist doch sonst immer eine Frau, die kämpft und nicht aufgibt.«

Wieder stieg ein Schluchzen in Theas Kehle auf, und sie würgte es hinunter. »Wofür ... soll ich denn kämpfen? Wir ... wir können nicht mehr miteinander schlafen. Und ... ich werde nie ein Kind bekommen ... Niemals wieder Ärztin sein ...«

Georg seufzte. »Auch das ist doch überhaupt noch nicht sicher. Selbstverständlich hätte ich gern Kinder mit dir. Aber ich kann auch darauf verzichten.«

»Natürlich, du ... hast ja auch einen Sohn.« Das war Thea herausgerutscht. Sie sah, dass sie Georg damit getroffen hatte. Was sie befriedigte und ihr gleichzeitig wehtat. Auf dem Flur war das Klappern eines Wagens mit Essen zu hören, die Räder quietschten auf dem Linoleum. Irgendeine Frau lachte.

»Hast du ... hast du deinen kleinen Sohn inzwischen gesehen?«, zwang Thea sich schließlich zu fragen.

»Ich habe Melanie und ihn in Düsseldorf besucht.«
Georg nickte.

»Und ... liebst du ihn?«

»Ja, ich liebe ihn, aber das ändert doch nichts an meiner Liebe zu dir.« Er schwieg einen Moment. »Du hast eben behauptet, dass wir nicht mehr miteinander schlafen können. Natürlich können wir das! Auch wenn es wahrscheinlich erst mal ein bisschen ungewohnt sein wird und wir experimentieren müssen ...« Er lächelte sie an.

»Georg, begreif es doch endlich – ich bin ein Krüppel!« Ihre raue Stimme überschlug sich. Bewegungslos lagen die Hände in ihrem Schoß. Und das Metallkorsett drückte schmerzhaft in ihr Fleisch.

»Hör doch endlich auf mit dem verdammten Wort!«, fuhr er sie an. Wieder schwiegen sie. Georgs ärgerlich gerunzelte Stirn glättete sich. Dann, unvermittelt, beugte er sich vor und nahm ihr Gesicht wieder sanft in seine Hände. »Thea, sieh mich an. Ich liebe dich, und ich will mehr denn je, dass du meine Frau wirst. Bitte, glaub mir das!« Sein Blick war sehr innig und fest. Sollte sie es nicht doch wagen, ihm zu vertrauen? Er war ein ganz besonderer Mensch mit ganz eigenen Maßstäben, das wusste sie ja. Würde er vielleicht tatsächlich über ihren verunstalteten Körper hinwegsehen können?

Thea rang mit sich. Doch in dem Augenblick fühlte sie etwas Warmes zwischen ihren Beinen hinabrinnen. O Gott, sie war ja noch nicht einmal mehr in der Lage, ihre Blase zu kontrollieren! Georg nahm die Veränderung auf ihrem Gesicht wahr, blickte an ihr hinab.

»Geh!«, schluchzte Thea auf.

»Liebling, das ist doch nicht schlimm.«

»Geh, lass mich allein.«

»Thea...« Georg wollte sie in die Arme nehmen. Aber sie drehte ihren Kopf zur Seite und drückte ihn, so weit sie konnte, zurück.

»Nein!« Ein heftiges Weinen schüttelte sie jetzt.

Erschrocken trat er von ihr weg. »Liebling, es ist gut. Es ist gut... Ich gehe jetzt.« Die Tränen verschleierten ihren Blick. Aber der Schmerz in seiner Stimme war unüberhörbar. »In ein paar Tagen, wenn es dir besser geht, komme ich wieder.«

Ein kurzes Zögern noch, als könnte er sich nicht von ihr losreißen. Ach, wann war sie endlich allein? Dann entfernten sich seine Schritte.

Zwei Krankenschwestern kamen herbeigeeilt und sprachen beruhigend auf sie ein. Immer noch heftig weinend ließ Thea es zu, dass sie sie säuberten und ins Bett legten. Irgendwann hatte sie keine Tränen mehr.

Georg würde wiederkommen und beteuern, dass er sie liebte. Und irgendwann würde sie nachgeben und zustimmen, ihn zu heiraten. Das wusste sie genau. Denn sie sehnte sich ja nach seiner Liebe, wünschte sich so sehr, bei ihm Halt und Zuversicht zu finden. Doch dann – wahrscheinlich ziemlich bald – würde sie bemerken, wie er ihr auswich und in ihrer Gegenwart abwesend war. Weil er an Melanie dachte. Und sie mit ihr verglich. Ihren kranken, entstellten Körper mit Melanies gesundem, der so begehrenswert war. Und er würde sie – Thea – nicht mehr berühren. Oder, schlimmer noch, Georg würde sich *zwingen*, sie zu berühren. Denn er war jemand, der zu seinem Wort stand. Und sie würde ohnmächtig erleben müssen, wie er sich innerlich mehr und mehr von ihr entfernte. Bis sie nur noch nebeneinanderher lebten. Das würde sie nicht ertragen.

Ach, wenn sie doch nur weglaufen könnte, sich irgendwo vor Georg verbergen! Aber sie war ja in diesem Körper gefangen, der ihr nicht mehr gehorchte. Thea kämpfte gegen die Verzweiflung an, die sie wieder zu überwältigen drohte. Und doch ... Etwas gab es, was sie tun konnte. Ein Plan formte sich langsam in ihr, nahm Gestalt an.

Eine Weile sann sie noch vor sich hin. Dann streckte sie ihre linke Hand nach dem Alarmknopf auf ihrer Matratze aus. Es bereitete ihr Mühe, ihn zu fassen zu bekommen. Aber schließlich umschlossen ihn ihre Finger, und sie schaffte es, ihn zu drücken. Die professionell fröhliche Krankenschwester erschien, aber ihr Lächeln wirkte nun doch etwas angespannt. »Frau Doktor, was gibt es denn?«

Frau Doktor – was für ein Hohn. »Rufen Sie bitte sofort meinen Vater an und sagen Sie ihm, dass er zu mir kommen muss. Und zwar heute noch.«

»Nun, es ist bereits nach sieben Uhr, und von Monschau nach Köln, das ist ja schon eine Strecke.«

»Tun Sie einfach, was ich Ihnen aufgetragen habe, Schwester.« Etwas in Theas loderndem Blick ließ die Frau schließlich nicken. »Ja, ich richte es Ihrem Vater so aus, Frau Doktor.«

Nachdem sie gegangen war, ließ Thea ihren Kopf in das Kissen sinken und verfolgte, wie der Minutenzeiger des Weckers langsam weiterwanderte. Sie war jetzt sehr gefasst. Durch nichts würde sie sich von ihrem Entschluss abbringen lassen.

Kapitel 10

»Wir sind angekommen, Liebes.«

Thea realisierte, dass das Geräusch des Motors verstummt war und die Ambulanz stand. Für die Fahrt hatte der Vater ihr ein leichtes Schlafmittel gegeben, und sie hatte die meiste Zeit auf der Trage im hinteren Teil des Wagens vor sich hin gedöst. Nun öffnete sie die Augen. Der Vater beugte sich über sie und lächelte sie aufmunternd an. »Ich gebe in der Klinik schnell Bescheid, dass wir hier sind. Ich bin gleich wieder zurück.« Er stieg durch die hintere Tür aus dem Wagen. Seine Schritte verklangen auf dem Kies.

»Wie schön, dass Sie die Fahrt so gut überstanden haben.« Die Krankenschwester wandte sich ihr zu. Auch sie hatte dieses ermutigende Lächeln im Gesicht. Würde man sie jemals wieder normal und unverkrampft anlächeln? »Ist es nicht herrlich hier? Hier werden Sie bestimmt wieder zu Kräften kommen.«

Durch die offen stehende Tür sah Thea eine gekieste Auffahrt und ein Rondell, in dem Tulpen wuchsen. Ein Brunnen plätscherte in seiner Mitte. Sie drehte ihren Kopf ein bisschen. Ein großes, gelbes Gebäude geriet in ihr Blickfeld. Es hatte hohe Sprossenfenster und grüne Fensterläden. Eine Treppe mit einer Rampe führte zu einem säulenbewehrten Portal hinauf. Hinter dem Gebäude erstreckte sich eine Hügelkette, überragt von Alpengipfeln, zum Greifen nah schienen sie. Die Schneefelder glitzerten im Sonnenlicht. Theas Verstand konstatierte, dass dieses Panorama schön war. Aber sie empfand keine Freude dabei. Sie empfand – nichts.

Der Vater kam nun, gefolgt von einigen Schwestern und Krankenhausdienern, die Treppe herunter. Ein Rollstuhl wurde vor die hintere Tür der Ambulanz geschoben.

»Herzlich willkommen in der Kurklinik Sonnenalm, Frau Doktor.« Heitere Stimmen erklangen um Thea. Sie wurde aus dem Wagen gehoben und in den Rollstuhl gesetzt und dann die Rampe hinaufgeschoben. Eine weitläufige Eingangshalle mit glänzendem Parkettboden tat sich vor ihr auf. Eine Markise beschattete die Fenstertüren auf der gegenüberliegenden Seite. Jenseits einer Terrasse war ein Garten zu erahnen. Nun glitt eine Aufzugtür vor ihr zur Seite. Alle traten ein, nachdem zunächst Thea hineingeschoben worden war. Ein Surren, und der Aufzug setzte sich in Bewegung, nur um gleich darauf wieder zum Halten zu kommen. Ein Flur mit modernen Bildern in hellen Farben an den Wänden und Kübelpflanzen. Jemand vom Pflegepersonal öffnete eine Tür. Der Rollstuhl wurde hindurchgefahren.

Das dahinterliegende Zimmer war geräumig, die Möbel geschmackvoll und dezent. Der Raum hatte einen eigenen Balkon, und vor den Fenstern erstreckte sich das Alpenpanorama. Ein Zimmer wie in einem luxuriösen Hotel. Wenn es nicht das Krankenhausbett mit dem von der Decke herabhängenden Haltegriff gegeben hätte.

Thea wurde aus dem Rollstuhl gehoben und auf dem Bett in eine sitzende Position gebracht. Eine Krankenschwester machte sich an den Kissen in ihrem Rücken zu schaffen. Plötzlich nahm das Personal Haltung an. Ein breitschultriger Mann mit einer Halbglatze war in den Raum getreten. Unter seinem weißen Kittel trug er einen teuren Anzug. Mit seinem runden Schädel, den braunen Augen und dem grauen Schnurrbart hatte er ein bisschen Ähnlichkeit mit einem Seehund. Die rothaarige Ärztin an seiner Seite war schätzungsweise um die vierzig Jahre alt und sehr attraktiv.

»Mein lieber Kampen«, der Arzt reichte dem Vater die Hand, »wie schön, dass Sie hier sind. Auf der Fahrt ging hoffentlich alles gut?« Nun wandte er sich Thea zu und deutete eine Verbeugung an. »Professor Alfred Carstens, der Besitzer der Klinik, aber das haben Sie sich wahrscheinlich schon gedacht.« Er hatte eine tiefe, sonore Stimme. »Und dies ist Frau Dr. Margot Kessler, meine rechte Hand. Ich habe mich seit einigen Jahren gewissermaßen aufs Altenteil zurückgezogen und genieße die Freude und das Privileg, mich ausschließlich um meine privaten Patienten kümmern zu können. Aber das hat Ihnen Ihr Vater gewiss auch alles schon erzählt. Frau Dr. Kessler nimmt mir den leidigen Verwaltungskram ab, und sie leitet auch die Kinderklinik auf dem Gelände.«

»Guten Tag.« Die Ärztin nickte ihr zu. Obwohl sie lächelte, war Thea irgendetwas an ihr auf Anhieb unsympathisch.

»Jedenfalls, Frau Dr. Graven«, ergriff der Professor wieder das Wort, »schätzen wir uns glücklich, dass Sie hier sind, und wir werden alles in unserer Macht Stehende tun, um Sie wiederherzustellen. Ich kann Ihnen versichern, und das ist wirklich kein Selbstlob, dass Sie dazu kaum einen besseren Ort hätten finden können. Aber Ihr Vater hat diese Klinik ja auch mit Bedacht ausgewählt.«

»Das weiß ich«, rang sich Thea als Antwort ab.

»Nun, ich schlage vor, Sie ruhen sich aus und werden hier ein bisschen heimisch. Und morgen dann werden Frau Dr. Kessler und ich Ihnen und Ihrem Vater die Klinik zeigen. Was halten Sie davon?«

»Das wäre schön.«

»Gut, dann lassen wir Sie und Ihren Herrn Vater jetzt allein.« Der Professor klatschte in die Hände, und er, die Ärztin und das Pflegepersonal verließen das Zimmer.

Der Vater trat an Theas Bett und ergriff ihre Hand. »Ach, Liebes, ich hoffe so sehr, dass du zufrieden bist, hier zu sein.« Seine Stimme zitterte ein bisschen.

»Ja, das bin ich«, log sie.

»Brauchen Sie irgendetwas für die Nacht, Frau Doktor?« Später, am Abend, blickte eine adrette Krankenschwester Thea fragend an. Sie schüttelte stumm den Kopf. »Falls Sie das Fenster doch geschlossen haben möchten oder falls sonst irgendetwas ist, dann drücken Sie bitte den Notfallknopf an Ihrem Bett.« Die Schwester vergewisserte sich, dass Thea ihn mit der Linken erreichen konnte. »Ich oder eine Kollegin sind dann sofort bei Ihnen. Und jetzt wünsche ich Ihnen eine gute erste Nacht in der Klinik Sonnenalm.« Sie nickte Thea noch einmal professionell freundlich zu, dann schloss sich die Tür hinter ihr, und Thea war endlich allein.

Vor dem Prozedere aus gefüttert werden, gewaschen, auf den Topf gesetzt, ausgezogen und in ein Nachthemd gesteckt werden, war noch der Vater bei ihr bei gewesen, ehe er sich zum Abendessen mit Professor Carstens in einem Restaurant verabschiedet hatte. Von dort aus würde er in sein Hotel aufbrechen.

Jetzt war sie also hier, im Allgäu, etwa vier Kilometer von Füssen entfernt. Vorhin hatte ihr der Vater die Lage der Klinik auf einer Landkarte gezeigt. Und auch auf die Sehenswürdigkeiten in der Nähe verwiesen. Nicht dass sie das im Geringsten interessiert hätte.

Kaum mehr als vierundzwanzig Stunden waren vergangen, seit sie ihn angefleht hatte, sie irgendwohin zu bringen. Ganz egal, wohin, Hauptsache weit weg von der Eifel und Monschau und Eichenborn. Ihm war sofort die Kurklinik seines alten Freundes Professor Carstens in den Sinn gekommen. Und er hatte es bis zum Morgen geschafft, ihr hier ein Zimmer zu buchen, die Krankenschwester, die sie auf der Fahrt begleitet hatte, über eine Kölner Agentur anzuheuern und eine Ambulanz samt Fahrer zu mieten, die für einen Krankentransport besser geeignet war als sein Mercedes.

Hinter den einen Spalt breit offen stehenden Klappläden ging die Abenddämmerung in die Nacht über. Ein Notlicht auf dem Nachttisch verbreitete einen schwachen Schein. Von irgendwoher ertönte das Bimmeln einer Kuhglocke.

Ob sie diese Klinik wohl jemals wieder verlassen würde? Finanziell war für alles gesorgt. Der Vater bezahlte ihren Aufenthalt mit ihrem zukünftigen Erbe und schoss auch selbst etwas zu. Und dann gab es auch noch ihre private Invaliditätsversicherung. Sie hätte dankbar für die Unterstützung des Vaters sein sollen und auch dafür, dass diese teure Klinik ihr offen stand.

Aber Thea wünschte sich nur, um sich schlagen zu können. Doch alles, was sie vermochte, war stattdessen, ihre Linke schwerfällig zur Faust zu ballen. Ohnmächtig und verzweifelt presste sie die Lider zusammen, um die Tränen zurückzuhalten.

»Danke, ich bin satt.« Am nächsten Morgen schüttelte Thea abwehrend den Kopf, als ihr eine Krankenschwester einen weiteren Löffel Müsli in den Mund schieben wollte. Mit geschrotetem Getreide, Nüssen und klein geriebenen Äpfeln zubereitet, entsprach es der neuesten Mode in der Kur-Küche. Für sie jedoch schmeckte es genauso nach nichts wie der Brei im Kölner Universitätskrankenhaus.

»Aber Sie haben doch kaum etwas angerührt.« Die Schwester deutete vorwurfsvoll auf den runden Tisch neben dem Rollstuhl, in dem Thea saß. Frisches, klein geschnittenes Obst lag in einem hübschen Schälchen, und ihr früheres Ich hätte die Brotstückchen mit dem Käse und dem Schinken durchaus appetitlich gefunden. Jetzt ekelten sie sie einfach bloß an. Und als ob sie etwas hätte *anrühren* können! Ihr linker Unterarm, das einzige ihrer Glieder, das ihr noch ein bisschen gehorchte, ließ sich ja auch kaum bewegen, und ihre Finger waren taub und schwerfällig.

»Mir reicht es, danke.«

Schritte und Stimmen wurden nun auf dem Flur laut, ein Klopfen, dann traten Professor Carstens, Dr. Kessler und der Vater in das Zimmer. Die Schwester stand eilig auf.

»Na, Frau Dr. Graven, wie war denn Ihre erste Nacht in der Klinik Sonnenalm? Ich hoffe, Sie haben gut geschlafen?« Der Professor strahlte sie an.

»Ja, das habe ich«, behauptete Thea. Wenn sie gesagt hätte, dass sie stundenlang grübelnd wachgelegen hatte, hätte das nur weitere Fragen und dann irgendwelche Behandlungen nach sich gezogen. Dabei wollte sie einfach nur in Ruhe gelassen werden.

»Das muss aber noch besser werden.« Sein Blick fiel auf das fast noch vollständige Frühstück.

»Ja, allerdings«, stimmte Dr. Kessler zu.

Thea sah, wie der Vater besorgt die Stirn runzelte. »Ich werde bestimmt bald mehr essen können«, schwindelte sie.

»Und wir werden da sehr genau darauf achten.« Professor Carstens besann sich kurz und rieb sich gleich darauf voller Tatendrang die Hände. »Dann sollten wir mal zu unserem Rundgang aufbrechen.«

Sie waren mit dem Aufzug in die Halle hinuntergefahren und blieben nun in deren Mitte stehen. Professor Carstens wartete, bis eine Krankenschwester einen Essenswagen vorbeigeschoben hatte. Dann wandte er sich an Thea. »Ich habe Ihrem Vater gestern schon viel über den Umbau und die Renovierung der Klinik erzählt. Aber Sie interessiert es ja sicher auch, mehr über den Ort zu erfahren, wo Sie die nächsten Wochen und Monate verbringen werden.«

»Gewiss«, heuchelte Thea.

»Ich habe das Anwesen 1930 erworben – es war ein Herrenhaus, zu dem ein Bauernhof gehörte – und es zu einer Kurklinik umbauen lassen. Spezialisiert auf die Behandlung von Muskelerkrankungen. Während des Krieges wurden Teile der Klinik als Lazarett genutzt. Wir hatten Glück, es fielen keine Bomben darauf nieder. Nach der Kapitulation waren hier amerikanische Soldaten einquartiert. Und, nun ja, ich muss leider sagen, sie haben die Gebäude in keinem guten Zustand hinterlassen.« Professor Carstens räusperte sich kurz. »Dies hat mich dazu bewogen, den gesamten Klinikkomplex, einschließlich der Kinderklinik, einer grundlegenden Modernisierung zu unterziehen. Und vor allem die Räume für die krankengymnastischen und physiotherapeutischen Übungen ganz neu errichten zu lassen. Deshalb kann ich mit Fug und Recht sagen, dass wir im Allgäu, ja in ganz Oberbayern, zu den modernsten Einrichtungen zählen.«

Der Vater warf Thea einen Blick zu, als wollte er ihr sagen: »Siehst du, hier wird wirklich gut für dich gesorgt.«

Wie es von ihr erwartet wurde, schenkte sie ihm ein zustimmendes Lächeln. Auf einen Wink von Professor Carstens hin öffnete eine vorbeieilende Krankenschwester eine Flügeltür.

Ein großer, lichter Speisesaal erstreckte sich dahinter. Mit den Möbeln im skandinavischen Stil hätte auch er in ein luxuriöses Hotel gehören können.

»Viele unserer Patienten bevorzugen es, ihre Mahlzeiten in Gemeinschaft einzunehmen«, bemerkte Frau Dr. Kessler an Thea gerichtet. »Vielleicht möchten Sie das ja auch bald.«

Ganz sicher nicht.

»Neben dem Speisesaal liegt die Bibliothek«, übernahm wieder Professor Carstens. »Dort finden Sie eine Auswahl an aktuellen Zeitungen. Und neben den Klassikern und der unter den Nationalsozialisten verfemten deutschen Literatur auch amerikanische Schriftsteller wie etwa Ernest Hemingway, William Faulkner und Thornton Wilder.«

Georg las Hemingway gern. *Nicht daran denken ...*

»Ich schlage vor, wir setzen unseren Rundgang bei den Therapieräumen fort«, hörte Thea den Professor jetzt weitersprechen. »Wann immer Sie das wünschen, bringt eine Krankenschwester Sie selbstverständlich zu der Bibliothek, Frau Dr. Graven.«

Sie verließen den Speisesaal und die Halle und befanden sich gleich darauf auf der Rückseite der Privatklinik. Ein parkartiger Garten mit alten Bäumen, Blumenrabatten und akkurat beschnittenen Buchsbaumhecken erstreckte sich einen sanften Hügel hinunter. In einiger Entfernung lag ein weiteres großes Gebäude. Bäume und Büsche schirmten es ab, so dass nur das Dach zu sehen war.

»Dies ist wahrscheinlich die Kinderklinik?«, fragte Theas Vater.

»Ja, genau.« Professor Carstens nickte. »Auch sie ist auf dem neuesten medizinischen Stand.«

Der Rollstuhl wurde jetzt auf einem schmalen, asphaltierten Weg oberhalb des Gartens entlanggeschoben. Der Professor erläuterte, dass die Therapieräume auch unterirdisch zu erreichen seien. Aber so könne Thea doch einen Blick auf den Park werfen, und das sei schließlich schöner als ein Kellergang.

»Gern ...« Wieder stimmte sie zu, so wie es von ihr erwartet wurde.

Jetzt hatten sie eine Reihe von flachen, modernen Gebäuden seitlich der Privatklinik erreicht. Eine Tür tat sich vor Thea auf. Dann ein Raum mit großen Fenstern. Ein junger Mann, dessen Beine in Metallschienen steckten, stützte sich mit beiden Armen auf zwei parallelen Holzstangen ab – ähnlich denen, die es in Ballettschulen gab.

Nur hatten seine Bewegungen nichts Leichtes und Tänzerisches. Unter der Aufsicht einer Krankengymnastin arbeitete er sich ungelenk und mühsam an den Stangen voran. Mit den Metallschienen an den Beinen erinnerte er Thea unwillkürlich an ein plumpes Insekt. Die würde man ihr sicher auch bald aufzwingen.

Wie aus weiter Ferne hörte sie, dass der Professor, der Vater und Frau Dr. Kessler sich über die Behandlung austauschten. Wieder ein anderer Raum. Hier krabbelte eine junge Frau mit Polstern unter den Händen und Kniegelenken wie ein Säugling über den Boden.

»Das Klappsche Kriechen«, sagte der Professor zu Theas Vater. Irgendwann – in ihrem früheren Leben als Gesunde – hatte sie den Begriff einmal vernommen. Diese Therapie sollte Deformationen der Wirbelsäule entgegenwirken. In einem weiteren Raum berührte eine Krankenschwester die Beine einer älteren Frau mit einem Metallstab, der, laut dem Professor, unter Strom stand und der »elektronischen Stimulation der Muskeln« diente.

Sie verließen das Gebäude, und erneut führte sie der Weg oberhalb des Parks entlang. Wann würde sie nur endlich allein in ihrem Zimmer sein? Schon wieder eine Tür, die vor ihr geöffnet wurde. Der Geruch von Chlor stieg Thea in die Nase. Dann standen sie in einem Schwimmbad. In dem sprudelnden Wasser führten einige Kinder unter der Aufsicht einer jungen Krankenschwester auf dem Rücken liegend Schwimmbewegungen aus. Ihre Arme und Beine waren viel zu dünn, die Muskeln verkümmert.

»Auf dieses Schwimmbad bin ich besonders stolz.« Lächelnd wandte sich Professor Carstens Thea zu. »Es kann auf knapp vierzig Grad beheizt werden und verfügt über Düsen zur Unterwassermassage. Zwei Stunden am Tag wird es von der Kinderklinik genutzt. Sonst steht es den Privatpatienten zur Verfügung. Regelmäßige Unterwassermassagen werden selbstverständlich auch ein wichtiges Element Ihrer Therapie sein, Frau Dr. Graven.«

»Ich freue mich darauf«, log sie.

Am Nachmittag, in ihrem Zimmer, ergriff der Vater ihre Hand. »Thea, ich verabschiede mich jetzt«, sagte er. Seine Stimme war sehr weich und seine Miene tief bekümmert. »Das Einzige, das mich etwas beruhigt gehen lässt, ist, dass ich weiß, dass du in dieser Klinik die bestmögliche Behandlung erhalten wirst.«

»Ja, das werde ich bestimmt.«

Der Vater bedachte sie mit einem forschenden Blick. »Thea, du bist dir bewusst, dass wir eine Abmachung haben? Du isst ausreichend und du nimmst die Therapieangebote wahr. Sonst hole ich dich zu mir nach Monschau.«

Anscheinend kannte der Vater sie besser, als ihr lieb war, und er fragte sich wohl, ob ihre zur Schau getragene Zuversicht und ihr Wille zur Kooperation nicht nur gespielt waren. »Ja, ich bin mir dessen bewusst«, erwiderte sie, bemüht, überzeugend zu klingen. »Ich werde all das tun. Ich verspreche dir, ich werde ich dich nicht enttäuschen. Ich will doch wieder gesund werden.«

»Gut.« Er ergriff ihre Hand und streichelte sie. »Und... du hast es dir nicht anders überlegt? Ich soll wirklich zu Georg gehen und ihm ausrichten, was du mir aufgetragen hast?«

»Natürlich habe ich es mir nicht anders überlegt.« Die dumpfe Apathie, die sie seit ihrer Ankunft in der Kurklinik empfunden hatte, verließ sie ganz kurz, und tiefe Verzweiflung überfiel sie. Aber sie musste auch noch diesen Schritt tun. Sie hatte keine Wahl. Konnte einem wirklich das Herz brechen? Ja, ihres brach gerade.

»So leid es mir tut, wahrscheinlich ist es am besten so für dich und Georg.« Der Vater seufzte. Einige Momente saß er noch neben ihrem Bett und hielt ihre Hand fest. Dann beugte er sich zu Thea und küsste sie auf die Stirn. »Liebes, ich komme bald wieder.«

»Das freut mich.« Sie rang sich ein Lächeln ab.

Ein letzter, trauriger Blick von der Tür her, dann war der Vater endlich gegangen. Und Thea wünschte sich einfach nur, tot zu sein.

Kapitel 11

Georg bezahlte einen Strauß Rosen in einem Blumenladen in der Nähe des Universitätskrankenhauses. Das Altrosa der Blüten war das gleiche wie das der Rosen, die im Sommer an Theas ehemaligem Häuschen in Eichenborn rankten. Vielleicht tat ihr ja die Erinnerung gut. Voller Hoffen und Bangen machte er sich auf den Weg zu ihr.

Theas Kummer und Trostlosigkeit hatten ihn erschüttert. Und es hatte ihn gequält, ihr nicht beistehen zu können. Selten in seinem Leben hatte er sich so ohnmächtig und hilflos gefühlt. Hoffentlich war Thea heute wenigstens bereit, ihn in ihrer Nähe zu dulden! Er wäre schon früher gekommen, hatte dann aber doch lieber zwei Tage gewartet, denn er wusste, dass es nichts brachte, sie zu bedrängen. Ein schwaches Lächeln stahl sich auf sein Gesicht. Sie war dickköpfig und bisweilen starrsinnig. Eigenschaften, die ihn manchmal wahnsinnig machten. Wegen derer er sie aber auch liebte.

Georg durchquerte die Eingangshalle und eilte die Treppe in den zweiten Stock hinauf zu der Station, auf der Thea lag. Gleich darauf hatte er ihr Zimmer erreicht.

Die Tür stand offen. Das Bett war leer und nicht mehr bezogen. Hatte er das Zimmer etwa verwechselt? Stirnrunzelnd betrachtete er die Nummer an der Wand. Nein, hier war er richtig.

Eine Krankenschwester kam den Flur entlang. Georg erkannte ihr rundes Gesicht. Sie war diejenige, die ihm gesagt hatte, dass Thea nichts essen wollte.

»Schwester«, wandte er sich an sie, »wohin hat man meine Verlobte verlegt?«

»Oh, die Frau Doktor wurde in kein anderes Zimmer gebracht. Wissen Sie denn nicht …?« Sie starrte ihn erschrocken an.

Für einen irrsinnigen Moment packte die Angst Georg, dass Thea nicht mehr am Leben sein könnte. »Was weiß ich nicht?«, herrschte er die Krankenschwester an. »Jetzt reden Sie schon!«

»Professor Kampen hat die Frau Doktor gestern in Begleitung einer Krankenschwester abgeholt.« Die Frau blinzelte bestürzt. »Mehr weiß ich leider auch nicht, ich habe keine Ahnung, wohin er sie gebracht hat.«

Auf der Fahrt nach Monschau hatte Georg dem alten Ford alles abverlangt. Nun stürmte er die Stufen zur Villa hinauf. Zuvor war er im hiesigen Krankenhaus gewesen, um Theas Vater zur Rede zu stellen. Aber dort hatte man ihm gesagt, dass der Herr Professor sich ein paar Tage freigenommen habe. Nun, wahrscheinlich wusste Marlene, wohin er Thea gebracht hatte.

Auf sein Klingeln hin öffnete ihm eine ältere Frau, die eine weiße Schürze trug – die Köchin, ihren Namen hatte Georg vergessen.

»Ja, bitte?« Verstört blickte sie ihn an, sein Zorn war ihm wohl deutlich ins Gesicht geschrieben.

»Ich möchte Frau Helmholz sprechen!«

»Georg, was ist denn?« Marlene kam in Mantel und

Hut die Treppe herunter, offensichtlich hatte sie gerade weggehen wollen.

»Das fragst du mich?«

»Georg, ich weiß nicht, wovon du redest.« Verwirrung und Sorge zeichneten sich auf ihrem Gesicht ab. »Warst du bei Thea? Komm doch bitte mit.« Sie führte ihn in ein weitläufiges, großbürgerlich eingerichtetes Wohnzimmer und legte den Mantel und den Hut ab. Seine seltenen Treffen mit Theas Familie hatten bisher immer in einem Restaurant stattgefunden. Flüchtig nahm er die große, schwarzweiße Portraitaufnahme einer Frau an der Wand wahr. Sie war sehr schön und besaß eine gewisse Ähnlichkeit mit Thea, vermutlich war dies ihre früh verstorbene Mutter.

»Ich kann es noch gar nicht fassen, dass Thea gelähmt ist, es muss furchtbar für sie sein. Ich hätte sie natürlich sofort besucht, aber Vater hat gesagt, sie ist so verstört und durcheinander und braucht Ruhe.« Marlenes Augen schimmerten feucht.

Georg ignorierte ihren Kummer. »Willst du etwa behaupten, du hast keine Ahnung, dass dein Vater Thea gestern aus dem Universitätskrankenhaus weggeholt hat?«, fuhr er sie an.

»Was? Nein...« Marlene legte erschrocken die Hand vor den Mund. »Ich hatte keine Ahnung.«

Ihre Bestürzung war ganz offensichtlich echt und besänftigte Georg ein bisschen. »Eine Krankenschwester hat mir berichtet, und dieser Idiot von Chefarzt hat es bestätigt, dass Thea euren Vater vorgestern am Abend anrufen und ihn bitten ließ, sie unbedingt noch am selben Tag zu besuchen. So gegen neun kam er bei ihr an und blieb wohl eine Stunde. Und gestern Morgen erschien er dann mit einer Krankenschwester auf der Station und ist mit ihr und dieser Frau weggefahren. Dem Chefarzt, Professor Michelsen, sagte euer Vater nur, dass er Thea auf ihren ausdrücklichen Wunsch hin weggebracht und die volle Verantwortung übernommen habe. Das war alles.«

»Ich war vorgestern Abend nicht zu Hause. Und als Vater nachts zurückkam, lag ich schon im Bett. Am Morgen hat er dann gesagt, er müsse kurzfristig für ein paar Tage wegfahren. Es sei noch etwas mit seiner ehemaligen Klinik in Dresden zu regeln. Was offensichtlich gelogen war. Aber warum will Thea denn...?« Marlene klang ratlos.

Thea und ihre Schwestern hatten ein sehr enges Verhältnis. Bestimmt hatte Thea damals, nachdem sie nach seinem Geständnis über Frieder verstört tief und verletzt weggefahren war, Marlene von Melanie erzählt. »Du weißt, dass ich ein Kind mit Melanie Winter habe?«

»Thea hat es mir anvertraut.« Marlene nickte.

»Als ich sie vor zwei Tagen besucht habe, war sie furchtbar verzweifelt. Da war der Schock, weil sie gelähmt ist. Und...« Georg fuhr sich mit den Händen über das Gesicht, um seine Fassung wiederzugewinnen. »Thea hat sich so sehr ein Kind gewünscht, erst mit ihrem verstorbenen Mann, dann mit mir. Deshalb hat es sie wohl ganz besonders getroffen, dass ich einen kleinen Sohn habe. Ich kann nur mutmaßen – vielleicht fürchtet sie, dass ich sie wegen des Kindes verlassen werde, um wieder mit Melanie... Aber das ist völlig absurd!«

»Ja, als Thea mir von deinem Sohn erzählt hat, hatte sie große Angst, dass du zu Melanie zurückkehren würdest. Sie hat ja schon Hans viel zu früh verloren und das lange nicht überwunden.« Marlene seufzte. »Ich habe versucht, ihr begreiflich zu machen, dass sie sich in Bezug auf Melanie in etwas hineinsteigert. Aber ihr ging es da schon sehr schlecht. Und in der Nacht darauf ist sie ja ohnmächtig im Flur zusammengebrochen, und Vater musste sie mit einem Luftröhrenschnitt retten.«

Die Vorstellung, dass sie gestorben wäre, wenn ihr Vater nicht zu Hause gewesen wäre, war einfach unerträglich.

»Georg«, Marlene legte ihm die Hand auf den Arm, »mach dir keine Vorwürfe.«

»Sieht man mir das an?«

»Ja.« Sie lächelte ein wenig.

»Ich liebe Thea, und ich würde sie niemals wegen Melanie oder einer anderen Frau verlassen.«

»Das glaube ich dir. Ich versuche mir immer wieder vorzustellen, wie es ihr wohl seelisch geht. Es muss ein entsetzlicher Schock sein, sich plötzlich in einem gelähmten Körper wiederzufinden. Hilflos und von anderen abhängig…«

»Ich weiß, aber ich hatte so sehr gehofft, dass Thea Hilfe von mir annehmen würde. Wenn sie mir nur die Gelegenheit gegeben hätte, ihr meine Liebe zu beweisen! Gemeinsam hätten wir das durchgestanden…« Georg erhob sich. Es hatte keinen Sinn, das wieder und wieder zu sagen. »Danke, Marlene, dass du mich angehört hast, und verzeih, dass ich dich vorhin so angefahren habe. Rufst du mich bitte an, wenn dein Vater zurück ist?«

»Du musst dich nicht entschuldigen. Ich wünsche euch beiden sehr, dass Thea wieder zur Besinnung kommt. Und, ja ich rufe dich an, sobald Vater wieder hier ist.« Auch Marlene erhob sich. »Und, Georg…« Sie zögerte kurz. »Sei bitte nicht zu zornig auf Vater. Ich bin überzeugt, er versucht bei Thea wiedergutzumachen, dass er jahrelang so unversöhnlich zu ihr war. Sonst hätte er wahrscheinlich besonnener reagiert und wäre ihrem Wunsch nicht gleich nachgekommen.«

»Ich bemühe mich.« Georg nickte. Aber er wusste jetzt schon, dass es ihm nicht gelingen würde, dieses Versprechen zu halten.

Georg kippte den Inhalt einer Dose – eine Suppe undefinierbaren Aussehens – in einen Topf und schaltete die elektrische Kochplatte in der Spülküche ein. In der Praxis war viel los gewesen, nach der Sprechstunde war er am Abend noch zu einem Patienten gerufen worden. Inzwischen war es nach acht, und er hatte seit dem Frühstück nichts mehr gegessen. Die Suppe war eben warm geworden, er hatte den Topf auf den Tisch gestellt, den Löffel hineingetaucht und in eine Scheibe Brot gebissen, als der Klopfer an der Eingangstür betätigt wurde. Wer wollte denn jetzt schon wieder etwas von ihm?

Mit einem gereizten Knurren knallte Georg den Löffel neben den Teller. Es versetzte ihm einen schmerzlichen Stich, als er vor sich sah, wie Thea ihn in diesem Moment angeblickt hätte – tadelnd und auch belustigt. Sie hatte mit den Patienten viel mehr Geduld als er. Er stürmte in die Halle, riss die Eingangstür auf. »Herrgott, kann man denn in diesem Dorf noch nicht mal in Ruhe essen?«, brüllte er.

Kein Eichenborner stand vor ihm. Der große, weißhaarige Herr in dem maßgeschneiderten, dreiteiligen dunklen Anzug und der korrekt gebundenen Krawatte war Professor Kampen, Theas Vater. Die beiden Männer sahen sich an. Seit Theas Krankheit hatte Georg den Professor milder beurteilt und in ihm in erster Linie ihren Vater und nicht den sich für unfehlbar haltenden Chefarzt gesehen. Auch als Professor Kampen ihn an dem Tag, als Thea die Eiserne Lunge hatte verlassen dürfen, am Ende der Sprechstunde in der Praxis aufgesucht hatte, um ihm mitzuteilen, dass sie gelähmt war und ihn nicht mehr sehen wolle, hatte er ihm dies nicht verübelt. Denn der Professor war wegen Thea sehr mitgenommen gewesen. Doch da hatte er sie auch noch nicht, ohne ihm, Georg, ein Wort zu sagen, aus der Klinik weggeholt.

»Guten Abend, Dr. Berger.« Theas Vater lüpfte steif seinen Hut, der Besuch fiel ihm sichtlich schwer. »Dürfte ich hereinkommen?«

Wortlos gab Georg den Eingang frei. Das Arbeitszimmer schien ihm der angemessene Ort, um mit dem Professor zu sprechen. Dort wies er knapp auf den Stuhl vor seinem Schreibtisch und nahm selbst Platz.

»Marlene hat Ihnen gesagt, dass ich Sie sprechen will?«

»Nein, ich war noch nicht zu Hause, ich bin von …« Er stockte kurz. »Ich bin direkt hierhergekommen.«

Diesen Anstand hatte er immerhin besessen. »Wohin haben Sie Thea gebracht?«

»Sie hat mir das Versprechen abgenommen, dass ich das Ihnen und auch ihren Schwestern nicht sage. Und sie hat mich gebeten, Ihnen das hier zurückzugeben.« Professor Kampen griff in die Innentasche seines Jacketts. Er nahm etwas heraus, das im Licht der Deckenlampe golden funkelte, und schob es über den Schreibtisch. Georg hatte das Gefühl, als würde ihm ein Fausthieb in den Magen versetzt, und für einen Moment bekam er keine Luft mehr. Thea hatte ihm durch den Vater den Verlobungsring zurückgegeben. Sie hatte die Bindung zu ihm gelöst, wollte tatsächlich nicht mehr seine Frau werden.

»Was soll dieser verdammte Unsinn?« Benommen schüttelte er den Kopf.

»Dr. Berger, Georg, ich darf Sie doch so nennen, oder? Ich kann mir vorstellen, wie Sie sich fühlen, dass Sie tief getroffen und verletzt sind, und ich verstehe das wirklich. Aber glauben Sie mir, mit der Zeit werden Sie begreifen, dass es so am besten ist, für Thea – und für Sie.«

»Reden Sie nicht so einen Blödsinn!« Jäher Zorn stieg in Georg auf und überdeckte für Momente seinen Schmerz.

»Thea ist sehr krank, es ist gut möglich, dass sie immer gelähmt und auf einen Rollstuhl angewiesen sein wird. Vielleicht kann sie nicht einmal mehr selbstständig essen.« Die Trauer in Professor Kampens Augen und in seiner Stimme dämpfte Georgs Wut ein wenig – natürlich, Thea war seine Tochter, er liebte sie ja auch.

»Für mich spielt es keine Rolle, ob sie gelähmt ist oder nicht. Außerdem können sich die Lähmungen zurückbilden.«

»Bei der Schwere der Erkrankung ist das eher unwahrscheinlich. Und ...« Professor Kampen hob die Hand, als Georg dagegen argumentieren wollte. »... Thea hat mir erzählt, dass Sie einen Sohn mit einer anderen Frau haben.«

»Herrgott! Wie oft soll ich denn noch sagen, dass das Kind gezeugt wurde, bevor ich mich in Thea verliebt habe! Das hat überhaupt keinen Einfluss auf meine Gefühle für sie.« Georg war nahe daran, den Professor hinauszuwerfen.

»Thea wird keine Kinder haben können.«

»Sie und ich wissen doch, dass auch eine Frau, die unter den Folgen von Polio leidet, schwanger werden und ein Kind austragen kann. Biologisch steht dem nichts entgegen.«

Professor Kampen zuckte schockiert zusammen. »Aber... diese Vorstellung ist einfach völlig... grotesk! Georg, Thea ist ein... ein...« Er schluckte schwer. »Ich sage es nicht gern. Aber sie ist verkrüppelt.«

Georg verlor die Geduld. »Ich habe das Wort nie gemocht. Entweder teilen Sie mir jetzt mit, wohin Sie Thea gebracht haben, oder ich schlage vor, Sie gehen.«

»Natürlich, wenn Sie das wünschen.« Professor Kampen erhob sich. Er nickte Georg zu, ging ein paar Schritte und blieb dann noch einmal stehen. Er blickte vor sich hin, als würde er mit etwas ringen. Und kehrte schließlich zu Georgs Verwunderung zurück.

»Thea hat Ihnen wahrscheinlich erzählt, dass Ihre Mutter jahrelang an einem seltenen Nervenleiden litt und das Bett nicht mehr verlassen konnte«, sagte er leise.

»Ja, das hat sie.« Georg nickte. Worauf wollte der Professor hinaus?

»Ich habe meine Frau sehr geliebt. Auch als sie so schwer erkrankt war. Und... ich hätte es niemals von mir gedacht und schäme mich immer noch dafür, aber, wie soll ich es ausdrücken – mein Fleisch war stärker als mein Geist. Und ich habe...« Er vollführte eine vielsagende, resignierte Handbewegung. »Ich danke dem Himmel, dass meine Frau niemals erfahren hat, dass ich sie betrogen habe. Verstehen Sie doch, Georg, ich möchte nur nicht, dass Thea verletzt wird.«

Georg war klar, wie schwer dem Professor, einem strengen Protestanten, dieses Geständnis gefallen sein musste. »Ich weiß es aufrichtig zu schätzen, dass Sie mir das anvertraut haben«, erwiderte er nach einer Pause und meinte es ehrlich. »Aber ich werde Thea nicht verletzen, das schwöre ich Ihnen. Bitte, sagen Sie mir, wohin Sie sie gebracht haben.«

»Das kann ich nicht.« Professor Kampen seufzte und schüttelte den Kopf. »Aber ich gebe Ihnen mein Ehrenwort, dass ich es Ihnen sofort mitteilen werde, falls sich ihr Zustand verschlechtern sollte.« Er hob die Hand, als ob er sie auf Georgs Schulter legen wollte, ließ sie dann jedoch wieder sinken und trat aus dem Arbeitszimmer.

Wo Thea jetzt wohl war und wie es ihr ging? Die Sorge um sie machte Georg schier verrückt. Wieder fühlte er sich ohnmächtig und hilflos. Nach einer Weile griff er nach dem Verlobungsring und umschloss ihn fest mit seinen Fingern. Thea mochte die Bindung zu ihm gelöst haben. Aber für ihn hatte sie weiterhin Bestand!

Immer noch traurig betrat Georg am nächsten Morgen sein Sprechzimmer. Aber wenigstens fühlte er sich jetzt nicht mehr so hilflos. Eine schlaflose Nacht, in der er stundenlang vor sich hin gegrübelt hatte, lag hinter ihm. Nein, er würde sich nicht einfach damit abfinden, dass Thea verschwunden war. Er würde nach ihr suchen. Und er hatte auch schon eine Idee, wie er dabei vorgehen wollte.

Erleichtert hörte er das vertraute Tuckern von Schwester Fidelis' Motorrad. Gleich darauf stand ihre massige Gestalt im Türrahmen.

»Guten Morgen, Herr Doktor.« Schwerfällig ließ sie sich vor seinem Schreibtisch nieder. »Ich hatte 'ne ruhige

Nacht. Aber bei Ihnen scheint das nicht so gewesen zu sein, so fahl, wie Sie im Gesicht sind.«

»Ich wurde nicht rausgeklingelt, aber ich habe trotzdem nicht geschlafen.«

Die grauen Augen der Nonne wurden besorgt und wachsam. »Der Mercedes des Herrn Professors soll gestern vor dem Schlösschen gesehen worden sein ...«

Georg hatte längst aufgehört, sich darüber zu wundern, wie schnell sich Neuigkeiten im Dorf verbreiteten. »Könnten Sie mir einen Gefallen tun und sich bei den Ordensfrauen im Monschauer Krankenhaus umhören, ob Professor Kampen sich eines der dortigen Ambulanzfahrzeuge für ein paar Tage ausgeliehen hat?« Schwester Fidelis und die Nonnen in dem Krankenhaus gehörten demselben Orden an und standen in engem Kontakt zueinander. »Thea hat sich von ihrem Vater aus der Kölner Universitätsklinik abholen und an einen mir unbekannten Ort bringen lassen. Sie möchte mich im Moment nicht sehen. So krank, wie sie ist, wird ihr Vater sie in einer Ambulanz transportiert haben.«

»Die Frau Doktor will Sie nicht sehen? Jesus Maria ...« Schwester Fidelis hob die Hand, als wollte sie ein Kreuz schlagen, ließ sie dann jedoch wieder sinken.

Sollte er ihr anvertrauen, dass Melanie ein Kind von ihm hatte? Sie wusste von seiner jahrelangen, unglücklichen Affäre mit ihr. Einmal, als er völlig betrunken gewesen war, hatte er ihr davon erzählt. Sie hatte ihm diese *Sünde* verziehen, wie sie auch seinen Agnostizismus tolerierte. Ob sie jedoch auch akzeptieren würde, dass er ein uneheliches – in *Unmoral* gezeugtes – Kind hatte, stand auf einem anderen Blatt. Georg war sich nicht sicher, ob er damit ihre Duldsamkeit nicht überstrapazierte. Einerseits wollte er sie nicht als Mitarbeiterin und treuen, zuverlässigen Menschen verlieren. Andererseits hatten sie jedoch ein Verhältnis, das auf Ehrlichkeit basierte. Und er mochte seinen Sohn auch nicht verleugnen.

»Es gibt noch etwas, das die derzeitige Situation nicht leichter macht«, sagte er zögernd, »und das Sie wissen sollten. Melanie Winter hat ein Kind geboren, es ist von mir – ein Sohn, er ist gut zehn Wochen alt. Ich habe erst vor Kurzem von ihm erfahren, und Thea glaubt, dass ich sie für Melanie Winter verlassen werde. Das ist der Grund, weshalb sie sich von ihrem Vater hat fortbringen lassen.«

Schwester Fidelis' kantiges Gesicht spiegelte die widersprüchlichsten Gefühle. Tiefe Missbilligung über ein Kind, das in Sünde gezeugt worden war. Ihre strikte, unüberwindbare Ablehnung gegenüber Melanie. Umso dankbarer war er, als sie schließlich fragte: »Sie wollen nach der Frau Doktor suchen und deshalb herausfinden, wer die Ambulanz gefahren hat?«

»Ja, genau. Ich kann doch nicht untätig bleiben und Thea allein lassen. Sie braucht mich.«

»Das versteh ich gut, ich werde mich umhören, Herr Doktor.«

»Ich bin Ihnen wirklich sehr dankbar.« Das Verständnis der Schwester tat Georg wohl. Noch vor wenigen Monaten wäre es unvorstellbar gewesen, dass sie sich für Thea eingesetzt hätte. In gewisser Weise war es ein Wunder, dass die Ordensfrau sie nun aufrichtig mochte und sich um sie sorgte. Und auch wenn Georg eigentlich nicht an Wunder glaubte, schenkte ihm dies doch Hoffnung für Thea.

Kapitel 12

Angespannt parkte Georg den Ford auf dem Hof des Autohauses Möhring im Süden von Köln. Dank Schwester Fidelis hatte er recht schnell erfahren, dass sich Professor Kampen nicht aus dem Fuhrpark des Monschauer Krankenhauses bedient hatte, um Thea zu ihrem unbekannten Aufenthaltsort zu transportieren. Aber dann war er mit seiner Suche nach ihr erst einmal nicht weitergekommen. Er hatte viele vergebliche Telefonate mit Kliniken und Autohäusern geführt. Erst in der Umgebung von Monschau und in der Eifel, dann im Rheinland, und er hatte schon gefürchtet, dass Theas Vater die Ambulanz vielleicht aus einer ganz anderen Gegend angemietet hatte.

Am vorigen Abend schließlich hatte ihm jedoch ein Mitarbeiter von Auto Möhring gesagt, dass ein Kollege von ihm, ein gewisser Alfons Weigand, vor etwa vier Wochen mit einer Ambulanz im Allgäu gewesen sei – zu der Zeit, als Thea sich von ihrem Vater hatte fortbringen lassen. Dies mochte Zufall sein. Aber Georg wollte mit dem Mann von Angesicht und nicht am Telefon sprechen.

In dem Autohaus, zwischen den funkelnden Neuwagen, kam ihm ein Verkäufer in Anzug und Krawatte entgegen. Er musterte Georg blitzschnell – das alte Jackett, das um seine Schultern hing, und den abgetragenen Hut. Sein Blick huschte auch zu dem rostigen, schmutzigen Ford vor der Schaufensterfront, und er kam wohl zu dem Schluss, dass Georg kein solventer Kunde war. »Kann ich etwas für Sie tun?« Sein Tonfall war äußerst reserviert.

»Mein Name ist Dr. Berger, ich suche einen Herrn Weigand, er ist mir als Fahrer für einen Krankentransport empfohlen worden«, behauptete Georg.

»Ja, wir haben tatsächlich ein Ambulanzfahrzeug, das wir vermieten.« Der Doktortitel hatte den Verkäufer sichtlich entgegenkommender gestimmt. Er deutete auf eine Metalltür im Hintergrund des Ladens. »Sie finden Herrn Weigand in der Werkstatt. Und falls Sie sich auch für einen Neuwagen interessieren sollten, Herr Doktor ...«

»Danke für die Auskunft und, nein, das tue ich nicht.« Georg ließ den Verkäufer stehen. Hinter dem Laden befand sich ein Hof mit mehreren Garagen. Die Türen einer Autowerkstatt waren weit geöffnet. Ein älterer Opel stand auf einer Hebebühne, darunter in der Montagegrube arbeitete ein Mann.

»Guten Tag, sind Sie Herr Weigand?« Georg trat an den Rand der Grube.

»Ja, allerdings«, drang es dumpf nach oben.

»Sie sollen vor etwa vier Wochen eine Ambulanz ins Allgäu gefahren haben.«

Ein stark gerötetes, verschwitztes Gesicht wurde nun über dem Grubenrand sichtbar. »Ja, und?«

»Hat Sie ein Herr Professor Kampen für die Fahrt für seine kranke Tochter angeheuert?«

»Und wenn et so jewesen wär?«

Das klang nach einem Ja. Georg bemühte sich, sich seine Aufregung nicht anmerken zu lassen. »Wohin haben Sie den Professor und seine Tochter denn gebracht?«

»Ich wüsst nit, warum ich Ihnen dat sagen sollt'.«

»Die Kranke ist meine Verlobte.«

»Oh…« Der Mann fuhr sich mit den ölverschmierten Fingern durch die dunklen Haare. »Aber, na ja, et wird doch einen Grund jeben, warum Sie nit wissen, wo sie is, oder?«, sagte er schließlich.

Georg holte einen Fünfzig-Mark-Schein aus seinem Portemonnaie und gab ihn dem Mann. »Reicht Ihnen das als Grund?« Vor diesem Kerl wollte er nun wirklich nicht sein Innerstes entblößen.

»Der Herr Professor hat mich zu Stillschweijen verpflichtet.« Herr Weigand holte ein Stück Kautabak aus seinem Arbeitsoverall und schob es sich in den Mund.

Georg faltete einen weiteren Geldschein auseinander und hielt ihn dem Mann vors Gesicht. »Sie bekommen noch mal fünfzig Mark von mir, wenn Sie mir sagen, wohin Sie meine Verlobte gebracht haben. Aber das ist mein letztes Angebot, ich werde nicht feilschen.« Als Herr Weigand nicht reagierte, wandte sich Georg zum Gehen.

»Jetzt warten Sie doch mal…«

»Ja…?« Hatte sein Bluff gewirkt? Georg nahm die Gerüche von Schmierfett und Benzin wahr, während er angespannt auf eine Antwort wartete, und er registrierte das Unkraut, das durch den Asphalt wuchs.

Herr Weigand schob den Kautabak im Mund hin und her. »Also jut… Ich will ja 'nen Verlobten nit von seiner Liebsten trennen. Ich hab den Professor und Ihre Verlobte in 'ne Klinik in der Nähe von Füssen jefahren, Sonnenalm heißt se…«

Zurück in Eichenborn stieg Georg in den kleinen Turm

auf dem Dach des Schlösschens hinauf. Seit er die Praxis übernommen hatte, war dies ein besonderer Ort für ihn. An klaren Tagen – und heute war ein solcher – konnte man nach Westen bis weit ins Hohe Venn und im Südosten bis zur Hohen Acht, dem höchsten Berg der Eifel, schauen. Ein Vogel schoss über den Himmel, die Flügel glänzten im Licht, und ein Flugzeug, wahrscheinlich eine amerikanische Militärmaschine, malte einen weißen Streifen in das Blau. Der weite Blick half ihm immer, Abstand zu gewinnen oder Dinge aus der richtigen Perspektive zu betrachten. Hier oben hatte er auch Thea gefragt, ob sie seine Frau werden wolle.

Für Momente erinnerte sich Georg an die Überraschung auf Theas Gesicht, die sich dann in ein tiefes Strahlen verwandelt hatte. Schön und voller Verheißung hatte die Zukunft vor ihnen gelegen. Und jetzt lag all das in Trümmern, und Thea war vor ihm geflohen.

Georgs erster Impuls, nachdem er erfahren hatte, wohin Professor Kampen sie gebracht hatte, war gewesen, Dr. Kramer zu bitten, ihn noch mal für ein paar Tage zu vertreten und ins Allgäu zu Thea zu reisen. Aber schon auf der Fahrt nach Eichenborn hatten ihn immer mehr Zweifel beschlichen, ob dies das Richtige war.

Thea wollte ihn nicht um sich haben – so sehr ihn das auch schmerzte. Krank und schwach wie sie war, hatte sie dafür sogar die Strapazen der langen Fahrt auf sich genommen. Wenn er sie in ihrem labilen Zustand trotzdem aufsuchte – schadete er ihr dann nicht? Schon sein letzter Besuch bei ihr im Krankenhaus in Köln hatte sie ja völlig verstört, und ihr verzweifeltes Weinen setzte ihm jetzt noch zu.

Aber er konnte sie doch auch nicht allein lassen! Alles in ihm wehrte sich dagegen. Thea brauchte doch gerade jetzt jemanden, der ihr Zuversicht und Kraft schenkte und der ihr zeigte, wie sehr sie, trotz ihrer Krankheit, geliebt wurde!

Doch er mochte es drehen und wenden, wie er wollte, und so schwer es ihm fiel, dies zu akzeptieren, *er* konnte nicht dieser Mensch sein. Gerade, weil er sie liebte, musste er sich von ihr fernhalten, bis es ihr besser ging. Georg sann eine Weile vor sich hin. Aber es gab jemanden, der Thea ebenfalls liebte und ihr bestimmt guttun würde ...

Als er schließlich den kleinen Turm verließ, hatte er schweren Herzens seine Entscheidung getroffen.

Offizielle Empfänge waren fast immer langweilige Termine. Und ein Empfang im Düsseldorfer Rathaus für Bürgerinnen und Bürger, die sich nach dem Ende des Krieges um die städtischen Waisenhäuser verdient gemacht hatten, würde ganz bestimmt besonders öde sein. Missmutig trottete Katja, ihre Fotoausrüstung über der Schulter, in die Eingangshalle. Dass sie sich, obwohl es schon nach sechs Uhr abends war, wegen der vorigen Nacht immer noch verkatert fühlte, machte es nicht besser. Wahrscheinlich musste sie allmählich doch auf ihren Alkoholkonsum achten.

Die Herren in den dunklen Anzügen und die Damen in den teuren, biederen Kostümen mit ihren Perlenketten und spießigen Broschen, die den Raum vor dem Festsaal bevölkerten, bestätigten Katjas schlimmste Vermutungen. Wohltätigkeit und Tugendhaftigkeit waberten förmlich durch die Luft. Himmel ... Das würde eine Veranstaltung ganz nach Marlenes Geschmack, aber nicht nach ihrem werden! Hoffentlich hatte sie sich in ein, zwei Jahren endlich so weit einen Namen als Fotografin gemacht, dass sie solche Aufträge nicht mehr annehmen musste!

Katja zeigte einem Ordner ihren Presseausweis und ging in den Festsaal, um die Lichtverhältnisse zu prüfen und zu entscheiden, welchen Film sie benutzen würde. Einige Kollegen waren schon dort. Sie hielt einen kurzen Schwatz mit ihnen, doch dann machten sich wieder ihre Kopfschmerzen bemerkbar. Sie brauchte dringend ein Aspirin.

In dem Vorraum war eine Tafel mit Getränken und Häppchen aufgebaut. Immerhin sahen die Sachen ganz gut aus. Ein kurzer Flirt mit einem pickeligen Kellner, und sie durfte sich – wie sie es geplant hatte – ein Glas Orangensaft nehmen, obwohl das Büfett noch nicht eröffnet war. Katja stellte sich ein Stück abseits und kramte ein Aspirin aus ihrer Handtasche. Sie hatte es eben mit einem Schluck Saft hinuntergeschluckt, als eine der biederen Damen zu ihr trat. Was wollte die denn von ihr? Hoffentlich keine Spende für die Waisenhäuser.

»Kennen wir uns nicht?« Die Dame lächelte sie an.

»Nicht dass ich wüsste ...«

»Mein Name ist Färber, mein Mann ist im Stadtrat, deshalb bin ich hier. Waren Sie nicht Ende Februar mit ihrer Schwester in dem Brautmodengeschäft an der Kö? Mir ist das noch so gut im Gedächtnis, da es einer meiner letzten Arbeitstage war. Ich habe dort gelegentlich ausgeholfen, weil ich mit der Inhaberin befreundet bin, und es hat mir viel Freude bereitet, aber mein Mann möchte das nicht mehr.« Sie hob bedauernd die Schultern. »Nun ja... Jedenfalls erinnere ich mich noch gut, wie hübsch Ihre Schwester in dem Brautkleid ausgesehen hat. Es war wie für sie geschaffen. Im August wird die Hochzeit sein, nicht wahr?«

Thea strahlend schön in dem weißen Kleid. Der Kauf war längst storniert worden. Marlene hatte sich darum gekümmert. Denn die Hochzeit war ja abgesagt worden, und Thea würde wahrscheinlich niemals ein Brautkleid tragen.

Katja wurde es plötzlich übel. Sie murmelte eine Entschuldigung und rannte zu den Toiletten.

Dort spritzte sie sich kaltes Wasser ins Gesicht und ließ es über ihre Unterarme laufen. Nachdem sich das Schwindelgefühl allmählich gelegt und sich auch ihr Magen wieder beruhigt hatte, lehnte sie sich an die gekachelte Wand und zündete sich eine Zigarette an.

Ihr stand wieder deutlich vor Augen, wie sie Thea im Krankenhaus durch die Fensterscheibe gesehen hatte. Bis zum Hals eingeschlossen in diese schreckliche Eiserne Lunge. Nur einmal war sie dort gewesen, weil sie den Anblick einfach nicht ertragen hatte. Sie hatte so gehofft, dass es Thea, wenn sie erst einmal wieder selbstständig atmen konnte, insgesamt bald besser gehen und sie ganz genesen würde. Aber die Diagnose, die der Vater Marlene und ihr überbracht hatte, war niederschmetternd gewesen: Sehr wahrscheinlich würde Thea für den Rest ihres Lebens auf den Rollstuhl angewiesen sein. Nur ihren linken Arm konnte sie ein bisschen bewegen. Ansonsten war sie gelähmt.

Ihr Leben, all ihre Träume und Hoffnungen waren zerstört. Und das war allein ihre, Katjas, Schuld. Weder dem Vater noch Marlene und schon gar nicht Georg hatte sie es gestanden – wenn sie Thea nicht überredet hätte, mit zu dieser verwünschten Feier zu kommen, dann wäre die Schwester gewiss noch gesund. Sie würde ihre Prüfung zur Fachärztin für Gynäkologie ablegen, Georg heiraten und mit ihm zusammen in diesem Dorf in der Eifel leben und höchstwahrscheinlich Kinder haben.

Stattdessen lag sie jetzt weiß Gott wo in einer Kurklinik. Wenn sie nicht völlig verzweifelt gewesen wäre, hätte sie bestimmt nicht diesen hirnrissigen Plan gefasst, sich von dem Vater wegbringen zu lassen. Und ihm auch noch das Versprechen abgerungen, keinem zu sagen, wo sie sich befand.

Verdammt! Katja hieb mit der Faust gegen die Kacheln. Sie musste mit Thea sprechen. Sie dafür um Verzeihung bitten, dass sie sie an jenem Abend nicht in Ruhe gelassen hatte. Sonst konnte sie einfach nicht ruhig weiterleben. Irgendwie musste sie es schaffen herauszufinden, wo die Schwester war.

In der Ferne brandete Applaus auf. Diesen vermaledeiten Empfang hatte sie vorübergehend ganz vergessen. Katja warf die glimmende Kippe eilig in eine Toilettenschüssel und machte sich auf den Weg zu dem Festsaal. Während sie ihren Auftrag, die Geehrten zu fotografieren, mehr schlecht als recht hinter sich brachte, reifte in ihr der Plan, am nächsten Tag nach Monschau zu fahren. Sie würde herausfinden, wohin der Vater Thea gebracht hatte. Das schwor sie sich.

»Katja ...«

Immer noch in Gedanken bei Thea, hatte Katja das Rathaus verlassen und steuerte auf ihren neuen Lloyd 300 zu, als sie einen Mann ihren Namen rufen hörte. Eine irgendwie bekannte Stimme, die sie aber nicht gleich zuordnen konnte.

Verwundert drehte sie sich um. Der große, dunkelhaarige Mann, der, eine brennende Zigarette in der Hand und von einer Straßenlaterne beschienen, auf sie zukam, war Georg.

Mit ihm hatte sie nun wirklich nicht gerechnet. »Georg, was ... was machst du denn hier?«, stammelte sie.

»Marlene hat mir gesagt, dass du bei diesem Empfang fotografierst.« Er reichte ihr die Hand. Sein Blick war müde, aber freundlich. »Und da dachte ich, ich versuche, dich hier abzupassen.«

»Ja, ich habe ihr gestern am Telefon davon erzählt. Aber ...«

»Ich würde gern etwas mit dir besprechen. Können wir hier irgendwo in Ruhe miteinander reden?«

Was das wohl sein mochte? Ging es um Thea? Es musste sehr wichtig sein, sonst wäre er nicht so spät noch von der Eifel nach Düsseldorf gefahren. Katja versuchte, sich ihre Nervosität nicht anmerken zu lassen. »Hier in der Nähe ist eine Bar, in der um diese Uhrzeit nicht viel los ist«, erwiderte sie.

Die Bar war sehr modern, mit einer verglasten Wand hinter der Theke und minimalistischem Mobiliar. Schmale, röhrenförmige Lampen verbreiteten ein kühles Licht. Es war voller, als Katja vermutet hatte, aber sie fanden im hinteren Teil in einer Nische einen Tisch. Während Georg sich mit einem Bier und einem Glas Wein den Weg zu ihr zurück bahnte, stellte Katja fest, dass sich, obwohl er wieder einmal einen ziemlich alten Anzug trug, viele Frauen nach ihm umwandten. Auf seine herbe Art war er wirklich ein sehr attraktiver Mann.

Georg stellte die Getränke auf den Tisch und ließ sich dann in dem niedrigen, schalenförmigen Sessel nieder. Bei einer anderen Gelegenheit hätte sich Katja darüber amüsiert, dass seine Knie über die Tischkante hinausragten. Er hatte sehr lange Beine. Einige Sekunden starrte er vor sich hin. Schließlich sah er auf. »Ich habe herausgefunden, wohin dein Vater Thea gebracht hat«, sagte er dann ohne Überleitung, und ohne mit ihr anzustoßen. Die Getränke hatte er offensichtlich nur der Form halber gekauft. »Sie ist in einer Kurklinik bei Füssen, im Allgäu.«

»Oh, tatsächlich? Da wirst du sie bestimmt besuchen?«

»Ich wollte sofort zu ihr reisen, habe mich dann aber dagegen entschieden. Sie hat mir in Köln im Krankenhaus sehr deutlich zu verstehen gegeben, dass sie mich nicht sehen will. Ich würde sie also sicher nur verstören und ihr schaden, wenn ich hinfahre.« Seine Stimme klang rau, und sein Gesicht war gequält, während er dies sagte. Doch dann fasste er sich wieder. »Aber ... es bringt mich um, Thea dort allein zu wissen. Das darf einfach nicht sein. Und ich habe lange überlegt ... Ihr Schwestern habt doch ein sehr enges Verhältnis. Marlene ist allerdings durch die Kinder gebunden. Du nicht. Und deshalb ...« Er holte tief Luft. »Deshalb möchte ich dich bitten, Thea an meiner Stelle beizustehen.«

»Du ... Du fragst ausgerechnet mich?« Katja sah Georg aus weit aufgerissenen Augen an. Sie wusste, dass er sie für egozentrisch und selbstverliebt hielt. Nicht dass dies aus der Luft gegriffen gewesen wäre. Im vergangenen Jahr hatte Thea sie mitten in der Nacht aus einer ziemlich zwielichtigen Monschauer Kneipe abgeholt. Völlig betrunken war sie gewesen. Und dann waren sie auch noch in eine Polizeirazzia geraten und für Prostituierte gehalten und festgenommen worden. Georg hatte am frühen Morgen in die Polizeiwache kommen und für sie bürgen müssen.

Ob Georg auch daran dachte? Doch er beugte sich nur vor und sah sie bittend an. »Dich würde Thea bestimmt viel eher in ihrer Nähe akzeptieren als mich. Und du hast so viel Energie und Lebensfreude. Damit steckst du sie bestimmt an.«

»Georg…« Sie musste ihm sagen, dass sie schuld an Theas schrecklicher Krankheit war! Katja öffnete den Mund, aber sie brachte die Worte einfach nicht über die Lippen und schwieg bedrückt.

Er deutete ihr Zögern falsch. »Ich weiß, dass das viel verlangt ist, du hast ja einen Beruf. Aber für deine finanziellen Nachteile komme ich gern auf. Bitte, tu es für Thea!«

»Ich… ich… wollte auch herausfinden, wohin Vater sie gebracht hat«, erwiderte Katja leise.

»Du wolltest Thea also auch besuchen?« Erleichterung zeichnete sich auf seinem Gesicht ab.

»Ja, Georg, ich…«

»Ich will auch gar nicht, dass du mir Bericht über sie erstattest. Das wäre ja so, als würde ich sie bespitzeln. Ich möchte nur, dass du in Theas Nähe bist und ihr beistehst.« Sein Blick war eindringlich und voller schmerzlicher Liebe.

»Das tue ich gern.«

»Danke.« Georg lächelte sie an. »Ich wusste doch, dass ich mich auf dich verlassen kann.«

O Gott. »Du musst mir nicht danken. Ich…« Katja

drehte ihr Weinglas in den Händen. Sie hielt das nicht länger aus. »Ich bin schuld an ihrer Krankheit. An dem Tag, als wir das Brautkleid zusammen ausgesucht haben, habe ich sie später noch überredet, zu einer Party zu gehen. Dort hat sie sich angesteckt. Ich will Thea das sagen und sie um Verzeihung bitten.« Jetzt war es endlich heraus.

Das Lächeln war von Georgs Gesicht geschwunden, und er blickte an ihr vorbei.

»Ich wünschte so sehr, ich könnte das ungeschehen machen«, flüsterte sie.

Nun wandte Georg sich ihr wieder zu und schüttelte den Kopf. »Jeder tut mal Dinge, die er später bereut, ich auch. Und es ist oft überhaupt nicht absehbar, wie sich eine Situation entwickeln wird. Was diese Party angeht, hatte Thea, so bitter das auch ist, einfach Pech. Sie hätte sich überall anstecken können. Es ist sinnlos, dass du dir Vorwürfe machst. Wichtig ist doch jetzt nur, dass du für sie da bist.«

»Ich verspreche dir, das werde ich.« Und Katja meinte es so ernst wie noch nie zuvor etwas in ihrem Leben.

Kapitel 13

Das war also die Kurklinik Sonnenalm, wohin der Vater Thea gebracht hatte... Mit einem flauen Gefühl ging Katja auf den Eingang zu. Am Vortag war sie von Monschau ins Allgäu gefahren und hatte sich in Faulenbach bei Füssen ein Zimmer in einem Gasthof genommen. Die Gegend war so schön, und alles grünte und blühte. Die Bauerngärten quollen schier über vor Blumen. Und in diesem Gebäude lag Thea krank und gelähmt. In was für einer Verfassung sie die Schwester wohl antreffen würde? Katja war kurz davor, wieder umzukehren. Aber dann straffte sie sich – so feige war sie nun doch nicht, außerdem hatte sie Georg ein Versprechen gegeben – und betrat das Gebäude.

Drinnen atmete sie ein bisschen auf. Das Ambiente der Eingangshalle unterschied sich wohltuend von dem eines Krankenhauses. Es gab eine Art Rezeption statt einer verglasten Pförtnerloge. Der Mann dahinter trug eine Uniform wie in einem teuren Hotel.

Katja nannte ihren Namen und sagte, dass sie zu Frau Dr. Graven wolle. Zu ihrer Erleichterung war der Mann anscheinend nicht angewiesen worden, niemanden zu Thea vorzulassen, denn er teilte ihr sofort die Zimmernummer mit und beschrieb ihr den Weg in den zweiten Stock.

Nachdem Katja dort den Aufzug verlassen hatte, blickte sie sich suchend um.

»Kann ich Ihnen helfen, Fräulein?« Eine sonore Männerstimme drang an ihr Ohr. Sie wandte den Kopf. Der Mann im gestärkten weißen Kittel, der sich ihr näherte, war Ende sechzig oder Anfang siebzig und verströmte diese Chefarzt-Aura, die Katja durch ihren Vater nur zu gut kannte. Sie hatte sich im Gasthof nach der Klinik erkundigt und gefragt, wem sie gehörte. Ganz sicher war er der Besitzer.

»Sie sind bestimmt Professor Carstens?« Sie reichte ihm die Hand. »Katja Kampen. Ich möchte meine Schwester, Frau Dr. Graven, besuchen. Man hat mir gesagt, dass sich ihr Zimmer auf dieser Etage befindet.«

»Oh, meines Wissens hat Ihr Herr Vater aber ausdrücklich darum gebeten, dass niemand, auch nicht die Angehörigen, erfahren, dass Frau Dr. Graven hier behandelt wird.« Professor Carstens war sichtlich irritiert.

Mist... Katja überlegte fieberhaft, was sie antworten sollte, und zauberte schon einmal ein strahlendes Lächeln auf ihr Gesicht. »Tja... Mein Vater wollte Sie eigentlich informieren, dass er es sich anders überlegt hat.« Sie stockte kurz und beschloss dann zu bluffen. »Er dachte, es sei ihrer Gesundheit förderlich, dass sie Besuch erhält und jemand sie aufmuntert. Und da er ja in der Klinik unabkömmlich ist, haben wir vereinbart, dass ich an seiner Stelle herfahre. Er muss vergessen haben, Sie anzurufen. Das ist eigentlich gar nicht seine Art. Aber Theas Krankheit nimmt ihn sehr mit, und seitdem...« Katja seufzte und vollführte eine vielsagende Handbewegung.

»Nun, das ist nur zu verständlich. Wenn ich mir vorstelle, dass einem meiner Kinder...« Professor Carstens nickte mitfühlend. »Und wahrscheinlich ist es wirklich gut, dass Ihre Schwester Besuch erhält. Noch dazu von einem offensichtlich so lebensfrohen Menschen wie Ihnen.« Sein Blick ruhte voller Wohlwollen auf Katja. Ihr Charme – und ihr hübsches Aussehen – verfingen anscheinend auch bei ihm.

Sie berührte seinen Arm und sah ihn aus ihren rauchblauen Augen bittend an. »Ich weiß, dass Ihre Zeit knapp bemessen ist. Aber wenn Sie vielleicht ein paar Minuten erübrigen und mir sagen könnten, wie es genau um meine Schwester steht? Ich habe zwar schon mit meinem Vater darüber gesprochen, aber Sie erleben meine Schwester viel direkter ...«

Wie Katja gehofft hatte, war der Professor gern bereit, ihr zu berichten. Er geleitete sie in sein Büro, das einen schönen Blick auf einen parkartigen Garten eröffnete, und bat sie, Platz zu nehmen.

»Tja, Fräulein Kampen, wie soll ich beginnen?« Der Professor verschränkte die Hände vor sich auf dem Schreibtisch. »Ihre Schwester ist nun seit etwa vier Wochen bei uns. Wir versuchen, ihr die bestmögliche Therapie angedeihen zu lassen.«

»Davon bin ich überzeugt ...«

Der Professor schenkte Katja ein Lächeln, wurde jedoch gleich darauf wieder ernst. »Sich in einem gelähmten Körper wiederzufinden ist natürlich für jeden Menschen ein furchtbarer Schock. Einige unserer Patienten verweigern anfangs jede Behandlung. Wir waren deshalb sehr erleichtert, dass Ihre Schwester von Beginn an kooperierte. Aber inzwischen machen wir uns Sorgen. Ich wollte deshalb auch schon Ihren Vater kontaktieren.«

»Aber weshalb denn, wenn Thea doch die Behandlung akzeptiert und sich bemüht?« Katja verstand nicht.

»Nun, wie soll ich mich am besten ausdrücken ...« Der Professor überlegte einige Momente, ehe er wieder das Wort ergriff. »Dass ein Patient sich einer Therapie nicht verweigert, bedeutet nicht unbedingt, dass er sie auch wirklich *will*. Auf Ihre Schwester bezogen bedeutet das, sie führt alle Übungen aus und lässt alle Anwendungen über sich ergehen. Aber das ist genau der Punkt. Mein Eindruck ist, sie unterzieht sich der Therapie, aber sie ist nicht mit dem Herzen dabei.«

Es klopfte an der Tür, und eine attraktive, rothaarige Frau um die vierzig, die einen Arztkittel trug, betrat das Büro. Katja registrierte, dass die Frau sie rasch musterte. Nahm sie etwa ein Aufblitzen von Eifersucht in ihren Augen wahr? Ob der Professor und die Ärztin ein Verhältnis miteinander hatten? Der Gedanke streifte sie ganz plötzlich und verschwand wieder, als Professor Carstens sie einander vorstellte.

»Frau Dr. Kessler, ich unterhalte mich gerade mit Fräulein Kampen über ihre Schwester«, sagte er nun. »Wir haben ja auch schon mehrfach über Frau Dr. Graven gesprochen. Wenn Sie dem Fräulein vielleicht Ihren Eindruck schildern möchten?«

»Ich habe Ihre Schwester des Öfteren beobachtet, und was mir die Krankengymnastinnen und die Schwestern berichten, bestätigt meine Wahrnehmung.« Frau Dr. Kessler hatte eine kühle, klare und beherrschte Stimme. Ein sehr mitfühlender Mensch war sie vermutlich nicht. »Ihre Schwester führt alle Übungen aus, sei es Gymnastik, Physiotherapie oder die Bewegungen bei der Unterwassermassage. Aber dabei wirkt sie völlig abwesend. Als ob das alles einen anderen Menschen und nicht sie selbst beträfe.«

»Wie ich gerade bemerkte, Frau Dr. Graven ist nicht mit dem Herzen dabei«, warf der Professor ein.

»Und was das Essen betrifft, hat man den Eindruck, sie nimmt nur gerade so viel zu sich, wie es aus ärztlicher Sicht unbedingt erforderlich ist, damit ihr Körper funktioniert, und keinen Bissen mehr.«

Schweigen senkte sich über den Raum. Durch die gekippten Fenster war das Geräusch eines Rasensprengers zu hören, und irgendwo klapperte eine Tür.

Schließlich beugte sich der Professor vor. Seine Miene war bekümmert. »Fräulein Kampen, ich sage es nur sehr ungern, aber allmählich befürchte ich, dass Ihre Schwester sich aufgegeben hat. Und wir kommen nicht an sie heran.«

»Sie meinen, Thea will nicht mehr leben?« Katjas Mund war ganz trocken.

»Ja, genau, das ist meine große Sorge.« Er seufzte.

Thea, die große Schwester, die immer so stark gewesen war ... Die gegen den Willen des Vaters den Mann geheiratet hatte, den sie liebte. Die den Mut gehabt hatte, einen ärztlichen Kunstfehler anzuzeigen, obwohl sie das fast die Karriere gekostet hätte. Und die sich gegen alle Widrigkeiten in diesem Eifel-Kaff durchgesetzt hatte. Der Professor musste sich irren. Es war einfach nicht möglich, dass Thea den Lebenswillen verloren hatte.

Jetzt hatte Katja Theas Zimmer erreicht. Mit einer entsetzlichen Angst im Herzen klopfte sie und trat dann ein.

Nach dem Frühstück hatte man Thea eine Art Tunnel aus Holz mit elektrischen Wärmestäben auf der Innenseite über die Beine gestülpt. Das Ding hatte einen Namen, aber sie hatte sich nicht die Mühe gemacht, ihn sich zu merken. Etwa eine Stunde lang hatte das Teil ihre Beine bestrahlt, dann hatte eine Krankenschwester es wieder weggeräumt. Eine alle paar Tage wiederkehrende Behandlung in einer sich ständig wiederholenden Abfolge von Therapien. Wahrscheinlich würde man sie nun bald zur Krankengymnastik oder zur Unterwassermassage bringen. All das verschwamm ineinander, verwischte sich.

Ebenso wie die Tage. Nach Theas Empfinden hätte sie ebenso gut eine Woche wie ein Jahr in dieser Klinik sein können. Nur die Bäume vor dem Fenster zeigten ihr, dass die Zeit vorangeschritten war. Bei ihrer Ankunft Anfang Mai waren sie noch zart belaubt gewesen. Nun hatten die meisten schon ein dichtes Blätterdach.

Einmal hatte der Vater sie besucht. Er hatte ihr die Kleider und Bücher aus ihrem Zimmer in Marburg mitgebracht – Bruchstücke ihres alten Lebens. Und bedrückt hatte er ihr erzählt, dass er Georg den Verlobungsring zurückgegeben hatte und dass Georg aufgebracht und verletzt über ihren Entschluss gewesen war und ihn nicht akzeptierte. Das hatte sie geschmerzt. So sehr, dass es kaum zu ertragen gewesen war. Aber inzwischen hatte sie es geschafft, eine unsichtbare Mauer um sich herum zu errichten. Sie nahm Dinge und Menschen wahr, hörte, wie man zu ihr sprach, antwortete. Aber alles drang nur ganz gedämpft zu ihr durch. Und das war gut so. Nichts berührte sie mehr, nichts schmerzte.

Mittlerweile machte es ihr auch nichts mehr aus, dass sie mit dem in einem Korsett steckenden Oberkörper und den geschienten Beinen und dem geschienten rechten

Arm mehr Ähnlichkeiten mit einer defekten Maschine hatte als mit einem Menschen.

Es war ihr gleichgültig wie alles. Außer einem – der Frage nämlich, ob es nicht am besten sei, alldem ein Ende zu bereiten. Aber mit diesem verdammten, gelähmten Körper war sie ja noch nicht einmal in der Lage, sich das Leben zu nehmen. Was für ein bitterer Witz!

Hatte es da eben an der Tür geklopft? Das war gewiss wieder eine Krankenschwester, die ihr gleich strahlend versicherte, wie schön doch dieser Tag sei und wie gut ihr die nächste, verwünschte Behandlung tun werde. Ach, wenn man sie doch nur in Ruhe lassen würde! Sie machte sich nicht die Mühe, zur Tür zu blicken.

»Thea!«

Eine vertraute, erschrockene Stimme. Fast ein Aufschrei. Das war doch nicht möglich ...

Entsetzt blieb Katja stehen. Diese abgemagerte Frau mit dem blassen Gesicht und dem matten Blick – das war doch nicht Thea! Und die furchtbaren Schienen, die sie an allen Gliedmaßen außer dem linken Arm trug! Nun wandte die Schwester den Kopf, und sie sahen sich in die Augen. Irgendetwas in Theas Blick schien eine unsichtbare Grenze zwischen ihnen zu ziehen.

»Thea ...«, stammelte Katja wieder. Zögernd und ängstlich ging sie näher. »Ich musste dich unbedingt sehen, ich ...«

»Also hat Vater sein Versprechen gebrochen und hat Marlene und dir doch gesagt, wohin er mich gebracht hat.« Theas Stimme klang irgendwie rau und schleppend und ganz fremd.

»Ich weiß es nicht von ihm.« Katja ließ sich auf einen Schemel neben dem Bett sinken. Der Raum hatte kaum Ähnlichkeiten mit einem normalen Krankenhauszimmer. Aber die luxuriöse Umgebung ließ Thea eher noch kränker wirken. »Ich habe es eigentlich durch einen Zufall herausgefunden«, schwindelte sie, »und Vater hat auch keine Ahnung, dass ich hier bin.«

»Ich will dich nicht sehen, lass mich in Ruhe.«

»Thea...«

»Geh.« Die Schwester wandte den Kopf ab.

»Bitte, Thea«, flehte Katja wieder.

»Wenn du nicht sofort gehst, rufe ich eine Schwester, dass sie dich hinauswirft.« Thea bewegte ihre linke Hand zu einer Klingel am Bett.

»Das musst du nicht, ich lasse dich allein.«

»Und untersteh dich, in meiner Gegenwart zu weinen!«

Katja wischte sich hastig die Tränen ab, die ihr in die Augen geschossen waren, und stürzte zur Tür. Sie hielt das einfach nicht aus!

Gleich würde ihre Schwester weg sein! Doch zu Theas Verwunderung blieb sie stehen. Straffte sich und ballte die Hände zu Fäusten. Und nun kam Katja sogar zu ihr zurück. Die Augen immer noch voller Tränen. Ihr Gesicht jedoch ganz entschlossen.

»Was fällt dir ein...«

»Thea, ich weiß, von allen Menschen, die dich lieben, habe ich am wenigsten das Recht, dir ins Gewissen zu reden. Ich bin nicht sehr tapfer, und im Allgemeinen habe ich es gern bequem. Aber jemand muss es tun, und außer mir ist nun einmal niemand da.« Katja stockte kurz. »Ich habe mit Professor Carstens gesprochen. Und ... Er hat mir gesagt, was es hier für Therapiemöglichkeiten gibt. Ich habe keine Ahnung davon, wie Polio behandelt wird. Aber ich gehe davon aus, dass nicht für jeden, der an dieser Krankheit leidet, ein ausgeklügelter Behandlungsplan erstellt wird, zu dem sogar Massagen im Wasser gehören. Und die wenigsten Kranken dürften in einem Einzelzimmer liegen, mit Blick auf die Alpen, und von einer ganzen Schar von Krankenschwestern umsorgt werden. Und ... er hat mir auch gesagt, dass er fürchtet, dass du dich aufgegeben hast und nicht mehr leben willst. Da musste ich einfach an Hans denken, den du so geliebt hast und der keine dreißig Jahre alt geworden ist und der bestimmt so gern gelebt hätte, anstatt auf einem italienischen Friedhof begraben zu liegen.«

»Wie kannst du es wagen, ihn zu erwähnen!«

Theas Zorn ließ Katja kurz zusammenzucken, sie sprach jedoch tapfer weiter. »Thea, du bist es dir selbst gegenüber schuldig, zu kämpfen und gesund werden zu wollen. Anstatt dich gehen zu lassen und dich zu bemitleiden. Und du bist es Vater schuldig und Marlene und Liesel und Arthur und all den Menschen, die dich lieben und brauchen, wie ich etwa, und auch Georg bist du es schuldig ...«

»Sei still! Verschwinde.« Theas Augen brannten. »Sei sofort still und lass mich in Ruhe.« Sie streckte den Arm aus und drückte die Klingel, die am Bett angebracht war.

»Das musst du nicht tun, ich gehe.« Katja schüttelte den Kopf. »Aber ich werde in der Nähe bleiben. Wenn du mich brauchst, bin ich für dich da. Ich schicke dir eine Adresse, unter der du mich rufen lassen kannst.« Ein letzter trauriger Blick, dann schlug die Tür hinter ihr zu.

Katja schaffte es irgendwie, die Fassung zu bewahren, solange sie sich in der Klinik aufhielt. Doch sobald sie das Gebäude verlassen hatte, schossen ihr wieder die Tränen in die Augen. Halb blind rannte sie zu ihrem kleinen Auto und ließ sich auf den Fahrersitz sinken.

O Gott... Sie vergrub das Gesicht in ihren Händen. Was hatte die Krankheit nur aus Thea gemacht? Die verkrümmten, geschienten Glieder und die Lähmung waren schlimm. Aber viel entsetzlicher war, dass Thea jeder Lebenswille zu fehlen schien. Dabei war die Schwester doch eigentlich eine Kämpferin. Die Erinnerung an Thea, wie sie sich strahlend und voller Freude in ihrem Hochzeitskleid vor dem Spiegel in dem Düsseldorfer Brautmodengeschäft gedreht hatte, blitzte wieder vor Katjas innerem Auge auf.

Aber das brachte sie nicht weiter. Sie hatte Georg versprochen, Thea beizustehen. Und sie wollte es auch selbst von ganzem Herzen. Und das bedeutete, dass sie sich, wie geplant, eine Unterkunft in der Nähe der Klinik suchen und sich irgendwie ihren Aufenthalt finanzieren musste. Denn auf ihrem Bankkonto herrschte mal wieder Ebbe. Und von Georg würde sie nun wirklich kein Geld annehmen.

Katja wischte sich mit einem Taschentuch die Tränen vom Gesicht und putzte sich energisch die Nase. Nachdenklich blickte sie sich um. Die Gegend mit den grünen Hügeln vor den zerklüfteten Alpen, den Barockkirchen und Königsschlössern und idyllischen kleinen Städten war wirklich schön. Und nach dem Krieg und all der Zerstörung waren die Menschen ganz versessen auf Geschichten und Bilder aus einer heilen Welt. Immer wieder wollten sie so etwas haben, junge Frauen im Dirndl, Kühe mit Glocken, blühende Bauerngärten, schneebedeckte Gipfel – und keine Ruinen. Es musste doch mit dem Teufel zugehen, wenn sie keine Bildreportagen aus dem Allgäu an Magazine und Zeitungen verkaufen konnte!

Katja griff nach ihrer Handtasche, holte ihr Adressbuch heraus und stellte im Geiste eine Liste der Redaktionen zusammen, die sie anrufen wollte. Und Georg würde sie auch anrufen. Es war kein Bespitzeln, wenn sie ihm sagte, wie es Thea ging.

Ein Blick zur Klinik – *ich bin für dich da, Thea!* –, dann fuhr Katja los.

Kapitel 14

Ein Zweig schlug Georg unsanft ins Gesicht und ließ ihn aufmerken.

»He!« Er zog am Zügel und dirigierte die Stute, die im Schritt in Richtung Wiese bummelte, wieder auf den Feldweg zurück. Er war mit den Gedanken meilenweit entfernt gewesen, was das Pferd natürlich sofort bemerkt hatte. Katjas Anruf quälte ihn immer noch. Seine schlimmsten Befürchtungen hatten sich bewahrheitet. Thea ging es seelisch sehr schlecht, und sie wollte noch nicht einmal die Schwester um sich haben. Auch dieser Versuch ihr zu helfen war – vorerst – gescheitert.

Georg beendete den abendlichen Ausritt. So unkonzentriert und traurig, wie er war, hatte das keinen Sinn. Er ging zum Schlösschen zurück. An der Brücke über den Bach überlegte er es sich jedoch anders und schlug den Weg zu Theas ehemaligem Häuschen ein. Der Schlüssel lag wie immer unter einem Stein neben der Eingangstür und ließ sich, er war ja monatelang nicht mehr benutzt worden, nur mit einem gewissen Kraftaufwand im Schloss drehen.

Die kühle Abendluft mischte sich mit der stickigen im Inneren des kleinen Fachwerkgebäudes. Georg blieb einige Momente lang in dem unteren Raum stehen, der von dem wuchtigen Kohleherd dominiert wurde, dann stieg er die schmale Treppe in das Schlafzimmer unter dem Dach hinauf. Hier war es dämmrig, die Rosen und Unkrautranken hatten die Fenster in den beiden Giebelwänden fast zugewuchert.

An einem Haken an der Wand, das sah er jetzt, hing noch ein dünner Morgenmantel, aus irgendeinem Grund hatte Thea ihn nicht nach Marburg mitgenommen. Georg nahm ihn in die Hand. Der seidige Stoff verströmte noch den leichten Duft nach Zitrusfrüchten und Mandeln, der so charakteristisch für Thea war, und voller Sehnsucht barg er sein Gesicht darin.

Ich liebe dich... Hatte er das nur gedacht oder geflüstert? Ach, wenn seine Gefühle Thea doch nur erreichen und ihr Kraft schenken könnten!

Wie konnte Katja es wagen, so mit ihr zu sprechen!
Aber der Besuch der Schwester und ihre Worte hatten eine Bresche in Theas innerliche Mauer aus dumpfer Gleichgültigkeit geschlagen. Und, so sehr sie es sich auch wünschte, sie konnte diese klaffende Lücke einfach nicht mehr schließen. Zorn und Schmerz drangen hindurch und setzten ihr zu. Diese Gefühle wollten und wollten einfach nicht vergehen.

Auch das Schlafmittel, um das Thea schließlich bat, um einzudämmen und nichts mehr empfinden zu müssen, wirkte nicht richtig, und sie verbrachte eine unruhige Nacht. Immer wieder wachte sie auf, und ihre Gedanken kreisten. Professor Carstens und Dr. Kessler hatten sie offensichtlich durchschaut. Also konnte sie sich den Behandlungen eigentlich gleich ganz verweigern. Und die Drohung, dass der Vater sie dann zu sich holen würde? In die Nähe von Georg? Sollte sie es darauf ankommen lassen?

Aber sie war ja nicht entmündigt und konnte über sich selbst bestimmen, und lieber hätte sie dauerhaft in einem Krankensaal mit zehn Leuten gelegen als in Monschau zu sein und ständig an ihr altes, ihr nun für immer versagtes Leben erinnert zu werden.

Die Morgendämmerung brach an, und bald darauf nahm der Klinikalltag seinen üblichen Lauf. Doch auch jetzt fand Thea nicht in die frühere dumpfe Gleichgültigkeit zurück. Sie hasste jede einzelne der Verrichtungen, die an ihr vorgenommen wurden, und das Stützkorsett und die Schienen drückten schmerzhaft. Eine Krankenschwester kurbelte die rot-weiß gestreifte Markise über dem Balkon ein Stück herunter, um das grelle Sonnenlicht abzumildern. In dem Streifen zwischen der Brüstung und dem Stoff erschienen die frühlingshaft grünen Hügel mit den Bauernhäusern zum Greifen nah. Und doch waren sie unerreichbar weit entfernt.

Jemand kam ins Zimmer. In der ermüdenden Abfolge von Therapien stand jetzt die Krankengymnastik an.

»Guten Morgen, Frau Dr. Graven.« Eine leise, fast schüchterne Stimme. Die Krankengymnastin, die an das Bett trat, war sehr jung und hatte Thea bisher noch nicht behandelt. »Mein Name ist Hetti Waginger, meine beiden Kolleginnen sind heute leider verhindert. Deshalb hat Frau Dr. Kessler mich zu Ihnen geschickt. Ich hoffe, das ist Ihnen recht.«

Thea hatte es satt. Sie hatte alles satt. »Ich will heute keine Krankengymnastik«, sagte sie schroff.

»Oh, aber ...«

»Haben Sie mich nicht verstanden? Ich möchte keine Behandlung. Weder von Ihnen noch von sonst jemandem.«

»Ja, natürlich.« Die junge Frau blieb verwirrt stehen. »Ich sage Frau Dr. Kessler Bescheid.«

»Tun Sie das.« Thea drehte den Kopf weg. In diesem Moment verrutschten die Kissen in ihrem Rücken, und sie sackte mit dem Oberkörper zur Seite. Hilflos hing sie über dem Bettrand. Tränen des Zorns und der Scham schossen ihr in die Augen.

»Ich helfe Ihnen!«

Verschwommen sah Thea, dass die junge Frau zu ihr eilte. Während die Krankengymnastin sie wieder in die Kissen lehnte, führte sie eine abwehrende, wütende Bewegung mit ihrer linken Hand aus. Und traf die junge Frau mitten ins Gesicht. Diese wich vor ihr zurück und starrte sie bestürzt und erschrocken an. »Es ... es tut mir leid«, stammelte sie.

Erst jetzt registrierte Thea, wie jung Hetti Waginger eigentlich war. Bestimmt kaum älter als achtzehn Jahre. Sie hatte ein zartes Gesicht, für das die weit aufgerissenen blauen Augen fast zu groß zu sein schienen. Ihr blondes Haar trug sie in Zöpfen um den Kopf gesteckt. Sie wirkte sehr verletzlich. Thea war über sich selbst entsetzt. Sie hatte nie Verständnis für Patienten gehabt, die das Pflegepersonal schlugen. Und jetzt hatte sie es – wenn auch unabsichtlich – selbst getan.

»*Mir* tut es leid«, sagte sie zerknirscht. »Bitte verzeihen Sie, ich wollte Sie nicht treffen. Ich bin nur ... Ach, die Schienen tun mir weh und ...« Thea brach ab. Sie wollte der jungen Frau nichts von ihrem Lebensüberdruss erzählen.

»Ach, ich kann gut verstehen, dass Ihnen die Schienen Schmerzen bereiten.« Hetti Wagingers Gesicht hellte sich auf. »Sie müssen sich nicht bei mir entschuldigen. Wenn

Sie keine Krankengymnastik haben wollen – soll ich Sie vielleicht massieren? Das tut manchmal einfach wohl.«

Sonst hätte Thea abgelehnt. Aber sie hatte das Gefühl, der jungen Frau etwas schuldig zu sein, und Hetti sah sie so eifrig an, so bemüht, ihr etwas Gutes zu tun. Deshalb stimmte sie, wenn auch ohne große Überzeugung, zu.

Hetti befreite sie von den lästigen Schienen und dem Stützkorsett und drehte sie behutsam auf den Bauch. Thea versprach sich nichts von der Massage, es war wieder nur etwas, das sie gedachte, über sich ergehen zu lassen. Aber zu ihrer Verwunderung empfand sie Hettis Berührungen wirklich als wohltuend. Und so zierlich die junge Frau auch war, ihr Händedruck war überraschend kräftig und voller Energie. Nachdem Hetti die Massage beendet hatte, fühlte Thea sich irgendwie belebt.

»Ich hoffe, das war angenehm für Sie?« Hetti blickte sie besorgt an, während sie ihr das Nachthemd anzog.

»Ja, sehr, danke.« Thea meinte es zu ihrem eigenen Erstaunen ehrlich.

»Das freut mich.« Ein schüchternes Lächeln huschte über das Gesicht der jungen Frau. »Soll ich Ihnen die Schienen wieder anlegen?«

»Ja ... nein.« Thea hasste plötzlich schon die bloße Vorstellung, die Schienen und das Stützkorsett, mit denen sie sich mehr wie ein Ding als ein Mensch vorkam, wieder zu tragen. Bisher war ihre Gleichgültigkeit stärker als ihre Abneigung gewesen. Aber nun, dank dieses seltsamen Gefühls von Lebendigkeit, wurde ihr klar, dass sie diese Hilfsmittel nicht mehr an ihrem Körper haben wollte. »Könnten Sie das obere Teil des Betts vielleicht so einstellen, dass ich ohne das Stützkorsett sitzen kann?«, fragte sie.

»Ich will es gern versuchen.« Hetti machte sich an dem Bett zu schaffen und ordnete die Kissen neu an, ehe sie Thea half, sich zurückzulehnen.

»Ist das so für Sie bequem?«

Durch die Kissen gestützt und dank des etwas schräg gestellten oberen Bettteils schaffte sie es tatsächlich, sich ohne das Korsett aufrecht zu halten. »Ja, es ist gut. Kommen Sie denn morgen wieder zu mir?«, fragte sie, ohne nachzudenken. Hatte sie sich gerade tatsächlich an etwas interessiert gezeigt?

»Das weiß ich leider nicht. Es hängt davon ab, ob dann meine beiden Kolleginnen wieder hier sind.«

»Ich verstehe. Und danke noch einmal.«

»Ich bin froh, dass ich Sie massieren durfte.« Ein scheues Nicken, dann war die junge Frau aus dem Zimmer gehuscht.

Aber das Gefühl, irgendwie freier atmen zu können, blieb Thea erhalten.

Wenig später betrat Dr. Margot Kessler zur morgendlichen Visite das Zimmer. »Frau Dr. Graven, wie geht es Ihnen heute?«, fragte sie, nur um gleich darauf innezuhalten, als ihr Blick auf das Stützkorsett und die Beinschienen fiel, die neben dem Bett lagen. »Aber Frau Dr. Graven, was soll denn das? Sie müssen die tragen! Es ist ganz wichtig für Ihre Muskulatur.« Die Ärztin gab sich keine Mühe, ihren Ärger zu verhehlen.

»Nein, das muss ich nicht. Ich fühle mich so besser, und auf diese Art gestützt kann ich auch ganz gut ohne das Korsett sitzen.«

»Ihre Rückenmuskulatur ist dazu noch zu schwach.«

»Der Meinung bin ich nicht.«

»Frau Dr. Graven, bei allem Respekt, ich bin die behandelnde Ärztin. Ich muss Sie schon bitten, meiner Expertise zu vertrauen. Ich kann mir nicht vorstellen, dass Sie, als Sie noch praktiziert haben, sehr glücklich darüber waren, wenn sich Patienten Ihren Ratschlägen widersetzten.«

Als Sie noch praktiziert haben… Die Worte hingen im Raum, sie beinhalteten, dass sie, Thea, keine Ärztin mehr war und auch nie wieder eine sein würde. Noch vor Kurzem hätte sie das nicht berührt, es wäre an der Mauer aus Gleichgültigkeit abgeprallt, die sie umgeben hatte. Jetzt trafen die Worte sie schmerzlich. Aber sie weckten auch ihren Widerspruchsgeist.

»Als praktizierende Ärztin war ich mir immerhin sehr wohl darüber im Klaren, dass Muskeln beansprucht werden müssen, um sich kräftigen zu können«, entgegnete sie, nach außen hin kühl.

»Und die Arm- und die Beinschienen müssen Sie tragen, damit die Glieder sich nicht verkrümmen.« Dr. Kessler ging überhaupt nicht auf sie ein.

»Dem lässt sich auch durch Massagen und Krankengymnastik entgegenwirken.«

»Noch einmal, ich bin die behandelnde Ärztin!«

»Und ich werde mir weder die Schienen noch das Korsett weiterhin anlegen lassen.«

Thea und Dr. Kessler maßen sich mit Blicken. »Immerhin scheint ja Ihr Interesse für die Krankengymnastik erwacht zu sein«, sagte Dr. Kessler schließlich brüsk.

»Ich möchte Hetti Waginger als meine Therapeutin haben.« Dies war ihr einfach herausgerutscht. Gewiss würde sie Dr. Kessler nicht sagen, dass die junge Frau sie nur massiert und keine Übungen mit ihr gemacht hatte.

»Ich muss das mit Professor Carstens besprechen. Ebenso wie Ihre Eigenmächtigkeit, was Ihre Behandlung betrifft. Und ich glaube nicht, dass er Ihnen zustimmen wird.« Dr. Kessler stürmte aus dem Zimmer.

Thea war sich ziemlich sicher, dass sie am liebsten die Tür hinter sich zugeschlagen hätte. Ach, sie mochte diese Frau einfach nicht. In gewisser Weise hatte ihr die Auseinandersetzung – abgesehen davon, dass sie ihr erneut so bitter vor Augen geführt hatte, dass sie nie wieder Ärztin sein würde – beinahe Spaß gemacht.

Etwa einen halben Meter vor ihr baumelte der Bettgalgen von seinem Gestell. Ob sie einmal versuchen sollte, ihn mit ihrer linken Hand zu fassen zu bekommen? Thea betrachtete den Haltegriff. Für einen Moment drohte ihre alte Lethargie sie wieder zu überfallen. All ihre Anstrengungen würden ja doch sinnlos sein. Sie würde für immer gelähmt bleiben. Doch dann, aus einem Impuls, den sie selbst nicht richtig verstand, hob sie den linken Arm ganz langsam an. Zentimeter um Zentimeter bewegte er sich höher. Einmal verließ sie fast die Kraft.

Doch schließlich berührten ihre Fingerspitzen den Haltegriff. Eine letzte Anstrengung noch, und ihre Hand umklammerte ihn.

Als Thea den Bügel losließ, fiel ihr linker Arm auf die Bettdecke hinunter, und sie fühlte sich erschöpft, als hätte sie ein schweres Gewicht gestemmt. Aber sie hatte den Haltegriff aus eigener Kraft zu fassen bekommen. Ob sie es nicht noch einmal versuchen sollte?

Kapitel 15

Aufgeregt und voller Vorfreude blieb Marlene vor dem schmalen Fachwerkhaus in der Monschauer Innenstadt stehen. »Reisebüro Haugner« stand über der Tür. Eine Banderole im Schaufenster wies auf den Eröffnungstermin in gut einer Woche hin. Darüber hing ein Plakat, das eine stilisierte Alpenlandschaft zeigte und einen Bus, der eine gewundene Passstraße hinauffuhr. Ein übergroßer Wegweiser mit der Aufschrift »Italien« deutete gen Süden.

Vor dem Krieg waren Bernhard und sie viel gereist. Sogar auf Sizilien und an der französischen Riviera waren sie gewesen. Ihren Traum, einmal Griechenland gemeinsam zu besuchen, hatte dann der Krieg durchkreuzt. Aber Marlene war froh, dass sie all die Erinnerungen hatte. An Tage am Meer und Abende in kleinen Tavernen und Bistros und an Streifzüge durch Museen und beeindruckende Paläste. Und vielleicht – sie wagte es, einen Augenblick lang zu träumen – würde ihr ja die Arbeit hier einmal eine Fahrt nach Griechenland ermöglichen.

Die Tür war nicht verschlossen, und ein heller Klingelton erklang, als Marlene das Reisebüro betrat. Gerahmte Plakate mit weiteren Ferienzielen lehnten an den Wänden. Gleich darauf kam Herr Haugner, ein drahtiger Mann in den Vierzigern, dessen blondes Haar vor Pomade glänzte, aus dem Hinterzimmer.

»Oh, guten Tag Frau Helmholz ...«

Klang seine Stimme ein bisschen zögerlich? Aber nein, bestimmt bildete sie sich das nur ein. Marlene lächelte ihn an. »Guten Tag, ich möchte nur kurz wegen des Arbeitsvertrags nachfragen, Sie wollten ihn mir doch vor ein paar Tagen zuschicken.«

»Oh, ja ... der Vertrag.« Jetzt hörte sich seine Stimme eindeutig verhalten an.

»Was ist damit? Sie haben es sich doch hoffentlich nicht anders überlegt und jemand anderen eingestellt?« Marlene lachte nervös auf.

»Nun, möchten Sie vielleicht Platz nehmen?« Herr Haugner komplimentierte sie zu einer Sitzgruppe. Auf dem Tisch lagen Faltblätter und Prospekte. Er knetete seine Hände, schließlich gab er sich sichtlich einen Ruck. »Es tut mir sehr leid, aber ich habe die Stelle tatsächlich anderweitig vergeben.«

»Aber ... Wir waren uns doch einig! Und Sie meinten, ich wäre so gut dafür qualifiziert.«

»Das stimmt auch, mit Ihren Englisch- und Französischkenntnissen und den Reisen, die Sie gemacht haben. Und Sie haben auch eine wirklich nette Art. Es ist nur ...« Er brach verlegen ab.

»Ja?«

»Verzeihen Sie, aber das kann ich Ihnen nicht sagen.«

»Herr Haugner, ich war fest davon überzeugt, dass ich die Stelle bekomme. Ich habe extra dafür private Englischstunden genommen und mir Reiseliteratur gekauft. Sie sind mir wirklich eine Erklärung schuldig.« In Marlenes Fassungslosigkeit mischte sich jetzt auch Ärger.

»Tja ...« Herr Haugner räusperte sich unbehaglich. »Ihr

Herr Vater hat mich kürzlich aufgesucht und mir dargelegt, dass es sich für Sie nicht schickt, als Angestellte in einem Reisebüro zu arbeiten.«

»Wie bitte?« Marlene glaubte, sich verhört zu haben.

»Er sagte, Sie seien nun einmal die Witwe eines Rechtsanwalts und Tochter des Chefarztes des Monschauer Krankenhauses und deshalb ...« Herr Haugner seufzte und hob entschuldigend die Hände.

»Und Sie haben sich dem Willen meines Vaters gebeugt? Wie kommen Sie denn dazu?«

»Professor Kampen ist nun einmal eine einflussreiche Persönlichkeit in der Stadt und ...« Herr Haugner senkte unter Marlenes empörtem Blick den Kopf. »... meine Tochter möchte gern eine Schwesternausbildung am Krankenhaus beginnen.«

»Sie haben sich also ...«, Marlene rang nach Worten, »... von meinem Vater *erpressen* lassen?«

Seine Lippen zuckten nervös. »Nun, ich würde das nicht so nennen, es war eher ein gegenseitiges Entgegenkommen. Bitte verstehen Sie doch meine Situation.«

»Aber genau das war es! Eine Erpressung. Sie ... Sie Schwächling!« Marlene griff nach ihrer Handtasche. Dann stürmte sie nach draußen und schlug die Tür des Reisebüros so heftig hinter sich zu, dass die Glocke schrill bimmelte. Blindlings rannte sie durch die Straßen des Städtchens, sie rempelte jemanden an, murmelte eine Entschuldigung und hastete weiter. Wie hatte der Vater nur so handeln können!

Völlig außer Atem, mit wild klopfendem Herzen erreichte sie die Villa, eilte die Stufen zum Haus hinauf.

In der geräumigen Diele blieb Marlene stehen. Erst jetzt

kam sie wieder richtig zu sich. In der Küche werkelte die Köchin Frau Mageth, der Geruch von Pudding oder irgendeiner anderen Süßspeise hing in der Luft. Der vertraute Raum war ihr plötzlich ganz fremd. Ein paar Meter entfernt befand sich das Wohnzimmer, das sie, die Kinder und der Vater gemeinsam benutzten. Die Tür stand ein Stück offen – Bilderbücher und Spielzeug und ihr Strickzeug lagen auf dem Sofa und ein Buch, das der Vater abends las, auf dem Tisch.

Etwa zwei Jahre lebte sie mit den Kindern nun schon hier. Als der Vater sich entschlossen hatte, der sowjetischen Besatzungszone den Rücken zu kehren und hier, in Monschau, als Chefarzt noch einmal neu anzufangen, war sie sehr froh gewesen, mit Liesel und Arthur zu ihm ziehen zu können. Denn so konnte sie Frankfurt und ihre schrecklichen Erlebnisse dort in den Jahren nach dem Krieg hinter sich lassen. Sie hatte es durchaus auch schön gefunden, wieder in einem Haus mit dem Vater zu leben, dies hatte ihr Halt und Geborgenheit geschenkt.

Und ja, sie war sich darüber im Klaren gewesen, dass er ein Patriarch war und immer zu wissen glaubte, was für seine Patienten – und seine Töchter – am besten war. Er hatte alles andere als enthusiastisch reagiert, als sie ihm von ihrem Plan erzählte, die Stelle in dem Reisebüro anzutreten, hatte die Argumente angeführt, die ihr auch Herr Haugner genannt hatte – so eine Arbeit sei doch unter ihrer Würde.

Aber nie und nimmer wäre ihr der Gedanke gekommen, dass er sie so hintergehen, so über ihren Kopf hinweg über sie bestimmen würde. Wie sollte sie nur weiter unter einem Dach mit ihm leben können?

Georg knallte in seinem Sprechzimmer den Telefonhörer auf die Gabel und machte sich schnell eine Notiz. Mit den Anrufen nahm es heute ja überhaupt kein Ende, dabei war schon Mittagszeit! Dann wandte er sich dem Patienten zu, der vor ihm saß, einem älteren Bauern, dem Bartstoppeln auf den Wangen sprossen und der einen ziemlich ungepflegten Eindruck machte. Er legte ihm die Manschette des Blutdruckmessgeräts um den Oberarm, pumpte sie auf und betrachtete gleich darauf stirnrunzelnd den Stand des Pfeils auf der Anzeige.

»Herr Vossen, Ihr Blutdruck ist viel zu hoch. Außerdem muss ich Sie nicht bitten, auf die Waage zu steigen, um zu sehen, dass Sie schon wieder zugenommen haben. Herrgott, Sie sind Diabetiker, das ist Gift für Sie! Wenn Sie so weitermachen, bringen Sie sich ziemlich schnell ins Grab.«

»Ich weiß, Herr Doktor, ich weiß.« Der Bauer blickte ihn zerknirscht an. »Sie haben mir ja schon öfter ins Gewissen geredet...«

»Allerdings, und ich würde Ihnen und mir wünschen, dass es endlich etwas nutzt und Sie verdammt noch mal Ihr Essverhalten und Ihren Lebenswandel ändern.« Georg war weniger denn je in der Stimmung für geduldige Ermahnungen.

»Es tut mir leid, Herr Doktor, es ist nur...« Der Bauer senkte den Kopf. »Seit meine Frau gestorben ist, ist irgendwie alles so leer.«

»Und dann essen und trinken Sie, um diese Leere nicht so stark zu spüren?«

»Ja, ich glaub schon.«

Stille senkte sich über das Sprechzimmer. Diese innere Leere konnte Georg nur zu gut nachfühlen. Seit Thea mit

Hilfe ihres Vaters vor ihm geflohen war, empfand er sie ja auch ganz stark. »Herr Vossen«, begann er milder, nur um erneut vom Klingeln des Telefons unterbrochen zu werden.

»Dr. Berger am Apparat.« Er klemmte sich den Hörer zwischen Kopf und Schulter, um Herrn Vossen ein Rezept auszustellen.

»Herr Doktor, könnten Sie bitte sofort zum Melchiors Hof kommen?« Eine aufgeregte Frauenstimme drang an sein Ohr.

»Weshalb denn? Ich denke, mein Mitarbeiter Dr. Kramer ist bei Ihrem Mann?«

»Das war er auch. Aber ... Ich rufe ja wegen dem Herrn Doktor an. Er ist vor dem Haus gestürzt und glaubt, dass sein Bein gebrochen ist.«

»Ich bin gleich unterwegs.« Georg reichte Herrn Vossen das Rezept. »Ich muss los, ein Notfall, aber morgen kommen Sie noch mal in die Sprechstunde, damit wir uns ausführlich unterhalten können.«

Während Georg schon nach seiner Arzttasche griff, hoffte er, dass sein Kollege sich mit der Diagnose getäuscht hatte.

Erschöpft und ausgelaugt stellte Georg am Abend den Ford in der Wellblechgarage ab. Dunkle Wolken und Nebel hingen über dem Hohen Venn, und ein kalter Sprühregen wehte ihm ins Gesicht, als er die Garage verließ. Ein herbstlicher Tag im späten Frühling, wie es in der Eifel immer wieder einmal vorkam. Normalerweise machte ihm das nichts aus. Aber heute fand er das Wetter trostlos.

Die Selbstdiagnose seines Mitarbeiters hatte sich leider

bewahrheitet. Sein Bein war gebrochen, und es war ein komplizierter Bruch. Letzte Gewissheit hatten die Röntgenaufnahmen im Monschauer Krankenhaus gebracht, wohin Georg Dr. Kramer in der Ambulanz begleitet hatte. Für mindestens acht Wochen würde er ganz sicher nicht arbeiten können.

Die Nachmittagssprechstunde und die Patientenbesuche hatten sich zu allem Übel auch noch hingezogen. Als hätten sich die Eichenborner ausgerechnet diesen Tag für besonders schwer zu diagnostizierende Krankheitsbilder ausgesucht.

Wenigstens war es ihm erspart geblieben, Theas Vater in der Klinik zu begegnen. Georgs Zorn ihm gegenüber, weil er Thea weggebracht hatte, war unverändert, und es hätte ihm viel abverlangt, Professor Kampen gegenüber höflich zu bleiben.

Georg hatte die Brücke zum Schlösschen fast erreicht, als eine Autotür zuschlug und ihn den Kopf wenden ließ. Er war so in Gedanken versunken gewesen, dass er den schwarzen Mercedes gar nicht bemerkt hatte, der in der Nähe parkte. Die Frau, die durch den Nieselregen auf ihn zulief, war Marlene. Ihr Gesicht war sehr blass. *Thea...* Ein eisiger Schrecken durchfuhr Georg. »Marlene, ist etwas mit Thea?«, stieß er rau hervor. »Hat dein Vater dich geschickt?«

»O Gott, Georg, ich bin nicht wegen Thea hier. Bitte entschuldige, dass ich dich erschreckt habe.« Marlene presste die Hand auf die Brust, ihre Miene war schuldbewusst. »Das wollte ich nicht, ich ...« Sie stockte kurz. »Ich muss dringend mit dir reden. Hast du vielleicht kurz Zeit für mich?«

»Ja, natürlich, komm rein.« Erst allmählich beruhigte sich Georgs Herzschlag wieder.

Er führte Marlene in die Spülküche. Dort drehte er die Heizung auf, füllte Wasser in den Kessel und stellte die elektrische Herdplatte an. Im Schein der Deckenlampe wirkte Theas ältere Schwester noch mitgenommener. Georg kannte sie nur ordentlich und adrett gekleidet. Doch nun hatten sich aus ihrem Haarknoten Strähnen gelöst und hingen ihr wirr ins Gesicht, und ihre Kostümjacke war schief geknöpft. Sie starrte vor sich hin, als wäre sie gar nicht richtig da.

Als das Wasser kochte, brühte Georg ihr in einer Tasse einen Tee auf und gab Milch und Zucker hinein. Dann stellte er die Tasse vor Marlene auf den Tisch und setzte sich zu ihr.

»Also, was ist los? Du siehst aus, als hättest du einen Schock erlitten«, sagte er.

Marlene schreckte auf. »Ach, Georg, es tut mir wirklich leid, dass ich vorhin so gedankenlos war und dich einfach überfallen habe.« Sie legte die Hände um die Tasse, als müsste sie sich daran festhalten.

»Schon gut. Jetzt trink erst einmal, und dann erzählst du mir, was du auf dem Herzen hast.«

Marlene nippte gehorsam an dem heißen Getränk.

»Also?«, fragte Georg, als ihre bleichen Wangen wieder ein bisschen Farbe bekommen hatten.

»Ich ... Es geht um Vater. Ich hatte mich schon vor Wochen auf eine Stelle in einem Monschauer Reisebüro beworben – Thea hat es dir vielleicht erzählt –, und er hat es hintertrieben.« Stockend erzählte Marlene, was vorgefallen war. »Vor dem Abendessen, als die Kinder noch bei Freunden spielen waren, habe ich ihn zur Rede gestellt. Aber er hat einfach darauf beharrt, dass es so am besten für mich sei. Mit einer Anstellung in einem Reisebüro würde ich mich lächerlich machen. Das wäre nur etwas für junge Frauen aus der Mittelschicht. Er hat überhaupt kein Schuldbewusstsein gezeigt. Nicht ein winziges bisschen! Er war so selbstgerecht wie immer. Und ... Ich kann mit den Kindern nicht mehr bei ihm wohnen. Das geht einfach nicht mehr. Das wurde mir nach diesem Gespräch richtig klar.« Marlene senkte den Kopf und rührte unglücklich in der Tasse.

Ein Teil von Georgs Wesen, sein einfühlsamer Teil, vermutete, dass Professor Kampen Angst hatte, Marlene und die beiden Enkelkinder zu verlieren, wenn sie ganz neue Interessen entwickelte und ein eigenständiges Leben zu führen begann, und dass er deshalb so selbstherrlich über ihren Kopf hinweg gehandelt hatte. Der andere Teil von Georg, der Theas Vater immer für einen fürchterlichen Patriarchen gehalten hatte, sah sich in seiner Meinung bestätigt. Aber er wollte Marlene nicht noch mehr aufwühlen, indem er diese Ansicht aussprach. »Und was kann ich für dich tun? Ich schätze mal, du bist nicht nur gekommen, um mir dein Herz auszuschütten?«, sagte er stattdessen nur.

Marlene holte tief Atem. »Ich wollte dich fragen, ob ich für ein paar Wochen mit den Kindern in Theas ehemaliges Häuschen ziehen kann. Thea hätte bestimmt nichts dagegen. Irgendwie brauche ich Zeit, um mir darüber klar zu werden, was ich wirklich will. Und wenn ich mit den Kindern in Monschau eine Wohnung nehme, gäbe das bestimmt ein großes Gerede. Weshalb ich wohl nicht mehr mit meinem Vater unter einem Dach leben will und so. Ich zahle natürlich auch gern für das Häuschen oder mache mich irgendwie nützlich. Zum Beispiel im Garten ...« Marlenes Blick wanderte zu den Fenstern, hinter denen der verwilderte Garten im Dämmerlicht und Regen nur noch zu erahnen war.

»Du musst mir nichts zahlen.« Georg schüttelte den Kopf. »Allerdings ...«

»Es wird dir zu viel, wenn ich mit den Kindern hier wohne? Das kann ich verstehen.«

»Nein, darum geht es nicht. Nur, wenn du auf einmal mit Liesel und Arthur hier auftauchst, wird das im Dorf garantiert auch für Tratsch und Gerede sorgen.«

»Oh ...« Marlenes Schultern sanken nach vorn. Sie musste wirklich sehr durcheinander gewesen sein, um das nicht zu bedenken.

»He, Kopf hoch, vielleicht gibt es ja eine Lösung.« Georg berührte sie an der Schulter. »Lass mich mal überlegen.« Er besann sich und wandte sich ihr dann wieder zu. »Mein Mitarbeiter Dr. Kramer hat sich heute das Bein gebrochen und fällt für ein paar Wochen aus.«

»Ach, du meine Güte!«

»Ich dachte in den letzten Wochen schon ein paar Mal, dass es vielleicht nicht schlecht wäre, eine Sprechstundenhilfe zu haben. Jemand, der die Anrufe entgegennimmt, während ich oder mein Mitarbeiter im Gespräch mit den Patienten sind. Und jetzt, nach seinem Unfall, könnte es sich den Dorfbewohnern gegenüber so verkaufen lassen, dass du mit den Kindern nach Eichenborn ziehst, um mich in der Praxis zu unterstützen, während Dr. Kramer mit dem gebrochenen Bein darniederliegt.« Georg lächelte schwach. »Könntest du dir denn vorstellen, hier mitzuarbeiten?«

»O ja, natürlich.« Marlenes niedergeschlagenes Gesicht hellte sich auf. »Liebend gern. Aber willst du denn keinen Arzt als Vertretung einstellen?«

»Nein, es würde mich wieder viel Zeit und Mühe kosten, jemanden einzuarbeiten.«

»Erst Thea, dann Dr. Kramer, innerhalb von einem Jahr...« Marlene nickte verstehend.

Thea... Bei ihrer allerersten Begegnung hatte sie sich auf der Flucht vor einer Horde Gänse an einem rostigen Nagel den Daumenballen aufgerissen. Sie hatte in ihrer städtischen Kleidung so deplatziert gewirkt und so unscheinbar mit der großen Hornbrille und den streng zurückgekämmten Haaren – und doch hatte sie sich nicht von ihm einschüchtern lassen. Schon bei jener ersten Begegnung hatte sie ihm – widerwillig – Respekt abgenötigt. Die Sehnsucht nach ihr war kaum zu ertragen.

Georg räusperte sich. Dennoch klang seine Stimme belegt. »Dann ist da nur noch eines, du müsstest Liesel und Arthur hier in der Schule anmelden. Werden sie denn über den Wechsel glücklich sein?«

»Ach, ich hoffe einfach, dass sie es spannend finden, ein paar Wochen lang in Theas Häuschen zu wohnen.«

»Na ja, du kannst ihnen schon einmal von mir ausrichten, dass sie auf den Pferden reiten dürfen.«

»Das wird sicher helfen.« Marlene erwiderte Georgs Lächeln.

Sie besprachen noch die Einzelheiten. Marlene wollte gleich in den nächsten Tagen mit den Kindern nach Eichenborn übersiedeln. Dann ging Georg mit ihr nach draußen zum Wagen und verabschiedete sich von ihr. Während er, begleitet vom Rauschen des Baches, zum Schlösschen zurücklief, wanderte sein Blick zu Theas ehemaligem Häuschen, das verlassen und dunkel zwischen tropfenden Büschen stand. Inständig hoffte er, dass es ihr bald besser gehen würde.

Der Himmel war bewölkt, und die warme Luft, die durch das geöffnete Fenster in Theas Zimmer wehte, verströmte einen intensiven Duft nach feuchtem Gras und Erde. Vorhin war Frau Dr. Kessler bei ihr gewesen und hatte ihr – reichlich frostig – mitgeteilt, dass Hetti Waginger weiterhin ihre Krankengymnastin sein dürfe. Und die Ärztin hatte auch nicht mehr darauf bestanden, dass sie die Metallschienen anlegte. Anscheinend hatte Professor Carstens ihre, Theas, Partei ergriffen. Sie hatte also tatsächlich einen Sieg errungen. Sie freute sich nicht etwa auf Hettis Behandlung. Das wäre wirklich zu viel gesagt gewesen. Aber sie sah ihr auch nicht voller Widerwillen entgegen.

Der Haltegriff des Bettgalgens baumelte vor Theas Gesicht. Wie eine stumme Herausforderung. Ob sie noch einmal versuchen sollte, ihn zu ergreifen? Ja, sie wollte das schaffen. Thea biss die Zähne zusammen, und wie am Vortag hob sie ihre linke Hand von der Bettdecke. Es gelang ihr, ganz langsam zwar und mühsam, aber schließlich doch, den Haltegriff zu umfassen und ihren Oberkörper ein wenig nach vorn zu ziehen.

Ihre Finger lagen noch um den Griff, als es an der Tür klopfte und Hetti ins Zimmer trat.

»Oh, wie schön, dass Sie das geschafft haben!« Die junge Frau lächelte Thea an und schien sich aufrichtig für sie zu freuen. Für einen Moment war ihre Schüchternheit verschwunden. »Möchten Sie es nicht heute doch mit der Krankengymnastik versuchen?«

»Ja, meinetwegen«, hörte sich Thea sagen. »Aber es wäre mir lieb, wenn Sie mich vorher massieren würden.«

»Natürlich, gern. Ach, das wurde am Empfang für Sie abgegeben, Professor Carstens hat mich gebeten, es Ihnen zu bringen.« Hetti reichte ihr eine Postkarte mit der Fotografie eines holzverkleideten Bauernhauses mit blühenden Geranien an den Balkonen und dem Schriftzug »Pension und Ferienwohnungen Lechblick, Faulenbach«.

Was hatte das denn zu bedeuten? Mühsam drehte Thea die Karte mit der linken Hand um. Katjas unordentliche Schrift sprang ihr entgegen, ebenso die Worte »habe mir eine Ferienwohnung im Lechblick genommen, du erreichst mich dort, wann immer du mich brauchst«.

»Werfen Sie das weg!«

Thea wollte Hetti die Karte reichen, doch sie glitt ihr aus den Fingern und fiel zu Boden. Die junge Frau bückte sich danach. »Sind Sie sicher?«, fragte sie verwundert.

»Ja«, erwiderte Thea schroff. Ihre verwünschte Schwester ließ einfach nicht locker. Sie musste unbedingt mit Professor Carstens sprechen und ihm sagen, dass sie es nicht duldete, dass er Katja von ihr erzählte. Und sie sollte nicht mehr zu ihr vorgelassen werden.

»Darf ich Ihnen aus dem Nachthemd helfen?«, erkundigte sich Hetti, die die Karte in den Papierkorb befördert hatte, nun leise.

Thea nickte knapp, mit abgewandtem Gesicht. Sie war so verstimmt, dass sie kaum mitbekam, wie Hetti sie behutsam auszog und auf den Bauch drehte. Auch die Massage spürte sie während der ersten Minuten nicht. Dann, allmählich, entspannte sich. Ja, sie mochte es, wie die junge Frau ihren kranken Körper anfasste. Irgendwie, als sei er kein *gelähmtes, hässliches Ding*. Und wieder durchpulste sie ein Gefühl von Lebendigkeit.

Schließlich, zum Abschluss der Massage, strich die junge Frau noch einmal fest über ihren Rücken.

»Danke«, murmelte Thea. Es war das erste Mal, dass sie sich bei einer Therapeutin in der Klinik bedankte, fiel ihr auf. Doch irgendwie schien die junge Frau wegen etwas zu zögern. Sollte sie fragen, warum? Noch vor Kurzem hätte sie das nicht getan. Aber nun erkundigte sie sich: »Ist irgendetwas, Hetti?«

»Ich habe eine Salbe mitgebracht, Frau Doktor. Wegen der wunden Stellen von den Metallschienen«, sagte sie auf ihre übliche scheue Weise. »Wenn Sie möchten, creme ich Sie damit ein.«

»Professor Carstens oder Frau Dr. Kessler haben Ihnen die Salbe gegeben?«

»Nein, ich habe sie selbst gemacht. Nach einem Rezept meines Vaters. Das war nur so eine Idee von mir. Entschuldigen Sie, dass ich es erwähnt habe.« Hetti errötete verlegen. »Ich hätte das nicht tun sollen.«

»Ihr Vater ist Arzt oder Apotheker?« Irgendwie war Theas Wissbegierde nun doch geweckt.

»Nein, gar nicht. Er hat sich nur mit Heilpflanzen gut ausgekannt.«

»Lebt er etwa nicht mehr?«

»Vor zwei Jahren ist er gestorben.«

»Und er hat Ihnen das Interesse für Heilpflanzen vermittelt?«

»Als ich ein Kind war, habe ich ihn oft auf seinen Wanderungen begleitet, und er hat mir erklärt, wie die Pflanzen wirken.«

»Also hat Ihr Vater Kranke behandelt?«

»Ja, das hat er...« Hetti stockte kurz, als sei es ihr unangenehm, davon zu erzählen. Viele Ärzte hielten nichts von der Volksmedizin. Georg war da anders. Georg... Nein, Thea wollte nicht an ihn denken. Hetti spürte ihre Abwehr und bezog sie auf sich.

»Es tut mir wirklich leid, es war anmaßend, dass ich die Salbe mitgebracht habe«, sagte sie bedrückt. »Bitte, erzählen Sie dem Herrn Professor und der Frau Doktor nichts davon.«

»Das werde ich ganz sicher nicht tun.« Damit wollte Thea das Thema beenden. Doch die wunden Stellen schmerzten wirklich, und das Mittel, das Dr. Kessler dagegen verordnet hatte, half nicht gut. Schlechter konnte Hettis Salbe eigentlich auch nicht sein. Vielleicht war sie zumindest einen Versuch wert. »Auf welcher Basis haben Sie die Salbe denn gemacht?«, fragte sie widerstrebend.

»Die Grundlage ist Wollfett, mit Extrakten von Frauenmantel, Retterspitz und Spitzwegerich.«

Das hörte sich vernünftig an. »Lassen Sie es uns meinetwegen doch einmal mit der Salbe versuchen«, schlug Thea vor.

»Möchten Sie das wirklich?«

»Ja.« Thea verstand selbst nicht so ganz, was mit ihr los war.

Hetti holte ein Döschen aus ihrer Tasche und öffnete es. Ein intensiver Kräuterduft schlug Thea entgegen. Unwillkürlich sog sie ihn tief in ihre Lunge ein.

Die junge Frau behandelte die wunden Stellen mit der Salbe. Und während sie anschließend die krankengymnastischen Übungen mit Thea durchführte, und auch danach, als sie längst schon das Zimmer verlassen hatte, hing der Duft noch immer in der Luft und mischte sich mit dem des Regens, der vor dem Fenster niederfiel.

Thea lehnte in den Kissen und beobachtete die Tropfen, die an der Scheibe hinabrannen. Irgendwie fühlte sie sich nicht mehr ganz so fremd in ihrem kranken Körper. Und vielleicht ... vielleicht ... Zögernd gestattete sie sich diese Hoffnung, half die Krankengymnastik ja doch dabei, dass sich die Lähmungen zurückbildeten. Das wäre unvorstellbar schön. Aber bis dahin lag noch ein weiter, harter Weg vor ihr. Sie horchte in sich hinein. Wollte sie diesen Weg wirklich gehen, auf die Gefahr hin, dass er sich vielleicht am Ende doch als sinnlos erweisen sollte?

»Ja, das will ich«, flüsterte sie nach einer Weile. Und zum ersten Mal, seit sie von ihren Lähmungen erfahren hatte, empfand sie sich nicht mehr als völlig ohnmächtig und ausgeliefert. Im Gegenteil, sie spürte eine zaghafte Zuversicht.

Marlene hob einen weiteren Koffer aus dem gemieteten Wagen und trug ihn durch den verwilderten Garten zu Theas Häuschen. Ob sie wirklich das Richtige tat? Am Vortag hatte sie ihrem Vater eröffnet, dass sie mit den Kindern für eine Weile nach Eichenborn ziehen und als Georgs Sprechstundenhilfe arbeiten würde. Der Vater hatte sie zuerst ungläubig angeblickt, dann hatte er sie angefahren, sie benehme sich völlig albern, und war in sein Arbeitszimmer gestürmt. Seitdem hatte sie ihn nicht mehr gesehen, noch nicht einmal von Liesel und Arthur hatte er sich verabschiedet. Die Kinder hatten alles andere als glücklich auf den Auszug aus der Villa reagiert und schon während der Fahrt ständig gemault.

Marlene seufzte. Auch das Innere des kleinen Fachwerkhauses hob ihre Stimmung nicht. Nachdem es monatelang nicht benutzt worden war, lag Staub über allem, und die Sprossenfenster waren von außen zugewuchert. Aus dem Herd, der einzigen Wärmequelle, roch es beißend nach kaltem Ruß.

Arthur und Liesel, die im Garten herumgerannt waren, kamen nun hereingestürmt. »Mir gefällt es hier nicht ohne Tante Thea.« Arthur verzog das Gesicht. »Es gibt doch nur noch einen Raum.« Er blickte zu der schmalen Stiege, die unter das Dach führte. Seine Stimme klang weinerlich. »Ich will mein Zimmer wiederhaben, und ich will hier nicht in die Schule. Ich will zurück zu Großvater.«

»Heulsuse …« Liesel knuffte ihren jüngeren Bruder in den Rücken. »Mama, jetzt im Sommer ist es doch warm. Darf ich draußen im Schuppen schlafen? Wie der Waisenjunge, dem Tante Thea immer Essen hingestellt hat? Ach, sag schon ja!« Die Augen ihrer Tochter glühten vor Eifer. *Ihre* Laune hatte sich immerhin gebessert.

Tatsächlich hatte Thea im vergangenen Jahr langsam Vertrauen zu einem elternlosen Jungen aufgebaut, der immer wieder aus Waisenhäusern ausgerissen war und für den sie Lebensmittel in den Schuppen gelegt hatte. Inzwischen lebte er bei einem älteren Ehepaar auf einem Bauernhof in der Nähe, für das er wie ein Sohn geworden war.

»Ich muss mir den Schuppen erst einmal ansehen«, dämpfte Marlene den Enthusiasmus ihrer Tochter.

Die beiden Kinder rannten wieder in den verwilderten Garten, und Marlene folgte ihnen. Die Dachlatten im vorderen Teil des Schuppens sahen neu aus und die Schindeln darüber ebenfalls, offensichtlich hatte Georg sie vor nicht allzu langer Zeit austauschen lassen. Also war es hier drinnen zumindest trocken.

»Ach, Mama!« Liesel fasste nach ihrer Hand. Sie deutete auf eine massive Holztruhe. »Da hinein könnten Arthur und ich unsere Kleider legen und ...«

»Bitte!«, flehte nun auch Arthur, der seine Abneigung gegen Eichenborn und das Häuschen vergessen zu haben schien.

»Na gut, solange die Nächte nicht zu kühl werden«, gab Marlene nach.

»Danke, Mama.« Die Kinder umarmten sie stürmisch.

Während die beiden Pläne machten, wohin sie die Matratzen legen wollten, kehrte Marlene in das Häuschen zurück. Die Luft war hier nun frischer und nicht mehr so muffig. Die Schränke und das alte Büfett hatten Katja und sie kurz nach Theas Ankunft in Eichenborn in einem pastelligen Hellblau gestrichen, auch die Vorhänge hatten sie für die Schwester genäht. Über der Bank hing ein abstraktes Bild in blauen, braunen und grauen Tönen. Es stammte von Hans, Theas verstorbenem Ehemann. Während seines letzten Heimaturlaubs von der Front hatte er es gemalt.

Plötzlich hatte Marlene das Gefühl, dass das Häuschen – und Thea – sie willkommen hießen.

Kapitel 16

Was für ein Anblick! Katja steuerte den Lloyd 300 an den Straßenrand und trat das Bremspedal durch. Dann griff sie nach ihrer Fotoausrüstung und sprang aus dem Wagen. Inmitten von grünen Wiesen lag die barocke Kirche St. Coloman und dahinter, in den Bergen, das Schloss Neuschwanstein mit seinen Türmchen und Zinnen. Nebelschwaden umgaben seinen Sockel, und gerade fiel ein Sonnenstrahl vom Himmel, als hinge dort oben ein gigantischer Bühnenscheinwerfer.

Katja riss den Fotoapparat vor die Augen, stellte Blende und Schärfe ein, drückte rasch ein paarmal den Auslöser – ja, sie hatte die märchenhafte Szenerie im Kasten. Zufrieden ging sie weiter zur Kirche. Sie war eigentlich nur hierhergefahren, um schon einmal die Lichtverhältnisse zu überprüfen, bevor sie in ein paar Tagen einen Journalisten zu einer Artikelserie über »Wallfahrten im Allgäu« begleiten würde. Einer von mehreren Aufträgen, die sie glücklicherweise an Land gezogen hatte. Aber die verwunschene Aufnahme von Neuschwanstein hatte sie sich natürlich nicht entgehen lassen können.

Zumal es den Auftrag, »Auf König Ludwigs Spuren« zu fotografieren, auch gab. Was ihr, ehrlich gesagt, mehr lag als Wallfahrtskirchen. Aber sie konnte nicht wählerisch sein. Zwei Wochen lang wohnte sie jetzt schon in der kleinen Ferienwohnung in Faulenbach. In der Klinik ließ man sie nicht mehr zu Thea, und die Briefe und Karten, die sie der Schwester geschrieben hatte, waren alle unbeantwortet geblieben.

Sie hatte jetzt den Kirchhof betreten. Eine Mauer umgab St. Coloman, und auf der Vorderseite wuchsen ein paar alte Bäume. Ein schwacher Geruch nach Weihrauch und brennendem Kerzenwachs schlug Katja entgegen, als sie die Tür aufzog. Das Innere prangte vor Gold und Stuck, rotem Marmor und Gemälden. Ein optischer Überfluss, der sie, protestantisch erzogen, immer etwas befremdete. Die Fenster waren groß und der Kirchenraum entsprechend hell. Langsam schritt Katja den Mittelgang zwischen den Bänken entlang und machte sich in ihrem Büchlein einige Notizen zu möglichen Blenden-Einstellungen und Motiven.

Hinter ihr kamen nun noch andere Besucher in die Kirche – Amerikaner wohl, ihrer Sprache nach. Katja betrachtete den Hauptaltar, auf dem ein Heiliger, den Blick fromm nach oben gerichtet, eine Vision hatte – du liebe Güte, diese Kirche ließ aber auch nichts aus! –, und ging dann weiter zu einem der Seitenaltäre. Auf dem Gemälde dort waren zwei Männer in römischen Uniformen zu sehen.

Davor, unter einem kleinen Baldachin aus Marmor, stand ein vergoldetes, reich verziertes Gefäß und wieder davor die zierliche Statue eines Heiligen. Laut der Aufschrift auf dem Sockel war dies St. Coloman, dem die Kirche geweiht war. Ein Esel und ein Ochse leisteten ihm Gesellschaft. Eigentlich wirkte er ganz freundlich. Der Rauch von brennenden Kerzen auf einem Metallgestell stieg zu ihm hoch. Ob das irgendeine Art von Opfer war? Oder der Dank für eine Bitte, die der Heilige erfüllt hatte?

Auf dem Gestell lagen auch neue Kerzen, und es gab einen Hinweis, dass sie zehn Pfennige kosteten. Natürlich war dies Aberglaube, aber plötzlich verspürte Katja den dringenden Wunsch, eine Kerze für Thea anzuzünden. Sie holte zehn Pfennige aus ihrem Portemonnaie und warf sie in den Schlitz des Geldkastens. Das Streichholzschächtelchen neben den Kerzen entpuppte sich als leer und fiel ihr jetzt auch noch aus der Hand. Während sie sich danach bückte, kramte Katja in ihrer Handtasche nach ihrem Feuerzeug. Ach, Mist, sie hatte es im Auto liegen gelassen.

»Kann ich Ihnen helfen, Fräulein?« Ein Mann, ein amerikanischer Offizier, wie sie an seiner Uniform erkannte, war zu ihr getreten und hob die Streichholzschachtel auf.

»Danke.« Katja schenkte ihm ein Lächeln. »Haben Sie vielleicht ein Feuerzeug dabei?«

»Ja, das habe ich.« Er griff in seine Uniformjacke und reichte ihr eines. Flüchtig nahm sie wahr, dass der Mann groß und schlank war, mit einer Kerbe im Kinn und klaren, grauen Augen.

»Das ist nett von Ihnen, danke.« Sie nahm das Feuerzeug entgegen. Die Flamme blitzte auf, und Katja zündete die Kerze an.

»He, Steven, kommst du?«, rief dem Offizier jemand auf Englisch mit gedämpfter Stimme zu.

»Ja, sofort.« Er wandte sich noch einmal Katja zu, und sie gab ihm das Feuerzeug zurück. »Viel Glück – wofür auch immer Sie die Kerze angezündet haben.« Ein Lächeln, dann ging er zu seiner Gruppe aus Soldaten und einigen Frauen. Alle schlenderten nach draußen.

Katja steckte die Kerze auf das Gestell. Ach, Thea, ich wünsche dir so sehr, dass du deinen Lebensmut wiederfindest und glücklich wirst, dachte sie. Und ich werde alles tun, um dir dabei zu helfen. Auf dem Rückweg würde sie wieder zu der Klinik fahren. Vielleicht war Thea ja doch bereit, sie zu sehen!

Am Abend dieses Tages steckte Marlene den Kopf in Georgs Sprechzimmer. »Wenn nichts mehr zu tun ist, gehe ich jetzt«, sagte sie freundlich.

Georg blickte von einer Patientenakte hoch und registrierte, dass es schon nach sieben war. »Ja, natürlich, du bist ohnehin schon so lange geblieben«, sagte er schuldbewusst. »Ich komme allein klar. Arthur und Liesel vermissen dich wahrscheinlich.«

»Ach, das glaube ich nicht. Sie sind mit Kindern aus dem Dorf unterwegs. Weiß der Himmel, was sie wieder anstellen. Aber ich will nicht klagen, ich bin ja froh, dass sie sich hier wohlfühlen. Bleib du aber auch nicht mehr so lange.«

»Ich werd's versuchen.« Georg streckte sich und gähnte. Nachdem Marlene gegangen war und er die letzten Eintragungen in der Patientenakte abgeschlossen hatte, nahm er die medizinischen Instrumente aus dem Sterilisationsapparat und sah dann die Vorräte an Arzneimitteln und Verbandsmaterial durch, wozu er in den vergangenen Tagen nicht gekommen war. Allein war die Arbeit in der Praxis wirklich kaum noch zu stemmen, und er sah ungeduldig dem Tag entgegen, wenn Dr. Kramer seinen Beinbruch auskuriert haben und wieder einsatzfähig sein würde.

Aber Marlene war wirklich eine Unterstützung! Sie war

kompetent, schaffte es, aufgeregte Anrufer zu beruhigen und ihnen, wenn Georg unterwegs war, wichtige, erste Informationen zu entlocken. Außerdem hatte sie sich mittlerweile schon einmal erfolgreich an der Abrechnung für die Krankenkassen versucht, und – dies war ein weiteres unschätzbares Plus – Schwester Fidelis mochte sie. Auch die Eichenborner schienen sie zu akzeptierten. Denn Marlene hatte erst gestern eine Bemerkung fallen gelassen, dass man sie eingeladen habe, sich in irgendeiner Frauengruppe zu engagieren.

Georg hatte die Liste mit den Dingen, die er in der Apotheke in Monschau nachkaufen musste, fast abgeschlossen, als das Telefon auf seinem Schreibtisch klingelte. Mit dem Blick noch auf den Rollen von Verbandsmaterial, den Stift in der Hand, hangelte er nach dem Hörer und meldete sich. »Praxis Dr. Berger ...«

»Georg, wie gut, dass ich dich erreiche!«

Katja ... Die Brust wurde ihm eng. Wie immer, wenn sie anrief, hoffte er auf gute Nachrichten von Thea und fürchtete schlechte. Er räusperte sich. »Danke, dass du dich meldest. Ist Thea etwa bereit, dich zu sehen?« Ach, er hoffte es so sehr.

»Leider nein, ich war vorhin noch in der Klinik, und man hat mich mal wieder am Empfang abgewiesen. Und Professor Carstens sagt mir auch nichts mehr, seit Thea ihm verboten hat, mit mir zu sprechen.«

Sie war so dickköpfig wie eh und je! Warum nur ließ sie sich von den Menschen, die sie liebten, nicht helfen? Georg empfand Zorn und zugleich eine große, schmerzliche Zärtlichkeit.

»Aber es gibt auch eine gute Neuigkeit.«

»Welche denn?«

»Ich habe vorhin mit Vater telefoniert. Ich dachte, es sei wieder mal an der Zeit, nachdem ich mich eine Weile nicht bei ihm gemeldet habe. Er hat Thea am vergangenen Wochenende besucht, und Professor Carstens hat ihm erzählt, dass ich bei Thea war – angeblich mit seinem Wissen, was ja geflunkert war –, und er war darüber sehr aufgebracht.«

»Und das ist deine gute Nachricht?«

»Nein, ich muss nur ein bisschen ausholen. Ich habe Vater erzählt, dass ich Thea überredet habe, mit zu der Party zu gehen, wo sie sich dann angesteckt hat. Und dass mir das sehr zu schaffen macht und ich deswegen ein schlechtes Gewissen habe. Was ja der Wahrheit entspricht, auch wenn es mir, seit du gesagt hast, Thea hätte sich überall anstecken können, ein bisschen besser damit geht. Und…« – Katjas Stimme zitterte ein wenig – »… ich habe Vater auch erzählt, dass ich Thea deswegen um Verzeihung bitten wollte und Himmel und Hölle in Bewegung gesetzt habe, um herauszufinden, wo sie ist. Und dass ich es über die Agentur, bei der er die Krankenschwester für den Transport gebucht hatte, schließlich herausbekommen hätte. Glücklicherweise hat er mir das abgenommen und nicht weiter nachgefragt.«

»Ja, glücklicherweise. Nun, er weiß natürlich, wie hartnäckig seine Töchter sein können.« Georg lächelte schwach.

»Und ich habe beteuert, dass ich dir nicht gesagt habe, wo Thea ist. Was er mir sofort geglaubt hat, da du und ich ja eigentlich kein sehr inniges Verhältnis haben. Ich konnte ihn auch überzeugen, dass ich Marlene nichts erzählt habe. Das war schon schwieriger. Ich hab das so begründet, dass ich mich wegen der Party so geschämt habe. Und ...«

»Katja!« Georg war am Ende seiner Geduld. »Was, verdammt, ist deine gute Neuigkeit?« Er konnte inzwischen wirklich ihre guten Seiten sehen und war ihr sehr dankbar, dass sie im Allgäu ausharrte und sich so sehr um Thea sorgte. Aber in Momenten wie diesen strapazierte sie seine Nerven. Durch das Fenster sah er Marlene mit Hut und Handschuhen das Häuschen verlassen und in Richtung Dorf gehen, anscheinend war sie dort zu irgendetwas verabredet.

Am anderen Ende der Leitung holte Katja tief Atem und hatte wieder Georgs ganze Aufmerksamkeit. »Professor Carstens hat Vater erzählt, dass Thea tatsächlich eine bestimmte Krankengymnastin *wollte*, sie hat darauf bestanden, von ihr behandelt zu werden. Vorher war ihr doch alles egal! Und sie hat Interesse an den Übungen entwickelt und führt sie aktiv durch und lässt sie nicht nur über sich ergehen. Als Vater Thea dann gesehen hat, fand er sie tatsächlich ganz verändert. Wieder dem Leben zugewandt und ...« Katja brach ab und schniefte.

Gott sei Dank. Thea schien aus ihrem Zustand der Lethargie herauszufinden und – endlich, endlich – an eine Genesung zu glauben! Das war viel mehr, als Georg nach Katjas letzten niederschmetternden Anrufen gehofft hatte. Vor Erleichterung verschlug es ihm für einen Moment die Sprache.

»Georg?«, fragte Katja besorgt.

»Ich ...« Seine Stimme klang heiser. »Ich, ich bin sehr froh. Das ist wirklich eine wunderbare Neuigkeit, danke, dass du angerufen hast.«

»Na, ich wusste doch, dass du dich darüber freuen würdest. Halt die Ohren steif! Und ich lasse wieder von mir hören. Jetzt muss ich Schluss machen, ich habe keine Münzen mehr für das Telefon.« Am anderen Ende der Leitung wurde der Hörer aufgelegt.

Thea war stark. Wenn sie sich einmal entschlossen hatte zu kämpfen, würde sie das auch durchhalten. Davon war Georg fest überzeugt. Diese Zuversicht begleitete ihn durch den Abend, und auch als er später von der Pferdeweide in Richtung Schlösschen lief, erfüllte sie ihn. Die Erde strahlte noch die Wärme des Tages ab, und Glühwürmchen schwirrten als grüne, leuchtende Punkte durch die Luft.

Aus dem Garten des Häuschens hörte er Liesel und Arthurs Stimmen. Ein Lächeln huschte über sein Gesicht. Eigentlich hätten sie schon im Bett sein müssen, aber sie nutzten Marlenes Abwesenheit, um verbotenerweise noch draußen zu sein. Er hatte sich als Kind in Sommernächten auch öfter heimlich aus dem Haus geschlichen und war durch die Straßen des Städtchens Prüm in der Südeifel, wo er mit seinen Eltern gelebt hatte, und in den Feldern herumgestreift. Und er hätte diese Abenteuer seiner Kindheit nicht missen mögen. Also ließ er Liesel und Arthur gewähren. Ob sein kleiner Sohn später auch einmal in Sommernächten nach draußen schlüpfen und Abenteuer erleben würde? Vielleicht hier, beim Schlösschen? Nächste Woche würde er ihn endlich wieder einmal sehen.

Georg dachte noch, dass der Kleine ihm fehlte und wie sehr er sich auf den Besuch freute, da ertönte das Geräusch eines Mopeds in der milden Nacht. Nicht das von Schwester Fidelis, das klang anders. Und wer da auch immer unterwegs war, fuhr sehr schnell. Gleich darauf kam ein

Bauer um eine Biegung des Feldweges gerast und bremste nun abrupt. »Gott sei Dank, Herr Doktor, dass ich Sie finde«, stieß er hervor. »Beim Gasthof gab's eine Messerstecherei!«

»Was?« Im ersten Moment fragte sich Georg, ob der Mann nicht vielleicht betrunken war. Wirtshausschlägereien kamen in den Dörfern schon einmal vor, aber doch nicht so etwas.

»Ja, und der junge Kerl ist am Verbluten.« Der Bauer packte ihn am Arm. »Kommen Sie schnell!«

»Wurde eine Ambulanz gerufen?«

»Ja, das hat die Wirtin gemacht.«

Das war gut. Georg rannte zur Praxis, um seine Arzttasche zu holen, dann stürzte er zu dem Ford.

Vor dem Gasthof in der Ortsmitte hatte sich eine Menschenmenge versammelt. Als Georg aus dem Wagen sprang, wichen die Leute bereitwillig zur Seite.

»Da liegt der Junge, Herr Doktor!«

»Dass Sie nur endlich da sind!«

»Sieht nicht gut aus für ihn.«

Die Worte drangen an sein Ohr. Doch er achtete nicht auf das Gerede. Die Straßenlaternen brannten schon. Mit den harten Kontrasten aus Licht und Schatten wirkte die Szene, die sich ihm bot, wie aus einem Kinofilm.

Umgeben von einer Blutlache lag ein vielleicht siebzehn oder achtzehn Jahre alter Junge auf dem Boden. Seine Augen waren glasig, spiegelten Angst und Schmerz. Neben ihm knieten Marlene und Schwester Fidelis. Flüchtig fragte Georg sich, warum Marlene hier war. Aber das war jetzt nicht wichtig.

Schwester Fidelis presste irgendein zusammengefaltetes Stoffstück auf den Bauch des Jungen. Es war dunkel von Blut. Marlene hielt seine Hand und sprach beruhigend auf ihn ein. »Halt durch, es wird alles wieder gut.«

»Herr Doktor, Gott sei Dank!« Die Nonne erhob sich schwankend. Auch Marlene wollte aufstehen, doch der Junge hielt ihre Hand fest.

»Nein, nicht...«, stöhnte er.

Sie wechselte einen raschen Blick mit Georg. Er nickte ihr zu, dass sie bleiben sollte, wo sie war.

»Wie heißt du, mein Junge?«, fragte er.

»Go... Gott... fried...«

Auch Georg kniete sich nun hin. Er desinfizierte seine Hände und streifte rasch Hemd und Unterhemd des Jungen hoch. Etwa auf Höhe des Nabels befand sich eine tiefe Stichwunde, eine Waffe steckte nicht mehr darin. Gut möglich, dass lebenswichtige Organe verletzt waren.

»Gottfried, ich versorge jetzt die Stichwunde. Die Ambulanz wird bestimmt gleich hier sein, und dann bringen wir dich nach Monschau in die Klinik. Du schaffst das.« Während er die Wunde verband, registrierte er flüchtig, dass der rechte Fuß des Jungen unförmig war, und das Bein schien – soweit er das unter der Hose erkennen konnte – viel zu dünn zu sein. Er legte einen Verband an und spritzte ein Schmerzmittel und eines zur Stabilisierung des Kreislaufs. Dann war in der Ferne die Sirene des Krankenwagens zu hören.

»Siehst du, das ist schon die Ambulanz, wie ich gesagt habe.« Georg schenkte dem Jungen ein aufmunterndes Lächeln. Dessen Blick irrte zu Marlene. »Nein, sie kann nicht mitkommen, aber ich begleite dich, Gottfried. Sag mal, gibt's einen Fußballverein, den du gut findest?«, fragte er, um ihn abzulenken.

»Lau… Lautern.«

»Kaiserslautern ist im Moment ziemlich erfolgreich, oder? Ich selbst interessiere mich mehr fürs Boxen als für Fußball.«

Die Ambulanz stoppte nun vor dem Gasthof, zwei Sanitäter kamen unter dem zuckenden Blaulicht mit einer fahrbaren Trage herbeigeeilt und hoben den Jungen darauf.

»Sagst du mir später, wie es ihm geht?« Marlene fasste Georg am Arm. In dem bläulichen Lichtschein wirkte ihr Gesicht blass, aber gefasst. »Ich bleibe auf, bis du zurück bist.«

»Ich komme zum Häuschen«, versprach er.

Georg folgte Gottfried und den Sanitätern in den Krankenwagen und kontrollierte den Puls des Jungen. Wie es wohl zu der Messerstecherei gekommen war? Aber das würde er wahrscheinlich bald erfahren.

Gegen Mitternacht bezahlte Georg in der Ortsmitte von Eichenborn ein Taxi und stieg dann in seinen Ford, der dort ja noch stand. Die Kunde von der Messerstecherei hatte sich bis nach Monschau verbreitet, auch der Fahrer hatte darüber Bescheid gewusst.

Als er das Schlösschen erreichte, brannte in Theas Häuschen Licht. Marlene war also tatsächlich noch wach. Sie saß am Tisch, vor sich ein Buch. Sie schob es hastig weg und blickte ihn besorgt an, als er hereinkam.

»Der Junge wird überleben.« Georg zog sich einen Stuhl heran. »Das Messer hat glücklicherweise die Bauchschlagader knapp verfehlt. Leider hat es aber die Leber erwischt.

Doch die gute Nachricht ist, dass sie nicht entfernt werden musste.«

»Gott sei Dank!« Marlene atmete auf. »Hat Vater …?«

»Ja, er hat Gottfried operiert.« Als Georg mit der Ambulanz im Krankenhaus angekommen war, war kein Raum für persönliche Animositäten zwischen ihm und Professor Kampen gewesen. Und nach der Operation hatten sie sich beide um einen höflichen, professionellen Umgang bemüht.

Georg erkannte die unausgesprochene Frage in Marlenes Augen. Er grinste schwach. »Keine Sorge, wir sind respektvoll miteinander umgegangen und uns nicht an die Gurgel gesprungen.«

»Gut.«

»Als ich im Krankenhaus gewartet habe, um zu erfahren, wie die OP verlaufen ist, kam ein Polizist vorbei. Er wollte wissen, ob ich irgendwelche Angaben zu der Messerstecherei machen könne. Das konnte ich natürlich nicht. Aber ich habe von dem Wachtmeister erfahren, dass Gottfried vor dem Gasthof mit zwei anderen jungen Kerlen in Streit geriet. Und dass auch er ein Messer gezogen haben soll. Nur, weder vor dem Gasthof noch bei Gottfrieds Sachen wurde ein Messer gefunden. Was die Polizei wundert. Und mich auch. Irgendwie wirkt es fast so, als hätte jemand das Messer verschwinden lassen.«

»Oh …« Marlene schluckte. »Die beiden anderen jungen Männer sind noch flüchtig?«

»Ja, angeblich hat sie niemand aus Eichenborn erkannt. Es ist gut möglich, dass sie nie gefasst werden.«

In der Küche war es so still, dass das Rauschen des Bachs am Schlösschen zu hören war. Auf Marlenes Wangen hatte sich eine zarte Röte ausgebreitet. Irgendwie wirkte sie schuldbewusst.

»Hast du das Messer etwa an dich genommen?«, fragte Georg ruhig.

Die Röte in Marlenes Gesicht wurde intensiver. Leise sagte sie: »Ich hatte mich mit ein paar anderen Frauen im Schwesternhaus getroffen. Zu einer Handarbeitsrunde. Und plötzlich war da so ein lautes, aggressives Geschrei. Es hat sich wirklich bedrohlich angehört. Wir sind nach draußen gerannt. Und da lag der Junge schon blutend auf dem Boden, und ich habe mich neben ihn gekniet. Er war so verängstigt ... Wie ein kleines Kind, das sich vor der Dunkelheit fürchtet. Und er hatte starke Schmerzen. Er hat mir so leidgetan! Als dann die Sanitäter kamen und ich aufstehen wollte, habe ich gemerkt, dass ein Messer unter meinem Rock lag. Ich hatte es vorher gar nicht gesehen. Irgendwie haben in dem Moment alle auf die Sanitäter geachtet. Ich wollte dem Jungen nur Schwierigkeiten ersparen. Ich habe nicht weiter nachgedacht. Ich habe das Messer aufgehoben und in meine Handtasche gesteckt. War das sehr falsch?«

»Wie man es nimmt. Für Gottfried war es wahrscheinlich gut. Wenn seine Kontrahenten nicht gefasst werden und er behauptet, von ihnen angegriffen worden zu sein, ohne sie selbst attackiert zu haben, wird sich das ohne sein Messer nur schwer widerlegen lassen.«

Marlenes Miene war zerknirscht. »Meinst du, ich soll es doch besser der Polizei übergeben?«

»Schwer zu sagen.« Georg wiegte den Kopf. »Mal davon abgesehen, dass du wahrscheinlich Ärger bekommen würdest ...«

»Das nehme ich in Kauf.«

»Wenn bewiesen wird, dass der Junge aktiv an der Messerstecherei beteiligt war, wird ihm das wohl eine Anklage einbringen. Mit allen Konsequenzen, die von einer Bewährungsstrafe bis hin zum Erziehungsheim reichen können. Mancher gerät dadurch erst recht auf die schiefe Bahn. Andererseits – falls er schon mehrfach gewalttätig gewesen sein sollte, wäre eine Anklage mit allen Konsequenzen angemessen.«

»Auf mich hat Gottfried aber überhaupt nicht gewalttätig gewirkt«, erwiderte Marlene impulsiv.

»Na ja, jemand, der am Verbluten ist und Todesangst hat, wirkt wohl immer lammfromm.« Georg lächelte schwach. »Aber, wenn du meinen Rat willst, und aus dem Bauch heraus gesagt: Lass die Sache auf sich beruhen und geh nicht zur Polizei.«

»Gut.« Marlene seufzte erleichtert.

Georg stand auf und berührte sie zum Abschied an der Schulter. »Ich bin mir übrigens sicher, Thea hätte genauso gehandelt wie du.«

In seinem Schlafzimmer nahm Georg Theas Foto in die Hände, das dort auf dem Nachttisch stand, den Schnappschuss, aufgenommen bei einem Spaziergang im Hohen Venn. Lange betrachtete er ihr Gesicht.

Ja, sie hätte genauso gehandelt wie Marlene.

Wieder einmal erfüllt von einer tiefen Sehnsucht nach Thea schlief er schließlich ein.

Kapitel 17

Thea erwachte und drehte den Kopf auf dem Kissen, so dass sie den Wecker auf dem Nachttisch sehen konnte. Kurz vor acht. Gleich würde eine Krankenschwester kommen, um sie zu wecken. Etwas, das sie inzwischen nicht mehr mit Widerwillen erfüllte. Am letzten Wochenende hatte der Vater sie für ein paar Stunden besucht. An seiner Erleichterung hatte sie ablesen können, wie sehr sie sich in den vergangenen Wochen verändert hatte. Sein Gesicht war regelrecht erstrahlt, als er sie in die Arme nahm, und er hatte ihr versichert, wie gut sie doch aussehe. Eine Meinung, die Thea, wenn sie an ihr Spiegelbild dachte, etwas übertrieben fand. Aber, nun ja, ihre Wangen waren nicht mehr so eingefallen, und sie hatten wieder Farbe bekommen. Das musste sie zugeben. Die Freude des Vaters hatte sie gerührt.

Ihre Unterhaltung war ein bisschen befangen gewesen, weil sich der Vater bemühte, Themen zu finden, die ihr nicht wehtaten, wie etwa, wenn er von seiner Arbeit im Krankenhaus berichtet hätte. Schließlich hatte er ihr ausführlich von einem Besuch in der Kölner Oper erzählt und von seiner Lektüre. Er las mal wieder Goethes Faust – »immer wieder sehr erhebend« – und einen Roman von Thomas Mann. Welchen, hatte Thea vergessen. »Sprachlich sehr gelungen, aber inhaltlich etwas liederlich«, hatte der Vater kritisch angemerkt. Ohne dass sie es selbst richtig bemerkte, lächelte sie vor sich hin und runzelte dann nachdenklich die Stirn.

Hatte der Vater nicht ein bisschen ausweichend auf ihre Fragen nach Marlene und den Kindern reagiert? Lange hatten sie nicht darüber gesprochen, denn dann war Professor Carstens erschienen, und die Unterhaltung hatte sich um ihre »erstaunlichen Fortschritte« gedreht. Aber wahrscheinlich bildete sie sich das nur ein. Im Allgemeinen zeigte der Vater ja nicht gern Gefühle.

Ein Klopfen an der Tür, und dann trat, wie erwartet, eine Krankenschwester in Theas Zimmer und öffnete die Fensterläden. Sonnenlicht strömte herein. »Ach, ist das nicht wieder ein wunderschöner Tag?« Mit dem üblichen Enthusiasmus des Personals richtete die Frau Anfang dreißig das Kopfteil von Theas Bett auf und richtete ihr die Kissen, damit sie aufrecht sitzen konnte. Dann stellte sie ihr das Tablett mit dem Frühstück über die Beine. »Und Ihr Essen sieht auch wieder so appetitlich aus, finden Sie nicht? Möchten Sie, dass ich Ihnen beim Frühstücken helfe?« Sie befestigte ihr eine Serviette um den Hals.

Thea schüttelte den Kopf. »Nein, danke, ich mache das allein.«

»Wenn Sie das so möchten, komme ich in etwa einer halben Stunde wieder. Sie wissen ja, wenn Sie etwas brauchen, drücken Sie die Klingel.« Damit verließ sie den Raum. Die Gummisohlen ihrer Schuhe quietschten auf dem Linoleum im Flur, und das Geräusch entfernte sich.

Mit der linken Hand tauchte Thea den Löffel in das Müsli und führte ihn dann langsam zum Mund. Sie konnte den Arm nur im Zeitlupentempo und ungelenk heben, aber immerhin war sie seit ein paar Tagen wieder in der Lage, selbstständig zu essen. Sie schluckte den Haferbrei hinunter. Die Tasse mit dem Kaffee bildete eine größere Herausforderung. Thea hatte sich geweigert, eine mit einem Schnabel zu benutzen. Ein paar Tropfen fielen auf die Serviette. Aber es gelang ihr, einige Schlucke zu trinken und die Tasse wieder auf das Tablett zu stellen, ohne dass ein weiteres Malheur geschehen wäre. So musste sich ein Kleinkind fühlen, das die ersten Essversuche machte, dachte sie selbstironisch. Trotzdem war sie stolz auf sich.

Wieder führte Thea einen Löffel Müsli zum Mund. Dabei fiel ihr Blick auf die offen stehende Balkontür. Die Krankenschwester hatte recht. Der Tag war wunderschön. Ein tiefblauer Himmel wölbte sich über dem Alpenpanorama, und die Wiesen strotzten in einem satten Grün. Thea stutzte. Sie *empfand* den Tag tatsächlich als schön, sie *fühlte* etwas bei dem Anblick, und nicht nur ihr Kopf registrierte das. Verwundert, erfreut und ein bisschen durcheinander aß sie weiter.

Als die Krankenschwester zurückkehrte und das Tablett sah, klatschte sie in die Hände. »Oh, Sie haben ja tatsächlich alles aufgegessen! Wie schön.«

Thea verdrehte die Augen und enthielt sich einer sarkastischen Bemerkung. Die Pflegerin würde das ja doch nicht verstehen.

Die Bettpfanne untergeschoben zu bekommen und gewaschen zu werden, war wie immer unangenehm. Ach, war sie wohl jemals wieder in der Lage, das selbst zu tun? Es wäre schrecklich, dabei immer auf Hilfe angewiesen zu sein.

Aber schließlich war auch das überstanden, und Thea

wartete auf Hetti, die bald zu ihr kommen würde. Auf deren Behandlung freute sie sich inzwischen wirklich.

Wie immer tat Thea die Massage gut, und bei der Krankengymnastik konnte sie, wie schon an den Tagen vorher, auch die Finger ihrer rechten Hand wieder ein bisschen bewegen.

»Mit Ihrer rechten Hand und dem linken Arm wird es von Tag zu Tag besser«, sagte Hetti lächelnd, als sie Thea schließlich wieder in die Kissen lehnte.

Eine Stimme in Thea flüsterte ihr zu, es könne in Wahrheit aber *noch* viel besser sein. Und vielleicht würden ihre Lähmungen ja auch für immer auf diesem Level bleiben. Doch sie wollte diesen Zweifeln keinen Raum geben, sie waren furchtbar quälend.

Als hätte Hetti ihre Gedanken gespürt, sagte sie: »Möchten Sie vielleicht einmal in den Park? Ich habe Zeit und könnte Sie begleiten. Vorhin habe ich erfahren, dass ein Kind, das ich hätte behandeln sollen, Fieber bekommen hat und deshalb seine Krankengymnastik ausfällt.«

Ein warmer Windhauch wehte durch die Balkontür, und Thea spürte ihn angenehm auf ihren Wangen. Bisher hatte sie alle Angebote der Schwestern, sie in den Park zu bringen, abgelehnt. Seit dem Rundgang mit dem Vater, Professor Carstens und Dr. Kessler war sie, abgesehen von den Fahrten zu den Therapieräumen und dem Schwimmbad, nicht mehr dort gewesen.

Doch plötzlich war die Vorstellung, das Zimmer zu verlassen und eine Weile draußen zu sein, verlockend. »Das wäre sehr nett von Ihnen«, sagte Thea rasch, ehe sie es sich wieder anders überlegen konnte. »Und... und... ich möchte nicht in Nachthemd und Morgenmantel in den Park. Ich möchte etwas Richtiges anhaben. Würden Sie mir vielleicht auch beim Anziehen helfen?«

»Gern!«, erwiderte Hetti freundlich.

»Meine Kleider sind im Schrank.« Seit der Vater sie ihr mit den anderen Sachen aus Marburg gebracht hatte, hatte sie, außer Nachthemden und Schlafanzügen, noch nichts davon getragen. Denn sie gehörten zu ihrem alten Leben. Als eine Schwester sie damals eingeräumt hatte, hatte Thea das Gesicht abgewandt. Sie hatte es einfach nicht ertragen, die Kleidungsstücke zu sehen.

Hetti ging nun zu dem Schrank und öffnete ihn. »Sie möchten bestimmt etwas Sommerliches anziehen?«, erkundigte sie sich.

»Ja, schon ...«

Die junge Frau nahm ein geblümtes Kleid heraus und zeigte es Thea. »Das hier?«

Thea verkrampfte sich. Sie erinnerte sich noch genau an einen Spaziergang mit Georg im Hohen Venn, als sie es getragen hatte, kurz nach ihrer Verlobung. Der Wind hatte den weiten Rock gebauscht und ihr eine Haarsträhne ins Gesicht geweht. Und Georg hatte ein Foto von ihr gemacht. Sie war so glücklich gewesen, hatte jede einzelne Minute festhalten wollen: wie ihre Hand in seiner gelegen hatte. Den langen, innigen Kuss im Schutz eines Birkenwäldchens. Die Krähe, die plötzlich im Unterholz neben ihnen aufgeflogen war, was sie erschrocken hatte auseinanderfahren und dann in lautes Lachen ausbrechen lassen.

»Nein, nicht dieses Kleid«, flüsterte sie.

»Wie wäre es denn hiermit?« Hetti zeigte ihr eines aus hellrotem Popeline und schmalen Biesen an der Brust. Das hatte sie am Ende des Sommers in Marburg gekauft und nie in Gegenwart von Georg getragen, weil bei ihrem nächsten Besuch in Eichenborn das Wetter zu kühl geworden war.

»Ja, das ist gut.« Sie nickte.

Hetti zog es ihr schnell und geschickt an. Es war ihr mittlerweile zu weit, aber das war nicht anders zu erwarten gewesen. Unwillkürlich blickte Thea prüfend in den Spiegel auf der Kommode. Ihr Haar war immer noch viel zu kurz. Aber in der Phase, als ihr alles gleichgültig gewesen war, hatte man ihr angeboten, es von einer Friseuse, die gelegentlich zu den Patienten in die Klinik kam, in Form bringen zu lassen. Sie hatte eingewilligt, da dies weniger mühsam gewesen war, als abzulehnen. Jetzt war sie recht froh darum, nicht mehr wie eine Vogelscheuche auszusehen.

Hetti streifte ihr noch Schuhe über. Dann umfasste sie Theas Oberkörper, während Thea sich mit der linken Hand an der Armstütze festhielt, und half ihr, sich in den Rollstuhl zu setzen.

Geschafft. Thea atmete auf. »Danke, Hetti!«, sagte sie herzlich.

»Möchten Sie vielleicht selbst fahren, und ich laufe neben Ihnen her?«

»Aber ...« Thea wollte erwidern, dass sie doch noch nicht in der Lage war, die Räder mit ihren Händen anzutreiben. Dann fiel ihr ein, dass der Rollstuhl einen Elektromotor besaß. Sie hatte das ganz vergessen, da sie bisher immer von den Schwestern geschoben worden war.

»Ja, ich versuche es«, stimmte sie zu und betätigte den Einschalthebel. Hetti öffnete die Zimmertür, und es war aufregend, leise surrend den Flur entlangzurollen und mit dem Aufzug ins Erdgeschoss und von dort in den Park zu fahren.

Einmal fuhr Thea zu schnell, und sie erschrak. Dann wieder blieb der Rollstuhl stehen, und ein paarmal ruckelte er. Doch schließlich hatten Hetti und sie einen schönen, schattigen Platz unterhalb der Terrasse erreicht. Er war durch eine hohe Buchsbaumhecke vor Blicken vom Hauptgebäude aus geschützt und eröffnete doch gleichzeitig eine weite Aussicht über den Park.

»Hier würde ich gern ein bisschen bleiben«, wandte sich Thea an Hetti. »Und Sie können mich ruhig allein lassen. Mir geht es gut.« So sehr sie die junge Frau inzwischen mochte, es würde schön sein, *unbeaufsichtigt* zu sein.

Mit ihrer üblichen Sensibilität verstand Hetti. »Dann hole ich Sie in einer halben Stunde wieder ab, ja?«

»Das ist gut.« Thea nickte.

Sie sah der jungen Frau noch einige Momente nach, wie sie einen Gartenweg entlanglief, dann schloss sie die Augen, fühlte wieder den warmen Wind auf ihren Wangen und atmete tief die nach Blumen und Gras duftende Luft ein. Irgendwo in der Nähe plätscherte ein Brunnen, und Thea lauschte dem sanften Geräusch.

Hinter der Buchsbaumhecke erklangen jetzt Stimmen, und der Rauch einer Zigarette stieg Thea in die Nase.

»Du freust dich bestimmt schon auf deinen Urlaub«, hörte sie Professor Carstens sagen.

»Ja, zum ersten Mal seit dem Kriegsende werde ich wieder in Italien sein, eine Woche am Gardasee und dann noch ein paar Tage in Florenz«, antwortete eine Frauenstimme – die von Dr. Kessler.

Der Professor und die Ärztin waren also per Du. Thea konstatierte amüsiert, dass die beiden anscheinend ein vertrauteres Verhältnis hatten, als sie vor den Patienten offenbarten. Und es war zudem erfreulich, Dr. Kessler eine Weile nicht sehen zu müssen.

Jetzt herrschte Schweigen hinter der Hecke. Hingen die beiden etwa heimlich gemeinsam verbrachten Tagen nach, oder ging jetzt ihre Fantasie mit ihr durch, und den Professor und die Ärztin verband nur eine Freundschaft? Aber dann hätten sie sich eigentlich auch vor den Patienten duzen können.

»Wie geht es denn Annemie mit ihrer Schwangerschaft?«, nahm Dr. Kessler jetzt abrupt den Gesprächsfaden wieder auf, als wollte sie die Unterhaltung auf ein anderes Thema lenken.

»Oh, eigentlich gut, die Phase der morgendlichen Übelkeit hat sie hinter sich. Aber sie hat sich in den Kopf gesetzt, dass sie eine schmerzfreie Geburt haben will. Dieser neumodische Unsinn! Ihre Gynäkologin bestärkt sie leider darin. Und auf mich, ihren Vater, hört sie natürlich nicht. Ich sei ja kein Frauenarzt...«

Theas linke Hand verkrampfte sich in ihrem Schoß.

»Ich bin ebenfalls der Meinung, dass den Frauen da etwas vorgegaukelt wird und das böse Erwachen dann bei der Geburt kommt«, erwiderte Dr. Kessler trocken.

Aber das stimmt nicht! Thea öffnete unwillkürlich den Mund zu einem Protest. Sie hatte sich auch sehr für die Methode der sogenannten schmerzfreien Geburt interessiert. Seit ein, zwei Jahren war sie Thema in der Gynäkologie. Nicht wenige Kollegen standen ihr skeptisch gegenüber. Thea nicht, sie fand sie zukunftsweisend. Ihr Chef an der Universitätsklinik hatte ihr, nachdem sie ihn wieder und wieder darum gebeten hatte, schließlich erlaubt, mit Schwangeren Übungen durchzuführen, um die Beckenmuskulatur zu kräftigen und den Atem beim Pressen während der Wehen gezielt einzusetzen.

»Ich konnte Annemie wenigstens überreden, dass sie das Kind in einer Klinik zur Welt bringt«, bemerkte der Professor nun, und seine Stimme und die von Dr. Kessler entfernten sich.

Natürlich verlief auch eine Geburt nach der neuen Methode nicht ohne Schmerzen. Aber die Gebärenden wurden davon nicht mehr völlig überrollt und fühlten sich den Wehen nicht mehr gänzlich ausgeliefert, da sie wussten, wie sie ihren Atem effektiv einsetzen konnten. Und mit dieser Methode würde es vielleicht auch möglich sein, dem häufig in den Kliniken praktizierten Vorgehen ein Ende zu bereiten, die Gebärenden in der finalen Phase der Geburt zu anästhesieren.

In ihrer eigenen Praxis hatte sie das ganz anders handhaben wollen! Thea hatte sich fest vorgenommen, Kurse für die sogenannte schmerzfreie Geburt anzubieten und sich kontinuierlich weiter darüber zu informieren. Und Georg hatte sie bei diesem Vorhaben unterstützt. Aber mit ihrem gelähmten Körper würde sie niemals eine eigene Praxis haben, niemals wieder Frauen bei einer Geburt beistehen. Thea starrte auf ihre rechte Hand, an der sie nur die Finger ein bisschen bewegen konnte. Noch nicht einmal greifen konnte sie damit. Und ihr rechter Arm war immer noch schlaff und leblos. Sie mochte zwar verzweifelt auf Besserung hoffen, doch letztlich machte sie sich nur etwas vor. Warum sollte ausgerechnet sie zu den wenigen Patienten gehören, bei denen sich eine Lähmung nach einer so schweren Erkrankung zurückbildete? Dafür gab es keinen vernünftigen Grund.

Ein harter, erstickender Kloß formte sich in Theas Hals. All ihre Anstrengungen waren völlig sinnlos. Eine Woge aus dumpfer Verzweiflung überrollte sie.

»Frau Dr. Graven, was ist denn mit Ihnen? Haben Sie Schmerzen?« Hetti, die zurückgekommen war, beugte sich erschrocken zu ihr, und erst jetzt wurde Thea bewusst, dass sie wohl ohnmächtig und wütend aufgestöhnt hatte.

»Es ist nichts«, wehrte sie hastig ab.

»Entschuldigen Sie, das glaube ich Ihnen nicht.« Die sonst so schüchterne junge Frau ließ sich mit der Ausrede nicht abspeisen. Eindringlich und besorgt blickte sie Thea an. »Ich weiß, ich bin noch sehr unerfahren, aber ich möchte Ihnen wirklich gern helfen. Manchmal tut es gut zu sagen, was einen bedrückt.«

Thea wünschte sich wieder, einfach nur in Ruhe gelassen zu werden. Warum konnten die anderen das nicht respektieren? Sie setzte zu einer gereizten Antwort an, aber dann rührte sie Hettis ernster und entschlossener Gesichtsausdruck. Es war ihr sicher nicht leichtgefallen, nachzuhaken.

»Mir … mir ist gerade wieder einmal klar geworden, dass ich nie mehr als Ärztin arbeiten werde«, sagte sie dumpf. »Die Lähmungen werden sich niemals so weit zurückbilden, dass man es mir erlauben wird, meinen Beruf auszuüben.«

»Aber … Warum glauben Sie das denn?«

»Weil ich so lächerlich kleine Fortschritte mache – deshalb!« Trotz ihrer guten Vorsätze fuhr Thea Hetti nun doch an.

»Dass Sie Ihren linken Arm wieder ganz gut bewegen können und die Finger Ihrer rechten Hand schon ein bisschen, das sind keine kleinen Fortschritte!«, protestierte Hetti mit einer Vehemenz, die Thea ihr nicht zugetraut hätte. »Und wenn Sie mir nicht glauben wollen, dieser Meinung bin nicht nur ich. Auch Professor Carstens und Frau Dr. Kessler sind der Ansicht, das haben mir beide gesagt! Sie sind doch erst seit gut zehn Wochen hier in der Klinik«, fügte Hetti hinzu, als Thea nichts erwiderte. »In dieser Zeit haben Sie schon sehr viel erreicht.«

Thea starrte stumm auf ihre rechte Hand, die sie noch nicht einmal zur Faust ballen konnte.

»Ich habe Ihnen ja mal erzählt, dass mein Vater heilkundig war. Er hat den Kranken immer gesagt, dass jede noch so kleine Besserung wichtig ist und dass sie sich darüber freuen sollen. Und dass es außerdem wichtig ist, immer einen Schritt nach dem anderen zu machen. Und jeden Tag so zu nehmen, wie er kommt.«

Genau das hatte sie ihren Patienten auch immer versucht, begreiflich zu machen. Geduld haben, nicht zu viel auf einmal erwarten.

»Es tut mir leid, ich rede und rede ...« Hetti sah sie bedrückt an.

»Nein, es ist gut, dass Sie so beharrlich sind.« Thea lächelte gequält. »Aber jetzt wäre ich Ihnen dankbar, wenn Sie mich zu meinem Zimmer bringen würden. Ich bin wirklich sehr müde.« Was der Wahrheit entsprach, der erste kleine Ausflug in den Park und dann die Verzweiflung über ihre Lähmung hatten sie erschöpft, und in dieser Verfassung traute sie es sich nicht zu, eigenständig zu fahren, das war einfach noch zu ungewohnt.

»Natürlich.« Hetti packte den Rollstuhl bei den Griffen und schob ihn dann den Gartenweg entlang in Richtung Klinik.

Doch während die Hecken und die Beete voller üppig blühender Blumen an ihr vorbeiglitten und sie sich dem Gebäude näherten, traf Thea eine Vereinbarung mit sich: Sie würde jeden Tag, so gut sie konnte, bei den Therapien mitarbeiten und vorerst nicht mehr die Gedanken um ihre Zukunft kreisen lassen. Denn auch wenn sie nie wieder als Ärztin arbeiten sollte – wenn sie ihre eigenen Ratschläge nicht beherzigte, hatte sie es nicht verdient, jemals eine Ärztin gewesen zu sein.

Kapitel 18

In den Tagen nach der Messerstecherei rief Georg noch einmal im Monschauer Krankenhaus an und erkundigte sich bei Theas Vater nach Gottfrieds Befinden. Der Zustand des jungen Mannes sei stabil, die Wunde verheile gut, beschied ihm Professor Kampen. Georg bedankte sich für die Auskunft. Und nach einem kurzen Moment angespannten Schweigens beendeten sie das Gespräch.

Der Alltag forderte seinen Tribut. Georg dachte nicht mehr an Gottfried. Bis er etwa eine gute Woche später wieder an ihn erinnert wurde.

Georg hatte einen Patienten nach Monschau ins Krankenhaus gebracht, einen älteren Mann, bei dem der Verdacht bestand, dass er an einer akuten Blinddarmentzündung litt. Die nächste Telefonzelle lag von dem einsam gelegenen Hof ein paar Kilometer entfernt. Deshalb war es Georg am einfachsten erschienen, den Mann schnell selbst in die Klinik zu fahren statt eine Ambulanz zu rufen. Er hatte den Patienten einem Assistenzarzt übergeben und war eben im Begriff, das Krankenhaus wieder zu verlassen, als er hinter sich ein spöttisches Lachen hörte. Auf das ein wütendes »Du Mistkerl! Das sagst du nicht noch mal!« folgte.

Perplex drehte er sich um. Ein junger Mann in einem Kliniknachthemd ging mit erhobenen Fäusten auf einen

Krankenhausdiener los, der ihn mit einem breiten Grinsen bedachte. »Oh, jetzt hab ich aber Angst«, höhnte er.

»He...« Georg eilte zu den beiden Kampfhähnen. Doch bevor er sie erreichte, schlug der junge Mann in dem Nachthemd dem Krankenhausdiener mitten ins Gesicht. Blut schoss aus dessen Nase, und er stieß einen Schmerzensschrei aus. Die Augen des jungen Mannes glühten vor Wut, und er drang weiter auf den Krankenhausdiener ein, versetzte ihm einen Schlag in den Magen. Der Mann krümmte sich. Erst jetzt erkannte Georg, dass der Angreifer Gottfried war.

»Hör sofort auf!« Er packte ihn an den Armen und zog ihn weg.

»Lassen Sie mich los!« Gottfried wehrte sich gegen seinen Griff.

»Halt den Mund und beruhige dich.«

»Was geht hier vor? Sorgt dieser Kerl etwa schon wieder für Ärger?« Professor Kampen war in den Flur getreten und steuerte mit der Miene eines Racheengels auf Gottfried zu. Der junge Mann funkelte auch ihn wütend an, und Georg erschien es ratsam, fester zuzupacken, damit er nicht auch noch auf Theas Vater losging. Aufgeschreckt von dem Lärm kamen jetzt zwei Krankenhausdiener angerannt.

»Berger, lassen Sie den Bengel bitte los. Da rein mit ihm!« Georg nahm seine Hände fort. Der Professor wies auf eine Tür, und die beiden Männer packten Gottfried und schubsten ihn unsanft in den dahinterliegenden Raum.

Wieder waren Georg der Klumpfuß und die verkümmerten Muskeln am rechten Bein des Jungen aufgefallen. Vermutlich hatte er mal an Kinderlähmung gelitten, deshalb wollte Georg mehr über ihn erfahren.

»Könnte ich wegen Gottfried kurz mit Ihnen sprechen?«, wandte er sich an Professor Kampen.

»Ich wüsste nicht, was es zu bereden gäbe«, knurrte dieser, nickte dann jedoch. »Gut, kommen Sie meinetwegen mit.«

Georg folgte ihm in sein Büro im zweiten Stock des Krankenhauses. Ein zweckmäßig eingerichteter Raum. Den einzigen Luxus bildeten die moderne Sitzgruppe und die teure Schreibgarnitur. Der Füller lag, wie Georg mit einem Teil seiner Aufmerksamkeit registrierte, genau parallel zur Unterlage aus Leder.

»Mir reicht es endgültig mit diesem Bengel! Ich werde die Polizei verständigen!« Erbost lehnte sich Professor Kampen auf seinem Schreibtischstuhl zurück.

»Was genau werfen Sie Gottfried denn vor?«

»Der Kerl raucht im Krankensaal, obwohl das in dieser Klinik ausdrücklich verboten ist. Er ist ungezogen zu den Schwestern, gibt ständig Widerworte – gestern hat eine Schwester zwei Flaschen Bier in seinem Nachttisch entdeckt. Weiß der Himmel, wo er die herhatte. Er verlässt gegen die ausdrückliche ärztliche Anweisung das Bett und turtelt mit den jungen Dingern auf der Frauenstation herum. Er hatte die Frechheit, während ich zur Visite in dem Krankensaal war, auf einmal zu singen anzufangen. Irgendeinen amerikanischen Schund ...«

Georg unterdrückte ein Grinsen. Die heilige Routine der Visite zu stören war in den Augen von Theas Vater natürlich ein Sakrileg.

»Und jetzt hat er auch noch einen Krankenhausdiener angegriffen und ihn verletzt. Von dem Wachtmeister, der ihn zu der Messerstecherei befragt hat, weiß ich, dass Gottfried Kauder ein ziemlich langes Sündenregister hat und auch schon mal in einem Erziehungsheim war. Es wird höchste Zeit, dass er nach seiner Entlassung wieder dort landet.«

Also hatte Georg mit seiner Vermutung, dass der junge Mann nicht das Unschuldslamm war, als das Marlene ihn sehen wollte, richtig gelegen.

»Haben Sie denn seine Eltern kennengelernt?«

»Er ist Waise und arbeitet bei einem Schneider hier irgendwo in der Gegend. Sein gesetzlicher Vormund lebt in Euskirchen, aber der hat sich meines Wissens noch nie in der Klinik blicken lassen.«

»Ich hatte den Eindruck, dass der Krankenhausdiener Gottfried gehänselt hat und er deshalb so wütend geworden ist.«

»Das gibt dem Bengel kein Recht...«

»Nein, natürlich nicht.« Georg dachte nach. »Ich würde gern mit dem Jungen reden, bevor Sie die Polizei verständigen.«

»Und wofür soll das gut sein?«

»Eine Anzeige hätte ernsthafte Konsequenzen für sein weiteres Leben. Deshalb würde ich mir lieber zunächst ein Bild von ihm machen.«

»Sprechen Sie meinetwegen mit ihm. Aber das wird meine Meinung nicht ändern.« Die Stimme des Professors klang unnachgiebig.

Vor der Tür stand ein Krankenhausdiener wie eine Art Wächter. Georg nickte ihm zu und betrat dann das Zimmer, in das man Gottfried gesteckt hatte. Es war mehr eine Abstellkammer, Schränke mit Rolltüren standen darin und ein menschlicher Torso aus Gips, ein medizinisches Demonstrationsobjekt. Gottfried kauerte auf einer Pritsche und blickte Georg trotzig entgegen, den breiten Mund zusammengekniffen und das Kinn aggressiv vorgereckt. Er war kein Junge mehr, aber auch noch kein Mann, und trotz seiner Körpergröße verlieh ihm das Nachthemd etwas rührend Kindliches.

»Und? Wird mich der alte Knacker anzeigen?«

Georg antwortete nicht. Er setzte sich auf einen Schemel und schüttelte zwei Zigaretten aus einer Packung.

»Hier.« Eine reichte er Gottfried und gab ihm Feuer, die andere zündete er sich selbst an. Georg hatte Verständnis dafür, dass Theas Vater das Rauchen in seiner Klinik nicht duldete. Dies war jedoch eine besondere Situation. Gottfried inhalierte den Rauch tief und stieß ihn dann in einer großen Wolke aus, als wollte er besonders erwachsen wirken.

»Du bist also Waise.«

»Ja.«

»Dein Vater ist gefallen?«

Gottfried nickte.

»Und deine Mutter?«

»Ist vor drei Jahren gestorben, bei einem Unfall in der Spinnerei, wo sie gearbeitet hat.«

»Und du arbeitest bei einem Schneider?«

»Ja. Weshalb fragen Sie mich das eigentlich, wenn Sie es schon wissen?«

»Macht's dir dort Spaß?«

Gottfried stieß stumm den Zigarettenrauch aus.

»Ich hab dich was gefragt!«

»Wenn Sie's genau wissen, wollen, nein, denn das ist Weiberkram«, fauchte er.

»Aber man hat dir nichts anderes zugetraut.«

Gottfried starrte Georg böse an, aber hinter der in seinen Augen aufflackernden Wut war deutlich ein Schmerz wahrzunehmen. »Was soll das hier sein? Ein Verhör? Dann red ich aber lieber mit der Polente.«

»Wann hast du die Kinderlähmung gehabt?«

»Woher wollen Sie denn wissen, dass ich die hatte?«

»Dein Klumpfuß und die verkümmerten Muskeln an deinem rechten Bein zeigen mir das.«

Gottfried machte eine Bewegung, als wollte er das Nachthemd über das verkrüppelte Bein ziehen, um es vor Georgs Blicken zu schützen. Seine Schultern hingen nach vorn. Wieder antwortete er nicht.

Georg zog an seiner Zigarette. »Der Krankenhausdiener hat dich einen Krüppel genannt, nicht wahr?«, sagte er schließlich. »Oder vielleicht auch ein Hinkebein. Einer, aus dem nie ein richtiger Mann werden wird und mit dem sich die Mädchen höchstens aus Mitleid abgeben. Und bei den jungen Kerlen in Eichenborn war's sicher ähnlich. Sie haben dich deutlich spüren lassen, dass du schwach und minderwertig bist. Eine Anomalie... Deshalb bist du mit dem Messer auf sie losgegangen.«

»Sie verdammter Wichser! Ich hatte überhaupt kein Messer!« Gottfried warf den Zigarettenstummel auf den Boden und sprang auf, um sich auf Georg zu stürzen. Doch mit dem verkürzten Bein verlor er das Gleichgewicht und fiel hin.

»Spar dir deine Lügen, du hattest ein Messer. Und du hattest deinen Jähzorn mal wieder nicht im Griff.«

Georg packte Gottfried unter den Achseln und zog ihn auf die Füße. Dann setzte er ihn auf die Pritsche. Er gab vor, die Tränen der Scham und der Wut, die in den Augen des Jungen glitzerten, nicht zu bemerken. Er war absichtlich brutal gewesen, um Gottfried aus der Reserve zu locken. Er wollte eine Vorstellung bekommen, wie der Junge wirklich war.

»Du rührst dich nicht von der Stelle, bis ich wiederkomme«, sagte er. »Und der ›alte Knacker‹ hat dir höchstwahrscheinlich das Leben gerettet. Das solltest du mal bedenken.«

Vor dem Krankenhaus rauchte Georg noch eine Zigarette und ging mit sich zu Rate. Anschließend beschloss er, noch einmal Professor Kampen aufzusuchen.

»Sind Sie von allen guten Geistern verlassen, diesen Burschen mit nach Eichenborn nehmen zu wollen?« Theas Vater starrte Georg fassungslos an. Er hatte den Professor im Treppenhaus, auf dem Weg zu seinem Büro getroffen, und jetzt standen sie dort auf einem Absatz vor einem Fenster. Unten im Hof fuhr eine Ambulanz vor. Eine Krankenschwester, die eine Bettpfanne trug, sah neugierig zu ihnen. Auf den eisigen Blick des Professors hin senkte sie den Kopf und ging eilig weiter.

»Ich denke, ich weiß, was ich tue.« Irgendetwas in der schmerzerfüllten Wut des Jungen und seiner Auflehnung gegen eine Welt, die ihn so ungerecht behandelte, hatte Georgs Sympathien geweckt.

»Laut Polizei war er auch einmal der Brandstiftung verdächtig. Wahrscheinlich zündet er Ihnen früher oder später das Dach über dem Kopf an.«

»Er hatte Kinderlähmung«, sagte Georg ruhig, »wie Thea.«

Ein Muskel im Gesicht des Professors zuckte. Sonst blieb es unbeweglich.

»Ja, das ist mir nicht entgangen.«

»Ein Jahr später ist seine Mutter gestorben. Dies und die Krankheit – glauben Sie nicht, dass das einen Jugendlichen völlig aus der Bahn werfen kann?«

»Fangen Sie bloß nicht an, mir einen Vortrag über die menschliche Psyche zu halten.« Der Professor verzog den Mund und winkte ab. »Dass schreckliche Erlebnisse gravierende Auswirkungen auf die Seele haben, wird meiner Ansicht nach völlig überschätzt.«

Georg schluckte die schroffe Bemerkung, dass die Lähmungen sehr wohl Auswirkungen auf Theas seelische Verfassung gehabt hatten, mit Mühe hinunter. Wieder einmal entwickelte sich ein Streit zwischen dem Professor und ihm, und er wollte nicht, dass Thea Gegenstand dieser erneuten Auseinandersetzung wurde.

Doch der Professor schien Georg anzumerken, was in ihm vorging. Seine Miene wurde milder. »Thea geht es besser. Ich habe sie vor Kurzem besucht. Sie scheint ihren Lebensmut wiedergefunden zu haben und arbeitet aktiv bei den Therapien mit. Sie isst, und sie hat zugenommen, ist nicht mehr so schrecklich dünn. Darüber bin ich …« – er stockte kurz – »… sehr froh.«

»Danke, dass Sie mir das gesagt haben. Es bedeutet mir wirklich viel.« Georg schnürte es die Kehle zu. Katja hatte ihm ja schon erzählt, dass es Thea besser ging. Aber es war noch einmal etwas anderes, dies aus dem Mund des Professors zu erfahren und ihn so bewegt zu sehen. Ja, Thea war eine Kämpferin, und er war so stolz auf sie! Er räusperte sich und sah auf – er musste es einfach wissen. »Hat

Thea denn nach mir gefragt?« Vielleicht konnte sie sich ja nun doch wieder eine Zukunft mit ihm vorstellen. Die Worte von Professor Kampen machten seine Hoffnung zunichte.

»Nein, das hat sie nicht. Ich hätte Ihnen das andernfalls gesagt«, erwiderte er leise.

Georg verbarg seine Enttäuschung und seinen Schmerz. »Ich habe in der letzten Zeit einiges über die Behandlung von Kinderlähmung gelesen. Die australische Krankenschwester Elizabeth Kenny hat mit Massagen und Wärme – sie benutzt angewärmte, feuchte Decken aus Schafwolle, in die sie die gelähmten Gliedmaßen wickelt – gute Fortschritte gemacht. Wird Thea auch nach dieser Methode behandelt?«

»Um Himmels willen, nein, diese sogenannte Kenny-Methode ist doch nichts als Humbug! Nun, wie sollte es bei einer Krankenschwester auch anders sein.« Professor Kampen vollführte eine wegwerfende Handbewegung, ganz der unfehlbare, von schulmedizinischem Eifer durchdrungene Chefarzt. Es war Zeitverschwendung, noch länger mit ihm zu diskutieren. Er konnte das ebenso gut abkürzen.

»Professor Kampen, werden Sie den Jungen anzeigen, wenn er mit mir nach Eichenborn kommt, oder nehmen Sie davon Abstand?«, fragte Georg knapp.

»Nun, wenn Sie sich diese Verantwortung unbedingt aufbürden wollen, werde ich Ihnen keine Steine in den Weg legen.«

»Gut, dann frage ich Gottfried jetzt, ob er mitkommen will.« Georg nickte Professor Kampen zu und wandte sich zum Gehen.

»Berger, wie geht es denn Marlene und den Kindern?«, hörte er den Professor leise fragen. Täuschte er sich, oder zitterte dessen Stimme wirklich ein bisschen?

»Sie sind alle wohlauf«, erwiderte er freundlicher, als er es beabsichtigt hatte.

»Das ist die Praxis.« Georg wies auf die Fachwerkremise auf der anderen Seite der Wiese. »Dort, im Schlösschen, wohne ich – und da wirst auch du in den nächsten Wochen leben.« Gottfried hatte sich einverstanden erklärt, mit nach Eichenborn zu kommen. Und sein gesetzlicher Vormund war mehr als erleichtert gewesen, die direkte Verantwortung für ihn erst einmal abgeben zu können. So hatte Georg vor der Schneiderei in Euskirchen, wo der Junge in einer Kammer geschlafen hatte, dessen wenige Habseligkeiten in den Ford geladen, Gottfried dann im Monschauer Krankenhaus abgeholt und war mit ihm nach Eichenborn gefahren.

Georg tat so, als würde er die kritische, ja abschätzige Miene, mit der Gottfried das an manchen Stellen baufällige Gebäude mit dem schadhaften Dach musterte, nicht bemerken. Auch die Eingangshalle, wo der verstaubte Kronleuchter von der Decke hing, weckte ganz offensichtlich nicht seine Begeisterung. Mürrisch, die Hand um den Griff des kleinen Pappkoffers gekrampft, stand er da.

»Hier ist mein Arbeitszimmer.« Georg deutete auf die Tür. »Da hast du nichts zu suchen. Aber die anderen Räume im Erdgeschoss kannst du mitbenutzen.« Er führte Gottfried durch die riesige ehemalige Schlossküche und in sein Wohnzimmer. Gottfrieds Blick ruhte kurz auf dem Punchingball, der von der Decke hing, doch er sagte nichts dazu. Anscheinend hatte er sich entschlossen, alles uninteressant finden.

»Wir müssen ein paar Dinge besprechen.« In der ehemaligen Spülküche deutete Georg auf einen Stuhl. Widerstrebend ließ sich Gottfried nieder.

»Du hilfst im Haus und im Garten und bei den Pferden mit. Wie du ja gesehen hast, gibt es hier einiges zu tun. Außerdem ist Bewegung gut für dein verkümmertes Bein.« Georg war es ein Rätsel, weshalb der Amtsarzt sich nicht gegen die Schneiderlehre ausgesprochen hatte. Eine ständige sitzende Tätigkeit führte dazu, dass sich die unbeanspruchten Muskeln noch mehr zurückbildeten. »Und du bist bereit, dich einer neuen Behandlung zu unterziehen. Was bedeutet, dass du dein verkümmertes Bein massieren und in warme, feuchte Decken aus Schafwolle einschlagen lässt.«

»Was? Von feuchten Schafwolldecken haben Sie aber in der Klinik nichts gesagt!« Gottfried fuhr empört auf. »Sie haben nur was von irgendwelchen Methoden erzählt, bei denen die Muskeln wieder locker werden sollen. Ich bin doch kein… kein…« Er suchte nach Worten. »Wickelkind!«

»Wir sehen, ob es anschlägt, wenn nicht, lassen wir es wieder sein.« Georg sprach ungerührt weiter. Er hielt es für am besten, gleich klare Verhältnisse zu schaffen. »Rauchen im Haus ist erlaubt. Alkohol nur in meiner Gegenwart. Das sind die Regeln. Wenn du dich nicht daran hältst, kannst du deine Sachen packen und gehen. So, und jetzt zeige ich dir dein Zimmer im oberen Stockwerk.«

Gottfried schob sein Kinn vor. »Weshalb machen Sie das eigentlich – mich hier wohnen lassen?«

»Weil ich selbst mal Kinderlähmung hatte und das Glück, dass bei mir keine Lähmungen und Deformationen zurückgeblieben sind.«

»Sie... Sie hatten das auch mal?« Gottfried riss die Augen auf.

»Ja, und der andere Grund, weshalb ich dich hier aufgenommen habe, ist, dass mich wirklich brennend interessiert, ob die Therapie nach Elizabeth Kenny bei verkümmerten Muskeln hilft.« Und weil er sich, indem er Gottfried half, Thea nahe fühlte. Aber das würde er dem Jungen natürlich nicht sagen. Georg erhob sich. Auch Gottfried stand auf.

»Oh, ihr seid schon zurück.« Marlene, die im Garten gearbeitet hatte, war mit einem Korb voller Gemüse in die Spülküche gekommen. Sie streckte Gottfried die Hand entgegen und lächelte ihn an. »Wie schön, dass du hier bist. Wir werden uns bestimmt alle gut verstehen.«

Im ersten Moment prallte ihre Freundlichkeit an Gottfried ab, und er ignorierte sie. Aber dann huschte ein überraschter Ausdruck über sein verschlossenes Gesicht. »Sind Sie nicht die Frau, die neben mir gekniet hat, als ich...« Er brach ab und schluckte verlegen.

»Ja, die bin ich.«

»Danke, dass Sie...« Er senkte beschämt den Kopf und ergriff linkisch Marlenes Hand und drückte sie.

Gegenüber Marlene war das Eis also gebrochen, dachte Georg, als er wenig später mit dem Jungen in das obere Stockwerk ging. Und er war gespannt, ob die Behandlungsmethoden bei Gottfried anschlagen würden.

Kapitel 19

Sehr vorsichtig stellte Thea das Wasserglas mit der linken Hand auf ihrem Nachttisch ab. Sie war stolz darauf, dass ihr dies gelungen war, ohne dass sie etwas verschüttete. Stolz war sie auch, dass sie nun die Finger ihrer rechten Hand zur Faust ballen konnte. Und noch etwas erfreute sie sehr: dass sie seit Kurzem mit Hilfe der Schwestern die Toilette benutzen konnte und nur noch selten auf die Bettpfanne angewiesen war.

Etwa acht Wochen waren vergangen, seit sie sich entschieden hatte, ihre Genesung wirklich zu *wollen* und die Übungen nicht nur über sich ergehen zu lassen. Seither waren ihr linker Arm und die rechte Hand viel beweglicher geworden, und auch die Muskulatur ihres Oberkörpers hatte sich so weit gekräftigt, dass sie einige Minuten lang sitzen konnte, ohne sich anlehnen zu müssen.

Ob sie jemals wieder würde laufen können, stand auf einem anderen Blatt. Die Lähmung ihrer Beine war unverändert. In dunklen Stunden – und die gab es auch immer noch –, wenn die Verzweiflung sie heimsuchte, sah sie sich für den Rest ihres Lebens auf den Rollstuhl und fremde Hilfe angewiesen. Dann wieder – in den hellen Zeiten, und die wurden zunehmend mehr – empfand sie es als Sieg, dass sie sich nicht mehr wie ein Säugling füttern lassen musste.

Ein Klopfen an der Tür riss Thea aus ihren Gedanken. Gleich darauf betrat Professor Carstens ihr Zimmer. »Sie sehen zufrieden aus, Frau Dr. Graven«, sagte er mit seinem üblichen jovialen Lächeln. »Das ist schön!«

»Na ja, ich habe es eben geschafft, ein Glas auf dem Nachttisch abzustellen, ohne es umzuwerfen oder etwas zu verschütten«, übte sich Thea in Galgenhumor. »Und das betrachte ich wirklich als einen Fortschritt.«

»Ja, Sie haben in den letzten Wochen in der Tat große Fortschritte gemacht, und darüber sind wir alle sehr froh.« Zu Theas Überraschung zog der Professor einen Stuhl heran und setzte sich neben ihr Bett. »Allerdings muss ich Ihnen leider etwas Wichtiges mitteilen, und das wird Ihnen wahrscheinlich nicht gefallen.«

»Was denn?« Thea war verwundert. Worauf wollte er nur hinaus?

»Ich weiß, dass Sie Hetti Waginger sehr schätzen und ihr vertrauen. Was für einen Genesungsprozess von großer Bedeutung ist. Bedauerlicherweise mussten wir die junge Frau jedoch wegen grober Pflichtverletzungen fristlos entlassen. Wir werden natürlich alles daransetzen, dass Sie wieder von einer fähigen Krankengymnastin betreut werden, zu der Sie ein vertrauensvolles Verhältnis entwickeln können. Ich habe auch schon eine bestimmte Mitarbeiterin im Auge.«

»Hetti soll ihre Pflichten grob verletzt haben? Aber das kann ich nicht glauben! Ich habe sie immer als sehr gewissenhaft und aufmerksam erlebt.«

»Nun, sie war ja hauptsächlich in unserer Kinderklinik tätig. Sie hat Regeln gebrochen, Vereinbarungen nicht eingehalten …«

»Hetti?« Thea konnte es nicht fassen. Die schüchterne, ernsthafte junge Frau würde doch gewiss keine Regeln brechen!

»Und, was noch viel schlimmer war, sie hat eigenmächtig eine Arznei angewendet, eine selbst hergestellte Salbe, mit schlimmen Folgen für ein paar Kinder. Deshalb fanden Frau Dr. Kessler und ich es unverantwortlich, sie noch länger zu beschäftigen.«

»Ich kann das einfach nicht glauben«, wiederholte Thea bestürzt.

»Ich bin mir darüber im Klaren, dass Hetti Waginger bei Ihnen segensreich gewirkt hat. Aber manche Menschen haben leider zwei Seiten.« Professor Carstens hob in einer resignierten Geste die Hände. »Wenn Sie erst einmal so alt sind wie ich, werden Sie diese Erfahrung häufiger gemacht haben.«

»Aber jemand, der für die Gesundheit von Patienten verantwortlich ist, verhält sich doch nicht einmal gewissenhaft und dann wieder nicht!«

»Nun, wie ich bereits sagte, die Oberschwester der Kinderklinik hatte bei Fräulein Waginger schon öfter Grund zur Klage.«

»Könnte ich einmal mit Hetti sprechen?«

»Frau Dr. Graven, Sie werden doch nicht etwa das Urteilsvermögen der Oberschwester anzweifeln? Sie ist sehr kompetent, und Frau Dr. Kessler hält große Stücke auf sie.« Professor Carstens lächelte, um die Schärfe seiner Worte etwas abzumildern. Aber es war unübersehbar, dass er sehr ärgerlich war.

»Nein, natürlich nicht. Es ist nur ... Ich verdanke Hetti wirklich sehr viel. Sie ist sehr zurückhaltend und erzählt nur wenig über sich. Möglicherweise hat sie ja Probleme und hat deshalb einen Fehler gemacht. Anders kann ich mir ihr Verhalten einfach nicht erklären. Bitte, könnten Sie sie nicht doch verständigen und zu mir kommen lassen?«

»Es tut mir leid, Frau Dr. Graven, aber ich will die junge Frau nicht mehr in meiner Klinik haben.«

»Aber ...«

»Das ist mein letztes Wort.« Professor Carstens stand auf und schob den Stuhl zurück. »Später kommt eine Krankengymnastin zu Ihnen. Ich hoffe sehr, dass Sie sich der Zusammenarbeit nicht verweigern und Ihre Fortschritte nicht gefährden.« Ein Nicken, dann verließ er das Zimmer.

Ratlos und verunsichert blieb Thea zurück.

Die Ratlosigkeit begleitete Thea den ganzen Tag. Am Abend, nachdem die Schwestern sie bettfertig gemacht hatten, grübelte sie immer noch vor sich hin. Sie hatte mit Hetti nie viel über deren Arbeit in der Kinderklinik gesprochen. Über Medizinisches zu reden führte ihr nur immer wieder vor Augen, dass sie wahrscheinlich nie mehr als Ärztin würde arbeiten können, und das tat einfach zu weh. Und empfindsam, wie Hetti war, hatte sie das gespürt und ihre Tätigkeit dort nur selten erwähnt. Wenn sie aber einmal von den Kindern erzählte, dann immer voller Liebe und Zuneigung.

Oder sollte das nur vorgetäuscht gewesen sein, und sie hatte ihre Pflichten wirklich vernachlässigt? Nein, Thea konnte sich nicht so in Hetti geirrt haben. Und was das eigenmächtige Verabreichen der Salbe betraf, auch das konnte sich Thea eigentlich nicht vorstellen. Sicher, Hetti hatte es bei ihr getan, ohne Professor Carstens und Dr. Kessler um Erlaubnis zu fragen. Aber sie, Thea, war ja auch eine Erwachsene und kein Kind und noch dazu Ärztin, die die Inhaltsstoffe beurteilen konnte.

Sie musste mit Hetti sprechen und erfahren, was tatsächlich vorgefallen war. Aber ohne die Unterstützung von Professor Carstens war sie machtlos, denn sie steckte ja in diesem verwünschten, gelähmten Körper fest und konnte die Klinik nicht verlassen.

Eine Welle der Niedergeschlagenheit durchflutete Thea, und sie ballte in ohnmächtigem Zorn die Hände zu Fäusten. So würde es immer weitergehen. Ständig würde sie an unüberwindbare Grenzen stoßen. War es nicht doch am besten, einfach aufzugeben? Eine Weile brütete sie vor sich hin.

Dann nahm sie plötzlich den schwachen Duft von Kräutern wahr, der durch das geöffnete Fenster wehte. Er erinnerte sie an die Heilsalbe, mit der Hetti ihre wunden Stellen behandelt hatte. Die junge Frau hatte ihr wieder Energie und Lebensmut geschenkt. Nicht zuletzt deshalb war sie es ihr schuldig, sich zusammenzureißen und sich nicht einfach in ihr Schicksal zu ergeben.

Langsam formte sich ein Gedanke in Thea. Vielleicht gab es ja doch einen Weg, mit Hetti in Kontakt zu treten und ihre Sicht dessen zu erfahren, was in der Kinderklinik vorgefallen war. Auch wenn sie diesen Weg am liebsten vermieden hätte.

Katja lenkte ihren Wagen durch Füssen, vorbei an den Häusern aus der Renaissance und Gotik mit den teilweise aufwändig bemalten Fassaden und den Madonnenstatuen in kleinen Nischen. Auf der zinnenbewehrten Burg oben am Berg wehte eine Fahne im Wind. Touristen saßen an diesem schönen Julitag vor den Cafés und schlenderten durch die Straßen. Als sie ein Stadttor passierte, leuchtete der Lech in einem klaren, kalten Grün durch die Bäume.

Die vergangenen beiden Tage hatte Katja in München verbracht, denn dort hatte ihr ein befreundeter Fotograf sein Labor zur Verfügung gestellt, und sie wollte die Farbaufnahmen von den Königsschlössern Neuschwanstein und Herrenchiemsee selbst entwickeln. Der Auftrag war wichtig und konnte ein Türöffner für die wirklich bedeutenden, großen Magazine werden. Da musste alles möglichst perfekt sein. Beruflich lief es gut bei ihr, sie konnte nicht klagen.

Aber Thea hatte immer noch keinen Kontakt zu ihr aufgenommen. Inzwischen hatte sie, Katja, ein weiteres Mal mit ihrem Vater telefoniert und von ihm erfahren, dass sich die Lähmungen an Theas oberen Gliedmaßen noch mehr zurückgebildet hatten. Was medizinisch gesehen ein erheblicher Fortschritt sein mochte. Aber verglichen mit einem gesunden Körper fand Katja es einfach erbärmlich wenig.

In dem Ortsteil Faulenbach stellte Katja kurz darauf ihren Wagen vor der Pension Lechblick ab und ging durch den Garten zu einer Seitentür. Hier befand sich die kleine Wohnung, die sie gemietet hatte. Drinnen öffnete sie den Umschlag, der ihre Fotografien enthielt, und breitete sie auf dem Küchentisch aus.

Nein, sie hatte sich nichts vorgemacht. Auch jetzt, im Abstand von mehreren Stunden, fand sie die Bilder immer noch gelungen, und die Farben hatten genau die richtigen Töne. Das Gold im Thronsaal von Neuschwanstein, das tiefe Grün der Grotte und das Blau der Bettvorhänge und Wände im königlichen Schlafzimmer von Schloss Herrenchiemsee. Katja biss sich auf die Lippen. Ach, wenn sie Thea doch all das nur einmal zeigen könnte!

»Fräulein Kampen?« Frau Leitner, ihre Wirtin, eine große, kräftige Frau in den Vierzigern, die meist ein Dirndl trug, klopfte ans Fenster. Katja öffnete ihr. Im Laufe der vergangenen Wochen hatte sie sich an den hiesigen Dialekt gewöhnt und verstand das Meiste von dem, was die Leute sagten. Sie plauderte ein paar Minuten mit Frau Leitner, erzählte ihr von München und nahm dann die Post von ihr entgegen.

Ein Magazin, ein Brief mit einer Zeitschrift als Absender, er enthielt wohl die Abrechnung für eine Fotoserie, und noch ein weiterer Brief. Katjas Name und die Adresse standen in einer krakeligen Schrift auf dem Umschlag, wie von einem Kind geschrieben. Er hatte keine Briefmarke.

»Den hat gestern jemand von der Kurklinik vorbeigebracht«, meldete sich Frau Leitner zu Wort, die ihre Verwunderung bemerkte.

Mein Gott, war diese ungelenke Schrift etwa Theas? Katjas Augen wurden feucht. Hastig riss sie den Umschlag auf.

Thea starrte auf die sich verändernden Lichtreflexe an der Decke des Schwimmbades. Aus dem Garten der Kurklinik waren entfernt Kinderstimmen zu hören. Sie lag auf dem Rücken im badewannenwarmen Wasser, gehalten von einer Schwester, während eine Krankengymnastin ihre

Arme und Beine bewegte. Sie wusste, dass die Frau sich Mühe gab. Aber sie sehnte sich nach Hettis vertrauten, irgendwie Kraft spendenden Berührungen.

Am Vortag hatte sie sich Briefpapier geben lassen und es irgendwie geschafft, mit der linken Hand ein paar Zeilen an Katja zu schreiben. Und sie hatte am Empfang Bescheid geben lassen, dass die Schwester sie besuchen durfte. Aber bisher war Katja noch nicht gekommen. Vielleicht hielt sie sich ja auch gar nicht mehr in der Gegend auf. Schließlich war über ein Monat seit ihrem Besuch in der Klinik vergangen. »Ich bleibe in der Nähe, wenn du mich brauchst, bin ich für dich da«, hatte sie beteuert. Ach, es hätte Katja ähnlich gesehen, wenn sie sich gelangweilt hatte und entgegen ihres Versprechens schon längst wieder nach Düsseldorf zurückgekehrt war.

Natürlich, sie, Thea, hatte rein gar nichts unternommen, um die Schwester zum Bleiben zu ermutigen. Sie hatte ja vielmehr gewollt, dass Katja fuhr. Das musste sie sich schon eingestehen.

Dennoch stieg eine bittere Enttäuschung in Thea auf, und sie war froh, als die Wassergymnastik endlich zu Ende war und sie aus dem Schwimmbecken gehoben wurde. Die Prozedur des Abtrocknens und Ankleidens führte ihr nur wieder ihre eigene Hilflosigkeit vor Augen. Im Rollstuhl schloss sie die Augen und gab vor, müde zu sein. Sie hatte keine Lust, sich das Geplauder der Schwester anzuhören.

Der Rollstuhl wurde die Rampe heruntergefahren, die Räder knirschten auf dem rauen Bodenbelag. Ein Vogel, der sich gestört fühlte, zwitscherte empört.

»Thea!«

War das etwa Katjas Stimme? Zweifelnd öffnete sie die Lider. Und tatsächlich – in einer Hose und einer kurzen Leinenbluse, die kastanienbraunen Haare mit einem bunten Tuch zurückgebunden, kam die Schwester über den von Bäumen gesäumten Weg auf sie zu, ein unsicheres Lächeln auf ihrem Gesicht. »Hallo, Thea.«

Einige Momente sahen sie sich schweigend an.

»Würden Sie uns bitte allein lassen?«, wandte Thea sich schließlich an die Krankenschwester.

»Natürlich.« Die Pflegerin entfernte sich.

»Soll ich ...« – Katja holte tief Atem und lächelte wieder unsicher – »... dich vielleicht ein bisschen in die Sonne schieben?«

»Das wäre nett.« Auch Thea fühlte sich verlegen.

Katja bugsierte den Rollstuhl ein Stück den Weg entlang bis zu einer Bank, wo Sonnenlicht zwischen die Zweige fiel.

»Ist der Platz gut?«

»Ja.« Thea nickte.

Katja ließ sich ihr gegenüber auf der Bank nieder. Sie schlug die Beine übereinander und stellte sie dann wieder gerade hin. »Thea ...«, begann sie.

»Ich bin dir sehr dankbar, dass du gekommen bist«, unterbrach Thea sie. »Ich habe dir die Nachricht geschickt, weil ich deine Hilfe brauche.« Ihr war klar, dass das sehr spröde klang. Obwohl sie gerade viele Gefühle durchströmten – Liebe und Zuneigung und Freude darüber, ihre Schwester zu sehen –, schaffte sie es nicht, das auszudrücken. Nun ja, ihre Schwestern behaupteten ja immer, sie sei dem Vater ähnlicher, als sie es wahrhaben wollte. Vielleicht hatten sie damit ja recht.

»Ich freue mich, wenn ich dir helfen kann. Worum geht es denn?« Falls Katja über den kühlen Empfang gekränkt war, ließ sie es sich nicht anmerken.

»Ich mache riesige Fortschritte, indem ich den linken Arm und die Finger der rechten Hand wieder bewegen kann.« Thea flüchtete sich in Selbstironie. »Aber meine Beine wollen nicht so, wie ich es gern hätte. Ich bin immer noch auf den Rollstuhl angewiesen und kann die Klinik nicht verlassen. Dabei ... Nun, es geht um Folgendes: Eine junge Krankengymnastin, Hetti Waginger ist ihr Name, wurde vor ein paar Tagen fristlos entlassen, weil sie angeblich ihre Pflichten grob verletzt hat. Sie hat mir sehr geholfen, und ich kann einfach nicht glauben, dass sie sich so verhalten hat. Ich habe sie ganz anders erlebt. Zuverlässig und einfühlsam. Ich würde gern mit ihr sprechen. Aber Professor Carstens erlaubt nicht, dass sie noch einmal in die Klinik kommt. Und ich ... Ich kann Hetti ja nicht aufsuchen.« Thea stockte kurz und drängte ihre Frustration zurück. »Deshalb dachte ich, es wäre eine Lösung, wenn du an meiner Stelle mit ihr reden und sie fragen würdest, was es mit diesen Vorwürfen auf sich hat.«

Katja hatte ihr schweigend zugehört und sich eine Zigarette angezündet. Jetzt stieß sie den Rauch aus. »Nein, das mache ich nicht«, sagte sie dann.

»Katja!« Thea war fassungslos. Damit, dass die Schwester ihre Bitte rundweg ablehnen würde, hatte sie nicht gerechnet.

»He, jetzt schau mich nicht so böse an.« Katja ergriff ihre Hand, und ein Lächeln erhellte ihr Gesicht. »Ich will nicht mit der jungen Frau sprechen, weil du das selbst tun solltest.«

»Aber ich habe dir doch erklärt ...«

»Ich bringe dich zu ihr.«

»Hetti wohnt ein paar Kilometer entfernt, in einem Weiler oben am Berg, das hat sie mir einmal erzählt. Willst du mich etwa im Rollstuhl dorthin schieben?«

»Nein, natürlich nicht.« Katja zuckte nonchalant mit den Schultern, und Thea fühlte den Impuls, die Schwester heftig zu schütteln. Katja schaffte es sofort wieder, sie wahnsinnig zu machen.

»Wofür gibt es denn Autos?«

»Der Rollstuhl passt in keinen Wagen.«

»In einen normalen Pkw natürlich nicht, in einen größeren oder einen mit Ladefläche aber schon.«

»Und wo willst du so ein Auto herbekommen?«

»Ich kriege das schon hin. Vertrau mir.«

Nun gut, wenn jemand das organisieren konnte, dann Katja, und allem Anschein nach meinte sie es trotz ihrer lässigen Haltung ernst. Theas Ärger verflog. Über der Terrasse der Klinik wurde jetzt die rot-weiß gestreifte Markise heruntergelassen. Ein Gärtner wässerte die Beete mit einem Schlauch. Für einen Moment funkelten die Tropfen in allen Regenbogenfarben.

Thea wandte sich ihrer Schwester zu. »Es tut mir leid«, sagte sie impulsiv. »Ich habe dir Unrecht getan. Ich habe geglaubt, dass du schon längst wieder nach Düsseldorf zurückgekehrt bist. Und ... ich bin so froh, dass du hiergeblieben bist, und ich freue mich so, dich zu sehen!«

Katjas Augen weiteten sich. Ihr Gesicht wurde ganz schmal und blass und so ernst, wie Thea es noch nie gesehen hatte. Sie schüttelte den Kopf. »Ich lasse dich nicht im Stich.«

»Oh, Katja …« Thea kamen die Tränen, und sie streckte die Hand nach ihr aus.

»Ach, hör auf. Sonst heule ich auch gleich los.« Die Schwester beugte sich vor, schloss Thea in die Arme und drückte sie an sich. Eine Weile verharrten sie so. Sie hatten wieder zueinandergefunden, alles war gut zwischen ihnen. Thea hätte nicht gedacht, dass sie jemals wieder so glücklich würde sein können.

Schließlich löste Katja sanft die Umarmung. »Was hältst du davon, wenn ich dich in dein Zimmer bringe und mich dann wieder auf den Weg mache?« Ihre Stimme klang ziemlich zittrig. »Damit ich mich um den Wagen kümmern kann.«

»Ja, das ist eine gute Idee.« Thea nickte lächelnd.

Katja erschien schon am nächsten Nachmittag strahlend und voller Energie erneut bei Thea. »Dein ganz spezielles Transportmittel ist gefunden. Es kann losgehen«, verkündete sie mit großer Geste. »Wir werden ja wahrscheinlich eine Weile weg sein. Brauchst du etwas Bestimmtes für die Zeit?«

Der Tag war sonnig und warm. Thea überlegte. Auf der Toilette war sie glücklicherweise gerade gewesen. »Meine Sonnenbrille und einen Hut. Und vielleicht eine dünne Jacke. Und könntest du bitte eine Decke über meine Beine breiten?« Die waren streichholzdünn. Thea wollte nicht, dass sich neugierige Blicke darauf richteten.

Katja tat, worum Thea sie gebeten hatte. Dann suchte sie die Sachen zusammen und verstaute sie in ihrer großen Umhängetasche. Es war ein bisschen wie vor einem Ausflug mit Kindern, wenn man genau bedachte, was man mitnehmen sollte. Aber Thea beschloss, sich nicht darüber zu grämen. Tatsächlich war sie aufgeregt und zu ihrem Erstaunen sogar voller Vorfreude, die Klinik und das dazugehörige Gelände endlich einmal verlassen zu können.

Sie schaltete den Motor des Rollstuhls ein, und Katja lief neben ihr her, den Flur entlang zum Aufzug und dann durch die Halle im Erdgeschoss. Vom Eingang her kamen ihnen Professor Carstens und Frau Dr. Kessler entgegen, beide waren in ein Gespräch vertieft.

»Fräulein Kampen, wie schön, Sie wiederzusehen.« Der Professor hatte sie bemerkt und war stehen geblieben. Er blickte fragend von Katja zu Thea, sicher wunderte er sich, sie zusammen zu sehen, denn Thea hatte die Schwester ja so lange nicht treffen wollen. Aber er erwähnte dies nicht. Stattdessen fragte er nur: »Na, geht es in den Park?«

»Nein, wir haben einen kleinen Ausflug mit dem Auto vor.« Katja erwiderte sein Lächeln.

»Mit dem Auto? Nun ich weiß nicht, ob das für Frau Dr. Graven ratsam ist und wie das gehen soll.« Dr. Kessler verzog skeptisch den Mund.

Es konnte doch wohl nicht sein, dass sie dafür um Erlaubnis bitten musste! Thea setzte zu einer scharfen Antwort an, doch Katja kam ihr zuvor.

»Ach, ich habe während des Krieges als Hilfsschwester gearbeitet. Machen Sie sich nur keine Sorgen. Ich passe gut auf meine Schwester auf.« Katja winkte der Ärztin fröhlich zu, packte die Griffe des Rollstuhls und fuhr ihn nach draußen, ehe Dr. Kessler weitere Einwände erheben konnte. Vor dem Eingang parkte ein VW-Bus. Das war also der Wagen, den die Schwester organisiert hatte! Katja öffnete die Beifahrertür und lenkte den Rollstuhl dicht heran. Als Thea den Kopf wandte, sah sie, dass die Ärztin sie durch ein Fenster in der Halle beobachtete.

»Leg deinen Arm unter meine Achseln. Ja, gut so«, zischte sie der Schwester zu, während sie selbst sich mit der linken Hand am Armaturenbrett festklammerte. »Und jetzt schieb mich auf den Sitz.« Thea half mit, indem sie sich mit der Hand nach vorn zog. Irgendwie schafften sie es, sie in den VW-Bus zu bugsieren. Dann wuchtete die Schwester den Rollstuhl auf die freie Fläche hinter den Sitzen und schloss die Tür.

»Puh!« Katja blies sich eine Haarsträhne aus dem Gesicht und kletterte auf den Fahrersitz. »Auch wenn du so dünn aussiehst, bist du doch ganz schön schwer.«

»Danke. Während des Krieges als Hilfsschwester gearbeitet ...« Thea verdrehte die Augen. »Ich kenne keine, die ich mir weniger als eine Krankenschwester vorstellen könnte als dich.«

»Na ja, irgendetwas musste ich ja sagen, um dieser Schnepfe den Wind aus den Segeln zu nehmen.« Katja startete den VW-Bus. »Ich bin mir übrigens ziemlich sicher, dass die Ärztin und der Professor mal miteinander geschlafen haben – falls sie es nicht immer noch miteinander treiben.«

»Katja!«

»Lieber Himmel, jetzt sei doch nicht so entsetzlich prüde.« Katja bedachte Thea mit einem raschen Seitenblick, ehe sie sich wieder auf die kurvenreiche Straße konzentrierte. »Da ist so eine gewisse Schwingung zwischen den beiden. Und als der Professor mich angelächelt hat, war sie eifersüchtig. Unverkennbar.«

Da musste Thea ihr zustimmen. Sie hatte es auch bemerkt. »Die beiden duzen sich, wenn sie allein sind«, gab sie zu.

»Siehst du! Bestimmt habe ich mit meiner Vermutung recht.« Katja steuerte den VW-Bus schwungvoll um eine Kurve.

Thea lächelte vor sich hin. Ach, es war einfach schön, mit der unverblümten Schwester zusammen zu sein und sich mit ihr zu kabbeln!

Kapitel 20

Der Alpsee lag schimmernd wie blaues Glas im Tal. Die Berge mit ihren nach wie vor schneebedeckten Gipfeln schienen zum Greifen nah. Da und dort grasten Kühe auf den Wiesen. Das Bimmeln ihrer Glocken übertönte selbst den Automotor. Blumen blühten am Straßenrand, und die Samen von Löwenzahn wehten wie silberne Funken durch die Luft. Thea fühlte durch das heruntergekurbelte Fenster den Fahrtwind auf ihren Wangen. Für Momente vergaß sie ganz ihre Lähmung.

In dem Weiler, in dem Hetti lebte, machten sie an einem Brunnen Halt. Katja stieg aus und fragte eine Bäuerin mit Dutt und karierter Schürze über dem Rock nach dem Zuhause der jungen Frau.

»Die Bäuerin hat etwas gesagt wie, dass zu dem Haus der Wagingers früher öfter Leute aus der Stadt gekommen sind – falls ich sie richtig verstanden habe. Und dabei hat sie irgendwie wissend genickt.« Katja hatte wieder hinter dem Steuer Platz genommen und lenkte den VW-Bus um den Brunnen herum und dann in eine schmale Straße, die steil den Berg hinaufführte. »Kannst du dir einen Reim darauf machen?«

»Hetti hat nie viel erzählt, sie ist überhaupt sehr zurückhaltend. Aber ihr Vater galt in den umliegenden Dörfern wohl als eine Art Heiler. Denkst du, wir sind hier richtig?«

Sie hatten jetzt die letzten Häuser hinter sich gelassen, und die Straße war nur noch ein Feldweg.

»Ja, das bin ich.« Katja schaltete in den ersten Gang, und der VW-Bus holperte mühsam voran. »Meine Güte, du hattest recht, es wäre wirklich keine gute Idee gewesen, dich von der Klinik mit dem Rollstuhl hierherzuschieben.«

Hinter einer Biegung wurde der Weg gleich darauf fast eben, und ein Stück entfernt tauchte zwischen Wiesen ein kleines Haus auf. Der Sockel bestand aus Bruchsteinen, die Fassade aus verwittertem Holz. Über den Fenstern und am Giebel waren die Überreste von Schnitzereien zu erkennen.

»Laut der Bäuerin wohnt Hetti hier mit ihrem Bruder. Ich schau mal, ob sie da ist.« Katja verlangsamte die Geschwindigkeit und stellte den VW-Bus im Schatten eines großen Baumes ab. Dann kletterte sie aus dem Wagen. Sie öffnete ein hölzernes Gartentor und verschwand hinter ein paar Büschen.

Thea stützte sich am Armaturenbrett ab und brachte ihren Oberkörper in eine bequemere Lage. Wind wehte durch die hohen Gräser der Wiesen. Eine Biene summte an dem geöffneten Fenster vorbei. Hoch oben am Himmel zog ein Raubvogel seine Kreise.

Nun quietschte das Gartentor, und Katja erschien wieder in ihrem Blickfeld. Bedauernd schüttelte sie den Kopf. Hetti war also nicht zu Hause. Theas Mut sank. War die ganze Mühe umsonst gewesen?

»Wir warten einfach eine Weile.« Die Schwester kletterte neben sie. »Also, wenn das für dich geht.« Sie bedachte Thea mit einem besorgten Blick.

»Ja, es ist alles in Ordnung. Hör mal, was ich dich eigentlich schon gestern fragen wollte: Wie hast du mich gefunden, wenn dir Vater nicht gesagt hat, wo ich bin?«

»Ach, ich hab ein bisschen herumgeschnüffelt. Letztlich hat sich Vaters Sekretärin verplappert. Ich hab sie ja eingearbeitet und hab ein ganz gutes Verhältnis zu ihr«, sagte Katja, für Theas Ohren allzu beiläufig. Thea wusste nicht, ob sie ihr das abnehmen sollte. Und schon fügte ihre Schwester rasch hinzu: »Aber erzähl Vater bloß nichts davon, wahrscheinlich würde er es fertigbringen, die Arme fristlos zu entlassen.«

Thea sah sich in ihrem Misstrauen bestätigt, beschloss aber, nicht weiter in Katja zu dringen. Dafür war sie viel zu dankbar, sie bei sich zu haben. Möglicherweise hatte die Schwester in den Unterlagen des Vaters herumgeschnüffelt, zuzutrauen war es ihr. »Nein, natürlich erwähne ich das Vater gegenüber nicht«, erwiderte sie, offenbar zu Katjas Erleichterung. »Du hast Marlene aber nicht gesagt, wo ich bin?«

»Nein. Ich habe in den letzten Wochen zwar hin und wieder mit ihr telefoniert, aber ich habe ihr nur erzählt, dass ich mich wegen einigen Aufträgen in Bayern aufhalte.«

»Geht es ihr und den Kindern gut?«

»Na ja, wie man es nimmt. Marlene wollte eine Stelle in einem Reisebüro in Monschau antreten. Aber Vater hat das hintertrieben, und deshalb wurde sie nicht eingestellt.«

»O Gott, wie konnte er nur?« Thea war entsetzt. »Marlene hat mir bei meinem letzten Besuch in Monschau von der Stelle erzählt. Sie hatte so große Lust, sich darauf zu bewerben! Als Vater mich vor gut zwei Wochen besucht hat, hat er davon gar nichts erwähnt.« Deshalb hatte er also so ausweichend reagiert, als sie nach Marlene und den Kindern fragte!

»So ist er nun einmal.« Katja seufzte und zuckte mit den Schultern. »Immer muss alles nach seinen Vorstellungen laufen, und er ist außerstande, auch mal einen Fehler zuzugeben. Was ich dir aber eigentlich erzählen wollte, ist, dass Marlene zu dem Schluss kam, nicht länger mit Vater unter einem Dach leben zu können. Was ich nur zu gut verstehen kann. Und um sich klar zu werden, was sie möchte, und um Klatsch und Tratsch in Monschau zu vermeiden, ist sie nach Eichenborn in dein Häuschen gezogen und hilft Georg in der Praxis. Sie hat das nur getan, weil sie überzeugt ist, dass du ganz sicher nichts dagegen hast«, fügte Katja rasch hinzu.

»Nein, natürlich nicht.« Bilder und Erinnerungen stürmten auf Thea ein. Das kleine Fachwerkhaus, das ihre Schwestern, kurz nachdem sie als Mitarbeiterin in der Praxis begonnen hatte, so hübsch für sie hergerichtet hatten. Der Blick durch die Fenster auf das Hohe Venn im Abendlicht. Der blühende Rosenstock an der Tür. Und, sie konnte es nicht länger wegschieben, Georg, Georg, Georg ... Auch er war ja mit diesem Haus untrennbar verbunden.

»Thea.« Katja berührte sie am Arm.

Sie schreckte auf, immer noch mit diesem schrecklichen Schmerz in der Brust. Hetti stand, derbe Schuhe an den Füßen und einen Rucksack auf dem Rücken, vor dem VW-Bus. Sie waren so in das Gespräch vertieft gewesen, dass sie ihr Kommen gar nicht bemerkt hatten.

»Frau Doktor?« Sie blickte Thea unsicher an. »Sie sind hier! Aber weshalb denn? Das war doch bestimmt sehr anstrengend für Sie und ...«

»Ich möchte mit Ihnen sprechen«, unterbrach Thea sie freundlich, jedoch bestimmt. »Über Ihre Entlassung in der Klinik.«

Augenblicklich verschloss sich Hettis Gesicht. »Da gibt es nichts zu sagen.«

Thea wurde bewusst, dass die junge Frau vor ihr stand wie eine Sünderin vor der Anklagebank. Das war keine gute Voraussetzung für eine vertrauensvolle Unterhaltung. »Hier im Wagen ist es so unbequem. Ich habe den Rollstuhl dabei. Könnte ich vielleicht mit ins Haus oder den Garten kommen und mich dort ein wenig ausruhen?«

In Hettis Miene stritten Abwehr und der Wunsch, es Thea angenehm zu machen, miteinander. »Zum Haus führen ein paar steile Stufen hinauf«, sagte sie schließlich. »Aber in den Garten lässt sich der Rollstuhl fahren.«

»Na, dann mal los«, sagte Katja, die bisher schweigend zugehört hatte. Hetti fasste mit an – ihr kundiger Griff war eine Wohltat –, und sie und die Schwester hievten Thea in den Rollstuhl und schoben sie das kurze Stück über die Wiese und zum Gartentor.

Hinter den Büschen erstreckten sich gepflegte Beete voller Blumen und Kräuter und Gemüse, eine schier überwältigende Vielfalt von Farben und Gerüchen. Pfingstrosen blühten neben Mohn, Lavendel und Flachs. Von einigen Kräutern kannte Thea nicht einmal den Namen.

Auf dem unebenen Boden wurde sie gehörig durchgeschüttelt, und sie war froh, als sie eine Bank und einen Tisch seitlich am Haus erreichten, die unter einem Vordach im Schatten standen.

»Wäre es Ihnen hier recht, Frau Doktor?«

»Ja, natürlich.«

»Soll ich Ihnen ein Glas Wasser oder eine Limonade holen?« Hetti ließ den Rucksack von den Schultern gleiten.

»Danke, aber ich brauche nichts.« Thea schüttelte den Kopf. Hetti und Katja ließen sich an dem Tisch nieder. Katja, die Beine übereinandergeschlagen, Hetti die Hände im Schoß gefaltet und den Blick gesenkt.

»Der Garten ist wunderschön«, sagte Thea nach einer kurzen Pause. »Pflegen Sie ihn allein?«

»Ja, das Meiste mache ich. Mein Bruder kommt erst spät von der Arbeit nach Hause. Er ist Zimmermann, das habe ich Ihnen, glaube ich, einmal erzählt.«

»Ja, richtig.« Thea nickte. Bis auf das Gesumme der Bienen und Hummeln und das Zwitschern eines Vogels war es still in dem Garten. »Hetti«, versuchte es Thea noch einmal, »ich kann einfach nicht glauben, dass die Vorwürfe gegen Sie stimmen, dass Sie sich über Vorschriften hinweggesetzt und Kindern eigenmächtig eine Medizin gegeben haben. Ich habe Sie ganz anders erlebt, und ich mag Sie sehr und möchte Ihnen wirklich helfen.«

Katja glitt von der Bank und verließ den Garten. Thea war froh, dass sie so feinfühlig war, sie mit Hetti allein zu lassen.

Hetti schob die Hände zwischen die Oberschenkel und starrte auf den Tisch. »Doch, ich habe mich über Vorschriften hinweggesetzt«, sagte sie dann mit dumpfer Stimme. Ihr Gesichtsausdruck war irgendwie traurig und nicht schuldbewusst.

»Aber? Es gibt doch ein Aber, oder?«, fragte Thea sanft. »Was haben Sie denn genau getan, als Sie die Vorschriften gebrochen haben?«

Endlich blickte Hetti sie an, ihre Augen füllten sich mit

Tränen. »Ich ... ich ... Die Kinder tun mir so leid!«, brach es aus ihr hervor.

»Die Kinder in der Klinik?«

»Ja. Sie müssen oft wochen- oder monatelang in Gipsschalen liegen, damit die verkrümmten Glieder gerade werden, und können sich nicht bewegen. Es gibt natürlich die medizinischen Behandlungen. Aber sonst bleiben sie sich selbst überlassen. Viele sind ganz verstört, und niemand tröstet sie. Ich hab immer wieder versucht, mit ihnen zu reden und zu spielen. Oder ihnen mal etwas vorzulesen. Außerhalb meiner Arbeitszeit. Aber ich durfte das nicht. Und dann wollte eine Mutter ihre kleine Tochter vorletzte Woche besuchen. Es gab Schwierigkeiten mit dem Zug, und sie kam erst in der Kinderklinik an, nachdem die Besuchszeit schon vorbei war. Sie wohnt in Franken, irgendwo bei Würzburg, und ist Witwe und hat noch drei kleine Kinder. Sie hat nicht viel Zeit und kein Geld und schafft es nur, alle paar Wochen einmal zu kommen.« Die Worte strömten jetzt aus Hetti heraus, als sei ein Damm in ihr gebrochen. »Aber sie liebt ihre Tochter, das spürt man ganz deutlich, und das kleine Mädchen hat sich so nach ihr gesehnt! Deshalb habe ich sie zu dem Kind gebracht. Aber die Oberschwester hat es bemerkt und war sehr böse, sie kann mich sowieso nicht leiden. Und sie hat es Frau Dr. Kessler erzählt, und die war auch sehr ungehalten. Sie hatte es mir ja auch schon verboten, mit den Kindern zu spielen.«

Thea versuchte, ihre Gedanken zu ordnen. Gewiss, in Krankenhäusern wurde vom Personal Disziplin gefordert, und Hetti hatte Regeln gebrochen, auch wenn sie es gut gemeint hatte. »Und was hat es damit auf sich, dass Sie

Kinder eigenmächtig mit Ihrer Salbe behandelt haben sollen?«, hakte sie nach.

»Das habe ich nicht getan.« Hetti schüttelte vehement den Kopf. Wieder traten Tränen in ihre Augen.

»Ich habe das auch nicht geglaubt, aber wie kommt Professor Carstens dann darauf? Ganz aus der Luft gegriffen wird der Vorwurf ja wohl nicht sein.«

»Während der Krankengymnastik hab ich immer wieder bemerkt, dass die wundgelegenen Stellen bei manchen Kindern nicht gut heilen. Und Ihnen hat meine Salbe ja geholfen. Und da ... da hab ich mir ein Herz gefasst und Frau Dr. Kessler gefragt, ob ich sie nicht vielleicht auch mal bei den Kindern anwenden darf, denn die haben es ja sowieso schon so schwer.« Es war Hetti anzumerken, wie viel Überwindung sie das gekostet haben musste, und Thea ahnte, wie die Reaktion seitens der Ärztin ausgefallen war. Hettis nächste Worte bestätigten ihre Vermutung.

»Die Frau Doktor wurde sehr ärgerlich und hat mich angefahren, wie ich auf so eine Idee kommen könnte. Das wär überheblich und anmaßend von mir. Und sie wolle nie mehr so was hören. Und letzte Woche dann, da haben sich bei ein paar Kindern die wunden Stellen entzündet, und die Frau Doktor und die Oberschwester waren davon überzeugt, dass ich die Kinder trotz des Verbots mit der Salbe eingerieben habe und dass die Entzündungen daher kamen. Aber das hab ich nicht getan, ich schwör's!« Hettis Stimme überschlug sich vor Eifer.

Was auch immer die Entzündungen verursacht haben mochte, es erschien Thea plausibel, dass Dr. Kessler nach dieser Vorgeschichte Hetti dafür verantwortlich gemacht hatte. Vor allem auch, da die Oberschwester und anscheinend auch sie die junge Frau ohnehin nicht leiden konnten.

Hetti beugte sich nun unvermittelt zu Thea und sah sie flehend an. »Bitte, Sie müssen mir glauben, den Kindern geht es wirklich schlecht. Und das liegt nicht nur an der Polio-Erkrankung. Ich arbeite dort ja noch nicht lange, erst seit drei Monaten. Aber mir ist gleich aufgefallen, dass in der Kinderklinik so eine Traurigkeit ist...« Sie brach verlegen ab und biss sich auf die Lippen.

Steigerte Hetti sich vielleicht in etwas hinein? Das alles hörte sich so dramatisch an. Andererseits war sie sehr feinfühlig. Eigentlich hatte sie ihre, Theas, Stimmungen immer richtig wahrgenommen. Die ungewohnte Anstrengung machte sich bemerkbar, und Thea fühlte sich plötzlich tief erschöpft.

»Ihnen geht es nicht gut, nicht wahr?« Hetti stand erschrocken auf. »Soll ich Ihre Schwester rufen?«

»Ja, gleich.« Thea hielt sie zurück. Ihre Lebenserfahrung und Menschenkenntnis sagten ihr, dass die Vorwürfe der jungen Frau nicht völlig aus der Luft gegriffen waren. »Hetti, ich verspreche Ihnen, dass ich die Kinderklinik besuchen und mich dort umsehen werde.«

»Wirklich?« Hettis Augen leuchteten auf, nur um sich im nächsten Moment ängstlich zu verdunkeln. »Bitte, sagen Sie Frau Dr. Kessler nichts von dem, was ich Ihnen erzählt habe«, flehte sie. »Ich möchte so gern hier in der Gegend eine Arbeit als Krankengymnastin finden, und das würde sie ganz sicher verhindern.«

»Nein, ich werde ihr nichts verraten«, versicherte Thea.

»Danke.« Hetti eilte davon, um Katja zu suchen.

Als Thea endlich wieder in dem VW-Bus saß, fielen ihr die Augen zu. Wie Katja und Hetti den Rollstuhl verstauten, bekam sie gar nicht richtig mit. Sie wachte auf, als die Schwester den Motor startete.

»Jetzt sag schon, was hast du von Hetti erfahren?« Katja nahm die Biegung, wo der Feldweg in die schmale, steile Straße mündete, entgegen ihrer sonstigen rasanten Fahrweise sehr langsam und vorsichtig.

»Würdest du mit mir, wenn wir zurück sind, noch die Kinderklinik weiter unten im Park besuchen?«, entgegnete Thea statt einer direkten Antwort.

»Meiner Meinung nach solltest du dich dringend ausruhen. Aber so entschlossen, wie deine Miene ist, kann ich mir diesen Hinweis wohl sparen.« Katja seufzte. »Ja, ich begleite dich zu der Kinderklinik.«

Thea hatte von der Kinderklinik bisher nur das Dach gesehen. Doch nun, als Katja sie in dem Rollstuhl darauf zuschob, musste sie zugeben, dass das Gebäude eigentlich recht freundlich wirkte. Vor dem modernen Flachbau plätscherte ein Brunnen, daneben stand eine Statue der Gänseliesel mit einer ganzen Schar ihres steinernen Gefieders.

Die Eingangstür öffnete sich auf einen Knopfdruck hin. Die Halle war weitläufig und sonnendurchflutet und die Rückseite vollständig verglast. Dahinter erstreckte sich eine große Wiese. Es gab ein Aquarium mit Goldfischen, und an den Wänden hingen Drucke von Märchenmotiven in leuchtenden Farben.

»Das wirkt doch eigentlich ganz nett«, sprach Katja Theas Gedanken aus. »Nach dem, was du mir auf der Fahrt erzählt hast, habe ich irgendwie ein düsteres Gemäuer aus dem neunzehnten Jahrhundert erwartet, mit winzigen vergitterten Fenstern und ...«

Eine junge, stämmige Schwester, die mit einem Stapel Handtücher in den Händen in die Halle geeilt kam, ließ sie abbrechen.

»Können Sie mir sagen, wo ich Frau Dr. Kessler finde?«, wandte sich Thea an die Pflegerin.

»Oh, soviel ich weiß, ist sie gerade nicht anwesend, und die Oberschwester und die anderen leitenden Schwestern sind in einer Besprechung.« Sie blinzelte Thea aus braunen Augen kurzsichtig an. Ihr rundes Gesicht war voller Akne.

Vielleicht war es ja gar nicht so schlecht, wenn sie sich erst einmal allein mit Katja umsah, ohne jemanden vom Personal, überlegte Thea.

»Mein Name ist Dr. Graven, und das ist meine Schwester Fräulein Kampen. Ich bin Patientin in der Privatklinik und selbst Ärztin. Wo finde ich denn die Krankenzimmer?«, erkundigte sich Thea freundlich, aber bestimmt.

Die eingespielten Hierarchien in einer Klinik entfalteten wieder einmal ihre Wirkung. Der Schwester genügte es, dass Thea Ärztin war. »Auf dieser Seite des Gebäudes, Frau Doktor.« Sie deutete in die Richtung.

»Danke.«

Katja fasste den Rollstuhl wieder an den Griffen und schob Thea den Flur entlang. »Tss, ist das nicht ziemlich unkollegial von dir, dass du die Station ohne das Wissen deiner geschätzten Kollegin betrittst?«, flüsterte sie ihr zu.

»Seit wann scherst du dich um irgendwelche Regeln?«, erwiderte Thea trocken.

Nun klopfte Katja an die erste Tür, öffnete sie und schob

Thea dann in das Zimmer. Etwa ein Dutzend Betten standen darin, die übliche Zahl für ein Krankenhaus. Zwischen ihnen gab es reichlich Abstand, der Raum war groß und das Mobiliar unverkennbar neu und von guter Qualität. Die Jalousien waren wegen des Sonnenlichts geschlossen, vor den fast deckenhohen Fenstern hingen Mobiles mit kleinen Holztieren. Über den Beinen von einigen Kindern standen jene Wärmetunnel aus Holz, die Thea von ihrer eigenen Behandlung kannte.

Ein vielleicht fünf oder sechs Jahre altes Mädchen mit einem schmalen Köpfchen, die Haare kurz und unregelmäßig gestutzt, was es wie ein aus dem Nest gefallenes Vögelchen wirken ließ, lehnte in den Kissen. Der Blick der Kleinen war unklar, und ihr Mund stand ein bisschen offen, als wäre sie eben aufgewacht. Andere Kinder schienen zu schlafen, und Thea wollte sie nicht wecken.

»Lass uns weitergehen«, raunte sie Katja deshalb zu.

Das nächste Zimmer beherbergte etwas ältere Kinder, zwischen acht und zehn Jahren. Alle trugen die Metallschienen, die Thea so hasste, an den Gliedmaßen. Dennoch fuhr ein Ruck durch sie, als sie Thea und Katja bemerkten, fast so, als würden sie eine militärische Haltung einnehmen wollen. Und die, die ihre Arme frei bewegen konnten, legten die Hände hastig auf die Bettdecken.

»Hallo, mein Name ist Thea Graven«, sagte Thea rasch. »Ich bin selbst an Kinderlähmung erkrankt und Patientin in der Klinik am oberen Ende des Parks. Vielleicht habt ihr sie ja einmal gesehen. Seid ihr schon lange hier?«

Schweigen schlug ihr entgegen. Schließlich antwortete ein dunkelhaariger Junge leise: »Ich seit vier Monaten.«

»Und gefällt es dir hier? Also, soweit es einem in einer

Klinik gefallen kann«, versuchte Thea mit einem Lächeln das Eis zu brechen.

»Ja, schon.« Er blickte sie nicht an.

»Und euch?« Thea wandte sich an seine Zimmergenossen.

»Ja.«

»Ja, doch ...«

Die gemurmelten Antworten klangen ziemlich pflichtschuldig.

»Für Kinder sind die aber sehr zurückhaltend«, bemerkte Katja, als sie das Zimmer wieder verlassen hatten.

»Allerdings ...«

Das nächste Zimmer beherbergte genauso viele Betten wie die beiden vorherigen. Zuerst dachte Thea, sie wären leer. Dann erst sah sie, dass die Kinder flach auf dem Rücken in Gipsschalen lagen. Blicke wandten sich ihr zu, nur um sich sofort wieder der Decke zuzukehren. Wie schrecklich musste es sein, wochen- oder gar monatelang zur Bewegungslosigkeit verurteilt zu sein! Kein Wunder, dass die Augen der Kinder so matt, ja hoffnungslos waren!

Jetzt hörte Thea ein leises Summen. Zuerst wusste sie nicht, woher es kam. Dann erkannte sie, dass ein sommersprossiger Junge es ausstieß, als ob er sich damit selbst beruhigen wollte. Unwillkürlich machte sie eine Geste in seine Richtung, und Katja schob sie zu ihm. Als der Junge sie bemerkte, brach er abrupt ab und starrte sie erschrocken und schuldbewusst an, als hätte sie ihn bei etwas Verbotenem ertappt.

Thea wollte etwas Beruhigendes zu ihm sagen. Doch da nahm sie das Fenster in der Wand wahr, dahinter befand sich ein ebenso großes Zimmer. Auch dort lagen alle Kinder in Gipsschalen.

»Sagen Sie, was machen Sie hier?« Eine scharfe Stimme erklang von der Tür her. »Sie können nicht einfach ohne Erlaubnis die Zimmer betreten!«

»Oh, kein Grund zur Aufregung.« Katja drehte den Rollstuhl herum.

Die Krankenschwester, die nun in Theas Blickfeld erschien, war ziemlich klein und dünn und schätzungsweise Anfang fünfzig. Ihre kräftigen Handgelenke hätten zu einer viel größeren Person gehören können. Sie musterte Thea und Katja erbost und strahlte die Autorität einer leitenden Schwester aus.

»Mein Name ist Dr. Graven, und das ist meine Schwester Fräulein Kampen«, erwiderte Thea begütigend. »Ich bin Patientin in der Privatklinik. Professor Carstens hat mir vorgeschlagen, die Kinderklinik einmal zu besuchen. Meine Schwester und ich kamen gerade von einem Ausflug zurück, und da dachte ich, ich nutze die Gelegenheit. Ich bin selbst Ärztin, deshalb bin ich davon ausgegangen, dass das kein Problem ist.«

Die Miene der Schwester war etwas milder geworden, als Thea den Professor erwähnt hatte. »Nun, es ist mir immer lieber, wenn sich Besuch anmeldet«, sagte sie weiterhin sehr kühl.

»Das verstehe ich. Eine junge Pflegerin, der wir in der Halle begegnet sind, erwähnte, dass alle leitenden Schwestern in einer Besprechung seien. Ich wollte einfach keine Umstände machen. Ich nehme doch an, Sie zählen zu den leitenden Schwestern?«

»Ich bin Oberschwester Gundula.«

Das war also die Frau, von der Hetti gesagt hatte, dass sie sie nicht mochte. Thea konnte sich gut vorstellen, dass die Oberschwester robustes Pflegepersonal schätzte und die zarte und empfindsame Hetti nicht ihrem Ideal entsprach.

»Ich finde die Klinik sehr modern und freundlich. Professor Carstens erwähnte auch, dass das Schwimmbad für die Therapie der Kinder genutzt wird.«

»Ja, damit ist die Klinik Sonnenalm ziemlich einzigartig. Und auch sonst werden die Kinder nach den neuesten medizinischen Erkenntnissen zur Kinderlähmung behandelt.« Der Stolz in der Stimme der Oberschwester war unüberhörbar.

»Wie viele Kinder sind denn zurzeit hier?«

»Sechzig, alle Betten sind belegt. Und es gibt eine lange Warteliste.« Sie befanden sich mittlerweile wieder auf dem Flur.

»Und was ist mit den Kindern, wenn sie nicht gerade nach den neuesten wissenschaftlichen Erkenntnissen behandelt werden?«, mischte Katja sich empört ein.

»Was meinen Sie damit?« Die Oberschwester blickte Katja verständnislos an.

»Die Kinder müssen ja notgedrungen viel Zeit im Bett verbringen, und nicht wenige können sich noch nicht einmal bewegen«, sagte Thea rasch, ehe Katja ihren Unmut noch deutlicher zum Ausdruck bringen konnte. »Das muss sehr langweilig und auch quälend sein. Wird denn irgendetwas unternommen, um die Kinder zu beschäftigen, oder auch nur, um sie abzulenken?«

»Nun, zu den älteren Kindern kommt zwei- oder dreimal in der Woche eine Lehrerin und erteilt ihnen Unterricht.«

»Was ist mit den kleineren Kindern? Welche Beschäftigung gibt es denn für sie?«

»Wenn eine Schwester Zeit hat, liest sie ihnen schon mal vor.« Der gleichgültigen Miene von Schwester Gundula war deutlich zu entnehmen, dass dies selten vorkam – und sie es auch nicht für nötig erachtete.

Katja tauschte einen fassungslosen Blick mit Thea, und Thea hielt es für ratsam, sich zu verabschieden, ehe sie der Oberschwester gegenüber ausfallend wurde.

Vor der Klinik blieb Katja stehen und zündete sich eine Zigarette an. Ihr Gesicht war sehr bleich. Sie inhalierte den Rauch tief und wandte sich dann Thea zu. Ihre Augen glitzerten wütend – und feucht. »Sag mal, warum hast du mich diesem Drachen eigentlich nicht die Meinung sagen lassen?«

»Katja ...«

Doch die Schwester ließ sie nicht zu Wort kommen. »Ich hatte den Eindruck, dass die Kinder förmlich erstarrt sind, als diese Hexe ins Zimmer kam. Wenn ich mir vorstelle, dazu verdammt zu sein, wochenlang stillzuliegen und nur die Decke anstarren zu können ... Du hast doch auch dieses schreckliche Summen des kleinen Jungen gehört! Das ging mir durch und durch. Und die Oberschwester erachtet es ganz offensichtlich als Zeitverschwendung, sich den Kindern zuzuwenden. Und ...«

»Katja ...«, versuchte Thea es noch einmal.

»Was?«

»Ich habe dich unterbrochen, weil es sinnlos ist, die Oberschwester zu verärgern. Sie hätte sich nur bei Dr. Kessler über uns beschwert. Und die wird ohnehin alles andere als begeistert sein, wenn ich Professor Carstens frage, ob ich die Kinder regelmäßig besuchen und sie irgendwie aufheitern kann.« Thea hielt inne, erstaunt über sich selbst. Hatte sie tatsächlich gerade diesen Plan gefasst?

»Ich helfe dir natürlich.« Katja wischte sich über die Augen und schniefte.

So aufgewühlt hatte Thea sie früher selten erlebt. »Das weiß ich doch.« Sie drückte ihre Hand. »Aber jetzt muss ich mich, glaube ich, wirklich hinlegen. Ich bin todmüde.« Tatsächlich hatte sie Mühe, sich aufrecht zu halten. »Und ich schaffe es eher nicht, mich noch mal in den VW-Bus zu setzen.«

»Verzeih, wie gedankenlos von mir, hier herumzuschwadronieren. Soll ich Hilfe holen?«

Thea schüttelte den Kopf. »Wenn du mich im Rollstuhl durch den Park fährst, müsste es gehen. Ich möchte nicht, dass Professor Carstens und Dr. Kessler von meinem Schwächeanfall erfahren.«

Thea fühlte sich mehr tot als lebendig, als sie in der Privatklinik ankam. Auf dem Gang vor ihrem Zimmer begegnete ihnen eine Schwester. Die Pflegerin erkannte, wie erschöpft sie war, und rief eine Kollegin herbei. Nachdem sich Thea von Katja verabschiedet hatte, brachten die beiden Schwestern sie auf die Toilette und dann zu Bett. In ihrem Zustand war es ihr ausnahmsweise einmal egal, dass über sie bestimmt wurde, und sie schlief sofort ein.

Es war schon dunkel, als Thea wieder erwachte. Die Fensterläden waren geschlossen, und die Zeiger ihres Weckers auf dem Nachttisch standen auf zehn. Offensichtlich hatte man sie ruhen lassen und nicht zum Abendessen geweckt.

Die Bilder der Kinder, die in den Gipsschalen liegen

mussten, tauchten vor Thea auf. Ihre apathischen Gesichter, die matten, hoffnungslosen Augen. Und *sie* hatte sich selbst bemitleidet! Scham stieg in ihr auf. Sie war im Gegensatz zu den Kleinen privilegiert. Sie hatte von Anfang an ihren linken Arm bewegen können, und man umsorgte und umhegte sie. Und sie war erwachsen und nicht hilflos einem Krankenhausregime unterworfen.

Georg hätte die Zustände in der Kinderklinik auch furchtbar gefunden, davon war Thea fest überzeugt. Anders als viele der Kollegen vertrat er die Ansicht, dass schreckliche Erlebnisse bleibende Spuren in der menschlichen Psyche hinterließen und, wenn sie nicht behandelt wurden, krank machten. Die Polio-Erkrankung hatte den Kindern entsetzliche Schmerzen zugefügt, sie aus ihren Familien und ihrer vertrauten Umgebung gerissen, und in der Klinik kümmerte sich niemand um ihr Leid.

Ja, Hetti hatte recht. Die Kinder hätten unbedingt Zuwendung und Liebe gebraucht und nicht nur medizinische Therapien. Sie musste etwas für sie tun. Aber dabei hieß es, klug vorzugehen.

Ach, es wäre so schön gewesen, mit Georg darüber sprechen und mit ihm einen Plan aushecken zu können! Aber das ging nicht, denn sobald sie auch nur seine Stimme hören würde, würde ihr Entschluss, sich von ihm fernzuhalten, ins Wanken geraten, das wusste sie genau.

Und wenn sie diese Entscheidung vielleicht etwas übereilt getroffen hatte und sich ihre Lähmungen irgendwann ganz oder zumindest weitgehend zurückbilden würden?

Thea starrte in die Dunkelheit. Es war viel zu früh, darauf zu hoffen. Und dann gab es ja auch noch das Kind, das Georg mit Melanie hatte.

Kapitel 21

Am nächsten Vormittag hatte Thea ihre Erschöpfung überwunden. Nachdem sie gefrühstückt hatte und angekleidet worden war, bat sie die Krankenschwester, ihr in den Rollstuhl zu helfen. Der Aufzug brachte sie in die erste Etage, wo Professor Carstens' Büro lag. Sie klopfte an die Tür und drückte sie dann auf das »Herein« des Professors hin mit dem Rollstuhl auf – wieder eine neue Fertigkeit. Hatte sie sich als Kleinkind wohl ebenso gefreut, als sie zum ersten Mal eine Tür selbstständig aufgestoßen hatte?

»Frau Dr. Graven, das ist ja eine schöne Überraschung!« Der Professor erhob sich hinter seinem Schreibtisch. Er eilte ihr entgegen und hielt die Tür fest, bis Thea ganz im Zimmer war. »Sie haben in der letzten Zeit große Fortschritte gemacht. Wer hätte das noch vor ein paar Wochen gedacht?«

»Ja, allerdings, wirklich erstaunlich.« Eine spröde Stimme.

Erst jetzt bemerkte Thea Frau Dr. Kessler, die auf einer Sitzgruppe im skandinavischen Stil saß. Wie immer waren ihr weißer Kittel und ihr Make-up makellos. Es wäre viel einfacher gewesen, wenn sie, Thea, allein mit dem Professor hätte sprechen können. Ach, warum musste die Ärztin ausgerechnet jetzt hier sein? Und wann trat sie eigentlich endlich ihren Urlaub an?

»Was verschafft uns denn die Freude Ihres Besuchs?«

Der Professor wies zur Sitzgruppe. Er rückte einen Sessel zur Seite, wartete, bis Thea den Rollstuhl dorthin gefahren hatte, und ließ sich dann nieder. »Ich nehme an, Sie sind wegen etwas Bestimmtem gekommen?«

»Ich habe mich gestern nach dem Ausflug mit meiner Schwester sehr gut gefühlt. Und da habe ich mich daran erinnert, dass Sie mir vorgeschlagen hatten, mir doch einmal die Kinderklinik anzusehen. Das habe ich dann aus einem Impuls heraus zusammen mit meiner Schwester getan. Die Klinik ist so hell und freundlich und alles wirkt sehr modern.« Thea wählte ihre Worte sorgfältig, sie hatte sich genau überlegt, was sie sagen wollte, damit sich Professor Carstens nicht brüskiert fühlte. Denn er war schließlich der Inhaber, und sie schadete ihrem Vorhaben nur, wenn sie ihn verärgerte. »Das hat mich sehr beeindruckt. Und ich habe mir vorgestellt, wie erfüllend es sein müsste, dort zu arbeiten.« Thea schluckte hart, was nicht nur gespielt war. »Aber das kann ich ja leider nicht mehr. Als Ärztin arbeiten, meine ich. Doch mir kam in den Sinn, dass ich mich vielleicht auf andere Weise nützlich machen könnte. Für die Kinder muss es doch sehr langweilig sein, wochen- oder gar monatelang stillzuliegen. Mit den Schienen um die Glieder oder gar in den Gipsschalen. Über etwas Ablenkung würden sie sich bestimmt freuen. Ich mich übrigens auch ... Und ich dachte, ich könnte ihnen vielleicht jeden Tag etwas vorlesen.« Ging ihr Plan auf, ihre Besuche in der Kinderklinik als eine Art Therapie für sich selbst darzustellen? Thea wartete gespannt.

»Nun, ich würde sagen ...«, Professor Carstens' Tonfall klang abwägend, als zöge er ihr Anliegen zumindest in Betracht.

Doch Dr. Kessler fiel ihm ins Wort. »Ich verstehe natürlich, Frau Dr. Graven, dass Sie sich nach einer sinnvollen Betätigung sehnen. Und das ist ein gutes Zeichen, was Ihre Genesung betrifft. Aber meiner Ansicht nach ist die Kinderklinik dafür kein geeigneter Ort.«

»Und warum nicht?« Thea versuchte, sich ihren Ärger nicht anmerken zu lassen.

»Wir haben schon einige Male die Erfahrung gemacht, dass es die Kinder zu sehr aufregt, wenn ihnen vorgelesen wird.«

»Es regt sie zu sehr auf? Das kann ich mir nicht vorstellen.« Wahrscheinlich wurden die Kinder einfach lebhafter und waren nicht mehr ganz so lethargisch, wenn sie sich – zumindest gedanklich – mit etwas beschäftigen konnten.

»Zwischen den Therapien brauchen die Kinder Ruhe.«

»Nun, die haben sie ja sehr reichlich.« Jetzt war Thea entgegen ihrem Vorsatz doch sarkastisch geworden.

»Und zudem ...« – ein süffisantes Lächeln spielte um Dr. Kesslers Mund – »... fürchte ich, dass es Sie zu sehr anstrengen würde, wenn Sie sich den Kindern widmen. Sie befinden sich erst auf dem Weg der Besserung, sind noch weit davon entfernt, gesund zu sein. Laut den beiden Schwestern, die in Ihrem Stockwerk Dienst tun, waren Sie gestern am späten Nachmittag, als Sie von dem Ausflug zurückkamen, am Ende Ihrer Kräfte.«

Ach, Mist. Den Schwestern war kein Vorwurf zu machen, dass sie das weitergemeldet hatten, aber Thea wünschte sich, sie hätten es nicht getan. »Ich gebe zu, ich habe mir gestern ein bisschen viel zugemutet«, lenkte sie ein, »der Ausflug und dann noch der Besuch in der Kinderklinik. Aber ich werde in Zukunft wirklich auf mich achten. Und den Kindern ein bisschen die Zeit zu vertreiben, wird mich ganz sicher nicht übermäßig anstrengen.« Sie sah Professor Carstens, der ihrem Wortwechsel mit Dr. Kessler bisher schweigend zugehört hatte, flehend an. »Es würde mir wirklich sehr helfen, mich wieder nützlich zu fühlen. Und mein Vater wäre ganz sicher auch erfreut darüber.«

Professor Carstens spielte mit seinem teuren Füllfederhalter. »Was haben Sie sich denn vorgestellt, wie viel Zeit möchten Sie in der Kinderklinik verbringen, Frau Dr. Graven?«

»Nun, ich dachte, für den Anfang vielleicht eine Stunde am Tag.«

Dr. Kessler beugte sich vor, ihr Mund war ganz schmal. »Ich bin strikt dagegen«, sagte sie scharf.

»Aber Professor Carstens hat es mir schließlich doch erlaubt, den Kindern vorzulesen«, erzählte Thea Katja am Nachmittag. Sie saß mit der Schwester unter einem Sonnenschirm auf der Terrasse der Klinik. Einige andere Patienten hatten sich auch hier eingefunden. Manche waren, wie Thea, selbst mit einem elektrischen Rollstuhl gekommen. Andere hatten sich von Schwestern fahren lassen oder waren mit Hilfe von Krücken hergelangt. Inzwischen störte es sie nicht mehr, eine von ihnen zu sein. Vielleicht sollte sie ja doch einmal am Essen im Speisesaal teilnehmen und es sich nicht immer aufs Zimmer bringen lassen.

»Ich hatte sogar den Eindruck, dass der Professor ganz dankbar für meinen Vorschlag war. Auch wenn er das Dr. Kessler gegenüber natürlich nicht offen sagen konnte. Vielleicht ist er sich ja bewusst, dass diese schreckliche Monotonie für die Kinder einfach nicht hilfreich sein kann.«

»Ach, wie gut!« Katja strahlte sie an. »Soll ich mitkommen, wenn du den Kindern vorliest?«

»Lieber nicht.« Thea erwiderte ihr Lächeln. »Ich bin sicher, ich *und du* – das würde Dr. Kessler zu sehr aufbringen. Aber du könntest mir Bücher besorgen.«

»Woran hast du denn gedacht?«

»Vielleicht wären Märchen für die kleineren Kinder passend. Und Bücher von Erich Kästner für die größeren, oder auch Tom Sawyer oder Huckleberry Finn von Mark Twain. Wir haben die ja sehr gemocht.«

»Du und Marlene habt mir die Geschichten abends vor dem Zubettgehen vorgelesen, als ich ungefähr neun oder zehn war. Erinnerst du dich noch?« Katja berührte Theas Arm. »Ich war so in Tom Sawyer verliebt.«

»Ich wollte immer Tom sein und Abenteuer erleben.«

»Du warst auch die jungenhafteste von uns dreien.«

»Das stimmt nicht!«

»Doch, du bist auf die höchsten Bäume geklettert, und ich kann mich noch gut daran erinnern, wie entsetzt Vater war, als du mit sechzehn oder siebzehn das erste Mal eine Hose getragen hast.«

Thea empfand einen kurzen Stich, als Katja das Klettern erwähnte. Aber sie wollte nicht länger mit ihrem Schicksal hadern. Und sie freute sich aufrichtig darauf, den Kindern vorzulesen.

»Ach, da fällt mir etwas ein.« Katja klatschte in die Hände. »Unter meinen Düsseldorfer Freunden wurde viel von dem Kinderbuch einer schwedischen Autorin gesprochen. Es ist sehr ungewöhnlich und heißt, warte mal... Pippi... Pippi Langstrumpf. Pippi ist ein Mädchen, das ganz allein in einer Villa wohnt, und sie ist so stark, dass sie ein Pferd hochheben kann. Sie geht nicht zur Schule und macht immer, wozu sie Lust hat. Wäre das nicht auch etwas zum Vorlesen?«

»Das hört sich wirklich ungewöhnlich an.« Thea nickte. »Besorge mir das Buch doch bitte auch.« Ihr fiel auf, dass Katja sie lächelnd anblickte, froh, aber auch ein bisschen wehmütig und unschlüssig – als ob sie etwas sagen wollte, aber nicht recht wusste, ob sie nicht doch besser den Mund hielt.

»Was ist denn?«, fragte sie verwundert.

»Mir ist gerade klar geworden, dass du in deinem Tatendrang wieder ganz die Alte bist. Du hast nichts mehr gemein mit dieser apathischen Frau, um die ich mir so große Sorgen gemacht habe.«

Thea wurde plötzlich klar, dass sie sich tatsächlich voller Energie in eine Aufgabe stürzte. War wirklich erst ein guter Monat vergangen, seit sie sich am liebsten aufgegeben hätte? Sie konnte es selbst kaum glauben.

»Das verdanke ich auch dir, du hast mich wütend gemacht, und da habe ich zum ersten Mal wieder etwas gefühlt«, sagte sie leise. »Und Hetti wurde meine Krankengymnastin, und ich wollte sie behalten. Ihre Behandlung hat mir so gutgetan! So ist irgendwie eines zum anderen gekommen.«

Katja streichelte ihre Hand. »Na ja, wenn du das nächste Mal wütend auf mich bist, werde ich dich daran erinnern«, spöttelte sie.

Zwei Tage später fuhr Thea durch den Park und kniff die Augen angestrengt zusammen. Es erforderte Konzentration, heil mit dem Rollstuhl um die Kehren der Serpentinen zu gelangen. Ein bisschen fühlte sie sich wie bei einer Autofahrt auf Gebirgsstraßen. Aber sie genoss ihre Selbstständigkeit. Sie hatte ganz bewusst darauf verzichtet, sich von einer Krankenschwester zu der Kinderklinik fahren zu lassen. Und sie war noch ganz beschwingt von dem Buch »Pippi Langstrumpf«, das ihr Katja am Vortag zusammen mit anderen Büchern gebracht hatte. In einem Rutsch hatte sie es gelesen. Es war so ganz anders als alle Kinderbücher, die Thea kannte.

Nicht nur, dass die Hauptfigur Pippi tatsächlich so stark war, dass sie ein Pferd in die Höhe stemmen konnte, und ganz allein in einer alten Villa lebte. Sie sprudelte von verrückten Einfällen nur so über, und sie war mutig und treu ihren Freunden und frech Autoritäten gegenüber – diese Pippi musste einfach einen Zugang zum Herzen der kranken Kinder finden.

In der Eingangshalle der Kinderklinik kam Schwester Gundula Thea entgegen, fast, als hätte sie nach ihr Ausschau gehalten. »Die kleinen Kinder sind bereit«, verkündete sie schmallippig, »ganz so, wie es Frau Dr. Kessler angeordnet hat. Ich halte ja nicht viel von diesen Vorlesestunden. Aber es ist natürlich die Entscheidung vom Herrn Professor und der Frau Doktor.«

»Danke für Ihre Mühe«, entgegnete Thea und unterdrückte ein Lächeln. Ihre Kollegin hatte also ihr Missfallen vor der Oberschwester für sich behalten, um ihr Gesicht vor dem Personal zu wahren.

»Was lesen Sie denn eigentlich?«
»Das Buch einer schwedischen Autorin.«
»Oh, etwas Nordisches...«
Thea fand die Bemerkung etwas seltsam. Aber die miss-

billigende Falte auf der Stirn der Oberschwester glättete sich ein wenig. Sie begleitete Thea in den Krankensaal, in dem die kleineren Kinder in den Gipsschalen liegen mussten. Die gleichaltrigen mobilen Patienten hatte man in Rollstühlen dorthin geschoben. Thea erinnerte sich noch gut daran, dass, als sie klein gewesen war, vor einer Vorlesestunde im Kindergarten stets eine irgendwie gespannte Atmosphäre geherrscht hatte, und irgendjemand hatte immer gekichert und geschwatzt oder zumindest geflüstert. Aber hier schlug ihr Schweigen entgegen, und kaum ein Kind schaute sie an.

Immerhin schien das Mädchen mit den kurzen, unregelmäßig geschnittenen Haaren heute wach zu sein. Denn die Kleine schielte aus ihrem Rollstuhl ganz kurz zu ihr, ehe sie wieder den Blick senkte.

»So, das ist Frau Dr. Graven.« Die Oberschwester baute sich neben Thea auf. »Sie ist so nett, euch heute vorzulesen. Sagt ›*Guten Morgen, Frau Doktor, und danke, Frau Doktor*‹.«

O Gott, nein ... »Das ist nicht nötig, ich habe ja noch gar nichts gemacht«, sagte Thea schnell. »Wie ihr seht, bin ich auch auf einen Rollstuhl angewiesen, und wie ihr leide ich an den Folgen von Polio. Aber es geht mir schon viel besser als noch vor ein paar Wochen. Ich freue mich sehr, bei euch zu sein, und ich hoffe, dass wir zusammen Spaß haben werden.«

Die Oberschwester war bei dem Wort Spaß kurz zusammengezuckt. Jetzt nickte sie Thea zu und wandte sich zum Gehen.

Thea schlug das Buch, das sie neben sich in den Rollstuhl geklemmt hatte, auf, doch nun bemerkte sie eine Pflegerin – etwa Anfang zwanzig wie Hetti – die, die

Hände an den Seiten, wie ein Wachsoldat im Hintergrund des Saals stand. Es war die mit der ausgeprägten Akne, der sie und Katja bei ihrem ersten Besuch in der Kinderklinik in der Eingangshalle begegnet waren.

»Oberschwester Gundula!«, rief Thea, »ich glaube, hier liegt ein Missverständnis vor, ich möchte mit den Kindern allein sein.«

Die Oberschwester verharrte an der Tür. »Schwester Ilse ist nur zu Ihrer Unterstützung hier.«

»Ich komme zurecht, und für Notfälle gibt es ja die Klingel.« Thea war sich ziemlich sicher, dass die junge Pflegerin in erster Linie auch sie beaufsichtigen und der Oberschwester Bericht erstatten sollte. Wenn sie da an das Buch in ihrem Schoß dachte ... Am Anfang gab es etwa einen Satz dazu, dass es eigentlich ganz gut war, dass Pippi allein lebte, denn so konnte niemand sie zwingen, Lebertran zu trinken, wenn sie lieber Bonbons essen wollte. Thea hatte ihn belustigt gelesen. Aber die Oberschwester würde ihn ganz gewiss missbilligen. Und Thea hatte keine Lust auf Diskussionen mit ihr oder gar mit Dr. Kessler.

»Ich möchte mit den Kindern allein sein«, wiederholte sie bestimmt.

Die Oberschwester zögerte, schließlich jedoch bedeutete sie der jungen Pflegerin, ihr aus dem Krankensaal zu folgen.

Thea atmete innerlich auf. Sie lächelte die Kinder noch einmal an. Dann begann sie zu lesen: »Am Rand der kleinen, kleinen Stadt lag ein alter verwahrloster Garten. In dem Garten stand ein altes Haus, und in dem Haus wohnte Pippi Langstrumpf. Sie war neun Jahre alt, und sie wohnte ganz allein dort.‹«

Sie las weiter, mit klarer, freundlicher Stimme. Als sie wieder einmal ihren Blick durch den Saal schweifen ließ, sah das kleine Mädchen mit den unregelmäßig geschnittenen Haaren sie ganz gebannt an, und auch andere Kinder hatten ihr gespannt die Augen zugewendet. Wie schön, der Text schien sie zu erreichen!

»Und? Wie war's mit den Kindern?« Katja hatte Thea im Park gefunden und setzte sich neben den Rollstuhl auf eine Bank. Inzwischen war es Nachmittag. Die Sonne, die durch die Baumwipfel fiel, sprenkelte das Gras mit goldgelben Tupfen. Erwartungsvoll blickte sie Thea an. »Hast du ihnen wirklich aus Pippi Langstrumpf vorgelesen? Hat ihnen die Geschichte denn gefallen? Und ...«

»Wenn du mich mal zu Wort kommen lassen würdest?« Thea lachte. »Ach, ich glaube, es ist ganz gut gelaufen. Als ich die Kinder am Ende gefragt habe, ob sie die Geschichte mochten, hat zwar keines etwas gesagt. Aber ich hatte den Eindruck, dass sie irgendwie wacher waren und nicht mehr so teilnahmslos. Und ein kleines Mädchen hat mich ganz leise gefragt, ob ich wiederkomme.«

»Das ist schön.«

»Die Geschichte ist aber auch wirklich außergewöhnlich. Ich hoffe, dass die Oberschwester und Dr. Kessler erst spät bemerken, was ich da eigentlich vorlese. Wahrscheinlich werden sie es als einen Aufruf zur Anarchie betrachten. Na ja, eine Aufpasserin konnte ich heute Morgen glücklicherweise wegschicken.«

»Meine pflichtbewusste ältere Schwester hegt auf einmal Sympathien für die Anarchie.« Katja lehnte sich auf der Bank zurück und grinste Thea an. Der Rock ihres zartgrünen Sommerkleides breitete sich in weiten Falten um ihre Beine. Sie sah wieder einmal umwerfend hübsch aus.

»*So* habe ich das nicht gesagt.« Thea erwiderte ihr Lächeln. Georg hätte bestimmt auch seinen Spaß an der aufmüpfigen Heldin gehabt...

Anscheinend war ihre Miene traurig geworden, denn Katja beugte sich vor. »Ist etwas?«, fragte sie besorgt.

»Nein, gar nicht«, wehrte Thea ab, nur um rasch hinzuzufügen: »Ich möchte dich nur schon wieder um etwas bitten.« Das war nicht ganz gelogen. Thea hatte es die Schwester wirklich fragen wollen.

»Nur zu, keine Hemmungen.« Katja wedelte lässig mit der Hand.

»Ich würde mich sehr gern mit Hetti treffen und ihr sagen, dass ich ihr, was die seelische Verfassung der Kinder betrifft, völlig recht gebe. Ich glaube, das wird sie beruhigen. Könntest du ein Treffen mit ihr organisieren? Vielleicht an einem Ort, der einfacher zu erreichen ist als ihr Zuhause? Falls Hetti das nichts ausmacht.« Die Fahrt mit dem VW-Bus die steile Straße hoch und dann quer über die Wiese fand Thea immer noch abenteuerlich.

»Klar, kein Problem.«

Ach, es würde schön sein, Hetti wiederzusehen! Thea vermisste sie sehr.

Am nächsten Tag fuhr Thea wieder mit dem Rollstuhl durch die Eingangshalle der Kinderklinik. Heute wollte sie den größeren Kindern etwas vorlesen, den »Tom Sawyer«. Sie war gespannt, wie sich das entwickeln würde.

Thea passierte gerade den Krankensaal, in dem die Kleinen lagen, als sie durch die offen stehende Tür die scheltende Stimme der Oberschwester hörte. Unwillkürlich fuhr sie näher heran und warf einen Blick in den Raum.

Das Mädchen, das Thea immer an einen aus dem Nest gefallenen Vogel erinnerte, stand neben dem Bett. Es war nackt und ließ den Kopf hängen. Tränen kullerten über seine Wangen. Die junge Krankenschwester mit der Akne im Gesicht wusch es aus einer Schüssel. Zwei Pflegerinnen wechselten die Laken.

»... nicht genug, dass du letzte Nacht den ganzen Saal mit deinem Weinen und Schreien aufgeweckt hast, jetzt hast du auch noch ins Bett gemacht. Nichts als Ärger hat man mit dir. Sieh mich an!« Die Oberschwester fasste dem Mädchen unter das Kinn und zwang es, sie anzublicken. »Wenn du diese Nacht wieder so ein Theater machst, wirst du mit deinem Bett in den Keller geschoben. Das garantiere ich dir!«

Die Kleine schluchzte herzzerreißend auf, und die Oberschwester stürmte zur Tür.

»Oberschwester!«

»Was ist denn?« Sie wandte sich ungeduldig zu Thea um.

»Was soll denn das? Sie können doch ein krankes, Ihrem Schutz anvertrautes Kind nicht in den Keller verfrachten!« Thea war entsetzt.

»Ach nein? Soll Elli etwa wieder den ganzen Saal in Aufruhr versetzen? Nächtelang geht das schon so.«

»Wahrscheinlich hat sie Heimweh, oder sie hat schlecht geträumt. Sie braucht Trost und Zuwendung und keine Strafen.«

»Von Ihnen muss ich mir nun wirklich nicht sagen lassen, wie ich meine Arbeit zu machen habe.« Ein verächtlicher Ton schwang in der Stimme der Oberschwester mit.

»Das glaube ich doch. Ich kann mir nicht vorstellen, dass Professor Carstens mit Ihren Methoden einverstanden ist – und die Eltern des Kindes sind es ganz bestimmt nicht!«

»Wollen Sie mir etwa drohen?«

»Ich drohe Ihnen nicht. Ich fordere Sie nur auf, sich gegenüber einem kranken und verstörten Kind angemessen zu verhalten.«

»Ich werde mich bei Frau Dr. Kessler über Sie beschweren, sobald sie aus ihrem Urlaub zurück ist.«

Endlich war sie weg, was für ein Glück! »Von mir aus können Sie sich in der Zwischenzeit gern an Professor Carstens wenden«, entgegnete Thea kühl. Sie konnte sich wirklich nicht vorstellen, dass er solche Praktiken guthieß. Bei Dr. Kessler war sie sich hingegen nicht so sicher.

Die Oberschwester bedachte sie noch mit einem wütenden Blick, ehe sie den Flur entlangrauschte. Thea hatte den Eindruck, dass die Kinder in dem Saal den Atem anhielten. Die junge Krankenschwester starrte sie mit einem seltsamen Ausdruck an und tauchte nun den Schwamm wieder in die Schüssel. Wahrscheinlich war es ihr peinlich, Zeugin der Auseinandersetzung geworden zu sein.

Thea lächelte Elli aufmunternd zu – sie würde nach dem Vorlesen versuchen, mit dem Mädchen zu sprechen – und lenkte den Rollstuhl dann, innerlich noch ganz aufgewühlt, zu dem angrenzenden Krankensaal.

Der »Tom Sawyer« schien gut anzukommen – auch wenn die größeren Kinder ebenfalls sehr zurückhaltend, ja schüchtern reagierten. Was bei dem eisernen Regiment der Oberschwester auch kein Wunder war, dachte Thea grimmig.

Als sie wieder in den Schlafsaal der Kleineren zurückkehrte, lag Elli auf der Seite. Hastig zog sie die Hände unter der Bettdecke hervor, als sie Thea im Rollstuhl neben sich bemerkte. Was war das nur für eine seltsame Sitte? Doch sie beschloss, jetzt nicht danach zu fragen. Das Mädchen war ohnehin schon so verstört.

»Hallo Elli«, sagte Thea freundlich. »Du kennst mich ja vom Vorlesen. Die ›Pippi Langstrumpf‹ gefällt dir, nicht wahr? Du hast sehr aufmerksam zugehört.«

Ein zögerliches, kaum merkliches Nicken war die Antwort.

»Wer ist denn deine Lieblingsfigur?«

»Pippi«, kam es geflüstert.

»Das kann ich gut verstehen. Sie ist mutig und stark. Aber manchmal ist sie auch traurig. In ein paar späteren Geschichten ist das so. Jeder Mensch ist mal traurig, ich bin es auch. Das ist nichts Schlimmes. Bei dir ist das wahrscheinlich auch so?«

»Ja...«

»Magst du mir erzählen, warum du traurig bist?«

»Weil... weil ich nicht mehr laufen kann und weil ich nach Hause möchte. Und weil ich meine Zöpfe nicht mehr haben darf.«

»Du darfst keine Zöpfe mehr haben?«

»Die machen zu viel Arbeit, hat die Oberschwester gesagt.«

»Deshalb hat man sie dir abgeschnitten?« *O Gott...*

Ein stummes Nicken, Ellis Unterlippe zitterte.

»Das tut mir sehr leid. Aber bestimmt wachsen deine Haare wieder schön nach. Sag, bist du denn noch wegen etwas anderem traurig? Oder macht dir vielleicht etwas

Angst und du träumst deshalb schlecht?«, tastete sich Thea weiter vor.

Elli biss sich auf die Lippe, und ihre kleine Hand krallte sich in die Bettdecke. Ihr ganzer Körper versteifte sich. Thea berührte tröstend ihren Rücken. »Möchtest du mir erzählen, was dir Angst macht?«

»Da ist ein großer schwarzer Hund mit glühenden Augen ...«

»In deinen Träumen?«

»Ja, und er jagt mich. Im Traum kann ich laufen. Ich renne ganz schnell. Aber er holt mich immer ein. Und dann springt er mich an, und seine Zähne sind ganz spitz, und Feuer kommt aus seinem Maul.« Ellis Gesicht verzerrte sich.

»Und davon wachst du auf?«

»Ja.«

Kein Wunder, dass die Kleine dann weinte und schrie und ins Bett nässte. Als Kind von Albträumen geplagt zu werden, war furchtbar. Katja hatte so eine Phase gehabt, als ihre Mutter krank geworden war. Ein Gespenst hatte sie heimgesucht. Manchmal hatte sie sich schon vor dem Einschlafen gefürchtet, weil sie wusste, dass die hagere Frau, die so eine Kälte und Traurigkeit verströmte, wiederkommen würde. Der Vater hatte versucht, ihr rational zu erklären, dass dieses Gespenst nur in ihrer Einbildung existierte. Doch das hatte überhaupt nichts genutzt. Irgendwann hatten Thea und Marlene die Idee gehabt, ihr einen Wächter zu schenken, der sie vor dem Gespenst beschützen sollte. Einen großen Teddy, der immer mit ihr im Bett schlief. Dies hatte tatsächlich geholfen.

Thea überlegte. »Du magst doch Pippi sehr gern«, sagte

sie schließlich. »Pippi hat ganz bestimmt keine Angst vor dem Feuer speienden Hund. Im Gegenteil, sie nimmt es spielend mit ihm auf. Was würdest du denn davon halten, wenn sie bei dir wacht?«

»Das würde sie tun?« Ellis Augen weiteten sich.

»Ja. Es wird nur ein oder zwei Tage dauern, bis sie bei dir sein kann«, improvisierte Thea. Katja war – im Gegensatz zu ihr –, was das Nähen betraf, sehr geschickt. Bestimmt würde sie ihr helfen und eine Pippi für Elli basteln. »Aber vorher wird Pippis Affe Herr Nilsson zu dir kommen.« Ein kleines Äffchen würde sich in einem Spielzeuggeschäft in Füssen bestimmt auftreiben lassen.

Kapitel 22

»Was hältst du von dem?« Katja griff in ihre Handtasche und förderte einen kleinen Spielzeugaffen zu Tage. »Einen anderen habe ich in Füssen nicht bekommen.«

Thea hatte sich mit Katja vor der Kinderklinik verabredet. Der VW-Bus parkte vor dem Brunnen, denn sie wollten sich ja anschließend mit Hetti treffen. Der Himmel war wieder einmal wolkenlos, und wenn nicht eine leise Brise geweht hätte, wäre es jetzt, kurz nach Mittag, sehr heiß gewesen.

»Der kleine Kerl ist doch sehr niedlich. Danke, dass du ihn besorgt hast.« Thea lächelte die Schwester an.

»Ich muss schon sagen, es stellt eine gewisse Herausforderung dar, dass ich bis übermorgen eine Pippi nähen soll.« Katja schob den Rollstuhl die Rampe hoch und durch den Eingang. »Aber Stoff und Wolle habe ich schon gekauft.«

»Ach, du schaffst das ganz bestimmt!«

»Wie schön, dass du mir vertraust.«

In dem Gebäude war es noch ruhiger als sonst. Ein schwacher Essensgeruch, nach Erbsen und irgendetwas Süßlichem, wahrscheinlich Grießbrei, hing noch in der Luft und mischte sich mit dem von Bohnerwachs und Desinfektionsmitteln. Die Kinder hielten jetzt Mittagsruhe, aber Thea wollte Elli das Äffchen rasch bringen, ehe sie und Katja aufbrachen. Vielleicht war sie nach der Rückkehr zu müde dazu.

In dem Krankensaal fiel wieder gedämpftes Licht durch die Jalousien. Die Kinder lagen reglos in den Betten, die Hände auf den Decken. Elli blinzelte und öffnete die Augen, als Thea und Katja bei ihr angekommen waren. Offensichtlich hatte sie nicht geschlafen.

»Das ist Herr Nilsson, wie versprochen. Und Pippi kommt übermorgen auch«, flüsterte Thea. Sie strich Elli über den Kopf und ignorierte Katjas leisen Seufzer. »Er passt auf dich auf.«

Das Mädchen erwiderte nichts, aber sein Gesicht hellte sich auf.

»Das ist aber ein hübsches Äffchen.« Die junge Krankenschwester mit der Akne war zu ihnen getreten. Anscheinend hatte sie bei den Kindern gewacht. Thea hatte sie gar nicht bemerkt.

Elli rollte sich mit dem Äffchen im Arm auf die Seite und schloss wieder die Augen.

»Wir wollen nicht stören«, sagte Thea mit gedämpfter Stimme und machte Katja ein Zeichen, sie aus dem Saal zu begleiten. Als sie an der Tür angelangt waren, hatte sich die junge Schwester auf einen Stuhl gesetzt und blätterte in einer Illustrierten, und Elli lag immer noch mit dem Äffchen im Arm da. Ach, hoffentlich half ihr das Stofftier gegen ihre Ängste!

»Als Kind unter schlimmen Träumen zu leiden ist wirklich furchtbar.« Katja schaltete einen Gang zurück. Sie fuhren in dem VW-Bus, den Katja für eine längere Zeit gemietet hatte, eine steile Straße zum Ufer des Alpsees hinunter.

Wilde Blumen blühten am Straßenrand, und in der Ferne hob sich eine kleine Kirche mit Zwiebelturm weiß und leuchtend von dem intensiven Grün der Wiesen ab. »Ich habe zwar kaum konkrete Erinnerungen an die Zeit, als Mutter so krank wurde. Aber dieses Gefühl von Angst ist mir noch sehr präsent. Ich hatte die Albträume dann wieder nach der Bombardierung von Dresden.« Ein Schauder durchlief sie.

»Und seitdem nicht mehr?«, fragte Thea sanft. Sie wusste, dass Katja unter ihrer extrovertierten, vergnügten Schale fragil und leicht aus der Bahn zu werfen war.

Die Schwester schwieg und konzentrierte sich auf eine enge Kurve. Der Fahrtwind fuhr durch ihr Haar, das sie wieder einmal mit einem farbenfrohen Tuch zurückgebunden hatte. Am Ufer war jetzt ein großes Gebäude mit zwei Balkonen aus Holz voller Geranien und einem weit heruntergezogenen Dach zu sehen. Daneben erstreckte sich ein Parkplatz. Dies war wohl der Gasthof, wo sie mit Hetti verabredet waren.

»Du hast meine Frage nicht beantwortet.«

»Ich hatte die Albträume noch mal, als du so krank geworden bist.« Katja warf Thea einen raschen Blick von der Seite zu.

»Oh, Katja, das tut mir leid ...«

»Es ist wirklich gut, dass es dir wieder besser geht. Denn Stofftiere würden mir ja eher nicht mehr helfen.« Der trockene Klang von Katjas Stimme machte klar, dass dieses Thema damit für sie beendet war. Sie setzte den Blinker, seufzte ungeduldig, als ein Mercedes aus der Gegenrichtung allzu langsam fuhr, und bog dann auf den Parkplatz ein. Aus den Augenwinkeln erhaschte Thea einen Blick auf einen Eiswagen und ein Sportgeschäft mit Bademoden im Schaufenster.

Hetti stand schon vor dem Gasthof bei einer fülligen Frau, die ein Sommerkleid mit großgemusterten Blumen trug. Nun schien sie das charakteristische Motorengeräusch des VW-Busses wahrzunehmen, denn sie wandte den Kopf. Thea hatte den Eindruck, dass Hetti rasch etwas zu der Frau sagte und ihr etwas reichte. Dann kam sie über den Parkplatz geeilt.

»Guten Tag, Hetti, wie schön, dass Sie Zeit für uns haben«, sagte Thea lächelnd.

»Natürlich, Frau Doktor. Ich freue mich auch, Sie und Fräulein Kampen zu sehen.« Hetti erwiderte ihr Lächeln. Aber irgendwie schien sie ein bisschen nervös zu sein, auch wenn Thea sich nicht erklären konnte, warum.

Katja hatte die junge Frau inzwischen auch begrüßt. Gemeinsam hoben sie Thea in den Rollstuhl. Da der Asphalt des Parkplatzes so rissig und uneben war, ließ sie sich lieber schieben, als selbst zu fahren. Zwei glücklicherweise flache Stufen waren zu bewältigen. Dann hatten sie die Terrasse erreicht, wo rot-weiß gestreifte Sonnenschirme Schatten spendeten. Etwa die Hälfte der Tische war besetzt.

Thea wurde bewusst, dass sie sich zum ersten Mal seit dem Ausbruch der Krankheit außerhalb eines Krankenhauses inmitten von Menschen bewegte, und sie versuchte, die neugierigen und mitleidigen Blicke, die ihr folgten, zu ignorieren.

Ein Tisch am Rand der Terrasse war frei. Katja stellte den Rollstuhl so hin, dass Thea einen freien Blick auf den See und die Berge hatte. In einiger Entfernung durchschnitt ein Ruderboot das Wasser, und gedämpft schallte der Lärm eines Strandbads zu ihnen herüber.

Katja griff nach der Speisekarte und schlug sie auf. Sie blickte auf ihre Armbanduhr. »Für das Mittagessen sind wir zu spät. Soll ich mal hineingehen und schauen, was die Kuchentheke so bietet? Oh, ich sehe gerade, dass es einen König-Ludwig-Windbeutel gibt, was immer sich dahinter verbirgt. Ob wir den mal nehmen?«

»Vielleicht ist es der Kopf Ludwigs in Brandteig, gefüllt mit Sahne.« Thea lachte. »Ja, ich nehme das. Sie auch, Hetti, ja? Und auch ein Kännchen Kaffee? Sie sind natürlich eingeladen. Keine Widerrede.« Sie hatte mit dem Vater vereinbart, dass er jeden Monat einen Scheck über achtzig Mark von ihrer Invaliditätsversicherung an die Klinik schickte und man ihr dort das Geld in bar auszahlte. Andere Patienten hielten das ähnlich, wie sie inzwischen wusste.

Da kein Kellner zu sehen war, den sie heranwinken konnte, stand Katja auf. Thea sah ihr einen Moment nach, wie sie mit schwingendem Rock zum Eingang des Restaurants ging, die Sonnenbrille lässig in die Haare geschoben. Dann wandte sie sich wieder Hetti zu.

»Katja hat Ihnen ja schon gesagt, dass ich inzwischen in der Kinderklinik war, und ich bin Ihnen sehr dankbar, dass Sie sich mir anvertraut haben. Ich finde die ganze Atmosphäre dort auch furchtbar und …«

»Ich bin so froh, dass Sie das genauso empfinden, und nicht glauben, ich hätte übertrieben!« Hetti war ihr, entgegen ihrer sonstigen schüchternen Art, impulsiv ins Wort gefallen. Nun bremste sie sich verlegen. »Entschuldigen Sie, ich habe Sie nicht ausreden lassen.«

»Das macht doch nichts. Können Sie mir vielleicht etwas zu einem Mädchen namens Elli sagen? Sie ist fünf oder sechs Jahre alt und muss nicht in einer Gipsschale liegen. Sie leidet an Albträumen, in denen sie von einem Hund mit glühenden Augen verfolgt wird, und wacht schreiend daraus auf.« Thea erzählte Hetti von ihrer Auseinandersetzung mit der Oberschwester.

»Jetzt, da Sie davon erzählen ... Elli hat früher schon Albträume gehabt. Ich habe mitbekommen, wie sich die Oberschwester und Frau Dr. Kessler darüber unterhalten haben. Sie hat ein Schlafmittel erhalten, damit sie nachts nicht aufwacht. Aber das hat sie oft nicht vertragen und es erbrochen. Deshalb hat man es ihr wohl nicht mehr gegeben.« Hetti schaute Thea bedrückt an. »Etliche Kinder erhalten Schlafmittel. Elli war da nicht die Einzige. Und ich glaube, manchen Kindern werden tagsüber Beruhigungsmittel verabreicht. Sie waren oft so schläfrig, wenn ich die krankengymnastischen Übungen mit ihnen gemacht habe.«

Das würde auch erklären, weshalb einige Kinder überhaupt nicht auf das Vorlesen reagierten. Zorn stieg in Thea auf. Wie naiv war sie eigentlich gewesen, das nicht gleich zu vermuten? Was Dr. Kessler betraf, wunderte sie das nicht gar so sehr. Aber ob Professor Carstens davon wusste und diese Praxis billigte? Sie musste ihn darauf ansprechen.

Katja kam an den Tisch zurück und setzte sich still zu ihnen.

»Wissen Sie vielleicht etwas über Ellis Familie?« Irgendwie war Elli Thea besonders ans Herz gewachsen.

»Nicht sehr viel, ihre Mutter ist die Frau, die irgendwo bei Würzburg wohnt und die ich in den Krankensaal gelassen habe, obwohl sie außerhalb der Besuchszeiten kam. Ich habe einmal einen Brief auf Ellis Nachttisch gesehen, den hat ihre Mutter gemalt, da sie ja noch nicht lesen kann. Das hat mich sehr berührt. Und Elli hat mir mal erzählt, dass sie sich so wünscht, ihre Lieblingspuppe bei sich zu haben. Aber ihre Mutter hätte ihr gesagt, das ginge nicht, die Puppe sei weit weggereist. Elli hat das nicht verstanden und war sehr traurig. Aber ich weiß, dass die Gesundheitsämter ganz oft die Spielsachen von Kindern, die Kinderlähmung haben, verbrennen, damit sich niemand daran ansteckt. Das wollte die Mutter ihr natürlich nicht sagen.«

Katja stieß einen erstickten Laut aus.

»Oh, wie schrecklich. Man könnte die Sachen doch auch einfach gründlich desinfizieren.« Thea fühlte sich elend. Aber das war den Beamten vom Gesundheitsamt sicher zu aufwändig. Und auf die Gefühle von Kindern wurde ja ohnehin kaum Rücksicht genommen. Sie hatten zu gehorchen und zu funktionieren.

»Gibt es eigentlich einen Grund, weshalb die Kinder wie zum Appell mit den Händen auf den Decken in ihren Betten liegen?«, erkundigte sich Katja nach einer Pause.

»Die Oberschwester hat Angst, dass sie sich sonst ... nun ja ...« Hetti zögerte kurz. »Unsittlich berühren könnten.«

Katja murmelte etwas von »bigotter, verklemmter Hexe«.

Georg wäre von alldem entsetzt gewesen, ging es Thea durch den Sinn, und bestimmt auch sehr wütend. Jetzt, um diese Zeit, war er wohl gerade von den Patientenbesuchen zurückgekehrt und hielt sich in seinem Sprechzimmer auf. Sie sah ihn vor sich, wie er an seinem Schreibtisch saß, in Gedanken noch mit einem komplizierten

Krankheitsbild beschäftigt. Ernst, nachdenklich – vielleicht auch gereizt, weil er noch keine Lösung fand oder ihn ein Patient, der sich nicht an seinen ärztlichen Rat hielt, zur Weißglut brachte. Ach, sie vermisste ihn so sehr!

»Thea« – Katja beugte sich zu ihr – »ist alles in Ordnung?«

Anscheinend hatte Theas Miene ihren Schmerz und ihre Sehnsucht widergespiegelt.

»Mir geht nur das, was Hetti erzählt hat, sehr nahe«, erwiderte sie rasch. Was ja stimmte, auch wenn es nicht die ganze Wahrheit war. »Ich werde mit Professor Carstens sprechen. Vielleicht weiß er ja gar nichts davon, dass die Kinder mit Medikamenten ruhiggestellt werden.«

»Glaubst du das wirklich?«

»Na ja, er vertraut Dr. Kessler.«

»Oder er interessiert sich nur für seine Privatpatienten, so könnte man es auch sehen«, bemerkte Katja bissig.

»Das wird sich zeigen.« Noch war Thea nicht bereit, den Stab gänzlich über den jovialen Professor zu brechen.

Der Kellner kam an ihren Tisch und brachte das Bestellte, den Kaffee und die König-Ludwig-Windbeutel, die sich als Schwäne aus Brandteig entpuppten, umgeben von einer blauen Creme. Sie sollte wohl Wasser darstellen.

»Meine Güte …« Theas gedrückte Stimmung hob sich ein bisschen. »Der Schwan steht sicher für Neuschwanstein?«

»Ja, oder auch für diese ganze Lohengrin-Sage. Ludwig hat sehr dafür geschwärmt.« Katja tauchte die Kuchengabel in die Creme. »Hmm, das schmeckt nach Heidelbeeren, lecker! Ich habe ja unter anderem im Schloss Hohenschwangau fotografiert, wo Ludwig in der Kindheit und

Jugend oft war. Da gibt es einen ganzen Saal mit Bildern aus der Lohengrin-Sage. Lohengrin erscheint zu Elsas Rettung auf einem Boot, das von einem Schwan gezogen wird, und er wird, nachdem sie seinen Namen verraten hat, auch wieder von diesem Boot und dem Schwan weggebracht. Nebenbei, ich fand diese pseudo-mittelalterlichen Bilder furchtbar kitschig.«

Thea führte die Gabel mit etwas Sahne und einem Stück Brandteig zum Mund. So lange es sich nicht um einen Löffel voller Suppe handelte, konnte sie mittlerweile mit der linken Hand sehr gut essen. Was sie auch Hetti verdankte. Ein Gedanke formte sich in ihr.

»Hetti, die Krankengymnastik mit Ihnen hat mir sehr geholfen, und ich vermisse das wirklich. Könnten Sie sich vielleicht vorstellen, mich zwei- oder dreimal in der Woche irgendwo außerhalb der Klinik zu behandeln? Vielleicht ließe sich ja in einem Hotel oder in einem Gasthof ein ebenerdiges Zimmer mieten, das für den Rollstuhl zugänglich ist. Also natürlich nur, wenn Sie Zeit haben, und gegen Bezahlung.«

»Oh, wenn Sie das gern möchten?« Hetti wirkte überrascht von der Frage, und Thea kam wieder einmal zu dem Schluss, dass die junge Frau sich und ihre Fähigkeiten unterschätzte. »Eine Tante von mir wohnt in Füssen. An dem Haus gibt es einen Anbau, in den sich der Rollstuhl schieben lassen müsste. Sie hat bestimmt nichts dagegen, wenn ich Sie dort behandle.«

»Könntest du mich denn fahren?« Thea wandte sich Katja zu. »Es tut mir leid, ich hätte dich zuerst fragen sollen.« So ganz hatte sie sich immer noch nicht daran gewöhnt, für alles um Hilfe bitten zu müssen.

»Sicher.« Katja vollführte eine lässige Handbewegung.

»Schön, dann ist das abgemacht.«

Sie aßen die Windbeutel und tranken den Kaffee. Unter dem Sonnenschirm war es angenehm warm, aber nicht heiß. Wieder fuhr ein Ruderboot mit einem Pärchen darin über den See. Klänge eines populären Schlagers wehten zu ihnen herüber, anscheinend hatten die beiden ein Kofferradio dabei, und gelegentlich zogen Schwimmer aus dem nahen Strandbad ihre Bahnen durch das Wasser.

Wie es wohl wäre, durch das kühle, frische Nass zu gleiten? Sich ganz schwerelos zu fühlen? Thea war so gern im Meer und in Seen geschwommen. Die Übungen in dem kleinen Hallenschwimmbad der Klinik waren kein Ersatz dafür.

»An einem Tag wie heute muss es schön im Strandbad sein.« Erst als Katja und Hetti sie anblickten, wurde Thea klar, dass sie gerade laut vor sich hin gedacht hatte.

»Du würdest gern schwimmen?«, sagte Katja nach einer Pause sanft. Die Schwester wusste, dass Thea eine Wasserratte war.

»Ja, aber das geht nun mal nicht«, wehrte Thea ab. »Wir müssen nicht länger darüber sprechen.«

»Sie möchten nicht, dass fremde Menschen Sie sehen?«, erkundigte sich Hetti trotzdem vorsichtig.

»Ja, das auch. Und ... Ich kann ja nicht mehr schwimmen. Ich kann mich nur im Schwimmbad der Klinik von jemandem im Wasser halten lassen und ...« Thea brach ab und biss sich auf die Lippe. Das war einer jener Augenblicke, wo ihr wieder einmal schmerzlich klar wurde, was ihr alles nun nicht mehr möglich war.

»Ich kenne eine Stelle am See, wo man wunderbar

schwimmen kann, aber dort ist eigentlich nie jemand. In der Nähe führt ein Forstwirtschaftsweg vorbei, auf dem man auch mit dem VW-Bus fahren könnte.« Hetti schaute von Thea zu Katja.

»Das ist eine tolle Idee«, erklärte Katja prompt. »Dann machen wir einen Abstecher dorthin.«

»Auf keinen Fall! Das ist doch alles viel zu mühsam. Mal abgesehen davon, dass wir keine Badekleidung dabeihaben und ...«

»Am Parkplatz ist doch ein Sportgeschäft, das auch Badesachen führt.« Katja war schon aufgestanden. »Ich kann sowieso mal wieder einen neuen Badeanzug brauchen. Was für eine Größe haben Sie, Hetti? Achtunddreißig, ja? Das geht natürlich auf mich. Keine Widerrede, ich habe in der letzten Zeit wirklich gut verdient.« Sie winkte Thea und der jungen Frau noch einmal zu, dann eilte sie davon. Die Blicke der Männer auf der Terrasse folgten ihr.

Thea seufzte. »Oh, Hetti, da haben Sie mir ja was eingebrockt!«

»Es tut mir leid, ich wollte Ihnen nur eine Freude machen.« Hetti war ganz geknickt.

»Schon gut. Das weiß ich doch.« So dankbar Thea Katja auch war – manchmal war die Schwester mit ihrem Temperament und ihrer überbordenden Energie doch schwer zu ertragen.

»Frau Dr. Graven ...« Hettis Stimme klang schüchtern. »Mir ist da gerade noch etwas eingefallen.«

»Ja?« Hoffentlich etwas, das gegen das Schwimmen sprach.

»Sie haben vorhin gesagt, dass Elli in ihren Albträumen von einem Hund mit glühenden Augen gejagt wird. Es gibt im Allgäu eine Sage, in der ein Hund mit glühenden Augen eine Brücke bewacht.«

»Und Sie denken, jemand vom Personal könnte dem Mädchen die Sage erzählt haben?«

»Ja, vielleicht.«

»Das wäre ziemlich unbedacht gewesen. Es sollte doch klar sein, dass man ein Kind damit erschrecken kann.« Aber nun ja, Menschen dachten manchmal einfach nicht nach. Thea fragte Hetti, wie es denn mit ihren Bewerbungen stand, ob sie eine neue Stelle in Aussicht hatte. Was leider nicht der Fall war.

Dann erschien auch Katja schon wieder auf der Terrasse des Gasthofs. Sie hielt zwei große Papiertüten in den Händen.

»Da drin sind doch nicht nur Badeanzüge.« Thea zog die Brauen hoch.

»Nein, ich habe auch noch Handtücher besorgt und einen Schwimmreif.« Katja ließ Theas Spott an sich abprallen. Sie holte einen grün-weiß gestreiften Badeanzug aus einer Tasche. »Der ist für dich, Thea. Und dieser …« – ein rotes Modell mit weißen Punkten kam zum Vorschein – »… ist für Sie, Hetti, ich hoffe, er gefällt Ihnen. Und das hier …« Katja griff wieder in die Tasche, und mit einer Bewegung wie ein Zauberer, der ein Kaninchen aus dem Hut zieht, förderte sie ein buntes Stück Stoff zum Vorschein und hielt es sich vor die Brust. Es sah aus wie ein winziger Büstenhalter. Und nun präsentierte sie auch noch ein Höschen aus demselben geblümten Stoff.

Dem Kellner, der an ihrem Tisch vorbeiging, fielen fast die Augen aus dem Kopf.

»Um Himmels willen, tu das weg!«, zischte Thea. »Der

Mann hätte fast sein Tablett fallen gelassen. Willst du etwa in dieser Unterwäsche schwimmen gehen?«

»Du bist und bleibst, was Mode betrifft, ein Banause.« Katja verzog schmerzlich den Mund. »Das ist ein Bikini. Das neueste, was es an attraktiver Bademode gibt. In dem Laden hatten sie die Modelle schamhaft in einem Winkel versteckt. Ich bezahle noch schnell unsere Rechnung, dann können wir los.«

»Das geht doch auf mich.« Thea drückte Katja ihr Portemonnaie in die Hand. »Ich muss, bevor wir aufbrechen, noch auf die Toilette. Hetti, wären Sie so nett und würden mitkommen und mir helfen?« Die junge Frau war ja durch ihren Beruf an so etwas gewöhnt, Katja wollte sie darum lieber nicht bitten. Und zu ihrer Erleichterung stand Hetti auch gleich auf.

»Natürlich, gern«, sagte sie freundlich.

In der engen Toilette mit dem Rollstuhl herumzumanövrieren entpuppte sich als mühsam und beschwerlich. Doch zwanzig Minuten später saßen sie wieder in dem VW-Bus und fuhren die Landstraße entlang, und Theas Stimmung besserte sich. Die Gegend war einfach zu schön.

»Meine sehr verehrten Damen ...« – Katja imitierte einen Fremdenführer – »... oben am Berg, zu unserer Rechten, sehen Sie Schloss Hohenschwangau mit den von mir vorhin schon erwähnten kitschigen Szenen im Speisesaal. Dort, von seinem Schlafzimmer aus, konnte Ludwig II. die Bauarbeiten an Schloss Neuschwanstein verfolgen. Neuschwanstein liegt heute leider nicht an unserer Route. Das heben wir uns für einen anderen Tag auf.«

Katja referierte weiter über Schloss Hohenschwangau,

ein burgähnliches Gebäude mit Zinnen und Türmchen und einer gelben Fassade, das auf einem Bergkamm über dem Alpsee thronte, ratterte Jahreszahlen herunter, beschrieb Zimmer und steuerte den VW-Bus wenig später dicht an den Straßenrand. »Und hier, meine sehr verehrten Damen, können Sie einen Blick auf den berühmten Lechfall erhaschen.«

Thea beugte sich vor. Dicht unter ihr erstreckte sich eine schwindelerregend tiefe Schlucht, und dort stürzten die jadegrünen Wassermassen des Flusses in einer Woge aus Gischt in das etwa zehn Meter unterhalb gelegene Flussbett hinab.

»Ein Stück hinter uns befindet sich eine Büste von König Max II., der den Steg über den Lechfall hat bauen lassen, hoch oben in der Felswand. Haben Sie vielleicht eine Ahnung, Hetti, wie man die da hinaufgebracht hat? Nein? Wie schade, das hätte mich wirklich brennend interessiert.« Katja startete den Motor und schwatzte weiter.

Thea lauschte ihrer Stimme, ohne ihr wirklich zuzuhören, und genoss wieder einmal den Fahrtwind, der durch die offenen Fenster wehte. Nach einer Weile erklärte Hetti der Schwester, wo sie von der Landstraße abfahren musste. Sie folgten ungefähr einen halben Kilometer weit einem schmalen Sträßchen, dann ging Katja vom Gas, schaltete herunter und bog in einen Forstwirtschaftsweg ein.

»Dürfen wir hier eigentlich fahren?«, erkundigte sich Thea.

Katja verdrehte nur die Augen und seufzte.

»Hier ist so gut wie nie jemand«, beschwichtigte Hetti.

Thea beschloss, es dabei bewenden zu lassen. Vielleicht

konnten sie sich ja, dachte sie resigniert und mit einem Anflug von Galgenhumor, irgendwie mit ihrer Behinderung herausreden, wenn sie von einem erbosten Förster angehalten wurden.

Der VW-Bus rumpelte über den Weg. Zweige strichen über das Dach. Schließlich wies Hetti auf eine Ausbuchtung zwischen den Bäumen und sagte Katja, dass sie hier halten könne.

Die beiden hoben Thea in den Rollstuhl und schoben sie einen schmalen Waldweg entlang. Thea wurde gehörig durchgeschüttelt und klammerte sich an den Armlehnen fest – worauf hatte sie sich nur eingelassen?

»Wir sind da, Frau Dr. Graven«, hörte sie Hetti schließlich sagen. Thea öffnete die Augen, die sie vor Anstrengung für ein paar Sekunden geschlossen hatte.

Sie standen am Rande einer kleinen, von Bäumen geschützten und tief eingeschnittenen Bucht, die aus dieser Perspektive wie ein Teich wirkte. Sanft fiel der Waldboden zum See hin ab. Das Wasser hatte eine flaschengrüne Farbe.

Katja breitete eine Wolldecke dicht am Ufer aus. Sie und Hetti bugsierten Thea aus dem Rollstuhl und legten sie vorsichtig darauf. Sie zogen ihr die Kleider aus und halfen ihr in den Badeanzug. Dann wechselten sie selbst die Kleidung, und Thea war unwillkürlich erleichtert, dass Katja den Bikini hier an diesem abgeschiedenen Ort trug und nicht in einem Schwimmbad. Ganz sicher hätte sie ein großes Aufsehen erregt, sie sah atemberaubend damit aus.

»Es ist sehr schön hier. Woher kennen Sie diese Stelle?«, wandte sich Thea an Hetti.

»Mein Vater hat hier Kräuter für Arzneien gesammelt. Deshalb war ich öfter einmal mit ihm an diesem Fleckchen.«

Wieder einmal hatte Thea den Eindruck, dass Hetti, sobald die Rede auf ihren Vater kam und darauf, dass er heilkundig gewesen war, irgendwie zögernd, ja fast abwehrend reagierte.

»Brrr ... das Wasser ist ziemlich kalt.« Katja war in den See hineingewatet und kehrte nun zu ihnen zurück. »Wir sollten uns erst mal ein bisschen abkühlen, ehe wir richtig reingehen.« Zusammen mit Hetti rieb sie Thea die Arme und Beine mit dem Wasser ein, es war wirklich sehr kalt. Die beiden spritzten sich auch selbst nass. Dann streiften sie Thea den aufgeblasenen Schwimmreif über, hoben sie hoch und trugen sie die wenigen Meter zum Ufer.

»Wir lassen dich jetzt langsam auf dem Rücken ins Wasser gleiten, ja?« Katja, die Thea an den Unterschenkeln hielt, drehte sich zu ihr um.

»In Ordnung.« Thea nickte.

Das Wasser war so eisig, dass es ihr im ersten Moment den Atem verschlug. Aber dann spürte sie, wie sie von ihm und von der Luft in dem Schwimmreif getragen wurde. Vorsichtig bewegte sie ihre Arme. Ja, sie schwamm. Sie schwamm wirklich in einem See!

Katja und Hetti tauchten neben ihr auf.

»Und, wie fühlst du dich?«, fragte Katja besorgt.

»Einfach glücklich«, erwiderte Thea aus tiefstem Herzen.

Kapitel 23

Etwa eine Stunde später verließen sie das Seeufer wieder. Thea fühlte sich erschöpft, aber sie war immer noch erfüllt von dieser Leichtigkeit.

»Danke euch beiden«, sagte sie impulsiv und strahlend und drückte die Hand der Schwester und die der jungen Frau. »Ihnen, Hetti, weil Sie vorgeschlagen haben, dass wir hier baden gehen. Und dir Katja, weil du darauf bestanden hast, dass wir es tatsächlich machen.«

»Es hat dir also wirklich gefallen?« Katja warf ihr einen Blick von der Seite zu, während der VW-Bus über einige Wurzeln rumpelte und sie das Lenkrad umklammert hielt.

»Ja, sehr.«

»Das ist schön!« Irgendwie klang die Stimme der Schwester auf einmal ein bisschen heiser. Nur um gleich darauf in ein erschrockenes »Oh, verdammt, was ist denn das?« umzuschlagen. Nun nahm auch Thea wahr, dass irgendetwas im Motor verdächtig quietschte und der Wagen nur noch ruckartig fuhr.

Gleich darauf hatten sie die kleine Straße erreicht, und Katja steuerte den VW-Bus an die Seite.

»Ich halte mal lieber an. Weiß der Himmel, was da kaputt ist. Kennen Sie sich vielleicht mit so was aus, Hetti?«

»Nein, leider nicht.« Die junge Frau schüttelte den Kopf.

»Ich auch nicht, so ein Mist! Bis zur Landstraße sind es

schätzungsweise zwei Kilometer.« Katja sprang nach draußen und verschwand hinter dem Bus. Gleich darauf war zu hören, wie sie die Heckklappe öffnete.

»Ich schaue mal, ob ich nicht doch helfen kann.« Hetti folgte ihr.

Thea lehnte sich in dem Sitz zurück. Bisher war es ihr gut gegangen. Aber nun spürte sie plötzlich ihre Blase. Herrje, normalerweise wäre es kein Drama gewesen, an einem warmen Sommertag mit dem Auto liegenzubleiben. Aber nun empfand sie einen Anflug von Panik. Es konnte noch ziemlich lange dauern, bis sie wieder in der Klinik ankamen. Katja war, was technische Dinge betraf, ebenso unbegabt wie sie selbst. Marlene war diejenige der Schwestern, die den Motor vielleicht wieder in Gang gebracht hätte – aber die war weit weg.

Gleich darauf kam ein schicker Sportwagen hinter einer Kurve hervor und bremste neben dem VW-Bus. Ein blonder Mann beugte sich aus dem heruntergelassenen Fenster. »Gibt es Probleme?«, fragte er Thea mit einem amerikanischen Akzent. »Kann ich helfen?«

»Irgendetwas stimmt mit dem Motor nicht«, antwortete Thea.

Er stieg aus dem Sportwagen, und Katja, die ihn gehört hatte, kam hinter dem VW-Bus hervor. Ihre Wangen waren gerötet und ihr Haar zerzaust, und ihre Nase zierte ein Ölfleck. Was ihrer Attraktivität keinen Abbruch tat – im Gegenteil.

Der Amerikaner sah sie verblüfft an. »Wir kennen uns doch …«

Netter Versuch, dachte Thea amüsiert. Katja hob belustigt die Augenbrauen. »Mein lieber Herr, falls Sie diesen

Wagen wieder in Gang bringen, werde ich Ihnen sowieso aus Dankbarkeit um den Hals fallen. Deshalb besteht kein Grund, dass Sie mit mir flirten.«

»Doch, wir sind uns schon einmal begegnet«, beharrte er. »In dieser Kirche inmitten der Felder, St. Coloman. Sie haben ...«

»Oh, ja, natürlich, jetzt erinnere ich mich«, sagte Katja rasch. »Wenn Sie vielleicht einen Blick auf den Motor werfen würden ...? Das wäre wunderbar.«

Hatte ihre Schwester eben fast ein bisschen verlegen gewirkt?

Sie ging mit dem Amerikaner um den Wagen herum. Thea beobachtete im Rückspiegel, wie auch er sich zu dem Motor hinunterbeugte.

»Der Keilriemen ist gerissen«, sagte er gleich darauf.

»Oh ...«

»Ich kann Sie und Ihre beiden Begleiterinnen gern nach Hause bringen und dann einen Mechaniker hierherschicken.«

»Da muss ich meine Schwester fragen.« Katja erschien neben Thea.

»Ich habe das mit dem Keilriemen gehört. Aber es tut mir leid, ich glaube, mich in den Sportwagen zu setzen, das schaffe ich nicht. Die Sitze wirken ziemlich eng. Und dann ist da ja auch noch der Rollstuhl ...« Thea sah den Helfer, der Katja gefolgt war, fest an. »Ich leide an Kinderlähmung. Deshalb bin ich auf einen Rollstuhl angewiesen.« Sie erwartete, dass er bestürzt oder verlegen reagieren würde.

Doch zu ihrer Überraschung nickte er nur und erwiderte: »Ich verstehe«, als wäre dies etwas völlig Normales. »Haben Sie es denn weit bis zu Ihrem Ziel?«

»Ich schätze, fünf oder sechs Kilometer.«

»Ich könnte auch versuchen, den Keilriemen provisorisch zu reparieren, wenn eine der Damen einen Nylonstrumpf zur Verfügung stellt.«

»Meinen Sie das ernst?«, erkundigte sich Katja.

»Ja, natürlich.«

»Na schön.« Sie öffnete die Fahrertür, griff nach ihrer Handtasche, die neben dem Sitz lag, und holte einen Nylonstrumpf heraus. »Es ist doch gut, dass ich immer ein Ersatzpaar dabeihabe.« Sie hielt ihn hoch, der Wind erfasste ihn und ließ ihn wie ein duftiges Band durch die Luft wehen.

»Schade, dass ich nicht in der Werbebranche arbeite, sondern beim Militär bin. Das wäre ein wundervolles Reklamemotiv.« Lachfältchen erschienen um die Augen des Amerikaners, während er den Strumpf entgegennahm. »Mein Name ist übrigens Steven Derringer, ich bin Captain der US-Army und in Garmisch stationiert.«

»Sie tragen ja gar keine Uniform«, bemerkte Katja.

»Heute habe ich dienstfrei.«

»Meine Schwester, Dr. Thea Graven«, stellte Katja Thea vor. »Hetti Waginger, die wundervolle Krankengymnastin meiner Schwester, und mein Name ist Katja Kampen.«

»Sehr erfreut.« Er tippte an die Hutkrempe.

Katja blickte ihm versonnen nach, als er wieder zum Motor ging.

Die provisorische Reparatur funktionierte tatsächlich, und mit geöffneter Motorhaube, damit Luft für Kühlung sorgte und sich der Motor nicht überhitzte, fuhren sie langsam zurück, gefolgt von dem Captain in seinem Sportwagen.

In Füssen setzten sie Hetti ab, die ihre Tante besuchen und sie fragen wollte, ob sie Thea in ihrem Haus behandeln durfte. Die junge Frau hatte vor, später mit dem Bus zu dem Weiler in der Nähe ihres Zuhauses zu fahren.

»Du scheinst auf den Captain einen ziemlichen Eindruck gemacht zu haben«, bemerkte Thea, während sie sich noch einmal zu der jungen Frau umdrehte, die zu einem ganz mit dunklem Holz verkleideten Haus inmitten eines großen Gartens ging. »Und du bist ihm nur kurz in dieser Kirche begegnet?«

»Ja, so war das.«

Wieder konnte sich Thea des Eindrucks nicht erwehren, dass die Schwester ihr irgendetwas verschwieg. Unwillkürlich war sie neugierig.

»Und wie soll ich mir diese Begegnung vorstellen? Seid ihr aneinander vorbeigelaufen oder ...«

»Ich habe etwas fallen lassen, und der Captain hat es aufgehoben.«

»Aha, etwa ein spitzenbesetztes Taschentuch wie eine holde Maid in einem altmodischen Roman?«

Katja stöhnte. »Nein, eine Packung Streichhölzer.«

»Streichhölzer? Du wolltest doch wohl nicht etwa in einer Kirche rauchen?«

»Natürlich nicht. Außerdem benutze ich zum Zigarettenanzünden im Allgemeinen ein Feuerzeug.« Eine gewisse Gereiztheit hatte sich in Katjas Stimme geschlichen, und Thea beschloss, das Thema auf sich beruhen zu lassen.

Wenig später erreichten sie den Parkplatz vor der Klinik. Der Captain hielt hinter ihnen an und kam zur Fahrertür. »Das hat ja gut geklappt«, sagte er lächelnd zu Katja, bezog aber auch Thea in seinen Blick mit ein. »Wenn Sie möchten, Fräulein Kampen, begleite ich Sie gern zu einer Werkstatt.«

»Ja, das wäre wahrscheinlich am besten. Dann muss der Wagen nicht abgeschleppt werden.« Katja nickte und wandte sich Thea zu. »Ich gehe nur schnell in die Klinik und hole jemanden, der mir hilft, dich in den Rollstuhl zu heben.«

»Ich kann da auch assistieren, also, wenn Ihnen das nicht unangenehm ist.«

»Natürlich lasse ich mir gern von Ihnen helfen«, erwiderte Thea. Abermals wunderte sie sich, dass er mit ihrer Krankheit überhaupt keine Schwierigkeiten zu haben schien.

Tatsächlich griff er fest und sicher zu, und Katja und er hoben Thea in den Rollstuhl, als hätten sie so etwas schon oft zusammen gemacht.

»Danke noch einmal für alles, Captain«, sagte Thea herzlich.

»Es war mir ein Vergnügen.« Er tippte lässig an die Hutkrempe. »Dann warte ich hier auf Sie, Fräulein Kampen.«

»Ich kann allein zur Klinik fahren«, wandte Thea ein. »Sie haben schon so viel Zeit für uns geopfert.«

»Nein, nein, ich begleite dich noch!« Katja lief neben dem Rollstuhl her zum Eingang. »Und, wie findest du den Captain?«, fragte sie, als sie außer Hörweite waren.

»Sehr sympathisch. Und er hat ganz eindeutig ein Auge auf dich geworfen.«

»Denkst du das wirklich?« Katjas Stimme klang ein bisschen verträumt.

»Aber ja«, entgegnete Thea lächelnd.

Thea hatte sich nach der Rückkehr völlig erschöpft gefühlt und das Abendessen ausfallen lassen. Aber gegen neun Uhr war sie plötzlich hellwach. Ob sie nicht doch einmal nach Elli sehen sollte? Die Kleine war so zart, und die Oberschwester hatte sich ihr gegenüber wirklich grausam verhalten. Hoffentlich wurde sie nicht wieder von Albträumen geplagt!

Sie drückte die Klingel an ihrem Bett und ließ sich von einer Schwester in den Rollstuhl helfen. Da die Pflegerin bestimmt Einwände erheben würde, wenn sie jetzt in den Park fuhr, behauptete Thea, noch eine Weile auf dem Balkon sitzen und den Abend genießen zu wollen. Es fiel ihr immer noch schwer zu akzeptieren, dass sie eine Patientin war und das Personal sich für sie verantwortlich fühlte.

Sie erklärte, frühestens in einer Stunde zu Bett gebracht werden zu wollen. Nachdem die Schwester gegangen war, hinterließ Thea trotzdem sicherheitshalber eine Nachricht für das Pflegepersonal, dass sie die Kinderklinik aufsuchen würde, damit man wusste, wo sie war. Dann öffnete sie die Tür und rollte auf den Flur hinaus. Niemand begegnete ihr in der Klinik, und auch draußen, vor dem Eingang, war kein Mensch zu sehen. Was für ein Glück! Ein bisschen fühlte sie sich so wie damals, als sie sich mit sechzehn oder siebzehn Jahren aus dem Haus geschlichen hatte, um die Spätvorstellung von »Es geschah in einer Nacht« in einem Dresdner Kino zu besuchen. Sie hatte für Clark Gable geschwärmt und den Film unbedingt sehen wollen, ehe er abgesetzt wurde.

Im Park war es schon dämmrig, Lampen leuchteten entlang der in Serpentinen angelegten Wege. Wenn sie hier mit dem Rollstuhl stürzte, würde es wahrscheinlich Stunden dauern, bis man sie fand. Das wurde Thea jetzt erst richtig bewusst. Aber trotzdem war sie froh, dass sie sich auf den Weg gemacht hatte.

In der Kinderklinik war es ganz still, nur das Brummen eines Insekts war in der Eingangshalle zu hören. In Ellis Krankensaal brannte die Nachtbeleuchtung und warf einen schwachen Lichtschein über die Betten. Eine Krankenschwester beugte sich zu einem Kind und drehte sich abrupt um, als sie die Räder von Theas Rollstuhl auf dem Linoleum hörte.

»Oh, Sie haben mich aber erschreckt.« Es war wieder die junge Frau, die Thea schon oft bei den Kindern gesehen hatte. Sie erinnerte sich, dass ihr Vorname »Ilse« war. Aus weit aufgerissenen Augen starrte sie Thea an und fasste an ein Medaillon, das aus dem Ausschnitt ihrer Uniform hing.

»Das tut mir leid, entschuldigen Sie bitte, ich möchte nur kurz nach Elli sehen.« Thea sprach mit gedämpfter Stimme, jedoch knapp und entschieden – in dem Tonfall, den sie als Ärztin gegenüber dem Personal angeschlagen hatte, wenn es ihr ratsam erschienen war, ihre übergeordnete Position zu unterstreichen.

»Natürlich, wenn Sie das möchten.« Die junge Schwester gab ihr eilig den Weg frei.

Elli schlief, das Äffchen ruhte in ihrem Arm. Thea manövrierte den Rollstuhl neben ihr Bett. Noch immer fühlte sie sich hellwach, und sie beschloss, eine Weile zu bleiben. Die Oberschwester hielt sich wohl nicht in der Klinik auf, denn andernfalls hätte sie die junge Schwester ganz bestimmt wegen des über der Uniform getragenen Medaillons gerügt.

Diese verließ jetzt den Krankensaal, und kurz darauf sah Thea sie durch die Glasscheibe in der Zwischenwand in dem angrenzenden Raum an den Betten entlanggehen.

Noch einmal ließ Thea die Ereignisse des Tages Revue passieren. Das Gespräch mit Hetti am Seeufer, bei dem sie gesagt hatte, dass manche Kinder mit Medikamenten ruhiggestellt wurden. Das Schwimmen im See und wie glücklich sie dabei gewesen war. Der Motorschaden und die Begegnung mit dem Captain.

Ob Katja gerade mit ihm in einem Restaurant saß? Ach, sie wünschte der Schwester einen unbeschwerten Flirt von ganzem Herzen. Thea fühlte plötzlich, wie ihr die Augen zufielen. Der Blick auf ihre Armbanduhr zeigte ihr, dass sie schon eine gute Stunde an Ellis Bett ausharrte. Eigentlich war es höchste Zeit, dass sie in die Privatklinik zurückkehrte.

Aber Elli bewegte sich jetzt im Schlaf und wimmerte vor sich hin, und Thea zögerte, sie zu verlassen. Und dann schreckte sie plötzlich hoch. Das Weinen eines Kindes drang an ihr Ohr, und sie war ganz orientierungslos. Erst nach ein paar Momenten begriff Thea, dass sie eingenickt war und das Weinen von Elli kam.

»Schsch, es ist gut, es ist gut, ich bin ja hier.« Thea beugte sich vor und strich dem Mädchen, das gar nicht richtig wach geworden war, tröstend über den Rücken. »Alles ist gut...«

Ilse, die junge Krankenschwester, die inzwischen auf einem Stuhl am anderen Ende des Krankensaals saß und Nachtwache hielt, stand auf, doch auf Theas abwehrende Geste hin setzte sie sich wieder nieder. Laut ihrer Armbanduhr war es inzwischen nach zwei. Anscheinend hatte sie bislang niemand in der Privatklinik vermisst. Was seltsam war, aber dann konnte sie auch noch länger bleiben. Vor sieben Uhr würde bestimmt keiner ihr Zimmer betreten.

Elli schluchzte noch einmal auf. Doch dann schlief sie ruhig weiter. Nach einer Weile nickte auch Thea wieder ein. Als sie erwachte, war es in dem Krankensaal trotz der geschlossenen Läden merklich heller geworden. Die Zeiger auf ihrer Armbanduhr standen auf kurz vor sechs. Bald würde das morgendliche Wecken beginnen.

Thea strich dem Kind noch einmal sanft über das Haar. Dann fuhr sie mit dem Rollstuhl zur Tür.

Kapitel 24

Oben im Flur der Privatklinik kam Thea eine Krankenschwester entgegen, die gedankenverloren ein Blatt Papier studierte – vielleicht der neue Dienstplan.

Auf Theas »Guten Morgen« hin schreckte sie auf und sah sie an, als sei sie eine Erscheinung.

»Frau Doktor«, brachte sie schließlich hervor, »wo kommen Sie denn um diese Uhrzeit her?«

»Ich habe die Nacht in der Kinderklinik verbracht.«

»Aber das geht doch nicht, Sie können nicht einfach dieses Gebäude verlassen und noch dazu nachts...«

»Ich habe eine Nachricht geschrieben.«

»O Gott, eine Schwester ist gestern Abend ganz überraschend krank geworden. Anscheinend hat man vergessen, noch einmal nach Ihnen zu sehen. Sonst hätte man natürlich in der Kinderklinik nach Ihnen gesucht.«

»Es ist ja nichts geschehen, und mir geht es gut«, erwiderte Thea begütigend. Aber insgeheim war sie froh, dass ihre Abwesenheit unbemerkt geblieben war. Wegen Elli – und auch, weil sie sich so ganz *unbehindert* gefühlt hatte.

Anders als sonst hatte Katja Thea heute nicht am frühen Nachmittag besucht, und Thea erwartete schon gar nicht mehr, dass sie noch kommen würde. Doch kurz vor sechs am Abend klopfte es an ihre Tür, und die Schwester, eine große Tasche unter den Arm geklemmt, schlenderte ins Zimmer. Ihre Augen strahlten gut gelaunt.

»Schön, dass du gekommen bist.« Thea, die in dem Rollstuhl saß, ließ ihr Buch sinken. »Ich hatte gar nicht mehr mit dir gerechnet.«

»Ich war beschäftigt.«

»Mit dem Captain?«, neckte Thea sie.

»Nein, wir waren zwar gestern Abend, nachdem er mich zu der Autowerkstatt begleitet hatte, noch zusammen essen ...«

»Aha, das dachte ich mir.«

»... aber etwas anderes hat mich in Beschlag genommen. Schau her!« Katja griff in die Tasche und förderte eine Pippi aus Stoff zu Tage. Zöpfe aus leuchtend roter Wolle standen von ihrem Kopf ab. Ein breiter, gemalter Mund lachte ihr Gegenüber an. Sommersprossen zierten die knubbelige Nase und die Wangen. Sie trug, wie die Pippi auf dem Buchumschlag, ein kurzes gelbes Kleidchen und unterschiedliche geringelte Strümpfe, und ihre Beine gingen in riesige schwarze Schuhe über.

»Ach, diese Pippi ist ja wundervoll!« Thea war ganz hingerissen. »Wie hast du das nur geschafft?«

»Ich habe die halbe Nacht und auch heute stundenlang daran gearbeitet.« Katja lächelte zufrieden.

»Vielen, vielen Dank. Elli wird sie bestimmt lieben. Sollen wir sie ihr gleich bringen? Dann hat sie die Pippi heute Nacht schon bei sich.«

»Von mir aus gern.« Katja verstaute die Stoffpuppe wieder in der Tasche und folgte Thea, die den Motor des Rollstuhls eingeschaltet hatte, auf den Gang.

Professor Carstens trat gerade aus einem anderen Zimmer und bedachte Katja mit einem erfreuten Nicken. »Na, Fräulein Kampen, wieder mal zu Besuch bei Ihrer Schwester? Schön, schön.« Sein Blick fiel auf den Kopf der Puppe, der über den Rand der Tasche hinausragte. »Meine Güte, was ist denn das für ein Kobold?«

»Das ist eine Figur aus einem Kinderbuch«, antwortete Thea. »Wir bringen sie Elli, einem kleinen Mädchen in der Kinderklinik, das oft Albträume hat. Die Puppe soll Elli davor beschützen.«

»Na ja, mir würde dieser Irrwisch eher schlechte Träume verursachen.« Der Professor lachte.

Sollte sie ihn jetzt auf die Beruhigungsmittel ansprechen, die den Kindern verabreicht wurden? Vielleicht war es ganz gut, das eher wie nebenbei zu thematisieren, damit er sich als Eigentümer und Chef von Dr. Kessler nicht brüskiert fühlte.

»Da ich Sie gerade sehe – heute Morgen bei der Visite waren Sie ja in Eile ... Wenn ich den Kindern vorlese, habe ich jedes Mal den Eindruck, dass manche von ihnen sehr schläfrig, ja fast apathisch sind. Und ich habe mich gefragt, ob sie vielleicht Beruhigungsmittel erhalten?«

»Das kann schon sein, in manchen Fällen ist das angeraten.«

»Natürlich – in sehr speziellen Fällen, über einen kurzen Zeitraum.«

»Nun, ich habe vollstes Vertrauen in Frau Dr. Kesslers Medikation.«

»Oh, ich wollte die Kompetenz der Kollegin keinesfalls anzweifeln«, log Thea. »Es hat mich einfach nur interessiert. Wie gesagt, manche Kinder erschienen mir so arg teilnahmslos. Aber wir wollen Sie nicht länger aufhalten, Herr Professor. Einen schönen Abend noch.«

»Ihnen und Ihrer Schwester ebenfalls.« Professor Carstens schenkte ihnen sein übliches joviales Lächeln und schritt weiter.

»Du raffinierte Heuchlerin«, flüsterte Katja, als sie außerhalb seiner Hörweite waren. »Ehe er das mit dem *vollsten Vertrauen* blabla gesagt hat, ist sein Gesichtsausdruck kurz entgleist. Bestimmt wird er die Medikamentengabe überprüfen.«

»Ich hoffe es – und ich hoffe auch, dass er sie für unangemessen hält.« Sie würde das ja am Verhalten der Kinder ablesen können. Falls sich nichts veränderte, musste sie anders vorgehen. Ach, es war so befriedigend gewesen, dass sie wieder einmal als Ärztin hatte sprechen können – und wenn es auch nur für wenige Minuten gewesen war.

Als Thea und Katja die Kinderklinik betraten, schob eine Krankenschwester einen Wagen aus Metall mit benutztem Geschirr durch die Halle. Sie kamen gerade noch rechtzeitig vor dem Beginn des abendlichen Waschens und der Schlafenszeit.

Elli klebte ein Rest Brei am Mund. Sie lächelte Thea an und bedachte Katja mit einem schüchternen Blick. »Das ist meine Schwester«, sagte Thea. »Sie heißt Katja und hat dir etwas mitgebracht.«

Katja holte die Pippi-Puppe aus der Umhängetasche und reichte sie Elli. »Pippi freut sich sehr, bei dir zu sein«, erklärte sie nachdrücklich. »Sie beschützt dich vor dem bösen Hund.«

Ellis Gesichtchen spiegelte überwältigtes Staunen, dann

streckte sie Arme aus, nahm die Puppe und drückte sie ganz fest an sich.

»Schaut mal, Pippi ist zu Elli gekommen!« Andere Kinder regten sich in den Betten.

»Ja, sie ist wirklich da!«

Eine Welle der Freude lief durch den Krankensaal, und Thea war sehr froh darüber. Lächelnd tauschte sie einen Blick mit Katja, die auch glücklich zu sein schien. Hoffentlich bewahrte die Pippi-Puppe Elli tatsächlich vor ihren Albträumen! Und wenn sie doch für die Kinder mehr tun könnte, als ihnen nur vorzulesen! Aber mit ihrem kranken Körper schaffte sie das – zumindest im Moment – noch nicht.

»Was ist denn hier los?« Die barsche Stimme der Oberschwester war wie eine eiskalte Dusche und ließ die Kinder erstarren.

»Meine Schwester und ich haben Elli ein Geschenk gebracht«, erwiderte Thea ruhig. Sie fand es nicht nötig, ihr zu erklären, dass die Puppe als Hilfe gegen die bösen Träume der Kleinen gedacht war. Die Oberschwester würde das bestimmt nicht verstehen. »Wir gehen gleich wieder.«

»Das will ich doch hoffen. Vor der Schlafenszeit können die Kinder keine Aufregung gebrauchen.« Die Oberschwester war an das Bett herangetreten und musterte die Stoffpuppe angewidert. »Was für ein hässliches Ding und noch dazu völlig unhygienisch.«

»Hygiene ist nicht allein wichtig, Schutz und Geborgenheit brauchen Kinder mindestens ebenso sehr.«

»Ich habe erfahren, dass Sie heute Nacht hier waren. Dazu haben Sie kein Recht. Das werde ich Frau Dr. Kessler melden.«

»Tun Sie das.« Thea lächelte Elli und den anderen Kindern noch einmal zu, dann machte sie Katja ein Zeichen, sie nach draußen zu begleiten.

Auf dem Gang fächelte sich Katja mit der Hand Luft zu. »Warum habe ich nur immer das Gefühl, in Gegenwart dieses Weibs Atembeschwerden zu kriegen?«, murmelte sie.

Thea wollte ihr antworten, aber ein glitzerndes Ding auf dem Linoleumboden ließ sie innehalten. »Katja, schau mal, da liegt etwas, es sieht aus wie ein Schmuckstück.«

Ihre Schwester bückte sich und hob es auf. »Ja, tatsächlich, es scheint eine Art Medaillon zu sein. Auf die Vorderseite ist eine kleine Kirche oder Kapelle zwischen Bäumen gemalt.« Sie zeigte es Thea.

»So ein Medaillon habe ich heute Nacht bei einer jungen Krankenschwester gesehen. Vielleicht hat sie es ja verloren. Wahrscheinlich treffe ich sie morgen, wenn ich den Kindern vorlese. Dann frage ich sie.«

Wenn Thea die Oberschwester gemocht hätte, hätte sie ihr das Medaillon gegeben und sie gebeten, es dem Personal zu zeigen, aber sie wollte an diesem Abend wirklich kein Wort mehr mit ihr wechseln.

Vor der Kinderklinik versprühte der Springbrunnen leise plätschernd sein Wasser. Neben dem Eingang lehnte eine Schwester an der Wand. Thea war schon an ihr vorbeigerollt, als sie noch einmal den Kopf wandte und bemerkte, dass es Schwester Ilse war. Ihr rundes Gesicht schien noch stärker als sonst von den Pusteln bedeckt.

»Hallo, da ich Sie gerade treffe«, sagte Thea freundlich, »ist das vielleicht Ihres? Meine Schwester und ich haben es auf dem Flur vor den Krankensälen gefunden.« Sie zeigte ihr das Medaillon.

Die junge Schwester fuhr sich erschrocken mit einer Hand an den Hals, als ob sie nach einer Kette tasten wollte. »Was... Oh, ja, das ist meines. Vielen Dank.« Hastig schloss sich ihre Hand um das Medaillon.

»Befindet sich diese Kapelle hier in der Nähe?«, erkundigte sich Katja. »Sie sieht hübsch aus, und als Fotografin bin ich immer auf der Suche nach interessanten Motiven.«

»Ja, das ist die Kapelle der heiligen Muttergottes, sie liegt oberhalb von Faulenbach.«

»Und wallfahrten Sie dorthin?« Katja klang so, fand Thea, als würde sie nach den fremden, schwer begreiflichen Riten eines Volkes in der Südsee fragen.

»Nein, aber ich bin manchmal dort.«

»Weil Ihnen die Kapelle gefällt?«

»Ja, ich... ich fühle mich dort wohl. Es ist so still und schön da. Und das Medaillon hab ich mal geschenkt bekommen.« Ein schmerzlicher Ausdruck huschte über ihr Gesicht. Wer auch immer es ihr geschenkt hatte, schien ihr viel bedeutet zu haben.

Thea legte Katja die Hand auf den Arm, um sie davon abzuhalten, noch weiter zu insistieren. »Dann wünsche ich Ihnen eine ruhige Nachtwache, Schwester Ilse«, sagte sie. »Sie haben doch wieder Nachtwache, oder?«

»Ja. Und danke noch mal für das Medaillon.«

»Irgendwie finde ich dieses junge Ding seltsam«, bemerkte Katja, nachdem die Schwester die Klinik betreten hatte. »Sie schaut einen nie direkt an und wirkt irgendwie abwesend.«

»Wahrscheinlich hat sie Komplexe wegen ihrer Akne.«

»Das kann natürlich sein«, gab Katja zu, während sie neben dem Rollstuhl in Richtung des Weges ging, der durch den Park zu der Privatklinik führte. »Übrigens, was ich ganz vergessen hatte: Captain Derringer fragt, ob du Lust hast, dass wir am Sonntag in einer Woche einen Ausflug nach Neuschwanstein zusammen unternehmen. Da hat er wieder dienstfrei, und Hetti kann natürlich auch gern mitkommen. Er hat gesagt, dass er es in den ganzen Monaten, seit denen er in Garmisch stationiert ist, noch immer nicht geschafft hat, das Schloss zu besichtigen. Und dass dies ja in gewisser Weise ein Muss ist.«

»Es ist nett, dass er fragt.« Thea wandte den Kopf und sah Katja an. »Aber willst du nicht lieber mit ihm allein sein?«

»Nein, das will ich nicht. Also, na ja, gelegentlich schon ... Aber ich möchte wirklich, dass wir alle zusammen etwas unternehmen. Und du kannst ganz sicher sein, dass ich dich nicht als Anstandsdame dabeihaben will.«

»Da bin ich ja beruhigt«, erwiderte Thea lächelnd. Es wäre auch ganz neu gewesen, dass Katja Wert auf eine Anstandsdame legte. »Dann sage ich Ja. Weshalb spricht er eigentlich so gut deutsch? Das habe ich mich schon während seiner Hilfsaktion als Automechaniker gefragt.«

»Die Großmutter des Captains war Deutsche. Seine Eltern haben in Boston ein Restaurant betrieben und mussten in den ersten Jahren sehr kämpfen, um es am Laufen zu halten. Deshalb war er oft monatelang bei seiner Großmutter, die auf einer Farm im Nirgendwo gelebt hat. Sie hat mit ihm deutsch gesprochen. Und als der Captain mit dem Einmarsch der US-Army nach Deutschland kam, hat er sich ziemlich schnell an seine Kindheitssprache erinnert.« In Katjas Stimme schwang wieder ein sehr verträumter Unterton mit.

»Er hat auf meine Lähmung überhaupt nicht überrascht reagiert.« Das wunderte Thea immer noch.

»Na ja, er ist ein sehr offener, vorurteilsfreier Mensch.«

Thea hatte ihre Zweifel, ob das die ganze Erklärung war. Aber vielleicht fand sie ja bei dem Ausflug eine Gelegenheit, ihn danach zu fragen. Im nächsten Moment huschte ein Lächeln über ihr Gesicht. Vor ein paar Wochen noch hätte ein Ausflug, erst recht mit einem amerikanischen Offizier, jenseits ihrer Vorstellungskraft gelegen.

Kapitel 25

»Es ist wirklich märchenhaft.« Lächelnd blickte sich Thea gut eine Woche später im Schlosshof von Neuschwanstein um. Vor ihr erhob sich das Torhaus, und die beiden Türme ragten in einen leuchtend blauen Sommerhimmel. Schon auf der Fahrt mit dem VW-Bus hatte sie die Ausblicke auf das Schloss genossen, das – wie der Welt entrückt – auf dem schmalen Felsgrat thronte. »Ich schaue mir die Broschüre an, während du, Katja, und Hetti und der Captain das Schloss besichtigt. Das ist ja ein bisschen so, als würde ich die Räume selbst sehen.«

»Oh, ich bleibe bei Ihnen«, sagte Hetti.

»Aber nein«, wehrte Thea ab. Hatte die junge Frau einen irgendwie schalkhaften Ausdruck in den Augen? Warum denn das?

»Ach, da ist ja Steven.« Katja winkte heftig, sie hatte Theas Bemerkung anscheinend gar nicht gehört. Der Captain, der Zivil trug, kam in Begleitung von zwei Soldaten in Uniform durch den Torbogen. Sie wollten anscheinend auch an der Besichtigung teilnehmen.

»Das ist ja perfekt.« Katja strahlte den Captain an. »Wir sind auch gerade erst angekommen.«

»Meine Damen«, der Captain lüpfte den Hut, »darf ich Ihnen Corporal Manning und Sergeant Cromer vorstellen?«

Die beiden Männer, der Corporal sommersprossig, rothaarig und schlaksig, der Sergeant dunkelhäutig und athletisch, führten die Hände salutierend an die Uniformmützen.

»Es ist nett, Sie kennenzulernen«, sagte Thea herzlich und reichte ihnen die Hand. Katja und Hetti taten es ihr gleich.

»Ganz unsererseits, Ma'am«, erwiderte der Sergeant ebenso freundlich, und der Corporal nickte bestätigend.

»Damit wäre die Vorstellungsrunde beendet, und wir sollten ins Schloss gehen.« Der Captain holte Tickets aus seinem Jackett und wandte sich dem Eingang zu.

»Viel Spaß.« Thea empfand nun doch einen Stich des Bedauerns, dass sie nicht mitkommen konnte.

»Ja, Spaß werden wir wohl hoffentlich *alle* haben.« Katja packte den Rollstuhl resolut an den Griffen und schob ihn hinter dem Captain her.

»Katja, was soll denn das?« Thea wandte sich irritiert zu ihr um. »Im Schloss sind doch Treppen und ...«

»Ich weiß, ich war ja schon mal zum Fotografieren hier. Für die Treppen hat Steven den Sergeant und den Corporal mitgebracht.«

»Aber ...«

»Ich wollte das Schloss unbedingt mal sehen, Ma'am. Und als uns der Captain gefragt hat, ob ich Lust habe, an meinem freien Wochenende mitzukommen, habe ich gern zugesagt, und für den Jungen gilt das auch.« Der Sergeant wies mit dem Daumen auf den Corporal. »Meine Mutter wird Augen machen, wenn ich ihr Fotos davon schicke.«

Die erste Stufe tat sich vor Thea auf. Der Sergeant, der Corporal und der Captain hoben den Rollstuhl hinauf. Thea erhaschte einen flüchtigen Blick auf eine kleine Eingangshalle. Dann wurde der Rollstuhl wieder von den drei Männern gepackt und eine gewundene Treppe hinaufgetragen, höher und noch höher, bis sie einen Raum mit einem Kreuzrippengewölbe erreichten, das mit einem roten, blauen und goldenen Muster bemalt war. Bilder mit Sagenmotiven zierten die Wände.

Thea hatte einen Anflug von Scham und Zorn über ihre Hilflosigkeit überwunden und war nun ganz überwältigt und glücklich, dass sie mit Hilfe der drei Männer all die Treppen bezwungen hatte und hierhergelangt war. Hetti zwinkerte ihr zu – sie war also in den Plan eingeweiht gewesen. Ehe Thea sich bei allen für dieses unerwartete Geschenk bedanken konnte, verbeugte sich Katja und wies mit großer Geste auf die Wandgemälde.

»Meine sehr verehrten Damen und Herren, dies sind Darstellungen aus der Edda«, deklamierte die Schwester im Tone eines Fremdenführers. »Hier sehen Sie zum Beispiel ...«

Doch Thea war nach dem abenteuerlichen Weg über die Treppen immer noch viel zu aufgeregt, um ihr richtig zuzuhören. Ihr Blick glitt über die Bilder. Sie nahm einen Schmied wahr, der eine Waffe auf einem Amboss bearbeitete, und Männer in mittelalterlich anmutenden Rüstungen.

Dann ging es weiter durch eine Tür. »Hier, meine sehr verehrten Damen und Herren, befinden wir uns im Thronsaal«, erklärte Katja. Golden leuchtete es Thea entgegen. Ein großer Raum, gestaltet wie das Innere einer byzantinischen Kirche, lag vor ihr. Er erstreckte sich über zwei Stockwerke. Ein riesiger Kronleuchter hing von einer Kuppel, die dem Himmelsgewölbe mit Sonne, Mond und Sternen nachempfunden war.

Thea lächelte Katja voller Dankbarkeit an, während diese Details zur Baugeschichte herunterratterte. Ja, es war so schön, dass sie das alles mit eigenen Augen sehen konnte!

Immer noch von Dankbarkeit erfüllt, beobachtete Thea Katja, die mit ihrem Fotoapparat zu der Marien-Kapelle geschlendert war und sich dort aufmerksam umsah. Eine weitere Station dieses schönen Ausflugstages. Es war wirklich ein fast mystischer Ort. Alte Buchen breiteten ihre Äste über das Dach. Ein Bach plätscherte über bemooste Steine, und dicht hinter dem kleinen Gebäude mit dem zierlichen Zwiebelturm fiel eine Felswand fünfzig Meter oder mehr in die Tiefe.

Nach der Besichtigung von Neuschwanstein waren sie hierhergefahren. Ganz in der Nähe der Kapelle befanden sich ein aus Baumstämmen gebauter Tisch und zwei Bänke. Dort hatten sie ein Picknick gehalten. Der Captain, die Schwester, Hetti und sie. Die beiden Soldaten hatten sich schon in Neuschwanstein verabschiedet.

Hetti hatte vor ein paar Minuten erklärt, dass sie gern nach Kräutern suchen würde, und war in den Wald gegangen, und der Captain, der eine Route auf der Straßenkarte hatte nachsehen wollen, kehrte von dem Jeep zu Thea zurück. Sein Blick wanderte zu Katja, die jetzt das Objektiv ihrer Kamera wechselte und ein paar Schritte rückwärts ging, als suchte sie nach einer möglichst guten Perspektive für den gegenüberliegenden Berghang. In ihrer knöchellangen, schmalen Hose, der weißen Baumwollbluse mit dem großen Kragen, die ihre gebräunte Haut betonte, und dem bunten Halstuch, die Sonnenbrille ins Haar geschoben, sah sie wieder einmal hinreißend hübsch aus.

»Sie müssen mir keine Gesellschaft leisten«, sagte Thea freundlich, »Sie können sehr gern zu Katja gehen.«

»Ich möchte sie nicht stören, wenn sie fotografiert.« Er schüttelte den Kopf. »Außerdem ist es für mich keine lästige Pflicht, bei Ihnen zu sitzen. Das können Sie mir wirklich glauben.«

»Ich habe mich, fürchte ich, noch gar nicht richtig bei Ihnen bedankt, dass Sie mir die Besichtigung ermöglicht haben. Es war alles so aufregend und so schön! Auch die Fahrt hierher und das Picknick.«

»Und mir war es eine Freude.« Er grinste jungenhaft.

»Richten Sie bitte auch dem Sergeant und dem Corporal noch einmal meinen Dank aus. Es war wirklich nett von ihnen, mich in dem Rollstuhl herumzuschleppen.« Thea zögerte kurz. »Sagen Sie... Was meine Lähmung betrifft, gehen Sie so ganz normal und unverkrampft damit um. Da bin ich andere Reaktionen gewohnt.«

»Mein jüngerer Bruder ist als Kind an Polio erkrankt.«

»Oh...« Nun, das erklärte einiges. Diese heimtückische Krankheit hatte in den vergangenen Jahrzehnten so viele Menschen infiziert! Hoffentlich wurden bald ein Impfstoff oder Medikamente dagegen entwickelt. »Und Ihr Bruder hat auch Lähmungen zurückbehalten?«, wandte sich Thea wieder dem Captain zu.

»Ja, er kann seine Beine nur sehr eingeschränkt benutzen und ist oft auf einen Rollstuhl angewiesen.«

Wahrscheinlich würde das bei ihr auch so sein.

»Das hat ihn jedoch nicht davon abgehalten, Jura zu studieren und eine Dozentur in Harvard zu bekommen.«

»Wirklich?« Thea sah den Captain überrascht an. Harvard war eine Elite-Universität.

»Unser Kleiner ist eindeutig der Klügste in der Familie.« Der Captain lachte.

»Aber er hat trotz seiner Einschränkungen ...?«

»Na ja, Franklin D. Roosevelt hatte ebenfalls Kinderlähmung und wurde amerikanischer Präsident. Dagegen nimmt sich eine Dozentur in Harvard noch recht bescheiden aus. In ein paar Monaten wird Antony zum ersten Mal Vater. Und ich zum dritten Mal Onkel.«

Das klang völlig selbstverständlich.

»Ich bin sehr sentimental. Deshalb trage ich immer ein paar Fotos meiner Eltern und Geschwister und meiner beiden Neffen mit mir herum.« Der Captain holte eine Brieftasche aus seinem Jackett und entnahm ihr eine schwarz-weiße Aufnahme. »Das Bild wurde bei der Hochzeit meines Bruders gemacht.«

Thea beugte sich vor. Ein junger Mann, der dem Captain sehr ähnlich sah, saß in einem Rollstuhl, und neben ihm stand eine bildschöne gleichaltrige Frau in Schleier und weißem Kleid. Sie hielten sich an den Händen und lächelten sich glücklich an.

»Sie wirken sehr verliebt.« Thea spürte ein schmerzhaftes Ziehen in der Brust.

»Das sind Antony und Alice nach drei Jahren Ehe immer noch.« Der Captain verstaute das Foto wieder in der Brieftasche. »Katja hat mir übrigens erzählt, dass Sie den Kindern in der Klinik vorlesen und wie bedrückend die Zustände dort sind. Mein Bruder musste als Kind auch einige Zeit in Krankenhäusern verbringen. Er und die anderen kleinen Patienten wurden dort gut betreut, man hat mit ihnen gespielt und sich auch sonst mit ihnen beschäftigt. Trotzdem war Antony immer unglücklich und wollte unbedingt nach Hause. Wenn ich mir vorstelle, dass die Kinder in Ihrer Klinik weitgehend sich selbst überlassen sind ... Ich finde das furchtbar. Und ich würde gern etwas dazu beitragen, dass sich das bessert. Was würden Sie von einer Filmvorführung halten? Und ein Ausflug mit den Kindern müsste sich doch auch organisieren lassen. Wenn das unter dem Thema Völkerverständigung und deutsch-amerikanische Freundschaft läuft, bekomme ich dafür auch die Unterstützung der Army.«

»Das wäre wirklich wunderbar! Ich habe mich auch schon gefragt, was sich über das Vorlesen hinaus noch für die Kinder tun ließe. Es ist besser als nichts, aber immer noch so wenig. Leider bin ich nun mal sehr eingeschränkt, und mich und Katja zusammen würde die verantwortliche Ärztin sicher nicht in der Klinik akzeptieren.«

»Was ist wunderbar?« Katja war wieder zu ihnen gekommen und legte dem Captain in einer vertrauten Geste die Hand auf die Schulter.

»Captain Derringer hat vorgeschlagen, den Kindern in der Klinik einen Film zu zeigen und einen Ausflug mit ihnen zu machen!«

»Wir haben uns darüber auch schon unterhalten.« Katja nickte. »Es gibt einen Film über einen mutigen Collie namens Lassie, der den Kindern bestimmt gefallen dürfte, oder auch die Serie ›Die kleinen Strolche‹. Ich war vor ein paar Tagen mit Steven zu Gast, als ein paar Offiziersgattinnen Kindern in Füssen drei Folgen gezeigt haben. Sie sind sehr anarchisch und lustig.«

»Darüber freut sich die Oberschwester ganz bestimmt.« Thea lachte.

»Schön, dann ist das abgemacht, und ich werde in den

nächsten Tagen mit dem Inhaber der Klinik alles Weitere besprechen.« Der Captain nickte.

»Vielen Dank!« Thea lächelte ihn noch einmal an und wandte sich dann Katja zu. »Der Captain hat mir übrigens erzählt, dass sein jüngerer Bruder auch an Polio erkrankt war.«

»Ja, was für ein Zufall, nicht wahr? Ich hatte ganz vergessen, das zu erwähnen.« Katjas Stimme klang eine Spur zu beiläufig, und ihre Miene war betont unschuldig.

Zu unschuldig... Thea bedachte die Schwester mit einem scharfen Blick. Ganz sicher hatte Katja das nicht vergessen. Und wenn sie es genau überlegte, dann war es ziemlich ungewöhnlich, dass ein Mann ein ganzes Fotoalbum in der Brieftasche mit sich herumtrug. Mochte er auch noch so sehr beteuern, ein Familienmensch zu sein. Es war ziemlich wahrscheinlich, dass die Schwester das eingefädelt hatte, um ihr, Thea, zu zeigen, dass sie auch trotz der Krankheit Georgs Frau werden konnte. Thea war sich im Klaren darüber, dass Katja es nur gut mit ihr meinte. Trotzdem war sie ärgerlich auf ihre Schwester. Katja hatte kein Recht, sich in ihre Beziehung zu Georg einzumischen!

Katja berührte den Captain am Arm. »Steven, hast du Lust, ein paar Fotos von mir zu schießen? Thea, wir sind bestimmt nicht lange weg.«

»Oh, lass dir Zeit«, entgegnete Thea kurz angebunden.

Katja sah sie irritiert an, sagte jedoch nichts. Sie und der Captain gingen zu dem Rand der Felskante, wo die Schwester für ein Foto posierte, und verschwanden dann zwischen den Bäumen.

Thea war sich ihres kranken Körpers plötzlich wieder schmerzlich bewusst. Und doch... Alice, die Frau von

Captain Derringers Bruder, hatte sich für einen gelähmten Mann entschieden und war immer noch verliebt in ihn und sogar von ihm schwanger. Wieder fragte sie sich, ob sie nicht vielleicht vorschnell geglaubt hatte, all das sei für sie und Georg nicht mehr möglich.

Aber höchstwahrscheinlich hatte Alice auch kein Kind mit einem anderen Mann – mit dem sie zudem eine jahrelange, schwierige und oft unglückliche Liebe verband.

Eine Bewegung auf dem Weg, der zu der kleinen Kapelle führte, ließ Thea aufblicken. Jemand fuhr dort auf einem Fahrrad entlang und stellte es nun im Schatten neben dem Eingang ab. Es war eine junge Frau – Schwester Ilse, wie Thea nun erkannte. Die Pflegerin hatte ja gesagt, dass sie öfter einmal hierherkam. Sie war nicht in der Stimmung, ihr ein »Hallo« zuzurufen und sich bemerkbar zu machen. Dazu war sie zu traurig und aufgewühlt.

Trotzdem verfolgte sie, wie die Krankenschwester in die Kapelle trat. Innen neben der geöffneten Tür gab es ein Weihwasserbecken, das hatte Thea vorhin gesehen, als sie mit Katja, Hetti und dem Captain in der Kapelle gewesen war. Durch ihre Monate in Eichenborn hatte sie einiges an katholischen Bräuchen kennengelernt, und sie erwartete, dass Schwester Ilse ihre Hand in das Weihwasser tauchen und sich bekreuzigen würde. Aber sie setzte sich nur in die Bank vor dem Marienbild. Vielleicht war sie ja auch nicht religiös und nicht zur Andacht hier. Möglicherweise war sie wegen des Menschen gekommen, der ihr das Medaillon geschenkt hatte.

Eine ganze Weile verharrte die junge Frau so, bis Katjas Lachen in der Nähe zu hören war. Schwester Ilse zuckte zusammen, stand hastig auf und verließ die Kapelle wieder.

Fast so, als sei sie bei etwas ertappt worden, fuhr sie eilig auf ihrem Fahrrad davon.

Gleich darauf kam Hetti aus dem Wald zurück und setzte sich zu Thea. Einige herb duftende Kräuter lagen in ihrem Körbchen.

»Was ist das denn?«, erkundigte sich Thea.

»Ach, Johanniskraut und Beifuß und noch ein paar andere Heilpflanzen.«

»Und wofür wollen Sie die Kräuter verwenden?«

»Für einen Tee.« Irgendwie schien Hetti die Frage unangenehm zu sein, auch wenn Thea nicht verstand, warum.

»Eben hat Schwester Ilse aus der Kinderklinik die Kapelle aufgesucht«, wechselte sie das Thema. »Katja hält sie für seltsam, und allmählich finde ich sie auch ein bisschen merkwürdig. Kennen Sie sie näher?«

»Eigentlich nicht. Ich war ja nur drei Monate in der Kinderklinik angestellt. Ilse Hasslacher hat oft die Nachtdienste übernommen, und ich habe immer tagsüber gearbeitet. Deshalb sind wir uns selten begegnet.«

»Trotzdem, wie ist Ihr Eindruck von ihr?«

Hetti dachte nach. »Ich glaube, sie ist kein glücklicher Mensch«, sagte sie schließlich. »Von dem her, was so unter dem Personal geredet wurde, hat sie wohl einen Stein im Brett bei der Oberschwester. Warum auch immer. Enge Freundinnen unter den anderen Schwestern hat sie aber, soviel ich weiß, nicht. Und es gab den Tratsch, dass Ilse sehr für einen jungen Kellner aus Füssen schwärmt. Der sie aber nur ausnutzt und schlecht behandelt.«

Ob Ilse Hasslacher einmal mit diesem Kellner in der Kapelle gewesen war und er ihr das Medaillon geschenkt hatte? Vielleicht …

Katja und der Captain kamen nun an den Tisch zurück. Die Wangen ihrer Schwester glühten. Wahrscheinlich hatten sie und der Captain sich im Wald geküsst. Normalerweise hätte sich Thea für Katja gefreut. Doch sie war immer noch verärgert über sie.

Am späten Nachmittag parkte Katja den VW-Bus vor der Privatklinik. Sie hatten Hetti wieder in Füssen abgesetzt und sich dort auch von dem Captain verabschiedet. Nun wandte sie sich Thea zu. »Thea, ich merke dir doch an, dass irgendetwas los ist. Habe ich dich gekränkt?«

»Ja, allerdings.« Es war besser, es jetzt auszusprechen, anstatt es auf sich beruhen zu lassen. Es würde nur zwischen ihnen stehen. »Ich bin dir wirklich sehr dankbar für den wunderschönen Ausflug. Aber ich denke, du hast ganz genau gewusst, dass ich den Captain früher oder später fragen würde, warum er so selbstverständlich mit meiner Lähmung umgeht. Und du hast ihn animiert, mir bei dieser Gelegenheit das Foto von der Hochzeit seines Bruders zu zeigen. Um mir zu beweisen, dass *ich* vor meinem Glück davonlaufe. Aber, Katja, meine Beziehung zu Georg und dass ich meine Verlobung mit ihm gelöst habe, geht dich nichts an!«

»Ja, ich gebe zu, als mir Steven von seinem Bruder erzählt und mir Fotos seiner Familie gezeigt hat, habe ich ihn gebeten, dir auch von ihm zu erzählen und davon, dass Antony ein weitgehend normales Leben führt.« Katja seufzte. »Es tut mir leid, aber ich verstehe einfach nicht, warum du dir und Georg überhaupt keine Chance gibst. Ich wollte dich das schon längst fragen, aber ich habe mich einfach nicht getraut.«

»Katja ...«

»Georg und ich haben nicht das unkomplizierteste Verhältnis. Was, darüber bin ich mir im Klaren, in erster Linie an mir liegt, ich weiß, dass er mich für ziemlich verwöhnt und selbstbezogen hält.« Katja sprach rasch weiter, ließ Thea nicht zu Wort kommen. »Aber er liebt dich, und du liebst ihn, und er macht dich glücklich. Er ist ein ungewöhnlicher Mann. Bestimmt wäre es ihm um deinetwillen lieber, wenn du *nicht* gelähmt wärst und laufen könntest. Aber ich bin überzeugt, deine Lähmung macht für ihn keinen Unterschied. Und was Melanie Winter betrifft und dass er einen Sohn mit ihr hat ... Lieber Himmel, meiner Meinung nach überschätzt du diese Frau und ihren Einfluss auf Georg völlig! Und da ist noch etwas. Von Marlene weiß ich, dass Georg in den ersten Tagen, als du in der Eisernen Lunge lagst, nicht aus dem Flur vor deinem Zimmer gewichen ist, bis du wieder zu dir gekommen bist. Er hat dort quasi übernachtet und ...«

Eine Erinnerung stieg plötzlich in Thea auf. Ganz am Anfang ihrer Krankheit, als die Schmerzen so stark gewesen waren und sie in der Eisernen Lunge verzweifelt um Atem gerungen hatte, hatte sie sich gewünscht zu sterben. Aber irgendwie hatte sie Georgs Nähe gespürt. Und sie hatte ihn zu sich sprechen hören. Was natürlich nicht real gewesen sein konnte. Er durfte ja nicht zu ihr ins Zimmer. Deshalb hatte sie das für einen Traum gehalten. Aber nach dem, was Katja sagte, war er tatsächlich all die Zeit nur durch die Glasscheibe zum Flur von ihr getrennt gewesen.

Katja hatte weitergesprochen. Erst jetzt war Thea wieder imstande, sich auf sie zu konzentrieren »... und Georg hat einen jungen Mann bei sich aufgenommen, der als

Kind an Polio gelitten hat. Marlene hat mir erzählt, dass Georg an ihm verschiedene Therapien ausprobiert, um seine verkümmerten Muskeln zu lockern und zu stärken. Und Marlene ist davon überzeugt, dass er das auch tut, weil er glaubt, dir damit in gewisser Weise zu helfen.«

»Katja...« Thea wollte all das nicht mehr hören. Es tat so weh. Ach, es wäre alles viel einfacher gewesen, wenn Georg sich von ihr abgewandt hätte. Dann hätte sie sich gewiss nicht so nach ihm gesehnt. »Georg hat nun einmal ein Kind mit Melanie Winter. Daran ist nichts zu ändern.«

»Ja, ich weiß.« Katja stockte kurz und errötete ein bisschen. »Aber du und Georg... Ihr könntet doch trotz deiner Krankheit... na ja, ihr könntet doch trotzdem miteinander schlafen, oder?«

Zwei Schwestern traten jetzt aus der Klinik. Sie blieben neben dem Eingang stehen und zündeten sich Zigaretten an. Eine sagte etwas, und die andere warf den Kopf in den Nacken und lachte schallend.

»Thea?«

»Ja...« Thea senkte den Kopf. Georg hatte das bei seinem Besuch im Krankenhaus auch gesagt. Aber da war immer noch ihr kranker Körper mit den verkümmerten Muskeln.

»Und, das heißt doch, du könntest... also, du könntest auch schwanger werden?«

»Mein Gott, Katja, kannst du endlich mal aufhören, so penetrant zu sein?«, fuhr Thea die Schwester an.

»Du hast meine Frage nicht beantwortet.«

Thea seufzte gereizt. »Theoretisch ja. Aber mir ist noch nie eine gelähmte Frau begegnet, die ein Kind zur Welt gebracht hat. Und ich habe auch noch nie von einer gehört. Das ist wirklich völlig theoretisch.« Sie bemerkte selbst, dass ihre Stimme schrill geworden war. »Und so schön der Tag auch war, ich bin wirklich todmüde und möchte endlich in mein Zimmer.«

»Ja, natürlich, verzeih, du bist ganz blass. Ich hätte früher merken sollen, wie erschöpft du bist.« Katja sprang aus dem VW-Bus und eilte zu den beiden Schwestern vor dem Eingang. Gleich darauf kehrte sie mit einer zurück und hob mit ihrer Hilfe Thea in den Rollstuhl.

»Ich begleite dich noch nach oben.«

»Danke.« Am liebsten wäre Thea Katja rasch losgeworden, aber sie wollte sie nicht vor der Pflegerin brüskieren. Sie schwiegen, während Katja neben ihr zum Eingang lief, sie die Halle durchqueren und mit dem Aufzug nach oben fuhren. Im zweiten Stock öffnete Katja ihr die Zimmertür und wartete, bis Thea drinnen war. »Soll ich eine Krankenschwester rufen, damit sie dich ins Bett bringt?«, fragte sie besorgt.

»Ja, bitte. Das heißt, warte...« Katja hatte es mal wieder geschafft, ihre Abwehr zu durchdringen, und sie musste das jetzt einfach aussprechen, sonst würde sie daran ersticken. »Ich, ach Katja, ich habe mich in den letzten Tagen tatsächlich immer wieder einmal gefragt, ob es nicht ein Fehler war, Georg zu verlassen. Und nach allem, was du mir erzählt hast, frage ich mich das noch mehr. Ich liebe ihn immer noch so sehr! Aber ich weiß einfach nicht, ob wir eine Zukunft miteinander haben können. Ich... ich brauche einfach noch Zeit. Ich kann im Moment keine Entscheidung treffen.« Thea kamen die Tränen, und sie schluchzte auf. »Bitte, versprich mir, dass du mich damit nicht mehr bedrängst. Und dass du auch Marlene nichts davon erzählst. Ich will nicht, dass Georg davon erfährt und ...« Theas Stimme brach endgültig.

»Ist ja gut, ist ja gut.« Katja nahm sie hastig in die Arme. »Ja, ich verspreche es dir. Großes Ehrenwort, dass ich dich nicht mehr bedränge und dass ich Marlene nichts erzähle. Und jetzt rufe ich endgültig eine Krankenschwester, ja?«

»Ja, bitte.« Thea lächelte unter Tränen.

Die Pflegerin brachte Thea auf die Toilette und half ihr, sich ins Bett zu legen.

Und später, obwohl sie das gegenüber Katja mehr oder weniger abgestritten hatte, ruhte Theas Hand auf ihrem Bauch, und sie ertappte sich bei dem Gedanken: Was, wenn hier doch eines Tages ihr und Georgs Kind heranwüchse?

O Mist! In ihrer Ferienwohnung hieb Katja frustriert mit der Faust auf den Tisch. Warum musste sie sich nur in einer Art Vermittlerposition zwischen Thea und Georg befinden? Während der ganzen Fahrt nach Faulenbach hatte sie darüber schon nachgegrübelt.

Es war eine Sache, Georg bei ihren gelegentlichen Telefonaten zu berichten, wie es Thea ging und welche körperlichen Fortschritte sie machte. Aber ihm zu sagen, dass Thea ihn immer noch liebte und womöglich in Erwägung zog, zu ihm zurückzukehren, war noch einmal etwas ganz anderes. Vor allem auch, da die Schwester sie ausdrücklich um Verschwiegenheit gebeten hatte.

Andererseits sehnte sich Georg so sehr danach, genau das zu erfahren. Er sagte das nie explizit. Aber es schwang immer im Klang seiner Stimme mit, wenn er nach Thea fragte. Sie wurde dann immer ganz weich und fast ein bisschen brüchig. Ihm würde die Nachricht bestimmt sehr viel Hoffnung geben.

Mist, Mist, Mist. Katja ließ sich auf einen Stuhl sinken und starrte unglücklich vor sich hin. So sehr sie es jedoch auch bedauerte, sie konnte Georg nichts von Theas Eingeständnis erzählen. Sie konnte es einfach nicht. Denn damit würde sie die Schwester verraten.

Kapitel 26

Am nächsten Vormittag fuhr Thea wieder mit dem Rollstuhl die Serpentinen im Park entlang. Sie hatte schlecht geschlafen und fühlte sich immer noch deprimiert. Eine Stunde im Schwimmbad lag hinter ihr, und früher am Morgen hatte sie Krankengymnastik gehabt, sich an zwei Holzstangen abgemüht, sich mit den Armen abgestützt und versucht, ihr Gewicht auf ihre Beine zu verlagern. Aber die hatten sie noch nicht einmal für Sekunden tragen wollen. Wie leblos hatten sie an ihr gebaumelt, als wären sie Dinge und nicht ihre Glieder.

Als sie Professor Carstens am oberen Ende des Parks sah, wo er bei einem Gärtner stand und anscheinend irgendetwas wegen der Bepflanzung besprach, hoffte sie, unbemerkt an ihm vorbeizugelangen. Doch leider hatte auch er sie entdeckt und kam lächelnd auf sie zu. »Na, Frau Dr. Graven, mal wieder im Park unterwegs?«

»Ja, ich komme gerade vom Schwimmbad!« Thea zwang sich zu einer gut gelaunten Antwort.

»Ich hatte vorhin übrigens Besuch von einem Captain der US-Streitkräfte, Derringer ist sein Name. Er hat mir erzählt, dass er Sie und Ihr Fräulein Schwester kennt und dass die US-Army sehr daran interessiert ist, ein freundschaftliches Verhältnis zur deutschen Bevölkerung aufzubauen. Und im Zuge der Völkerverständigung würde er, mit ausdrücklichem Wohlwollen seiner Vorgesetzten, gern einen Ausflug für unsere Kinder organisieren. Was natürlich kein ganz einfaches Unterfangen ist, und Frau Dr. Kessler hatte berechtigte Einwände.«

»Oh ...« Thea hatte noch gar nicht mitbekommen, dass sie aus dem Urlaub zurückgekehrt war. Ach, warum hatte sie ausgerechnet bei dem Gespräch mit dem Captain anwesend sein müssen!

»Der Captain hat uns allerdings versichert, dass uns jede erdenkliche Unterstützung seitens der Army zuteilwürde, ausreichend Fahrzeuge zum Transport etwa und Soldaten, die sich um die Kinder in den Rollstühlen kümmern. Und er hat auch angedeutet, dass seitens der Presse Interesse bestünde, darüber zu berichten. Ihr Fräulein Schwester hat da wohl Kontakte. Und, nun ja, letztlich haben Frau Dr. Kessler und ich gern unsere Zustimmung gegeben.«

Wobei für den Professor die Aufmerksamkeit für seine Kurklinik sicher auch eine Rolle gespielt hatte. Uneitel war er nicht gerade. Gut möglich, dass Katja den Captain darauf gebracht hatte, dies einfließen zu lassen. Falls ja, war das ein kluger Schachzug gewesen.

»Der Captain hat als Tag für den Ausflug übrigens den Mittwoch in einer Woche vorgeschlagen. Das ist natürlich recht knapp, aber er meinte, die US-Army hätte schon andere Aufgaben gemeistert und sollte es schaffen, das organisiert zu bekommen.«

»Da bin ich auch zuversichtlich«, erwiderte Thea lächelnd. Es war so schön, dass der Ausflug stattfinden würde! Ihre Stimmung hob sich sehr.

»Und noch etwas.« Der Professor zupfte an seinem Seehundschnauzbart. »Ich habe mit Frau Dr. Kessler über

Ihren Eindruck gesprochen, dass den Kindern Beruhigungsmittel verabreicht werden. Dies geschah tatsächlich in einzelnen begründeten Fällen und nur für kurze Zeit, wie sie mir glaubhaft darlegte. Wir sind beide der Meinung, dass dies auch weiterhin nur nach sorgfältigem Abwägen der Umstände geschehen soll.«

Was wohl so zu übersetzen war, dass der Professor der Kollegin glaubte, aber in Zukunft ein Auge auf die Verabreichung der Beruhigungsmittel haben würde. Das würde die Verhältnisse in der Kinderklinik zumindest in diesem Punkt verbessern. Und die Ärztin hatte es anscheinend vorgezogen, sich nicht über Thea zu beschweren.

»Vielen Dank, Herr Professor, dass Sie das gegenüber Dr. Kessler angesprochen haben. Nun, ich hatte eigentlich auch erwartet, dass es sich nur um Einzelfälle handelt«, schwindelte Thea.

»Wie erfreulich, dass diese Sache nun aus der Welt ist. Dann werden wir unsere Energie mal dem Ausflug am 8. August zuwenden.« Professor Carstens nickte Thea noch einmal zu und kehrte dann in die Klinik zurück.

Der 8. August... Thea erstarrte. Das wäre ihr Hochzeitstag gewesen! Sie hatte das Datum natürlich nicht vergessen. Aber sie hatte völlig verdrängt, dass der Tag schon so nahe war. Ob Katja den Captain gebeten hatte, den Ausflug auf genau dieses Datum zu legen, um sie, Thea, abzulenken? Ja, das war gut möglich. Und sie war froh darüber.

Bedrückt und aufgewühlt lief Georg am Abend von der Wellblechgarage zum Schlösschen. Normalerweise hätte ihn das Froschkonzert am Bach amüsiert, und er hätte den

Schwalben, die über das Dach hin und her schossen, seine Aufmerksamkeit geschenkt. Er beobachtete gern ihre Flugkünste. Doch jetzt nahm er das alles gar nicht richtig wahr.

Im fordernden Alltag der Praxis hatte er es bisher ganz gut geschafft, nicht an den Hochzeitstag zu denken. Doch heute hatte ihn die Erinnerung mit aller Macht eingeholt. Er hatte einen älteren Patienten besucht, der in den Eisenbahnwaggons am Rand des Dorfes wohnte, die als behelfsmäßige Behausungen für Flüchtlinge dienten. Und dort war ihm Christa Reimers begegnet – an der Hand ein etwa sechzehn Monate altes Mädchen, das seine ersten tapsigen Schritte machte.

Das Kind hatten Thea und er zusammen an jenem Tag zur Welt gebracht, an dem sie sich um die Stelle in seiner Praxis bewarb. Ohne sie hätte er die schwierige Geburt wegen der falschen Lage des Säuglings – die Füße statt das Köpfchen zum Becken – wahrscheinlich nicht meistern können. Und das kleine Mädchen, das sich scheu hinter der Mutter versteckte, als Georg es anlächelte, wäre nicht am Leben gewesen. Er hatte ein paar Worte mit Christa Reimers gewechselt und dann die Flucht ergriffen, weil ihn die Begegnung zu sehr mitnahm.

Wie es wohl Thea ging – und ob sie auch an den nahen Hochzeitstag dachte, der der Beginn ihres gemeinsamen Lebens hätte sein sollen? Sie hatten sich beide so sehr darauf gefreut und ihn herbeigesehnt. In Gedanken immer noch bei Thea und jenem Tag, öffnete Georg die Eingangstür des Schlösschens.

In der Halle schlug ihm der Geruch von feuchter, warmer Schafwolle entgegen, und er hörte in der ehemaligen

Küche einen heftigen Streit zwischen Schwester Fidelis und Gottfried – wieder einmal. Der Junge hasste die Behandlung, er und die Schwester waren wie Hund und Katz und schenkten einander nichts.

Gottfried lag auf dem alten Küchentisch, der schon für alles Mögliche hatte herhalten müssen. Einmal hatten er, Georg, und Thea sogar darauf operiert. Schon wieder eine schmerzliche Erinnerung.

Die Nonne wickelte eine feuchte Decke aus Schafwolle um das nackte, kranke Bein des Jungen.

»Mir wird schlecht von dem Geruch!« Gottfried verzog angewidert das Gesicht.

»Halt den Mund.«

»Die Decke ist viel zu heiß.«

»Lieg still.« Schwester Fidelis machte ungerührt weiter.

»Sie sind schlimmer als jeder Folterknecht.«

»Und du bist ein missratener, undankbarer Lümmel, und wenn ich dürfte, wie ich wollte, würdest du nicht so mit mir reden. Das kannst du mir glauben.« Schwester Fidelis hob drohend ihre mächtige Hand.

Gottfrieds verkümmertes Bein war durch die Behandlung beweglicher geworden. Das hatten Georgs regelmäßige Untersuchungen gezeigt. Und an anderen Tagen hätte er sich, trotz Gottfrieds Tiraden, gefreut, ihn da eingehüllt in die Decke liegen zu sehen. Aber heute war er einfach nur niedergeschlagen.

»Georg, ich dachte doch, dass ich dich kommen gehört habe.« Marlene steckte den Kopf aus der Tür der Spülküche und lächelte ihn an. »In etwa einer Stunde ist das Essen fertig.« Da Gottfried mit Georgs sporadischen und oft kargen Mahlzeiten ganz und gar nicht einverstanden gewesen war, hatte es sich irgendwie so ergeben, dass Marlene einmal am Tag kochte. Sie und die Kinder aßen dann auch hier, und manchmal saß sogar Schwester Fidelis mit am Tisch.

»Danke, dass du mir Bescheid gesagt hast. Ich gehe bis dahin noch in mein Arbeitszimmer«, erwiderte Georg kurz angebunden. Er war nicht in der Stimmung für eine Unterhaltung.

Auf seinem Schreibtisch lag ein Brief, das Kuvert aus dickem, teurem Papier. Wer schickte ihm denn so was? Verwundert schlitzte Georg den Umschlag mit einem Brieföffner auf. Darin befand sich, auf ebenso teures Papier gedruckt, eine Einladung zu einem Treffen von Chirurgen im Breidenbacher Hof in Düsseldorf. Er war doch überhaupt nicht mehr als Chirurg tätig! Und im Übrigen waren solche Zusammenkünfte seiner Meinung nach ohnehin meistens vertane Zeit.

Immer noch irritiert, sah Georg sich das Anschreiben genauer an. ... *Einladung auf Empfehlung von Professor Dr. Wilhelm Kampen, Tagung... würden uns freuen, Sie bei unserem Treffen begrüßen zu dürfen...*

Verdammt. Georg ballte die Hand zur Faust. Glaubte der Professor etwa ernsthaft, ihm damit einen Gefallen zu tun? Und sollte das vielleicht eine Art Entschuldigung dafür sein, dass er Thea in diese Klinik ins Allgäu gebracht hatte? Das hätte er sich wirklich sparen können.

Georg warf die Einladung wütend auf den Schreibtisch und schritt im Raum auf und ab. Schließlich verließ er das Arbeitszimmer und durchquerte die Halle. Er hielt es nicht mehr aus. Er musste mit Marlene über Thea sprechen.

In der Spülküche stand ein großer Suppentopf auf der elektrischen Kochplatte, und Marlene verquirlte gerade am Tisch Eigelb mit Zucker und Stärke in einer Schüssel.

»Tut mir leid, dass ich eben so abweisend war«, sagte Georg entschuldigend. »Seit ich vorhin eine junge Mutter mit ihrem kleinen Kind bei den Eisenbahnwaggons getroffen habe, muss ich ständig an Thea denken und daran, dass wir nächste Woche geheiratet hätten. Und das macht mich schier verrückt.«

»So etwas habe ich mir schon gedacht.« Marlene sah ihn bekümmert an. »Mir geht das auch nicht aus dem Kopf.«

Georg setzte sich zu ihr an den Tisch. »Ich bin so froh, dass es Thea besser geht und dass sie ihren Lebensmut wiedergefunden hat und sich um die kranken Kinder in der Klinik kümmert! Katja hat mir davon erzählt«, sagte er bedrückt. »Aber ich hatte auch so sehr gehofft, dass Thea mich vielleicht bitten würde, sie zu besuchen, dass sie mich wenigstens einmal sehen will. Aber sie hat Katja noch nicht einmal nach mir gefragt. Dabei weiß sie doch von ihr, dass du in der Praxis mithilfst und wir uns jeden Tag sehen. Und allmählich …« – er zögerte und blickte auf seine Hände – »… allmählich gebe ich endgültig die Hoffnung auf, dass sie zu mir zurückkehren wird.« Jetzt hatte er seine große Sorge ausgesprochen.

»Ach, Georg, ganz bestimmt tut sie das!«, protestierte Marlene.

»Wie kannst du so fest daran glauben?«

»Weil sie dich liebt!«

»Und warum kann Thea mir das nicht zeigen?«

»Vielleicht, weil sie immer noch Angst hat, dich zu verlieren.« Marlene seufzte. »Thea ist erst seit gut drei Monaten in der Klinik. Und auch wenn es ihr viel besser geht und die Lähmungen an ihren Armen sich zurückgebildet haben, ist ihre Krankheit wahrscheinlich oft immer noch beängstigend.«

»Du hast recht, es war egoistisch von mir, das nicht zu bedenken.«

»Ach, du bist nicht egoistisch, du sehnst dich nur nach ihr.« Marlene lächelte ihn an. »Katja hat übrigens vorhin angerufen.«

»Ja? Was hat sie gesagt?« Georg spannte sich unwillkürlich an.

»Neulich hat sie auch versucht, dich zu erreichen, aber vergebens. Katja hat sich mit einem Captain der US-Army angefreundet. Vielleicht ist es auch mehr als eine Freundschaft, ihre Stimme hat immer so einen besonderen Klang, wenn sie von ihm erzählt. Wie auch immer, es wird einen Ausflug für die Kinder aus der Klinik geben. Und Katja und dieser Captain Derringer haben ihn auf euren Hochzeitstag gelegt. Thea hat das wohl nicht explizit gesagt, aber sie war laut Katja sehr erleichtert, an diesem Tag eine Aufgabe zu haben. Was bedeutet, dass ihr euer Hochzeitstag alles andere als gleichgültig ist.« Marlene blickte Georg voller Wärme an.

»Danke für deine aufmunternden Worte.« Er bemühte sich um ein Lächeln. Es wäre so wunderbar gewesen, wenn Marlene recht hätte!

»So und jetzt sollte ich mich wieder dem Essen widmen. Sonst gibt es gleich lange Gesichter.«

Einige Momente sah Georg Marlene zu, wie sie eine Vanilleschote mit einem Messer aufschlitzte und das Innere in die Eiercreme gab. »Du bist ein Schatz, weißt du das? Und kann ich dir eigentlich etwas helfen?«

»Danke für das Kompliment, und nein, du kannst mir nicht helfen. Die Suppe steht auf der Kochplatte, drüben im Häuschen ist ein Apfelstrudel im Backofen, und ich mache nur noch eine Vanillesoße. Die und den Apfelstrudel haben sich Liesel und Arthur gewünscht.«

»Die Spülküche ist wirklich nicht dafür ausgerichtet, für eine größere Anzahl von Leuten zu kochen. Tut mir leid, dass du so einen Umstand damit hast.« Mit Thea hatte er ja einen Herd und neue Möbel dafür kaufen wollen. Nicht daran denken ...

Aus der angrenzenden ehemaligen Schlossküche war jetzt zu hören, wie Gottfried wieder vor sich hin murrte.

»Hat er heute besonders schlechte Laune, oder kommt mir das nur so vor?«, fragte Georg.

»Ach, er war eigentlich ganz nett.« Marlene stellte einen Topf mit Milch auf die Herdplatte neben der, auf der die Suppe im Topf vor sich hin köchelte, und schaltete auch diese ein. »Er hat Liesel und Arthur angeboten, ihnen ein Haus zum Spielen zu bauen.«

»Wie kam es denn dazu?« Georg war überrascht. Normalerweise behandelte Gottfried die beiden Kinder eher wie lästige kleine Hunde.

»Er hat im Garten gearbeitet und zwar sehr sorgfältig, das muss ich wirklich sagen, er hat etliche Beete von Unkraut und Gestrüpp befreit. Danach wollte er noch die Tür vom Hühnerstall reparieren, ihm war aufgefallen, dass sie nicht mehr richtig schließt. Auf der Suche nach Werkzeug hat er sich in den Hütten am Ende des Gartens umgesehen und ist auf eine alte Schreinerwerkstatt gestoßen und ...«

Georg nickte. »Ja, stimmt, die gibt es. Ich vergesse manchmal selbst, was sich alles auf dem Gelände des Schlösschens befindet.«

»Anscheinend arbeitet Gottfried gern mit Holz – sein Vater war Schreiner, und als Kind war er wohl oft bei ihm in der Werkstatt und hat ihm zugeschaut. Arthur und Liesel waren ihm nachgerannt und ganz begeistert von der alten Arbeitsstätte in der Hütte. Sie haben ihn gefragt, ob er ihnen ein Haus zum Spielen baut, und da hat er Ja gesagt und zwar so, als ob es ihm ernst wäre.«

Bestimmt hatte Gottfried seinem Vater Werkzeuge gereicht, und der hatte ihm das ein oder andere erklärt und gezeigt. So etwas musste schön sein. Ob er, Georg, seinen Sohn später auch einmal an seiner Arbeit teilhaben lassen konnte? Ihm erläutern, was für ein Wunder der menschliche Körper war? Er schob den Gedanken beiseite. Das würde die Zukunft zeigen.

»Das wäre ja ein Fortschritt, wenn Gottfried sich wirklich für etwas begeistern könnte«, erwiderte er trocken. Aber vielleicht änderte der Junge sich ja wirklich. Er stand auf. »Ich muss doch noch mal schnell ins Arbeitszimmer, etwas nachschlagen.« Gerade war ihm durch den Kopf geschossen, dass er sich noch mit dem Fall eines Patienten auseinandersetzen musste, bei dem die Symptome unklar gewesen waren. Später wollte Georg noch mal bei ihm vorbeifahren.

Es war gut, dass Thea an dem Hochzeitstag Ablenkung hatte, dachte er, während er ein Fachbuch aufschlug. Aber er fragte sich, wie er selbst diesen Tag überstehen sollte. Arbeit allein würde da wahrscheinlich nicht ausreichen.

Kapitel 27

Es hatte wieder so gutgetan, sich von Hetti massieren zu lassen! Thea lag, ein Leinentuch über sich gebreitet, entspannt auf dem alten, großen Tisch im Haus von Hettis Tante, den die junge Frau mit Hilfe einer Matte zu einem Behandlungstisch umfunktioniert hatte. Der Augusttag war heiß, aber dank der großen Bäume, die ihre Äste schattenspendend über das Dach des Hauses breiteten, war es hier drinnen gut auszuhalten.

In drei Tagen würde der Ausflug der Kinder aus der Klinik stattfinden. Eine Bootsfahrt auf dem Hopfensee war geplant und danach eine Filmvorführung in einem Schulgebäude der US-Army in Füssen. Die Kinder waren schon ganz aufgeregt, sehr zum Missfallen der Oberschwester, und auch Thea war sehr gespannt, wie alles werden würde, und freute sich darauf. Und ja, neben all dem, der Freude für die Kinder und der eigenen freudigen Erwartung, war sie einfach froh, dass sie an diesem Tag eine Aufgabe haben und nicht ständig darüber nachgrübeln würde, wie er ohne ihre Krankheit verlaufen wäre. Sie dachte ohnehin schon viel zu oft daran, und das machte sie nur traurig.

Im Garten hörte Thea jetzt Hettis Stimme und die einer Frau. Thea mochte es gern, nach der Massage noch eine Weile ruhig liegen zu bleiben, deshalb hatte die junge Frau sie allein gelassen.

»Nein, geh'n Sie bitte!«, hörte Thea Hetti jetzt laut sagen.

»Aber Sie müssen mir helfen!«, erwiderte die unbekannte Frau.

»Nein, das kann ich nicht, begreifen Sie das doch.« Wieder Hetti, abwehrend und irgendwie schrill. Gleich darauf schlug die Tür, die vom Garten in den Anbau führte, zu, und schließlich entfernten sich Schritte auf dem gekiesten Gartenweg. Die Frau war wohl gegangen. Was war da vorgefallen? Sich so abweisend zu verhalten sah Hetti überhaupt nicht ähnlich.

Es dauerte länger als sonst, bis Hetti zu Thea kam, auch das war ungewöhnlich. Und ihre Augen waren gerötet, als hätte sie geweint. Thea brachte sich vom Liegen in eine sitzende Position, das schaffte sie inzwischen gut allein.

»Soll ich Ihnen beim Anziehen helfen?«, erkundigte sich Hetti mit abgewandtem Gesicht.

»Nein, danke.« Thea schlang das dünne Leinentuch um sich. »Hetti, irgendetwas bedrückt Sie, das sehe ich Ihnen an. Möchten Sie mir vielleicht davon erzählen?«

Hetti ließ sich auf einen Schemel sinken. »Mein Vater war doch heilkundig«, sagte sie schließlich zögernd.

»Ja, das weiß ich.«

»Und es kommen immer wieder Menschen zu mir, die von mir behandelt werden möchten. Sie denken, ich bin wie er. Aber ich kann das nicht.«

»Ihre Salbe hat mir sehr geholfen«, erwiderte Thea vorsichtig. »Und Ihre Massagen tun mir auch sehr gut.«

»Ich habe ja auch eine Ausbildung zur Krankengymnastin absolviert. Und mein Vater hat mir vieles über Kräuter und Heilpflanzen beigebracht. Wundgelegene Stellen am Körper zu erkennen und eine Salbe zu machen, das traue ich mir zu. Oder eine Kräutermischung gegen Husten zusammenzustellen. Aber diese Bäuerin eben hat über Schmerzen in der Brust geklagt und wollte ein Mittel von mir dagegen. Das ... das kann ich nicht.«

»Weil Sie nicht das entsprechende Wissen haben?«

»Ja, das auch«, antwortete Hetti nach einer Pause bedrückt.

»Und was ist der andere Grund?«, fragte Thea behutsam weiter.

»In meiner Familie gibt es wohl schon seit langer Zeit Heilkundige, Männer und Frauen. Es wird auch erzählt, dass ein Ahne von mir als Hexer verbrannt wurde. Und mein Vater wurde immer wieder von Ärzten hier in der Gegend angegriffen.« Hetti war nun ziemlich erregt, ja verzweifelt. »Er wurde einmal wegen Kurpfuscherei angezeigt, obwohl der Patient gesund wurde! Man hätte ihn vor Gericht gestellt, wenn er nicht eingezogen worden wäre.«

Viele Ärzte standen der Volksmedizin sehr skeptisch gegenüber, ja nicht wenige hielten sie für brandgefährlich, das wusste Thea natürlich. Ihr Vater zählte auch dazu. Sie selbst war in Bezug auf das Thema inzwischen viel vorurteilsfreier. »Hetti, bei all Ihrer Angst, angegriffen zu werden, wenn Sie Menschen heilen – ich bin überzeugt, dass Sie eine besondere Gabe besitzen und unglücklich werden, wenn Sie die unterdrücken. Und ich glaube, im Grunde genommen wissen Sie das selbst. Sonst wären Sie jetzt nicht so aufgeregt und traurig.«

»Ich hab aber viel zu wenige Kenntnisse.«

»Dem ließe sich abhelfen.«

»Wie denn? Mein Vater kann mir ja nichts mehr beibringen.«

»Sie könnten bei einem Arzt oder Heilpraktiker hospitieren und so Grundlegendes über den Körper und Krankheitssymptome lernen.«

»Welcher Arzt sollte mich denn nehmen? Und Heilpraktiker gibt es doch kaum noch.«

Die Nationalsozialisten hatten Gesetze geschaffen, die faktisch einem Berufsverbot für Heilpraktiker gleichkamen. »Es ist geplant, dass wieder Schulen für Heilpraktiker eröffnet werden, vielleicht schon im nächsten Jahr«, sagte Thea. »Vor meiner Krankheit habe ich davon gehört. Und vorerst…« Sie überlegte. »Wenn Sie möchten, kann ich Sie unterstützen. Sie könnten ein- oder zweimal in der Woche eine Art Sprechzeit anbieten. Und ich könnte dann anwesend sein und Sie beraten. Vielleicht jeweils eine Stunde, das müsste ich schaffen.« Das war natürlich rechtlich eine etwas unsichere Situation. Aber da Hetti keine Bezahlung von den Hilfesuchenden annahm, sollte das auch vor dem Gesetz vertretbar sein.

Hettis Miene hellte sich auf. »Das würden Sie wirklich tun?«, fragte sie ungläubig.

»Bei allem, was Sie für mich getan haben, ist das doch selbstverständlich«, entgegnete Thea herzlich. Und es würde so schön sein, wieder – wenn auch nur mittelbar – kranken Menschen helfen zu können.

»Wie toll, dass du wieder als Ärztin tätig sein wirst«, war auch prompt Katjas Reaktion, als Thea ihr auf der Rückfahrt zur Klinik von ihrem Plan erzählte. Sie nahm den Blick von der Straße, strahlte Thea an und kam prompt mit dem VW-Bus einer Mauer gefährlich nahe.

»Pass bitte auf!«, stöhnte Thea, nur um sich gleich in

Selbstironie zu flüchten. »Und ›als Ärztin tätig sein‹ trifft es nicht ganz. Aber jetzt habe ich immerhin ein Berufsbild vor Augen: Beraterin für angehende Heilpraktiker.«

»Willst du damit sagen, dass du immer noch ernsthaft davon ausgehst, nie mehr als Ärztin arbeiten zu können?«

»Das mit der Beraterin war ein Witz.«

»Damit hast du aber meine Frage nicht beantwortet.«

Katja war wieder einmal sehr hartnäckig. Thea seufzte. »Wenn ich weiterhin auf einen Rollstuhl angewiesen bin, sicher nicht.«

»Wieso? Du hast doch deine diagnostischen Fähigkeiten nicht verloren!«

»Einer Ärztin im Rollstuhl wird die kassenärztliche Vereinigung bestimmt keine Zulassung erteilen. Und ich wäre ja auch nur sehr eingeschränkt handlungsfähig.«

»Und wenn du als angestellte Ärztin in der Praxis eines Arztes mit Kassenzulassung arbeiten würdest? Das wäre doch eine Möglichkeit, oder? Denn Diagnosen stellen kannst du ja. Und was deine Handlungsfähigkeit betrifft – das käme doch auf die Organisation der Praxis an. Da ließe sich sicher einiges machen.« Katjas Stimme klang mal wieder zu beiläufig. Sie sprach es nicht aus, aber es war ganz klar, dass sie an Georg dachte.

Und Thea dachte ja auch selbst daran. Natürlich wäre das eine Möglichkeit – wenn sie den Mut fände, zu Georg zurückzukehren. »Es ist viel zu früh, über meine Mitarbeit in einer Praxis zu spekulieren«, wiegelte sie ab. »Und jetzt lass uns das Thema wechseln und über den Ausflug reden.«

Kapitel 28

In der Spülküche gab Marlene klein geschnittene, kalte Butter und Zucker in eine Schüssel mit Mehl und begann dann, alles zu einer krümeligen Masse zu kneten. Der Augusttag war wunderschön, sonnig, aber nicht heiß, und vom Hohen Venn wehte ein angenehm frischer Wind in den verwilderten Garten, brachte das Efeu an den alten Bäumen zum Rascheln und spielte mit den Blumen, die sich im hohen Gras behaupteten. Auch für die nächsten Tage sollte das Wetter so bleiben. Das ideale Wetter für einen Hochzeitstag.

Normalerweise hätte sie jetzt Berge von Kuchen gebacken und zusammen mit Katja das Haus und die Terrasse für die Feier geschmückt. Liesel hätte stolz ihr Kleid als Brautmädchen anprobiert und Arthur – sicher weniger begeistert – seinen neuen Anzug. Es wäre so aufregend gewesen, wenn Thea in ihrer und Katjas Gegenwart ihr Hochzeitskleid anprobiert hätte! Sie hätten miteinander gelacht und gescherzt und sich Theas Zukunft mit Georg in den schönsten Farben ausgemalt. Ganz sicher hätten sie auch zu dritt einen Abend in Monschau oder Aachen zusammen verbracht und Cocktails getrunken und herumgealbert. Und Thea wäre so glücklich gewesen!

Ein wildes Hämmern an der Eingangstür riss Marlene aus ihren Gedanken. »Ja, ich komme!« Sie streifte notdürftig den Teig von ihren Händen und eilte aus der Spülküche. Wahrscheinlich ein Kranker in Not, und Georg war zu Patientenbesuchen unterwegs.

Doch der breitschultrige, bärtige Mann in dem groben Hemd, der vor dem Schlösschen stand, wirkte weder besorgt um einen Angehörigen noch selbst irgendwie leidend. Im Gegenteil, er machte einen fuchsteufelswilden Eindruck.

»Hier wohnt doch dieser Lümmel, der in die Messerstecherei verwickelt war!«, fuhr er Marlene an.

»Das stimmt, aber ich glaube, Gottfried ist nicht da.« Schon seit ein oder zwei Stunden hatte Marlene ihn nicht mehr im Garten gesehen.

»Seit ein paar Tagen schleicht der verdammte Bengel ständig um mein Haus herum und ...«

Jetzt erst registrierte Marlene die Späne, die an dem Hemd des Mannes hingen, und den Holzstaub auf seinen Schuhen. »Sind Sie vielleicht Schreiner oder Zimmermann?«

»Ich bin beides, je nachdem, was anfällt. Was tut das zur Sache?«, schnauzte er.

»Gottfried arbeitet sehr gern mit Holz. Ich schätze, er wollte Ihnen nur bei der Arbeit zusehen.«

»Ach ja, nur zusehen? Und weshalb fehlt plötzlich ein Messer, das auf der Fensterbank lag? Garantiert hat er das geklaut.«

»Das kann ich mir nicht vorstellen.«

»So, das können Sie nicht? Sie sind doch eine feine Dame, die Tochter vom Herrn Professor vom Monschauer Krankenhaus, und Sie engagieren sich bei irgendwelchem wohltätigen Kram, hab ich sagen hören. Frauen wie Sie sind einfach nur naiv und haben ein rosiges Weltbild.«

»Also, hören Sie mal! Was fällt Ihnen ein?« Marlene schnappte nach Luft.

»Richten Sie dem Bengel aus, wenn er sich noch mal in der Nähe von meinem Haus blicken lässt, kriegt er's mit mir zu tun. Und bei netten Worten lasse ich es dann nicht bewenden! Das können Sie mir wirklich glauben.« Der Fremde hob drohend seine Faust. Und dann drehte er sich um und stapfte davon.

Fassungslos blickte Marlene ihm hinterher. Was für ein unglaublicher Rüpel!

Nach der Sprechstunde unternahm Georg einen Abstecher zu der Pferdekoppel. Wie meist am Ende eines Arbeitstages, auch wenn er keine Zeit für einen Ausritt hatte. Er fand es einfach entspannend, für einige Minuten bei den Tieren zu sein. Und heute, mit den Gedanken bei Thea und dem morgigen Tag, sehnte er sich besonders nach der vertrauten, beruhigenden Gegenwart der beiden Pferde.

Als er sich der Koppel näherte, stand Gottfried dort neben der Tränke, anscheinend hatte er sie gerade aufgefüllt. Georg unterdrückte nur mühsam eine aufsteigende Gereiztheit. Er war nicht in der Stimmung, sich mit dem oft so schwierigen Jungen abzugeben.

Die Stute schritt jetzt auf Gottfried zu. Dessen eben noch mürrische Miene hellte sich auf, und er streichelte ihr über die Flanke und sprach leise mit ihr. Georg hatte schon öfter beobachtet, dass Gottfried in Gegenwart der Pferde auftaute, und seine Gereiztheit legte sich etwas.

Ihm selbst hatte, als er ein Kind gewesen war, ein Pferd geholfen, ins Leben zurückzufinden, nachdem er durch den Tod seines besten Freundes tief verstört gewesen war.

Und im vergangenen Sommer hatte ein Junge, der immer wieder aus Waisenhäusern weggelaufen war, mit Hilfe der Pferde langsam Vertrauen zu Thea und zu ihm gefasst. In einer Ärztezeitschrift hatte Georg gelesen, dass in den USA und Kanada Pferde gezielt zur Therapie bei Menschen eingesetzt wurden, die unter körperlichen oder seelischen Krankheiten litten. Ein Ansatz, den er sehr interessant fand.

Gottfried bemerkte ihn nun, und sein Gesicht wurde, wie so oft, ausdruckslos. Georg betrat die Koppel und ging zu ihm. »Danke, dass du dran gedacht hast, die Pferde zu tränken«, sagte er.

Gottfried knallte den leeren Eimer auf den Boden. »Sie hör'n sich an, als würd ich das normalerweise vergessen«, fauchte er. »Dabei mach ich das jeden Abend.«

»Nein, so war das nicht gemeint.« Georg war verblüfft über den jähen Wutausbruch, und gleichzeitig glaubte er, hinter Gottfrieds Zorn auch Schmerz und Traurigkeit wahrzunehmen.

»Und ich hab auch nicht das Messer von diesem Kerl gestohlen, diesem Zimmermann, der im Wald wohnt.«

»Hans Jörichs.«

»Ich weiß nicht, wie er heißt. Ist mir auch völlig egal. Ich bin öfter mal dahin gegangen und hab zugesehen, wie er in seiner Werkstatt arbeitet. Das war alles, und das hab ich auch der Frau Helmholz gesagt und ...«

Also hatte sich Jörichs anscheinend bei Marlene über den Jungen beschwert, reimte sich Georg zusammen. Deshalb war er so außer sich.

Gottfried führte eine wütende Bewegung aus, verlor auf dem unebenen Boden der Wiese das Gleichgewicht und stürzte. »Fassen Sie mich nicht an!«, brüllte er, als Georg die Hand ausstreckte, um ihm aufzuhelfen. »Hau'n Sie einfach ab. Ich hab Sie satt und auch die verdammte Nonne und die beiden Gören und ...« Seine Stimme brach, und er verstummte. Er wandte den Kopf ab, als sei er den Tränen nahe.

»Frau Helmholz hast du nicht satt«, sagte Georg schließlich sanft und ging neben ihm in die Hocke.

»Nein«, Gottfried schniefte. »Aber wahrscheinlich hat sie mir nicht geglaubt. Für alle bin ich doch nur der Krüppel mit dem schlechten Ruf, und das werd ich auch immer bleiben.«

»Deine Beinmuskulatur ist viel stärker geworden, und du humpelst viel weniger.«

»Und? Was ändert das schon?«

»Eine ganze Menge. Aber vor allem musst du es selbst anerkennen.«

»Sie immer mit Ihrem Gerede.«

»Kürzlich hat eine amerikanische Sportlerin, deren Knie, seit sie an Kinderlähmung litt, steif ist, das Tennisturnier in Wimbledon gewonnen. Sie heißt Doris Hart.«

»Ich find Tennis albern.«

»Vielleicht wäre ja Fußballspielen ein lohnendes Ziel.« Georg grinste. Er richtete sich auf und streckte Gottfried die Hand hin. »So, und jetzt komm mit zum Essen.«

Gottfried grummelte vor sich hin, aber er ergriff Georgs Hand und ließ sich aufhelfen. Zusammen gingen sie zum Schlösschen, und Georg ertappte sich dabei, dass er für den schwierigen Jungen plötzlich beinahe so etwas wie eine väterliche Zuneigung empfand. Was vielleicht mit seinem kleinen Sohn zusammenhing. Bisher hatte er es meistens geschafft, ihn alle vier Wochen für ein paar Stunden zu sehen. Was aber eigentlich viel zu selten war. Denn jeder Besuch hatte ihm gezeigt, wie sehr er den Kleinen liebte und was für ein Geschenk er war.

Das Abendessen verlief in gedrückter Stimmung. Gottfried schaufelte mürrisch den Kartoffelauflauf in sich hinein. Arthur und Liesel schien ebenfalls eine Laus über die Leber gelaufen zu sein, denn anders als sonst stocherten sie schweigend im Essen herum und schwatzten nicht drauflos. Und auch den Nachtisch rührten sie kaum an. Georg war ebenfalls in Gedanken versunken, und Marlene gab es ziemlich schnell auf, ein Gespräch in Gang zu bringen.

Schließlich verkündete Gottfried, dass er »nach oben« gehen würde – also in sein Zimmer. Die beiden Kinder verschwanden im Garten, und Marlene und Georg blieben in der Spülküche zurück.

»Hat dir Gottfried gesagt, dass ihn ein Mann aus dem Dorf beschuldigt, sein Haus ausspioniert und sein Messer gestohlen zu haben?« Marlene sah Georg fragend an.

»Ja, vorhin.«

»Und glaubst du dem Jungen, dass er es nicht war?«

»So wütend und verletzt, wie er auf mich gewirkt hat – ja.«

»Ich habe ihm auch gesagt, dass ich ihm glaube. Aber er hat mir, fürchte ich, nicht vertraut. Er ist oft so misstrauisch.« Marlene seufzte. »Jetzt gibt es im Dorf bestimmt Gerede, dass Gottfried ein Dieb ist. Das macht es für ihn nicht leichter.« Mit einem lauten Klappern räumte sie das Essensgeschirr zusammen. »Kennst du diesen Mann, der Gottfried beschuldigt hat, eigentlich? Ich fand ihn furchtbar rüpelhaft. Er hat behauptet, ich sei *naiv*, weil ich Gottfried verteidigt habe. Und *feine Damen* wie ich hätten nun mal oft ein *rosiges* Weltbild. Hältst du mich etwa auch für naiv?«

»Nein, natürlich nicht.« Georg schüttelte den Kopf und erwiderte Marlenes Blick. Es war nicht nötig auszusprechen, dass Marlene nach dem Krieg etwas hatte erleben müssen, was ihr, wäre sie jemals blauäugig gewesen, ein für alle Mal jegliche Naivität geraubt hätte. Er wusste das durch Thea, und Marlene wiederum wusste, dass er ihr Geheimnis kannte. »Ich denke, dass du großherzig bist und in den Menschen trotz allem das Gute siehst.«

»Es ist nett, dass du das sagst.«

»Oh, ich meine es ehrlich.« Georg lächelte. »Und was Hans Jörichs betrifft – das ist der Mann, der Gottfried beschuldigt hat –, er stammt aus Eichenborn, ist aber lange zur See gefahren und war in amerikanischer Kriegsgefangenschaft. Vor zwei oder drei Jahren ist er hierher zurückgekehrt und hat sich ein Haus gekauft. Soviel ich weiß, betätigt er sich als Bildhauer, ziemlich anrüchige Sachen, wenn man dem Tratsch glauben darf. Und er verdient sich seinen Lebensunterhalt als Zimmermann und Schreiner. Schwester Fidelis hält ihn für einen mindestens ebenso schlimmen Heiden wie mich, das will ja etwas heißen, und...«

Liesel und Arthur waren zurückgekehrt und standen irgendwie unschlüssig in der Tür.

»Mama...« Arthur sah seine Mutter unglücklich an.

»Nun mach schon.« Liesel versetzte ihm einen Schubs. »Sonst sag ich's.«

Arthur schluckte. »Ich hab was Schlimmes getan.«

»Wie bitte?« Marlene klang alarmiert.

»Ich ... ich hab gehört, wie du heute Nachmittag mit Gottfried über das Messer geredet hast und dass ihn ein Mann beschuldigt hat, es genommen zu haben.« Arthur zögerte kurz und starrte auf den Boden. Dann holte er Luft, sah jedoch immer noch nicht hoch. »Wir sind Gottfried gestern gefolgt, zu dem Haus im Wald, da stehen so komische Sachen aus Holz im Garten. Aber Gottfried sieht dem Mann gern beim Arbeiten zu. Dann ist der Mann ins Haus gegangen, und Gottfried ist auch weggegangen. Und da war ein Messer auf dem Fensterbrett. Ich ... ich hab es genommen, um es Gottfried zu schenken. Damit er auch schnitzen kann.« Arthur warf seiner Mutter einen ängstlichen Blick zu. Dann zog er die Hände hinter dem Rücken hervor und legte ein Messer auf den Tisch. Es hatte eine wunderschön verzierte Klinge und einen Griff aus Elfenbein.

»Arthur, wie konntest du nur!«, fuhr Marlene auf.

Georg hatte Verständnis für Arthur, den kleinen Kerl, der sich die Zuwendung des bewunderten großen Jungen erkaufen wollte.

»Arthur hat seinen Fehler ja eingesehen«, sagte er begütigend und wandte sich ihm zu. »Aber du musst dich bei Gottfried entschuldigen, er hat deshalb großen Ärger bekommen und wird für einen Dieb gehalten. Das Messer bringe ich dem Besitzer zurück.«

»Nein, das werde ich tun«, sagte Marlene entschieden. »Ich bin schließlich Arthurs Mutter und für ihn verantwortlich. Und du ...« – sie fasste ihren Sohn ins Auge – »... gehst jetzt sofort zu Gottfried und bittest ihn um Verzeihung.«

Arthur ließ bedrückt den Kopf hängen, es war ihm deutlich anzusehen, dass er davor Angst hatte.

»Ich komme mit!« Liesel fasste ihn am Arm und zog ihn in die Halle.

Marlene blickte ihnen nach. »Tja, Kinder – oft sind sie eine große Freude und manchmal eine wirkliche Plage.« Sie zögerte und wirkte irgendwie unschlüssig, gab sich aber schließlich einen Ruck. »Georg, kann ich dich etwas fragen?«

»Ja, natürlich«, erwiderte er verwundert.

»Ich wollte dich das schon länger mal fragen, aber es erschien mir anmaßend. Du hast ein paarmal gesagt, dass du nach Düsseldorf fährst, zu Melanie Winter und deinem kleinen Sohn. Aber du hast nie erzählt, wie es dir mit dem Kind ergeht, was du für den Kleinen empfindest und ob du gern Vater bist. Wenn du mich als zudringlich empfindest, musst du mir natürlich nicht antworten ...«

Wie oft, wenn Georg wegen etwas überlegte, zündete er sich automatisch eine Zigarette an, und – auch das geschah häufig – gleichzeitig fuhr ihm durch den Sinn, dass Thea jetzt wahrscheinlich wieder gesagt hätte, dass er zu viel rauchte. Er vermisste sie und ihre mal mahnende, mal ungeduldige Stimme so sehr!

»Weil ich mich so um Thea sorge und wegen der Arbeit in der Praxis nimmt Frieder in meinem Leben im Moment keinen besonders großen Raum ein, und das tut mir sehr leid«, sagte er schließlich. »Aber wenn ich ihn dann mal alle vier Wochen sehe, und ich wünsche mir wirklich, das wäre öfter, dann ist es wie ... wie ein Wunder für mich. Ich weiß ja, wie die Entwicklungsschritte bei Säuglingen sind, dass sie zum Beispiel nach etwa drei Monaten den Blick fixieren können. Aber als der Kleine bei meinem vorletzten Besuch das Köpfchen gewendet und mich das erste Mal angesehen und angelächelt hat, da hat mich das ... Ja, ich kann es nicht anders sagen, auch wenn es sehr kitschig klingt, es hat mich ins Herz getroffen.« Georg hob die Schultern und räusperte sich. »Ich bin glücklich, sein Vater zu sein, und gleichzeitig fühle ich mich schuldig, weil es Thea ja so sehr verletzt hat, dass ich ein Kind mit Melanie habe. Vielleicht habe ich dir deshalb nichts von meinen Besuchen bei ihm erzählt.«

»Das kann ich gut verstehen«, erwiderte Marlene leise. »Und auch, dass du wegen deines Söhnchens ein schlechtes Gewissen gegenüber Thea hast. Aber das musst du nicht. Du hast sie ja nicht mit Melanie betrogen. Und ... ach, ich freue mich, dass du glücklich über den Kleinen bist.«

»Es ist schön, dass du das so siehst.« Georg stand auf. »Ich muss noch was in der Praxis erledigen. Wir sehen uns spätestens morgen wieder. Und viel Glück bei Hans Jörichs.«

»Danke, das werde ich gebrauchen können.« Marlene verzog das Gesicht.

Georg überquerte die Wiese zwischen dem Schlösschen und der Praxis und blieb dann auf der Rückseite stehen. Hier hätte sich jetzt eigentlich der Anbau mit Theas Sprechzimmer befinden sollen. Als er ihr die Pläne und das kleine Modell gezeigt hatte, war sie noch gesund gewesen. Jener Nachmittag und Abend mit ihr waren so schön gewesen, und in der Erinnerung erschienen Georg diese Stunden wie in einer Art Zeitkapsel konserviert.

Ganz heil und glücklich. Auch über ihre Hochzeit hatten sie damals gesprochen.

Nein, er konnte den Tag morgen einfach nicht in Eichenborn mit seiner üblichen Arbeit verbringen. Das schaffte er nicht. Wenn er schon nicht bei Thea sein konnte, wollte er ihr zumindest nahe sein. Er würde nach Füssen fahren!

Kapitel 29

Noch eine halbe Stunde bis zum Aufstehen ... Thea starrte auf die geschlossenen Fensterläden ihres Zimmers. Sie sehnte die von ihr sonst so wenig gemochte morgendliche Routine herbei, denn dann wäre sie abgelenkt. Am Vortag hatte sie es noch ganz gut geschafft, nicht ständig an ihre abgesagte Hochzeit und Georg zu denken. Und während der Nacht hatte sie erstaunlicherweise gut geschlafen.

Aber seit sie aufgewacht war, stellte sie sich – wie in einem Film, der sich dauernd wiederholte – Bilder von ihrem Hochzeitstag vor. So, wie er stattgefunden hätte, wenn sie nicht erkrankt wäre. Die Schwestern, wie sie ihr in der Villa in Monschau halfen, das Hochzeitskleid anzuziehen – ach, warum musste sie sich nur so gut daran erinnern, wie schön es gewesen war und wie hübsch sie sich darin gefühlt hatte? –, und die sie frisierten und den kurzen Schleier in ihren Haaren feststeckten. Marlene würde ihr den Brautstrauß aus Gartenblumen überreichen, denn so einen hätte sie sich gewünscht und keinen aus einer Gärtnerei. Liesel und Arthur stürmten festlich angezogen auf sie zu, und sie würde die beiden lachend umarmen. Und dann würde der Vater in einem dunklen Frack ins Zimmer treten, seine Rührung hinter einer strengen Miene verbergend.

Thea sah die Fahrt in seinem blumengeschmückten Mercedes nach Monschau an sich vorbeiziehen. Auf ihren imaginierten Bildern war das Wetter schön, und über dem Hohen Venn wölbte sich ein blauer Himmel, so wie sie ihn liebte. Dann, in Eichenborn, winkten ihr die Dorfbewohner grüßend zu, und schließlich würde der Vater vor dem Rathaus parken und sie hineinbegleiten. Und dort würde Georg auf sie warten. Auch er ausnahmsweise in einem dunklen, dreiteiligen Anzug. Und sie würden sich anlächeln, glücklich und auch ein bisschen verschämt, weil sie sich fühlten wie ganz junge Verliebte. Und nicht wie eine Frau Anfang dreißig und ein Mann in den Vierzigern. Und...

Das Klopfen der Krankenschwester an der Tür ließ Theas Gedankenspirale enden.

Sie hatte nicht viel Hunger, und das Frühstück war schnell beendet. Und während der anschließenden Routine – auf die Toilette gebracht, gewaschen und angezogen werden – war sie ausnahmsweise einmal dankbar, dass die Pflegerin ohne Punkt und Komma vor sich hin schwatzte. Dann kam, zu ihrer Erleichterung, auch schon Katja. Die Schwester umarmte sie zärtlich. »Geht es dir gut?«, fragte sie leise.

»Seit dem Aufwachen sehe ich ständig Bilder von meinem Hochzeitstag vor mir. Alles ist so ideal! Arthur und Liesel streiten sich nicht. Und in der Eifel herrscht strahlendes Wetter.« Thea lachte ein bisschen zittrig auf. »Vielleicht regnet es heute dort ja in Strömen...« Aber Georgs und ihr Glück wäre echt gewesen. Das wusste sie genau.

»Ich muss auch ständig daran denken.« Katja streichelte ihre Hand.

Ach, wenn das so weiterginge, würde sie gleich in Tränen ausbrechen. »Schluss damit!« Thea atmete tief durch. »Der

Tag heute gehört den Kindern, und sie sind das Wichtigste. Lass uns nicht mehr über die Hochzeit reden, ja?«

»Meinetwegen, aber wenn es dir nicht gut geht, sagst du es mir, versprochen?«

»Ich verspreche es.« Thea rang sich ein Lächeln ab. »Und jetzt wäre ich dir dankbar, wenn du mir mal wieder in den Rollstuhl helfen und die Sachen einpacken würdest, die ich unterwegs brauche. Dann können wir aufbrechen.«

Mit dem VW-Bus fuhren sie um das Gelände herum bis zur Kinderklinik, wo schon fünf Transportwagen der US-Army standen.

»Ich suche mal schnell nach Steven, bin gleich wieder hier.« Katja parkte ebenfalls und schlüpfte aus dem Bus.

Vor der Kinderklinik ging eine richtiggehend militärisch geplante Aktion vonstatten, wie Thea jetzt feststellte. Soldaten der US-Army schoben die Kinder in ihren Rollstühlen aus dem Gebäude. Sie brachten sie zu den Transportwagen, trugen sie hinein und verstauten dann die Rollstühle in Anhängern. Ihnen schien dies alles Spaß zu machen. Sie scherzten mit den Kindern, und auch wenn diese die fremde Sprache nicht verstanden, nahmen sie doch den freundlichen Tonfall wahr und wirkten fröhlich und aufgeregt.

Selbst die Schwestern, die den Ausflug begleiten sollten, schienen von der guten Stimmung angesteckt. So heiter hatte Thea das Personal noch nie erlebt. Sogar Ilse Hasslacher kicherte unbeschwert mit einer Kollegin. Die Einzige, die eine sauertöpfische Miene machte, war die Oberschwester – dem Himmel sei Dank, sie würde nicht mitkommen.

Nun trat Dr. Kessler, die mit dem Captain plauderte, aus dem Gebäude. Ihr Lächeln wirkte ein bisschen angestrengt. Aber sie nahm sich sehr zusammen. Schließlich war der Professor, der mit Katja an seiner Seite folgte, strahlender Laune.

Der Tag würde bestimmt schön werden. Das Wetter war jedenfalls schon einmal passend. Warm und sonnig, aber nicht zu heiß und mit einer guten Fernsicht auf die Alpen. Thea winkte Elli zu, die jetzt zu den letzten Kindern gehörte, die in einen Bus gebracht wurden. Sie hielt die Pippi im Arm, wie eigentlich immer, seit Katja sie ihr geschenkt hatte, und nun hob sie den Arm der Puppe und winkte damit zurück, während ein Lachen ihre große Zahnlücke entblößte.

Gleich darauf kletterte Katja neben Thea auf den Fahrersitz. »Es geht los«, verkündete sie aufgekratzt. Die Transportwagen machten den Anfang, der Captain folgte in einem Jeep, und dann startete auch Katja den VW-Bus als letztes Fahrzeug des Konvois. »Ich fühle mich auf einmal auch fast wieder wie ein Kind«, sagte sie.

»Das geht mir genauso«, erwiderte Thea.

»Ich hab noch den Geruch von Wurstbroten in der Nase, und den von gesüßtem Hagebuttentee in einer Trinkflasche aus Blech, die man bei Schulausflügen dabeihatte.« Katja nahm eine Kurve wieder einmal sehr schwungvoll. »Am schönsten war für mich der Ausflug nach Moritzburg, wir waren im Wildgehege und durften beim Füttern zusehen, und wir sind mit Kutschen gefahren. Zehn Jahre war ich damals. Es war im letzten Sommer vor dem Krieg.« Ihre Stimme klang auf einmal wehmütig.

Ein Sommer, den Thea beim Arbeitsdienst in der Mark

Brandenburg verbracht hatte. Sie erinnerte sich noch gut an die reifen Weizenfelder und kleine, abgelegene Gutshöfe. Der Schrecken des Krieges war noch weit weg gewesen, und die deutlichen Anzeichen für die furchtbare Barbarei des Nationalsozialismus, die brennenden Synagogen im November davor, die zerstörten Läden und Wohnungen und die durch die Straßen getriebenen jüdischen Menschen, hatte sie verdrängt. Einige Momente hingen sie beide ihren Gedanken nach.

»Professor Carstens hat eben ausgesprochen gut gelaunt gewirkt«, sagte Thea schließlich.

»Dazu hat er auch allen Grund. Zwei Reporter von Lokalzeitungen haben ihn wegen des Ausflugs interviewt und einer von der überregionalen Presse. Und kurz bevor wir zur Kinderklinik gekommen sind, waren auch schon Fotografen da.«

»Ach du meine Güte, na, das ist ja eine wunderbare Werbung für die Klinik.«

»Allerdings, ich finde, er sollte dir einen Preisnachlass gewähren.« Katja grinste. »Denn ohne dich wäre es ja nicht zu diesem Ausflug gekommen.«

»Und ohne dich und den Captain auch nicht.«

»Nein, aber wir sind auch keine Patienten in der Klinik.«

Sie hatten jetzt den Parkplatz am Bootshaus des Hopfensees erreicht, bunte Ruderboote schaukelten auf dem Wasser, und die Soldaten holten die ersten Kinder aus den Transportwagen und trugen sie zu den Booten, wo ihnen die Schwestern Schwimmgürtel aus Kork umbanden. Theas Blick fiel auf Elli, die sehr glücklich wirkte, als ein junger GI sie mit der Pippi im Arm zu einem Boot trug. Freude stieg in Thea auf.

Es war wirklich ein Geschenk, dass sie diesen schwierigen Tag mit Katja, dem Captain und den Kindern verbringen durfte!

Vor einem Café in der Altstadt von Füssen streckte Georg seine steifen Glieder. Gegen drei Uhr morgens war er in Eichenborn aufgebrochen, jetzt war es kurz vor elf. Einmal hatte er eine kurze Pause an einer Raststätte eingelegt und war dann den Rest der etwa sechshundert Kilometer weiten Strecke durchgefahren. Dankbar nickte er dem Kellner zu, der nun das gewünschte Kännchen Kaffee vor ihn auf den Tisch stellte. Hunger hatte er keinen, wie oft, wenn er in einer Nacht nur wenig geschlafen hatte. Georg zündete sich die übliche Zigarette an und trank den Kaffee in kleinen Schlucken. Er war heiß und stark und tat ihm gut.

Eine Kirchturmuhr schlug die volle Stunde, und Georgs Gedanken wanderten, wie auch schon während der Fahrt, nach Eichenborn. Wahrscheinlich würden Thea und er, wenn ihre Krankheit sie nicht getrennt hätte, nun im Rathaus stehen, und der Bürgermeister würde ihnen die Trauformel vorsprechen.

»Ja, ich will.« Vermutlich hätte seine Stimme ziemlich belegt geklungen und Theas sehr hell und klar. Und sie hätten sich innig angelächelt, Thea vielleicht auch ein bisschen belustigt über seine Rührung – ach, ihr liebevoller, zärtlicher Blick –, und während sie sich die Ringe überstreiften, hätte er sich gefragt, womit in aller Welt er das Glück verdient hatte, diese Frau heiraten zu dürfen.

Geistesabwesend verfolgte Georg, wie die Menschen an diesem schönen Augusttag entlang der breiten Straße mit den stattlichen alten Häusern flanierten. Die Frauen trugen helle Kleider, die meisten Männer hatten ihre Anzugjacken abgelegt und sie sich über die Schultern gehängt. Einige Wagen stauten sich hinter einem Auto, das einparkte, und jemand hupte laut.

Er hatte sich etwas vorgemacht mit dem Plan, an diesem Tag nur in Theas Nähe sein zu wollen. Nein, er wollte sie sehen – und wenn es nur aus der Ferne und ganz kurz war! Ohne dies, das war ihm jetzt ganz klar, konnte er nicht nach Eichenborn zurückkehren. Rasch legte Georg das Geld für den Kaffee auf den Tisch und stand auf.

Katja hatte Marlene nur erzählt, dass an diesem Tag für die Kinder aus der Klinik ein Ausflug mit Booten geplant war, aber nicht gesagt, auf welchem der Seen rund um Füssen er stattfinden würde. In seinem Wagen studierte Georg die Straßenkarte und murmelte einen Fluch. Hier gab es etwa ein halbes Dutzend größere und kleinere Seen! Der Himmel allein wusste, welche davon mit Booten befahren wurden.

Ein Stück entfernt am Straßenrand stand eine Telefonzelle. Georg verließ den Wagen wieder und eilte dorthin. In dem Telefonbuch schlug er die Nummer der Klinik Sonnenalm nach. Welche Ausrede war nur plausibel, sich nach dem Ausflug zu erkundigen? Auf der anderen Straßenseite entdeckte er einen Zeitungskiosk. Über den Ausflug der kleinen Patientinnen und Patienten einer Kinderklinik mit Unterstützung von amerikanischen Soldaten würde garantiert die Lokalpresse berichten. Zumindest wurde in der regionalen Presse der Eifel über Fußballspiele von amerikanischen Soldaten gegen die Mannschaften von deutschen Feuerwehrvereinen oder auch der Polizei geschrieben, und amerikanische Wohltätigkeitsveranstaltungen für deutsche Waisenkinder fanden ebenfalls Erwähnung.

Kurz entschlossen warf Georg ein Geldstück in den Münzschlitz und wählte die Nummer der Klinik.

»Kurklinik Sonnenalm, der Empfang«, meldete sich eine Männerstimme.

»Hier ... hier Berger, ich arbeite als Fotograf für den ...« – Georg versuchte die Kopfzeilen der Zeitungen zu entziffern – »... für das Allgäuer Tageblatt und soll über den Ausflug der Kinderklinik berichten.«

Die Männerstimme beschied ihm, einen Moment zu warten. Während Georg in der Leitung hing, versuchte er, sich die wenigen Gelegenheiten ins Gedächtnis zu rufen, bei denen er mit Journalisten zu tun gehabt hatte.

»Dr. Kessler am Apparat«, drang nun eine kühle Frauenstimme an sein Ohr, »der Mitarbeiter am Empfang sagte mir, dass Sie für das Allgäuer Tageblatt arbeiten und über den Ausflug berichten sollen. Ein Kollege von Ihnen war aber schon heute Morgen hier und hat mit Professor Carstens und mir ausführlich gesprochen.«

»Es geht nur um Bilder von dem Ausflug, ich arbeite als Fotograf für das Blatt«, improvisierte Georg.

»Berger ist Ihr Name? Der Fotograf heute Morgen hieß Walden.«

»Das ist ein Kollege. Anscheinend ging bei der Absprache in der Redaktion etwas gründlich schief. Im Moment erreiche ich dort niemanden. Ich stehe am Bootshaus am Alpsee, und hier weiß niemand etwas von diesem Ausflug. Könnten Sie mir bitte sagen, ob ich hier überhaupt richtig bin?«

Einen Augenblick herrschte Schweigen in der Leitung.

»Nun, es ist kein Wunder, dass dort niemand etwas über den Ausflug weiß, denn er findet auf dem Hopfensee statt«, antwortete die Ärztin ihm schließlich sarkastisch, sie musste ihn für einen kompletten Idioten halten. Was Georg ihr nicht verdenken konnte.

»Oh, vielen Dank für die Auskunft.«

»Allerdings würde ich mich an Ihrer Stelle beeilen, denn in etwa einer halben Stunde werden die Kinder von dem See weggebracht.« Ehe Georg noch fragen konnte, wohin, tönte das Freizeichen an sein Ohr.

Eine halbe Stunde... Wenn er sich die Straßenkarte richtig vergegenwärtigte, waren es von der Innenstadt von Füssen bis zu dem Bootshaus am Hopfensee etwa acht Kilometer. Er rannte zu dem Ford.

Ob Thea mit Katja diese Straße auch einmal entlanggefahren war? Georg konnte sich nicht daran erinnern, dass Katja dies erwähnt hatte. Aber ganz sicher hatte Thea schon einige Male die Alpen ganz klar umrissen vor dem sonnigen Himmel gesehen. Und jetzt, da es ihr besser ging, hatte sie sich bestimmt an dem Anblick erfreut.

Endlich tauchte das blaue Wasser eines Sees zwischen Wiesen und Feldern auf, und Georg raste mit dem Ford an einem Campingplatz vorbei. Ein etwas erhöht liegendes Restaurant, dann das Bootshaus mit dem Bootsverleih.

Gott sei Dank, er war nicht zu spät! Militärische Transportwagen standen dort. Als Georg den Ford etwas abseits parkte und ausstieg, sah er, dass Boote am Anleger festmachten. Kinder, die Rettungsringe um die Körper gebunden hatten, saßen darin. Soldaten hoben die ersten heraus und fuhren sie in Rollstühlen zu den Transportwagen.

Georg hastete weiter, suchte Schutz hinter einer Baumgruppe. Und da – in einem der Boote saß Thea mit Katja. Ein gutaussehender Mann mit den Rangabzeichen eines Captains an der Uniform – sie waren Georg aus der Kriegsgefangenschaft bekannt – sagte etwas zu den beiden, und Thea wandte ihm das Gesicht zu.

Gebannt betrachtete Georg sie, sog ihren Anblick in sich ein. Ihr Gesicht, das er so schrecklich mager und bleich in Erinnerung hatte, war viel runder geworden und hatte wieder Farbe bekommen, ja, ihre Haut war sogar leicht gebräunt. Jetzt, während der Captain und Katja ihr aus dem Boot halfen, bewegte sie ihre Arme. Katja hatte ihm zwar gesagt, dass sich die Lähmungen zurückgebildet hatten, und er hatte sich wahnsinnig darüber gefreut, aber es war noch einmal etwas anderes, dies beobachten zu können. Und, was am schönsten war, Theas Augen, die bei ihrer letzten Begegnung so entsetzlich matt gewesen waren, leuchteten lebhaft.

Georgs Blick verschwamm, und er blinzelte ein paar Tränen weg. Als er wieder klar sehen konnte, wandte Thea den Kopf und schaute in seine Richtung. Erst jetzt wurde ihm bewusst, dass er sich in seiner Sehnsucht ein Stück aus dem Schutz der Bäume vorgewagt hatte, und trat hastig wieder dahinter zurück. Nun drehte Thea sich Katja zu – nein, Gott sei Dank, sie hatte ihn nicht bemerkt.

Tief bewegt verfolgte Georg, wie der amerikanische Offizier und Katja Thea zu einem VW-Bus brachten und ihr hineinhalfen. Dann reihte sich Katja hinter die Transportwagen mit den Kindern ein, und die Fahrzeugkolonne verließ das Seeufer. Es drängte Georg, ihnen nachzufahren, aber er hielt sich zurück. Eben hatte Thea ihn fast schon bemerkt. Sie schien den Ausflug wirklich zu genießen, und er wollte sie nicht verstören.

Ob sie auch daran dachte, dass heute ihr Hochzeitstag gewesen wäre? Verdammt, er mochte nicht schon wieder darüber nachgrübeln und sich das »Was wäre, wenn« ausmalen. Das half nicht weiter. Bei all seinem Bedauern und seiner Traurigkeit – wichtig war vor allem, dass es Thea wieder gut ging. Daran wollte er sich festhalten.

Kapitel 30

Am Nachmittag weckten Kinderlärm und das Klappern von Geschirr Thea. Sie benötigte einen Moment, um zu realisieren, dass sie sich in der Schule der US-Army in Füssen befand. So schön der Ausflug auch war, ihr Körper hatte doch seinen Tribut gefordert. Und nach der Filmvorführung hatte sie es vorgezogen, ein bisschen vor sich hin zu dösen.

An dem Bootshaus am Hopfensee hatte es, bevor die Kinder von den Soldaten ein Stück hinausgerudert worden waren, ein zweites Frühstück gegeben und kleine Geschenke, gespendet von Offiziersgattinnen – Spielzeugautos für die Jungen und Püppchen für die Mädchen und für alle Stifte zum Malen. Thea lächelte vor sich hin. Sie konnte sich jetzt schon vorstellen, wie die Oberschwester besorgt um die Reinheit ihrer Bettwäsche sein würde.

Nach dem Bootsausflug waren sie alle zu der amerikanischen Schule in Füssen gefahren, wo eine ausgedehnte Mittagsruhe auf einem Matratzenlager gehalten wurde, die auch dringend notwendig gewesen war. Denn die Kinder, die ja seit Wochen nur die Eintönigkeit in der Klinik kannten, waren von all den Eindrücken erschöpft und aufgedreht gewesen.

Nach der Ruhezeit durften sie dann drei Folgen der Serie »Die kleinen Strolche« sehen und hatten darauf fasziniert reagiert. In diesen Kurzfilmen waren selbstbewusste, freche und erfindungsreiche Kinder die Hauptfiguren – eine Bande aus Mädchen und Jungen, schwarzen und weißen.

Nun, zum Abschluss des schönen Tages, sollte es noch Kaffee und Kuchen im Schulhof geben. Thea setzte den Rollstuhl in Bewegung und wollte nach draußen fahren, als Katja in den Raum kam, wo die Filmvorführung stattgefunden hatte.

»Oh, du bist wach.«

»Ja, ich bin gerade eben aufgewacht. Es hat gutgetan, ein bisschen auszuruhen. Und du? Hast du dich gut mit den Offiziersgattinnen unterhalten?«

»Puh, irgendwie sind diese Frauen wie die Damen, mit denen Marlene bei ihren Wohltätigkeitsveranstaltungen immer zu tun hat. Sehr gesetzt und bieder.«

»Sie haben sich mit allem so große Mühe gegeben, das war sehr, sehr nett von ihnen.« Thea fand es wichtig, das noch einmal hervorzuheben.

»Das bestreite ich gar nicht, ich bin ihnen ja auch dankbar. Aber das heißt nicht, dass ich sie zu Freundinnen haben möchte.«

»Du beabsichtigst also nicht, auch eine Offiziersgattin zu werden?«, frotzelte Thea.

»Falls du damit auf Steven und mich anspielen solltest, wir haben Spaß an unserer Liaison; von Heirat ist nie die Rede«, entgegnete Katja würdevoll. Ob sich die Schwester da etwas vormachte? Wenn Thea die beiden so beobachtete, hatte sie Zweifel, ob es wirklich nur eine Affäre für sie war. Aber die Schwester und der Captain waren erwachsen, und letztlich ging sie das nichts an.

Die bunt gedeckten Tische standen auf dem kleinen, asphaltierten Schulhof im Schatten von Bäumen und Sonnenschirmen. Wenn sich Thea die leeren Kuchenplatten ansah, neigte sich das Kaffeetrinken – für die Kinder gab es Kakao und Limonade – schon dem Ende zu.

Der Captain kam zu ihr und Katja geschlendert. »Allmählich sollten wir die Kinder wieder zur Klinik zurückbringen, meinen Sie nicht?« Fragend blickte er Thea an.

Zwei Jungen begannen gerade, sich mit Servietten zu bewerfen, und ein paar Mädchen stritten sich und zogen sich an den Haaren. »Es ist zwar ein gutes Zeichen, dass die Kinder nicht mehr ganz so brav und angepasst sind«, sagte Thea lächelnd, »aber wenn sie außer Rand und Band in die Klinik zurückkommen, war es das wahrscheinlich mit den Ausflügen. Deshalb sollten wir wohl wirklich besser aufbrechen. Ich bin Ihnen und Ihren Soldaten sehr dankbar, dass Sie das alles ermöglicht haben.«

»Es hat mir selbst viel Freude bereitet. Und meinen Leuten ebenfalls.« Der Captain wandte sich Katja zu. »Du hast doch Fotos gemacht. Davon würde ich gern ein paar meinem Bruder schicken, das interessiert ihn und Alice bestimmt auch.«

Zwei Schwestern hatten jetzt die streitenden Mädchen getrennt und den Jungen die Servietten weggenommen. Ein weiterer Junge war in seinem Rollstuhl eingeschlafen. Und da – an einem anderen Tisch weinte Elli vor sich hin. War sie übermüdet? Thea wollte Katja und den Captain nicht bei ihrer Unterhaltung stören und fuhr zu ihr.

»Elli, was ist denn?« Sie legte der Kleinen tröstend die Hand auf den Arm.

Das Mädchen schluchzte weiter, nach Übermüdung

hörte es sich nicht an, eher verzweifelt. Und nun bemerkte Thea, dass sie die Pippi nicht im Arm hielt. Weinte sie deshalb so sehr? »Elli, wo ist denn deine Pippi?«, fragte sie.

»Ich hab sie ... ver ... loren«, brachte die Kleine unter Schluchzern hervor.

»Weißt du denn, wo?«

Elli schüttelte stumm den Kopf und schmiegte ihren Kopf an Theas Arm. Thea war sich ziemlich sicher, dass sie die Puppe noch gehabt hatte, als die Kinder zur Filmvorführung gefahren worden waren.

»Ich schau mal in dem Saal nach, ja? Ich bin gleich wieder zurück«, sagte sie.

Katja kam auf sie zu, als sie zu dem Gebäude rollte. »Was ist denn mit Elli los? Warum weint sie?«

»Sie hat die Pippi verloren. Kannst du dem Captain bitte sagen, dass Elli und ihre Gruppe noch nicht zu den Transportwagen gebracht werden sollen? Es wäre ganz bestimmt schlimm für sie, wenn sie ohne die Puppe fahren müsste.«

Katja nickte. »Ja, natürlich. Und dann komme ich dir nach und helfe suchen.«

In dem Saal hielt sich niemand mehr auf, die Kinoleinwand und der Projektor waren schon weggeräumt worden. Dort, wo die Kinder in ihren Rollstühlen gesessen hatten, lag die Pippi nicht und auch nicht bei den Stühlen der Erwachsenen. Unter den Tischen – ebenfalls nichts. Auch Theas Suche in dem Raum mit dem Matratzenlager war vergebens.

»Und?« Katja war zur Tür hereingekommen.

»Leider Fehlanzeige. Elli könnte noch mit einer Schwester auf der Toilette gewesen sein.«

»Dann lass uns dort nachsehen.«

Thea wartete vor der Toilette auf Katja, hörte Türen schlagen. Doch die Schwester schüttelte den Kopf, als sie wieder herauskam. »Auch hier ist sie nicht.«

»Ich war mir so sicher, dass Elli die Puppe noch bei sich hatte, als wir hierherkamen. Aber dann habe ich mich wohl doch getäuscht.«

»Vielleicht hat sie sie im Transportwagen liegengelassen«, dachte Katja laut nach.

»Du hast recht, hoffentlich ist sie dort.« Wie schlimm, wenn Elli die geliebte Puppe abhandengekommen wäre!

Katja schob Thea gerade zu dem Parkplatz, als ihnen ein junger, breitschultriger Soldat entgegenkam. Thea stieß einen Seufzer der Erleichterung aus. Er hielt eine Stoffpuppe mit leuchtend roten Haaren in der Hand, die Pippi.

»Die gehört doch einem kleinen Mädchen, das ich heute ein paarmal in den Wagen gehoben habe«, sagte er. »Es hat ein ganz zartes Gesicht und ist blond.«

»Vielen Dank, wir wissen, welches Kind Sie meinen, und wir haben schon nach der Puppe gesucht«, erwiderte Thea herzlich. »Die Puppe lag also im Wagen?«

»Nein, sie lag im Gebüsch.«

»Wo denn?«, fragte Thea perplex.

»Dort drüben. Ich hab sie entdeckt, als ich mal kurz ...« Der junge Soldat machte ein verlegenes Gesicht, anscheinend hatte er keine Lust gehabt, die Toilette zu benutzen. Er deutete auf einige Sträucher, die am Ende des Parkplatzes oberhalb einer steilen Treppe standen.

Thea wechselte einen Blick mit Katja. Kein Kind in einem Rollstuhl kam dorthin, und auch für eines mit Krücken wäre das mehr als beschwerlich gewesen.

Im Schulhof saßen nur noch Elli und sechs andere Kinder an einem Tisch, eine Schwester war bei ihnen. Captain Derringer besprach etwas mit einigen Soldaten.

»Könntest du die Schwester bitte in eine Unterhaltung verwickeln?«, wandte sich Thea an Katja. »Ich möchte gern alleine mit Elli und den Kindern reden.«

»Natürlich.« Katja spazierte auf die Schwester zu. »Entschuldigen Sie, schon den ganzen Tag wollte ich Ihnen etwas sagen: Ihr Haar glänzt so wunderschön, Sie müssen mir unbedingt verraten, wie Sie das hinbekommen!« Sie legte der rundlichen Frau, die sichtlich überrascht und geschmeichelt war, vertraulich die Hand auf den Arm und dirigierte sie von dem Tisch weg.

Thea manövrierte ihren Rollstuhl neben Elli. »Elli, schau mal, ich hab die Pippi wiedergefunden«, sagte sie.

Das Mädchen blickte hoch, erstarrte, streckte dann die Arme aus und riss die Puppe am ganzen Leib zitternd an sich. Thea wartete eine Weile, bis sich Elli wieder beruhigt hatte. Katja stand inzwischen in ein lebhaftes Gespräch mit der Schwester verwickelt am anderen Ende des Schulhofs.

»Elli, du hast die Pippi nicht verloren, oder? Jemand hat dir einen bösen Streich gespielt und sie dir weggenommen.«

Das Kind schwieg, hielt die Puppe an sich gepresst.

»Elli, sag mir bitte, wer es war. Du hast auch bestimmt nichts zu befürchten.«

Der Mund der Kleinen bebte, aber sie antwortete nicht.

»Die Schwester war's«, hörte Thea plötzlich einen sommersprossigen, dünnen Jungen leise sagen. Im nächsten Moment biss er sich auf die Lippe, als sei ihm das gegen seinen Willen herausgerutscht.

»Diese Schwester?« Thea wies auf die Frau, mit der Katja plauderte. Warum sollte jemand so grausam sein?

»Nein ...«

»Welche denn dann?«

Der sommersprossige Junge starrte stumm vor sich hin.

Thea sah die Kinder an, alle wirkten verängstigt. »Bitte, sagt mir doch die Wahrheit«, insistierte sie, »ich möchte euch wirklich helfen.«

»Die Schwester Ilse war das«, flüsterte ein blondes, vielleicht neun Jahre altes Mädchen.

»Schwester Ilse Hasslacher?«, vergewisserte sich Thea nach einer kurzen Pause.

Alle Kinder nickten, auch Elli.

»Sie ist ... böse«, sagte wieder das blonde Mädchen.

»Wie meinst du das?«

»Sie gibt uns nichts zu trinken oder schüttet das Wasser aus unseren Gläsern, und wenn wir diese Packungen für unseren Rücken bekommen, dann macht sie sie so heiß, dass es ganz schlimm weh tut.«

Das Mädchen meinte wohl die Fango-Packungen.

»Ich hatte schon mal Brandblasen davon«, mischte sich jetzt ein braunhaariger, schmaler Junge ein.

»Was? Um Gottes willen ...«

»Mich hat sie mal im Schwimmbad so lange untergetaucht, bis ich keine Luft mehr gekriegt hab.« Ein Mädchen mit einer Stupsnase und einem Lockenkopf sagte das.

»Mich auch.« Ein weiteres Mädchen nickte. »Und sie hat mich mal mit einer Salbe eingerieben, und dann hab ich große Schmerzen gehabt.«

Dann war es anscheinend Ilse Hasslacher gewesen, die die Kinder eigenmächtig mit einer Salbe eingerieben hatte!

Und Hetti war das vorgeworfen worden. Ob Ilse absichtlich eine ungeeignete genommen hatte? Thea hielt es für durchaus möglich. »Aber...« Sie war entsetzt und fassungslos.

Elli griff nach ihrer Hand. »Mir hat sie von dem schwarzen Hund erzählt«, flüsterte sie. »Von dem ich so schlecht geträumt hab. Und vorhin hat sie gesagt, dass mich die Pippi jetzt nicht mehr vor ihm beschützen wird.«

»Habt ihr das einmal einer anderen Schwester oder Frau Dr. Kessler oder euren Eltern erzählt?« Thea blickte in die Runde. Sie fühlte sich ganz elend.

»Nein.« Die Kinder schüttelten die Köpfe.

»Warum denn nicht?«

»Schwester Ilse hat gesagt, dass sie mir den Arm abschneidet, wenn der Gips abgemacht wird, wenn ich was verrate.« Das war wieder der sommersprossige Junge.

»Das hat sie zu mir auch gesagt.«

»Und dass sie mich im Schwimmbad noch länger untertaucht«, meldeten sich jetzt die anderen Kinder zu Wort. »Und dass sie dafür sorgt, dass ich nie mehr zu meinen Eltern und Geschwistern zurück darf.«

O Gott, die Kinder sahen ihre Eltern äußerst selten und waren in der Klinik abgeschottet, ohne dass ihnen dort jemand liebevoll begegnet wäre. So war es verständlich, dass Ilse Hasslacher mit ihren perfiden Drohungen solch eine Macht über sie errungen hatte.

Thea bemerkte, dass Katja zu ihr blickte, und machte ihr ein Zeichen, dass sie die pummelige Schwester nicht länger von ihr und den Kindern fernhalten musste.

Und was Ilse Hasslacher betraf, hatte Katja das richtige Gespür gehabt.

Immer noch entsetzt und fassungslos kam Thea mit Katja in dem VW-Bus vor der Kinderklinik an. Elli und die anderen wurden gerade von den Soldaten aus dem Transportwagen gehoben. Thea machte ihnen ein aufmunterndes Zeichen. Sie hatte ihnen versprochen, sie vor Ilse Hasslacher zu beschützen.

Katja, der Thea alles erzählt hatte und die ebenso bestürzt war wie sie selbst, verabschiedete sich schnell von dem Captain, dann begleitete sie sie in die Kinderklinik.

In der Halle begegneten sie der Oberschwester. »Ich muss sofort Ilse Hasslacher sprechen«, sagte Thea knapp.

»Die hat heute Abend frei und ist nicht mehr hier. Wobei ich, so zappelig und durcheinander, wie die Kinder nach diesem Ausflug sind, noch gut zusätzliches Personal gebrauchen könnte.« Sie bedachte Thea mit einem bösen Blick.

»Ihnen wäre es wohl am liebsten, die Kinder wären immerzu sediert«, bemerkte Katja aufgebracht.

»Was wollen Sie denn damit sagen?« Die Oberschwester fuhr zu ihr herum.

»Ist Dr. Kessler in der Klinik?«, mischte sich Thea rasch ein. Mit der Oberschwester zu streiten war sinnlos.

»Nein, die Frau Doktor ist auch nicht hier.« Mit diesen Worten rauschte sie davon.

»Du wirst mit Professor Carstens sprechen?« Das war eher eine Feststellung von Katja, keine Frage.

»Ja, sofort morgen früh.« Thea nickte. Wenigstens konnte Ilse Hasslacher in der Nacht kein Unheil mehr anrichten.

Später, in ihrem Bett kurz vor dem Einschlafen, blitzten Momente des vergangenen Tages in Thea auf. Die Abfahrt vor der Klinik, die Bootsfahrt auf dem Hopfensee, wo ein Schwarm Enten zutraulich neben den Booten hergeschwommen war, Ellis Weinen, die Pippi-Puppe in den Händen des jungen Soldaten. Und am Seeufer, jetzt erinnerte sich wieder daran, hatte sie doch tatsächlich einen Moment lang geglaubt, Georg zu sehen. Ihre Sehnsucht nach ihm hatte ihr dies offenbar vorgegaukelt.

Was Georg wohl gerade machte, und ob er auch an sie dachte? Mit dem Bild von ihm am Seeufer vor Augen glitt sie schließlich in den Schlaf.

Gegen acht Uhr am Abend war Georg an einem Bauerngarten entlang zu Katjas kleiner Ferienwohnung in Faulenbach gegangen. Allmählich wurde es kühl, und die Sonne stand bereits ziemlich tief über den Bergen. Vor einer guten Stunde war er schon einmal hier gewesen, hatte sie aber nicht angetroffen. Sein Verstand hatte ihm gesagt, dass er sich unverzüglich auf den Rückweg nach Eichenborn machen sollte. Da sein Mitarbeiter ja immer noch wegen des gebrochenen Beins ausfiel, hatte er den Kollegen Dr. Frielingsdorf aus dem Nachbarort wie früher gelegentlich gebeten, ihn zu vertreten. Aber die Morgensprechstunde musste er wieder selbst übernehmen, und vor ihm lag die lange Fahrt. Aber er hatte sich einfach nicht auf den Rückweg machen können, ohne mit Katja zu sprechen.

Als Georg an die Eingangstür klopfte, vernahm er dahinter gedämpfte Swingmusik. Katja schien also mittlerweile wieder hier zu sein. Tatsächlich erklang gleich darauf das Klappern von hochhackigen Schuhen, und die Tür wurde aufgerissen. Ein Hauch von Parfüm wehte ihm entgegen.

»Steven, du bist schon da!« Das Strahlen auf Katjas Gesicht wich jäher Überraschung, als sie Georg erkannte. Sie trug ein weißgrundiges Seidenkleid mit großen roten Blumen und einen dünnen Schal über den Schultern und hatte Lippenstift aufgelegt. Ganz offensichtlich war sie zum Ausgehen verabredet.

»Tut mir leid, dass ich nicht der bin, den du erwartet hast«, sagte Georg trocken.

»Georg, was machst du hier? Ach, was rede ich da? Komm doch erst mal rein!«

Sie dirigierte ihn in ein kleines Wohnzimmer im alpenländischen Stil, mit Holz verkleideten Wänden und rotkarierten Vorhängen an den Fenstern.

»Kann ich dir irgendetwas anbieten, Wein oder Bier? Nein? Also, was machst du hier? Nicht dass ich mich nicht freuen würde, dich zu sehen. Aber es ist so überraschend.«

»Heute hätten Thea und ich doch heiraten wollen. Ich konnte nicht in Eichenborn bleiben. Ich musste in ihrer Nähe sein.«

»Oh, natürlich, das verstehe ich.« Katjas Gesicht wurde ganz weich und traurig. »Ich weiß, was für ein Tag heute ist.«

»Wir haben ja schon länger nicht mehr miteinander telefoniert. Irgendwie haben wir uns immer verpasst. Und ... Ich musste Thea einfach wieder einmal sehen, nach all den Monaten. Ich war am Bootshaus am Hopfensee. Sie sieht so gut aus, ganz anders als bei meinem letzten Besuch im Krankenhaus in Köln, und ich bin so froh darüber! Aber ich konnte nicht fahren, ohne auch noch kurz mit dir über Thea gesprochen zu haben. Tut mir leid, dass ich dich so überfallen habe.«

»Das macht doch nichts«, sagte Katja lächelnd.

Georg holte tief Atem. »Hatte Thea denn einen schönen Tag?«

»Ja, sie hat den Ausflug genossen, er war wirklich schön, bis auf das Ende. Es hat sich herausgestellt, dass eine junge Krankenschwester die ihr anvertrauten Kinder quält.« Katja seufzte.

»Was? Das ist ja furchtbar!«

»Ja, es ist leider so. Ich finde es auch einfach nur furchtbar, und ich bin schrecklich wütend! Thea will morgen mit dem Besitzer der Klinik darüber reden. Hoffentlich wird er dieses Biest anzeigen und entlassen.«

Wenn er doch nur eine Möglichkeit hätte, Thea zu unterstützen! Georg empfand eine tiefe Zärtlichkeit für sie und zugleich wieder seine eigene Ohnmacht. Wenn sie ihn nur wieder an ihrem Leben teilhaben ließe und er ihr beistehen dürfte!

Katja sah ihm wohl an, was in ihm vorging, denn sie beugte sich vor und berührte seine Hand. »Wie hast du denn den Tag verbracht, Georg?«

»Ich wusste ja nicht, wann ihr wieder in der Klinik sein würdet. Deshalb bin ich lieber nicht dorthin gefahren. Aber stattdessen über die Straßen, von denen ich wusste, dass du und Thea sie auch genommen habt, die nach Neuschwanstein etwa, du hast mir ja von dem Ausflug erzählt. Und ich habe versucht, das alles durch Theas Augen zu sehen.«

»Oh, Georg!«

»Na ja, es war besser als in Eichenborn zu sein und die mitleidigen Mienen meiner Patienten zu sehen«, wehrte er ab. Er zögerte kurz. Aber er musste das jetzt einfach fragen. »Hat Thea ... hat sie heute mit dir über mich gesprochen?«

Katja blickte auf ihre Hände. »Nein, es tut mir leid, das hat sie nicht.«

»Schon gut, ich hatte es einfach gehofft. Vor allem heute. Mach dir keine Gedanken.« Georg versuchte, seine tiefe Enttäuschung zu überspielen. »Ich sollte jetzt auch besser fahren. Es ist ja niemandem damit gedient, wenn ich morgen in der Sprechstunde einschlafe.«

»Nein, sicher nicht.« Katja zupfte an ihrem Schal herum und biss sich auf die Lippe.

Georg stand auf, um sich zu verabschieden. »Du sagst mir, falls es Thea wieder schlechter gehen sollte?«

»Natürlich, das mache ich ...« Katja verstummte und blickte ihn unglücklich an.

»Katja, gibt es irgendetwas, das ich wissen sollte?« Georg war plötzlich alarmiert. War es etwa möglich, dass es um Theas Gesundheitszustand doch schlechter stand, als es ihr gutes Aussehen vermuten ließ?

»Nein, das heißt, doch, ja, es gibt etwas, das du wissen solltest ...«

»Katja, jetzt rede schon!« Georg musste sich beherrschen, sie nicht an den Schultern zu packen und zu schütteln.

»Thea hat mir vor einer Weile anvertraut, dass sie dich immer noch liebt und sich fragt, ob es richtig war, die Verlobung mit dir zu lösen. Und dass du ihr so fehlst. Aber dass sie einfach noch Zeit braucht, um zu einer Entscheidung zu kommen ...«

»Das hat sie dir gesagt?« Georg wagte es nicht zu glauben. Katja deutete sein Staunen offenbar als Ärger.

»Ja, ich weiß, dass du dir sehr gewünscht hättest, das zu

hören. Und es tut mir sehr leid. Aber ich konnte es dir bisher einfach nicht erzählen. Es wäre mir vorgekommen, als würde ich Thea verraten. Aber jetzt, da du extra hergefahren bist, kann ich es dir auch nicht mehr verschweigen. Das habe ich einfach nicht geschafft. Ach, warum nur muss ich diese dumme Vermittler-Position haben? Und... Georg! Was machst du?« Katja quiekte überrascht auf.

Er hatte sie auf die Füße gezogen und küsste sie auf die Wange. »Ich kann dich verstehen! Aber danke, dass du es mir trotzdem gesagt hast!« Er fühlte sich wie ein Ertrinkender, der plötzlich die Wasseroberfläche durchstieß und wieder atmen konnte.

Thea liebte ihn noch und schloss es nicht mehr aus, zu ihm zurückzukehren. Endlich konnte er wieder auf ein gemeinsames Leben hoffen!

Kapitel 31

Um acht Uhr am nächsten Morgen machte sich Thea in ihrem Rollstuhl auf den Weg zu Professor Carstens' Büro. Dies war die Zeit, zu der er für gewöhnlich in der Privatklinik ankam. Sie hatte sich mit dem Frühstück beeilt, wobei ihr rechter Arm sich, wie oft, wenn sie wegen irgendetwas in Hast war, mal wieder verkrampft und sie aufgehalten hatte. Deshalb hatte sie die Schwester gebeten, es mit der Morgentoilette nicht so genau zu nehmen.

Tatsächlich traf sie den Professor in seinem Büro an – und zu ihrer großen Erleichterung war Dr. Kessler nicht anwesend.

»Frau Dr. Graven, so früh schon unterwegs?« Er reichte ihr gut gelaunt die Hand. »Was kann ich für Sie tun? Der Ausflug war ja ein voller Erfolg. Im Lokalblatt steht schon ein Bericht darüber.« Er wies auf eine Zeitung, die auf seinem Schreibtisch lag. »Die fröhliche Atmosphäre wird besonders hervorgehoben. Und dass die Behandlung in der Klinik den Kindern sehr gut zu tun scheine. Na, dann sind wir mal gespannt, was die anderen Blätter so schreiben.« Seiner zufriedenen Miene war deutlich anzusehen, dass er weitere ebenso positive Artikel erwartete.

»Ja, der Ausflug war schön und hat den Kindern gefallen«, begann Thea vorsichtig. »Es ist nur … Ich habe dabei etwas erfahren, das mich sehr schockiert hat.« Sie holte einmal tief Luft und berichtete dem Professor dann von den Anschuldigungen, die die Kinder gegen Ilse Hasslacher erhoben hatten.

Er hörte ihr schweigend zu, ernst jetzt und nicht mehr gut gelaunt. »Das sind sehr schwerwiegende Vorwürfe«, sagte er schließlich. »Und ich kann sie kaum glauben. Ich habe nicht selbst mit der jungen Krankenschwester das Bewerbungsgespräch geführt. Das hat Frau Dr. Kessler übernommen. Aber sie und die Oberschwester sind sehr sorgfältig, was das Personal betrifft. Und ich vertraue ihnen völlig.«

»Ich verstehe Sie, ich konnte es zuerst ja selbst kaum fassen. Aber ich bin überzeugt, dass sich die Kinder das nicht ausgedacht haben. Sie waren so verstört und verängstigt. Und keines von ihnen konnte die Puppe dorthin gebracht haben, wo der Soldat sie schließlich fand.«

»Dieses hässliche Ding, ich erinnere mich.« Er seufzte. »Dann werde ich mal Frau Dr. Kessler und Schwester Ilse zu mir bitten.« Er nahm den Telefonhörer ab und bat seine Sekretärin, in der Kinderklinik anzurufen und die Ärztin und die Krankenschwester in sein Büro zu bestellen.

Gleich darauf erhielt er selbst ein Telefonat, es betraf irgendwelche Reparaturen an seinem Wohnhaus. Thea war mit den Gedanken bei Elli und den anderen Kindern. Sie war nun doch nervös. Hoffentlich glaubte Professor Carstens ihr!

Nach wenigen Minuten betrat Dr. Kessler das Büro – ohne Ilse Hasslacher. Ihre Wangen waren gerötet, als hätte sie sich beeilt zu kommen. »Sie wollten mich und Schwester Ilse sprechen? Sie hat heute ihren freien Tag. Worum geht es denn?«, fragte sie etwas atemlos. Erst jetzt registrierte sie, dass Thea auch im Raum war. »Und warum ist Frau Dr. Graven anwesend? Sie wird doch nicht bei unserem Gespräch dabei sein?«

Ach, wie ungünstig, dass die junge Krankenschwester nicht da war! Es wäre sicher hilfreich gewesen, sie direkt mit den Vorwürfen der Kinder konfrontieren und ihre Reaktionen erleben zu können.

»Doch, Frau Dr. Graven wird anwesend sein, denn sie erhebt schwere Anschuldigungen gegen Schwester Ilse.« Professor Carstens wirkte, als wäre ihm nicht recht wohl in seiner Haut. Wieder einmal fragte sich Thea, ob Katjas Vermutung stimmte und die beiden ein Verhältnis miteinander hatten.

»Ach, ja? Um welche Vorwürfe geht es denn nun schon wieder?« Die Ärztin bedachte Thea mit einem gereizten Blick.

Thea wiederholte die Anschuldigungen der Kinder. Während sie sprach, wurde das Gesicht der Ärztin ganz weiß, und ihre sonst blassen Sommersprossen zeichneten sich sehr deutlich auf ihrem Gesicht ab. Nachdem Thea geendet hatte, herrschte einige Momente Schweigen in dem Büro.

»Das ist ja ungeheuerlich...« Die Stimme der Ärztin hob sich, und ihre Augen leuchteten vor Zorn. Anklagend deutete sie auf Thea. »Dass Sie es wagen, so etwas über eine meiner Schwestern zu behaupten! Das haben sich die Kinder doch nur ausgedacht, und Sie sind so dumm, es zu glauben.«

»Die Kinder haben das ganz bestimmt nicht erfunden, sie...«

»Ach ja? Wollen Sie etwa ernsthaft sagen, dass so etwas in meiner Klinik vor sich geht und ich und meine Oberschwester würden es nicht bemerken?«

»Leider ja. Vielleicht deckt die Oberschwester Ilse ja auch.« Von Dr. Kessler wollte Thea das nun doch nicht annehmen, und die Oberschwester hatte nun einmal den engsten Kontakt zum Personal.

»Das wird ja immer abenteuerlicher!«

»Aber wer soll die Puppe oberhalb einer steilen Treppe hingeworfen haben, wenn nicht Ilse Hasslacher? Keins der Kinder, die an dem Ausflug teilgenommen haben, ist imstande, dorthin zu gelangen.«

»Nun, es ist auch nicht gänzlich auszuschließen, dass sich einer der Soldaten einen schlechten Scherz erlaubt hat«, wandte der Professor ein.

»Nein, das nicht, aber ...«

Doch Dr. Kessler fiel Thea wieder ins Wort. »Wissen Sie was? Ich glaube, dass das mit der verschwundenen Puppe nur ein Märchen ist und Sie alles erfunden haben, um sich wichtig zu machen. Weil Sie nun einmal keine Ärztin mehr sein können und mir meine Stelle neiden, diskreditieren Sie mein Personal – und damit auch mich.«

Der Vorwurf machte Thea sprachlos.

»Frau Dr. Kessler ...« – Professor Carstens hob begütigend die Hände – »... ich verstehe, dass Sie aufgebracht sind, aber das geht nun doch zu weit!«

»Ich habe es satt!«, fuhr Dr. Kessler den Professor zornig an und wies wieder auf Thea, »wie sie sich ständig in die Belange meiner Klinik einmischt und scheinheilig vorgibt, dies sei nur zum Besten der Kinder. Entweder Frau Dr. Graven bleibt der Kinderklinik fern, oder ich kündige.«

»Ich werde mich ganz sicher nicht von den Kindern fernhalten.« Nun erhob auch Thea ihre Stimme.

»Wenn das so ist, dann können Sie zwischen mir und dieser Frau wählen, Herr Professor. Entweder *sie* verlässt diese Klinik oder ich.«

»Margot ... Frau Dr. Kessler, bitte, jetzt treiben Sie doch nichts auf die Spitze.« Der Professor zupfte unglücklich an seinem Schnurrbart.

»Es ist mein letztes Wort«, sagte die Ärztin eisig. »Frau Dr. Graven – oder ich.«

»Margot, ich verstehe ja, dass du aufgebracht bist, aber ich würde vorschlagen, wir beruhigen uns jetzt alle wieder und lassen die Sache auf sich beruhen. Frau Dr. Graven hat da offensichtlich etwas missverstanden. Aber sie hat es ja nur gut gemeint.«

»Ich werde nichts auf sich beruhen lassen!« Thea wurde jetzt auch zornig und funkelte den Professor an. »In der Obhut von Ilse Hasslacher sind die Kinder in Gefahr! Begreifen Sie das denn nicht? Sie müssen die Schwester sofort entlassen.«

»Jetzt will diese Person auch noch über mein Personal verfügen!« Dr. Kesslers Stimme überschlug sich. »Alfred, ein letztes Mal – Frau Dr. Graven oder ich!«

»Margot ...«

»Nein! All die Jahre habe ich mich nach deinen Wünschen gerichtet und habe es auch akzeptiert, dass du, um einen Skandal zu vermeiden, bei deiner unattraktiven und eingebildeten Frau geblieben bist, statt dich scheiden zu lassen. Als Dank habe ich mich für deine Klinik abgerackert und die eigentliche Arbeit getan, während du bei den Privatpatienten die Honneurs machst! Mir reicht es, und zwar endgültig!« Dr. Kesslers rote Haare hatten sich inzwischen ganz aus dem Knoten gelöst und umgaben ihren Kopf wie die Gloriole eines Racheengels. Nichts war mehr von ihrer üblichen kühlen Selbstbeherrschung geblieben. Ihre Augen loderten. Professor Carstens sank hinter seinem Schreibtisch in sich zusammen.

Selbst Thea verschlug die Wucht ihrer Emotionen den Atem. Dann, nach einigen Augenblicken des lastenden Schweigens, wandte der Professor sich Thea zu. »Frau Dr. Graven, Sie sehen ja selbst, wie sehr Ihre Vorwürfe Frau Dr. Kessler getroffen haben.« Seine Stimme klang belegt. »Ich bedaure es wirklich zutiefst, aber ich glaube, es ist am besten, wenn Sie die Klinik so schnell wie möglich verlassen. Natürlich werde ich Ihnen bei der Suche nach einer anderen Klinik behilflich sein und ...«

»Das ist nicht nötig, ich komme zurecht«, unterbrach Thea ihn kühl. »Um mich müssen Sie sich nicht sorgen – aber um die Ihnen anvertrauten Kinder. Noch einmal: Solange Ilse Hasslacher bei ihnen ist, sind sie in Gefahr!«

Thea wendete den Rollstuhl und fuhr zur Tür. Sie fühlte sich elend. Ja, die Kinder waren in Gefahr, und deshalb musste es ihr unbedingt gelingen, das Fehlverhalten der jungen Krankenschwester zu beweisen. Sie hatte den Kindern doch versprochen, sie zu beschützen!

»Dieser Schlappschwanz von Professor!«, sagte Katja am späten Nachmittag zum wiederholten Male erbost und klappte den Koffer, der Theas Kleidungsstücke enthielt, mit einem Knall zu. »Wie kann er sich von dieser Schnepfe nur so erpressen lassen?«

Nach der Auseinandersetzung mit dem Professor und

Dr. Kessler hatte Thea die Schwester angerufen, und Katja hatte sofort gesagt, sie würde sich um eine größere Ferienwohnung kümmern und sie dann abholen.

Thea war immer noch zornig, aber vor allem war ihr ganz übel vor Sorge um die Kinder, die nun weiterhin der jungen Schwester ausgeliefert waren.

Gefolgt von Katja, die ihren Koffer trug, fuhr Thea im Rollstuhl aus ihrem Zimmer und den Flur der Klinik entlang. Zwei Schwestern, die ihr begegneten, grüßten sie verlegen. Vor der Klinik erwartete Hetti sie an dem VW-Bus. Nun gab es ja keine Veranlassung mehr zu verbergen, dass sie Kontakt zu der jungen Krankengymnastin hatte. Hetti war so freundlich, zu ihr und Katja zu ziehen, denn Thea benötigte ja noch viel Hilfe bei den alltäglichen Verrichtungen.

Die beiden halfen Thea, wie so oft schon, auf den Vordersitz und verstauten den Rollstuhl. Dann murmelte Katja in Richtung der Klinik noch einen Fluch und startete den Wagen. »Willst du diese Ilse Hasslacher nicht doch anzeigen?«, fragte sie Thea, während sie das Blumenrondell mit dem Brunnen umrundete und den VW-Bus dann durch das Tor lenkte.

»Nein, zumindest erst einmal nicht, denn ich habe ja keine Beweise, und es kann gut sein, dass die Kinder gegenüber der Polizei so verängstigt sind, dass sie gar nichts sagen. Mir ist aber etwas anderes durch den Kopf gegangen.« Thea wandte sich zu Hetti um, die hinter ihnen saß. »Hetti, Sie haben einmal gesagt, dass Sie nicht viel über Ilse Hasslacher wissen, nur dass sie sehr in einen Kellner verliebt ist, der sie schlecht behandelt. Aber haben Sie vielleicht doch irgendeine Ahnung, woher sie kommt?«

»Nein, leider gar nicht.« Hetti schüttelte den Kopf.

»Weshalb willst du das denn wissen?« Katja sah Thea verwundert an.

»Weil sich ein Mensch ja nicht grundlos so grausam verhält. Ich möchte gern mehr über sie erfahren. Und vielleicht hat sie sich ja auch früher schon etwas zuschulden kommen lassen, womit ich Professor Carstens überzeugen kann, sie zu entlassen.«

»Hetti ...« – Katja suchte im Rückspiegel den Blick der jungen Frau – »... wissen Sie denn, wo dieser Kellner arbeitet?«

»Im Gasthof zum Bären in Füssen. Ich glaube, er heißt Alexander oder Axel oder so ähnlich ...«

»Na, dann ist ja schon klar, wo ich meinen Abend verbringen werde.«

»Pass bloß auf dich auf.« Wenn der Kellner wusste, wo Ilse Hasslacher aufgewachsen war, dann würde Katja es sicher herausfinden. Aber Thea war nicht wohl dabei.

»Nun ja, es muss ja nicht unbedingt sein, dass der Kerl ein Schwerverbrecher ist.« Katja zuckte nonchalant mit den Schultern.

»Wo liegt die neue Ferienwohnung denn?«, fragte Thea jetzt. Bei all der Aufregung hatten sie noch gar nicht darüber gesprochen. Es war nur klar gewesen, dass sie wegen der Kinder, für deren Wohlergehen sie sich inzwischen verantwortlich fühlte, in der Nähe der Klinik bleiben wollte.

»Gar nicht weit entfernt von meiner alten. Meine bisherige Vermieterin war so nett, den Kontakt zu einer älteren Dame herzustellen, als ich ihr von unserer Notlage erzählt habe. Es ist die Witwe eines Notars, die ihre Wohnung den Sommer über vermietet, um ihre Rente aufzubessern. Ich habe mit ihr telefoniert, sie wohnt zurzeit bei einer Nichte in München. Als Töchter eines Chefarztes gelten wir ihr wohl als respektabel genug. Ab und zu ist Vater doch für etwas gut.« Katja grinste. »Ich habe mir die Räume kurz angesehen. Du solltest dort mit dem Rollstuhl gut zurechtkommen.«

»Danke, Katja. Ohne dich wäre ich wirklich verloren. Wie viel kostet die Wohnung denn? Ich zahle natürlich dafür.«

Katja schüttelte den Kopf. »Ich habe den Sommer über doch gut verdient und kann mir die Wohnung leisten.«

»Auf gar keinen Fall!«

»Doch. Und damit ist das Thema für mich beendet.«

Für Thea war es das nicht, aber der Tag war anstrengend und aufregend gewesen, und nun war sie zu erschöpft, um sich mit Katja noch länger über die Miete zu streiten. Sie würde später wieder darauf zu sprechen kommen.

Kurz darauf hielten sie vor einem großen, zweigeschossigen Gebäude mit weit heruntergezogenem Dach. Das obere Stockwerk war mit graublau gestrichenen Schindeln verkleidet. Eine niedrige Stufe führte in einen Garten und eine weitere, die ebenfalls recht niedrig war, zu der Haustür. Die Schwester und Hetti konnten den Rollstuhl ohne große Mühe darüberschieben.

Die Diele war eher eine Eingangshalle und hatte eine stuckverzierte Decke. Zweiflügelige, breite Türen führten in die weitläufigen Räume, und auch das Bad war geräumig.

Es war kein schlechter Tausch gegen die Privatklinik, wenn da nicht Theas Sorge um die Kinder gewesen wäre.

Das Gartentor quietschte, leichte Schritte erklangen auf dem Weg zur Haustür. Thea ließ den Roman, in dem sie las, sinken, und Hetti blickte erwartungsvoll von ihrem Strickzeug hoch. Mittlerweile war es nach zehn Uhr und draußen schon dunkel, und Thea hatte sich allmählich Sorgen um Katja gemacht. Schon kurz nach sieben war sie zum Gasthof zum Bären aufgebrochen ohne den Captain, der an diesem Abend Dienst hatte und in Garmisch war. Nun fiel auch die Haustür ins Schloss, und gleich darauf trat Katja in das Wohnzimmer, umweht von Zigarettenrauch und einem leichten Geruch nach Alkohol.

Theatralisch ließ sie sich in einen Sessel fallen. »Uff, was ist dieser Kellner für ein widerlicher Kerl!«

Thea beugte sich vor. »Du konntest mit ihm sprechen? Und? Hast du etwas Wichtiges über Ilse Hasslacher erfahren?« Sie war ganz aufgeregt.

»Ja, ich konnte mit ihm sprechen, und ja, ich weiß jetzt, wo Ilse aufgewachsen ist. Wobei der Abend erst gar nicht gut angefangen hat. Denn als ich zu dem Gasthof kam, war der Kellner, er heißt übrigens Alex Wissler, nicht da. Von einem seiner Kollegen hab ich dann erfahren, dass seine Schicht erst um halb neun anfing. Deshalb bin ich auch so spät zurückgekommen. Es war dem Kollegen deutlich anzumerken, dass er dachte, ich wäre hinter Wissler her. Brrr...« Katja schüttelte sich. »Na ja, ich bin dann erst mal wieder gegangen – in diesem gutbürgerlichen Gasthof wäre es sicher unangenehm aufgefallen, wenn ich als Frau ohne Begleiter so lange allein da sitze – und bin ein bisschen durch Füssen spaziert. Als ich kurz vor neun in den Gasthof zurückkam, habe ich mir einen Tisch hinten in der Wirtsstube gesucht und die Lage sondiert, und da ist mir so ein gut aussehender Kerl hinter der Theke aufgefallen. Ich habe mich noch gefragt, wie ich unauffällig rauskriege, ob das Wissler ist, als Ilse Hasslacher auftauchte.«

»Oh, tatsächlich?«

»Selbst auf zwanzig Meter Entfernung war unübersehbar, dass sie in den Wissler verknallt ist. Also, Wissler *war* der gut aussehende Kerl. Und dass er äußerst attraktiv ist, ist auch das einzig Gute, was sich über ihn sagen lässt. So ein Rudolph-Valentino-Typ.«

Thea bemerkte Hettis fragenden Blick. »Sie sind wahrscheinlich zu jung, um Rudolph Valentino zu kennen. Das war ein amerikanischer Stummfilm-Schauspieler, er hatte große, dunkle Augen und lange Wimpern und hohe Wangenknochen…«, erklärte sie. Sie wünschte sich, Katja würde mal endlich zum Punkt kommen. Aber aus Erfahrung wusste sie, dass es nichts brachte, sie zu drängen. Sie wurde dann eher noch weitschweifiger.

»Wissler war alles andere als begeistert, Ilse zu sehen. Auch das war auf die Distanz zu erkennen«, fuhr die Schwester fort. »Erst hat er sie ignoriert und, als das nichts genutzt hat, hat er ihr ein Zeichen gemacht, mit ihm nach draußen zu gehen. Natürlich bin ich ihnen gefolgt.«

»Natürlich…« Thea lächelte.

»Sie sind in einen Hinterhof gegangen, und ich hab mich im Gang versteckt. Die Tür stand offen, ich hab alles mit angehört.« Katja verzog den Mund. »Hier kommt die geraffte Version. Wissler, böse: ›Ich hab dir doch gesagt, dass ich dich nicht mehr sehen will. Weshalb läufst du mir immer noch nach, wie ein junger Hund?‹« Sie ahmte eine Männerstimme nach. »Und Ilse…« – sie wechselte in eine flehende, weibliche Tonlage – »»Aber du fehlst mir so! Ich hab gedacht, du hast es nicht ernst gemeint, als du gesagt hast, dass du mich nicht mehr sehen willst. Du liebst mich doch.‹« Katja seufzte. »Daraufhin hat Wissler dreckig gelacht und gesagt, Ilse sei eine dumme Pute. Und nur jemand, der so blöd ist wie sie, könne glauben, dass man sich in so einen hässlichen Trampel verlieben könne. Es habe ihn geekelt, ihr pickeliges Gesicht zu küssen. Und wenn er nicht unbedingt Geld gebraucht hätte, hätte er es ganz bestimmt nicht getan. Aber jetzt wäre er Gott sei Dank wieder gut bei Kasse. Und sie solle endlich abhauen, sie sei so widerlich, er würde ihren Anblick nicht mehr ertragen. Und Ilse hat aufgeschluchzt und ist an mir vorbeigerannt, ihr Gesicht war aschfahl.«

»Wie furchtbar«, flüsterte Hetti. Auch Thea empfand, trotz allem, was Ilse den Kindern angetan hatte, unwillkürlich Mitleid mit der jungen Frau.

»Ich bin dann in den Hof gegangen, hab ganz überrascht getan und behauptet, mich auf dem Weg zu den Toiletten verlaufen zu haben. Ich habe Wissler gefragt, ob er mir vielleicht Feuer geben könne, verbunden mit einem tiefen Blick in seine dunklen Augen. Er hält sich natürlich für unwiderstehlich.« Katja verzog erneut den Mund. »Na ja, und ich habe auch angedeutet, leider, leider das Ende der hässlichen Szene mitbekommen zu haben. Und dass mir die junge Frau irgendwie bekannt vorgekommen sei. Ob sie nicht vielleicht in der Kurklinik Sonnenalm arbeite, in der meine Schwester untergebracht sei? Was Wissler bestätigt hat. Und während wir zusammen im Hof standen und rauchten, habe ich, neben etlichen abfälligen Bemerkungen über Ilse, die ich euch ersparen will, von ihm erfahren, dass sie aus dem Ort Lindenberg stammt. Der liegt etwa achtzig Kilometer von Füssen entfernt. Mehr wusste Wissler nicht über sie, was kein Wunder ist, denn er hat sich ja auch nicht ernsthaft für sie interessiert. Und Wisslers Angebot zu einem lauschigen Rendezvous mit ihm morgen Abend am Alpsee habe ich natürlich nicht angenommen.« Katja grinste schief.

»Danke, dass du herausgefunden hast, woher Ilse kommt«, sagte Thea warm.

Katja winkte ab. »Ach, ich will ja auch, dass sie kein Unheil mehr bei den Kindern anrichten kann. Dann fahren wir also morgen nach Lindenberg, oder?«

»Ja, das wäre gut.« Thea wollte keinen Tag ungenutzt verstreichen lassen. »Können Sie denn mitkommen, Hetti?«

»Ja, natürlich.« Die junge Frau nickte.

Katja runzelte nachdenklich die Stirn. »Da ist noch eine Sache ... Was sollen wir als Grund angeben, warum wir uns nach Ilse erkundigen? Eine plausible Ausrede brauchen wir schon.«

»Das stimmt.« Thea überlegte. »Wie wäre es denn damit: Wir suchen eine Pflegerin für mich und möchten deshalb mehr über Ilse erfahren als das, was in ihren Arbeitszeugnissen steht?«

»Das hört sich stichhaltig an.« Katja nickte. »Oder sehen Sie das anders, Hetti?«

Die junge Frau schüttelte den Kopf. »Nein, das könnte funktionieren.«

»Na, dann ist es ja schön, dass wir von meiner Behinderung profitieren.« Thea übte sich mal wieder in Galgenhumor.

Hoffentlich fanden sie in Lindenberg etwas heraus, was ihnen half, Ilse glaubhaft zu belasten!

Kapitel 32

Am Tag darauf wartete Thea in dem VW-Bus vor dem Rathaus von Lindenberg, einem Gebäude im Stil der Neugotik mit hohen Giebeln und einem Türmchen, auf Katja und Hetti. Etwa zwei Stunden hatte die Fahrt von Füssen in die Kleinstadt im westlichen Allgäu gedauert. Zwischendurch war Thea immer wieder eingenickt. Die heftige Auseinandersetzung mit Dr. Kessler, der Rauswurf aus der Klinik und der Umzug in die neue Wohnung machten ihr doch mehr zu schaffen, als sie gedacht hatte. Und dann war da noch die Sorge um die Kinder. Ob Ilse gerade ihre Runde durch die Krankensäle drehte? O Gott, sie musste sie daran hindern, die Kinder weiter zu quälen!

Katja und Hetti kamen jetzt über den Parkplatz gelaufen. Die Schwester winkte ihr fröhlich zu – anscheinend hatten sie also im Rathaus eine Adresse erhalten. Tatsächlich reichte sie, als sie sich gleich darauf auf den Fahrersitz sinken ließ, Thea einen Zettel.

»Die Rathausangestellte war sehr hilfsbereit, als ich ihr sagte, dass wir Ilse gern als Pflegerin für dich einstellen würden und deshalb mehr über sie erfahren möchten. Ilses Eltern leben nicht mehr, und es gab wohl noch einen Bruder, der ebenfalls tot ist. Aber vielleicht finden wir ja über die jetzigen Besitzer des Hauses oder über die Nachbarn etwas über sie heraus.«

»Ja, hoffentlich ...« Thea nickte beklommen.

Sie passierten eine mächtige barocke Kirche mit zwei Türmen und ein kleines Stadtzentrum, und wenig später hatten sie die Straße am Ortsrand erreicht, wo Hetti mit ihrer Familie gelebt hatte. Sie führte einen Hügel hinauf. Kleine Häuser standen inmitten von Gärten. Viele waren mit den für die Gegend charakteristischen farbig bemalten Schindeln verkleidet, auch das frühere Haus der Hasslachers.

Thea blieb im Wagen sitzen, der schmale Gartenweg mit den unebenen Steinen wäre mit dem Rollstuhl kaum zu bewältigen gewesen, und verfolgte, wie Katja und Hetti zu dem Haus gingen. Sie klopften an die Eingangstür, riefen »Hallo, ist da jemand?«, aber niemand öffnete ihnen.

Thea murmelte einen Fluch.

»Tja, dann sollten wir mal die Straße abgehen und es bei allen Nachbarn versuchen«, schlug Katja vor, als sie und Hetti wieder bei Thea waren. »Hetti, Sie nehmen den unteren Teil der Straße und wir den oberen, ja?«

Die beiden halfen Thea in den Rollstuhl, sie schaltete den Motor ein, und Katja lief neben ihr her hügelauf. Es war kurz nach Mittag, gerade erst hatten die Kirchenglocken zwölf Uhr geläutet, aber die Straße lag wie ausgestorben da. Eine Katze, die auf einem Zaunpfahl hockte, sah ihnen träge nach. Irgendwo krähte ein Hahn.

Aus einem Haus roch es nach Bratkartoffeln und Soße. Doch auch hier öffnete ihnen niemand, vielleicht wollte die Hausfrau den Herd nicht unbeaufsichtigt lassen, oder die Familie saß beim Essen.

Katja war gerade von einem weiteren Haus wieder unverrichteter Dinge zu Thea zurückgekehrt, als hinter einer Hecke eine ältere Frau in einer ausgewaschenen Kittelschürze und Gummistiefeln erschien. Sie hatte ein breites, stark gerötetes Gesicht und hielt eine Gartenschere in der Hand.

»Wollten Sie etwa zu mir?«, fragte sie unfreundlich.

»In gewisser Weise, ja«, erwiderte Katja, »wir hätten gern ein paar Informationen über Ilse Hasslacher, sie hat vor ein paar Jahren hier in der Straße gelebt, und wir dachten, vielleicht können uns ja die Nachbarn weiterhelfen.«

»Warum wollen Sie denn was über die Ilse wissen?«

»Also kennen Sie sie?«, sagte Thea.

Die Frau warf ihr einen kurzen, irgendwie merkwürdigen Blick zu, ignorierte sie dann und wandte sich wieder mit fragender Miene Katja zu.

»Nun, wie Sie sehen, ist meine Schwester ja auf einen Rollstuhl angewiesen. Wir suchen eine Pflegerin für sie. Ilse hat sich um die Stelle beworben, sie hat gute Referenzen. Aber man weiß ja nie ... Deshalb dachten wir, wir hören uns mal bei den früheren Nachbarn um.« Katja bedachte die Frau mit einem um Zustimmung heischenden Lächeln, das jedoch an ihr abprallte.

»Na ja, ich hab die Ilse gekannt. Aber was soll ich Ihnen groß über sie sagen?« Die Frau zuckte mit den Schultern. »Sie war ein nettes Ding, freundlich und hilfsbereit. Aber irgendwie komisch war sie auch. Hat mit 'ner Affenliebe an ihrem kleinen Bruder gehangen und ihn überall mit hingeschleppt.«

»Der Bruder, der gestorben ist?«, vergewisserte sich Katja.

»So kann man's auch nennen.« Die Frau verzog den Mund. »Der Junge war ein Krüppel, und richtig im Kopf war er auch nicht. Und eines Tages hat man ihn dann abgeholt.«

»Wohin hat man ihn denn gebracht?«, fragte Katja verwundert.

Aber Thea ahnte schon, was das zu bedeuten hatte, und sie fühlte sich elend.

»Na ja, wohin schon?«, schnauzte die Frau Katja an. »Zu den anderen Idioten, ins Gas.«

Die brutale Formulierung raubte Thea einen Moment lang den Atem. Auch Katja hatte es die Sprache verschlagen.

»Wusste Ilse, dass ihr kleiner Bruder von den Nationalsozialisten umgebracht wurde?«, zwang Thea sich schließlich zu fragen.

»Das wusste doch jeder, oder?« Die Frau drehte sich ihr unwillig zu. »Und falls die Eltern es ihr verschwiegen haben, dann haben es die anderen Kinder der Ilse hingerieben. Ich hab gehört, wie sie auf der Straße hinter ihr hergerannt sind und sie damit gehänselt haben. Und wenn Sie mich fragen…« – ein höhnischer Zug erschien um ihren Mund, während ihr Blick über Thea glitt und an ihren gelähmten Beinen hängen blieb – »…war's nicht schade um den verkrüppelten Idioten.«

Thea hatte von der kurzen Unterhaltung mit der früheren Nachbarin der Hasslachers immer noch einen üblen Geschmack im Mund, und auch Katja war ausnahmsweise um eine Reaktion verlegen gewesen. Bevor sie die Frau wegen ihrer verächtlichen Bemerkungen hatten zur Rede stellen können, war sie im Haus verschwunden.

Nun saßen sie, Katja und Hetti wieder in dem VW-Bus. Die Schwester drückte Theas Hand. »Dieses ekelhafte Weib…«

»Schon gut, das macht mir nichts aus.« Was gelogen war, denn die Abneigung und der Hass der Frau hatten Thea sehr wohl getroffen. Aber sie wollte nicht darüber klagen.

»Aber wenn Ilses kleiner Bruder körperlich und geistig behindert war und sie ihn geliebt hat, warum behandelt sie dann die Kinder in der Klink so grausam?« Hetti beugte sich zu ihnen nach vorn. Auch sie wirkte bedrückt. »Das verstehe ich nicht. Ich würde eher annehmen, dass sie dann besonders nett zu ihnen ist.«

Thea dachte nach. »Wahrscheinlich hat sie den Mord an ihrem Bruder nie überwunden«, sagte sie schließlich, »es muss furchtbar sein, einen geliebten Menschen auf diese Weise zu verlieren, umgebracht durch staatliche Anordnung. Und sie war damals ja noch ein Kind. Vielleicht will sie die kranken Kinder unbewusst für ihren Schmerz büßen lassen. Das halte ich zumindest für eine Erklärung.«

»Und was sollen wir jetzt tun?«, erkundigte sich Katja.

»Ich möchte Ilse mit dem konfrontieren, was uns die frühere Nachbarin erzählt hat.« Thea seufzte. »Möglicherweise bricht sie ja dann zusammen und gibt zu, dass sie die ihr anvertrauten Kinder körperlich und seelisch misshandelt hat. Und dann kann auch Professor Carstens vor ihrem Tun nicht länger die Augen verschließen.«

Thea war wieder eingedöst, auch die Fahrt zurück nach Füssen hatte sie angestrengt. Situationen wie diese führten ihr immer wieder vor Augen, wie schwach sie noch war. Sie erwachte, als Katja den VW-Bus vor der Kinderklinik parkte.

»Also dann ...« Die Schwester lächelte sie an. »Falls uns

Dr. Kessler oder der Drache von Oberschwester den Weg versperren sollten, werde ich sie eigenhändig zur Seite schubsen. Das verspreche ich dir.«

Thea war Katja dankbar für ihren Galgenhumor, denn sie war sehr angespannt. Wenn dieser Versuch, Ilse Hasslacher zu einem Eingeständnis ihrer Schuld zu bewegen, fehlschlug, wusste sie erst einmal nicht mehr, was sie sonst noch tun sollte. Außer, Ilse doch bei der Polizei anzuzeigen. Mit völlig ungewissem Ausgang.

Thea steuerte den Rollstuhl, gefolgt von Katja und Hetti, auf den Eingang zu, als zwei Krankenhausdiener auf dem serpentinenartig angelegten Weg durch den Park in ihr Blickfeld gerieten. Sie schoben eine fahrbare Trage, darauf lag ein kleiner Junge. Professor Carstens eilte neben ihm her, sein Blick ruhte besorgt auf dem Kind. Es war der Junge, der Thea erzählt hatte, dass es Ilse gewesen war, die Elli die Pippi weggenommen hatte.

»Herr Professor!«, rief Thea erschrocken.

Er wandte sich zu ihr um, mehr verwundert und erschöpft als ärgerlich darüber, dass sie sich auf dem Gelände der Klinik befand. Gott sei Dank, der Junge atmete, wie Thea jetzt sah.

»Herr Professor, ich war in Ilse Hasslachers Heimatort und ...«, begann sie.

Er blieb vor ihr stehen, sein sonst so joviales Gesicht auf einmal alt und grau. »Sie hatten recht, was die junge Frau betrifft«, sagte er gepresst. »Sie hat das Kind im Schwimmbad unter Wasser gedrückt. Und wenn es Frau Dr. Kessler nicht aufgefallen wäre, dass der Junge laut Therapieplan dort heute gar keine Gymnastik gehabt hätte und ihr das merkwürdig vorkam, und wenn sie deshalb nicht dorthin gegangen wäre, hätte das vermutlich …« – er zögerte kurz – »… schlimm geendet.«

»Und der Junge?«

»Ist bei Bewusstsein und ansprechbar, Dr. Kessler konnte ihn rechtzeitig reanimieren.«

»Gott sei Dank!« Thea hörte, wie Katja neben ihr einen Stoßseufzer ausstieß.

Sie selbst war noch zu entsetzt, um Erleichterung zu empfinden. »Hat Ilse gesagt, warum sie das getan hat?«, fragte sie mit einem Gefühl von Übelkeit.

»Nein.« Der Professor schüttelte den Kopf. »Sie hat mit mir und Dr. Kessler kein einziges Wort gesprochen. Sie sitzt einfach nur stumm da und starrt vor sich hin.«

»Haben Sie denn schon die Polizei gerufen?« Katja war ganz blass.

Professor Carstens zögerte kurz. »Noch nicht, aber das werde ich natürlich gleich tun«, erwiderte er dann. Thea hielt es für durchaus möglich, dass er, wenn Katja, Hetti und sie nicht von dem Vorfall erfahren hätten, versucht gewesen wäre, alles unter den Teppich zu kehren, um den guten Ruf der Klinik zu wahren. Aber das war jetzt gleichgültig. Sie wussten ja davon, und er konnte diesen Weg nicht mehr wählen.

Sie wandte sich ihm zu. »Ich würde gern mit Ilse reden, bevor die Polizei sie festnimmt. Möglicherweise kenne ich ihre Beweggründe und kann sie zum Sprechen bringen.«

»Von mir aus.« Der Professor seufzte. »Versuchen Sie Ihr Glück.«

Ilse befand sich mit Dr. Kessler in einem Raum, in dem sonst nur Schwimmgeräte und Badelaken aufbewahrt wurden. Durch ein Fenster in der Innenwand konnte man auf das Becken sehen, ruhig und friedlich lag es da. Das Wasser reflektierte das Sonnenlicht an die Decke. Nur eine Lache am Beckenrand zeugte von dem Drama, das sich hier vor Kurzem abgespielt hatte. Irgendjemand hatte Ilse ein Badetuch um die Schultern gelegt, darunter trug sie noch ihren Schwimmanzug. Sie saß vornübergebeugt auf einer Bank und starrte, wie Professor Carstens gesagt hatte, mit abwesender Miene vor sich hin.

Dr. Kesslers Arztkittel war ganz nass, und ihre Locken kringelten sich zerzaust um ihren Kopf. Sie hatte anscheinend noch nicht daran gedacht, sich ihrer durchweichten Kleidung zu entledigen. Sie reagierte kaum auf Thea, als stünde sie noch selbst unter Schock.

Professor Carstens blieb an der Tür stehen, während Thea ihren Rollstuhl auf die junge Krankenschwester zubewegte. »Guten Tag, Ilse«, sagte sie, bemüht um einen freundlichen Tonfall. Keine Reaktion. Nur dieses stumme Starren. Am Hals der jungen Frau nahm sie eine helle Linie auf der gebräunten Haut wahr, sie stammte gewiss von der Kette des Medaillons. Das Medaillon ... Was, wenn es ihr gar nicht dieser Kellner geschenkt hatte? Ihm hatte doch nichts an ihr gelegen. Im Gegenteil. Ob seine brutalen Worte am Vorabend Ilse über eine letzte Grenze hinausgetrieben und sie veranlasst hatten, den kleinen Jungen eigenmächtig ins Schwimmbad zu bringen und dort unter Wasser zu drücken? Vielleicht wirklich mit dem Ziel, ihn zu töten? Aber es war Sache der Polizei, das herauszufinden. Thea war etwas anderes wichtig.

»Ilse«, begann sie behutsam, »ich weiß, dass Sie einen kleinen Bruder hatten, den Sie sehr geliebt haben. Vor einiger Zeit habe ich Sie bei der Marien-Kapelle im Wald gesehen, die sich auch auf dem Bild in Ihrem Medaillon befindet. Sie haben mir erzählt, dass Sie sich dort öfter aufhalten, und Sie haben eine ganze Weile in der Kapelle auf einer Bank gesessen. Es schien aber, als seien Sie nicht wegen der Andacht dort. Sondern eher, weil Ihnen der Ort viel bedeutet? Das ist ja oft bei Orten der Fall, die mit Menschen verbunden sind, die wir lieben. Sie waren mit Ihrem kleinen Bruder auch dort, nicht wahr?«

Ein kaum merkliches Nicken war die Antwort. Nun, immerhin hatte sie Ilse mit ihren Worten erreicht.

»Wie hieß Ihr Bruder denn?«

Ein langes Zögern. Thea hoffte, dass der Professor oder Dr. Kessler nichts sagen würden. Dann, endlich, ein ganz leises geflüstertes »Ludwig.«

»Mit Ludwig waren Sie also bei der Kapelle. Hat er Ihnen denn das Medaillon geschenkt?«

Ilse strich mit der Hand über die Bank, so fest, als wollte sie sich damit selbst verletzen. »Wir haben einen Ausflug dorthin gemacht, mit unseren Eltern. Im Dorf hab ich das Medaillon in einem Laden gesehen, und es hat mir so gut gefallen, ich wollte es unbedingt haben. Aber unsere Eltern haben Nein gesagt. Dann hat der Ludwig gebettelt, dass sie es mir kaufen, er war immer so lieb zu mir, und schließlich hat mein Vater nachgegeben, und ich hab es bekommen.« Wieder war ihre Stimme nur ein Flüstern.

»Also verdanken Sie es gewissermaßen ihm. Er hat Sie, seine große Schwester, sehr gern gemocht.«

Erneut ein stummes Nicken als Antwort.

»Ilse, ich weiß, was mit Ihrem Bruder geschehen ist.« Es klar als Mord zu benennen erschien Thea in diesem

Moment grausam, und deshalb sprach sie es nicht aus. »Ich weiß aber auch, dass Sie die Ihnen anvertrauten Kinder gequält haben. Und ich versuche zu verstehen, warum. Denn ich glaube nicht, dass Sie in Ihrem tiefsten Innern böse sind. Sollten die Kinder den Schmerz empfinden, den Sie gefühlt haben, nachdem Sie wussten, was man Ihrem Bruder angetan hatte? Denn dieser Schmerz muss furchtbar gewesen sein.«

Jetzt endlich hob Ilse den Kopf und sah Thea an. Ihr von Akne entstelltes Gesicht war ganz verzerrt. »Die Kinder sind doch noch viel schlimmere Krüppel als er!«, brach es mit einem wütenden, gepeinigten Schrei aus ihr heraus. »*Die* würden ins Gas gehören, nicht er.« Dann begann sie herzzerreißend zu schluchzen.

In ihrem Schlafzimmer in der gemieteten Wohnung hörte Thea eine Kirchturmuhr zehnmal schlagen. Draußen war es schon dunkel, jetzt, im August, waren die Tage ja schon wieder kürzer. Sie hatte Katja und Hetti von ihrem Gespräch mit Ilse erzählt, aber sie war immer noch völlig aufgewühlt. Außerdem verfolgten sie der Hass und die Verachtung von Ilses früherer Nachbarin. Aber auch Ellis Freude, als sie bei ihr gewesen war und ihr gesagt hatte, dass Ilse nie mehr wiederkommen würde. Das Strahlen auf ihrem schmalen Gesicht machte Thea jetzt noch die Kehle eng. Es war, als wäre eine Sonne in ihrem Inneren aufgegangen. Und die anderen Kinder waren ebenfalls so erleichtert und glücklich gewesen. Als hätte sich eine drückende Last von ihnen gehoben und sie könnten auf einmal wieder frei atmen.

Thea horchte in sich hinein. Sie sehnte sich so sehr

danach, Georg das alles zu erzählen und es mit ihm zu teilen! Auch wenn sie es oft nicht hatte wahrhaben wollen, liebte sie ihn ja immer noch aus ganzem Herzen, er war der wichtigste Mensch in ihrem Leben. Er würde ihre Freude und ihren Kummer verstehen, ihr zuhören, besonnen Fragen stellen, ihr Handeln und die Zustände in der Kinderklinik kommentieren. Manchmal würde in seiner Stimme Empörung mitschwingen und manchmal ein Lächeln.

Im Wohnzimmer hörte Thea Katja und den Captain gedämpft miteinander sprechen. Die Schwester war also beschäftigt. Das war gut. Sie wollte ihr jetzt nicht begegnen und etwaige Fragen beantworten, weil sie sich selbst noch so unsicher war. Thea schaltete den Rollstuhl ein und fuhr durch den breiten Flur zum ehemaligen Arbeitszimmer des Notars, wo auf dem Schreibtisch ein Telefon stand.

Die Tür ließ sich leicht öffnen. Licht aus dem Korridor fiel in den Raum, es war ausreichend, dass sie die Ziffern auf der Wählscheibe erkennen konnte. Ein paar Herzschläge lang saß sie im Halbdunkel. Wenn Georg nicht bei einem Patienten war, würde er jetzt wahrscheinlich zu Hause sein. Sollte sie wirklich …? Sobald sie seine Stimme hörte, würde es kein Zurück mehr für sie geben. Das wusste sie ganz genau.

Mit einem Gefühl, als würde sie sich ins Bodenlose stürzen, nahm Thea den Hörer ab und wählte die Nummer des Schlösschens.

Das Freizeichen dröhnte geradezu in ihrem Ohr.

Ob Georg an seinem Schreibtisch saß und arbeitete? Oder ob er im Wohnzimmer war und las oder Musik hörte? Vielleicht trainierte er auch an dem Punchingball?

Sie stellte sich vor, wie der Ton durch das Schlösschen schallte, vom Arbeitszimmer in die Halle und die anderen Räume.

Wenn er zu Hause war, würde er das Klingeln hören. Aber selbst vom Wohnzimmer oder von der Terrasse aus hätte er inzwischen beim Telefon sein müssen. Thea ließ es weiterläuten, wollte dann auflegen. Wartete doch noch.

Schließlich legte sie den Hörer auf die Gabel. Georg war nicht im Schlösschen. Vielleicht war es ja auch besser, dass sie ihn nicht erreicht hatte.

Trotzdem empfand sie eine große Traurigkeit.

Kapitel 33

Mittagslicht fiel in die Praxis. Marlene war nach dem Ende der Sprechstunde noch länger geblieben und hatte sich den Abrechnungen für die Krankenkassen gewidmet. Nun war sie damit fertig. Doch statt in das Häuschen zu gehen, blieb sie noch sitzen und dachte an ihren vergeblichen Besuch bei Hans Jörichs am Vortag. Zu dumm, dass sie ihn nicht angetroffen hatte! Aber irgendwie erinnerte sie sich immer noch ganz bildhaft an alles.

Das Fachwerkhaus im Wald hatte ganz verschachtelt gewirkt, so als sei im Laufe vieler Jahre immer wieder etwas daran verändert worden. In einem Anbau schien sich eine Werkstatt zu befinden – jedenfalls hatte Marlene geglaubt, hinter den Fenstern eine Werkbank und entsprechende Gerätschaften erkennen zu können.

Statuen aus Holz standen im Garten. Da war die einer Frau. Sie hatte ein Tuch um die Hüften geschlungen, und ihre großen Brüste waren nackt. Den Kopf hatte sie in den Nacken geworfen und ihre Arme weit ausgebreitet, als wollte sie die Sonnenstrahlen, die durch die Baumwipfel fielen, einfangen. Es sah fast so aus, als würde sie sich einem ekstatischen Tanz hingeben!

Auch die anderen Statuen strahlten diese fast beängstigende Sinnlichkeit aus. Kein Wunder, dass man in Eichenborn über Hans Jörichs tratschte. Immer noch das Bild der ekstatischen Tänzerin vor Augen, hatte sie sich schließlich auf den Rückweg gemacht.

Marlene verstaute die Abrechnungen in dem dafür vorgesehenen Schrank, als sie im Wartezimmer eine Männerstimme gepresst »Dr. Berger?« rufen hörte. Georg hatte, als er zu den Patientenbesuchen aufgebrochen war, die Eingangstür nicht abgeschlossen, da sie ja noch dageblieben war. Der Tonfall des Mannes ließ auf Schmerzen schließen.

»Kann ich Ihnen helfen?« Sie eilte in das Wartezimmer und prallte zurück. Denn dort stand ausgerechnet Hans Jörichs!

»Ist der Doktor hier?«, fragte er stöhnend. »Ich brauch ihn dringend.«

Erst jetzt bemerkte Marlene die Schweißperlen auf seiner Stirn und den breiten, Blut verkrusteten Riss in seinem Hemd, auf der Höhe seines Bauchnabels. Darunter befand sich ein notdürftiger Verband.

»Mir ist die Säge abgerutscht. Jetzt sagen Sie schon, ist der Doktor hier oder nicht?« Er atmete keuchend.

»Dr. Berger macht Patientenbesuche. Ich weiß nicht, wann er zurückkommt.«

»Dann fahr ich nach Monschau ins Krankenhaus.«

»Das tun Sie auf gar keinen Fall! Sie könnten hinter dem Steuer ohnmächtig werden. Ich bringe Sie hin.« Auf eine Ambulanz zu warten dauerte zu lange.

»Nein, das ist nicht nötig.« Er wandte sich um, wollte gehen.

»Reden Sie keinen Unsinn.« Sie verstellte ihm den Weg. »Wenn Sie sich weigern, werde ich Sie der Polizei melden. Sie sind eine Gefahr für sich und für andere!«

»Herr im Himmel, wenn Sie darauf bestehen mich zu

fahren, meinetwegen.« Er fasste sich an den Bauch und verzog gequält das Gesicht.

»Schön.« Marlene griff nach ihrer Handtasche mit den Autoschlüsseln, die neben dem Schreibtisch lag – sie hatte sich den Fiat kürzlich gekauft. Dann begleitete sie Hans Jörichs zu ihrem Wagen, der in der Nähe der Praxis stand, und öffnete ihm die Beifahrertür. Nachdem er sich auf den Sitz hatte sinken lassen, fuhr sie los.

Es war wahrscheinlich nicht der richtige Moment, um einem ziemlich schwer verletzten Mann das zu sagen, aber sie musste es einfach loswerden. »Gottfried hat Ihr Messer übrigens nicht gestohlen. Mein ... mein Sohn hat es genommen, um Gottfried damit zu beeindrucken.«

Marlene überholte ein Pferdefuhrwerk, das auf der Hauptstraße dahinzockelte. »Ich wollte Ihnen das Messer übrigens gestern schon zurückbringen, aber Sie waren nicht da. Ich hätte es heute noch mal bei Ihnen versucht.«

»Ihr Sohn hat also das Messer genommen ...«

»Ja, und Sie dürfen ruhig sagen, dass ich ihn nicht gut erzogen habe.«

»Das hatte ich nicht vor.« Jörichs stöhnte leise auf.

Inzwischen hatten sie das Dorf hinter sich gelassen und fuhren zwischen sommerlich gelben Getreidefeldern auf der Landstraße dahin. Wolken jagten über den Himmel.

»Hören Sie, das Messer hat mir ein Freund in der Kriegsgefangenschaft geschenkt, und ich hänge sehr daran. Es ... es tut mir leid, dass ich Sie so angeschnauzt habe«, stieß Hans Jörichs zwischen zusammengepressten Lippen hervor.

»Oh, Sie sollten sich bei Gottfried entschuldigen und nicht bei mir.« Ein Stück vor ihnen bog jetzt ein Lkw auf die Landstraße ein. Marlene beschleunigte noch mehr, überholte ihn und scherte kurz vor einem entgegenkommenden Auto wieder ein. Der Fahrer hupte.

»Ich bin Ihnen ja dankbar, dass Sie mich ins Krankenhaus bringen. Aber wenn Sie uns beide umbringen, habe ich auch nichts davon.« Hans Jörichs klammerte sich an der Tür fest.

»Ach, keine Sorge, ich mag ja naiv sein und ein rosiges Weltbild haben, aber Autofahren kann ich.« Marlene verstand sich selbst nicht mehr. Normalerweise war sie doch immer die Gelassene und Zurückhaltende in der Familie. Aber dieser Mann neben ihr machte sie einfach wütend.

»Auch das tut mir wirklich leid. Es war sehr unhöflich von mir. Bitte akzeptieren Sie meine Entschuldigung.«

Immer noch aufgebracht, murmelte Marlene: »Schon gut.«

Den Rest der Fahrt legten sie schweigend zurück. Hans Jörichs' Atem ging mühsam, und Marlene war froh, als sie endlich das Krankenhaus in Monschau erreicht hatten. »Bleiben Sie sitzen, ich hole Hilfe«, sagte sie rasch und stieg aus.

»Nein, ich lass mich doch nicht die paar Meter auf einer Trage schieben.« Auch Hans Jörichs hatte das Auto bereits verlassen, nur um gefährlich zu schwanken. Er musste sich am Wagendach festhalten.

»Sind Sie eigentlich von allen guten Geistern verlassen?«, herrschte Marlene ihn an und eilte zu ihm, um ihn zu stützen.

»Danke. Und … Hat Ihnen eigentlich schon mal jemand gesagt, dass Sie wunderschöne Augen haben?«, flüsterte er, nur um im nächsten Moment zusammenzubrechen.

»Marlene! Was ist denn geschehen?« Der Vater kam aus dem Eingang des Krankenhauses gerannt und eilte auf sie zu. Anscheinend hatte er sich gerade in der Nähe aufgehalten. Erschrocken sah er sie an. »Bist du verletzt?«

Erst jetzt bemerkte sie, dass ihr Kleid von Hans Jörichs' Wunde Blutspritzer abbekommen hatte.

»Nein, mit mir ist alles in Ordnung«, wehrte sie ab. »Dieser Herr, ein Patient von Georg, hat sich mit der Säge in den Bauch geschnitten. Ich dachte, ich bin schneller mit ihm hier, als wenn ich eine Ambulanz rufe.«

Eine Trage wurde neben Hans Jörichs geschoben, zwei Krankenhausdiener hoben ihn darauf und fuhren ihn ins Gebäude. Marlene folgte ihnen und wartete vor dem Untersuchungszimmer auf ihren Vater. Während der Fahrt war sie gefasst und konzentriert gewesen, aber nun fühlte sie sich doch ein bisschen schwindelig. Und sie machte sich Sorgen um Hans Jörichs.

Es dauerte nicht lange, bis der Vater zu ihr trat. »Der Schnitt ist glücklicherweise oberflächlich und hat keine Organe verletzt«, sagte er. »Der Mann erhält gerade eine Bluttransfusion, dann werde ich die Wunde nähen. In zwei oder drei Tagen kann er wahrscheinlich entlassen werden.«

»Oh, Gott sei Dank, dass es nichts wirklich Schlimmes ist.«

»Er ist nur wegen des Blutverlusts ohnmächtig geworden.« Der Vater räusperte sich. »Du und die Kinder seid nach wie vor wohlauf?«

»Ja, uns geht es gut«, entgegnete Marlene kühl. Sie hatte dem Vater immer noch nicht verziehen.

»Das freut mich zu hören.« Er schien noch etwas sagen

zu wollen, nickte ihr dann aber nur zu und kehrte in das Untersuchungszimmer zurück.

Hans Jörichs hatte gesagt, dass sie wunderschöne Augen habe. Wieder in ihrem Wagen sann Marlene einige Momente vor sich hin. Nun, so ganz war er da ja schon nicht mehr bei sich gewesen. Und doch zauberte ihr der Gedanke eine leichte Röte auf die Wangen.

Kapitel 34

Eine Woche war seit dem schrecklichen Vorfall im Schwimmbad vergangen. Thea lag, in eine Decke gewickelt, auf dem Sofa im Wohnzimmer und betrachtete das barocke Gemälde über ihr an der Decke. Es war die etwas naive Darstellung einer Jagdgesellschaft bei einem Mahl im Grünen. Der massive Tisch im benachbarten Esszimmer war zu einer Behandlungsliege umfunktioniert worden. Und wie immer nach einer Massage ruhte sich Thea danach noch eine Weile aus. Vor dem geöffneten Fenster fiel ein warmer Regen nieder und brachte die Erde und die Blumen im Garten zum Duften.

Am Morgen war Professor Carstens zu ihr gekommen und hatte noch einmal sein Bedauern darüber ausgedrückt, dass er ihr anfangs nicht geglaubt hatte. Dr. Kessler und die Oberschwester habe er inzwischen entlassen. Eine eigentlich pensionierte Ärztin, die er gut kenne, werde für eine Übergangszeit die Kinderklinik leiten. Und ob Thea nicht wieder zurückkehren wolle. Er sei auch gern bereit, Hetti Waginger wieder als Krankengymnastin zu beschäftigen.

Sie hatte das alles ausführlich mit Katja und Hetti besprochen, und sie waren zu dem Schluss gekommen, dass Thea für einige Tage in der Woche in der Klinik wohnen würde, um den Kindern nahe zu sein. Den Rest der Woche wollte sie in der angemieteten Wohnung verbringen. Hier war sie einfach unabhängiger und keine Patientin. Hetti würde für eine gewisse Anzahl von Stunden wieder in der Kinderklinik arbeiten, bis sich ihr eine Möglichkeit bot, eine Ausbildung zur Heilpraktikerin zu absolvieren.

Was die Entlassung von Dr. Kessler und der Oberschwester betraf, vermutete Thea, dass die Eltern des beinahe ertrunkenen Jungen darauf hingewirkt hatten – der Vater war ein höherer Beamter mit einigem Einfluss.

Thea war einfach nur froh, dass vor allem die Oberschwester hatte gehen müssen. Der Professor hatte sich recht zurückhaltend und verklausuliert geäußert, aber sie hatte wohl zugegeben, zumindest etwas von Ilses Misshandlungen gewusst zu haben. Die junge Frau war offenbar eine Art Ersatztochter für sie gewesen, deshalb hatte sie ihre schützende Hand über sie gehalten. Ilse war, da noch nicht volljährig, in ein Erziehungsheim eingewiesen worden. Trotz allem tat die junge Frau Thea leid, und sie fand es psychologisch nachvollziehbar, dass die Ermordung ihres kleinen Bruders sie so grausam hatte werden lassen.

Eine dicke Fliege flog brummend durch das geöffnete Fenster ins Zimmer und setzte sich dann auf Theas Zeh. Sie bewegte ruckartig ihren Fuß, und das Insekt schwirrte davon.

Gleich darauf öffnete sich die Tür, und Katja kam herein. »Vater hat gerade angerufen. Er würde gern am Wochenende in vierzehn Tagen hierherkommen, also am ersten Septemberwochenende, und fragt, ob es uns passt. Von meiner Seite aus spricht nichts dagegen.«

»Von meiner auch nicht.« Thea hatte den Vater schon länger nicht gesehen, denn er war im Krankenhaus stark eingespannt gewesen. »Wenn du mit ihm telefonierst, sag ihm, dass ich mich auf seinen Besuch freue.« Was der Wahrheit entsprach.

Da war schon wieder diese Fliege. Was fand sie nur an ihrem großen Zeh so anziehend? Erneut schüttelte Thea sie ab.

»Das mache ich.« Katja nickte und grinste. »Nach einer monatelangen Abstinenz freue auch ich mich, unseren alten Herrn mal wiederzusehen. Soll ich eigentlich Hetti rufen, dass sie dir beim Anziehen hilft?«

»Ja, das wäre nett.«

Katja wandte sich zum Gehen, drehte sich dann jedoch abrupt wieder zu ihr um, ein zweifelndes Staunen auf dem Gesicht. »Thea, hast du da gerade etwa deinen Fuß bewegt?«

»Was? Ja, da war eine Fliege...« Thea brach ab, begriff erst jetzt, was geschehen war. Sie hielt den Atem an, konzentrierte sich auf den Fuß. Und... Sie konnte ihn tatsächlich wieder bewegen! Den anderen ebenfalls.

»O mein Gott!« Katja schlug sich mit der Hand auf die Brust, lachte und schluchzte auf. Dann stürmte sie zur Tür. »Hetti, Hetti, kommen Sie schnell, Sie glauben ja nicht, was sich ereignet hat!«

»Was ist denn?« Hetti kam durch die Diele gelaufen.

»Sehen Sie...« Katja wies auf Thea, die nun wieder mit den Füßen wackelte.

»Würdet ihr mir bitte aufhelfen und mich festhalten, so dass ich versuchen kann zu stehen?«, bat Thea aufgeregt. Sie konnte es noch gar nicht fassen, dass sich die Lähmung in ihren Beinen offenbar zurückzubilden begann.

Die Schwester und Hetti halfen ihr vorsichtig in eine

stehende Position. Thea verlagerte ihr Gewicht auf die Füße – und tatsächlich, sie spürte sie. Sie konnte sie für einige Momente belasten!

Freudentränen rannen ihr über das Gesicht, während sie Katja und Hetti umarmte.

Kapitel 35

Der VW-Bus arbeitete sich einen dämmrigen Waldweg hinauf. Durch die Zweige waren die ersten Sterne zu sehen. Heute, so hatte Katja in ihrem üblichen Enthusiasmus argumentiert, *mussten* sie sich einfach die Feuer auf den Bergen ringsum ansehen. Ein Brauch, der jedes Jahr am Vorabend des vierundzwanzigsten August stattfand, dem Geburts- und Namenstag von König Ludwig II. Da auch Hetti davon geschwärmt hatte, hatte Thea schließlich nachgegeben, obwohl sie abends häufig früh müde wurde und sich den Ausflug sehr anstrengend vorstellte.

Katja parkte den VW-Bus jetzt auf einem kleinen Plateau oberhalb des Alpsees. Dort stand schon ein Jeep, an dem rauchend der Captain lehnte. Es war schon zu dunkel, um das Gesicht der Schwester genau zu sehen. Aber Thea konnte spüren, wie die Freude sie durchpulste. Katja mochte behaupten, was sie wollte, das zwischen ihr und dem Captain war etwas Ernstes.

»Na, hast du den Platz gut gefunden?« Der Captain küsste Katja auf die Wange.

»Dank Hetti ja.« Ihre Stimme klang sehr weich und ein bisschen rauchig. »Ich glaube, es gibt keinen Trampelpfad hier in der Gegend, den sie nicht kennt.«

Der Captain und die junge Frau halfen Thea in den Rollstuhl. Katja belud sich mit Decken und einem Picknickkorb. Ein Stück entfernt, vor einer Felsgruppe, schlugen sie ihr Lager auf. In den Orten am See brannten nun schon Lichter. Der Abend war noch mild, aber eine Ahnung von Herbst lag dennoch in der Luft. In den süßen Duft von Falläpfeln mischte sich ein herber Geruch, vielleicht wuchsen irgendwo in der Nähe Pilze. Später würde es wahrscheinlich kühl werden, und Thea war dankbar, dass der Captain rasch und geschickt ein Lagerfeuer entzündete.

Sie plauderten, stießen mit Sekt aus dem Picknickkorb an. Bald war es ganz dunkel geworden. Böllerschüsse ertönten. Da leuchtete auf dem Hügel gegenüber ein großes Feuer auf und auf dem daneben ebenfalls. Und auf noch einem Hügel und noch einem ... Bis überall rund um den See Feuer auf den Anhöhen brannten. Klänge einer fernen Blaskapelle wehten zu ihnen herauf. Thea war berührt, wie sehr sich die Menschen hier immer noch mit diesem so genialen und tragischen Mann und König verbunden fühlten.

Katja schmiegte sich an den Captain, und er legte den Arm um sie. Und Thea wünschte sich plötzlich schmerzlich, dass Georg bei ihr wäre und sie diesen Moment mit ihm teilen könnte. Auch so an ihn gelehnt dasitzen, seine Hand in ihrer. Geborgen und glücklich in seiner Nähe. Eine Weile sahen sie schweigend zu, wie die Feuer in den Nachthimmel loderten.

Schließlich stand Katja auf. »Ich hole schnell meine Kameraausrüstung«, sagte sie leise. »Ich muss doch mal ein paar Fotos machen.«

»Ich komme mit zum Wagen. Ohne Jacke wird's mir jetzt ein bisschen kalt.« Auch Hetti erhob sich.

»Brauchst du etwas?« Katja sah Thea fragend an.

Sie schüttelte lächelnd den Kopf. »Danke, mir geht's gut.« Schon vor einer Weile hatte sie sich eine Decke um die Schultern gezogen. Die beiden Frauen liefen davon.

»Ich hatte zuerst keine große Lust auf den Ausflug.« Thea wandte sich dem Captain zu. »Aber jetzt bin ich mal wieder sehr froh, dass Katja mich überredet hat mitzukommen.«

»Das ist schön. Wir haben das zusammen geplant.«

»Das habe ich mir gedacht.«

Der Captain schaute sich zu Katja um, die mit Hetti von dem VW-Bus zurückgekehrt war und jetzt am Rand des Plateaus stehen blieb und mit ihrer Kamera hantierte. Hetti blieb in ihrer Nähe, wohl um den Blick auf die Feuer einige Momente ungestört zu genießen.

»Haben Sie eigentlich schon irgendwelche Pläne, was Ihre berufliche Zukunft betrifft?«, fragte der Captain unvermittelt.

»Was...? Nun, nicht direkt.« Mit dieser Frage hatte Thea wirklich nicht gerechnet. »Wenn mein Gesundheitszustand es erlaubt, möchte ich natürlich wieder als Ärztin arbeiten.« Erst seit sie ihre Füße wieder bewegen konnte und es Hoffnung gab, dass sich die Lähmungen in ihren Beinen tatsächlich zurückbildeten – inzwischen war sie in der Lage, eine halbe Minute lang mit Unterstützung zu stehen, sage und schreibe *ganze dreißig Sekunden*, Katja hatte es gestoppt –, hatte Thea begonnen, sich ernsthaft Gedanken über ihre Zukunft zu machen. Und da war natürlich auch die Frage in Bezug auf ein gemeinsames Leben mit Georg, die sie für sich immer noch nicht beantwortet hatte. Und damit verbunden die Möglichkeit, in seiner Praxis mitzuarbeiten, auch wenn sie wegen ihrer körperlichen Einschränkungen keine Zulassung als Kassenärztin erhalten sollte.

Thea war ihre Verwirrung wohl deutlich anzumerken, denn der Captain sagte: »Ich kann verstehen, dass Sie sich über meine Frage wundern. Ich möchte Ihnen aber gern von einem Angebot berichten. Katja weiß nichts davon, denn sie hätte ganz bestimmt versucht, es mir auszureden. Sie hat mir erzählt, dass es einen Mann in Ihrem Leben gibt und dass sie sich wünscht, dass Sie zu ihm zurückkehren.«

O Katja... Thea empfand Dankbarkeit über die Sorge der Schwester – und ärgerte sich zugleich wieder, dass sie sich in ihre Beziehung zu Georg einmischte.

Der Captain blickte kurz zu Katja, die ihre Kamera auf ein Stativ gestellt hatte und durch den Sucher schaute, und lächelte ein wenig. »Aber ich bin der Meinung, dass jeder Mensch seine eigenen Entscheidungen treffen sollte.«

»Es ist gut, dass Sie sich von Katja nicht bestimmen lassen.« Thea bemühte sich um einen leichten Tonfall.

»Ich versuche es, auch wenn es nicht immer ganz einfach ist.« Er grinste.

»Wem sagen Sie das.«

»Nun, um auf das Angebot zurückzukommen, von dem ich Ihnen erzählen möchte: Ich habe heute mit einem alten Freund telefoniert. Wir machen das ein-, zweimal im Jahr, um den Kontakt zu halten. Er leitet eine Reha-Klinik in der Nähe von Boston. Sie hat einen sehr guten Ruf, Kinder und Erwachsene mit körperlichen Behinderungen werden dort betreut. In etwa einem Vierteljahr wird eine Stelle neu zu besetzen sein. Und mein Freund sagte, dass sie die Stelle gern an einen Arzt oder eine Ärztin vergeben würden, der oder die ebenfalls unter körperlichen Einschränkungen leidet – oder sie überwunden hat. Er meinte, wenn sie ihren Patienten schon predigen würden, dass ein erfülltes Leben trotz einer Behinderung möglich ist, dann wäre es gut, wenn auch das Personal das demonstrieren würde.«

Thea benötigte einige Momente, ehe sie begriff. »Wollen Sie etwa sagen, dass Sie dabei an mich gedacht haben?«

»Ich habe nicht nur an Sie gedacht, ich habe meinem Freund von Ihnen erzählt.« Der Captain klang amüsiert.

»Aber ...«

»Wenn ich das mal so direkt sagen darf – Sie erfüllen das Anforderungsprofil. Sie sind Ärztin, Sie sind an Polio erkrankt, und ich habe ja gesehen, wie sehr Sie sich für die Kinder in der Klinik eingesetzt und wie viel Gutes Sie dort bewirkt haben.«

»Aber ich verfüge über keinerlei Qualifikationen für die Rehabilitations-Medizin! Und Amerika... Ein ganz anderes Land, sogar ein anderer Kontinent, und eine ganz andere Sprache. Ich kann nur Schulenglisch. Und auch das ist sehr eingerostet.«

»Mein Freund ist sich im Klaren, dass Sie keine Fachärztin für diesen medizinischen Bereich sind. Aber er würde trotzdem gern einmal mit Ihnen telefonieren. In den USA legt man viel weniger Wert auf Zeugnisse und Abschlüsse als hierzulande. Man geht davon aus, dass man sich in Themen einarbeiten kann. Und nach ein paar Monaten dort wäre sicher auch Ihr Englisch sehr gut.«

»Ich weiß ja noch nicht einmal, ob ich in ein paar Monaten wieder laufen kann.«

Und da war ja auch noch Georg...

»Wie ich bereits sagte, es ist kein Problem, wenn Sie auf einen Rollstuhl angewiesen wären. Ich bin mir natürlich im Klaren, dass das ein sehr großer Schritt für Sie wäre. Sie müssten Ihre Familie zurücklassen. Aber vielleicht würde es Sie dem Ganzen eher gewogen machen, wenn ich Ihnen erzähle, dass Katja mit dem Gedanken spielt, in absehbarer Zeit auch für ein paar Monate in die USA zu gehen.«

»Oh...« Thea war überrumpelt. »Davon hat sie kein Wort gesagt.« Manchmal konnte ihre redelustige Schwester sehr verschwiegen sein.

»Sie möchte versuchen, als Fotografin für große amerikanische Magazine zu arbeiten. Und, nun ja, ich spiele bei ihren Plänen wohl auch eine gewisse Rolle.«

»Das glaube ich sofort.« Thea schwieg einige Momente und sammelte sich. »Ich weiß es wirklich sehr zu schätzen, dass Sie bei dieser Stelle an mich gedacht und mich gegenüber Ihrem Freund erwähnt haben«, sagte sie schließlich. »Und ich fühle mich geehrt, dass er mich dafür in Betracht zieht. Aber das ist nichts für mich. Mein Traum war und ist es nun einmal, Gynäkologin zu sein. Wenn es mir irgend möglich ist, möchte ich die Facharztprüfung dafür ablegen.«

»Dafür habe ich Verständnis. Aber falls Sie es sich doch anders überlegen sollten, sagen Sie mir Bescheid, dann gebe ich Ihnen die Telefonnummer meines Freundes.«

Katja kam jetzt mit Hetti zu ihnen geschlendert. Die Feuer auf den Hügeln hatten sich in rote Glutnester verwandelt. Sie blickte mit hochgezogenen Brauen von Thea zu dem Captain.

»Irgendwie wirkt ihr beiden heimlichtuerisch. Habt ihr irgendwas zusammen ausgeheckt?«

»Nein, überhaupt nicht.« Thea schüttelte den Kopf. Dann straffte sie sich innerlich. Auch wenn diese Stelle nichts für sie war, hatte ihr das Gespräch mit dem Captain doch gezeigt, dass sie sich bald entscheiden musste, ob sie zu Georg zurückkehren wollte oder nicht. Ihr Verstand sagte immer noch Nein – doch ihr Herz sagte Ja.

Kapitel 36

Marlene ging mit einem Körbchen in den Garten des Schlösschens, um Eier einzusammeln. Das Federvieh konnte hier frei herumlaufen und suchte sich oft die merkwürdigsten Plätze zum Legen aus. Die Gänse, die im hohen Gras herumpickten, hatten sich inzwischen an sie gewöhnt und beachteten sie nicht weiter. Anfangs hatten sie sie immer angefaucht. Thea hatte die Gänse nie gemocht.

Thea... Ob sie sich bald wieder in dem verwilderten Garten aufhalten würde? Wie verwandelt war Georg aus dem Allgäu zurückgekehrt, als sei eine schwere Bürde von ihm genommen. Jetzt, da es Thea offenbar nicht mehr kategorisch ausschloss, zu ihm zurückzukehren. Und dann hatte Katja vor ein paar Tagen auch noch erzählt, dass Thea ihre Füße wieder bewegen konnte. Marlene stellte sich vor, wie sie, ohne auf die Hilfe eines Rollstuhls angewiesen zu sein, auf die Terrasse hinaustreten würde. Vielleicht wurde sie ja doch wieder ganz gesund!

Marlene hing noch einige Momente ihren Gedanken nach, bis die Stimmen der Kinder im Innern des Gebäudes sie in die Gegenwart zurückbrachten. Sie wollte Pfannkuchen backen, und ohne Eier wurde das nichts. Auch in einem alten Schuh hatte sie schon mal eines entdeckt oder in dem Spielhaus, das Gottfried den Kindern inzwischen tatsächlich gebaut hatte. Rot gestrichen, mit weißen Fensterumrandungen und mit Dachpappe gedeckt, stand es einladend mitten auf dem Rasen, und bei dem schönen Wetter jetzt, Ende August, war die Tür meistens geöffnet. Was offensichtlich schon wieder ein Huhn genutzt hatte.

»Raus hier.« Marlene bückte sich in das Häuschen und griff gerade nach dem Vogel, um ihn nach draußen zu befördern, als sie Liesel rufen hörte: »Mama, hier ist ein Herr, der dich gerne sprechen würde!« Das entrüstet gackernde Huhn im Arm, drehte sich Marlene um.

Von der Terrasse kam Hans Jörichs auf sie zu. Von Georg wusste sie, dass er nach vier Tagen aus dem Krankenhaus entlassen worden war, und seitdem waren fast zwei Wochen vergangen. Irgendwie hatte sie erwartet, dass er noch einmal in der Praxis oder im Schlösschen vorbeikommen würde. Es war so ein persönlicher Moment gewesen, als er sich auf sie gestützt und das mit den *wunderschönen Augen* gesagt hatte ... Aber er hatte sich nicht blicken lassen, und so hatte Marlene beschlossen, dass er doch nur ein ungehobelter Kerl war.

Doch nun war er tatsächlich hier.

»Ich möchte mich endlich richtig dafür bedanken, dass Sie mich nach Monschau kutschiert haben«, sagte er und reichte ihr ein Päckchen. »Das ist für Sie.«

»Oh, es war doch selbstverständlich, dass ich Sie gefahren habe.« Marlene setzte, um das Päckchen entgegenzunehmen, das Huhn auf den Boden. Es schoss eilig davon.

»Nein, das war nicht selbstverständlich.« Er strich über seinen struppigen Vollbart. Sein Gesicht, das sah Marlene erst jetzt, war trotz seiner Körpergröße und den kräftigen

Händen überraschend feinknochig. »Was ich Ihnen noch sagen möchte … Der Junge, Gottfried, kann bei mir mitarbeiten, wenn er will. Ich kann einen Helfer gebrauchen.«

»Oh, wirklich? Das wird ihn bestimmt freuen! Das Spielhaus hat er übrigens gebaut.« Warum war sie nur auf einmal verlegen?

Hans Jörichs begutachtete es prüfend. »Wirkt solide«, sagte er dann.

»Ja, das ist es …« Marlene gab sich einen Ruck. »Möchten Sie vielleicht auf einen Kaffee hereinkommen?«

»Danke, aber der Doktor will mit mir was besprechen. Ich wollte nur vorher schnell noch bei Ihnen vorbeikommen.«

»Natürlich.« Marlene versuchte, sich ihre Enttäuschung nicht anmerken zu lassen. Sie begleitete Hans Jörichs über die Terrasse nach drinnen und verabschiedete sich in der Eingangshalle von ihm. Erst, als er schon gegangen war, bemerkte sie, dass sie das Päckchen immer noch ungeöffnet in den Händen hielt. Und sie hatte ganz vergessen, ihm das Messer zurückzugeben.

In der Spülküche wickelte sie das Päckchen aus. Unter dem Papier verborgen war eine etwa dreißig Zentimeter große, aus Holz geschnitzte Figur mit weit ausgespannten Flügeln. Ein Engel, aber er hatte nichts Sanftes und Ätherisches. Feurig schien er in die Lüfte aufsteigen zu wollen. Und ja, er strahlte auch etwas sehr Sinnliches aus.

Ein Lächeln stahl sich auf Marlenes Gesicht, während sie über das rötlich schimmernde Holz strich. Schwester Fidelis' Zustimmung fand dieser Engel sicher nicht. Aber ihr gefiel er sehr gut.

Als Georg kurz darauf in die Spülküche kam, saß Marlene dort und betrachtete versonnen einen ziemlich ungewöhnlichen Engel aus Holz, der vor ihr auf dem Küchentisch stand.

»Ist der von Hans Jörichs? Er hat gesagt, dass er hier bei dir war.«

»Ja, er hat ihn mir geschenkt. Dafür, dass ich ihn ins Krankenhaus gefahren habe.«

»Der Engel sieht dir ähnlich, also sein Gesicht.«

»Was? Nein... auf keinen Fall.« Marlene stand hastig auf und begann, Eier in einer Schüssel zu waschen.

»Doch, das tut er«, beharrte Georg amüsiert.

»Das bildest du dir nur ein.« Sie war auf einmal sehr rot geworden. »Herr Jörichs hat gesagt, dass du etwas mit ihm besprechen wolltest. Es geht wahrscheinlich um irgendwelche Reparaturen?«

Wenn das mal kein Ablenkungsmanöver war. »Nein, ich habe ihm den Auftrag erteilt, etwas für mich zu bauen.« Georgs Anflug von Amüsement verschwand. Er fühlte sich wieder genauso aufgewühlt wie in den Minuten, als er mit Hans Jörichs gesprochen hatte. »Ich wollte die Praxis im Winter um ein paar Räume erweitern lassen. Damit Thea dort einen eigenen Bereich für ihre gynäkologische Sprechstunde hat. Wegen ihrer Erkrankung habe ich das nicht weiter verfolgt. Aber jetzt... Vielleicht zieht Thea ja doch in Erwägung, wieder zu mir zurückzukommen, deshalb möchte ich den Anbau ausführen lassen als...« – er suchte nach Worten – »... als ein Versprechen auf unsere gemeinsame Zukunft. Oder hältst du das für völlig idiotisch?«

»Nein, überhaupt nicht.« Marlene drückte impulsiv

seine Schulter. »Thea wird zu dir zurückkommen. Das glaube ich ganz fest.«

Ach, er hoffte wieder einmal so sehr, dass sie recht hatte! Manchmal beschlichen ihn allerdings Zweifel daran, und er fragte sich auch, ob es jetzt, da es Thea so viel besser ging, nicht an der Zeit sei, sie zu besuchen und ihr zu sagen, dass er sie immer noch innig und unverbrüchlich liebte. Dann wieder fürchtete er, es sei noch zu früh dafür und er würde sie damit zu sehr bedrängen.

Versonnen sah er Marlene zu, wie sie die Eier vorsichtig mit einem Tuch abtrocknete. Sie und Thea sahen sich eigentlich nicht ähnlich, Marlene hatte ein runderes Gesicht, und die Form und Farbe ihrer Augen waren anders, aber in Momenten wie diesen, wenn sie sich ganz auf etwas konzentrierte und unbewusst die Brauen runzelte, war doch die Verwandtschaft zwischen den Schwestern unverkennbar.

Plötzlich kam Georg etwas anderes in den Sinn. »Habe ich dir eigentlich schon gesagt, dass Dr. Kramer Anfang der kommenden Woche endlich in die Praxis zurückkommen wird?«

»Nein, das hast du nicht.«

»Tut mir leid, ich habe es völlig vergessen. Dabei weiß ich es schon eine Weile.«

»Das macht doch nichts.« Marlene schüttelte, gelassen wie meist, den Kopf. »Ich freue mich, ihn kennenzulernen. Die Patienten haben gut über ihn gesprochen. Du bist bestimmt erleichtert, dass er wieder mitarbeitet, oder?«

»Ja, es war in den letzten Wochen doch recht viel zu bewältigen.« Wenn Dr. Kramer ihn wieder in der Praxis unterstützte, konnte er auch endlich mal unter der Woche und nicht nur an einem Sonntag nach Düsseldorf fahren und ein Sparbuch für seinen kleinen Sohn anlegen. Etwas, das ihm schon lange auf dem Herzen lag.

Wie er es geplant hatte, konnte Georg am darauffolgenden Dienstag sein Vorhaben in die Tat umsetzen. Gegen Mittag verließ er mit Melanie, die – elegant wie immer – in einem beigefarbenen Kleid, mit breitrandigem Hut und Handschuhen, ihren Sohn im Kinderwagen vor sich her schob, die Bankfiliale an der Kö in der Düsseldorfer Innenstadt. Sonnenlicht übergoss die vornehme Einkaufsstraße, und viele Läden hatten die Markisen vor den Schaufenstern heruntergekurbelt. Die Tische der Restaurants und Cafés am Straßenrand waren fast bis auf den letzten Platz besetzt.

»Bist du jetzt zufrieden?« Melanie bedachte ihn mit einem belustigten und gleichzeitig gereizten Blick. »Anstatt diesen schwatzhaften und umständlichen Angestellten zu ertragen, hätte ich meine Zeit schöner verbringen können. Zum Beispiel mit einem Einkaufsbummel oder einer Maniküre.«

»Ja, ich bin zufrieden«, entgegnete Georg, der keine Lust hatte, sich mit ihr zu streiten. Der Angestellte hatte ihn – aus welchem Grund auch immer – für Frieders Patenonkel gehalten, und sie hatten ihn in diesem Glauben gelassen. Wobei Georg sich doch wieder wünschte, dass er auch vor dem Gesetz als Frieders Vater galt. Aber ohne Theas Einverständnis wollte er das nun einmal Melanie gegenüber nicht zur Sprache bringen.

Der Kleine, dem es langweilig wurde, begann jetzt in dem Kinderwagen zu quengeln, und Georg nahm ihn auf den Arm. Sofort beruhigte er sich, und Georg freute sich, den kleinen, festen Körper seines Söhnchens an sich gekuschelt zu fühlen.

»Das Kindermädchen wäre jetzt der Meinung, dass du ihn verwöhnst«, bemerkte Melanie, die ihn nachdenklich betrachtete.

»Nun, sie ist ja nicht hier.«

»Hättest du Lust, mit mir noch was essen zu gehen?«

Georg zögerte. Bei seinen bisherigen Besuchen waren Melanie und er sehr harmonisch miteinander umgegangen, aber er traute dem Frieden nicht. Es gab zu viele Erinnerungen und zu viele heftige, zerstörerische Gefühle. Aber wahrscheinlich würden wieder einige Wochen vergehen, bis er Frieder das nächste Mal sah. Und er musste erst um vier Uhr in der Praxis sein. »Ein, zwei Stunden habe ich noch Zeit«, sagte er deshalb.

»Schön, ich suche aus, wo wir hingehen.«

Melanie schritt zielstrebig voran, und Georg konzentrierte sich auf Frieder, der ein paar Tauben hinterherblickte, die vom Boden aufflogen. Ein gutes halbes Jahr war der Kleine jetzt alt, und in ein paar Monaten würde er zu laufen anfangen. Wie es wohl wäre, wenn er seine ersten Schritte auf ihn zu machte?

Sie hatten eine der Brücken über den Wassergraben in der Mitte der Kö überquert, und Melanie steuerte jetzt auf ein prächtiges, mehrstöckiges Gebäude zu, dessen Fassade zwischen Gründerzeit und neuer Sachlichkeit changierte: der Breidenbacher Hof, eines der ersten Häuser am Platz, wie Georg nun realisierte.

»Sag mal, willst du etwa dort mit mir zu Mittag essen?«

»Ja, genau, ich lade dich ein.«

»Unsinn! Aber mir würde der Sinn eher nach einem

normalen Restaurant oder einem gutbürgerlichen Gasthof stehen.«

Melanie ignorierte ihn, und schon riss der uniformierte Portier am Eingang die Tür vor ihnen auf. Widerstrebend folgte Georg ihr in die weitläufige, neo-klassizistische Eingangshalle. Was bezweckte sie damit?

Blicke wandten sich ihnen zu, sobald sie die Halle durchquerten. Einige Frauen begannen zu tuscheln. Als sie in Berlin ein Liebespaar gewesen waren, hatte Georg es genossen, sich mit Melanie in der Öffentlichkeit zu zeigen. Er war sehr stolz auf ihre Schönheit gewesen. Die Abende mit ihr in Bars, Varietés, Theatern, Kinos und luxuriösen Restaurants erschienen ihm in der Erinnerung wie ein greller, atemloser Traum. Später dann, in den Jahren ihrer mal gelebten, mal auf Eis gelegten Affäre hatten sie sich kaum zusammen gezeigt. Bis auf jenen Abend in Bad Neuenahr, der dann zu der gemeinsam verbrachten Nacht und zu Frieders Zeugung geführt hatte.

Melanie näherte ihren Mund seinem Ohr. »Ich fand es an der Zeit, der Düsseldorfer Gesellschaft zu demonstrieren, dass ich mich als in Scheidung lebende Frau nicht verstecke«, raunte sie ihm zu, während sie gleich darauf einer älteren Dame, die sie unsicher ansah, ein strahlendes Lächeln schenkte. »Und außerdem habe ich etwas zu feiern.«

»Was denn?«

»Das erzähle ich dir gleich.«

Melanie hatte nach ihrer ersten Ehe sehr schnell die zweite mit Magnus Winter geschlossen. Gab es jetzt etwa schon wieder einen neuen Mann in ihrem Leben? Nun, möglich war es. Sie war in derlei Dingen sehr pragmatisch.

Sie hatten jetzt das in schlichter Eleganz gestaltete Restaurant erreicht. Auch dieses war fast bis auf den letzten Platz besetzt. Flüchtig nahm Georg wahr, dass um eine lange Tafel eine größere Gruppe von Herren in dunklen Anzügen saß, die einen sehr distinguierten Eindruck machten. Da kam auch schon ein Kellner auf Melanie zugeeilt. »Frau Winter, was für eine Freude, Sie wieder bei uns begrüßen zu dürfen! Einen Tisch für Sie und den Herrn?«

»Ja, genau.« Melanie nickte.

»Sehr wohl.«

Der Kellner führte sie zu einem Tisch am Fenster und entfernte dezent das »Reserviert«-Schild, das dort gestanden hatte. Der Tisch war wohl besonderen Gästen vorbehalten, die kurzfristig erschienen. Dies war Georg von früheren Restaurantbesuchen mit Melanie vertraut, sie hatte eigentlich immer eine Sonderbehandlung genossen und selbstverständlich die besten Tische bekommen. Auch dass sich die Männer in dem Restaurant nach ihr umdrehten, war ihm nur zu gut bekannt. Er fühlte sich unwohl bei den Erinnerungen, die dies in ihm weckte, und wünschte sich, er hätte nicht zugestimmt, mit ihr essen zu gehen.

Frieder war inzwischen an Georgs Brust eingenickt, und er legte ihn behutsam in den Kinderwagen. Der Junge bewegte sich im Schlaf, und seine kleinen Finger glitten über die dünne Wolldecke. Seine langen Wimpern wirkten zart wie Insektenflügel. Als Georg den Blick von ihm löste, war der Kellner mit den Speisekarten wieder zu ihnen getreten.

Melanie wandte sich ihm anmutig zu. »Bevor wir das Essen bestellen, bringen Sie uns bitte zwei Gläser Champagner.«

Der Kellner murmelte wieder »Sehr wohl« und verschwand.

»Champagner ... Melanie, übertreibst du es nicht ein bisschen?«

»Ich sagte doch, ich habe etwas zu feiern.«

»Ein neuer Mann?«, konnte Georg sich jetzt doch nicht verkneifen zu fragen.

»Du bist manchmal ziemlich gewöhnlich.« Sie hob die Augenbrauen. »Nein, ich werde in einem Film mitspielen. Vor zwei Tagen habe ich den Vertrag unterschrieben.«

»In einem Film? Wirklich?« Damit hatte Georg nicht gerechnet, und er war überrumpelt. »Wie kam es denn dazu?«

»Na ja, ich habe aus meiner Berliner Zeit noch ein paar Kontakte. Und ich war als Sängerin ja nicht gerade schlecht.«

»Nein, das warst du nicht, im Gegenteil.« Melanie hatte hinreißend gesungen, und wahrscheinlich hätte sie auch Karriere gemacht, wenn sie sich nicht zu der Heirat mit dem reichen Nazi mit den guten Kontakten zur Parteispitze entschieden hätte.

Georg hatte zufällig einen ihrer Auftritte in einem Tanzpalast gesehen und sich sofort in sie verliebt, wie sie in einem golden schimmernden Kleid wunderschön und erotisch und geheimnisvoll auf der Bühne stand, mit einer Ausstrahlung, die jeden im Saal erfasste. Und zu seiner großen Verwunderung hatte sie sich nach der Aufführung von ihm in eine Bar einladen lassen. So hatte alles angefangen. Für einige Momente war er tief in Gedanken versunken.

»Klaus-Gerhard Florin und ich haben all die Jahre in loser Verbindung gestanden, du erinnerst dich wahrscheinlich noch an ihn?«, hörte er sie jetzt sagen.

»Ja, allerdings.« Georg nickte. Florin, ein aufstrebender Mann beim Film, war immer wie ein sabberndes Hündchen um Melanie herumscharwenzelt. Ein glatter Kerl, der, um Karriere zu machen, nur zu gern mit den Nazis paktiert hatte. Wovon er jetzt nichts mehr wissen wollte. Georg hatte nach dem Krieg mal ein Interview mit ihm gelesen. Darin hatte Florin tatsächlich behauptet, in der inneren Emigration gewesen zu sein und immer Distanz zu den Machthabern gehalten zu haben.

»Wir haben uns kürzlich mal in Köln getroffen. Und bei der Gelegenheit hat er mir erzählt, dass er einen Liebesfilm drehen wird, der auf einem Ozeandampfer spielt. Die Rolle der Sängerin in der Bar war noch nicht besetzt – keine Hauptrolle, aber eine wichtige Nebenrolle, sie ist so eine Art Schutzengel für die junge Heldin –, und er hat mich gefragt, ob ich an der Rolle interessiert sei. Das war ich natürlich. Es gab einige Probeaufnahmen – und dann den Vertrag.« Melanie lächelte Georg an.

Wie aufs Stichwort erschien der Kellner und servierte ihnen den Champagner.

»Dann – herzlichen Glückwunsch!« Georg hob sein Glas und prostete ihr zu. Es war absurd, sich Melanie als Schutzengel für eine junge Heldin vorzustellen, denn abgesehen von ihrem schönen Aussehen hatte sie nun einmal wirklich nichts von einem Engel an sich. Und Florin war und blieb ein wendiger Opportunist. Aber es erschien ihm kleinlich, das jetzt zu erwähnen, da sie offenbar wirklich glücklich über diesen neuen Schritt in ihrem Leben war.

Sie studierten die Speisekarte und bestellten das Essen, während in der Herrenrunde irgendjemand einen Toast aussprach und alle die Gläser erhoben. Georg wählte Tafelspitz und Melanie ein Zanderfilet, außerdem entschieden sie sich für einen leichten Weißwein. Frieder bewegte sich wieder im Schlaf, wachte aber nicht auf. Das Essen war vorzüglich, wie bei einem Restaurant dieser Preiskategorie auch nicht anders zu erwarten, und sie unterhielten sich über die Gesangsstunden, die Melanie nahm, ihre sportlichen Aktivitäten, zu denen Tennis und Reiten gehörten – natürlich in einem exklusiven Düsseldorfer Reitsportverein –, und über Frieder, der sich seit neuestem selbstständig vom Rücken auf den Bauch drehen konnte.

Gegen Ende der Mahlzeit machte sich der Kleine durch Weinen energisch bemerkbar, und Melanie hob ihn aus dem Kinderwagen und nahm ihn auf den Schoß. Sie drückte ihm einen Kuss auf das Köpfchen und wiegte ihn sanft. »Ist ja gut, ist ja gut …« Ihre Miene war auf einmal ganz weich und selbstvergessen, und Georg war wieder einmal überrascht, dass der Junge diese Seite in ihr hervorgebracht hatte.

Ob Thea irgendwann so ihr gemeinsames Kind auf dem Schoß halten würde? Der Gedanke versetzte ihm einen schmerzlichen Stich.

Frieder hörte nun auf zu weinen und spielte mit einem Knopf an Melanies Kleid. Sie sah auf, und ihr und Georgs Blick trafen sich.

»Wie geht es Thea eigentlich?«, fragte sie unvermittelt, als hätte sein Gesicht deutlich seine Gefühle widergespiegelt. »Du hast bei deinen letzten Besuchen nie etwas von ihr erzählt.«

Georg zögerte, er sprach nicht gern mit Melanie über Thea. Deshalb war es ihm auch ganz lieb gewesen, dass sie in ihrer egozentrischen Art nicht nach ihr gefragt hatte.

»Viel besser, die Lähmungen in ihren Armen haben sich fast ganz zurückgebildet, und die in ihren Beinen lassen nach«, sagte er schließlich.

»Das ist schön. Ist sie denn in einer Kurklinik in der Nähe von Eichenborn? Also, ich nehme doch an, dass sie in einer Klinik behandelt wird, oder?«

»Sie ist in einer Kurklinik im Allgäu«, erwiderte Georg knapp.

»Das ist aber weit weg.« Melanie sah ihn weiter forschend an. Sie kannte ihn gut genug, um zu wissen, dass er ihr etwas verschwieg.

Georg wollte nicht zu einer Lüge greifen. »Ich habe dir schon einmal gesagt, wie sehr es Thea verletzt hat, dass ich ein Kind mit dir habe. Sie hat es ja leider ausgerechnet am Tag erfahren, bevor sie so schwer krank geworden ist. Und als sie dann die Eiserne Lunge verlassen durfte und sich in einem gelähmten Körper wiedergefunden hat, da hat ...« – er schluckte hart – »... sie das nicht verkraftet und die Verlobung mit mir gelöst. Aber mittlerweile ...« Er bemühte sich um einen möglichst sachlichen Tonfall, da er fürchtete, sonst von seinen Emotionen übermannt zu werden. »Mittlerweile zieht sie es zumindest in Erwägung, wieder zu mir zurückzukehren.« So, jetzt war es gegenüber Melanie ausgesprochen.

»Oh.« Ihre Augen hatten einen Ausdruck, den er nicht deuten konnte. »Und du? Hast du jemals in Betracht gezogen, Thea wegen ihrer Krankheit zu verlassen? Schließlich wollte sie ja auch nichts mehr von dir wissen.« Der Kleine streckte sich auf ihrem Schoß und spielte dann weiter mit dem Knopf.

»Nein, nie.« Georgs Stimme war schroff und rau.

Melanie beobachtete ihn immer noch forschend. Die Männerrunde übertönte mit ihrem Gelächter die Gespräche in dem Restaurant. Gereizt fragte sich Georg, was das eigentlich für eine Versammlung war. Wahrscheinlich irgendwelche Honoratioren der Stadt, die etwas miteinander ausklüngelten.

»Wenn ich so krank geworden wäre, damals, als wir noch ein wirkliches Paar waren und uns geliebt haben und ich dich noch nicht verlassen hatte ... Als wir noch glücklich miteinander waren – wärst du dann auch bei mir geblieben?«, fragte Melanie plötzlich.

»Ja, das wäre ich«, erwiderte Georg nach einer kurzen Pause.

»Aber? Es schwingt doch ein Aber mit, oder?«

Georg dachte nach. Die ganze wilde, verrückte, zerstörerische Zeit ihrer Beziehung zog an ihm vorbei. Die heftigen Auseinandersetzungen und leidenschaftlichen Versöhnungen. Die Momente, in denen Melanie der Himmel und die Hölle für ihn gewesen war. »Wir waren verrückt nacheinander, vielleicht war das eine Form von Besessenheit. Aber waren wir wirklich glücklich, außer in kurzen, berauschenden Phasen? Ich weiß nicht ... Wir haben uns das Leben sehr schwer gemacht und uns oft bis aufs Blut gestritten und uns verletzende Dinge an den Kopf geworfen. Na ja, sogar nicht nur im übertragenen Sinne.« Einmal hatte Melanie eine Lampe nach ihm geworfen und einmal eine sündhaft teure Vase aus Meissner Porzellan. »Um auf deine eigentliche Frage zurückzukommen: Ich glaube, unsere Beziehung hätte eine schwere Krankheit von dir – oder von mir – nicht verkraftet. Sie wäre daran zerbrochen, oder wir wären unglücklich geworden.«

»Und bei deiner Beziehung zu Thea fürchtest du das nicht?« Melanies Stimme klang neutral.

»Nein, ich glaube fest daran, dass wir, wenn sie sich entscheidet, zu mir zurückzukommen, miteinander glücklich werden können. Auch wenn sie weiterhin gelähmt und auf einen Rollstuhl angewiesen wäre. Weil ...« Georg suchte nach Worten. »Weil unsere Liebe nicht zerstörerisch ist, sie ist – erfüllend, und ich habe das Gefühl, dass ich durch Thea, ich kann es nicht anders sagen, *heil* geworden bin.«

Melanie schwieg, und wieder war ihre Miene schwer zu deuten. War sie nachdenklich? Traurig? Oder würde sie ihn gleich wütend anschreien und dann mit Frieder aus dem Restaurant stürmen? Der Kleine, der zuletzt vor sich hin glucksend einen Sonnenstrahl auf der Wand betrachtet hatte, war ganz still geworden, als würde er die Spannung zwischen ihnen spüren. Jetzt stieß er ein leises Jammern aus.

»Schsch...« Melanie wiegte ihn sanft. Dann wandte sie sich wieder Georg zu. »Weißt du, ganz am Anfang, als du mir von Theas Krankheit erzählt hast, habe ich gehofft, dass du dich vielleicht doch für mich entscheiden würdest.«

»Melanie, bitte nicht...«

»Es tut mir leid, diese Gedanken sind nichts, worauf ich stolz bin. Aber inzwischen... Ich verdanke dir ja Frieder. Wahrscheinlich bin ich deshalb so großzügig.« Sie lächelte, selbstironisch und doch auch unerwartet warmherzig. »Und ich wünsche dir und Thea wirklich Glück.« Es war unverkennbar, dass sie ihre Worte ehrlich meinte.

Georg war überrascht, diese Reaktion hatte er nicht erwartet. »Danke, das ist wirklich schön von dir«, sagte er nach einigen Momenten des Schweigens. Zum ersten Mal hatte er das Gefühl, tatsächlich seinen Frieden mit Melanie machen zu können.

»So, und jetzt muss ich dringend mal verschwinden und mir die Nase pudern.« Melanie erhob sich, wie um einen Schlusspunkt unter dieses Gespräch zu setzen, und während sie ihm Frieder reichte, der seine Ärmchen nach Georg ausstreckte, lächelten sie sich an, glücklich über das gemeinsame Kind. Dann beugte sich Melanie rasch vor und küsste Georg leicht auf die Wange, ehe sie quer durch das Restaurant schritt. Auch dieser leichte Kuss war irgendwie ein Abschluss ihres Gesprächs – und ihrer Liebesbeziehung.

Georg fühlte sich benommen von dieser Stunde in Melanies Gegenwart, und auch erleichtert. Vielleicht, das würde die Zukunft zeigen, konnten sie ja irgendwann zu einem freundschaftlichen, unkomplizierten Verhältnis finden. Was schön wäre und mehr, als er sich in den letzten Jahren erhofft hatte.

Er hob die Hand und winkte dem Kellner, um die Rechnung zu begleichen. Er mochte zwar ganz unmännlich seinem Söhnchen die Flasche geben, aber wenn er mit einer Frau essen ging, bezahlte immer noch er dafür. In dem Moment sah er, dass ein Mann aus der Herrenrunde jetzt im Aufbruch begriffen war. Groß, mit einer weißen Löwenmähne und einem scharf geschnittenen Gesicht.

Theas Vater! Mein Gott, was machte der denn hier? Plötzlich fiel Georg die Tagung von Chirurgen ein, zu der Professor Kampen ihn hatte einladen lassen. Er hatte darauf nie reagiert und die Geschichte völlig vergessen. Sie fand im Breidenbacher Hof statt, wie er sich jetzt wieder erinnerte, und zwar, so wie es aussah, ausgerechnet heute. Was für ein dummer Zufall …

Doch Professor Kampen schritt, mit einem anderen Herrn plaudernd, auf den Ausgang zu. Offensichtlich hatte er ihn nicht mit Melanie und seinem Sohn gesehen. Worüber Georg unwillkürlich froh war.

Kapitel 37

Vor der Kinderklinik kam Dr. Kesslers Nachfolgerin Thea entgegen, in ihrem üblichen schnellen Schritt strebte sie in Richtung Park. Dr. Ingeborg Meinecke war eine resolute Frau Ende sechzig, deren graue Haare sich nie so recht zu einem Knoten bändigen zu lassen schienen. Fast immer, wenn ihr Thea begegnete, hing ihr eine Strähne ins Gesicht. Sie war klein und drahtig, mit eulenhaften Augen hinter ihrer Brille, und hatte ein schallendes Lachen. Thea hatte sie auf Anhieb gemocht.

Mit ihrer Ankunft war ein neuer Geist in die Kinderklinik eingezogen. Zwei junge Lehrerinnen waren eingestellt worden, die sich mit den Kindern beschäftigten, mit ihnen spielten, ihnen vorlasen und bastelten und den älteren Unterricht gaben. Weitere sollten folgen. Überhaupt herrschten nun nicht mehr Härte und Disziplin. Die Kinder mussten nicht mehr die Hände auf die Bettdecken legen, es durfte beim Spielen auch mal etwas schmutzig werden, und Aktivitäten wie Filmvorführungen und Ausflügen stand Dr. Meinecke offen gegenüber. So eine ältere Ärztin hätte sich Thea während ihrer Ausbildung immer als Mentorin gewünscht.

Sie waren jetzt auf gleicher Höhe. Thea stoppte den Rollstuhl, und Dr. Meinecke blieb stehen und reichte ihr die Hand. »Ich verschwinde mal kurz in den Park, ich brauche eine Zigarettenpause und will den jungen Schwestern kein schlechtes Vorbild sein.«

»Es ist gut, dass Sie sich der Gefahren des Rauchens bewusst sind«, erwiderte Thea lächelnd.

»Jeder hat so sein Laster...« Die Kollegin betrachtete sie wohlwollend. »Sie sehen gut aus.«

»Mir geht es auch gut. Und ich kann mittlerweile eine ganze Minute stehen, ohne mich irgendwo festhalten zu müssen. Wenn ich Glück habe, kann ich in ein paar Monaten anfangen, mit Krücken zu laufen.«

»Ganz bestimmt wird das so sein.«

»Ich hoffe es.« Manchmal hatte Thea Angst, ihre Erwartungen zu hoch zu schrauben, nur um dann enttäuscht zu werden.

»Bei Elli gibt es auch schöne Nachrichten, aber vielleicht fragen Sie die Kleine selbst danach.« Dr. Meinecke nickte Thea freundlich zu und verschwand dann hinter einigen Sträuchern. Gleich darauf stieg Zigarettenrauch dahinter hoch.

Elli saß im Krankensaal auf einem Stuhl vor einem Regal mit kürzlich angeschafftem Spielzeug und Bilderbüchern. Neben ihr lehnte ein Paar Krücken. Sie hielt die Pippi-Puppe von Katja und das kleine Äffchen, Herrn Nilsson, im Arm. Ihre Augen waren so groß und leuchtend, dass ihr Gesicht fast nur daraus zu bestehen schien.

»Ich darf nach Hause!«, rief sie Thea zu. »Die Frau Doktor hat gesagt, ich darf nach Hause! Meine Mama holt mich am Donnerstag ab. Das sind noch ...« – sie zählte an ihren kleinen Fingern ab – »... sieben Tage. Dann kommt sie her.«

»Ach, wie schön!« Thea legte den Arm um das Mädchen und zog es an sich. Sie freute sich sehr für das Kind.

Später, in ihrem Zimmer in der Privatklinik, sah Thea das Schlösschen vor sich, das so vertraute ochsenblutrote Gebäude mit seinen Türmchen, und den verwilderten Garten und die Praxis in der ehemaligen Remise. Würde – *wollte* – sie dort wieder zu Hause sein? Ach, sie musste endlich eine Entscheidung treffen. Es war feige, aber sie hatte einfach immer noch eine solche Angst, sich wieder ganz auf Georg einzulassen und ihn zu lieben. Denn wie sollte sie es überstehen, falls er ihr und ihres kranken Körpers irgendwann überdrüssig wurde?

Ein schwerer Wagen fuhr vor. Das Motorengeräusch erstarb, und eine Autotür schlug zu. Gleich darauf hörte Thea, die auf der Terrasse hinter dem Haus saß, Katjas Stimme und die des Vaters. Sie kamen durch den Garten und näher.

»Mein Gott, Katja«, sagte der Vater jetzt ungeduldig. »Musst du dir schon wieder eine Zigarette anzünden? Nicht nur, dass das nicht gerade damenhaft ist, es ist auch ungesund.«

»Vater, ich bin kein kleines Mädchen mehr, ich bin erwachsen. Und ich hatte nie vor, eine Dame zu sein.«

Das fing ja prima an mit den beiden. Bevor sich ein ernsthafter Streit entspinnen konnte, lenkte Thea den Rollstuhl von der Terrasse und um das Gebäude herum. Katja warf ihr einen gequälten Blick zu und verdrehte die Augen.

Der Vater wollte der Schwester etwas erwidern. Doch nun bemerkte er Thea. An seinem ungläubigen Staunen und daran, wie sich sein Gesicht erhellte, wurde ihr klar, wie sehr sie sich seit ihrer letzten Begegnung verändert hatte.

»Thea, Kind!« Der Vater eilte auf sie zu und nahm sie in seine Arme. »Du siehst so gut aus! Du hast mir ja am Telefon erzählt, dass es dir viel besser geht, aber ich hätte nie gedacht, dass es so sehr ... Ich bin so froh ...« Er brach ab, räusperte sich und blickte rasch und heftig blinzelnd zur Seite.

»Ich lasse euch beide dann erst mal allein.« Katja tätschelte dem Vater die Schulter und verschwand im Haus. Er begleitete Thea zur Terrasse, wo es an diesem warmen Tag Anfang September im Schatten gut auszuhalten war.

»Ich bin wirklich sehr froh«, wiederholte er und setzte sich ihr gegenüber. »Ich hätte vor drei, vier Monaten niemals damit gerechnet, dass du so große Fortschritte machen würdest. Und vor allem bin ich glücklich, dass du deinen Lebensmut wiedergefunden hast. Ich hatte mir große Sorgen gemacht.«

»Katja hat mir gutgetan«, antwortete Thea lächelnd.

»Sie kann manchmal eine ziemliche Plage sein, aber sie hat unbestreitbar auch ihre guten Seiten.« Der Vater seufzte. »Wobei es mir immer noch ein Rätsel ist, wie sie über den Pflegedienst, bei dem ich die Krankenschwester für dich engagiert hatte, herausgefunden hat, dass du hier bist. Ich hatte die Leitung zum absoluten Stillschweigen verpflichtet.«

»Ach, es war schon immer schwer, vor Katja Geheimnisse zu haben«, erwiderte Thea nur. Der Vater durfte auf keinen Fall erfahren, dass Katja es wahrscheinlich von seiner Sekretärin wusste. »Sag, wie war die Fahrt, bist du gut durchgekommen?«, fragte sie rasch, um ihn abzulenken, und schenkte erst dem Vater aus einer Karaffe Limonade in ein Glas und dann sich selbst. »Und wie steht es mit deiner Arbeit im Krankenhaus?«

Sie plauderten über seine Reise – vor München hatte ihn eine Baustelle aufgehalten – und über das Monschauer Krankenhaus. Der Vater hatte ein neues Röntgengerät und für die Säuglingsstation einen Brutkasten angeschafft. Dann saßen sie einige Momente in einvernehmlicher Stille da, und der Vater ließ seinen Blick über den spätsommerlichen Garten schweifen, wo Gemüse und Blumen wuchsen und sich die Äpfel an den Spalieren und Bäumen rot färbten. »Ein schöner Garten«, sagte er schließlich.

»Ja, der Gärtner der Hausbesitzerin kümmert sich darum.«

»Marlene würde er auch gefallen.«

»Bestimmt.«

Der Vater verfolgte, wie eine Libelle über den Brunnen am Rand der Terrasse schwebte. »Du weißt, dass sie mit den Kindern nach Eichenborn gezogen ist?«, fragte er leise.

»Ja, ich weiß es von Katja.«

»Du kennst vermutlich auch den Grund dafür?«

»Das auch.« Thea nickte.

»Ich habe es wirklich zu ihrem Besten getan. Als Angestellte in diesem Reisebüro hätte sie sich nur lächerlich gemacht.«

»Vater, in einem Reisebüro zu arbeiten ist doch wirklich seriös. Und jeder hat das Recht, für sich selbst zu entscheiden, was das Beste für ihn ist. Marlene hatte sich nun einmal für diese Arbeit entschlossen. Nebenbei, ich bin überzeugt, sie hätte das wirklich gut gemacht.«

Auch was Hans, ihren viel zu früh ums Leben gekommenen ersten Mann betraf, war der Vater ja überzeugt gewesen, dass er nicht der Richtige für sie war. Aber Thea wollte das jetzt nicht ansprechen. Der Vater und sie hatten sich versöhnt. Es war nicht nötig, an ihren alten Streit und ihr jahrelanges Zerwürfnis zu rühren.

Der Vater schien ihr jedoch anzusehen, was in ihr vorging. »Du hast mich lange für einen Tyrannen gehalten«, sagte er zögernd. »Und Marlene jetzt ebenfalls. Bin ich wirklich so schlimm?«

»Manchmal schon.« Thea lächelte ein wenig.

»Ich liebe euch alle drei. Ihr seid das Wichtigste in meinem Leben.«

»Das weiß ich doch.«

»Und...« Der Vater sah vor sich hin. »Ich liebe meine beiden Enkel.«

»Auch das weiß ich. Und die beiden lieben dich.«

»Ich vermisse sie und Marlene und...« Der Vater fasste einen Apfelbaum am hinteren Ende des Gartens ins Auge und vermied es, Thea anzublicken. »Vielleicht, möglicherweise... Ich will nicht ganz ausschließen, dass... dass ich auch deshalb gegen Marlenes Arbeit in dem Reisebüro interveniert habe, weil ich Angst hatte, dass sie irgendwann ihr eigenes Leben führen und mit Liesel und Arthur bei mir ausziehen würde. Eventuell sogar in eine andere Stadt. Und, nun ja, leider ist das jetzt noch schneller geschehen, als ich gefürchtet hatte.«

»Vater, du solltest das Marlene sagen! Dass du Angst hattest, sie und Liesel und Arthur zu verlieren, und darum hinter ihrem Rücken gehandelt hast.«

»Ich glaube nicht, dass sie mit mir sprechen will.«

»Du solltest es versuchen. Bestimmt ist Marlene bereit, sich mit dir zu versöhnen.«

»Meinst du wirklich?« Die Miene des Vaters war gleichermaßen hoffnungsvoll und zweifelnd.

»Ja«, erwiderte Thea lächelnd und drückte seine Hand. »Ganz gewiss ist Marlene unglücklich über euren Streit. Sie liebt dich doch auch.«

»Nun...« – er räusperte sich – »... dann werde ich sie demnächst in Eichenborn aufsuchen.«

Thea war sich im Klaren darüber, wie viel Überwindung das den Vater kosten würde. Aber er war bereit dazuzulernen. Das musste sie wirklich anerkennen.

»Thea.« Er beugte sich vor. »Was geht dir gerade durch den Kopf? Du wirkst so nachdenklich.«

»Dass ich dich auch sehr liebe.«

»Oh...« Der Vater schwieg einige Momente, kämpfte sichtlich mit seiner Rührung. Er zeigte, wie Thea nur zu gut wusste, nun mal nicht gern seine Gefühle. Dann räusperte er sich wieder und straffte sich. »Liebes, jetzt, da es dir so viel besser geht – hast du dir eigentlich schon Gedanken darüber gemacht, wie du dein zukünftiges Leben gestalten willst? Du kannst ja nicht für immer mit Katja und dieser jungen Frau hier leben.«

»Nein, sicher nicht. Auch wenn ich mich nicht langweilige.«

»Ich weiß, du betätigst dich in der Kinderklinik.«

»Ja...« Davon, dass sie Hetti in ihrem Wunsch, Heilpraktikerin zu werden, unterstützte und sie beriet, wenn Kranke die junge Frau aufsuchten, erzählte sie dem Vater besser nichts. Bei all seinen guten Vorsätzen hätte das sehr wahrscheinlich zum Streit zwischen ihnen geführt. »Ich habe eventuell die Möglichkeit, als Ärztin in einer Reha-Klinik in Boston zu arbeiten«, erzählte sie lächelnd.

»In Boston, in den USA? Das meinst du doch wohl nicht im Ernst.« Der Vater sah sie fassungslos an.

»Die Möglichkeit ist ziemlich real, aber nein, ich möchte nicht dorthin. Auch wenn Katja wohl plant, für ein paar Monate nach Amerika zu gehen.«

»Tatsächlich? Davon weiß ich ja noch gar nichts! Anscheinend erfahre ich immer alles als Letzter. Hängt das etwa mit diesem amerikanischen Offizier zusammen, den Katja mal am Telefon erwähnt hat?«

»Vielleicht«, wich Thea dem Vater aus. »Aber um auf meine Zukunft zurückzukommen – wenn sich die Lähmungen in meinen Beinen so weit zurückbilden, dass ich irgendwann wieder laufen kann, dann möchte ich versuchen, erneut meine Ausbildung zur Fachärztin für Gynäkologie aufzunehmen.«

»Nun, im Moment gibt es natürlich noch keine Gewissheit. Aber ich würde sagen, die Prognosen stehen gut. Ich werde dich nach Kräften unterstützen. Wenn sich keine Stelle als Assistenzärztin in einem Krankenhaus findet, dann sicher in einer gynäkologischen Praxis. Ich kenne ein paar Kollegen, die in Frage kämen.«

»Danke, Vater, darüber bin ich sehr froh.« Jetzt hatten sie über alles Wesentliche gesprochen. Bis auf eines. Das Wichtigste und Entscheidendste überhaupt. Georg... Sie konnte dem nicht länger ausweichen, und im Grunde ihres Herzens wollte sie es auch gar nicht. »Vater, hast du in den letzten Wochen Georg mal gesehen?« Es war eine einfache Frage, aber sie fühlte sich ganz atemlos, als wäre sie einen weiten Weg gerannt.

»Das habe ich.« Er nickte.

»Hat er nach mir gefragt?«

»Ja, allerdings. Ich bin ihm vor ein paar Wochen im Krankenhaus begegnet, als es eine sehr unschöne Szene mit einem missratenen Bengel gab. Berger hat sich entschieden, den Kerl – gegen meinen ausdrücklichen Rat – mit nach Eichenborn zu nehmen. Wie auch immer, ich habe ihm gesagt, dass es dir gut geht.«

Der junge Mann, von dem ihr Katja erzählt hatte. Der an Kinderlähmung gelitten hatte und den Georg auch aus dem Grund zu sich genommen hatte, weil er verschiedene Behandlungsmethoden an ihm erproben wollte. Laut Marlene hoffte Georg zudem, ihr, Thea, auf diese Weise nahe zu sein. Wenn er ihr schon nicht direkt helfen konnte. Wieder war Thea davon tief berührt.

»Vater, ich ... ich habe in der letzten Zeit oft überlegt, ob ich Georg und mir doch noch eine Chance geben soll. Auch, weil sich mein Zustand so sehr gebessert hat. Ich liebe ihn. Daran hat sich nichts geändert. Und ...« Thea hielt inne, horchte noch einmal in sich hinein und sprach es dann aus: »Ja, ich möchte zu ihm zurückzukehren.« Das zu denken war eine Sache. Wirklich ausgesprochen war es auf einmal beängstigend und beglückend real. Thea fühlte sich ganz zittrig, wie nach einer großen körperlichen Anstrengung, und doch war sie erleichtert und froh.

»Thea, Liebes ...«

Warum sah der Vater sie auf einmal so merkwürdig an? So ein Ausdruck hatte das letzte Mal in seinen Augen gelegen, als er ihr und den Schwestern gesagt hatte, dass die Mutter sehr krank war. Aber Georg war bestimmt nicht krank.

»Vater?« Ihr Herz klopfte plötzlich wie wild.

»Liebes, ich habe Berger, Georg, auch noch bei einer anderen Gelegenheit gesehen, nicht nur im Krankenhaus. Ich habe vor ein paar Tagen an einer Tagung für Chirurgen im Breidenbacher Hof in Düsseldorf teilgenommen. Es ging dabei um neue Operationstechniken und ...«

»Vater!« Er hatte ganz offensichtlich Sorge, auf den Punkt zu kommen.

»Das gemeinsame Mittagessen fand im Restaurant statt.«

»Und da hast du Georg gesehen?«

»Ja, und er war nicht allein. Eine Frau war bei ihm, Frau Winter.« Theas Vater seufzte.

»Du kennst sie?«

»Aus dem Gesellschaftsteil der Zeitung. Und ich bin ihr und ihrem Mann mal auf der Düsseldorfer Rennbahn vorgestellt worden. Georg und diese Frau Winter hatten ein kleines Kind dabei, ein Baby.«

Georgs Sohn...

»Und...« Der Vater seufzte wieder. »Sie haben sehr vertraut und glücklich miteinander gewirkt. Dazu der Säugling... Wie eine richtige Familie. Frau Winter hat Georg tatsächlich in der Öffentlichkeit auf die Wange geküsst. Sie scheinen sich wirklich angenähert zu haben. Und deshalb...« Er schwieg einen Moment und rang mit sich. »Thea, Liebes, ich sage das nicht gern. Aber ein gemeinsames Kind ist nun einmal auch eine Verpflichtung. Und ich frage mich – auch wenn ich weiß, dass dir das sehr wehtun wird, dabei möchte ich wirklich nichts weniger, als dich verletzen –, ob es nicht doch am besten ist, wenn sich Georg öffentlich zu der Mutter seines Kindes bekennt. Ich will damit sagen... Meiner Ansicht nach sollten er und Frau Winter heiraten. Zum Wohle des Kindes.«

Der Vater streichelte bekümmert ihre Hand, und Thea hatte das Gefühl, dass die Welt auf einmal alle Farben verloren hatte. Ein bleischweres Gewicht legte sich auf ihre Brust. Hatte der Vater recht? Oder doch nicht? Sie konnte keinen klaren Gedanken fassen.

Kapitel 38

»Bis morgen!« Thea und Katja verabschiedeten sich vor der gemieteten Wohnung von ihrem Vater. Sie waren mit ihm essen gewesen. Während er mit dem Wagen in das Hotel in Füssen zurückkehrte, wo er sich für das Wochenende eingemietet hatte, wuchtete Katja Thea im Rollstuhl die flache Stufe zur Haustür hoch.

»Sollen wir den Abend noch bei einem Glas Wein ausklingen lassen?«, erkundigte sich Katja.

»Nein, danke, ich hatte genug Alkohol für heute«, wehrte Thea ab, »und ich bin wirklich müde.«

»Etwas ist doch mit dir.« Katja musterte sie eindringlich. »Du warst den ganzen Abend so still. Hat es dich verletzt, dass dich ein paar Leute in dem Restaurant angestarrt haben?«

»Ja, allerdings.« Wenn es Thea nicht gut ging, machte ihr das immer noch etwas aus. Aber deshalb war sie nicht so schweigsam gewesen.

»Ist denn sonst noch etwas?«

Ach, warum musste Katja nur so hartnäckig sein? »Nein, überhaupt nicht«, schwindelte sie. »Ich bin einfach reif fürs Bett.«

»Möchtest du, dass ich dir im Bad helfe? Hetti ist ja noch nicht zurück.«

»Danke, ich komme allein klar«, entgegnete Thea rasch.

Sie musste sich beherrschen, Katja, die es nur gut meinte, nicht ungeduldig anzufahren. Hastig rollte sie zum Badezimmer und stemmte die breite Tür auf.

Seit der Unterhaltung mit dem Vater im Garten drehten sich ihre Gedanken im Kreis, wie eine endlos vor sich hin dudelnde Schallplatte. Es gab die Stimme in ihr, die ihr sagte, dass der Vater nun einmal die gängigen Moralvorstellungen vertrat. Eine Moral, der zufolge die Eltern eines unehelich geborenen Kindes unbedingt heiraten sollten. Dass Georg jedoch nicht so dachte.

Aber es gab auch eine zweite Stimme, die ihr zuraunte, ob es nicht trotzdem besser sei, wenn er mit Melanie und seinem Sohn zusammenlebte, denn offensichtlich hatten Georg und Melanie sich wieder angenähert, sonst hätten sie nicht in einem luxuriösen Restaurant miteinander gespeist – und Melanie hätte ihn nicht auf die Wange geküsst. Außerdem hatte er ihr, Thea, damals, bei seinem Besuch im Krankenhaus, schließlich gestanden, dass er den Jungen liebte.

Und da war noch eine dritte Stimme, die die beiden anderen übertönte. Und das war die schmerzhafteste. Sie flüsterte Thea zu, dass sie mit der wunderschönen Melanie Winter einfach nicht konkurrieren konnte. So sehr sie es sich auch wünschte, sie brachte diese Stimme einfach nicht zum Schweigen.

Und es nutzte auch nichts, dass sie dagegen argumentierte: *Mein Gesundheitszustand hat sich deutlich gebessert. Vielleicht kann ich in ein paar Monaten sogar wieder laufen. Und Georg hat beteuert, dass er mich liebt.*

Thea presste die Hände gegen die Schläfen. Dieses Grübeln machte sie schier verrückt. Sie musste dringend ins Bett und versuchen zu schlafen. Vielleicht sah die Welt morgen schon wieder anders aus, und sie fand endlich aus dieser Gedankenspirale heraus.

Die Türklingel ertönte, und gleich darauf hörte sie die Stimme des Captains im Flur. Natürlich, Katja hatte gesagt, dass er noch einmal vorbeikommen wollte. Thea war, ehrlich gesagt, gespannt gewesen, ob die Schwester Steven Derringer dem Vater vorstellen würde. Aber Katja hatte sich, zumindest vorerst, dagegen entschieden. Wahrscheinlich hatte sie befürchtet, dass der Vater ihm inquisitorische Fragen stellen würde, um herauszufinden, ob er als Schwiegersohn akzeptabel war. Nun musste Thea doch ein bisschen lächeln.

Sie lenkte den Rollstuhl ans Waschbecken und putzte sich die Zähne. Dann zog sie sich aus – was, im Vergleich zu früher und ohne Hettis Hilfe, immer noch viel Zeit benötigte und mühselig war – und wusch sich, so gut es ging. Morgen würde sie mit Hettis Unterstützung ein Bad nehmen.

Nachdem sie sich abgetrocknet hatte, schlüpfte sie in das Oberteil ihres Pyjamas, knöpfte es zu und wuchtete sich langsam und vorsichtig vom Rollstuhl auf die Toilettenschüssel.

Thea hatte es fast geschafft, als sie das Gleichgewicht verlor und vornüber auf den Boden stürzte. Im Fallen stieß sie gegen ein Regal, auf dem Toilettenartikel standen, und riss es mit um. Glas zersplitterte, und der süßliche Geruch von Parfüm stieg auf. Und noch etwas anderes.

O nein! Im Fallen hatte sich ihre volle Blase entleert. Schon lange war das nicht mehr vorgekommen. Thea schluchzte auf.

»Thea, Thea, ist etwas passiert? Kann ich reinkommen?«
Katjas Stimme an der Tür.

Thea wischte sich über die Augen. »Ja, ich bin ... ich bin gestürzt«, presste sie hervor.

Katja lugte ins Badezimmer. »Ach, herrje, du Arme. Na, das haben wir gleich.«

»Kannst du bitte ... *das* wegmachen?« Thea wandte das Gesicht ab.

»Oh, ja, natürlich.« Katja machte sich hektisch mit Toilettenpapier und einem Lappen zu schaffen. »Wie gut, dass du dich nicht an dem Glas geschnitten hast. Und dieses Parfüm habe ich eigentlich nie wirklich gemocht.« Sie brach ab und warf Thea einen unsicheren Blick zu. »Soll ich auch ...?«

»Ja, bitte.«

Katja säuberte ihr unbeholfen die nassen Beine. Thea wäre das schon gegenüber Hetti unangenehm gewesen, aber bei der Schwester war es noch viel schlimmer, und sie fühlte sich gedemütigt.

»So, geschafft.« Katja lächelte sie aufmunternd an. »Soll ich dich unter den Schultern anfassen, um dir aufzuhelfen?«

Thea nickte und wollte sich mit den Händen am Rand der Badewanne abstützen, um es der Schwester leichter zu machen. Doch wie gelegentlich, wenn sie in Eile oder angespannt war, verkrampften sich ihre Muskeln, und ihre Arme gehorchten ihr nicht.

»O Mist, es tut mir leid, aber alleine bekomme ich dich nicht vom Boden hoch«, stöhnte Katja. »Ich muss Steven holen.«

Thea biss sich auf die Lippe. Auch das noch! Wieder

war sie den Tränen nahe. »Kannst du bitte …?«, flüsterte sie.

»Was? Ach ja, ich verstehe.«

Die Pyjamahose, die auf dem Regal gelegen hatte, war von Glassplittern übersät und von Parfüm getränkt. Katja wickelte Theas nackten Unterkörper in ein Badetuch, dann lief sie davon. »Steven …«

Thea schloss die Augen.

»Ich hebe Sie jetzt vorsichtig hoch«, hörte sie den Captain sagen. Sie fühlte seine Arme unter ihren Achseln, dann setzte er sie behutsam in dem Rollstuhl ab.

Thea zwang sich, »danke« zu murmeln.

»So, und jetzt ab in dein Schlafzimmer«, sagte Katja betont fröhlich. Auch dort hob der Captain sie ins Bett.

»Schlafen Sie gut.« Damit verließ er rasch den Raum.

»Wo hast du denn deine Unterwäsche und deine Pyjamas?« Katja öffnete die Türen des Kleiderschranks. »Ach, hier sind die Sachen ja.« Unvermittelt seufzte sie, und ihre gespielte Fröhlichkeit verschwand. Sie setzte sich auf den Bettrand und streichelte Theas Hand. »Thea, das ist doch nicht schlimm, sei doch nicht so traurig! So was passiert einfach mal. Wie wenn man das Fahrradfahren lernt. Man denkt, man kann es, und dann verliert man doch wieder das Gleichgewicht und fällt um. Und dann steht man auf und versucht es noch mal.« Sie wirkte so besorgt, dass Thea es nicht fertigbrachte, sie zu enttäuschen.

»Ja, natürlich, das weiß ich doch, so etwas kommt vor«, flüsterte sie.

»Wirklich? Du lässt dich davon nicht entmutigen?«

»Nein, natürlich nicht.«

Aber nachdem Katja ihr in die Unterhose und die

Pyjamahose geholfen und nach einem »Gute Nacht, und du rufst mich, wenn du etwas brauchst, ja?« das Schlafzimmer verlassen hatte, weinte Thea lautlos in der Dunkelheit vor sich hin.

Sie hatte so sehr gehofft, dass sich ihr Zustand bessern würde! Aber jetzt kam es ihr so vor, als stünde sie wieder am Anfang. Wahrscheinlich würde sie immer auf Hilfe angewiesen sein.

Thea war erleichtert, dass am nächsten Vormittag wieder ihr Umzug in die Privatklinik anstand. So würde sie für ein paar Tage Katja und ihren forschenden Blicken entgehen. Es war so anstrengend, der Schwester vorzuspielen, dass ihr Sturz im Badezimmer nur ein kleiner, unwichtiger Unfall gewesen war, und ihr gegenüber ein heiteres Gesicht aufzusetzen! Denn in Thea sah es ganz anders aus. Irgendwie hatte sie doch gehofft, dass sie wieder ganz gesund werden würde. Und daran glaubte sie jetzt nicht mehr. Die Fortschritte, die sie in den letzten Wochen und Monaten gemacht hatte, erschienen ihr nun furchtbar gering.

Die Schwester brachte sie im VW-Bus zur Klinik, begleitete sie in ihr Zimmer und verstaute ihren kleinen Koffer im Schrank.

»Hetti wird später bei dir vorbeikommen. Und Vater ebenfalls.«

»Ja, ich weiß.« Thea nickte.

»Wir sehen uns dann übermorgen wieder, ich hole dich gegen Mittag hier ab. Morgen habe ich ein paar Fototermine. Aber wenn du etwas brauchst, ist Hetti ja da. Und morgen Abend kannst du mich in unserer Wohnung erreichen. Für den Rest der Woche steht bei mir übrigens nichts an. Wir könnten mal wieder etwas zusammen unternehmen. Mal nach Kempten oder an den Chiemsee fahren, oder so...«

»Ich erinnere mich an deine Fototermine. Und auch daran, dass Hetti für ein paar Stunden in der Klinik arbeiten wird.« Thea bemühte sich um einen fröhlichen Tonfall. »Keine Sorge, du lässt mich hier ja nicht auf einer einsamen Insel zurück.«

»Mach's gut, meine Große.« Katja umarmte sie zärtlich. Dann war sie endlich gegangen, und Thea musste ihren Kummer nicht länger verbergen.

Am schlimmsten und peinigendsten war der Gedanke an Georg. Auch ihr Entschluss, zu ihm zurückzukehren, war von der Hoffnung geleitet gewesen, dass sich ihre Lähmungen wieder ganz zurückbilden würden. Sollte sie es dagegen wirklich wagen, sich ihm als *Krüppel* zuzumuten? Denn das war sie, und wahrscheinlich würde sie es auch immer bleiben.

Aber da gab es noch diesen Freund des Captains, der sich für sie als Ärztin für seine Reha-Klinik in Boston interessierte. Daran musste sie seit der vergangenen Nacht auch immer wieder denken. Vielleicht schadete es ja doch nicht, einmal mit ihm zu telefonieren, selbst wenn sie sich so sicher gewesen war, dass die Stelle nichts für sie sei. Wenn er sie nicht für geeignet befand – nun, dann nicht. Falls er sich jedoch tatsächlich vorstellen konnte, sie einzustellen, dann bot sich ihr möglicherweise ein Ausweg aus all ihren Ängsten und Zweifeln.

Immer noch traurig und in Gedanken versunken machte Thea sich nach der Mittagsruhe auf den Weg zur Kinderklinik. Anders als früher liefen jetzt auch einige Jungen und Mädchen unter den Augen einer Krankenschwester mit Krücken in den Fluren herum, sie mussten sich nicht mehr nur in den Sälen aufhalten. Andere fuhren mit ihren Rollstühlen hin und her. Zwei Jungs veranstalteten fast ein Rennen. Thea lächelte den Kindern mechanisch zu, wechselte, immer noch geistesabwesend, ein paar Worte mit ihnen und bewegte ihren Rollstuhl dann in Ellis Krankensaal.

Eigentlich war Thea wieder zum Vorlesen gekommen. Aber erschrocken musste sie feststellen, dass Elli weinend in ihrem Bett saß. Sie hielt die Pippi umklammert. Deren rote Haare aus Wolle waren schon ganz feucht.

»Elli, was hast du denn?«, fragte Thea erschrocken und nahm das Kind in den Arm. »Was hat dich so traurig gemacht?«

»Die Mama...«

»Ja?«

»Sie kann nicht... Sie kann nicht kommen...«

Thea erinnerte sich – in drei Tagen hätte Elli von ihrer Mutter abgeholt werden sollen. Zum Abschied hatte Katja ein Geschenk für die Kleine besorgt, einen Spielzeugkoffer aus rotem Lackleder mit ein paar Süßigkeiten und kleinen Bilderbüchern und Stiften und Papier darin. Zusammen mit ihrer Schwester hatte Thea Elli den kleinen Koffer vor der Abreise übergeben wollen.

Eine Krankenschwester näherte sich ihnen. »Ellis Mutter hat sich den Fuß verbrüht. Ein Unfall beim Waschen. Sie ist aber zuversichtlich, dass sie nächste Woche wieder laufen kann. Dann kommt sie, Elli, und du darfst mit ihr nach Hause fahren. Das sind ja nur ein paar Tage mehr.«

Aber Thea wusste, dass ein paar Tage für ein Kind eine

Ewigkeit sein konnten. »Ich rede mal mit Frau Dr. Meinecke, Elli«, sagte sie tröstend. »Ich kann es nicht versprechen, aber vielleicht findet sich eine andere Lösung, und du siehst deine Mama und deine Geschwister doch schon sehr bald wieder.«

Im nächsten Moment schoss ihr ein Gedanke durch den Kopf. Vielleicht konnten sie und Katja ja Elli nach Hause bringen! Einem Ausflug nach Franken war die Schwester wahrscheinlich nicht abgeneigt.

Thea traf die Ärztin in ihrem Büro an, wo ein großer Feldblumenstrauß auf dem Schreibtisch stand. An den Wänden hingen einige Kinderzeichnungen, und Thea war sich ziemlich sicher, dass es die zu Zeiten von Dr. Kessler hier nicht gegeben hatte.

»Ich komme gerade von Elli«, sagte sie, nachdem sie die Ärztin begrüßt hatte. »Ihre Mutter ist ja leider verhindert ...«

»Ja, es ist sehr schade, dass sie die Kleine nicht abholen kann, ich verstehe, dass Elli so traurig ist. Na ja, ich hoffe, dass wir es schaffen, sie irgendwie zu trösten. Eine der jungen Lehrerinnen wird später mit ihr malen, das mag sie sehr gern.« Dr. Meineckes Blick wanderte zu einem Bild, das eine mit Wachsmalkreiden gemalte Landschaft zeigte, in der sich ein Fluss zwischen Bergen hindurchschlängelte. Anscheinend stammte es von Elli.

»Ich habe mich gefragt, ob nicht meine Schwester und ich Elli nach Hause fahren könnten. Meine Schwester hätte Zeit, und gewiss würde sie das gern für Elli tun, sie mag die Kleine sehr. Natürlich nur, wenn die Mutter nichts dagegen hat.«

»Das ist eine gute Idee!«, sagte Frau Dr. Meinecke erfreut.

»Ich müsste versuchen, Frau Völker irgendwie zu erreichen. Sie hat kein Telefon, aber ich habe für Notfälle eine Nummer von dem Gasthof, wo sie in der Küche arbeitet. Vielleicht kann jemand von dort sie ja verständigen.« Die Ärztin blickte auf ihre Armbanduhr. »Ich muss jetzt zu einer Besprechung mit den Schwestern. Aber anschließend rufe ich in dem Gasthof an und lasse Sie dann wissen, ob ich etwas ausrichten konnte.«

»Das ist sehr nett, danke.«

Während Thea durch den Park zurück zur Privatklinik fuhr, dachte sie wieder an ihre eigenen Probleme. Und sie nahm sich vor, den Captain anzurufen und sich von ihm die Nummer seines Freundes in Boston geben zu lassen. Sie wollte das Telefonat mit dem Arzt nicht länger aufschieben.

Kapitel 39

Das inzwischen vertraute Hämmern und Sägen empfing Georg, als er an diesem Septembertag von den Patientenbesuchen zurückkehrte und den Ford in der Wellblechgarage abstellte. Vor zwei Tagen hatte Hans Jörichs zusammen mit Gottfried und einem weiteren Helfer begonnen, das Fachwerk für den Anbau an der Praxis zu errichten. Auf dem Weg zum Schlösschen blieb Georg stehen und sah den Männern zu. Das Gerüst aus Holz stand nun schon teilweise, und es war zu erahnen, wie der Anbau einmal aussehen würde, wenn er fertig war. Gottfried hockte auf einem Balken und schlug mit einem Hammer Holznägel in die Zapflöcher.

Theas Räume ... Irgendwann in nicht allzu ferner Zukunft würde sie hier ein und aus gehen und ihre Patientinnen behandeln. Das musste einfach so sein! Sie würde zu ihm zurückkommen. Georg bemerkte erst, dass er die Hände zu Fäusten geballt hatte, als Gottfried ihm zuwinkte und er den Gruß erwiderte.

In der Spülküche saß Marlene am Tisch, ihre Miene war gelöst und glücklich. Zuerst dachte Georg, dies hätte etwas mit Hans Jörichs zu tun. Marlene war in den vergangenen Tagen immer mal wieder zur Baustelle gegangen und hatte Hans Jörichs und den anderen belegte Brote und etwas zu trinken gebracht. Ihre Mimik und Gestik zeigten ganz deutlich, dass Jörichs und sie sich zueinander hingezogen fühlten. Es lag so ein gewisses Lächeln auf ihren Gesichtern, und manchmal standen sie ganz nah beieinander, bis sie sich dessen plötzlich bewusst wurden und hastig zurücktraten. Doch nun sah Georg, dass Marlenes Blick auf die Terrassentür und den Garten dahinter gerichtet war.

Liesel und Arthur rannten dort um ihr kleines Holzhaus herum und spielten mit ihrem Großvater Fangen. Von der Würde des Professors war in diesem Moment nicht viel geblieben. Er war hemdsärmelig, sein Gesicht erhitzt, und in seinen weißen Haaren hing ein welkes Blatt. Aber auch er wirkte gelöst.

»Hallo Georg.« Marlene wandte sich ihm zu. »Stell dir vor, Vater hat sich bei mir dafür entschuldigt, dass er meine Anstellung in dem Reisebüro hintertrieben hat. Und er hat gesagt, dass er dies aus Angst, die Kinder und mich zu verlieren, getan hat. So ein Eingeständnis hätte ich von ihm niemals erwartet. Ich bin immer noch ganz gerührt.«

»Ja, ich schätze, das ist ihm nicht gerade leichtgefallen«, erwiderte Georg trocken. »Aber es freut mich wirklich, dass du dich mit deinem Vater versöhnt hast. Was wirst du denn jetzt tun? Mit den Kindern zu ihm in die Villa zurückkehren? Ich könnte es gut verstehen. Auch wenn ihr mir fehlen werdet.«

»Es ist nett, dass du das sagst. Vater hat mich auch gefragt. Ich habe mich noch nicht entschieden. Aber wenn ich mit den Kindern wieder zu ihm ziehe, werde ich nicht mehr nur seine Hausdame sein. Dann will ich auch in

Monschau eine Arbeit finden, die mich wirklich erfüllt. Und ich werde die Praxis erst verlassen, wenn du eine Nachfolgerin für mich gefunden hast.«

Georg schüttelte den Kopf. »Mach dir darum keine Sorgen. Dr. Kramer und ich und Schwester Fidelis, wir kommen schon klar.«

»Herr Jörichs hat mir vorhin den Plan des Anbaus gezeigt, er wird sehr hübsch.«

»Ja, er gefällt mir auch.«

»Thea wird er ebenfalls gefallen«, sagte Marlene nach einer kurzen Pause sanft. Seine Gefühle waren ihm wohl mal wieder deutlich anzusehen gewesen.

Arthur und Liesel kamen jetzt in die Küche gestürmt und enthoben Georg einer Antwort. Ihr Großvater folgte ihnen.

»Oh, guten Tag, Berger.« Das Lächeln schwand von seinem Gesicht, und es nahm den üblichen spröden Ausdruck an. Es schien ihm unangenehm zu sein, Georg zu treffen. Nun, das war auch nicht verwunderlich.

»Professor.« Georg stand auf und reichte ihm höflich die Hand. Warum nur musste er fast jedes Mal, wenn sie sich die Hände schüttelten, an zwei Männer denken, die sich gleich duellieren würden?

»Marlene…« – Professor Kampen räusperte sich und legte die Arme um seine Enkel – »…ich fahre dann mal. Wir sehen uns hoffentlich bald wieder.«

»Ja, Vater, ich melde mich bei dir.« Sie gab ihm einen Kuss auf die Wange.

»Wir bringen dich zum Auto, Opa.« Die Kinder zogen ihn zur Tür. Doch er blieb noch einmal stehen und wandte sich zu Georg um. Er zögerte, gab sich dann jedoch einen

Ruck. »Berger, könnte ich bitte kurz unter vier Augen mit Ihnen sprechen?«, sagte er zu Georgs Überraschung.

Im Arbeitszimmer nahm der Professor gegenüber von Georg Platz, wie an jenem verregneten Abend im Frühjahr, als er ihm mitgeteilt hatte, dass Thea vor ihm geflohen war. Was wollte er ihm jetzt wohl sagen? Thea ging es sicher nicht schlechter, das hätte ihm Katja bestimmt mitgeteilt. Der Professor ließ seinen Blick über die Bücherstapel gleiten, die sich mal wieder auf dem Schreibtisch und auch auf dem Boden türmten. An einem Hirschgeweih an der Wand baumelte ein altes Stethoskop, Georg vergaß immer, es wegzuwerfen. Auch hier drinnen war das Hämmern und Sägen von der Baustelle deutlich zu hören.

»Ich habe den jungen Mann, Gottfried, mit den Zimmerleuten arbeiten sehen«, ergriff Professor Kampen nun unvermittelt das Wort.

»Hans Jörichs hat ihn eingestellt, mit Holz zu arbeiten liegt dem Jungen anscheinend im Blut.« Irgendwie war sich Georg sicher, dass Theas Vater ihn nicht deswegen sprechen wollte – oder dass dies zumindest nicht der eigentliche Grund war.

»Dann scheint er sich ja gut zu entwickeln.«

»Sieht so aus, ja.«

»Gottfried hat eine kurze Hose angehabt. Und sein verkürztes Bein ... Er hat deutlich an Muskeln zugelegt.«

»Ich bin damit ganz zufrieden.« Georg nickte.

»Dann haben Sie also diese Therapie nach Kenny bei ihm angewandt? Die Massagen und die angewärmten Decken aus Schafwolle?«

»Richtig.« Georg zündete sich eine Zigarette an. Irgendwie hatte auch dieses Gespräch etwas von einem Duell. Zwei Männer, die sich mit der Waffe in der Hand vorsichtig umkreisten. Oder ging jetzt seine Vorliebe für Western mit ihm durch? Thea hätte das wahrscheinlich gesagt.

»Ich hätte es nicht für möglich gehalten, dass diese Therapie etwas nützt. Aber ich habe mich offensichtlich getäuscht.«

»Nun, ich bin froh, dass sie angeschlagen hat«, erwiderte Georg neutral. Bei all den Schwierigkeiten, die er mit Theas Vater hatte, wollte er ihn dennoch nicht beschämen.

»Berger ... Georg ...« Professor Kampen rang mit sich. »Es gibt etwas, das Sie wissen sollten. Ich bin gestern aus dem Allgäu zurückgekommen, ich hatte Thea besucht und ...«

»Ja?« Georgs Mund wurde trocken.

»Bei unserem ersten Treffen hat sie mir erzählt, dass sie vielleicht das Angebot bekommt, eine Stelle als Ärztin in einer Reha-Klinik in Boston anzunehmen. Das hat sich wie ein Scherz angehört. Aber als ich vorgestern mit ihr in der Klinik zu Abend gegessen habe, hat Thea plötzlich gesagt, dass sie tatsächlich mit dem leitenden Arzt dieser Klinik telefoniert hat. Er und der amerikanische Offizier, mit dem Katja, nun, wie soll ich es ausdrücken?« – er räusperte sich verlegen – »... in einer engeren Verbindung steht, sind wohl gut befreundet. Um es kurz zu machen, am Ende des Telefonats hat dieser Arzt Thea die Stelle tatsächlich angeboten. Kaum zu fassen! Diese Amerikaner, unglaublich, nur aufgrund eines Telefongesprächs, und ohne irgendwelche Zeugnisse und Studienabschlüsse von Thea gesehen zu haben.« In die Stimme von Professor Kampen mischten sich Fassungslosigkeit und Empörung.

Georg hatte das Gefühl, ihm nicht ganz folgen zu können. Und doch spannte er sich an, wie um sich gegen eine schlechte Nachricht zu wappnen. »Ja, und?«

»Thea hat gesagt, dass sie inzwischen ernsthaft in Betracht zieht, diese Stelle anzunehmen. Obwohl das doch anfangs nur ein Spaß für sie war...«

»Was? Sie will eine Stelle als Ärztin in Boston antreten?« Georg konnte es nicht glauben. Das war doch nicht möglich! Was konnte sie dazu veranlasst haben?

»Sie hat sich eine Bedenkzeit von einer Woche ausbedungen. Aber, wie ich schon sagte, es scheint ihr wirklich ernst damit zu sein. Dabei hat sie allerdings recht traurig gewirkt. Irgendwie ganz anders als bei unserem ersten Treffen. Und...« Der Professor seufzte und schüttelte den Kopf. »Ich werde einfach den Gedanken nicht los, dass Theas Überlegung vielleicht mit etwas zu tun hat, was ich ihr erzählt habe.«

»Professor, könnten Sie mir den Gefallen tun und endlich auf den Punkt kommen?« Georg gab sich keine Mühe mehr, seine Ungeduld zu verbergen.

»Ich habe Thea erzählt, dass ich Sie und diese Frau Winter und Ihren kleinen Sohn im Breidenbacher Hof in Düsseldorf gesehen habe.«

Also doch.

»Und dass Sie beide sehr vertraut und glücklich mit dem Kind gewirkt haben. Und obwohl ich ja eigentlich vorhatte, mich in das Leben meiner Töchter nicht mehr einzumischen, ich habe Thea gesagt, dass...«

»Ja?«

»... dass es am besten wäre, wenn Sie und Frau Winter ihre Beziehung in Ordnung bringen und heiraten würden.«

Georg fuhr aus der Haut: »Verdammt, wie konnten Sie nur? Für mich hat sich seit unserem letzten Gespräch, hier, in diesem Raum, nichts verändert! Ich liebe Thea, und ich will sie heiraten!«

»Ich habe da wohl wieder einen Fehler begangen. Es tut mir aufrichtig leid.« Nur die tief bekümmerte Miene von Theas Vater dämpfte Georgs Zorn ein wenig. »Wenn Sie Thea besuchen möchten, gebe ich Ihnen die Adresse der Klinik.«

»Ich kenne sie schon seit Monaten.« Georg schüttelte ungeduldig den Kopf. Ja, er musste Thea unbedingt sehen und mit ihr sprechen. Es durfte nicht sein, dass sie aus Angst, von ihm nicht genug geliebt zu werden, noch einmal einen übereilten Entschluss fasste!

Kapitel 40

Ellis Mutter hatte gern ihre Einwilligung gegeben, dass Thea und Katja die Kleine nach Hause fuhren. Um zehn sollte es losgehen. Nach dem Frühstück überlegte Thea, was sie für die lange Fahrt alles mitnehmen musste – die Sonnenbrille, Tabletten gegen Muskelkrämpfe, solche gegen etwaige Schmerzen und, sicherheitshalber, Unterwäsche und ein paar Strümpfe zum Wechseln. Mit dem Rollstuhl fuhr sie in ihrem Zimmer in der Klinik hin und her, um alles zusammenzusuchen und es in ihrer Handtasche zu verstauen.

Hetti war an diesem Tag als Krankengymnastin fest in die Therapie von anderen Patienten eingeplant. Deshalb konnte die junge Frau sie nicht begleiten.

Nach der Erfahrung vor ein paar Tagen im Badezimmer graute es Thea vor den Gängen zur Toilette, und es wäre beruhigend gewesen, Hetti dabeizuhaben. Aber sie musste ohnehin unbedingt selbstständiger werden. Vor allem auch, wenn sie die Stelle in Boston tatsächlich annehmen wollte.

Professor Carstens war so freundlich gewesen, ihr sein Büro zur Verfügung zu stellen, so dass sie dort ungestört mit Dr. Patrick Mortimer, dem Leiter der Reha-Klinik, hatte telefonieren können. Eine gute Stunde hatten sie miteinander geredet. Glücklicherweise handelte es sich um ein R-Gespräch, und die horrenden Kosten würde die Klinik in Boston übernehmen.

Dr. Mortimers Bass-Stimme hatte warmherzig und sympathisch geklungen und Thea gleich für ihn eingenommen. Sie war auch gar nicht mehr befangen wegen ihres eingerosteten Englischs gewesen. Und es hatte ihr gefallen, dass er sehr leidenschaftlich über seine Arbeit sprach und die Patienten wirkliche Menschen für ihn zu sein schienen und nicht eine Art defekter Maschinen, die zu reparieren waren, damit sie wieder funktionierten.

Er hatte ihr interessierte und kluge Fragen gestellt und am Ende gesagt, sie habe ihn überzeugt, und er vertraue der Einschätzung seines Freundes Steven. Sie könne die Stelle haben. Was sie völlig sprachlos gemacht hatte. Schließlich wusste Thea aus eigener Erfahrung nur zu gut, wie langwierig Bewerbungen auf Stellen an deutschen Kliniken waren.

Und ja, es würde schön sein, in einem Umfeld zu arbeiten, wo eine Behinderung nicht als Makel betrachtet wurde. Ganz allein wäre sie in dem fremden Land auch nicht. Katja würde in ihrer Nähe sein. Aber konnte sie sich wirklich dazu überwinden, Georg aufzugeben? Und falls ja, war es das Richtige für ihn und seinen Sohn, dass sie ihn verließ – oder war sie einfach nur zu feige, seiner Liebe zu vertrauen? Eine Woche hatte sie sich Zeit gegeben. Dann musste sie endgültig eine Entscheidung treffen.

Thea blickte auf ihre Armbanduhr. Sie war früh dran, Katja würde erst in etwa einer halben Stunde zur Kinderklinik kommen. Aber sie hatte keine Lust, solange in ihrem Zimmer herumzusitzen und zu warten. Der Morgen war schön, deshalb würde sie noch ein bisschen Zeit im Park verbringen, bevor sie aufbrachen. Vielleicht lenkte sie das ja von ihrem Grübeln ab.

Im Geiste ging Thea noch einmal die Dinge durch, die sie mitnehmen musste – ja, sie hatte alles eingepackt. Dann hängte sie die Handtasche zwischen die Griffe ihres Rollstuhls und schlüpfte in ihren Sommermantel, der über einem Stuhl lag, und setzte den Rollstuhl in Gang.

»Guten Morgen!« Sie grüßte einige Krankenschwestern in der Halle und rollte dann durch den Haupteingang nach draußen. Es war sonnig, aber noch kühl, und sie war froh, dass sie ihren Mantel trug. Über dem See, unten im Tal, hing dichter Nebel. Von hier oben aus betrachtet schimmerte er golden. Aber durch ihn zu fahren würde gewiss nicht angenehm sein. Etwa vier Stunden waren es bis zu Ellis Zuhause bei Ochsenfurt am Main. Ein bisschen graute Thea vor der langen Fahrt. Aber am nächsten Tag würde sie sich ja ausruhen können.

Thea wollte den Rollstuhl eben in Richtung Park lenken, als sie ein vertrautes Motorengeräusch hörte, und tatsächlich bog der VW-Bus in die Auffahrt ein. Was machte denn Katja so früh schon hier? Thea blinzelte, von der Sonne geblendet. Der Wagen hielt nun dicht vor ihr. Der Motor erstarb. Die Fahrertür wurde geöffnet, und jemand sprang heraus. Nein, das war nicht ihre Schwester.

Es war ... Thea stockte der Atem. Nein, es konnte unmöglich Georg sein, der nun auf sie zutrat. Sie bildete sich das nur ein.

»Thea...« Seine Stimme, unverkennbar, zärtlich und rau.

Jähe Freude stieg in ihr auf und zugleich eine tiefe

Furcht, und sie hatte das Gefühl, den Boden unter sich zu verlieren. Georg war braun gebrannt, wie auch im vorigen Jahr am Ende des Sommers, und noch dünner als bei ihrer letzten Begegnung. Sein nachlässig in die Hose gestopftes Hemd war ihm viel zu weit geworden. Und die beiden Furchen um seinen Mund, an die sie sich aus dem Krankenhaus erinnerte, waren geblieben. Ja, es machte sie bestürzend glücklich, ihn wiederzusehen, und versetzte sie doch auch in große Angst. Wie erstarrt saß sie da, unfähig, den Blick von ihm abzuwenden.

Sie erkannte Glück in Georgs Augen und Schmerz und eine bange Frage. Aber es lag auch ein entschlossener Ausdruck um seinen Mund. So sah er aus, wenn er durch nichts zu beirren war.

Er trat einen Schritt auf sie zu und ließ dann die Arme wieder sinken, als hätte er ihre Abwehr gespürt. Sein entschlossener Ausdruck blieb jedoch. Nein, anders als in der Klinik in Köln würde er nicht wieder gehen. Das wusste sie genau. Immer noch blickten sie sich stumm an. Ein Lieferwagen hielt vor der Klinik, und ein Mann in einem grünen Overall trug einen Korb Gemüse hinein, aber irgendwie war das ganz weit weg.

»Du ... du siehst gut aus«, sagte Georg nach einer langen Pause. »Und ... ganz gesund, das ist so schön ...« Der brüchige Klang seiner Worte und sein inniger Blick drückten all seine Gefühle für sie aus und machten sie wehrlos. Aber sie wollte sich doch gegen seine Liebe schützen!

Jetzt erst fand sie ihre Sprache wieder. »Ganz gesund? Wie kannst du das sagen? Du übersiehst wohl, dass ich auf einen Rollstuhl angewiesen bin«, erwiderte sie sarkastisch. »Überhaupt, wie ... wie kommst du hierher? Und warum?«

»Du weißt genau, wie ich ›gesund‹ gemeint habe und dass es mir dabei nicht nur um deinen Körper ging.« Georg straffte sich. »Thea, es ist Zeit, dass wir endlich miteinander sprechen.« Sein Tonfall war ruhig, aber auch sehr bestimmt.

»Aber ... Ich will dich nicht sehen ...« Ach, das stimmte doch gar nicht. Und wahrscheinlich strafte ihre zitternde Stimme ihre Worte ohnehin Lügen.

»Thea, dein Vater hat mir gestern gesagt, dass er mich mit Melanie und Frieder im Breidenbacher Hof in Düsseldorf gesehen hat. Und auch, dass du dich mit dem Gedanken trägst, eine Stelle in Boston anzunehmen. Er geht davon aus, dass das eine mit dem anderen zusammenhängt. Aber ...« Er stockte kurz. »... was auch immer er in die Situation in Düsseldorf hineininterpretiert und dir erzählt hat – es war nichts von Bedeutung! Denn ... Ich habe an dem Tag für Frieder endlich ein Sparbuch angelegt, und danach hat Melanie mich gebeten, mit ihr essen zu gehen. Dabei hat sie mir erzählt, dass sie eine Rolle als Sängerin in einem Film bekommen hat. Das war alles!«

War es das wirklich? Irgendwie war Thea nicht imstande, einen klaren Gedanken zu fassen.

Georg nahm ihren Zweifel und ihre Verwirrung wahr. »Thea, bitte, gib unserer Liebe noch einmal eine Chance. Wirf sie nicht weg.«

Stille breitete sich zwischen ihnen aus. Sein Gesicht war offen und schutzlos. Was Thea viel zu tief berührte. Und wieder hatte sie das Gefühl, den Boden unter sich zu verlieren.

»Hat dir Vater gesagt, wo ich bin? Entgegen seinem Versprechen?« Der Ärger gab ihr Halt.

»Ich wusste es schon seit ein paar Monaten.«

»Du wusstest es?« Sie starrte ihn an. »Die ganze Zeit?«

»Na ja, nicht die ganze Zeit, es hat etwa vier Wochen gedauert, bis ich es herausgefunden hatte.«

»Aber ...«

»Ich hatte Katja gebeten, nach dir zu sehen und dich nach Kräften zu unterstützen. Bei unserer letzten Begegnung in Köln im Krankenhaus warst du so außer dir, und ich hatte Angst, dir zu schaden, wenn ich dich besuche.«

»Katja wusste von *dir*, dass ich hier bin?«

»Ich habe es über den Fahrer der Ambulanz herausgefunden. Thea, ich liebe dich, ich konnte dich nicht allein lassen!«

Sie wollte nicht hören, dass er sie liebte. Das machte sie so sehnsüchtig. Denn es gab ja immer noch ihre Krankheit und ihre Lähmung, die vielleicht für immer bleiben würde. Wieder war ihr Ärger ein guter Ausweg.

»Katja und du ...« – Thea suchte nach Worten – »... habt euch also gegen mich verbündet.«

»So war das nicht. Es war natürlich nicht gegen dich gerichtet. Wir hatten beide große Angst um dich. Und sei ehrlich: Wenn ich schwer krank und verzweifelt gewesen wäre, hättest du dann nicht auch alles getan, um mich zu finden und mir zu helfen?«

Natürlich hätte sie das. Unbedingt. Sie würde es auch immer noch tun. Aber Thea brachte dieses Eingeständnis nicht über die Lippen. Denn damit hätte sie zugegeben, dass sie Georg immer noch liebte.

»Thea ...« – er machte wieder eine Bewegung auf sie zu – »... du willst doch dieses kleine Mädchen nach Hause bringen. Ich habe mich gestern Nacht, nachdem ich hier angekommen bin, mit Katja getroffen. Die Klinik war ja schon lange geschlossen. Wir haben abgesprochen, dass *ich* dich begleite und nicht sie.«

»Was fällt euch ein, so über mich zu verfügen!« Und doch konnte sie es Elli nicht antun, die Reise deshalb abzusagen. Thea hatte das Gefühl, in der Falle zu sitzen.

Georg bemerkte offenbar wieder, was in ihr vorging. »Bitte, gib mir diesen einen Tag mit dir. Und wenn du mich danach nicht mehr sehen willst, dann werde ich dich in Ruhe lassen. Das verspreche ich dir.« Seine Miene war sehr ernst und eindringlich. Und wieder so zärtlich, dass es ihr ins Herz schnitt.

Sie zögerte.

»Thea, bitte ...«

Er war jemand, der sein Wort hielt. Das wusste sie. »Gut, wir beide bringen Elli nach Hause«, stieß sie brüsk hervor.

»Danke.« Er lächelte sie an. »Wo können wir die Kleine denn abholen?«

»In der Kinderklinik am unteren Ende des Parks. Ich zeige dir den Weg.« Sie hätte das Zusammensein mit Georg gern noch ein wenig hinausgeschoben. Aber inzwischen war es zehn. Und Elli wartete bestimmt schon sehnlich auf sie.

Thea fuhr mit dem Rollstuhl an die Beifahrertür, die Georg für sie öffnete. Sie hielt sich am Armaturenbrett fest, zog sich auf die Füße – und rutschte doch ab. *Oh, verdammt!* Bei den letzten Malen hatte sie das doch so gut bewältigt!

»Siehst du, ich bin und bleibe nun mal behindert!«, fuhr sie ihn an.

»Darf ich dir helfen?«, hörte sie Georg gelassen fragen.
Sie nickte mit abgewandtem Gesicht. Fest und doch behutsam legte er seine Arme um sie. Eine so schmerzlich vertraute Berührung. Und dann saß sie auf dem Sitz, und er verstaute den Rollstuhl im hinteren Teil des Wagens. Gleich darauf ließ er sich neben ihr nieder und drehte den Zündschlüssel im Schloss.
O Gott, worauf hatte sie sich da nur eingelassen!

Vier Stunden später näherten sie sich allmählich ihrem Ziel. Sie überquerten einen Fluss auf einer Brücke, sanft geschwungene Weinberge erhoben sich auf der anderen Seite. Da und dort standen kleine Häuser oder Kapellen inmitten der Reihen von Reben.
Elli saß zwischen Thea und Georg. Ihre Anwesenheit hatte alles viel leichter gemacht. Thea hatte Spiele mit ihr gespielt – etwa, wer von ihnen als Erstes ein blaues oder ein braunes Auto entdeckte –, und sie hatte mit ihr die kleinen Bilderbücher aus dem Köfferchen angesehen. Elli war kein Kind, dem beim Fahren und Bilderbetrachten übel wurde. Einmal hatten sie eine Pause auf einem Parkplatz gemacht und belegte Brote aus Katjas Picknickkorb gegessen. Und gelegentlich war Elli eingedöst. Aber auch dann war es – glücklicherweise – nicht möglich gewesen, dass sie, Thea, und Georg sich ernsthaft unterhielten.
Elli wachte jetzt wieder auf und blinzelte schläfrig. Dann weiteten sich ihre Augen. »Da ist unser Dorf!« Sie deutete aufgeregt auf eine Ansammlung von Häusern weiter oben auf einem Hügel, die sich um eine Kirche mit einem eckigen Turm und einer hohen, schmalen Spitze gruppierten.

»Kannst du uns sagen, wie wir fahren müssen?«, erkundigte sich Georg, als sie nun ein barockes Tor durchquerten.

»Ja.« Ellis kleiner Körper war nun ganz angespannt, und ihre Augen waren immer noch riesengroß. »Da kommt gleich ein Brunnen, da!« Sie deutete nach rechts.

Georg ging vom Gas und schaltete einen Gang herunter. Eine Frau in Gummistiefeln, einen Rechen auf der Schulter, blickte dem fremden Auto neugierig nach. Eine Gasse tat sich vor ihnen auf. Thea registrierte ein großes Fachwerkgebäude – ein Weingut, wie sie der verschnörkelten Schrift auf der Fassade entnahm. Einige weitere kleinere Fachwerkhäuser reihten sich dahinter auf.

»Und jetzt?« Georg wandte sich wieder Elli zu.

»Ganz dahinten.«

»Ich soll zum Ende der Gasse fahren?«

Elli nickte stumm und umklammerte Theas Hand. Der VW-Bus rumpelte durch ein paar Schlaglöcher. Dann hatten sie ein Häuschen mit ausgebleichtem Fachwerk erreicht. Daneben erstreckte sich ein Gemüsegarten.

»Ist hier dein Zuhause?«

Wieder nickte Elli stumm, und Georg schaltete den Motor aus. Hinter einem Fenster wurde eine Bewegung sichtbar. Thea öffnete die Beifahrer- und Georg die Fahrertür. Dann hob er Elli aus dem Wagen. Er wollte ihr die Krücken reichen. Doch die Haustür flog auf, und eine Frau kam heraus, die ein schmales Gesicht und feines blondes Haar hatte und Elli sehr ähnlich sah. Sie stützte sich auf eine improvisierte Krücke. Hinter ihr erschienen drei Kinder, ein Mädchen und zwei Jungen, zwischen zwölf und acht Jahre alt.

»Mama!« Elli, die eigentlich auch noch Gehhilfen benötigte, stürzte auf ihre Mutter zu und warf sich in ihre Arme.

»Elli, meine Kleine, endlich haben wir dich wieder!« Die Mutter streichelte sie und wirkte, als könne sie noch gar nicht glauben, dass Elli tatsächlich vor ihr stand. Tränen schimmerten in ihren Augen. Elli klammerte sich an sie, und die beiden hielten sich ganz fest, umringt von Ellis Geschwistern.

Georg half Thea aus dem VW-Bus und in den Rollstuhl. Er trug Ellis Koffer aus Pappe mit ihren wenigen Kleidern und den Spielzeugkoffer, und Thea nahm die Pippi und das Äffchen auf ihren Schoß. Langsam näherten sie sich Elli und ihrer Familie.

Da löste sich Elli von ihrer Mutter, kam zu Thea gelaufen und schmiegte sich an sie. »Ich hab Sie lieb«, flüsterte sie.

»Ich dich auch.« Thea wurde die Kehle eng. Sie fing Georgs Blick auf, zärtlich und ebenfalls gerührt. Ja, er verstand, was in ihr vorging. Hastig sah Thea weg und wandte sich Ellis Mutter zu, die nun zu ihr und Georg trat und sich bewegt dafür bedankte, dass sie Elli nach Hause gebracht hatten.

»Ich schreibe dir, versprochen.« Thea drückte Elli an sich, als Georg und sie sich nach dem Kaffeetrinken mit der Familie in der Küche schließlich verabschiedeten. Ein Wohnzimmer gab es in dem kleinen Haus anscheinend nicht. Aber es hatte Ellis Lieblingskuchen gegeben und Kerzen auf dem Tisch und einen Feldblumenstrauß und ein Bilderbuch als Willkommensgeschenk. Die Mutter hatte die Kleine immer wieder berührt, und die Geschwister hatten sich sehr fürsorglich ihr gegenüber verhalten, hatten ihr Kuchen auf den Teller gelegt, Milch in ihr Glas gegossen und ihr die Krücken hinterhergetragen. Elli selbst hatte nicht viel gesagt, aber sie hatte die ganze Zeit vor Glück gestrahlt.

»Ich danke Ihnen noch einmal.« Ellis Mutter drückte Thea die Hand. »Für alles, was Sie für Elli getan haben.«

»Es hat mir selbst viel gegeben«, wehrte Thea ab. Das entsprach der Wahrheit, sich um Elli und die anderen Kinder zu kümmern, hatte ihr aus der Schwermut und Hoffnungslosigkeit herausgeholfen, in die ihr kranker Körper sie gestürzt hatte. »Sie schreiben mir von Ellis weiterer Behandlung, ja? Wenn irgendetwas nicht so gut laufen sollte, werde ich versuchen zu helfen.«

»Das mache ich. Und danke auch Ihnen.« Ellis Mutter wandte sich Georg zu. Elli hatte ihrer Familie gesagt, dass er ein Freund von Thea sei. Wenn sich Ellis Mutter darüber gewundert haben sollte, ließ sie es sich nicht anmerken.

»Schon gut, ich habe gern geholfen. Und danke für den Kaffee«, erwiderte er freundlich. Thea wusste, dass er Dankesbekundungen eigentlich hasste und nicht selten beinahe schroff darauf reagierte. Aber es war auch typisch für ihn, dass er sich gegenüber dieser zarten, aufgewühlten Frau herzlich verhielt.

Schon bei dem Kaffeetrinken war ihr wieder so vieles an ihm vertraut gewesen. Die Art, wie er lächelte oder die Fragen von Ellis Brüdern nach dem VW-Bus beantwortete. Oder auch nur so etwas Banales, wie er seinen Kuchen aß. Die Sahne daneben und nicht obendrauf. Und dass er auf Milch und Zucker im Kaffee verzichtet hatte.

Und auch jetzt wieder war seine Berührung so schmerzlich vertraut, als er ihr aus dem Rollstuhl in den Wagen half. Nachdem er ihn verstaut und die Tür zugeschlagen hatte, ging er um den VW-Bus herum und setzte sich neben sie. Der Motor sprang an. Georg hob noch einmal grüßend die Hand, und Thea winkte Elli, ihrer Mutter und ihren Geschwistern zu, bis sie aus ihrem Blickfeld verschwunden waren.

Vier Stunden Fahrt lagen vor ihnen – ohne Elli.

Georg zündete sich eine Zigarette an – dies war nicht der richtige Zeitpunkt ihm zu sagen, dass er zu viel rauchte –, und eine Weile durchquerten sie schweigend die kleinen Dörfer und Ortschaften entlang des Mains.

»Katja hat mir von den Zuständen in der Kinderklinik erzählt«, sagte Georg schließlich.

»Ja?« Thea ließ ihre Stimme neutral klingen. Ach, sie hätte sich oft selbst so gern mit ihm darüber unterhalten! »Es war sehr bedrückend und furchtbar für die Kinder, die wochen- oder gar monatelang in den Gipsschalen liegen mussten, fast ohne jede Ablenkung außer den Behandlungen. Von Ilse Hasslachers Verbrechen an ihnen ganz zu schweigen. Ich bin so froh, dass mit der neuen Ärztin, Frau Dr. Meinecke, nun ein ganz anderer Geist dort weht.«

»Ich habe Artikel der Universitätskinderklinik in Zürich gelesen. Dort geht man davon aus, dass Polio und die Lähmungen sich auf die Psyche von Kindern auswirken, und man versucht, auch das in die Therapie einzubeziehen.«

»Ja, natürlich wirkt sich das seelisch aus. Auch ich bin mir am Anfang völlig ausgeliefert vorgekommen und fremd in meinem Körper. Und...« Thea unterbrach sich, sie wollte nicht zu viel von sich preisgeben. »Laut Katja hast du dich um einen jungen Mann gekümmert, der ebenfalls an den Folgen von Kinderlähmung leidet?« Dies war ein einigermaßen neutrales Terrain.

»Gottfried, so heißt er, hatte ein steifes Bein zurückbehalten. Er hat sich wegen der Behinderung in sein Schneckenhaus zurückgezogen und nach außen ziemlich aggressiv reagiert. Wie man das oft so macht, um nicht verletzt zu werden.« Womit er auch von sich selbst sprach, wie Thea sehr wohl wusste. Georg war zwar nicht aggressiv, konnte sich aber sehr schroff und abweisend verhalten, um seinen weichen Kern zu schützen. »Ich bin kein Psychologe und konnte ihm da nicht helfen. Aber ich habe ihn mit der Kenny-Methode behandelt und mit Massagen, verabreicht durch Schwester Fidelis, und beides hat geholfen. Die verkümmerten Muskeln an seinem steifen Bein haben sich wieder gelockert, und nach und nach konnte er auch wieder Muskeln aufbauen.«

Ach, wie früher führten sie ein medizinisches Gespräch. Was schön war, aber auch beunruhigend. Thea wollte es jedoch nicht abwürgen. Dazu interessierte sie das Thema zu sehr. »Massagen haben mir auch geholfen, Hetti hat sie mir gegeben, sie ist wirklich begabt, ich verdanke ihr viel. Aber was ist die Kenny-Methode?«

»Nun, verkürzt gesagt, von Lähmungen betroffene Glieder werden in angewärmte, feuchte Decken aus Schafwolle gewickelt. Die Wärme trägt zur Entspannung bei. Und die Schafwolle... Irgendwie sind Schafe anscheinend Tiere, die sehr heilkräftige Stoffe in sich haben.«

»Ich erinnere mich, du hast mal eine hartnäckige Hepatitis B mit lebenden Schafsläusen behandelt.«

»Ja, genau.« Georg warf ihr einen Blick von der Seite zu und lächelte. »Und Pferde scheinen auf kranke Menschen, oder zumindest Kinder, ja auch eine therapeutische Wirkung zu haben.«

Etwa bei dem Waisenjungen, dem Georg und sie im vergangenen Sommer zu einem neuen Zuhause verholfen hatten. Durch die Pferde hatte er zugleich wieder Nähe zu Menschen zulassen können. Ob Georg daran dachte? Bestimmt. Doch er sagte nur: »Gottfried fühlt sich bei ihnen auch sehr wohl.«

»Das ist schön. Du hast dich ja sehr intensiv mit Therapien für die Folgen von Kinderlähmung beschäftigt«, stellte Thea fest.

Georg überholte jetzt einen Traktor auf der von Pappeln gesäumten Landstraße und schwenkte vor ihm wieder auf die rechte Spur ein. Hatte er ihre Bemerkung überhört?

»Ich hab das auch getan, weil ich dadurch das Gefühl hatte, dir nahe zu sein«, erwiderte er jetzt ruhig, den Blick weiter auf die Straße gerichtet, »wenn ich schon nicht bei dir sein konnte. Und, na ja, wer weiß, wenn ich mich irgendwann als Landarzt langweilen sollte, kann ich diese Kenntnisse irgendwann noch vertiefen«, fügte er jetzt hinzu, um seinen Worten die Schwere zu nehmen.

Katja hatte das ja ebenfalls schon erwähnt – dass Georg dem Jungen auch half, um ihr, Thea, auf diese Weise nahe zu sein. Aber es von ihm selbst zu hören war etwas anderes. Seine Worte trafen sie, wühlten sie auf. Obwohl dies das Letzte war, das sie wollte.

»Ich bin müde und würde gern versuchen, etwas zu schlafen«, behauptete sie.

»Ja, natürlich.« Georgs Stimme klang besorgt. »Und sag mir, wenn wir eine Pause machen sollen.«

Thea schloss die Augen und lehnte den Kopf an das

Seitenfenster. Aber Georgs Worte klangen umso mehr in ihr nach.

»Wir haben noch etwa eine Stunde Fahrt bis zur Klinik.« Georgs Stimme weckte Thea. Sie war tatsächlich eingeschlafen, und das wohl für längere Zeit. Denn das Licht, das vorhin noch ganz hell und klar gewesen war, war jetzt abendlich mild und gedämpft, und die Bäume und Sträucher auf den Feldern warfen lange Schatten. »Sollen wir eine Pause machen und irgendwo etwas essen? Oder ist es dir lieber, wenn wir durchfahren?«

»Wie spät ist es denn?«

»Fast sieben, der Unfall hat uns Zeit gekostet.«

Georg erzählte, dass vor Nürnberg die Bundesstraße gesperrt gewesen war, da ein Auto mit einem Lkw zusammengestoßen war und sie einen größeren Umweg hatten nehmen müssen. Thea wunderte sich, dass sie davon gar nichts mitbekommen hatte. Ihre Blase regte sich schmerzhaft. Bis zur Klinik würde sie es nicht mehr schaffen.

»Wir können gern eine Pause machen«, erwiderte sie. »Ich muss ohnehin dringend einmal auf die Toilette.« Und nach der langen Fahrt war Georg sicher müde.

»Was hältst du von dem Gasthof da vorn?« Etwas oberhalb der Straße, am Rand eines Dorfes, gab es ein Restaurant mit einer Terrasse. Sie zeigte zu einem See.

»Das sieht nett aus.«

»Gut, dann fahren wir dorthin.« Georg nickte und bog von der Landstraße ab.

»So ein Mist ...«, murmelte Thea, während sie sich kurz darauf mühsam mit einer Hand auf dem Waschbecken abstützte und ihre andere unter den Wasserstrahl hielt. Unter dem Aspekt der Toiletten hatte sich das Restaurant als ein kompletter Fehlgriff erwiesen. Denn die befanden sich im Keller, am Ende einer langen Treppe. Georg hatte sie und dann den Rollstuhl hinuntertragen müssen, während ihnen die Gäste im Innenbereich neugierig und konsterniert hinterhergestarrt hatten. Und sich in dem engen Raum mit dem Rollstuhl zu bewegen war ebenfalls beschwerlich gewesen. Vielleicht hätte sie versuchen sollen, bis zu einem anderen Gasthof durchzuhalten. Aber das war jetzt auch egal.

Thea kämpfte mit der Tür, die schlug ihr schmerzhaft gegen den Arm, und rollte auf Georg zu, der vor der Toilette auf sie gewartet hatte. »Tut mir leid, dass es so lange gedauert hat.«

»Das macht doch nichts. Sollen wir?«

»Ja«, erwiderte sie mit zusammengebissenen Zähnen.

Er hob sie hoch und trug sie die Treppe hinauf in den Gastraum, wo er sie vorsichtig auf einer Bank absetzte. Dann blickte er zu dem Panoramafenster. »Auf der Terrasse ist ein Tisch frei geworden, sollen wir nach draußen gehen? Der Abend ist so mild.«

»Von mir aus.«

Georg holte nun auch noch den Rollstuhl – ach, wie sie das alles hasste! – und schob sie durch den Innenraum. Dann manövrierte er sie samt ihrem Gefährt die Stufe zur Terrasse hinunter. Waren in ihrem Leben Stufen jemals ohne Bedeutung gewesen und keine mehr oder weniger unüberwindliche Barriere? Thea konnte sich das kaum noch vorstellen. Sie atmete auf, als sie endlich den freien Tisch am Rand der Terrasse erreicht hatten.

Der Blick auf den See war traumhaft, die Terrasse selbst schön, mit den üppigen Blumen am Geländer, dem zierlichen Mobiliar aus Metall und den brennenden Kerzen auf den Tischen. Aber Thea wollte nur noch weg, und dass der junge Kellner sie ignorierte und nur Georg anschaute, während er die Bestellung aufnahm, machte es nicht besser. Wahrscheinlich war es keine böse Absicht, und sie verunsicherte ihn nur. Sie war jedoch nicht in der Stimmung, darauf gelassen zu reagieren.

Verzweifelt suchte Thea nach einem unverfänglichen Gesprächsthema, mit dem sich dieses Essen überstehen ließe. Katja hatte angedeutet, dass sich wohl zwischen Marlene und einem Schreiner oder Zimmermann, der auf dem Gelände des Schlösschens arbeitete, etwas anbahnte. Die jüngere Schwester hatte feine Antennen für so etwas. Normalerweise hätte sie dies brennend interessiert. Aber alles, was mit Liebe zu tun hatte, war zwischen ihr und Georg ja alles andere als unverfänglich. Nach der Praxis zu fragen war auch keine gute Alternative, denn dies weckte zu viele Erinnerungen.

Der Kellner servierte die Getränke und gleich darauf die Speisen. Ein Glas Weißwein und ein Wasser und einen Salat für Thea und ein Bier und ein Gulasch für Georg.

Sie stocherte in dem Salat herum. Einmal rutschte ihr das Messer aus der Hand und fiel klappernd zu Boden, und Georg musste es ihr aufheben, was zwei Frauen am Nebentisch die Augen verdrehen und hinter vorgehaltener Hand tuscheln ließ. Georg spürte ihre Anspannung wohl, er erkundigte sich nach den Ausflügen, die sie mit Katja unternommen hatte. Thea erzählte ausführlich von Neuschwanstein, was die Zeit überbrücken half, und Georg berichtete von dem Kinofilm »Mein Freund Harvey«, den er kürzlich an einem freien Abend in Aachen gesehen hatte. Normalerweise hätte Thea an der Komödie mit James Stewart, der von einem für alle außer ihm unsichtbaren Hasen begleitet wurde, ihren Spaß gehabt. Aber nicht an diesem Abend.

Schließlich legte sie ihr Besteck zur Seite, obwohl ihr Teller noch halb voll war. »Ich bin satt und ziemlich erschöpft...«

Georg nickte. »Ich bezahle schnell die Rechnung, dann können wir los.«

Thea verfolgte, wie er im Inneren des Restaurants verschwand. Er hatte gesagt, dass er sie für immer gehen lassen würde, wenn sie ihn nach dieser Fahrt nicht mehr sehen wollte. *Wollte* sie das? Konnte sie das überhaupt? Denn nach diesem gemeinsam verbrachten Tag war es irgendwie unvorstellbar, Georg nicht mehr wiederzusehen. Aber würde sie wirklich den Mut aufbringen, zu ihrer Liebe zu stehen?

Unwillkürlich bewegte Thea sich. Ihre Hand traf gegen das noch fast volle Weinglas. Es kippte um, und der Inhalt ergoss sich über den Tisch. Theas Wangen wurden rot vor Scham. Wie hatte sie nur so ungeschickt sein können?

Eine der Frauen am Nachbartisch lachte spröde auf. »Du lieber Himmel, man kann nur hoffen, dass der arme Mann nicht mit diesem Krüppel verheiratet ist.« Ausgerechnet jetzt waren die Gespräche auf der Terrasse leise geworden und die boshaften Worte weithin zu hören.

Thea hatte das Gefühl, alles auf einmal wie verlangsamt wahrzunehmen. Georg, der aus dem Restaurant gekommen war, das Gesicht weiß vor Zorn. Das höhnische

Lächeln der beiden Frauen, die betretenen Mienen der anderen Gäste. Wenn sich die Lähmung in ihren Beinen nicht besserte, würde es wahrscheinlich noch oft solche Situationen geben. Und doch ... Wollte sie sich davon bestimmen lassen? Mit großer Klarheit wusste sie plötzlich, wenn sie jetzt nicht zu ihrer Liebe stand, würde sie es für immer bereuen.

Sie drehte sich zu den beiden Frauen um und erklärte, ihrerseits mit einem Lächeln und lauter, klarer Stimme: »Ich muss Sie enttäuschen, denn dies *ist* mein Mann.«

Dann wandte sie sich Georg zu. Nur er war jetzt wichtig, und ihr Strahlen, das »Ich liebe dich, ich liebe dich so sehr!« sagte, galt nur ihm. Georgs Mienenspiel wechselte von tiefem Erstaunen zu Glück, als er ihre Botschaft verstand.

Jetzt war er bei ihr, antwortete, ebenfalls laut vernehmlich: »Ich betrachte mich als sehr, sehr reich«, und küsste sie vor allen Anwesenden mitten auf den Mund. Und in diesem Moment wusste Thea, dass sie ihren Entschluss nie bereuen würde.

Kapitel 41

Von irgendwoher war Wasserrauschen zu hören. Thea wachte auf, doch sie hielt die Augen geschlossen. War es wirklich wahr, dass sie und Georg wieder zueinandergefunden und die Nacht in einem Hotelzimmer verbracht hatten? Sie hatte Angst, dass alles nur ein Traum war. Aber als sie nun um sich blickte, lag sie tatsächlich in einem Hotelzimmer. Eine Gardine blähte sich im Wind vor einer offenen Balkontür, und dahinter zogen sich Weiden und Felder, von Baumreihen und Hecken durchsetzt und von der Morgensonne beschienen, einen Hügel hinauf.

Die Tür des Badezimmers öffnete sich, und Georg trat heraus, ein Handtuch über die nackten Schultern gehängt und das Haar noch ganz feucht. »Tut mir leid, ich wollte dich nicht wecken.«

»Ach, eigentlich möchte ich sowieso keine Minute mit dir mehr verpassen.« Thea schüttelte lächelnd den Kopf, streckte die Arme nach ihm aus und zog ihn an sich.

»Georg«, flüsterte sie, »ich bin so froh, dass du zu mir gekommen bist. Ich hatte mich verrannt und hätte sonst wahrscheinlich wirklich … Es war so furchtbar, Hans zu verlieren! Und die Vorstellung, dich auch zu verlieren – oder dass du dich von mir entfernst …«

»Schsch, das ist jetzt nicht mehr wichtig.« Sein Kuss verschloss ihre Lippen. Ein sehr zärtlicher und doch intensiver

Kuss und eine Erinnerung an die vergangene Nacht, als sie sich zum ersten Mal nach so langer Zeit wieder geliebt hatten. Erst ganz vorsichtig und tastend, und Thea hatte auch ein bisschen Angst davor gehabt. Da waren ja ihre Lähmungen. Und was, wenn sie nicht mehr so empfinden konnte wie früher? Aber plötzlich war es gar nicht wichtig gewesen, dass sie in ihren Bewegungen eingeschränkt war. Ihre Liebkosungen waren plötzlich vertraut und selbstverständlich gewesen und ihr Liebesspiel genauso leidenschaftlich und erfüllend wie immer.

Irgendwo schlug eine Kirchturmuhr neun Mal, und Georg löste sich seufzend von ihr. »So gern ich dich weiterküssen würde, wir müssen um elf aus dem Zimmer raus. Sollen wir unten in der Gaststube frühstücken oder hier?«

»Lieber hier.« Thea hatte keine Scheu vor den anderen Gästen, aber sie wollte mit Georg allein sein.

»Gut, dann kümmere ich mich darum.« Georg hob rasch ihre Kleidungsstücke auf, die um das Bett verstreut waren, und legte sie auf einen Stuhl daneben. »Kommst du allein zurecht?«

»Ja. Hier ist viel Platz, und ich kann ganz gut mit dem Rollstuhl manövrieren.«

Während sich Georg schnell vollständig anzog, wickelte sie sich in sein Handtuch und fuhr im Rollstuhl zum Bad. An diesem Tag musste eine Katzenwäsche genügen. Thea ließ sich auf dem Hocker nieder, den es glücklicherweise gab, wusch sich das Gesicht und improvisierte ein Zähneputzen.

Dann legte sie das Handtuch beiseite und berührte ihren nackten Körper. Die Leidenschaft der vergangenen Nacht klang noch in ihr nach. Ein Lächeln huschte über ihr Gesicht. Dabei hatte sie dies vor wenigen Monaten noch für unvorstellbar gehalten!

Wie gut, dass sie bald nach dem Aufbruch von dem Gasthof dieses kleine Hotel gefunden hatten! Niemand hatte nach ihren Ausweisen gefragt – vielleicht aufgrund ihrer Lähmung, aber das sollte ihr in diesem Fall recht sein –, und so hatten sie, obwohl unverheiratet, ohne Probleme das gemeinsame Zimmer erhalten.

An der Tür hing ein Bademantel, Thea schlüpfte hinein. Sie war eben ins Zimmer zurückgekehrt, als Georg hereinkam, gefolgt von einer rundlichen Frau im Dirndl, die einen Servierwagen schob. Da das Wetter immer noch schön war, baten sie sie, draußen auf dem Balkon zu decken.

Das Frühstück war wundervoll – die Brötchen frisch gebacken, der Kaffee stark und aromatisch, und der Käse, die Wurst und die Marmelade schmeckten köstlich. Schon lange hatte Thea morgens nicht mehr so viel Hunger gehabt und mit so großem Appetit gegessen.

Sie plauderten unbeschwert miteinander – ganz anders als am vorigen Abend. Nun hatte Thea auch keine Scheu mehr, nach der Praxis zu fragen. Georg erzählte von Dr. Kramers Beinbruch und von den Patienten, die Thea ja auch alle kannte. Schließlich tupfte sich Georg mit der Serviette den Mund ab. Er beugte sich vor und griff nach ihrer Hand. »Liebling, wie sind denn deine Pläne für die nächste Zeit? Willst du noch ein paar Wochen hier im Allgäu bleiben, oder möchtest du mit mir nach Eichenborn kommen? Ich wünsche mir natürlich, dass du mit zurückfährst, aber ich kann auch verstehen, wenn du dich anders entscheidest.«

»Darüber habe ich noch gar nicht nachgedacht. Ich...« Thea verstummte. »Ich würde gern direkt mit dir zurückfahren«, sagte sie schließlich. »Aber da ist Hetti, ich habe mich so an sie gewöhnt, und ihre Massagen tun mir gut, und... Ach, das ist eine längere Geschichte, aber ich verdanke ihr so viel, und ich möchte ihr weiterhin helfen, ihre therapeutischen Fähigkeiten zu entwickeln. Außerdem will ich mich auch nicht Hals über Kopf aus der Kinderklinik zurückziehen. Wie wäre es, wenn ich vielleicht in vier oder sechs Wochen nachkommen würde? Ist das für dich in Ordnung? Und könntest du denn noch ein paar Tage bleiben?« Irgendwie war es unvorstellbar, dass sie sich jetzt schon wieder trennen mussten.

Georg nickte. »Dr. Kramer wird mich für eine Woche vertreten. Er hat ja Unterstützung von Schwester Fidelis und von Marlene.«

»Eine ganze Woche, wie schön!« Theas Stimmung hob sich.

»Na ja, irgendwie hatte ich gehofft, dass du es dir anders überlegst und mich nicht wegschickst.« Georg lächelte sie an. »Und ich werde dich natürlich auch zwischendurch besuchen. Außerdem... Wenn ich es recht bedenke, ist es vielleicht gar nicht so schlecht, dass du erst in ein paar Wochen wieder in Eichenborn bist.«

»Ach ja? Weshalb?« Lag da auf einmal ein Schalk in seinen Augen?

»Weil dann deine Praxisräume endgültig fertig sein werden.«

»Meine *Praxisräume*?«

»Wir hatten doch darüber gesprochen, vor deiner Krankheit.«

Der Bauplan und das kleine Modell aus Pappe mit dem Anbau. Sie hatte das ganz vergessen. »Du hast die Räume tatsächlich bauen lassen? Obwohl du gar nicht wusstest, ob ich ...?«

»Es war ein Versprechen auf die Zukunft. Der Rohbau aus Holz ist bald fertig. Aber bis die Böden eingezogen und die Elektrik gelegt sind, wird es noch etwas dauern.«

»Oh, Georg! Aber ... Aber ...« Thea versagte die Stimme. Sie war einfach überwältigt.

»Noch ein Grund mehr, dass du im wahrsten Sinne des Wortes schnell wieder auf die Beine kommen solltest.« Er grinste sie an. »Und wenn nicht, dann wirst du die erste Fachärztin für Gynäkologie sein, die ihre Patientinnen vom Rollstuhl aus behandelt.«

»Möglicherweise ja, und ...« Ein Gedanke formte sich plötzlich in Thea. Sie horchte in sich hinein, und dann sprudelte sie ihn hervor: »Ach, Georg, am 8. August wäre doch unser Hochzeitstag gewesen. Und ich musste an dem Tag so oft an dich denken und habe geglaubt, wir würden niemals heiraten. Und ...«

»Ich war an dem Tag in Füssen, ich habe dich mit den Kindern am Seeufer gesehen. In Eichenborn habe ich es einfach nicht ausgehalten.«

»Ich hatte auch das Gefühl, dich gesehen zu haben, aber ich dachte, ich hätte mir das nur eingebildet, weil ich mich so nach dir gesehnt habe«, flüsterte sie.

»Tja, ich war unvorsichtig und hatte mich zu weit hinter den Bäumen vorgewagt.« Er streichelte ihre Hand. »Ich war unendlich froh, dass es dir so viel besser ging. Da habe ich nicht aufgepasst.«

Dann war Georg also ganz in ihrer Nähe gewesen. Was

schön war und diesem Tag, der durch die Entdeckung von Ilse Hasslachers Grausamkeiten so bedrückend gewesen war, im Rückblick noch etwas Tröstliches gab. Das alles bestärkte Thea noch mehr in dem, was sie sich wünschte.

»Also, was ich eigentlich sagen wollte ...« – sie holte tief Atem – »... ich möchte dich fragen: Was hältst du davon, wenn wir hier in Füssen heiraten, und zwar so bald wie möglich? Im ganz kleinen Kreis. Und das Fest holen wir später in Eichenborn nach.«

»Was das jetzt noch mal ein Antrag?« Georg lächelte sie an.

»Wenn du so willst, ja!«

»Und es macht dir nichts aus, dass das Fest dann erst eine Weile später stattfinden wird? Du betrachtest es nicht als schlechtes Omen?«

Die Eheschließung mit Hans war ja nur eine Nottrauung gewesen, ohne Gäste oder Feier danach. Und Hans war so früh gestorben. Deshalb hatte sie die abergläubische Furcht gehabt, dass eine Trauung ohne anschließende Feier einen Schatten auf ihre Ehe mit Georg werfen würde. Sie hatte sich immer geschämt, ihm von ihrer Frucht zu erzählen. »Du hast gewusst, dass ...?« Thea war perplex.

»Du bist manchmal ziemlich leicht zu durchschauen.« Er sah sie voll zärtlichen Spotts an. Ein Blick, der sie wie immer ärgerte und doch auch einen ganzen Schwarm Schmetterlinge in ihrem Bauch auffliegen ließ. »Und jetzt lass uns überlegen, was wir für das Beantragen der Eheschließung benötigen.«

»Ja, gleich«, erwiderte Thea. Dann stützte sie sich mit einem Arm am Rollstuhl ab, beugte sich vor, schlang den anderen Arm um seinen Hals und küsste ihn innig.

Kapitel 42

»Soll ich dich über die Türschwelle tragen, oder verzichtest du lieber drauf?« Georg grinste Thea an. An diesem stürmischen Tag Ende Oktober, mit fast frühlingshaften Temperaturen und einem raschen Wechsel von jagenden Wolken und Sonne, waren sie nach Eichenborn zurückgekehrt. Bunte Blätter wirbelten vor dem Portal des Schlösschens um sie. Ein Schwarm Wildgänse zog über den Himmel. Ihr lautes Schnattern war bis zu ihnen zu hören.

Thea schüttelte den Kopf und erwiderte sein Lächeln. »Danke, das ist nicht nötig, unsere Hochzeit liegt jetzt ja schon eine Weile zurück.«

Sie konnte tatsächlich gut auf diese Geste verzichten, denn ihre kurzfristig beschlossene Trauung war dann doch sehr romantisch gewesen. Sie hatte in einer kleinen Burg in der Nähe von Füssen stattgefunden, von wo aus man einen wunderschönen Blick auf die Schlösser Neuschwanstein und Hohenschwangau hatte. Katja hatte diese Möglichkeit ausgekundschaftet und auch das Brautkleid für Thea besorgt, und das Wetter und die Landschaft hatten sich mal wieder als Postkartenidylle präsentiert. Der Vater, die beiden Schwestern, Liesel und Arthur waren dabei gewesen, Hetti und auch der Captain. Alles war harmonisch verlaufen, und der Vater und Georg hatten sich tatsächlich zum Du durchgerungen. Aber am schönsten war der

Moment gewesen, als Georg und sie die Ringe getauscht und gelobt hatten, sich immer zu lieben.

Georg hatte jetzt den Schlüssel aus seinem Jackett gezogen und die Eingangstür geöffnet. Über die neue Rampe und an seinem Arm betrat Thea das Schlösschen. So gestützt und mit einer Gehhilfe konnte sie jetzt schon kurze Strecken laufen. Die Sonne, die zwischen den Wolken hervorbrach, tauchte die Eingangshalle in ein goldenes Licht. Ausnahmsweise war der Kronleuchter einmal nicht staubig, und die Stücke aus geschliffenem Glas versprühten bunte Lichtfunken. Marlene und Schwester Fidelis hatten hier gewirkt und vor dem Fest, das in zwei Tagen stattfinden sollte, gründlich geputzt. Ein großer Tisch stand schon für Geschirr und Gläser bereit. Morgen würde Katja anreisen und sich um die Dekoration für die Feier kümmern. Sie hatte ja ein Händchen für so etwas!

An Georgs Arm ging Thea weiter. Er öffnete jetzt die Tür der Spülküche. Hier gab es nun tatsächlich einen elektrischen Herd statt der Kochplatte und einige moderne Küchenschränke. Und alles war so, dass sie auch mit dem Rollstuhl Platz hatte.

»Wir wollten das ja zusammen kaufen, aber ich dachte, vielleicht freust du dich, wenn alles jetzt schon fertig ist.« Seine Stimme klang ein bisschen besorgt. »Und für die Feier ist ein richtiger Herd wahrscheinlich auch ganz nützlich.«

»Ich bin sehr froh über den Herd.«

»Wirklich?«

»Ja.« Sie drückte zärtlich seinen Arm.

»Möchtest du dich ein bisschen ausruhen oder das umgestaltete Wohnzimmer sehen? Ich habe unser Bett dorthin stellen lassen, weil die Treppe in den ersten Stock im

Moment noch zu beschwerlich für dich ist. Oder möchtest du lieber gleich deine Praxis sehen?«

»Ich möchte unbedingt gleich meine Praxis sehen«, erwiderte Thea lächelnd.

Jetzt wieder im Rollstuhl, fuhr sie neben Georg über den Weg quer durch die Wiese vor dem Schlösschen. Der Anbau mit seinen Balken aus Fachwerk und den grünen Fensterläden wirkte schon von außen anheimelnd und passte harmonisch zur Praxis in der ehemaligen Remise.

Eine Rampe führte zur Eingangstür hinauf. Drinnen war alles hell und licht und medizinisch auf dem neuesten Stand und auch so, dass sie gut mit dem Rollstuhl manövrieren konnte.

»Gefällt es dir?« Wieder klang Georgs Stimme ein bisschen besorgt.

»Es ist wunderbar, einfach perfekt!« Thea zog ihn zu sich herunter, schlang die Arme um seinen Hals und küsste ihn stürmisch. »Ach, ich freue mich so darauf, hier zu arbeiten! Wand an Wand mit dir ...«

Nach dem Fest wollten Georg und sie für eine Woche ans Meer fahren, und danach würde sie beginnen, für ein, zwei Stunden am Tag in der Praxis tätig zu sein. Es würde sich zeigen, wie viel sie sich zumuten konnte. Und auch, ob und wann es ihr möglich war, ihre Ausbildung zur Fachärztin für Gynäkologie abzuschließen. Aber erst einmal freute sie sich auf die Feier.

»Ich bringe schnell unsere Koffer ins Schlösschen, und dann hole ich dich hier wieder ab, ja?« Georg sah sie fragend an.

»Ja, gern.« Thea nickte. Es war ihr ganz lieb, noch ein paar Momente allein in *ihren* Praxisräumen zu verweilen.

Der gynäkologische Untersuchungsstuhl war ein teures, gut gepolstertes Modell, die Patientinnen würden darauf bequem liegen können, und – Thea fuhr mit dem Rollstuhl dicht heran – auch aus dieser Position heraus sollte es ihr gut möglich sein, die Unterleibsuntersuchungen durchzuführen.

Der Arztschrank mit den Glastüren enthielt alles, was sie an medizinischer Grundausstattung benötigte, und in dem neuen Schreibtisch fand sie einen Rezeptblock und einen Terminkalender. Auch aktuelle medizinische Literatur zur Gynäkologie gab es. Georg hatte wirklich an alles gedacht.

In den Praxisräumen in der ehemaligen Remise hörte Thea nun ein Telefon läuten, gedämpft durch die Wände, aber unverkennbar. Jetzt, in der Mittagszeit, war Dr. Kramer nicht dort. Sollte sie versuchen, das Gespräch entgegenzunehmen?

Durch das Fenster sah sie, wie Georg das Schlösschen betrat. Das Telefonat würde gleich automatisch in sein Arbeitszimmer umgeleitet werden, und sie war ja ohnehin nicht mit dem aktuellen Gesundheitsstand der Patienten vertraut. Besser, er sprach mit dem Anrufer, falls es überhaupt um etwas Medizinisches ging.

Thea nahm eine der Fachzeitschriften aus dem Regal und blätterte sie durch. Erst jetzt wurde ihr richtig klar, wie ausgehungert sie danach gewesen war. Sie hatte sich gerade in einem Artikel über Brutkästen auf Säuglingsstationen festgelesen – wie wunderbar, dass nun auch Frühchen eine wirklich gute Überlebenschance hatten –, als Georg in ihr Sprechzimmer kam.

»Georg, dieser Artikel ist so interessant und ...« Sie drehte sich zu ihm um und verstummte erschrocken. Sein

Gesicht war aschfahl, so hatte sie ihn noch nie erlebt. »Georg?«, fragte sie voller Angst.

»Melanie...« Er brachte den Namen nur mühsam über die Lippen.

»Was ist mit ihr?«

»Sie... sie hat einen Unfall gehabt. Mit dem Auto... Vor zwei Tagen. Ihr Mann, Magnus Winter, hat mich angerufen. Sie ist gegen einen Baum gefahren. Und... sie ist tot. Und das Kindermädchen... es ist schwer verletzt.« Er blickte Thea aus leeren Augen an.

O Gott... Thea war völlig sprachlos, wusste nicht, was sie erwidern sollte. Und da war noch etwas, was Georg nicht ausgesprochen hatte. Sie nahm seine Hände in ihre. Ihr war übel, und ihr Herz hämmerte wie wild. Sie hatte so eine große Angst, die Frage zu stellen. Aber irgendwie schaffte sie es, die Worte über die Lippen zu bringen. »Georg, bitte, sag mir, was ist mit Frieder? Was ist mit deinem Sohn?« Wenn das Kindermädchen mit im Auto gewesen war, dann der Kleine doch bestimmt auch...

Thea wartete voller Furcht auf Georgs Antwort. Er hatte ihr manchmal von Frieder erzählt und ihr auch einmal bei seinen Besuchen ein Foto von ihm gezeigt. Die Situation war für sie immer noch nicht ganz einfach, aber er liebte den Kleinen so sehr, schon der weiche Klang seiner Stimme verriet ihr das, wenn er über ihn sprach. Und sie hatte versucht, sich für ihn zu freuen, und auch zugestimmt, das Kind zu sehen.

Es durfte nicht sein, dass...

»Georg?«

Er fuhr sich über die Augen. »Er lag auf dem Rücksitz, in einer Tragetasche oder im Kinderwagen, also dem abnehmbaren Teil. Und ... Er wurde im Krankenhaus gründlich untersucht und auch geröntgt. Es ist wie ein Wunder ... Er ist unverletzt ...« Er schluchzte hart auf und presste die Hand gegen seinen Mund.

»Oh, Georg, ich bin so froh darüber!«

Er kämpfte mit sich, hatte sich dann wieder in der Gewalt. »Magnus Winter gilt ja als der leibliche Vater. Deshalb hat man ihn verständigt. Der Kleine ist jetzt bei ihm. In Düsseldorf. Aber er hat mich gefragt, ob ich ihn zu mir holen möchte. Er hat ihn ja seit seinen ersten Lebenswochen überhaupt nicht mehr gesehen und kennt ihn praktisch nicht.«

»Ja, ja, natürlich holst du ihn her!«

»Du hast nichts dagegen?«

»Nein. Soll ich mit dir fahren?« Es war ganz klar, dass Georg sofort aufbrechen wollte.

Er zögerte. »Ich bin Magnus Winter nie persönlich begegnet. Ich habe keine Ahnung, was mich bei ihm erwartet und was wegen Frieder noch zu erledigen und zu klären ist und wie lange das dauern wird. Deshalb lieber nicht.«

Fürchtete Georg, dass all das zu anstrengend für sie sein würde? Thea wollte protestieren. Aber dann fiel ihr ein, dass ja schon ein paar Stufen Hindernisse für sie waren. Möglicherweise würde sie für Georg eher eine Last als eine Hilfe sein, und das wollte sie auf keinen Fall.

»Ja, das verstehe ich.«

Thea begleitete Georg zu seinem Wagen. Sie wollte ihm sagen, dass sie Melanies Tod bedauerte und dass sie verstand, wie geschockt er darüber war, aber sie fand keine Worte dafür. Deshalb umarmte sie ihn nur und flüsterte: »Ich liebe dich!«

Er erwiderte geistesabwesend ihre Umarmung, dann fuhr er los. Thea kehrte in das Schlösschen zurück. Doch in der Halle verließ sie plötzlich die Kraft, und sie blieb dort in ihrem Rollstuhl sitzen, unfähig, sich weiter fortzubewegen.

Ein Schlüssel drehte sich im Schloss der Eingangstür. War das etwa Georg? Aber er konnte doch unmöglich schon zurück sein? Marlene trat, einen großen Blumenstrauß in der Hand, in die Halle.

»Thea!« Sie lächelte überrascht und drückte ihr einen Kuss auf die Wange. »Ich habe Georgs Wagen gar nicht gesehen. Ich dachte, ihr seid noch nicht hier, sonst hätte ich mich bemerkbar gemacht. Ich will euch gar nicht stören. Ich wollte nur schnell den Strauß zum Willkommen vorbeibringen und auch ein paar Sachen für die Feier. Im Kofferraum habe ich die Lampions. Hans Jörichs und Gottfried können sie dann morgen in den Bäumen im Garten aufhängen, falls das Wetter es zulässt, und …« Sie brach ab. »Thea, du bist so blass! Und was machst du eigentlich in der Halle? Wo ist denn Georg? Sag, ist etwas geschehen?«

»Georg hat vorhin einen Anruf bekommen. Wir waren gerade erst wieder hier. Melanie Winter … Sie … sie ist tödlich verunglückt. Mit dem Wagen. Und Georg ist nach Düsseldorf gefahren, um Frieder zu holen. Er war auch im Auto, aber er ist Gott sei Dank unverletzt.«

»Das ist ja fruchtbar!« Marlene griff sich an die Brust, und ihre Augen weiteten sich entsetzt.

»Ich kann es auch noch gar nicht richtig fassen. Ich habe Melanie ja nie gemocht, und ich war auch eifersüchtig auf sie. Aber, dass sie sterben musste ... Sie hat vor Kurzem erst eine Rolle als Sängerin in einem Film bekommen. Und der Kleine hat jetzt keine Mutter mehr und ...« Theas Blick fiel auf den großen Tisch an der Wand. »Unser Fest, o Gott, unser Fest, es kann unmöglich stattfinden! Wir müssen den Gästen und den Lieferanten absagen und ...« Sie bemerkte selbst, dass ihre Stimme ganz hoch und schrill geworden war.

»Darum kümmere ich mich. Und du legst dich hin. Die lange Fahrt und jetzt dieser Schock ...«

Thea ahnte, dass sie jeden Moment zusammenbrechen würde. Deshalb erhob sie keinen Einspruch, als Marlene energisch die Griffe des Rollstuhls packte und sie in das umgestaltete frühere Wohnzimmer schob. Sie war ihr auch dankbar, dass sie ihr ins Bett half.

»Wenn du etwas brauchst, rufst du mich, ja?« Marlene schloss die Fensterläden, dann strich sie Thea sanft über die Wange und schlüpfte aus dem Raum.

Thea registrierte flüchtig, dass das Bett jetzt dort stand, wo früher das Sofa gewesen war, und dass Georg auch den Kleiderschrank nach unten hatte bringen lassen. Der Wind rüttelte an den Läden, und jetzt klatschten Laub und Tropfen dagegen. Der Sturm hatte Regen mit sich gebracht.

Ganz spontan und aus tiefstem Herzen hatte sie gesagt, dass Georg seinen Sohn nach Eichenborn, zu ihnen, holen sollte. Was bedeutete, dass der Kleine für immer bei ihnen bleiben würde. Aber Georg und sie hatten erst seit Kurzem wieder zueinandergefunden. Sie hatten noch gar nicht richtig Zeit gehabt, sich wieder aufeinander einzuspielen. Und sie war immer noch nicht gesund. Da war die Arbeit in der Praxis. Und ihr großer Wunsch, irgendwann die Prüfung zur Fachärztin abzulegen. Und vor allem – würde sie in der Lage sein, den Kleinen so zu lieben, wie er es brauchte und verdiente? Es war ein großer Unterschied, ihn ab und zu bei Besuchen zu sehen oder eine Ersatzmutter für ihn zu sein. Und er war nun einmal Melanies Kind …

Mit diesen Fragen und Zweifeln schlief Thea irgendwann ein.

Als sie erwachte, war es im Zimmer dunkel geworden. Die Zeiger ihrer Armbanduhr standen auf halb neun. Über vier Stunden war Georg nun schon fort. Thea wuchtete sich aus dem Bett und in den Rollstuhl. Sie fuhr ins Bad und dann zur Spülküche, wo Licht unter der Tür hindurchschimmerte. Marlene saß am Tisch und schnitt Äpfel klein. Auf dem Herd stand ein Suppentopf.

»Da bist du ja, wie schön.« Marlene lächelte sie aufmunternd an. »Geht es dir besser?«

»Ja, mir geht es wieder besser«, behauptete Thea. Sie war zu müde, um der Schwester von ihren Sorgen und Ängsten zu erzählen. »Vermissen dich Liesel und Arthur denn nicht?«

»Ich habe in der Villa Bescheid gesagt, dass ich später komme. Mach dir darüber keine Gedanken. Ich habe eine Brühe gekocht, es wird Zeit, dass du etwas in den Magen bekommst.«

Ihre Schwester stand auf, schöpfte aus dem Topf Suppe in einen Teller und stellte ihn auf den Tisch. Dann holte sie einen Löffel, schnitt eine Scheibe Brot ab und legte sie mit etwas Butter auf einen zweiten Teller vor Thea.

Thea hatte keinen Hunger, aber sie zwang sich, von der Brühe und dem Brot zu essen.

»Hat Georg angerufen?«

»Nein. Oder vielleicht hat er es versucht, während ich in seinem Arbeitszimmer mit den Lieferanten telefoniert habe, und er kam nicht durch. Es wird ihm doch nichts ausmachen, dass ich das Zimmer dafür benutzt habe, oder?«

»Nein, natürlich nicht.«

»Ich habe alle Lieferanten erreicht und viele der auswärtigen Gäste, und auch Schwester Fidelis habe ich verständigt. Sie informiert die Gäste aus Eichenborn.«

»Vielen Dank!« Nein, Thea hätte es nicht geschafft, das selbst zu tun.

Es gab vieles, was sie eigentlich sehr interessierte. Wie Marlene die Arbeit in dem Reisebüro gefiel, denn sie hatte – da sich das Geschäft so gut entwickelte und der Inhaber eine zusätzliche Kraft benötigte –, tatsächlich dort zu arbeiten angefangen. Wie sich das Zusammenleben mit dem Vater in der Villa gestaltete, und, vor allem, wie es zwischen ihr und Hans Jörichs stand. Aber auch dazu hatte sie keine Kraft.

»Was sind das eigentlich für Äpfel?«, fragte sie stattdessen.

»Fallobst aus dem Garten. Ich dachte, ich mache mich ein bisschen nützlich, während ich hier warte. Daraus lässt sich ein gutes Kompott machen.«

»Kann ich dir helfen? Also, Äpfel kleinschneiden, das schaffe ja sogar ich«, sagte Thea, auf ihre schlechten Qualitäten als Hausfrau anspielend. Sie musste einfach etwas tun, sonst wurde sie noch verrückt.

»Katja kommt morgen natürlich trotzdem, sie war auch völlig entsetzt, als ich ihr von Melanie Winters Tod erzählt habe.« Marlene hatte Thea eben ein Messer gegeben, als der Türklopfer am Eingang betätigt wurde.

»Ich sehe schnell nach, wer es ist.« Marlene erhob sich und eilte in die Halle.

»Ist Dr. Berger vielleicht hier?«, hörte Thea gleich darauf eine Männerstimme fragen. Bestimmt ein Patient. Ihr Verantwortungsgefühl als Ärztin war stärker als ihre Kraftlosigkeit, und sie fuhr zur Tür.

»Oh, Frau Doktor!« Der hagere Mann mit dem Gesicht voller Bartstoppel, ein Bauer namens Willy Frommen, wie Thea nun erkannte, musterte sie in ihrem Rollstuhl unsicher und drehte seinen Hut in den Händen. Der Regen hatte aufgehört, aber der Boden war ganz nass. »Es tut mir leid, dass ich störe. Aber der Herr Dr. Kramer ist bei einer Geburt und die Schwester auch. Und meiner Frau geht's nicht gut. Ihr ist schwindelig, aber sie will nicht, dass ich die Ambulanz rufe. Und deshalb dachte ich, ich versuch's mal beim Schlösschen. Ich hab gehört, dass Sie heute zurückkommen wollten.«

»Dr. Berger, mein Mann ...« – es war das erste Mal, dass sie in Eichenborn von Georg als *ihrem Mann* sprach, wie Thea flüchtig registrierte – »... ist leider nicht hier. Könnten Sie mir die Symptome Ihrer Frau bitte genauer schildern?«

Herr Frommen tat dies, aber sie waren nicht eindeutig, konnten alles von einer leichten Unpässlichkeit bis zu einer schweren Erkrankung bedeuten. Früher wäre Thea selbst zu dem Bauernhof gefahren und hätte nach Frau Frommen gesehen. Aber sie kannte das Anwesen. Es lag sehr abgelegen, am Ende eines steilen Feldwegs. Mit dem Rollstuhl konnte sie nicht dorthin gelangen.

Thea sagte dem Bauern, dass sie Georg bitten würde, zu ihnen zu fahren. Und falls er nicht binnen der nächsten zwei Stunden bei ihnen sein würde oder falls sich der Zustand seiner Frau verschlechterte, solle er nicht zögern, sie nach Monschau ins Krankenhaus bringen zu lassen. Dann kehrte sie mit Marlene in die Küche zurück.

Die Schwester erzählte ihr von Liesel und Arthur, und Thea versuchte, sich darauf zu konzentrieren. Aber ihre Gedanken waren bei Georg und Frieder. Ach, wie würde sich das alles zwischen ihnen beiden und dem Kind nur entwickeln?

Etwa eine gute halbe Stunde später erklang endlich das Motorengeräusch des alten Fords vor dem Schlösschen. Thea tauschte einen Blick mit Marlene. Sie setzte den Rollstuhl in Bewegung und fuhr, gefolgt von der Schwester, nach draußen.

Dort hob Georg eben das abnehmbare obere Teil des Kinderwagens aus dem Auto. Thea beugte sich angespannt vor. Der Kleine lag schlafend darin. Die Mütze war ihm tief in die Stirn gerutscht, so dass sein Gesichtchen gar nicht richtig zu erkennen war. Wahrscheinlich hatte er sich hin und her bewegt.

Georg berührte ihren Arm. Er wirkte müde und traurig. »Es tut mir leid, dass es so lange gedauert hat. Aber Frieder musste noch gewickelt und gefüttert werden. Dann gab es noch einiges mit Magnus Winter zu besprechen, und bis die Sachen des Kleinen zusammengepackt waren …«

»Das macht doch nichts. Trotzdem muss ich dich leider sofort um etwas bitten. Vorhin war Willy Frommen hier.

Seiner Frau geht es nicht gut, und Dr. Kramer ist mit Schwester Fidelis bei einer Geburt. Und Frau Frommen möchte nicht, dass ihr Mann eine Ambulanz ruft. Fahr doch bitte zu ihnen.«

»Kann ich dich denn mit Frieder allein lassen?« Georgs Stimme klang zweifelnd. »Ich möchte dir das eigentlich nicht zumuten.«

»Er schläft ja, und außerdem ist Marlene hier. Wahrscheinlich bleibst du ja auch nicht lange weg.«

Marlene, die sich im Hintergrund gehalten hatte, trat jetzt vor.

»Georg, wir schaffen das schon. Lass uns nur ein paar Windeln und die Babynahrung und ein Fläschchen hier.«

Thea wurde bewusst, dass sie daran gar nicht gedacht hätte.

Georg trat an den Kofferraum und hob einen Korb heraus. »Es müsste alles hier drin sein. Ich bin so schnell wie möglich wieder zurück.« Mit einem letzten besorgten Blick auf Thea fuhr er los. Sie stellte den Korb auf ihren Schoß, und Marlene hob das Kinderwagenteil hoch. Zusammen gingen sie ins Haus.

Sie hatten kaum die Eingangshalle erreicht, als der Kleine, vielleicht von dem plötzlichen hellen Licht geweckt, aufwachte und zu schreien begann.

»Schsch ...« Marlene nahm ihn vorsichtig auf den Arm, zog die Mütze zurück und wiegte ihn sanft. »Hallo, Frieder!« Sie hob ihn hoch und schnüffelte an seinem Po. »Er braucht eindeutig frische Windeln«, sagte sie dann lächelnd.

»Und wo ...?«

»Lass uns in die Spülküche gehen. Dort ist es warm.«

In dem Korb befand sich eine Säuglingsdecke. Marlene

breitete ein paar Küchenhandtücher darüber, legte den Kleinen darauf, entfernte dann schnell und geschickt die vollen Windeln und säuberte seinen Po mit einem angefeuchteten Lappen.

»Willst du ihm vielleicht frische Windeln anlegen und ihn wieder anziehen?«, fragte sie dann Thea, die ihr schweigend dabei zugesehen hatte.

»Ja, natürlich...« Thea fuhr dicht an den Tisch heran. Sie hatte ja schon oft Säuglingen die Windeln gewechselt, aber gegenüber diesem kleinen Wesen, das sich kurz etwas beruhigt hatte und jetzt wieder zu weinen begann, fühlte sie sich völlig unfähig. Als sie seinen Po hochhob, um den Stoff darunterzuschieben, verkrampften sich plötzlich ihre Hände, und als hätte der Kleine das gespürt, begann er lauter zu schreien, sein Gesichtchen war ganz rot und verzerrt und verzweifelt. Sein Körper spannte sich an, und er strampelte mit den Beinen.

»Ich... ich kann das nicht...«, flüsterte Thea.

»Doch, natürlich kannst du das«, sagte Marlene beruhigend.

Irgendwie schaffte Thea es, dem Kleinen die Windel und das Windelhöschen aus Gummi anzulegen und ihm einen frischen Strampelanzug und ein Hemdchen anzuziehen. Aber er weinte die ganze Zeit, und danach war sie in Schweiß gebadet.

»Vielleicht hat der Kleine ja einfach Hunger«, sagte Marlene. Sie legte Frieder in Theas Arme und reichte ihr ein Fläschchen, das sie eilig zubereitet hatte.

»Ja, vielleicht.« Thea hielt ihm den Sauger an die Lippen, aber er drehte den Kopf weg, und sein Körper versteifte sich. Sie fühlte sich so unfähig und hilflos, dass ihr die Tränen in die Augen traten. Sie war doch sonst imstande gewesen, einem Säugling die Flasche zu geben!

»Nimm ihn mal so.« Marlene veränderte vorsichtig Frieders Position in Theas Arm.

Und plötzlich entspannte er sich. Seine zarten Lippen umschlossen den Sauger, und er begann, heftig daran zu nuckeln.

»Er hat also wirklich Hunger«, sagte Marlene sanft.

Thea beobachte, wie sich der Bauch des Kleinen mit jedem Schluck hob und senkte. Vor Anstrengung hatte er die Augen geschlossen. Seine Finger tasteten umher und strichen über ihre Brust.

Dann hörte er auf zu saugen, und sie nahm die Flasche vorsichtig weg. Der Kleine war eingeschlafen. Sein Köpfchen ruhte in ihrer Armbeuge. Die langen, dichten Wimpern waren eindeutig die seiner Mutter. Aber in seiner Kinnpartie war Georgs zu erahnen. *Sein Sohn...* Auf einmal erfüllte sie eine große Zärtlichkeit.

Thea war so auf den Kleinen konzentriert, dass sie gar nicht bemerkte, wie Georg in die Spülküche kam. Sie blickte erst auf, als er vor ihr stand.

»Ging alles gut mit ihm?«, fragte er besorgt.

»Nach gewissen Schwierigkeiten zu Anfang schon.« Wieder betrachtete sie das Kind.

»Georg«, hörte sie Marlene sagen, »du hast doch bestimmt viele Sachen für den Kleinen mitgebracht. Ich hole sie schon mal aus dem Wagen.« Leise schloss sie die Tür hinter sich.

Georg setzte sich neben Thea. Er legte den Arm um sie und zog sie an sich. Versonnen betrachtete er seinen Sohn. Dann sah er sie an. »Thea, ich will ehrlich dir gegenüber sein. Ich möchte so gern, dass Frieder bei uns aufwächst. Während der ganzen Fahrt nach Düsseldorf und zurück habe ich darüber nachgedacht. Aber ich kann auch verstehen, wenn das zu viel für dich ist. Wenn du es nicht möchtest, dann finde ich eine Lösung, die gut für ihn ist.«

Thea schüttelte vehement den Kopf. »Nein, Frieder wird mit uns leben.«

»Du möchtest das wirklich? Du sagst das nicht nur, um mir nicht wehzutun?«

Thea drückte seine Hand und lächelte ihn an. »Ich möchte es wirklich. Denn er ist dein Sohn, und du liebst ihn, und damit ist der Kleine nun irgendwie auch mein Kind.« Und sehr vorsichtig, um Frieder nicht zu wecken, beugte sie sich vor und küsste Georg zärtlich auf den Mund.

Epilog

Thea winkte Marlene nach, die nun vor der Praxis wendete und davonfuhr. An diesem Vormittag hatte sie ihre mittlerweile vierteljährliche Routine-Untersuchung in Köln gehabt, und da Dr. Kramer Urlaub hatte und Georg sich nicht freinehmen konnte, war Marlene so nett gewesen, sie zu begleiten. Es war immer schön, dabei nicht allein zu sein.

Als Marlenes Wagen hinter einer Kurve verschwunden war, überquerte Thea, auf ihre Gehhilfe gestützt, die Wiese vor dem Schlösschen. Sommerblumen blühten im Gras, und über dem Dach des ochsenblutroten Gebäudes schossen Schwalben an diesem klaren Augusttag hin und her. Jetzt, kurz vor drei Uhr, sollte Georg, falls er von den Patientenbesuchen zurückgekehrt war, dort zu finden sein.

Anderthalb Jahre waren seit dem Ausbruch der Krankheit vergangen, und seit etwa sechs Monaten konnte Thea inzwischen auf den Rollstuhl verzichten und sich mit Hilfe der Krücke fortbewegen. Kurz darauf hatte sie begonnen, in einer gynäkologischen Praxis in Aachen mitzuarbeiten, um ihre Facharztausbildung abzuschließen. Regelmäßige Massagen und auch die Wärmebehandlung nach Kenny hatten dazu beigetragen, dass sich ihre Lähmung in den Beinen fast ganz zurückgebildet hatte, nur ihr rechtes Bein war ein bisschen steif geblieben. Aber das machte ihr nichts aus, denn es gab so vieles Schönes in ihrem Leben, wofür sie dankbar war.

Als hätte ihr Gedanke ihn herbeigerufen, öffnete sich jetzt die Eingangstür des Schlösschens, und Georg trat mit Frieder auf der Hüfte heraus. Ein Lächeln breitete sich auf Theas Gesicht aus, und sie winkte ihnen zu. Die beiden waren das Allerschönste in ihrem Leben. Frieders anfangs helles Haar hatte inzwischen dieselbe dunkle Farbe wie bei Georg angenommen. Und auch sonst war er ihm oft ähnlich, in der Art, wie er nachdenklich dreinschaute oder die Stirn runzelte. Und ebenso wie sein Vater konnte er manchmal ziemlich wütend werden.

Es war ein Geschenk, ihn aufwachsen zu sehen. Ein Geschenk, das sie auf so tragische Weise Melanie verdankte. Thea hatte sich sehr gefreut, als der Kleine seine ersten Schritte gemacht und seine ersten Worte gesagt hatte. Und als er sie zum ersten Mal mit Mama angesprochen hatte, hatte sie das so tief berührt, als wäre sie seine leibliche Mutter. Ja, er war auch *ihr* Kind, und sie wollte von ihm nicht anders genannt werden. Auch wenn Georg und sie gleich zu Beginn vereinbart hatten, ihm von seiner leiblichen Mutter zu erzählen, sobald er alt genug war, die Zusammenhänge zu verstehen.

Frieder deutete jetzt auf eine Ente, die am Bach entlangwatschelte, und Georg blieb mit ihm an der Brücke stehen und sah ihr nach. In Eichenborn hatte es, natürlich, Gerede gegeben, als es sich herumsprach, dass Georgs Sohn aus einer außerehelichen Beziehung nun mit ihnen lebte. Und der Pfarrer hatte bei der Sonntagspredigt über das Vergehen gegen das sechste Gebot gewettert. Aber inzwischen hatte sich das Getratsche gelegt.

Auch Schwester Fidelis hatte anfangs ihre Vorbehalte gegen den Kleinen gehabt, aber seit er einmal auf sie zugetappt war, schmutzig und mit seinem Sandeimerchen in der Hand, aber strahlend und vertrauensvoll und »Ester, Ester« gesagt hatte, war ihre Reserviertheit gebröckelt. Und inzwischen hatte sie ihn in ihr Herz geschlossen.

Die Ente schwamm jetzt im Bach davon, und Frieder bemerkte Thea und streckte seine Arme nach ihr aus. Georg stellte ihn auf den Boden.

Der Kleine lief auf sie zu. »Mama!«

»Hallo, mein Schatz.« Sie stützte sich an der Krücke ab und ging in die Knie, um ihn zu umarmen. »Na, was hast du heute gemacht?«

Aus Melanies blauen Augen sah er sie an. »Tuchen ...«

»Was, du hast einen Kuchen gebacken? Mit Chrissy?« Christine, genannt Chrissy, war ein junges Mädchen aus dem Dorf, das im Haushalt half und auf ihn aufpasste, wenn Georg und Thea mit der Praxis beschäftigt waren.

»Ja.« Er nickte.

Georg half Thea auf die Füße und küsste sie. »Auf der Terrasse ist der Kaffeetisch gedeckt. Wie schön, dass du zurückgekommen bist, bevor ich wieder in die Praxis muss.« Arm in Arm durchquerten sie die Halle, während der Kleine vor ihnen her lief.

Auf dem Tisch standen ein Kuchen aus Sommeräpfeln und mit einer Baiserhaube – und eine Flasche Sekt in einem Kühler.

»Meine Güte, Sekt«, sagte Thea lächelnd, während sie sich an den Tisch setzten.

»Ich bin einfach davon ausgegangen, dass deine Untersuchungsergebnisse gut sind. Das sind sie doch, oder?«

»Ja, zum Glück.« Thea nannte ihm die wichtigsten Punkte des Befunds. Aber es gab noch etwas, das sie Georg sagen musste und das ihr Herzklopfen verursachte. Frieder kletterte nun wieder von den Knien seines Vaters, weil er die Katze im Garten entdeckt hatte, die er liebte – was allerdings nicht auf Gegenseitigkeit beruhte –, und lief ihr nach.

»Marlene wollte nicht noch mit reinkommen?« Georg goss für Thea und sich Kaffee in die Tassen, für den Kleinen stand ein Glas Milch bereit.

»Nein, sie wollte gleich zu Hans Jörichs weiterfahren. Er hat eine gute Woche auf einer Baustelle in Trier gearbeitet und ist gestern erst am späten Abend zurückgekommen, und sie wollte ihn unbedingt sehen.«

»Kann es sein, dass die beiden bald heiraten?« Georg grinste.

»Marlene hat sich in Bezug auf das Thema etwas bedeckt gehalten. Aber es könnte sein. Sie wirkt jedenfalls immer sehr verliebt, wenn sie von ihm spricht.« Es war schön, dass Marlene in der Nähe war, denn Katja lebte zurzeit in den USA, wo sie es tatsächlich geschafft hatte, Fotografien an die *Vogue* zu verkaufen, und mit ihrem Captain glücklich war.

»Vielleicht können wir ja bald auf Marlenes Hochzeit anstoßen. Aber jetzt erst mal auf deine guten Untersuchungsergebnisse.« Georg holte die Flasche aus dem Kühler und öffnete sie. Thea verfolgte, wie er den Sekt in die Gläser goss.

»Für mich bitte nur einen Schluck«, sagte sie ein bisschen atemlos.

»Weshalb denn? Bist du zu müde?«

»Ich fühle mich bestens.« Sie griff nach seinen Händen und drückte sie fest. »Ich ... ich hatte auch um eine Blutuntersuchung gebeten, da ich in der letzten Zeit öfter mal Kopfschmerzen hatte, was für mich ungewöhnlich ist. Und ... und ... ich kann es ja selbst noch kaum glauben, aber ...« Die Stimme versagte ihr, und sie strahlte Georg an.

Staunen, Überraschung und Glück stritten auf Georgs Gesicht. »Bist du etwa schwanger?«

»Ja! Im zweiten Monat.« Thea lachte, während ihr gleichzeitig Freudentränen in die Augen stiegen. »Ich werde, wenn alles gut geht, ein Kind von dir bekommen. Ich bin so froh! Aber ich frage mich auch, ob ich das alles schaffen werde. Denn in ein paar Monaten steht ja meine Prüfung bevor.«

Georg zog sie an sich und küsste sie innig. »Wir kriegen das zusammen hin«, flüsterte er.

»Glaubst du wirklich?«

»Aber ja.«

Frieder kam jetzt aus dem Garten zu ihnen gelaufen und schmiegte sich an Thea. Sie hob ihn auf ihren Schoß.

»Du bekommst ein Geschwisterchen«, flüsterte sie ihm zu.

Sie und Georg lächelten sich über den Kleinen hinweg an. Und plötzlich erfüllte Thea eine große Zuversicht. Ja, zusammen mit Georg würde sie das alles bewältigen.

Nachwort

Bei meinen Recherchen zu diesem Roman stieß ich unweigerlich auf Informationen zum Alltag in deutschen Kinderkliniken Anfang der 1950er Jahre. Die Figur der jungen Krankenschwester Ilse Hasslacher, die Kinder bewusst quält, ist fiktiv. Doch über den Verein »Poliomyelitis Selbsthilfe e. V.« konnte ich dankenswerterweise Kontakt zu Menschen aufnehmen, die als Kinder an Poliomyelitis (Kinderlähmung) erkrankt waren und Wochen, wenn nicht gar Monate, in Kinderkliniken zubringen mussten. Vieles von dem, wie damals mit den kranken Kindern umgegangen wurde, kann nicht anders als körperliche und seelische Misshandlung bezeichnet werden. Poliomyelitis ist in den ersten sechs Wochen hoch ansteckend, und die Kranken müssen isoliert werden. Was dazu führte, dass die durch die Krankheit ohnehin schon traumatisierten Kinder ihre Eltern, wenn überhaupt, nur durch eine Scheibe sehen durften. Nach dem, was mir meine Gesprächspartner*innen erzählten, blieben die kleinen Kinder, in ihren Gipsbetten liegend, weitgehend sich selbst überlassen. Teilweise war schon die Versorgung mit Getränken unzureichend, und die Kinder litten häufig Durst. Eine Frau (damals fünf Jahre alt) schrieb mir, dass sie mit Fangopackungen behandelt wurde, die so heiß waren, dass sie Brandblasen davon bekam.

Auf manchen Stationen wurden die Kinder auch geschlagen, und es kam vor, dass die Kinder erbrochenes Essen wieder aufessen mussten, wie man es mittlerweile aus Berichten von Heimkindern aus den 1950er und 1960er Jahren kennt. Bei den Elektrotherapien war der Strom manchmal so stark eingestellt, dass er zu Verbrennungen führte.

Und vor allem hatten die kranken Kinder in dem System zu funktionieren. Sie waren oft in den Kliniken der größeren Städte untergebracht, auf dem Land hatten längst nicht alle Menschen ein Auto, und so kam es häufig vor, dass die Kinder nur alle paar Wochen einmal Besuch von ihren Eltern bekamen. Diese durften im Übrigen nur zu den Besuchszeiten kommen. Reha-Kliniken hießen damals noch »Krüppelanstalten«, und Gesundheitsämter veranstalteten einmal im Monat eine »Krüppelsprechstunde«. Auch dass Gesundheitsämter das Spielzeug der erkrankten Kinder auf Grund des Infektionsschutzes verbrannten, kam vor, oder dass den Kindern aus »pflegerischen Gründen« die Haare abgeschnitten wurden. Und dass sie mit den Händen auf den Decken in den Betten liegen mussten, damit sie sich nicht »unsittlich« berührten, war auch keine Seltenheit.

Die in meinem Buch erwähnten Behandlungsmethoden wie etwa das Klappsche Kriechen, Unterwassermassagen, Krankengymnastik, Physiotherapie, Fangopackungen oder auch die »Wärmetunnel« aus Holz gab es, und sie wurden auch angewendet. Die Psyche der erkrankten Kinder fand jedoch keine Beachtung und keine Behandlung.

Bei meinen Recherchen bin ich auf die Broschüre einer Schweizer Kinderklinik von 1958 gestoßen. Darin werden auch die psychischen Auswirkungen von Poliomyelitis thematisiert. Für die Menschen, mit denen ich gesprochen habe, gab es allerdings keine psychologische Unterstützung. Vielleicht war die Schweiz in der Beziehung fortschrittlicher als Deutschland. Aber es ist davon auszugehen, dass das menschenverachtende, faschistische Weltbild des Nationalsozialismus, das körperliche Stärke und Unversehrtheit propagierte, bis in die 1950er Jahre (und darüber hinaus) seine Schatten warf und es erschwerte, dass an Poliomyelitis erkrankte Menschen eine wirklich angemessene Behandlung erhielten.

Bei einer Querschnittlähmung sind Nervenbahnen unwiederbringlich unterbrochen oder beschädigt. Bei Poliomyelitis jedoch können beschädigte Nervenbahnen wieder neue Verbindungen bilden. Etwa bei der Hälfte der von Lähmungen Betroffenen können die Lähmungen innerhalb von zwei Jahren nach Ausbruch der Krankheit wieder nachlassen. Wichtig ist dabei eine krankengymnastische und physiotherapeutische Behandlung, damit sich die gelähmten Muskeln nicht noch mehr zurückbilden. Möglicherweise können diese Behandlungen auch dazu beitragen, dass sich Nervenbahnen neu bilden bzw. regenerieren.

Die australische Krankenschwester Elizabeth Kenny behandelte nach dem 1. Weltkrieg an Poliomyelitis Erkrankte mit Massagen und wickelte die betroffenen Gliedmaßen in angewärmte, feuchte Decken aus Schafwolle. Damit erzielte sie einige Erfolge. Anfangs wurde sie von der Fachwelt im Angelsächsischen sehr angefeindet. Der amerikanische Präsident Franklin D. Roosevelt machte sich jedoch für diese Art der Behandlung stark, und nach dem 2. Weltkrieg wurde die »Kenny«-Behandlung in den USA sehr propagiert.

In der DDR wurden an Poliomyelitis erkrankte Kinder in der Kurklinik Miriquidi im Erzgebirge nach dieser Methode mit durch Wasserdampf angewärmten Decken aus Schafwolle und Massagen behandelt. In Westdeutschland setzte man dagegen vor allem auf Eingipsen, Unterwassermassagen und Elektrobehandlung. Die »Kenny«-Methode war sicher kein Allheil- und Wundermittel, aber sie konnte Beschwerden lindern bzw. dazu beitragen, dass Muskeln wieder gut durchblutet wurden und sich kräftigten.

Zunächst gingen die Ärzte davon aus, dass eine Erkrankung mit Poliomyelitis zur Immunität führt. Erst 1951 wurde entdeckt, dass es drei Typen von Poliomyelitis-Viren gibt, die untereinander keine Kreuzimmunität bilden. Wer also an Poliomyelitis des einen Typs erkrankt ist, ist nicht gegen die anderen Typen immun. Es dauerte seine Zeit, bis dies medizinisches Allgemeinwissen wurde.

Heute würden bei einem Verdacht auf eine Poliomyelitis-Erkrankung natürlich sofort Laboruntersuchungen durchgeführt. Laut meinen Gesprächspartner*innen wurde Poliomyelitis Anfang der 1950er Jahre anhand von Symptomen diagnostiziert.

Bevor ich mit der Recherche zu dem Roman begonnen habe, war für mich Kinderlähmung, zumindest was die reichen Industrienationen betrifft, eine Krankheit aus einer längst vergangenen Zeit. Schließlich ist Poliomyelitis hierzulande ja dank des Impfstoffs »besiegt«. Während meiner Recherche wurde mir jedoch schnell klar, dass die Kinderlähmung in Deutschland immer noch ihre Schatten wirft. Nicht wenige Patient*innen, die während der großen Epidemien in den 1950er und zu Beginn der 1960er

Jahre an Poliomyelitis erkrankten, werden nun, Jahrzehnte später, von dem »Post-Poliomyelitis-Syndrom« heimgesucht, was im schlimmsten Falle nicht selten wieder zu Lähmungen führt. Die Ursachen dafür sind weitgehend unklar, wie auch überhaupt Poliomyelitis, seitdem es den Impfstoff gibt, nicht mehr richtig erforscht wird. Das Post-Poliomyelitis-Syndrom kann auch bei Menschen auftreten, bei denen die ursprüngliche Erkrankung einen recht leichten Verlauf nahm.

Lange glaubte man, dass Franklin D. Roosevelt an den Folgen von Kinderlähmung litt; nach einer Erkrankung im Kindheitsalter war er von der Hüfte abwärts weitgehend gelähmt und meist auf einen Rollstuhl angewiesen. Heute geht man davon aus, dass er am Guillain-Barré-Syndrom litt.

Doris Hart war eine US-amerikanische Tennisspielerin, die 1951 u. a. das Damen-Einzel in Wimbledon gewann. Eines ihrer Knie war wegen Osteomyelitis steif. 1951 stand aber in den deutschen Zeitungen, dass dies eine Folge von Kinderlähmung gewesen sei.

Das Buch »Pippi Langstrumpf« von Astrid Lindgren erschien 1949 zum ersten Mal auf Deutsch.

1951 gab es keine Sommerzeit, es herrschte durchgehend die Winterzeit, die ja eigentlich die »normale« Zeit ist. Entsprechend ging die Sonne 1951 in den Sommermonaten eine Stunde früher auf als heute und eine Stunde früher unter.

Anfang der 1950er Jahre wurde ein VW-Käfer noch nicht »Käfer« genannt, er war einfach ein VW. Da wir aber heute mit dem »Käfer« dieses ganz bestimmte Auto vor Augen haben, habe ich mich entschlossen, den Wagen so zu nennen.

Die Kurklinik Sonnenalm ist meine Erfindung. Das gilt ebenfalls für die Marienkapelle bei Füssen. Auch bei der Isolierstation der Kölner Universitätsklinik habe ich mir Freiheiten genommen. Und ebenfalls was die Möglichkeit betrifft, einen Rollstuhl die Wendeltreppen im Schloss Neuschwanstein hinaufzutragen.

Der März 1951 war weniger kalt und schneereich als ich in meinem Roman geschrieben habe.

Der auf der Karte eingezeichnete Forggensee ist ein Stausee, der ab 1954 befüllt wurde. Faulenbach war 1951 noch kein »Bad«.

Felicia Otten

Danksagung

Danke an ...

– meinen Mann Hartmut Löschcke für anregende Gespräche, konstruktive Kritik, Geduld in schwierigen Schreibphasen und unsere inspirierenden Wanderungen und Ausflüge in die Eifel und ins Allgäu

– meine Verlagsleiterin und Lektorin Wiebke Rossa, die an »Die Landärztin – Flucht ins Ungewisse« geglaubt hat und für ihr bereicherndes Feedback

– meine Redakteurin Gisela Klemt die – wie immer – durch ihre Anmerkungen und ihre Nachfragen dieses Buch zu einem besseren Buch gemacht hat

– Daniela Hunger von der »Beratungs- und Geschäftsstelle Bundesverband Poliomyelitis e. V.« in Thermalbad Wiesenbad, die den Kontakt zu den Selbsthilfegruppen der von dem Post-Polio-Syndrom-Betroffenen hergestellt hat

– alle von dem Post-Polio-Syndrom betroffenen Menschen, die sich die Zeit genommen haben, mir in E-Mails und Telefonaten von ihren Erfahrungen zu berichten, die sie als Kinder und Jugendliche mit der Poliomyelitis und in deutschen Kinderkrankenhäusern erlitten haben; und ganz besonders möchte ich mich bei Mechtild Lill, Edith Stiebing und Christa Kollak für ihre sehr ausführlichen und detaillierten Schilderungen bedanken

– Wolfgang Scherer und Verena von Bodelschwingh für das ausführliche Gespräch über Krankengymnastik und Physiotherapie zu Beginn der 1950er Jahre

– Dr. Birgit Nückel für ihren Rat bei ärztlichen Fragen

– wie immer meine Freundin und Kollegin Mila Lippke für die vielen anregenden und inspirierenden Gespräche über Bücher und Filme, von denen das eine oder andere auch in dieses Buch eingeflossen ist

– meine Agentin Andrea Wildgruber für ihr großes Engagement und dafür, dass ich mich bei ihrer Agentur so gut aufgehoben fühle

Anna Valenti

Sternentochter

Hessen, Ende des 19. Jahrhunderts: Als Tochter aus gutem Hause ist es die Pflicht der jungen Caroline Caspari, eine vorteilhafte Ehe zu schließen. Daher willigt sie in die Verlobung mit einem angesehenen Mann ein – obwohl sie weiß, dass sie niemals Gefühle für ihn haben wird. Erst als Caroline sich Hals über Kopf in Georg verliebt, den neuen Postillion der Stadt, erkennt sie, was wahres Glück bedeuten kann. Gegen den Willen ihrer Familie entscheidet sie sich dafür, ihrem Herzen zu folgen – doch welchen Preis wird sie dafür zahlen müssen?

Der Auftakt der großen Sternentochter-Saga, beruhend auf der bewegenden Familiengeschichte der Autorin

Erschienen bei dotbooks.
www.dotbooks.de

Liebe Leserinnen und Leser,

ihr liebt Bücher und verbringt eure Freizeit am liebsten zwischen den Seiten? Wir auch! Wir zeigen euch unsere liebsten Neuerscheinungen, führen euch hinter die Verlagskulissen und geben euch ganz besondere Einblicke bei unseren AutorInnen zu Hause. Lasst euch inspirieren, wir freuen uns auf euch.

Euer

Blanvalet Verlag

blanvalet.de

@blanvalet.verlag

/blanvalet